CW01653856

DZIEWIĄTY MAG

REDHORSE

Seria „Otchłań" obejmuje:

- *Powrót orków*, Michael Peinkofer
- *Odwet orków*, Michael Peinkofer
- *Anubis*, Wolfgang Hohlbein
- ***Dziewiąty Mag*, A.R. Reystone**
- *Dziewiąty Mag. Zemsta*, A.R. Reystone
- *Ritus*, Markus Heitz

A.R. REYSTONE
DZIEWIĄTY
MAG
REDHORSE

Zespołowi Evanescence
za poruszający album „Fallen”,
a zwłaszcza utwór „Bring me to life”,
dzięki któremu świat smoków
zaistniał w mojej wyobraźni...

PROLOG

W Oazie Piastunów

– A jak dolośne, to ziośtane oficielem i bede mieć plawidziwy buzidygan! – seplenił wesoło mały chłopczyk o bardzo błękitnych oczach siedzący na kolanach piastuna.

– Jasne, Marcus, jasne. – Opiekun pogładził go po czarnej, niesfornej czuprynie. – Tylko najpierw musisz się dużo uczyć. I bardzo starać. Oficerami zostają wyłącznie najlepsi. To elita, chłopcze. I to tacy, co nie zadzierają nosa i nie grymaszą przy jedzeniu owsianki albo kiedy trzeba iść wcześnie spać. Musisz się jeszcze dużo, dużo uczyć, mój mały. A przede wszystkim muszą cię polubić smoki – powiedział z naciskiem piastun, zaś jego twarz rozjaśnił uśmiech. Marcus był jego ulubieńcem, chociaż dobry opiekun nie powinien faworyzować nikogo.

– Phi! – Dziecko wydęło usta. – I tak ziośtane oficielem! I bede jeździł na śmokach, ziobaciś!

– Marcus, na smokach się NIE jeździ! Nimi się dowodzi. Prawdziwy oficer lata na pegazie, a smoki tylko trenuje... do walki, pamiętasz? – tłumaczył cierpliwie piastun, ale pokręcił głową z dezaprobatą. Upór tego malca czasem działał mu na nerwy.

– Do bani taki inteleś – wykrzyknął zdenerwowany chłopiec – jak sie nie można psielecieć na śmoku! – Teraz był bliski płaczu.

Piastun przytulił go do piersi i pogładził po głowie.

– No to może będziesz urzędnikiem albo sklepikarzem? – zaproponował nieśmiało, choć wiedział, że próba ze smokiem wypadła jednoznacznie. Przekomarzał się dla zasady.

– Eeeee, to jeś dla flajelów! – zaprotestowało dziecko. – Bede oficielem i pokieluje najwiekśią almią śmoków, jaką w ziciu widziałeś!

– Jasne. Oczywiście – zgodził się szybko piastun, żeby uciąć ten spór. „Mam nadzieję, że nigdy nie będziesz musiał" – dodał w myślach. – A teraz śmigaj do łóżka i nim doliczę do trzech, chcę słyszeć twoje chrapanie. Mówię serio, Marcus! – Zrobił groźną minę, a przynajmniej tak mu się wydawało.

Chłopczyk popędził do swojego łóżka, jakby go troll gonił. Chwilę później jego buzia we śnie uśmiechnęła się do pięknego smoka i dosiadającej go osoby. Znowu...

Wiele lat później

Sala odpraw w koszarach trzeciego miasta była prosto i skromnie urządzona. Ścian nie zdobił żaden gobelin. Tafle szyb okiennych wyłożono witrażami ze scenami walk smoków z różnymi fantastycznymi stworzeniami. Na ścianach i z sufitu zwisały ample o smoczych kształtach, zwykle „ziejące" ogniem, aby oświetlić to dość ponure pomieszczenie. Jednakże w tej chwili nie było to konieczne, ponieważ słońce rzucało dość promieni, nawet mimo małych okien.

To nie miał być piękny budynek. Miał służyć jednemu celowi: naradom oficerów, przekazywaniu im grafików patroli oraz innych ważnych informacji czy szkoleniu teoretycznemu adeptów. Stąd wyposażenie też było proste i funkcjonalne. Wszystko tutaj w jakiś sposób nawiązywało do smoków, począwszy od tych okiennych witraży, na rzeźbieniach krzeseł i stołów skończywszy. Ostatecznie była to kwatera główna oficerów, więc czy mogło być inaczej? Bycie oficerem stanowiło nie lada przywilej – okupiony wieloma latami nauki, wyrzeczeń, mozolnych treningów, a przede wszystkim wymagający akceptacji samych smoków, które z reguły pożerały mniej więcej co dziesiątego adepta. Dlatego jedynie ci, którzy przeszli to mordercze szkolenie, zasługiwali na zielony oficerski płaszcz z naszywką w kształcie głowy smoka. Tu nie było miejsca na zabawy. Oficerowie co dnia udowadniali swoim życiem, wysiłkiem i lojalnością, że zasłużyli na ten przywilej. W końcu strzegli bezpieczeństwa miast, nie? Dlatego byli traktowani z tak niezwykłym szacunkiem, podziwem i zazdrością.

Czarodziejem w końcu może być KAŻDY, ale czarodziejem i oficerem jednocześnie tylko NIELICZNI.

– Dobra, panowie! – zagrzmiał generał Zorian, postawny i energiczny elf cieszący się ogromnym autorytetem. Akustyka w sali odpraw była tak doskonała, że nie potrzebował żadnego wzmacniacza głosu. – Ściągnąłem was tu wszystkich, ponieważ mam wam coś niezwykle ważnego do obwieszczenia.

Zrobił przerwę, a kilkudziesięciu oficerów-strażników portali natychmiast umilkło, koncentrując całą swoją uwagę na generale. Wszystkich intrygowało, po co zostali tak nagle wezwani.

– Jak wiecie – ciągnął Zorian – mamy coraz większe problemy z obsadzeniem wszystkich patroli. Nasze smoki są... hmm... coraz słabsze i kadra oficerów niestety też się nieco skurczyła. – Szmer szeptów potwierdził, że jego podwładni mają tego pełną świadomość. – Dlatego Wielka Rada Czarnoksiężników wyznaczyła nam bardzo ważne zadanie – powiedział, cedząc każde słowo. – Poszukuję samych ochotników, więc jeśli ktoś nie ma zamiaru wziąć w tym udziału, proszę, żeby teraz opuścił salę.

Nastąpiła chwila ciszy. Nikt się nie poruszył. Opuszczenie sali odpraw byłoby równoznaczne z tchórzostwem, dlatego wszyscy ci piękni mężczyźni wciąż siedzieli na swych niewygodnych stołkach i zachodzili w głowę, jakie to zadanie ma dla nich generał.

– Skoro ten punkt programu mamy już za sobą – tu Zorian uśmiechnął się krzywo – przejdę do rzeczy. Potrzebuję dwunastu chętnych do dość trudnego zadania, a ponieważ jest was tu kilkudziesięciu, więc będziemy musieli tę dwunastkę wylosować. Addar, wnieś kocioł!

Generał był najwyraźniej przygotowany na taką ewentualność, bo teraz jego chochlik Addar taszczył solidne naczynie z dziurą w pokrywce.

– Przyjaciele – powiedział elf – proszę, aby każdy z was wypisał swoje imię na karteczce i wrzucił do środka. Odczytani pozostaną w tej sali. Reszta powróci natychmiast do swoich obowiązków, zapominając o tym zebraniu. Jasne? Tym, którzy nie zostaną wybrani, dziękuję za chęć pomocy. A tym, których wylosuję, mam nadzieję, że wystarczy sił, odwagi i wytrwałości, aby wypełnić z honorem misję i bezpiecznie do nas powrócić – zakończył nieco pompatycznie, ale znany był z tego, że wszystko, co dotyczyło smoków czy Korpusu Oficerów, traktował śmiertelnie poważnie.

Mężczyźni po kolei podchodzili do kociołka i wrzucali karteczki.

– Cokolwiek to jest, mam nadzieję, że to będę ja. – Marcus mrugnął porozumiewawczo do swego przyjaciela, czarnoskórego elfa Fabiena. – Te patrole są taaaaaaakie nudne! – Udał, że ziewa, wzbudzając rozbawienie współtowarzyszy.

Kiedy ostatni oficer wrzucił swoją kartkę, generał wymamrotał pod nosem zaklęcie, zakręcił młynka buzdyganem i dotknął nim kociołka. Po chwili naczynie zaczęło wirować wokół własnej osi, a karteczki w środku zaczęły się mieszać. Kilka minut później czar ustał i kociołek ponownie stanął nieruchomo.

– Addar, zacznij losowanie – nakazał Zorian.

Chochlik doskoczył do kociołka. Małą czteropalczastą rączką zaczął wyciągać karteczki i podawać generałowi. Ten odczytywał nazwiska jedno po drugim. Kiedy odczytał ostatnie, niewylosowani oficerowie z żalem wyszli, a pozostali skupili się wokół elfa. Zorian jeszcze raz dobył buzdyganu. Skierował go w kierunku drzwi i zablokował je zaklęciem zamykającym. Znowu wymruczał zaklęcie, zatoczył buzdyganem krąg wokół pozostałych oficerów i natychmiast otoczyła ich magiczna, nieprzezroczysta kapsuła dźwiękoszczelna, a lustrzana tafla za plecami generała zmieniła się w ekran.

Dwunastu oficerów długo zapoznawało się z celem misji oraz grożącymi im niebezpieczeństwami. Niektórzy byli zszokowani, inni oburzeni, ale wszyscy przyjęli do wiadomości konieczność wykonania zadania.

– Pamiętajcie – powiedział na koniec generał – obowiązuje was ścisła tajemnica. Nie wolno jej wam zdradzić nikomu. Ten z was, który pierwszy namierzy i osiągnie swój cel, daje nam znak przez Znamię Smoka. Wtedy reszta się wycofuje, jasne?

– Jasne. Oczywiście – przytaknęli.

– No to do roboty. Czas nagli. Powodzenia, panowie! – Zorian spojrzał na każdego uważnie, potem uściskał ich i wyszedł.

Chochlik Addar pstryknął palcami, a wtedy lustrzany ekran znowu zamienił się w zwykłe lustro w srebrnej oprawie zdobionej smokami. Zniknęła także dźwiękoszczelna kapsuła. Dwunastu wybrańców z mieszanymi odczuciami w milczeniu opuszczało salę odpraw.

– Oczywiście nic mi nie możesz powiedzieć? – upewnił się Marcus z zawiedzioną miną, gdy Fabien wyszedł z sali. Wystarczyło jednak, że elf na niego spojrzał, a on od razu zrozumiał, że dalsze pytania są bezcelowe, przyjaciel i tak nic mu nie zdradzi.

„Cholera! – zaklął w myślach – Że też musi być taki uczciwy!"

„Słyszałem" – odparł telepatycznie Fabien z pewnym rozbawieniem. – Nie złość się, stary. Prędzej czy później dowiesz się o wszystkim, ale teraz nie mam wyboru, więc nie naciskaj, zgoda? – dodał już na głos i odszedł.

Tego dnia Ariel miała istne urwanie głowy. Pies w ciężkim stanie po wypadku, suka do cesarki, kontrola z nadzoru farmaceutycznego były tylko preludium do dalszych paskudnych wydarzeń. Sanitariusz Peter wziął wolne, bo mu żona rodziła, a Ninę dotkliwie pogryzł doberman, tak że sama nadawała się do szycia. Ariel robiła co mogła, żeby ze wszystkim nadążyć, a jeszcze o czternastej trzydzieści miała wyznaczoną rozprawę rozwodową.

Noooo, na to absolutnie nie może się spóźnić, choćby nie wiem co! Zagoniła nawet do pomocy starszą, grubą recepcjonistkę Kathey, bo liczba chorych zwierząt wymagających natychmiastowej pomocy zdawała się rosnąć w oczach. Szczęście, że parę lat wcześniej uparła się przeszkolić na taką ewentualność cały personel. Teraz wiedziała, że to była dobra decyzja. Z rozpaczą pomyślała, jak wściekła będzie Amanda, kiedy znowu nie pojawi się na wywiadówce. Czasami miała ochotę dać się sklonować, żeby zdążyć ze wszystkim, ale sama wybrała taki zawód i pretensje mogła mieć tylko do siebie.

Tyle że idąc na studia, nie wzięła pod uwagę, że być może kiedyś będzie miała dom, rodzinę, dziecko. Starała się być idealną żoną, matką i szefem, ale najwyraźniej dawała ciała na każdym polu. Największe wyrzuty sumienia miała w stosunku do Amandy. Stanowczo poświęcała jej za mało czasu. Już od dawna dręczył ją dylemat: jeśli zajmie się córką i porzuci ukochany zawód, to z czego się utrzymają? Przecież kompletnie nie miała oparcia w rodzinie, bo NIE MIAŁA rodziny. A jeśli nadal będzie tyle pracować w klinice, to całkiem straci kontakt z własnym dzieckiem.

Pogrążona w ponurym zamyśleniu szybko i sprawnie „podziergała" psa po wypadku i przekazała go Kathey. Potem zajęła się rodzącą suką. Z wyrzutami sumienia zadzwoniła do Toma, wspólnika w firmie, prosząc o wcześniejszy przyjazd i wsparcie. Tom pomógł jej w cesarce. Szybko wspólnie przyjęli tłum zwierząt i o czternastej piętnaście zdyszana wskoczyła do swojego citroena, by pognać na rozprawę rozwodową. Mimowolnie włączyła radio i wyszukała jakieś ostre rockowe kawałki. Zawsze nastawiały ją bojowo, a dziś było jej to szczególnie potrzebne. Za nic w świecie nie może dać się zdeptać Stevenowi. Jadąc, nuciła pod nosem słowa jakiejś piosenki i wystukiwała palcami rytm na kierownicy.

Naiwnie do ostatniej chwili miała nadzieję, że Steven (ze względu na Amandę) ugodowo podpisze papiery rozwodowe i szybko będą to mieli za sobą. Jak mogła być tak głupia? Cholera, uparł się utrudniać całą sprawę. Faceci! Zdaje się, miał z tego niezły ubaw i ta jego nowa flądra też.

Wracając po tym koszmarnym sądowym show do domu, zastanawiała się, jak mogła kiedykolwiek być zakochana w kimś tak kłótliwym, egoistycznym i małostkowym. Jak w ogóle mogła zwrócić na niego uwagę? No ale podobno miłość jest ślepa. Mimowolnie gorzko wyśmiała samą siebie w duchu.

Wreszcie późnym popołudniem wjechała na podjazd przed skromnym domkiem na peryferiach miasta. Amanda chyba była u siebie, bo z jej pokoju dobiegała głośna muzyka. Co ona właściwie widzi w tym Eminemie?

– No cóż, widocznie się starzeję, a ona wchodzi w okres buntu – uśmiechnęła się pod nosem Ariel.

Amanda, niesforna dziesięciolatka o ciemnych włosach i takich oczach. Zasadniczo dobra uczennica, ale traktowana przez innych z dystansem. Miała jedną, może dwie dobre koleżanki oraz Aurorę – sąsiadkę i przyjaciółkę Ariel. Usłyszała trzask drzwi wejściowych, bo akurat robiła sobie w kuchni kanapki z masłem czekoladowym i umorusana wyszła do przedpokoju.

– Cześć – zaczęła.

Chciała zapytać matkę, jak było, ale jej wygląd i mina mówiły, że lepiej darować sobie dociekania.

– Gorąca kąpiel? – zapytała więc zachęcająco. – No wiesz, to odgoni smutki, zrelaksuje ciało. Chcesz? Zrobię... – zaofiarowała się podchwytliwie. Chyba miała nadzieję, że nakłoni Ariel do opowiedzenia, jak było w sądzie. Ogólnie była zła, że klinika zabiera jej matkę, a jeszcze bardziej, że starzy biorą rozwód, ale lepsze to, niżby mieli się żreć całymi dniami.

„Jak to się skończy, mama będzie weselsza i znajdzie dla mnie więcej czasu" – powtarzała sobie. A na razie musiała zadowolić się wieczorami, kiedy Ariel długo, długo w noc czytała jej barwne fantastyczne opowieści.

– Co prawda za wcześnie na kąpiel, ale wiesz co, chętnie. – Matka rzuciła cień uśmiechu, jednak nie dała się podpuścić na zwierzenia.

Zdjęła pantofle i marynarkę. Poszła do kuchni. Nalała sobie soku i nakarmiła trzy tłuste koty.

– Cześć, zasrańce – powiedziała do nich czule. Koty ocierały się o jej nogi. – Później, okej? – upomniała je łagodnie. – Na razie idę skorzystać z oferty pewnej młodej damy. Mam nadzieję, że tym razem użyła różanego – powiedziała, mając na myśli płyn do kąpieli. Koty popatrzyły na nią swymi mądrymi, wszystkowidzącymi oczami i majestatycznie oddaliły się do saloniku, gdzie czekało je ulubione zajęcie, czyli nicnierobienie i pozwalanie, by inni je podziwiali.

Ariel ruszyła do łazienki, gdzie już czekała na nią wanna pełna wonnej piany. Amanda chyba intuicyjnie wyczuła, że płyn różany będzie najstosowniejszy, bo wszędzie unosił się jego delikatny zapach.

– Dzięki, Mandy. – Ariel ucałowała córkę.

– Nie ma sprawy. Jak coś będziesz chciała, to wołaj.

Dziewczynka wyszła, a Ariel zaczęła zdejmować ubrania, które po kolei lądowały na podłodze. No cóż, nie da się ukryć: była bałaganiarą. Nie to co Amanda – pedantka w każdym calu (a miała tylko dziesięć lat!). Znowu powróciło do niej znane od jakiegoś czasu uczucie, że jest obserwowana.

„Chyba zaczynam mieć fioła – pomyślała z niepokojem. – Przecież to śmieszne. Jestem tu sama, a mam uczucie, jakby tu ktoś jeszcze był. To musi być przemęczenie i stres" – wytłumaczyła sobie to racjonalnie, ale na wszelki wypadek szczelnie zasłoniła okno i szybko wskoczyła do wanny, aby ukryć się pod różaną pianą.

No tak, miała trzydzieści parę lat, nie była ani piękna, ani zgrabna. Stosowała tylko podstawowe kosmetyki, a już na pewno nie robiła makijażu. Czuła się w nim jak clown w cyrku. Lubiła naturalność. Lata pracy w odpowiedzialnym i stresogennym zawodzie spowodowały, że jej ciemne włosy zaczynały pokrywać się siwizną, co podobno dodawało jej uroku. Z kolei aktywny tryb życia sprawił, że jej ciało nadal było szczupłe, dobrze umięśnione i całkiem sprawne fizycznie, mimo że nie miała czasu, aby specjalnie o nie dbać. W przeciwieństwie do swoich znajomych nie odwiedzała siłowni, nie katowała się joggingiem ani aerobikiem. Od czasu do czasu chodziły z Amandą do aquaparku i tam poddawała się masującym biczom wodnym lub leniuchowała w jacuzzi.

Oparła głowę o brzeg wanny i przymknęła oczy. Różany zapach urzekał, a woda koiła i masowała obolałe mięśnie. Nie była pewna, co bardziej ma zmęczone: ciało ciężką pracą czy psychikę nawałem problemów. Pod przymkniętymi powiekami pojawił się obraz, którego już dawno nie widziała. Wizja? Sen? Zawsze ten sam. Zawsze tak samo realistyczny, aż nie mogła go odróżnić od jawy. Zawsze tak samo zachwycający. Czy kiedyś się spełni? Nie, to niemożliwe. Nie na tym świecie.

Ocknęła się, bo Amanda przyszła sprawdzić, czy czegoś jej nie potrzeba. Córka spojrzała z wyrzutem na porozrzucane ciuchy i sprawdziła wodę, z której zdążyła zniknąć piana.

– Mamo! Zasnęłaś? Ta woda jest kompletnie zimna! Siedziałaś tu półtorej godziny! Mogłaś się utopić! – krzyczała jej nad wiek poważna i odpowiedzialna córka.

– Czy to nie rola rodziców wrzeszczeć na dzieci? – upomniała ją łagodnie Ariel, ale zrobiło jej się głupio, bo jeśli faktycznie przysnęła?

– Jasne! Ale to dzieci z reguły zachowują się nieodpowiedzialnie, a nie rodzice, tak? – Amanda spojrzała na nią karcącym wzrokiem. – Wyjdź z tej wody, zanim się zaziębisz! I zrób tu porządek! – przykazała, zanim zamknęły się za nią drzwi.

Ariel o mało nie wybuchnęła śmiechem, kiedy uświadomiła sobie komizm tej sceny. Mała, dziesięcioletnia dziewczynka robiąca połajanki własnej matce – no nie, świat się kończy! Dziecko bardziej odpowiedzialne od rodzica! Ale wyszła z wanny i zastosowała się do wszystkich poleceń córki.

– Pani doktor! Jakiś pan do pani! – zawołała do niej recepcjonistka Kathey.

– Przeproś i powiedz, że będę wolna za dziesięć minut! – odkrzyknęła.

Badając miot wiercących się szczeniąt owczarków niemieckich, mimowolnie pomyślała o urlopie. To wywołało uśmiech na jej twarzy. Tak, urlop. Już niedługo. Tylko ona i Amanda. Może na południu Francji albo gdzieś indziej, gdzie jest ciepło i czyste morze?

Skończyła badanie i ruszyła do recepcji.

– Kathey, mówiłaś, że ktoś na mnie czeka? – zapytała wyczekująco.

– Tak. Wprowadziłam go do pokoju gościnnego, bo powiedział, że musi z panią porozmawiać w jakiejś bardzo ważnej sprawie.

– Okej. – Skinęła głową.

Poszła do pokoju za recepcją.

– Kathey! Jesteś pewna, że kogoś tu wprowadzałaś?! – rozległo się jej wołanie, a po chwili sama stanęła w drzwiach. – Gdybym cię nie znała tyle lat, tobym pomyślała, że sobie żarty ze mnie robisz...

Rozejrzała się na wszelki wypadek jeszcze raz, ale w pokoju nie było nikogo. Jedyne wyjście znajdowało się pod nosem Kathey, a ta przysięgała, że na pewno nikt stamtąd nie wychodził.

– Okej. Dobra. Wierzę ci. Spokojnie! – Ariel zaczęła uspokajać recepcjonistkę, która coraz bardziej się tłumaczyła. – Kathey, powiedz, jak on wyglądał.

– Był PIĘKNY!!!!! – jęknęła z zachwytem Kathey.

– Fajnie. Powiem to twoim wnukom, jak je tylko zobaczę. – Sarkazm w głosie Ariel był niemal powalający. – A teraz czy możesz mi opisać tego „pięknego" gościa?...

Odkąd pamiętała, żaden facet nie wzbudził w Kathey zainteresowania większego niż para dziurawych skarpet. No chyba że był to jej były, który notorycznie uchylał się od płacenia alimentów na najmłodsze dzieci, ale wtedy używała totalnie innego słownictwa.

– No więc – zaczęła Kathey – był... był... wysoki. I... miał... miał włosy do ramion. I był... ciemnoskóry. Miał taki ciepły, seksowny głos, fantastyczne usta i... i... i... był piękny! – znów jęknęła zachwycona.

– Czy miał jakieś znaki szczególne? – zapytała cierpliwie Ariel. Popatrzyła ironicznie na recepcjonistkę. Na twarzy kobiety rozkwitł błogi uśmiech.

„Zupełnie jakbym zobaczyła kota, który właśnie opił się śmietany" – pomyślała z rozbawieniem.

– Kathey! – krzyknęła. – No więc? Miał jakieś cechy szczególne czy nie?

Recepcjonistka zmarszczyła czoło i zaczęła intensywnie drapać się za uchem. Ariel zaczynała tracić cierpliwość. Tak rozkojarzonej kobiety już dawno nie widziała.

– Mam! – krzyknęła radośnie Kathey i strzeliła palcami. – Miał tatuaż albo coś takiego o tu. – Dotknęła lewej strony szyi. – Taki dziwny, zielony. Coś jakby głowa tych... tych... – najwyraźniej brakowało jej właściwego określenia – no tych paskudnych stworzeń, które pani doktor leczy! – wypaliła i dopiero po chwili dotarło do niej, jaką strzeliła gafę. Zamilkła. Spuściła oczy. Jej twarz miała kolor dorodnego buraka.

– Kathey – zaczęła Ariel, jakby pouczała niedorozwinięte dziecko – leczę wiele zwierząt. Możesz mi określić konkretnie, o które ci chodzi?

– No o te zielone, paskudne, jaszczurki...

– Aaa, legwany, tak? – zapytała Ariel, unosząc z pobłażaniem brwi.

– Mhm – potwierdziła Kathey z bardzo głupią miną.

– Czyli facet miał na szyi tatuaż w kształcie głowy legwana. A mówił, o co mu chodzi?

– Nie. – Kathey pokręciła głową. – Chciał tylko porozmawiać. A potem, jak widać, zniknął...

– Okej. Reasumując, mamy pięknego, ciemnoskórego mężczyznę z zielonym tatuażem w kształcie głowy legwana na szyi, który chciał ze mną rozmawiać i totalnie rozkojarzył moją najlepszą pracownicę, tak? Kathey, nic się nie stało – powiedziała ze śmiechem. – Ale jeśli pojawi się ponownie, powiedz mi o tym od razu, dobrze? I nie daj się znowu tak rozkojarzyć, bo naskarżę twoim wnukom! Mówię serio. – Znowu się śmiejąc, pogroziła palcem. – Jakby mnie ktoś szukał, to jestem pod komórką. A tak swoją drogą, legwany wcale nie są paskudne – rzuciła przez ramię i wyszła, zostawiając zdumioną Kathey na środku recepcji.

Wyszła na parking otoczony porządnie przyciętym żywopłotem. Popatrzyła z czułością na budynek kliniki – jej dziecko, które stworzyła parę lat temu od zera.

„Tak – pomyślała – bez Toma i całej reszty realizacja tego marzenia by się nie powiodła..."

To jedno w życiu jej wyszło. To i Amanda. Pomyślała ze smutkiem, że w innych dziedzinach jej życie przypominało ciąg nieszczęść, tajfunków i katastrof.

„No, musi być jakaś równowaga w przyrodzie, nie? Ale mam Amandę i klinikę, więc mam po co żyć" – pocieszyła się. Przez moment znowu miała wrażenie, że jest obserwowana. Takie uczucie, jakby ktoś podsłuchiwał jej myśli.

„O rany, ale to głupie! Naprawdę zaczyna mi odbijać" – powiedziała sobie, ale czujnie rozejrzała się dookoła. Nie zauważyła nic niezwykłego.

„To przez ten rozwód i nawał pracy – westchnęła. – Już niedługo będzie po wszystkim, a potem dwa razy się zastanowię, zanim spojrzę na jakiegoś faceta. Zresztą na takie rzeczy jestem już za stara. Niech się w to bawią młodzi. No, czas do domu. Może jakaś pizza, wino i coś fajnego na DVD?" – zastanowiła się przez chwilę.

Zaraz, przecież to będzie weekend bez dyżuru! Można pogrillować albo wyskoczyć z Amandą do aquaparku. No jasne! Przełom wiosny i lata bzem i magnolią pachnący. Uwielbiała tę porę roku.

Jadąc do domu, myślała o dziwnym ciemnoskórym nieznajomym z zielonym tatuażem na szyi. Trzeba przyznać, że ją zaintrygował. Ciekawe, czego mógł od niej chcieć. I czemu tak po prostu zniknął?

Tak jak sobie obiecała, weekend spędziła na słodkim lenistwie. Ostatecznie jej też czasami należało się trochę wytchnienia. W sobotę po południu wpadła do nich Aurora z Liamem i dzieciakami – siedmioletnim Brianem i dziewięcioletnią Amber. Dzieci bawiły się razem z Amandą, a dorośli grillowali. W końcu Liam zagonił zmęczone dzieciaki do łóżek, a Amanda wyczuła, że matka chce pogadać z Aurorą i też poszła do siebie. Wieczór przerodził się w typowo babski – z winem, zwierzeniami, plotkami.

– Dawno nie śpiewałaś, no dawaj! Całkiem nieźle ci to wychodzi – zachęciła po jakimś czasie Aurora, podając Ariel gitarę. – Mówiłam ci już, że zrobiłabyś na tym niezłą kasę, jakbyś się trochę postarała? A ty się uparłaś na tę klinikę...

– Mówiłaś. Tysiąc razy. Daj spokój, cały wieczór darłam się jak kotka w rui, to już teraz sobie daruję – zaprotestowała Ariel nieco zakłopotana. Te babskie wieczory przy winie i gitarze... hmm? A co tam, w końcu faktycznie nie jest aż tak zła w te klocki. Tylko młodzi mają prawo śpiewać czy co? Miała pełną świadomość, że Aurora ją podpuszcza. – Dobra, dawaj tę gitarę, damy czadu.

Taką Ariel Aurora lubiła najbardziej. Wesołą, wyluzowaną. Ostatnio była to rzadkość. Ariel rozsiadła się w wiklinowym fotelu i wyciągnęła nogi. Przez chwilę sprawdzała nastrojenie gitary, potem ciepłe powietrze wieczoru drgnęło pod wpływem dźwięków płynących spod jej palców i z jej gardła. Popijając wino, Aurora zasłuchała się. Ariel była faktycznie niesamowita. Skala głosu, jakiej nie powstydziłaby się niejedna gwiazda popu. Interpretacja też całkiem, całkiem. Jak można marnować taki talent, pracując po prostu w klinice dla zwierząt? Nie była w stanie tego zrozumieć. Ostatnie akordy ballady dobiegły końca. Nastała cisza.

– Specjalnie dałaś mi to pyszne wino, bo po nim wymiękam i gram... – rzuciła oskarżycielsko Ariel, ale jakoś nie było widać, żeby miała pretensje.

– Jak sprawy ze Stevenem? – nie wytrzymała w końcu Aurora.

Ariel sięgnęła po jeszcze jeden kieliszek wina, wypiła jednym haustem, westchnęła, spuściła głowę. Nie musiała nic mówić. Przyjaciółka zrozumiała ją bez słów. Niestety po tym pytaniu radość wieczoru ulotniła się i następna piosenka była już tylko manifestem smutku, rozczarowania, żalu i tęsknoty... Za czym? Aurora mogła się tylko domyślać. Ariel zamknęła oczy, jej palce przebiegły po strunach i zaczęła nucić:

Jesteś poezją
Sonetem zapisanym przez Los
Na kartach mojego życia
Odczytuję Cię co dnia
Upajając się Tobą wciąż od nowa...

Przyjaciółka popatrzyła na nią zszokowana. Ta znana ballada mówiła o kobiecie zakochanej, nie o kobiecie, która właśnie się rozwodzi! A Ariel śpiewała dalej...

Teraz oczy Aurory prawie wyszły z orbit z wrażenia. Znała Ariel od wielu lat, właściwie od nieszczęsnego ślubu ze Stevenem, i wiedziała, czego może się po niej spodziewać... A przynajmniej tak jej się do dzisiaj wydawało.

– Czy jest coś, o czym powinnam wiedzieć? – zapytała, gdy dźwięki gitary ucichły.

– Co? – Ariel ocknęła się z zadumy. Zarumieniła się. – Pomyślała – „Cholera, jestem po trzydziestce i nadal się rumienię!" – Nie, kompletnie o niczym... – Machnęła ręką.

– Ariel!... – Groźna mina Aurory mówiła: „możesz wszystkich okłamywać, ale nie mnie".

– No co? Przecież mówię, że nie ma o czym gadać...

– Jaaasne! A ta piosenka to niby jest o ciężkiej rozpaczy rozwodzącej się kobiety? – zadrwiła przyjaciółka. – Dalej, nawijaj! Kto to?

– O czym ty, do cholery, gadasz?! – zdenerwowała się Ariel.

– O tej piosence! Tak śpiewa tylko kobieta ciężko zakochana. Gadaj, kto to jest – powiedziała Aurora, cedząc każde słowo.

– Ty... ty... naprawdę myślisz, że ja... ja kogoś mam?

– Nieee! Jak się domyśliłaś? – Teraz ton głosu przyjaciółki był wyraźnie szyderczy.

– Przestań! Ani mi to w głowie. Zwłaszcza po Stevenie – żachnęła się Ariel. – Po prostu ta melodia jakoś tak się do mnie przyczepiła. Cały czas ją nucę. Nie pytaj czemu, bo nie wiem. Po prostu ją lubię. Zadowolona? – wyrzucała z siebie słowa z szybkością karabinu.

Ale Aurora nie wyglądała na przekonaną.

„Muszę się jej bliżej przyjrzeć w następnych dniach" – pomyślała.

Tego wieczoru, kładąc się spać, Ariel miała świadomość, że nie powiedziała jej całej prawdy. Lubiła tę balladę, to prawda, jednak w tej piosence było też coś, za czym tęskniła całe życie... Ktoś, kto prawie co noc nawiedzał ją w snach... Pół nocy walczyła z bezsennością i marzeniami.

„To żenujące" – pomyślała nad ranem, nim padła ze zmęczenia.

Następne dni przypominały poprzednie. Ochłodziło się i przeszły pierwsze letnie burze. Ariel dzieliła swój czas między pracę, obowiązki domowe i Amandę. Bardzo chciała to wszystko jakoś pogodzić, tymczasem wojna sądowa ze Stevenem nabierała tempa. Wykłócał się o najdrobniejsze przedmioty. Teraz dodatkowo, skubaniec, próbował prawnie odebrać jej Amandę.

„Mogę wszystko stracić, ale Amandy sobie odebrać nie dam!" – pomyślała z zaciętością. Starała się jak mogła wynagrodzić córce ten cały stres związany z rozwodem. Bardzo lubiła wieczory, gdy Amanda leżała już w łóżku i ona, leżąc obok, czytała jej najfantastyczniejsze książki.

Córka też uwielbiała to wspólne czytanie, bo matka potrafiła tak interpretować tekst powieści, że postaci dosłownie ożywały. W niesamowity sposób umiała wyczarować najbardziej niesamowite istoty i historie, po których Amanda miała wiele pięknych, kolorowych snów. Nawet po bardzo ciężkim dniu wieczory należały tylko do nich dwóch i do coraz bardziej interesujących lektur. Był to rytuał, który wspólnie pielęgnowały, od czasu gdy Amanda była raczkującym niemowlakiem. Dziewczynka najpierw się kąpała, potem jadła kolację, a później kładła się do łóżka z książką i czekała na cowieczorną porcję ekscytujących opowieści, przy których z reguły po godzinie zasypiała.

Tego wieczoru zerwał się porywisty wiatr. Nadciągała burza. Koty się pochowały. Ariel pozamykała okna i powyłączała co ważniejsze urządzenia elektryczne. Wściekły atak nawałnicy nastąpił w okamgnieniu. Strugi deszczu spłynęły po szybach okiennych, gałęzie drzew załomotały dziko na wietrze.

„Mam nadzieję, że nie powybijają szyb" – pomyślała ze zmartwieniem. Ulicą płynęła istna rzeka wody. Jakby tego było mało, o dach zadudnił grad wielkości śliwek. – „No tak, o tej porze roku burza to normalka. Może przyniesie orzeźwienie?" – Przytuliła wystraszoną Amandę.

– Okej – powiedziała uspokajająco. – To tylko burza, nic wielkiego. – Pogładziła córkę po głowie. Dziewczynka wtuliła się w jej bezpieczne ramiona, drżąc ze strachu.

Burza jak szybko i gwałtownie się zaczęła, tak szybko minęła. Pozostał teraz po niej lekki, siąpiący deszczyk. Córka już szykowała się do snu, gdy nagle wyciągnęła rękę w stronę okna.

– Mamo, zobacz, zobacz!!! – wykrzyknęła podekscytowana.

– Co? Co takiego?

– Nie widzisz? O tam, na dachu! Mamo, to smok! Najprawdziwszy! – krzyczała zaaferowana Amanda, podskakując dziko.

Ariel wytężyła wzrok, nic jednak nie zobaczyła. Pomyślała, że chyba przegięła z tymi książkami, bo teraz jej córka ma zwidy.

– Nic tam nie ma. Wydawało ci się, kochanie – powiedziała łagodnie do córki.

– Wcale nie! – krzyknęła rozzłoszczona dziewczynka. – On tam naprawdę był! Widziałam go! Widziałam!!!

– Okej. – Zrezygnowana Ariel machnęła ręką. – Niech ci będzie, widziałaś. Co nie znaczy, że nie masz z tego powodu kłaść się spać. Już późno, a ty masz jutro na ósmą do szkoły.

Wiesz co? Dzisiaj chyba darujemy sobie czytanie, bo zaczynasz gadać głupstwa. Od jutra zabierzemy się za poważniejsze książki. Dobranoc. – Ucałowała córkę, zgasiła światło i wyszła.

– Wiem, że tam jesteś. Widziałam cię. Nie ukryjesz się przede mną, nawet jeśli mama twierdzi, że opowiadam bzdury – szepnęła Amanda, zanim jej oczy zmorzył sen.

Czerwone ślepia bez źrenic rozjarzyły się w ciemnościach. Przekaz myślowy całej społeczności był jasny: zwiększyć dawkę ordonu, wtedy prace posuną się szybciej. Druga informacja mówiła o ekspedycji: wykonać szybko i należycie.

Zeszła na dół. Burza ucichła. Amanda pewnie też już spała. Zmartwiła ją ta zbyt wybujała fantazja córki, ale pretensje mogła mieć tylko do siebie. Może faktycznie już czas przestać chować Amandę pod kloszem i zacząć jej uświadamiać, jak wygląda realne życie.

„No nie – powiedziała sobie – muszę skończyć z tą nadopiekuńczością, bo inaczej wyrośnie na łajzę i niedorajdę".

Zastanawiając się, jak to zrobić, poszła do kuchni. Nic tak nie poprawiało jej humoru jak gorące kakao. Po chwili z kubkiem w dłoni usiadła przy stole. Wpatrzyła się w swoje odbicie w szybie okiennej i zaczęła rozmyślać. Ciszę przerwał dzwonek telefonu.

„Tylko nie teraz" – pomyślała niechętnie. Nie miała najmniejszej ochoty nigdzie włóczyć się po nocy, więc miała nadzieję, że to tylko ktoś znajomy, a nie właściciel chorego zwierzaka.

– Tak? – rzuciła do słuchawki.
– Pani doktor Ariel Odgeon?
Westchnęła ciężko. A jednak pacjent...
– Tak, słucham.
– Tu Natalie Mosse. Przepraszam, że dzwonię o tak późnej porze, ale Barnaba ma atak. Dałam już ten czopek, który mu pani przepisała, ale nic nie przechodzi! – Głos w słuchawce teraz był już prawie na skraju histerii. – Czy mogłaby pani mu pomóc? Bardzo proszę!!!...

Barnaba był starym cocker-spanielem od lat cierpiącym na padaczkę. Najwidoczniej musiał wystraszyć się tej burzy. Jeśli jednak zaordynowany lek nie działał, to znaczyło, że jest naprawdę źle. Decyzję podjęła błyskawicznie. Zostawiła wiadomość dla Amandy, gdzie jest, w razie gdyby córka się obudziła. Zadzwoniła do Aurory, żeby miała dom na oku. Na szczęście miała podręczną torbę z lekami w domu, a pani Mosse mieszkała blisko.

„Jak wszystko dobrze pójdzie, to wrócę, zanim Amanda się obudzi" – pomyślała. Szybko się ubrała i wyszła w noc.

Wizyta, tak jak myślała, nie zajęła jej wiele czasu. Przerwała biednemu zwierzęciu atak padaczki, podała kroplówkę wzmacniającą i pocieszyła właścicielkę.

„Rany, jestem jak staroświecki, średniowieczny rycerz-dureń, któremu sprawia przyjemność bezinteresowne niesienie pomocy. A gdzie nowoczesne dążenie do bogactwa? Gdzie wyzysk pacjenta za wszelką cenę? To mnie trzeba leczyć, stanowczo! Zupełnie nie przystaję do tych brutalnych, egoistycznych czasów" – drwiła z siebie w duchu, lecz właśnie takie wizyty jak ta sprawiały, że widziała sens własnego życia i czuła się potrzebna.

Wracała do domu pustą ulicą. Stukot jej obcasów na mokrej jezdni i mdłe światło latarń spowodowało, że poczuła się nieswojo. Znowu miała wrażenie, że jest obserwowana. Miała świadomość, że sama sobie napędza wyobraźnię różnymi makabrycznymi wizjami, i czuła gęsią skórkę na karku, ale pocieszała się w duchu, że już niedaleko. Tylko dwa zakręty i będzie w domu.

I nagle bez żadnego ostrzeżenia z bocznej, ciemnej uliczki wyskoczyły trzy typki. Pędem rzucili się w kierunku Ariel. Zauważyła ich kątem oka i odruchowo zaczęła uciekać. Niestety, z następnego zaułka wybiegł jeszcze jeden i odciął jej drogę!

„Co jest? Zasadzka?" – pomyślała spanikowana. Rzuciła się w bok, robiąc unik przed napastnikami, ale jeden z nich rzucił się i złapał ją za kostki nóg. Runęła na mokry asfalt jak długa. Reszta bandziorów doskoczyła. Coś do siebie gadali, lecz Ariel nic nie rozumiała. Tak jakby mówili w obcym języku.

„Amanda! – pomyślała z rozpaczą, przeklinając własną głupotę. Tymczasem napastnicy wyciągnęli linę i zaczęli ją wiązać. – Co jest? Nie chcą mnie obrabować ani zabić?! Wolą mnie porwać? Ale po co? Przecież nic nie mam i nikt nie da za mnie złamanego grosza okupu? To nie ma sensu!"

A jednak czterech bandytów niosło skrępowaną Ariel w głąb ciemnej uliczki.

– Czego chcecie? – wychrypiała. – Jeśli okupu, to nic nie mam. Nie jestem bogata.

– Milcz! – powiedział jeden z nich z dziwnym akcentem.

Dopiero teraz przyjrzała się porywaczom. W półmroku nie mogła wiele dostrzec, ale zauważyła, że wszyscy byli krępi i podejrzanie niskiego wzrostu. Pętająca Ariel lina świeciła na błękitno, fosforyzowała i chociaż wydawała się luźna, za nic nie mogła jej z siebie zrzucić, zupełnie jakby przylgnęła do ciała. I to dziwne osłabienie...

Porywacz, który się wcześniej odezwał, spoglądał na nią przez chwilę, a wtedy zauważyła jego płonące żółte ślepia i fioletowy odcień skóry.

„To jakaś paranoja! Może biorę udział w jakimś programie typu ukryta kamera – zastanowiła się przez chwilę. – To musi mieć jakieś racjonalne wytłumaczenie!" Był w końcu XXI wiek. Takie osobniki po prostu nie istniały!

Bardziej ją jednak interesowało, czego mogą chcieć od niej małe, fioletowe karzełki i jak im uciec. Nagle zobaczyła czekającą na nich ciemną postać w długim płaszczu, normalnego wzrostu.

„Mają wspólnika?!" – pomyślała z rozpaczą.

Tymczasem karzełki na moment zamarły w bezruchu, najwyraźniej zastanawiając się, co robić. Chyba ten obcy jednak nie był ich przyjacielem. Potem mimo wszystko zdecydowanie ruszyły przed siebie w kierunku mężczyzny. Jeden z karłów wyciągnął z kieszeni kurtki coś, co przypominało skrzyżowanie staroświeckiego zegarka kieszonkowego z puderniczką. Otworzył to urządzenie i wtedy w kierunku obcego pomknęło coś na kształt srebrnej kuli wielkości pomarańczy.

Mężczyzna chyba nie był tym zaskoczony, bo sprawnie sparował atak czymś w rodzaju krótkiej laski. Kula uderzyła w pobliski mur i zrobiła w tym miejscu dziurę. Co najciekawsze, wszystko odbyło się w absolutnej ciszy! Ariel z rozdziawionymi ze zdumienia ustami obserwowała całą akcję. A więc karzełki chciały ją porwać, a ten człowiek zamierzał im przeszkodzić.

Wtedy porywacze rzucili ją na asfalt. Potwornie zabolało, lecz nikt nie zwrócił uwagi na jej protesty. Cztery karły wyciągnęły broń i wspólnie zaatakowały obcego. Srebrne kule śmigały we wszystkie strony, ale mężczyzna zręcznie parował ciosy. Jeden z karłów dostał rykoszetem. Ariel zobaczyła jego wykrzywioną bólem twarz, ale znowu nie usłyszała najmniejszego odgłosu! Nic. Kompletna cisza.

W końcu porywacze chyba zorientowali się, że w tym starciu nie mają szans, bo po chwili zostawili ją i zaczęli uciekać innymi bocznymi uliczkami. Mężczyzna nie zamierzał ich gonić. Podszedł do Ariel, dotknął liny tajemniczą laską zakończoną czymś w rodzaju grotu i uwolnił ją z więzów. Te opadły na ziemię i natychmiast rozpłynęły się w powietrzu, a siły witalne zaczęły powracać. Nieznajomy spokojnie schował laskę do kieszeni płaszcza. Zrobił dyskretny ruch ręką i odgłosy wieczoru, szum krzewów oraz dźwięki przejeżdżających niedaleko pojazdów natychmiast powróciły. Zupełnie jakby wyszli z jakiejś kabiny dźwiękoszczelnej.

– Wszystko w porządku? Nic ci nie jest? – zapytał. Podniosła głowę i ujrzała nad sobą najpiękniejszego mężczyznę, jakiego w życiu widziała. Ciemnoskórego z czymś w rodzaju zielonego, fosforyzującego tatuażu na szyi. Tatuażu w kształcie głowy smoka, nie legwana. I właśnie w tej chwili film jej się urwał.

Nieznajomy zrobił zmartwioną minę. Dotknął dłonią czoła Ariel i na moment zamknął oczy. Przez chwilę wyglądał, jakby o czymś intensywnie myślał. Po chwili wziął Ariel na ręce, rozejrzał się czujnie dookoła, po czym poniósł ją w kierunku domu. Dokładnie wiedział, gdzie należy iść.

Otworzyła oczy. Leżała na kanapie we własnym salonie. Zobaczyła zmartwioną minę Aurory i Amandy.

– Mamo? Jak się czujesz? – zapytała zaniepokojona dziewczynka.

– Twoja mama potrzebuje teraz dużo odpoczynku. – Rozległ się męski, tubalny głos.

Ariel odwróciła głowę i zobaczyła nieznajomego.

– Słuchaj, trzeba zawiadomić policję – denerwowała się Aurora. – Ten pan mówi, że napadł cię jakiś włóczęga. Jak nam go szybko opiszesz, to może go jeszcze złapią, zanim ucieknie za daleko.

„Włóczęga? – Ariel spojrzała ze zdumieniem na mężczyznę. – Co on im naopowiadał? Przecież było ich czterech!" Pamiętała dokładnie. Cztery karły o fioletowym odcieniu skóry i żółtych ślepiach. O co tu, do cholery, chodzi?!

Nieznajomy chyba wyczytał w jej oczach to nieme pytanie.

– Chyba już pójdę. Powinna pani odpocząć.

– Nie, nie! Niech pan zostanie! – prawie krzyknęła Ariel. Miała tyle pytań do nieznajomego wybawcy. – Chciałabym panu podziękować, a nawet nie wiem, jak ma pan na imię.

Uśmiechnął się pod nosem.

– Fabien, mam na imię Fabien – powiedział – ale nie ma za co dziękować. Ot, po prostu byłem we właściwym miejscu o właściwej porze.

– Ale jak mam się panu odwdzięczyć? – nalegała Ariel, bo wcale w to zapewnienie nie uwierzyła. Przecież wcześniej ten człowiek był w jej klinice i chciał z nią rozmawiać. To nie mógł być przypadek.

Fabien ukląkł przy kanapie, ujął jej dłoń w swoje duże, ciepłe ręce i spojrzał Ariel w oczy. Przekaz, który odebrała w swoim mózgu, był tak wyrazisty, że aż bolesny:

„Będzie mi miło, jeśli zechcesz ze mną porozmawiać na przykład przy kawie. Jutro, powiedzmy o szesnastej. W kawiarni »Pod Krzywym Kogutem«, dobrze?"

„Dobrze" – odpowiedziała zdumiona również w myślach.

„Ale na razie proszę, żebyś utrzymywała oficjalną wersję, że napadł cię włóczęga. Dobrze? Chyba że chcesz, żeby ktoś cię potraktował jak szaleńca".

– Odwdzięczyć? Nie widzę takiej potrzeby – powiedział już na głos i obdarzył ją promiennym uśmiechem. – Proszę uważać na siebie i już więcej nie chodzić samej po nocy. – Pogroził jej żartobliwie palcem. – Następnym razem może mnie nie być w pobliżu.

„Uważaj na siebie, bo oni mogą wrócić!" – Ten przekaz zabrzmiał w jej umyśle równie wyraźnie.

– Do widzenia paniom. – Ukłonił się w kierunku Ariel i Aurory. – Cześć, Amando, i opiekuj się mamą – dodał i wyszedł.

– Jeeezu!!! – jęknęła z zachwytem Aurora. – Ależ on był pięęękny!

Ariel popatrzyła na nią z uśmiechem. Taaak, już raz słyszała podobny zachwyt, tyle że teraz w pełni go podzielała. Faktycznie Fabien był wyjątkowo pięknym mężczyzną, miał ciepły, niski głos i fantastyczne, zmysłowe usta.

– Czemu on nie mógł uratować mnie? – Aurora prawie piała z zachwytu.

– Amanda, zadzwoń do wujka Liama i powiedz, że Aurora prosi o natychmiastowy rozwód – rozbawiona nakazała córce.

Wszystkie trzy wybuchnęły śmiechem.

– Oczywiście umówisz się z nim? – drążyła przyjaciółka.

– A niby jakim cudem, skoro oprócz imienia nic o nim nie wiem? – taktycznie skłamała Ariel. – Zresztą on pewnie ma tabuny zadurzonych fanek, a ja, przypominam wam obu, jestem na etapie rozwodu! Amory mi nie w głowie.

– Jasne, a ja jestem królową brytyjską! – prychnęła Aurora z powątpiewaniem – Wyglądał na bardzo tobą zainteresowanego, kiedy cię tu przyniósł.

– A mogło być inaczej? Przecież mnie uratował, pamiętasz?! Zresztą jeśli faktycznie zechce mnie znowu spotkać, w co wątpię, to wie, gdzie mnie szukać – ucięła rozmowę Ariel.

– No to chyba już nic tu po mnie. Na twoim miejscu jednak powiadomiłabym policję. Do licha, przecież dostają pensje z naszych podatków! Powinni nas bronić! A tu żadnego patrolu! Skandal! Dobranoc – powiedziała Aurora i wyszła.

– Mamo, jak się czujesz? – zapytała z troską Amanda.

– Nieco skołowana – przyznała Ariel. Nie wiedziała, co sądzić o wydarzeniach tego wieczoru. – Chyba już położę się spać. Ty też najlepiej zrobisz, jak pójdziesz do łóżka. Przepraszam, że napędziłam ci stracha, ale Barnaba pani Mosse miał atak i musiałam mu pomóc. Ale teraz już się nigdzie nie ruszę, obiecuję. – Ucałowała córkę.

– Nie powiadomisz policji? – zapytała zdumiona dziewczynka.

– A co to da? Ten włóczęga na pewno dawno już zwiał i oprócz dużej ilości papierków do wypełnienia nic więcej nie zrobią. I tak mamy zarwane pół nocy. A oni nie daliby nam spać drugie pół. – Ariel uśmiechnęła się krzywo. – Nie, powiadamianie policji nic nie da. – Machnęła ręką.

Ledwie się położyła, zapadła w kamienny sen, w którego mrokach czaiły się dziwne postaci. Na próżno usiłowała je dojrzeć. Były poza zasięgiem wzroku. Widziała tylko ich rozmyte kontury i czerwone oraz żółte punkciki oczu.

– Mamo! Mamo! – Ktoś szarpał ją za ramię. – Zaspałyśmy!

Amanda stała nad nią i starała się dobudzić Ariel. Ta nieprzytomnie spojrzała na budzik. Wielkie nieba! Była dziewiąta! Powinna być już w pracy. Wyskoczyła jak oparzona z łóżka. Błyskawicznie zadzwoniła do kliniki, wyjaśniając Kathey, że trochę się spóźni. Potem szybko wzięła prysznic, w biegu wypiła kawę i po kilku minutach gnała do kliniki, oglądając po drodze zniszczenia, jakie poprzedniej nocy wyrządziła nawałnica.

Tego dnia nic się nie układało. Tom miał pretensje o spóźnienie i brak profesjonalizmu. Potem podczas zabiegu prawie dostał szału, gdy po raz któryś z rzędu podała nie te narzędzia lub zrobiła nieprawidłowy szew. Pracownicy też patrzyli na nią dziwnie. Co najmniej jakby podejrzewali, że całą noc balowała i teraz jest skacowana. A do tego faktycznie potwornie bolała ją głowa (reszta ciała zresztą też) i była totalnie rozkojarzona. Około południa Tom nie wytrzymał i zaciągnął ją do swojego gabinetu, gwałtownie domagając się wyjaśnień. Usiadła znużona w jego fotelu i opowiedziała mu o wydarzeniach poprzedniej nocy – oczywiście w wersji oficjalnej, czyli że napadł ją włóczęga i mocno poturbował.

– Czemu, do cholery, nie zadzwoniłaś z domu, że bierzesz dzień wolnego! – zdenerwował się. To jeszcze pogorszyło samopoczucie Ariel. Nie dość, że tyle przeszła, to teraz jeszcze na nią wrzeszczano. Zero współczucia. Więc nawet Tom jest nieczułym draniem? Miała prawie łzy w oczach. Wspólnik spojrzał na nią i szybko się zreflektował, że przegiął.

– Przepraszam – powiedział cicho, siadając obok Ariel i obejmując ją ramieniem. – Ale sama przyznasz, że gdybyś dała znać, co się stało, nikt nie miałby ci za złe, że nie przyjdziesz. Wszyscy by zrozumieli, że potrzebujesz odpoczynku. Słuchaj, poproszę Petera, żeby cię odwiózł do domu. Popatrz na siebie. Ledwo trzymasz się na nogach. I do tego jesteś półprzytomna – dokończył z wyrzutem.

– Dam radę – słabo zaprotestowała.

– Koniec dyskusji. Zaraz zawołam Petera. – Wyszedł do poczekalni, cicho wytłumaczył sanitariuszowi, o co chodzi, i po kilku minutach Peter wiózł Ariel jej własnym citroenem do domu. Poczuła się trochę jak mała, ubezwłasnowolniona dziewczynka, ale wolała z Tomem nie drzeć kotów, zwłaszcza kiedy był w tak bojowym nastroju.

– Przepraszam, Peter, że zawracam ci głowę swoimi problemami – rzuciła cicho.

– Nie ma sprawy. Poniekąd pani problemy są naszymi, nie? Szkoda, że pani doktor od razu nic nie powiedziała. Trzeba było zostać w domu i odpocząć. – Najwyraźniej został wtajemniczony w sprawę.

Z domu Ariel zadzwoniła po taksówkę, która odwiozła Petera z powrotem do kliniki, a sama łyknęła tabletki przeciwbólowe i położyła się w salonie na kanapie. Nim minął kwadrans, znowu zapadła w sen. Tym razem już spokojniejszy, dający więcej odpoczynku i ukojenia.

Spała mocno dwie godziny. Obudziła się około piętnastej z dużo lepszym samopoczuciem. Najwyraźniej leki zaczęły już działać, bo nic jej nie bolało. Przypomniała sobie, że o szesnastej jest umówiona z Fabienem. Przez chwilę zastanawiała się, czy iść na to spotkanie. Czego mógł chcieć? O czym takim chciał rozmawiać? No i ta kawiarnia – przecież może ją tam zobaczyć ktoś z personelu kliniki! Co wtedy? Ale jeśli nie pójdzie, to nigdy nie dowie się, czego chciał Fabien, kim były karzełki i dlaczego na nią napadły...

„Kolejna sytuacja patowa – pomyślała szyderczo – i tak przez całe życie. A co tam! Co ma być, to będzie". Musi się dowiedzieć, o co tu naprawdę chodzi.

Sprawdziła, gdzie jest ta kawiarnia „Pod Krzywym Kogutem", i zaczęła się przygotowywać do wyjścia. Amanda jeszcze była w szkole, a potem miała trening, więc przynajmniej córce nie będzie się musiała tłumaczyć w razie czego. Po chwili jechała już do miasta taksówką. Nie czuła się jeszcze na tyle dobrze, żeby prowadzić własne auto. Jadąc, jeszcze raz przemyślała wszystkie zdarzenia zeszłej nocy i starała się ułożyć listę pytań, które powinna zadać Fabienowi.

Kawiarnia „Pod Krzywym Kogutem" była małym lokalikiem na obrzeżach centrum. Stała na skraju miejskiego parku i blisko rzeczki. Małe, drewniane drzwi wejściowe nie rzucały się w oczy, podobnie jak niewielkie okienka z wprawionymi kolorowymi szybkami. Nigdy by nawet nie wiedziała o istnieniu tego lokalu, gdyby nie zaproszenie – nie przypominała sobie żadnej reklamy kawiarni w miejskiej gazecie. Kto tu w ogóle bywał?! Przez moment zastanowiła się, czy to zaproszenie Fabiena czasem jej się nie przyśniło. Pewnie w ogóle go tam nie będzie, a ona wyjdzie na idiotkę. W końcu coś takiego jak telepatia przecież też nie istniało, podobnie jak... fioletowe karzełki o żółtych ślepiach. A co tam! Najwyżej napije się kawy i przekona, że miała halucynacje. Wzięła głęboki wdech i punkt szesnasta wkroczyła do środka.

Stanęła onieśmielona w drzwiach. Wnętrze podzielonej na dwie części kawiarni mile ją zaskoczyło. Pierwsza sala – przytulnie i kameralnie urządzona przy samym wejściu, z małymi stoliczkami nakrytymi czyściutkimi obrusami w kolorze burgunda. Ściany wyłożono kolorystycznie dobraną tapetą, na ścianach wisiały piękne obrazy, malutkie lampki na stolikach i kinkiety, rzucając ciepłe światło, dopełniały atmosfery przytulności i tajemniczości. Pod ścianą stał dębowy kontuar, za którym urzędowała mała staruszka wydająca polecenia kelnerkom. Gości było niewielu, toteż do nowej klientki natychmiast podeszła dziewczyna o bardzo jasnych włosach i zapytała, w czym może pomóc i czy Ariel ma zarezerwowany stolik. Niedawna ofiara karłów lekko zgłupiała.

– Ehm – odchrząknęła. – Nie jestem pewna, ale chyba powinien tu być mój znajomy. Łatwo go poznać, ponieważ jest dość wysoki, czarnoskóry, ma włosy do ramion... I ma zielony tatuaż na szyi – dokończyła Ariel pewna, że robi z siebie idiotkę.

„Ma na imię Fabien i jest oficerem-elfem, strażnikiem portalu" – usłyszała czyjąś odpowiedź w myślach. Wytrzeszczyła oczy na kelnerkę. Czyżby ta dziewczyna też umiała posługiwać się telepatią? To wszystko zaczęło się robić coraz dziwniejsze.

– Myślę, że wiem, o kogo pani chodzi. – Kelnerka uśmiechnęła się do niej łagodnie. – Proszę za mną.

Dziewczyna, zgrabnie mijając kolejne stoliczki, skierowała się ku drugiej części lokalu schowanej za ciężką kotarą. Kiedy Ariel weszła tam za nią, o mało nie krzyknęła z zaskoczenia i zachwytu. Ta sala była przestronna, jasna, pełna tropikalnej roślinności, wśród której ukryto małe marmurowe stoliki i ławeczki. Sprawiała raczej wrażenie pięknej, zadbanej palmiarni z przeszklonym dachem, licznymi strumykami i oczkami wodnymi biorącymi swój początek w centralnie usytuowanej fontannie.

Fontanna też była ciekawie zbudowana, ponieważ przypominała kształtem siedzącego smoka z rozłożoną podwójną parą skrzydeł, z którego paszczy wypływał ów strumień. Ariel przez chwilę stała nieruchomo, sycąc oczy tym widokiem.

Kelnerka z rozbawieniem wskazała jej stolik, przy którym siedziała znajoma postać. Chociaż Fabien był odwrócony plecami, kiedy Ariel weszła, natychmiast się zerwał i podszedł do niej.

„Zupełnie jakby wyczuł moją obecność" – pomyślała irracjonalnie.

„Bo tak było" – odpowiedział jej w myślach. – Rzeczywiście cię wyczułem – dodał już na głos. – Cieszę się, że zdecydowałaś się przyjść. Wiem, że się mnie nie boisz, chociaż wiesz, że jestem telepatą. Podobnie jak ty zresztą. – Uśmiechnął się. – I wiem, że nurtują cię pytania o wczorajszy wieczór i o moją osobę. Tak przy okazji, powinnaś nauczyć się zaklęcia *adger*, to jest takiego jakby telepatycznego muru obronnego, bo inaczej każdy będzie mógł poznać twoje myśli. Tak jak ta kelnerka przed chwilą. Usiądziesz? – zapytał zapraszająco.

Zupełnie ją zatkało. Tak jawnie przyznał się do telepatii. Oznajmił, że ona też to umie i że podobnych osób jest więcej. Pieprzył coś o jakimś zaklęciu. Skąd on jest? Z CIA? Z Pentagonu? Z Archiwum X? Z bajki o królewnie Śnieżce?

– Chciałeś ze mną rozmawiać – zaczęła wyzywająco. – Byłeś w mojej klinice i tajemniczo zniknąłeś. Potem w nocy pod domem... Ten napad to nie przypadek, prawda? Podobnie jak twoja tam obecność. O co chodzi?

– Umiem tylko częściowo odpowiedzieć na twoje pytania. – Zrobił zamyśloną minę. – Niezła jesteś. Żadnych wstępnych konwersacji o pogodzie i tym podobnych bzdurach, tylko od razu przechodzisz do rzeczy. – Uśmiechnął się. – Okej, odpowiem na tyle pytań, na ile umiem, ale może najpierw napijemy się kawy? – zaproponował. – I wiesz co? Mają tu pyszne ciasto z poziomkami.

Zawołał kelnerkę i po chwili stały przed nimi filiżanki pachnącej, aromatycznej kawy, a na talerzykach solidne porcje ciasta poziomkowego. Ariel upiła łyczek. Kawa faktycznie była pyszna. Uczciwie musiała przyznać, że lepszej do tej pory nie piła. Ciasto też było całkiem, całkiem...

– Więc? – zapytała niecierpliwie po chwili.

Fabien też delektował się kawą i ciastem.

– To prawda, byłem w twojej klinice, bo miałem do ciebie ważną sprawę, ale oni też tam byli i musiałem ich przegonić...

– Nie! Opowiedz mi o tych karłach, które mnie napadły – przerwała mu Ariel. – Kto to? Dlaczego? Co masz z nimi wspólnego? Co się właściwie wydarzyło w tej uliczce? – bombardowała go pytaniami.

– Właśnie o tym mówię. To akurat też nie jest dla mnie jasne – zaczął niepewnie. – To były krasnoludy. Nie rozumiem... – Podrapał się skonsternowany za uchem i Ariel teraz zauważyła niezwykły kształt jego małżowiny usznej – szpiczasty! – Normalnie krasnoludy są gburami, to prawda, ale nie są agresywne. Te wyglądały, jakby były pod wpływem ordonu, ale to niemożliwe. Ordon jest zakazany. Prawie niemożliwy do zdobycia... – zamyślony mówił jakby do siebie. Ariel dosłownie spijała każde słowo z jego ust. – Nie umiem ci powiedzieć, dlaczego na ciebie napadły, z czyjego polecenia, ale mogę obiecać, że się tego dowiem. Severian musi wiedzieć, co próbowały ci zrobić. Taaak, tylko on jest w stanie odpowiedzieć na to pytanie... I może jeszcze Oriana... – ciągnął, nie zważając na coraz bardziej skonsternowaną minę Ariel.

– Fabien! – prawie krzyknęła. – O czym ty, do cholery, gadasz?!

Elf popatrzył na nią zamyślonym wzrokiem i dopiero po chwili dotarło do niego, że przecież ona jest z innego świata. Nabrał głęboko powietrza i zaczął:

– Ooo! No tak. Zapomniałem, że ty o niczym nie wiesz... A gdybym ci powiedział, że obok twojego świata istnieje inny, na wyciągnięcie ręki? A gdybym ci powiedział, że ten inny świat pełen jest takich istot jak ludzie, elfy, fauny, chochliki, gnomy, krasnoludy, driady i tym podobne stworzenia? Że zamieszkują one ten pełen magicznej mocy świat prawie w harmonii?

– Powiedziałabym, że jesteś uroczy, ale masz zbyt bujną fantazję. Przeczytałam sporo książek fantasy i obejrzałam wiele podobnych filmów, więc będziesz musiał się mocno natrudzić, żeby mi udowodnić, że to prawda, a nie wytwór twojej chorej wyobraźni! – palnęła Ariel, krzyżując ręce na piersiach i zakładając nogę na nogę.

– A jednak on istnieje! Wczoraj wieczorem mogłaś się o tym przekonać. Istnieje obok twojego tak jak jeden dom koło drugiego.

– Jaaasne! A ty jesteś bratem bliźniakiem Harry'ego Pottera! – zadrwiła bezlitośnie.

– Nie wiem, o kim mówisz. Pewnie, braci mam wielu, ale nie wiem, czy któryś tak się nazywa – odpowiedział z godnością Fabien.

Szczęka opadła jej ze zdumienia. Teraz już była pewna, że ma do czynienia z uroczym facetem, ale jednak czubkiem!

– Przybyłem tu, żeby cię prosić o pomoc, właściwie o radę. Mamy pewien problem ze zwierzętami, a ty się na nich znasz... – kontynuował niezrażony jej miną.

– Niech zgadnę – udała, że intensywnie myśli, drapiąc się po głowie – chodzi o smoki? – dokończyła drwiąco.

Fabien wytrzeszczył oczy.

– Taaak... Faktycznie! Jak się domyśliłaś? – wysapał zdumiony.

– Wiesz co, miło się rozmawiało, ale na mnie już czas – powiedziała Ariel, wstając. Zaczynała mieć dość tej dziwacznej rozmowy. Liczyła, że dowie się czegoś o wczorajszych wydarzeniach, tymczasem ten piękny mężczyzna był prawdopodobnie chory psychicznie. No bo kto przy zdrowych zmysłach opowiadałby TAKIE bzdety?

– Czekaj! – Fabien złapał ją za rękę. – Daj sobie wytłumaczyć...

– Że co? Że jaja sobie ze mnie robisz? – zdenerwowała się Ariel. – A może to jakiś cholerny reality show z cyklu „uśmiechnij się, jesteś w ukrytej kamerze"? Wybacz, ale mnie takie żarty nie bawią. Te bajki mógłbyś opowiadać mojej dziesięcioletniej córce i też nie jestem pewna, czyby ci uwierzyła. A ja tym bardziej jestem na nie za stara. Obrałeś zły obiekt żartów, przyjacielu.

Wyglądał na skołowanego. W tym momencie jego tatuaż na szyi błysnął zielono, a przynajmniej tak się potem Ariel wydawało. Dotknął rysunku na skórze i wyraz jego twarzy momentalnie uległ zmianie.

– Przepraszam, że ci zawracałem głowę. Przykro mi, że to wszystko się wydarzyło – powiedział bardzo poważnym tonem.

– Mnie też jest przykro. Nawet nie wiesz jak bardzo – wyrzuciła z siebie rozczarowana i zła. – Lepiej będzie, jak już pójdę.

Wzięła żakiet, który wcześniej położyła na ławce obok.

– Żegnaj, Fabien – westchnęła ciężko i ruszyła do wyjścia.

Patrzył za nią przez chwilę. Gdy była już przy kotarze, wyjął tę samą laskę, której użył poprzedniego wieczoru i skierował w stronę pleców Ariel. Ledwo widoczna mgiełka poszybowała za nią i owinęła się dookoła jej głowy. Ariel na moment zachwiała się, po czym ruszyła dalej, nie spoglądając za siebie.

„Hmm, trudno, inny oficer mnie wyprzedził... – pomyślał Fabien. – Szkoda, bo wydaje mi się, że to odpowiednia osoba. Ale po tej klątwie nic nie będzie pamiętała. Dobra, czas opuścić ten dziwny świat i wrócić do domu".

Wracała do domu jakby w półśnie. Jakby była lekko naćpana. Czyżby coś dodali do tej kawy? Złapała taksówkę i jadąc przez miasto, myślała o Fabienie. Dziwne, ale szczegóły spotkania z nim zaczęły się zacierać w jej głowie. Na koniec został tylko obraz miłego, smutnego człowieka, który żegnał ją, gdy wychodziła z kawiarni. Ale kim był i po co się z nim spotkała? Nie była w stanie niczego sobie przypomnieć. Skleroza w tak młodym wieku?

Poirytowana wróciła do domu. Resztę popołudnia spędziła na zwykłych pracach domowych. Potem odwiedził ją Tom sprawdzić, jak się czuje. Pod wieczór nie była już w ogóle pewna, czy w ogóle chodziła do jakiejś kawiarni i czy z kimkolwiek się spotykała. Pomyślała, że jak tak dalej pójdzie, to trzeba będzie poszukać sobie psychoanalityka. Jej umysł zdawał się płatać coraz większe figle. Może czas to skonsultować ze specjalistą?

– Witaj, Fabien. – Marcus mocno uścisnął przyjaciela, gdy ten wrócił już do koszar. – Dobrze, że w końcu jesteś. Jak misja? – zapytał podchwytliwie.

– W porządku – odpowiedział poważnym tonem Fabien. Nadal żałował, że nie udało mu się ściągnąć Ariel do miasta, no ale ktoś inny sprowadził swojego kandydata z listy wybranych i tylko to było ważne. Oby tylko ta osoba się nadawała. Niestety wciąż obowiązywała go tajemnica, więc nie mógł dać się podpuścić Marcusowi.

– To dobrze. Brakowało nam ciebie. Akurat jak cię nie było, trolle, cyklopy i chimery przypuściły zmasowany atak na miasta. Jeszcze czegoś takiego nie widziałem! – opowiadał Marcus z przejęciem. – Musieliśmy poderwać wszystkie smoki! Wyobrażasz to sobie? Cały Korpus w powietrzu! Mówię ci, to była istna masakra! Straciliśmy kilku przyjaciół i dwa smoki – dodał bardzo poważnie.

– Kogo? – zapytał rzeczowo zaskoczony Fabien.

– Olafa, Jona, Edwarda i Sergiusza – wyliczył cicho Marcus.

Fabien wytrzeszczył oczy. Znał tych oficerów. Byli wyjątkowo doświadczeni. Wielkie nieba! Co tu się działo, kiedy go nie było?

– A smoki? Jak to możliwe? Które? – rzucił ostro.

Nastąpiła chwila ciszy. Marcus najwyraźniej bał się odpowiedzieć na to pytanie, bo unikał wzroku Fabiena.

– Hygin i... i... Nelly. Odniosły wiele ciężkich obrażeń. Nie mogliśmy im pomóc – wykrztusił cicho.

– Nelly?! – krzyknął Fabien. Złapał Marcusa za poły munduru i potrząsnął ze złością. – MOJA Nelly?! Przecież niedawno złożyła jajo! Kto dał rozkaz, żeby brała udział w bitwie?! – ryknął wściekły, bo Nelly była smokiem, którego osobiście szkolił, a zarazem jego ulubienicą.

– Severian. Nie miał wyjścia. Ten atak był wyjątkowo ciężki. Potrzebowaliśmy wszystkich sił, żeby go odeprzeć – tłumaczył cicho Marcus.

Fabien puścił przyjaciela. Usiadł z impetem na łóżku i złapał się za głowę. Jak to możliwe? Nie było go tylko kilka dni. A przez ostatnich kilkadziesiąt lat ataki były sporadyczne. Więc czemu teraz? Czemu Nelly? Czemu aż tak zmasowany atak? Przypomniała mu się napaść krasnoludów na Ariel. Dziwny zbieg okoliczności. A może nie? Stanowczo musi porozmawiać z Severianem. Naczelny Czarnoksiężnik musi wiedzieć, że podobne rzeczy dzieją się też w tym innym świecie. To musi coś znaczyć. Zerwał się i zdecydowanie ruszył do wyjścia.

– Ty dokąd?! – zawołał za nim zdumiony Marcus. Chciał powiedzieć, że przecież już dawno po bitwie i że trwa narada magów, ale nie zdążył, bo Fabiena już nie było.

Elf szedł teraz dróżką prowadzącą z koszar do miasta. Tym razem, po nowinach Marcusa, był zawzięty, czujny i gotowy odeprzeć każdy atak. Po drodze oglądał zniszczenia, jakich dokonały trolle, chimery, cyklopy.

Pobliskie łąki, pola i zagajniki wyglądały jak po przejściu tajfunu. Drzewa powyrywane z korzeniami. Pełno olbrzymich głazów porozrzucanych bezładnie, jakby ktoś celował nimi w kopułę ochronną miasta. Ziemia rozorana ciężkimi łapami i pazurami napastników. Pomyślał, że w tej sytuacji bezpieczniej byłoby dotrzeć do miasta na pegazie, ale nie spodziewał się aż takich zniszczeń, a poza tym chciał rozprostować kości, pozbierać myśli i ochłonąć.

Wreszcie dotarł do śluzy w kopule ochronnej. Buzdyganem dotknął przycisku w kształcie smoka z podwójną parą rozłożonych skrzydeł i wejście stanęło przed nim otworem. W samym mieście na szczęście nic się nie zmieniło – kopuła ochronna wytrzymała atak. Wąskimi, kamiennymi uliczkami doszedł do centralnej części miasta, w której mieścił się ratusz – rezydencja Naczelnego Czarnoksiężnika miasta, Severiana. Podszedł do drzwi prowadzących do windy, którą miał nadzieję wjechać prosto na sam szczyt, gdzie urzędował mag. W tym momencie podszedł do niego Gaspar, inny oficer, półelf, który najwyraźniej stał na warcie.

– Wybacz, stary, ale nie możesz wejść – poinformował lakonicznie.

– Muszę się widzieć z Severianem – odparł Fabien z zaciętą miną.

– Gdzie ty byłeś, że nie wiesz, że magowie mają teraz naradę? Nie wpuszczają nikogo. NIKOGO! Przykro mi, Fabien.

– Wiesz może, kiedy to się skończy? – zapytał niecierpliwie elf. – Naprawdę mam coś pilnego do Severiana.

– Nie, przyjacielu. W takie rzeczy Naczelni nas maluczkich nie wtajemniczają. Najlepiej idź do tawerny starego Garretha i tam czekaj na wieści – doradził mu Gaspar.

– Chyba masz rację. – Fabien przez chwilę zastanawiał się nad słowami oficera. – Tak zrobię. Żegnaj, Gaspar. – Wściekły i zrozpaczony ruszył przed siebie.

Tawerna chochlika Garretha była kilka ulic dalej. Właściwie obsługiwała tylko oficerów, nawet kadeci i adepci nie mieli tu wstępu. To tu po żmudnych patrolach, potyczkach z trollami lub po prostu w wolnej chwili oficerowie poszukiwali rozrywki. Fabien był częstym gościem, bo oprócz dobrych drinków lokal oferował też trochę hazardu, jak turniej strzelania z kuszy do trolla (oczywiście dość realistycznej makiety) czy gry taktycznej polegającej na tym, że sterowało się miniaturkami smoków, tak by chroniły makiety miasta. Przeciwnik miał miniaturki trolli, chimer albo cyklopów i zadanie zniszczenia magicznej makiety. Ten, kto przegrywał, stawiał drinki wszystkim oficerom. Można też było zagrać w coś w rodzaju kręgli, tyle że celowało się do gnomów, a kula, gdy w nie trafiała, wydawała odgłosy jak eksplodujący trotyl.

Fabien był dobry w te gry, dzisiaj jednak zupełnie nie miał nastroju. Gdy tylko usiadł przy ciężkim dębowym stoliku, w najciemniejszym kącie tawerny, natychmiast podeszła do niego chochliczka Hanna. Ona zawsze, jakby miała szósty zmysł, wyczuwała jego podły nastrój i potrafiła pocieszyć. Postawiła przed nim drinka rozweselającego, ale nawet go nie tknął. Zrozumiała, że jest bardzo źle.

– Co się stało, Fabien? – zapytała, głaszcząc go małą, czteropalczastą rączką po zwiniętej w pięść dłoni. – Nelly, tak?

Upłynęła dłuższa chwila, zanim ciężko westchnął, skinął głową i zaczął:

– Miałem misję poza miastem. Nie udało mi się jej wykonać. A w tym czasie w ataku na miasto zginęła Nelly!...

Popatrzył na chochliczkę ze łzami w oczach. Bardzo kochał swoją smoczycę.

– Hanna, nie było mnie tu, kiedy ona walczyła! – powiedział łamiącym się głosem. – Może gdybym był...

Opuścił głowę. Chochliczka ze współczuciem popatrzyła na niego swoimi wodnistymi, błękitnymi oczami.

– Nic byś nie wskórał – powiedziała cicho, najwyraźniej wiedząc o wszystkim. – Ten atak był wyjątkowo ciężki. Wiele smoków i wielu oficerów ucierpiało. Nie obwiniaj się. Nelly była do tego szkolona i miała świadomość, co może ją spotkać. Walczyła z dwiema chimerami naraz. Wykazała się wielką odwagą. Wszyscy jej żałujemy i wszyscy jesteśmy jej wdzięczni, Fabien.

– Tak, ale ja straciłem smoka! – prychnął wściekły elf, uderzając pięścią w stół. – Co mi po tej wdzięczności? Nelly już nie ma! To Severian jest winien, bo kazał jej walczyć, chociaż miała mieć młode! – krzyknął oskarżycielsko.

– Nie, Fabien, mylisz się – upomniała go delikatnie chochliczka. – To Nelly sama poprosiła Severiana, żeby pozwolił jej walczyć. Nie chciał się zgodzić, bo ciebie nie było, ale ona nalegała...

Elf wytrzeszczył oczy. Jego Nelly? To niemożliwe! To nie może być prawda!

Nadszedł Garreth.

– Witaj, Fabien. Więc już wiesz – stwierdził spokojnie, a widząc pytające spojrzenie elfa, dodał: – Tak, Fabien, Nelly sama prosiła Severiana o udział w walce, mimo że ciebie nie było i mimo że wysiadywała jajo.

Zdruzgotany Fabien siedział w kącie i nie wiedział, czy i kogo obwiniać. Chochlik przyniósł mu drinka kojącego. Elf nawet go nie tknął. Zażądał za to butli nalewki miodowo-bursztynowej, która, jak wiadomo, upija elfy niczym najmocniejsza wódka. Po kilku chwilach leżał na stole, bełkocąc, wyklinając coś pod nosem po elficku, i od czasu do czasu walił pięścią w stół. To był moment, kiedy Hanna dała znać Garrethowi, że potrzebna jest interwencja. Szybko przesłali wiadomość i po chwili przed tawerną wylądował pegaz z Marcusem na grzbiecie.

– Gdzie on jest? – zapytał zaniepokojony. – Czemu żeście mnie od razu nie powiadomili?

– Tam, w rogu – powiedział cicho karczmarz, wskazując głową. – Nie chcieliśmy mu przeszkadzać. Strata smoka to przecież ogromna tragedia dla oficera. Żal patrzeć na tego biedaka. Ale lepiej go zabierz, zanim wasi przełożeni się zorientują.

– Daliście mu nalewkę? Nie wiecie, do cholery, że jest elfem?! Może mieć przez to nieliche kłopoty! Jak Zorian się dowie...

– Chcieliśmy go pocieszyć z powodu Nelly – tłumaczył się piskliwie wystraszony Garreth.

– Nalewką? Czy wyście powariowali?! Za to może wylecieć z Korpusu! I przysięgam, na Wielkiego Xaviere'a, że jeśli się tak stanie... – Nie musiał kończyć, bo Garreth i Hanna już dawno zwiali. Wiedzieli, że z kim jak z kim, ale z Marcusem lepiej nie zadzierać.

Oficer burknął jeszcze coś pod nosem i podszedł do nieprzytomnego Fabiena. Zarzucił go sobie na plecy, po czym tylnym wyjściem wyniósł z tawerny. Z pomocą innych oficerów umieścił Fabiena przed sobą w siodle i po chwili lecieli już w kierunku koszar.

Manewrowanie podwójnie obciążonym pegazem oraz trzymanie pijanego elfa tak bardzo zajęło uwagę Marcusa, że nie zwrócił uwagi na bełkot przyjaciela: „Ariel... byłaby lepsza... Nelly... napadli... Severian... powiedzieć... Ariel... krasnoludy... ordon... Ariel...". Był zbyt zajęty obmyślaniem sposobu, jak uratować elfi tyłek Fabiena. Jeśli to pijaństwo się wyda...

„Jutro natrę mu tych jego szpiczastych uszu – obiecał sobie w duchu. – A potem... pomogę znaleźć innego smoka...”

Następnego dnia rano rozległo się głośne pukanie do drzwi. Po chwili kolejne, bardziej natrętne.

– Fabien? Fabien? Jesteś tam? Otwieraj, Fabien! – Efrem, oficer dyżurny, dobijał się do pokoju elfa.

W otwartych właśnie drzwiach kwatery naprzeciwko stanął Marcus – nieskazitelnie ubrany, gotowy do odprawy.

– Cześć, Efrem – zagadnął. – Jakiś problem?

Tamten spojrzał na niego z niechęcią.

– Nie twoja sprawa – rzucił lakonicznie. Nie było tajemnicą, że nie lubili się i Efrem zawsze zazdrościł Marcusowi talentów oficerskich. Ten już w Oazie Szkolnej był prymusem i nauka przychodziła mu z łatwością, jakby od niechcenia. Tymczasem Efrem kuł i kuł i nadal nie miał takich osiągnięć jak ten błękitnooki bękart. Z kolei Marcus gardził Efremem jako ofermą i lizodupem – jak to malowniczo określał – bo ten notorycznie podlizywał się Zorianowi.

– Jaki niemiły z samego ranka! – zakpił teraz z Efrema, ale intensywnie myślał, co też ta oferma może chcieć od Fabiena. Nie trzeba było geniusza, aby się domyślić, że jako oficer dyżurny nie przyszedł tu na pogaduszki. Ktoś najwyraźniej doniósł na Fabiena Zorianowi. Ale kto?

„Dowiem się!” – przyrzekł sobie mściwie Marcus, ale póki co musiał jakoś uratować elficką dupę przyjaciela. Tylko jak?

– Jeśli już musisz wiedzieć, to Zorian chce widzieć Fabiena natychmiast! W związku z wczorajszą burdą w tawernie Garretha – wycedził z mściwą satysfakcją Efrem. – Mam rozkaz obudzić tego pijanego elfa i za jego szpiczaste uszy dowlec do generała. Zorian jest wściekły!

– Efrem, Efrem... – Udając politowanie, pokiwał głową Marcus. – Doprawdy chciałbym wiedzieć, o czym gadasz, lizodupie. Coś się chyba uroiło w twojej chorej jaźni. Może się naćpałeś ordonu? – zapytał z uprzejmym zainteresowaniem.

– Nie przeginaj! – rzucił ostrzegawczo Efrem. – Jestem dziś dyżurnym. Mogę dać ci dyscyplinarkę!

– Tiaaa, jasne – odparł niedbale Marcus, oglądając z zainteresowaniem swoje paznokcie. – Tyle że potem JA będę dyżurnym, więc osobiście ci tego nie radzę. A jako przyjaciel Fabiena mogę cię tylko poinformować, że żadnej burdy nie było. Masz mylne informacje. Zresztą Fabiena wcale nie ma w pokoju. Zdaje się, że przed odprawą poszedł na przechadzkę nad Chochlikowe Jezioro. Chciał trochę pobyć sam po stracie Nelly. Czy mogę ci jeszcze jakoś pomóc? – dorzucił podejrzanie uprzejmie.

– Dzięki, ale jeśli pozwolisz, to sam zajrzę do jego pokoju. – Efrem przekręcił gałkę w drzwiach.

– Pewnie. – Marcus obojętnie kiwnął głową. – Skoro uparłeś się robić z siebie pośmiewisko...

Efrem wkroczył do kwatery Fabiena pewny, że zastanie tam pijanego w sztok elfa i będzie mógł się wykazać przed Zorianem. Niestety pokój był pusty i nieskazitelnie czysty, a łóżko idealnie zaścielone.

Wściekły okręcił się na pięcie i wyszedł. Na korytarzu dostrzegł Marcusa, który stał oparty o swoje drzwi z założonymi rękami i patrzył na niego kpiąco.

– Przekażę Fabienowi, że myszkowałeś w jego kwaterze – oznajmił. – Na pewno będzie zdegustowany twoją nadgorliwością i złoży skargę Zorianowi. Jestem też pewien, że co najmniej tuzin oficerów potwierdzi, że Fabien udał się nad jezioro, a ty go niesłusznie oskarżasz. Po czyjej stronie opowie się Zorian: nieskazitelnego oficera, który stracił ulubionego smoka, czy lizodupa, który rzuca fałszywe oskarżenia? Jak sądzisz, Efrem?

– Zobaczymy! – rzucił mściwie oficer i zaczął oddalać się w kierunku sali odpraw.

Marcus niemal odetchnął z ulgą i już miał wrócić do siebie, gdy zobaczył, że Efrem wraca. Co u licha?

– Już wiem! – Oficer dyżurny uśmiechał się szeroko i złośliwie. – Jest u ciebie, prawda, błękitnooki?

– Co ty bredzisz? – odgryzł się pogardliwie Marcus.

– Schowałeś go u siebie, bo jest twoim przyjacielem. I chcesz go chronić! – wycedził z triumfem Efrem. – Ale nic z tego. Wydaj mi go natychmiast!

– Ty naprawdę naćpałeś się ordonu. – Teraz z twarzy Marcusa biło takie obrzydzenie, jakby rozmawiał z karaluchem.

– Otwieraj! – rozkazał dyżurny. – Albo wejdę do twojej kwatery siłą!

– Pokaż mi nakaz rewizji, to cię wpuszczę, a jak go nie masz, to się goń! – wycedził wściekły Marcus, myśląc intensywnie.

– Mam rację, jest u ciebie! – triumfował Efrem. – Wpuść mnie albo wejdę siłą! – powtórzył.

– Tylko spróbuj! – wysyczał blady z wściekłości oficer, teraz trzymając w ręku buzdygan skierowany w stronę natręta.

Ten na chwilę oniemiał. Potem zastanowił się, co robić. Ta sprzeczka ściągnęła na korytarz wszystkich, którzy mieli tu swoje kwatery. Oficerowie od dłuższej chwili obserwowali ten pojedynek słowny z nieukrywanym zainteresowaniem. Najwyraźniej zastanawiali się, czy i jak Marcus wykopie powszechnie nielubianego Efrema.

Ten szybko ocenił sytuację. Było zbyt wielu świadków, że wszedł do pokoju Fabiena bez zaproszenia, a teraz jeszcze chciał na siłę wedrzeć się do kwatery Marcusa, jednego z najbardziej lojalnych i szanowanych oficerów w Korpusie, o którym sam Zorian wypowiadał się z podziwem. Jednak odpuścić tak do końca nie zamierzał.

– Grozisz mi? – zasyczał cicho. – Jestem na służbie! Grozisz oficerowi na służbie?

– Tylko ostrzegam – wycedził zimno Marcus.

– Dobrze, zaraz wracam z nakazem Zoriana. Wtedy zobaczymy. – Efrem odszedł.

– Tristan, obserwuj, czy ten padalec nie wraca, dobra? – poprosił szybko Marcus innego oficera, a sam zniknął w swoim pokoju. Zamknął za sobą drzwi i popatrzył z niepokojem na śpiącego przyjaciela, którego przezornie przeniósł do siebie.

„Co może postawić elfa na nogi i pomóc mu wydalić resztki nalewki? Zaraz, zaraz... Mam! – Strzelił uradowany palcami. – Mleko samicy pegaza!"

Pobiegł pędem do Tristana. Ten zgodnie z umową wciąż obserwował, czy Efrem nie wraca.

– Słuchaj! – wydyszał Marcus. – Nie wiesz, czy mamy jakąś karmiącą pegazicę? Potrzebuję jej mleka. Inaczej temu padalcowi uda się wywalić Fabiena z Korpusu – szybko wytłumaczył koledze, o co chodzi.

– Trzeci boks na lewo. Z nowej dostawy. Taka skarogniada. Jedyna. Ale uważaj, jest trochę nerwowa – ostrzegł go Tristan. – Wiem, że lubi obwarzanki. Jak jej dasz jednego, to pewnie da się wydoić. Tylko nie rób nerwowych ruchów.

– Dzięki! Mam u ciebie dług. – Usta Marcusa rozciągnęły się w uśmiechu. – Migiem wracam, a ty uważaj, czy nie idzie lizodup. Jakby co, to gwiżdż. I wymyśl coś, żeby go zatrzymać, dobra?

– Nie ma sprawy. – Tristan też nie lubił Efrema.

Marcus pędem pobiegł do stajni pegazów z butlą w dłoni. Trzeci boks na lewo. O, jest! Wszedł tam pomału i delikatnie pogłaskał pegazicę po szyi. Samica odruchowo zasłoniła ciałem źrebaka.

– Spokojnie, spokojnie. Potrzebuję tylko trochę twojego mleka – tłumaczył cicho. – Tylko trochę. Dla mojego przyjaciela. Obiecuję, że nie wezmę wszystkiego. Zostanie go dużo dla twojego źrebaka – przemawiał łagodnie.

Wyczarował obwarzanki i dał jednego pegazicy. Powąchała nieufnie, ale po chwili zaczęła chrupać. Pieszczotliwym ruchem pogładził ją po szyi, potem po grzbiecie. Nie przerywając głaskania, dotarł do zadu, gdzie między tylnymi kończynami samice pegazów mają małe wymię. Zwierzę zajęło się na dobre chrupaniem, a Marcus sięgnął do wymienia. Pegazica najpierw poruszyła się nieco nerwowo, ale pod wpływem jego kojącego głosu i obwarzanków pozwoliła sobie utoczyć nieco mleka.

Udoił z pół butelki. Mając nadzieję, że tyle wystarczy, pomału wycofał się z boksu i popędził z powrotem do bungalowu. Jakie to szczęście, że stajnie pegazów były tak blisko!

Minął po drodze Tristana, który zapewnił go, że Efrem jeszcze tędy nie przechodził, po czym szybko pobiegł do siebie. Otworzył drzwi z rozmachem i... stanął osłupiały z butlą pegaziego mleka w dłoni. Na środku jego pokoju stał Efrem razem z generałem Zorianem! A na łóżku Marcusa leżał nieprzytomny Fabien...

Oficer dyżurny triumfalnie wskazał elfa.

– Mówiłem, panie generale, że to sprawka Marcusa. Tych dwóch to hańba dla Korpusu! – grzmiał teraz z satysfakcją w głosie. – Trzeba ich relegować!

– Nie mów mi, co mam robić, dobrze, Efrem?! – zagrzmiał generał Zorian. – Marcus, skoro znasz się na elfach na tyle dobrze, by wiedzieć, że pegazie mleko trzeźwi ich z nalewki, to zechciej doprowadzić Fabiena do stanu używalności, a potem natychmiast zameldujcie się u mnie, jasne? – bardziej stwierdził, niż zapytał dowódca. – A na ciebie, Efrem, zdaje się, czekają obowiązki? Jesteś przecież dyżurnym, prawda?

– Tak jest, panie generale! – Lizodup dumnie wypiął pierś.

– Więc idź je w końcu wypełniać! – wycedził wściekły Zorian i wypychając przed sobą uradowanego Efrema, wyszedł.

– Wybacz, stary, naprawdę nie mam pojęcia, jak weszli – tłumaczył się zmartwiony Tristan. – Musiałem na chwilę odejść, bo zawołał mnie Addar. Tak, to musiało być wtedy. Ale to była dosłownie chwila!

– Teraz to i tak nie ma już znaczenia – westchnął Marcus. – W najlepszym razie dostaniemy patrole na Rubieży Trolli – uśmiechnął się krzywo – a w najgorszym nas wywalą.

– Nie, no aż tak źle to chyba nie będzie – bąknął zaniepokojony Tristan. – Nie mogą! Zorian to w porządku gość. On zrozumie.

– Nie jestem pewien, przyjacielu. Zorian traktuje sprawy Korpusu bardzo poważnie. A wiesz, że nalewka miodowo-bursztynowa jest dla elfów zakazana.

„A co tam! Co ma być, to będzie" – pomyślał zrezygnowany, ale faktycznie, przyszłość jego i Fabiena jawiła się niewesoło. Napoił elfa pegazim mlekiem.

Efekt był piorunujący. Jak szybko Fabien się ubzdryngolił, tak szybko wytrzeźwiał. Teraz, kiedy wysłuchał, co zaszło, chciał sam iść do Zoriana wytłumaczyć sytuację i wziąć winę na siebie. Jednak przyjaciel mu na to nie pozwolił.

– Razem w to wdepnęliśmy i razem poniesiemy konsekwencje – oświadczył solidarnie.

– Czyś ty zgłupiał? – Elf wybałuszył oczy. – Przecież sam poszedłem do Garretha i zmusiłem go, żeby mi dał nalewki. Ciebie przy tym nie było. Jaka w tym twoja wina? Nie bądź idiotą, bo cię wywalą. Wystarczy, że ja byłem...

– Jesteś moim przyjacielem – upomniał go łagodnie Marcus. – Nie zostawię cię tak.

– Nie pieprz mi tu, właśnie że zostawisz! – odparł niecierpliwie Fabien. – Nie będziesz się dla mnie poświęcał.

Po czym poszedł do siebie, wziął szybką kąpiel, włożył czysty mundur i pewnym krokiem ruszył do kwatery Zoriana. Marcus dogonił go po drodze. Elf próbował go zawrócić, ale przyjaciel oświadczył, że generał chce widzieć ich obydwu, więc Fabien spasował. Był jednak zły, że wciągnął w kłopoty przyjaciela.

Zastukali do drzwi kwatery dowódcy. Otworzył im chochlik Addar.

– Panie generale – zameldował – przyszli oficerowie Fabien i Marcus.

– Niech wejdzie Fabien – rozkazał Zorian. – Poproś Marcusa, żeby zaczekał na zewnątrz.

Kwadrans później Zorian wezwał Marcusa. Fabiena w środku nie było – musiał opuścić kwaterę drugim wyjściem. Generał wysłuchał wersji Marcusa i wreszcie po paru minutach oświadczył:

– Rozumiem ból Fabiena, bo sam kiedyś straciłem smoka. To jednak nie tłumaczy jego zachowania! – zagrzmiał. – Takie zachowanie okrywa hańbą CAŁY Korpus Oficerski. A na to pozwolić nie mogę...

Marcus oczekiwał najgorszego: informacji, że obaj zostali wywaleni.

– Dlatego wysłałem Fabiena do karnych patroli na Trollowych Rubieżach – mówił dalej Zorian. – Co do ciebie, Marcus, chwalebne jest, że chciałeś pomóc przyjacielowi, ale ty także złamałeś regulamin. Jednak ponieważ twoje przewinienie jest mniejsze, zostaniesz ukarany dodatkowymi patrolami tu na miejscu. Czekaj na dyspozycje w swojej kwaterze.

– Tak jest, panie generale! – westchnął z nieskrywaną ulgą. Aż tak małej kary się nie spodziewał.

– Marcus – głos generała złagodniał – Fabien bardzo cierpi. Wiem z doświadczenia, że najlepiej taki ból ukoić pracą. Nie nalewką. Nie będzie miał czasu ani siły myśleć o stracie Nelly... Bardzo mu współczuję, ale nie mogłem zrobić nic innego. – Nagle Zorian wydał się Marcusowi po prostu starszym kolegą, nie groźnym dowódcą. Był generałem, a jednak się tłumaczył!

– Wiem, panie generale. Ja też mu współczuję – powiedział cicho.

– Idź już. – Zorian jakby się ocknął. – W najbliższym czasie dostaniesz plan patroli.

– Tak jest! – Marcus wyszedł z kwatery. Prawie pijany ze szczęścia dotarł do siebie. Nic to, że będzie miał karne patrole. Nic to, że Fabien jest na Rubieży. Najważniejsze, że nie zostali wywaleni. Po raz pierwszy w życiu cieszył się, że został ukarany!...

Dni mijały jeden podobny do drugiego. Praca – dom, praca – dom, co jakiś czas kolejna rozprawa rozwodowa... Ariel czasami zastanawiała się, czy naprawdę spotkała Fabiena i fioletowe karły? Aurora z Amandą dyplomatycznie nie poruszały tematu napadu w obawie, że wyrządzą jej przykrość. A spytać ich, co myślą o elfach-wybawicielach? Dopiero wyszłaby na idiotkę! W tej sytuacji postanowiła zapomnieć o incydencie.

Nadeszło parne lato. Rozwód pewnie dawno byłby zakończony, gdyby Steven nie okazał się taki chciwy i zawzięty. Nawet Amanda miała żal do ojca za niestosowne – jak to określała – zachowanie. Z Aurorą miały cichą umowę, że poobserwują Ariel, ale nie zauważyły, by się z kimś spotykała. Ich idealny kandydat – Fabien, ten gość, który ją uratował kilka tygodni temu, przepadł jak kamień w wodę, więc nie drążyły tego tematu. Pewnie faktycznie miał tabuny zadurzonych fanek. Szkoda.

Zakończył się rok szkolny. Ariel pomyślała, że czas wysłać Amandę na obóz, żeby się bardziej usamodzielniła. Ponieważ dziewczynka kochała konie, obie ustaliły, że będzie to właśnie obóz jeździecki. Zaczęły wspólne przygotowania. I właśnie podczas nawału prac, zakupów i wakacyjnych przygotowań Ariel znowu poczuła, że jest obserwowana i jakby podsłuchiwana myślowo. A przez kilka ostatnich tygodni miała względny spokój... Postanowiła, że jak tylko Amanda wyjedzie, ona natychmiast umówi się na wizytę u psychoanalityka. Czas skończyć z tymi fobiami.

Zostało ich kilku! Zlikwidować wszystkich! – Czerwone ślepia bez źrenic błysnęły wściekle w ciemnościach i zgasły.

Minęło kilka tygodni dodatkowych patroli, wart, szkolenia co bardziej tępych adeptów i dodatkowych zajęć na poligonie dla smoków. Marcus był wykończony, a jednak wdzięczny Zorianowi, że obaj z Fabienem pozostali w Korpusie. Co do elfa, to nie miał z nim kontaktu od dnia feralnej rozmowy z generałem. Prawdopodobnie Zorian skorzystał ze swojego terminalu do teleportacji, żeby odesłać Fabiena na Rubieże. Marcus tęsknił za przyjacielem i miał nadzieję, że już niedługo znowu się spotkają. W końcu znali się od dziecka i od tego czasu byli praktycznie nierozłączni. Nawet nie spodziewał się, że zobaczy go jeszcze tej nocy.

– Marcus! Marcus! – Obudziło go dzikie walenie do drzwi i głos zdenerwowanego Tristana. – Obudź się, do cholery!

Właśnie był po służbie i padł jak nieżywy na łóżko. Jednakże lata służby nauczyły go, że takie walenie w drzwi może być spowodowane tylko bardzo ważnymi przyczynami. Zerwał się z łóżka. Półprzytomny otworzył drzwi.

– Co jest?! Wiesz, która godzina?

– Fabien wrócił! – krzyknął mu w twarz Tristan. – Jest ciężko ranny! Pospiesz się, do cholery! Jest w bungalowie medycznym!

Marcusowi nie trzeba było tego dwa razy powtarzać. Błyskawicznie oprzytomniał, jeszcze szybciej wciągnął spodnie, kamasze, chwycił koszulę i wybiegł, naciągając ją na siebie po drodze.

– Jak go tylko przywieźli, zaraz pytał o ciebie – opowiadał po kolei Tristan, kiedy pędzili ramię w ramię. – Zorian już u niego był. Podobno poharatał go jakiś wyjątkowo agresywny cyklop, ale nie martw się, mag-medyk mówi, że chyba z tego wyjdzie. W każdym razie Zorian zażądał najlepszej opieki dla Fabiena. Zorian to jest gość!

W głowie Marcusa tłukła się tylko myśl, jak mocno poraniony jest jego przyjaciel. Pocieszał się, że co prawda elfy już nie były nieśmiertelne, ale odkąd skrzyżowały się z ludźmi – wytrzymałe i szybko się regenerowały.

Dobiegł do bungalowu medycznego. Mag-medyk wyrzucił kilku ciekawskich. Nie śmiał przegonić Zoriana i chyba na jego wyraźny rozkaz przepuścił też Marcusa. Tristan został przy wejściu z niepocieszoną miną, bo też chciał zobaczyć Fabiena.

Marcus wszedł do pokoju, w którym na magicznym leczniczym łożu spoczywał nagi Fabien. Był przytomny, ale wyglądał źle. Mag-medyk właśnie ścierał z jego ran krew dezynfekującym eliksirem, mrucząc pod nosem zaklęcia. Potem każdą ranę namaścił wonną miksturą, a do ampli (w kształcie smoka oczywiście), która wisiała nad łożem, wsypał jakieś ziele. Wszystkie jego zabiegi spowodowały, że rany elfa przestały krwawić i chyba przestały też boleć, bo teraz Fabien uśmiechnął się, a przynajmniej próbował to uczynić opuchniętymi, spieczonymi gorączką ustami. Chciał coś powiedzieć, ale Marcus uciszył przyjaciela gestem.

– Później, teraz odpoczywaj. – Zwilżył spieczone usta elfa eliksirem podanym mu przez mag-medyka. Potem odprowadził czarodzieja na bok i wypytał o zdrowie przyjaciela. Od niego dowiedział się, że Fabien miał pecha, bo jego pegaz został raniony w skrzydło i elf spadł prosto w łapy wściekłego cyklopa. Podobno cudem uratował się, dobywając buzdyganu, którym poobcinał potężne paluchy bestii i oślepił jedyne oko. Na szczęście całą akcję widzieli inni oficerowie i jeden z nich odwiózł rannego na swoim pegazie do koszar.

Przejęty Marcus czuwał przy przyjacielu do rana. Nikt nie miał do niego nawet pretensji, gdy nie pojawił się na odprawie oficerskiej. Za to w bungalowie medycznym następnego dnia pojawił się sam Zorian. Porozmawiał chwilę z mag-medykiem, potem z przytomnym, nieco lepiej wyglądającym Fabienem. Wychodząc, zatrzymał się chwilę w drzwiach i spojrzał przenikliwie na Marcusa.

„Więc od ciebie zależy nasz los? Mam nadzieję, że Fabien się nie myli, bo inaczej niech Wielki Xaviere ma nas w swojej opiece" – powiedział telepatycznie.

Marcus wytrzeszczył oczy. Co generał mógł mieć na myśli? Mag-medyk i Fabien patrzyli na niego równie uważnie. Poczuł się nieswojo. Jak na egzaminie.

– Siadaj, Marcus – szepnął osłabiony Fabien. – Musimy pogadać.

Mag-medyk wyszedł. Zostali sami.

– Czy mógłbyś wyczarować kapsułę dźwiękoszczelną? – poprosił elf. – Mnie trochę brakuje siły, a to, co mam ci do przekazania, jest nadal tajne.

Marcus wyjął buzdygan i zatoczył nim krąg. Natychmiast obaj zniknęli w kapsule.

– Czekaj, dobrze zrozumiałem? Mam sprowadzić ze świata równoległego kogoś, kto się zna na smokach? – Marcus wytrzeszczył oczy na przyjaciela, gdy ten wreszcie skończył mu objaśniać cel swojego zadania. A zajęło mu to wyjątkowo dużo czasu, bo musiał mówić powoli i robił długie przerwy.

– Dokładnie tak, Marcus – tłumaczył cierpliwie Fabien. – To była moja misja. Miałem sprowadzić pewną osobę, żeby nam doradziła w sprawie zdrowia i hodowli smoków, bo są coraz słabsze i mamy ich coraz mniej, ale inny oficer mnie ubiegł i nakazano nam wszystkim odwrót. – Wyczerpany elf odetchnął głęboko, ale mówił dalej: – Teraz inni kandydaci się wykruszyli. Pozostał tylko mój, ale ja chwilowo nie dam rady ponownie tam pójść, a czas nagli. – Znów chwilę ciężko dyszał. – Zorian pozwolił mi wybrać kogoś na moje miejsce. Wybrałem ciebie. To chyba logiczne. – Uśmiechnął się słabo. – Słuchaj, Marcus, ta osoba to nasz ostatni kandydat. Wszystko w twoich rękach, więc nie spieprz tego, dobra? I uważaj, ostatnim razem napadły na niego naćpane krasnoludy... – powiedział elf resztką sił.

– Spoko, stary. Znajdę gościa i przywlokę go tu choćby za kudły. A po drodze będę ochraniać jak zgniłe jajo przed stłuczką – pocieszył go Marcus, ale efekt osiągnął odwrotny.

– Nie, nie! Kandydat musi dotrzeć do nas dobrowolnie! Musisz go przekonać, to podstawowy warunek! Właśnie dlatego Zorian miał wątpliwości co do ciebie... – Fabien nie wiedział, jak to powiedzieć.

– Śmiało, wal! – zachęcił go przyjaciel ze skrzywioną miną. – Pewnie powiedział, że jestem narwańcem i nie nadaję się do takiej ważnej, delikatnej i dyplomatycznej misji – powiedział głosem parodiującym generała.

– Coś w ten deseń – mruknął pod nosem elf i lekko się uśmiechnął. – Mówił, że w walce jesteś niezły, ale fakt, na dyplomacji się nie znasz.

Zapadła cisza. Marcus był wzruszony lojalnością Fabiena, a Fabienowi było głupio, że takie mniemanie ma o przyjacielu Zorian – zwłaszcza po incydencie w tawernie Garretha.

– Słuchaj – zaczął Marcus – jestem miłym gościem, umiem się dogadać z każdym facetem. Obiecuję, sprowadzę dobrowolnie twojego kandydata, zanim dasz radę dosiąść pegaza. – Uśmiechnął się do Fabiena.

Elf podał mu kartkę. Kandydat: Ariel Odgeon, trzydzieści kilka lat, ciemne włosy, czarne oczy...

– Tu masz namiary, gdzie pracuje, a tu, gdzie mieszka, i Marcus... bądź uprzejmy... to naprawdę miła osoba – poprosił cicho Fabien.

– Okej, elfie. Zdrzemnij się teraz i nabierz sił, a kiedy się obudzisz, będę już z tym facetem tu na miejscu – zapewnił chełpliwie przyjaciel, po czym machnął ręką na pożegnanie i wyszedł. Kapsuła zniknęła.

Fabien leżał chwilę, odpoczywając. Wiedział, że tylko Marcusowi może zaufać. Miał jednak wrażenie, że o czymś zapomniał mu powiedzieć. Hmm... co to mogło być? Zastanawiał się tak kilka minut. Zmuszał obolałą głowę do wysiłku, bo czuł, że informacja jest istotna. Zaraz, powiedział Marcusowi jak wejść i wyjść ze świata równoległego. Jak się ubrać, żeby nie wyglądać dziwacznie. Kto i dlaczego jest celem. Że ma zachęcić Ariel do dobrowolnego przejścia do ich świata i gdzie ją zaprowadzić, jak już tu dotrą. Ale czy powiedział, że Ariel... jest kobietą? Cholera jasna!

– Filip!

Natychmiast zjawił się chochlik pomagający mag-medykowi, który opiekował się Fabienem, a jako obłożony klątwą milczenia mógł przysłuchiwać się całej rozmowie oficerów.

– Filip! – wydyszał zdenerwowany elf. – Czy powiedzieliśmy Marcusowi, że Ariel to kobieta?

– Nie, panie. Nie mówiliśmy. – Chochlik skłonił się nisko.

– Jasna cholera! Goń za Marcusem, może go jeszcze złapiesz i mu to przekażesz! – nakazał elf. – To bardzo ważne!

Mały chochlik pomknął ile sił w nogach, ale po chwili wrócił i oznajmił bardzo uprzejmie:

– Pan Marcus jest już po drugiej stronie. Nie udało mi się go dogonić. – Znowu skłonił się nisko.

Fabien westchnął ciężko:

– Przeczuwam kłopoty, Filipie, i to ogromne...

Fragment „ściany" w krzakach, blisko ławki z poręczą wyrzeźbioną na kształt smoczej głowy, uchylił się i Marcus wyjrzał zza niego – po części by sprawdzić, czy przejście jest bezpieczne, po części ze zwykłej ciekawości. W przeciwieństwie do Fabiena jeszcze nigdy nie był w świecie alternatywnym, wiedział tylko, że istnieje. Zresztą dopiero niedawno został przeszkolony na strażnika portalu i nie zdążył do tej pory skorzystać z tego praktycznie.

A teraz miał odnaleźć faceta imieniem Ariel Odgeon (phi! co to za imię dla mężczyzny?), co nie powinno być trudne, skoro otrzymał instrukcje, gdzie go szukać. Musiał jednak gościa trochę poobserwować, żeby wiedzieć, jakie ma słabe punkty. Z taktycznego punktu widzenia – a był przecież oficerem – należało rozpoznać teren i wroga.

„Że też Fabien musiał się uprzeć przy tym dobrowolnym przejściu na naszą stronę – pomyślał. – Dużo prościej byłoby złapać gościa za kark i..." Nie, obiecał Fabienowi, że grzecznie poprosi o współpracę. Cholera, musi dotrzymać obietnicy.

Właśnie bił się z myślami i jednocześnie zerkał do tego świata, żeby się upewnić, czy ktoś nie nadchodzi, gdy coś delikatnie szturchnęło go w plecy. Błyskawicznie odskoczył i obrócił się, jednocześnie dobywając buzdyganu.

– Croy, co ty tu robisz, do cholery?! – wyrzucił z siebie wściekłym szeptem – Do licha, omal nie dostałem przez ciebie zawału! Zgłupiałeś czy co, że za mną lazłeś? Mogłeś oberwać buzdyganem! – Popatrzył karcąco na przyjaciela. Bo zasadniczo Marcus przyjaciół miał dwóch: Fabiena i Croya właśnie.

– Mnie też miło cię widzieć – odparł uprzejmie Croy. – No to gdzie ten kandydat?

– To ty wiesz? – wytrzeszczył oczy Marcus.

– Jasne. Przede mną mało co się ukryje.

No tak, Marcus mógł się tego spodziewać. Jego przyjaciel był ZAWSZE dobrze poinformowany.

– Właśnie miałem iść na zwiad. Ty oczywiście tu zostajesz. NIKT, powtarzam, NIKT nie może cię zobaczyć! Nie próbuj za mną iść, bo zamelduję Zorianowi! – zagroził Marcus.

– Dobra, dobra. Będę grzeczny i potulny jak owieczka. – Croy parsknął śmiechem. Najwyraźniej ubawiły go własne słowa. Marcus też się cicho roześmiał.

– Okej, to idę. – Wziął głęboki wdech, jakby miał zamiar zanurkować, i wkroczył do świata równoległego.

Było słoneczne, letnie południe. Marcus oczywiście nie posłuchał Fabiena co do zmiany ubrania na tutejsze i teraz wyglądał dziwacznie w swoim mundurze oficera, czyli spodniach z materiału przypominającego zamsz, wpuszczanych w skórzane kamasze sięgające połowy łydki i kurtce z długim rękawem sięgającej połowy uda. Poza tym było mu gorąco. Klął w duchu i obiecywał sobie, że już nigdy nie zlekceważy rad przyjaciela. Teraz było już jednak za późno, by zawrócić i zmienić ekwipunek, a tutejszych pieniędzy na zakup innych ciuchów po prostu nie miał. Jako oficer nie dysponował też na tyle dużym potencjałem magicznym, by je po prostu wyczarować. Zwłaszcza w tym świecie pozbawionym magii.

„Dobra – pomyślał z rezygnacją – jak się uwinę, to wrócę do domu, zanim tutejsze słońce spali mnie na skwarkę". Skrzywił się, bo zaczynał czuć pot spływający mu po plecach, i ruszył przed siebie uliczką. Z danych, jakie posiadał, wynikało, że ten cały Ariel pracował w szpitalu dla zwierząt.

„To oni leczą zwierzęta? – uśmiechnął się ironicznie pod nosem. – Ciekawe jakie". W jego świecie takie pojęcie jak mag-medyk dla zwierząt w ogóle nie istniało. Leczyć ludzi i elfy, to się rozumie. Chochlikom lub krasnoludom czasem pomóc, dobrze. Ale zwierzętom? To mu się nie mieściło w głowie.

Wreszcie doszedł do celu. Był to – jak na jego gust – brzydki budynek otoczony żywopłotem. Przed budynkiem zobaczył plac wyłożony jakimiś równo przyciosanymi kamieniami, na których wymalowano linie. Między liniami stały dziwne urządzenia. Zatrzymał się na chwilę, żeby poobserwować, co to takiego może być. Po chwili zobaczył, jak z budynku wyszedł starszy mężczyzna z psem.

„Ha, ha, ha, to oni leczą psy?" – Marcus prawie płakał ze śmiechu. Tymczasem mężczyzna podszedł do jednego z urządzeń, czymś w rodzaju kluczyka otworzył drzwiczki i wpuścił psa do środka! Potem podszedł z drugiej strony, otworzył drugie drzwiczki i też wsiadł do środka. Zaintrygowany oficer przyglądał się temu jak w transie. Chwilę później urządzenie zaczęło okropnie hałasować i ruszyło z miejsca, wyrzucając przez jakąś rurę z tyłu okropny dym. Wielkie nieba! Takiego pojazdu Marcus jeszcze nie widział. Chwilę stał osłupiały, a kiedy szok mu minął, przypomniał sobie, po co tu jest, i ruszył w stronę budynku.

Wszedł przez frontowe drzwi do wnętrza. Rozejrzał się niepewnie. Znalazł się w dość obszernym i jasnym pomieszczeniu z szeregiem foteli pod ścianami. Na niektórych siedzieli ludzie, trzymali zaniepokojone albo też dziwnie ospałe zwierzaki i najwyraźniej czekali na swoją kolej. Na ścianach wisiały portrety różnych zwierząt oraz informacje dotyczące ich chorób i hodowli. Znalazł też listę tutejszych zwierzo-mag-medyków z ich godzinami pracy i tym, czym dokładnie się zajmują. To go zastanowiło. Jeśli w tym świecie opieka nad zwierzętami była tak rozwinięta, to może faktycznie ten cały Ariel pomoże im przy smokach. A tak w ogóle to czy oni mieli tu smoki?

Z zamyślenia wyrwał go głos starszej, otyłej kobiety siedzącej za czymś, co przypominało ladę w tawernie Garretha:

– Czy mogę panu jakoś pomóc? – Popatrzyła na niego pytająco.

– Szukam doktora Ariel... – zrobił przerwę, żeby przypomnieć sobie nazwisko – Ariel Odgeon – dokończył zdenerwowany. „Cholera, skąd te nerwy? Przecież to zwykła rozmowa ze zwykłym facetem, a nie pojedynek z trollem!"

– Już jest po pracy. Właśnie skończyły się konsultacje i zaraz będzie wychodzić. Jeśli chce pan umówić swoje zwierzę na wizytę, to proszę, powiem panu, kiedy ma wolny termin – zaoferowała kobieta.

– Wizytę? – Marcus był skonsternowany. – Eee... nie, właściwie to chciałem porozmawiać. Przysłał mnie tu nasz wspólny znajomy...

Urwał, bo kobieta przyglądała mu się dziwnie uważnie. Właśnie zastanawiał się, jak dyskretnie wyjść, gdy jakaś osoba wyminęła go i skierowała się do wyjścia. Jakiś gość niskiego wzrostu, krótko ostrzyżony, w błękitnych spodniach i jasnej koszulce. Kobieta zza kontuaru podeszła do niego i Marcus usłyszał szept:

– Pani doktor, ten pan do pani. Mówiła pani, żeby informować od razu, więc...

Marcus nabrał głęboko powietrza. Zakręciło mu się w głowie. Przez chwilę miał nadzieję, że to jakaś koszmarna pomyłka albo paskudny dowcip. To nie mogła być prawda!

„Wielkie nieba! – pomyślał oburzony i zdumiony. – Ariel Odgeon! Jesteś KOBIETĄ!"

„Wiem! – ktoś zniecierpliwiony odpowiedział mu telepatycznie. – Od jakichś trzydziestu pięciu lat! Moi rodzice też byli zaskoczeni i zawiedzeni!"

Ta błyskawiczna riposta szybko otrzeźwiła Marcusa, więc odruchowo użył obronnego zaklęcia *adger*. Żeby się upewnić, czy nie ma omamów albo czy się nie myli, rzucił niepewne pytanie:

– Doktor Ariel Odgeon?

Ariel wkurzył sam fakt, że znowu ktoś przemawia do niej telepatycznie, bo to tylko świadczyło o jej problemach ze zdrowiem psychicznym i zapowiadało kłopoty. Sapnęła. Dobra, tym razem skończy to tu i teraz. Nie da się ciągać po jakichś kawiarniach i słuchać bzdur o smokach. Okręciła się na pięcie, żeby wrednie spławić intruza i... zobaczyła najpiękniejsze i najbardziej błękitne oczy, jakie w życiu widziała. Zupełnie zapominając, gdzie jest i ile osób ją obserwuje, nabrała powietrza jak ryba wyjęta z wody, po czym gwałtownie zamrugała. Właściciel tych oczu był dość postawnym mężczyzną lat trzydziestu pięciu, może czterdziestu, z krótko przystrzyżonymi, ciemnymi włosami i taką samą brodą. Na nieznajomym jej widok też musiał zrobić wrażenie, bo stał w bezruchu, oddychając szybko i ciężko niczym sprinter po wyścigu. Ktoś, kto obserwowałby ich z boku (a było kilka takich osób), miałby niezły ubaw. Oboje intensywnie myśleli nad tym, gdzie się już widzieli, bo że tak było, żadne z nich nie miało wątpliwości!

– Ehm! – odchrząknęła recepcjonistka Kathey, bo sytuacja zaczęła się robić komiczna, żeby nie powiedzieć: niezręczna. – Więc jak mówiłam, ten pan chciał z panią porozmawiać. Podobno macie wspólnego znajomego.

Obydwoje natychmiast odwrócili od siebie wzrok i zamilkli zakłopotani.

– Jestem Marcus... Brent – zaczął niepewnie mężczyzna, oblizując nerwowo wargi. – Jestem przyjacielem Fabiena...

Zapadła cisza.

– Czy moglibyśmy chwilę porozmawiać? – zapytał cicho.

Oczy Ariel zapłonęły cichą furią.

– Nie! Do widzenia! – Okręciła się na pięcie i wyszła przed budynek.

„Wielkie nieba, Fabien, coś ty zrobił tej kobiecie?!" – pomyślał zdumiony Marcus i pobiegł za Ariel, nie zważając na dowcipne uwagi recepcjonistki.

Dogonił kobietę na placu z maszynami do jeżdżenia. Zaskoczyło go, jak szybko była w stanie chodzić tak mała osoba.

– Proszę poczekać! – zawołał. – Pani doktor! – Szła dalej, trzęsąc się z furii. – Ariel!!!

– Nie mam ochoty z panem rozmawiać! Jeśli pan nie odejdzie, wezwę policję! – zagroziła.

– Przecież nic złego ci nie zrobiłem – wykrztusił z siebie zaskoczony Marcus. – Ariel, nie wiem, czemu jesteś zła, ale chcę tylko pogadać. Nic więcej. – Robiło mu się coraz bardziej gorąco w regulaminowym mundurze. – Czemu mnie tak traktujesz? Nie znam cię i ty mnie nie znasz, ale z jakiegoś powodu jesteś na mnie wściekła. Chyba mam prawo wiedzieć z jakiego? – Dogonił ją na swych długich nogach i stanął teraz tuż przed nią.

Popatrzyła na niego szyderczo.

– Fabien to twój przyjaciel, tak? Więc raczej powinieneś wiedzieć, bo powinien był ci sam to wyjaśnić!

Marcus skrzywił się zniecierpliwiony. Miał dość zagadek i niespodzianek na jeden dzień. Do tego jeszcze czuł, że zaraz ugotuje się we własnych ciuchach.

– Fabien nie zdążył mi nic powiedzieć, bo został ciężko ranny. Prosił mnie tylko o odszukanie ciebie i dokończenie jego misji...

– JEGO misji? – Ariel też już miała serdecznie dość tego przedstawienia. Zrobiła szybki ruch i odsłoniła kołnierz przy kurtce Marcusa. Oczywiście znalazła tam to, czego się spodziewała, czyli zielony tatuaż głowy smoka.

– Wy dwaj należycie do jakiejś sekty czy co? – zapytała zdenerwowana. – Uparliście się, żeby mnie prześladować? Tak? Nic z tego! Nie dam sobie wciskać kitu o karłach, zaklęciach, smokach i świecie równoległym. Jeśli chcesz ze mną pogadać, nie ma sprawy, miejmy to za sobą, ale tym razem to ja wybieram miejsce. Takie, gdzie będzie dużo ludzi i gdzie będę się czuła bezpiecznie. Jak chcesz pogadać, to bądź za godzinę w aquaparku. Pa!

Wsiadła do swojego citroena i odjechała.

Oniemiały Marcus został sam na parkingu.

„Wciskać kitu? A co to, na Wielkiego Xaviere'a, znaczy?" – pomyślał. Chwilę zastanawiał się, co dalej robić, po czym wrócił do budynku kliniki. To zadziwiające, ile można się dowiedzieć od recepcjonistki, gdy się odpowiednio grzecznie zapyta, a swoje pytanie poprze nieznaczną hipnozą. Po chwili wiedział już wystarczająco dużo, by dotrzeć we wskazane miejsce na parę chwil przed Ariel.

Jechała wkurzona do domu. Cholera, znowu zaczynają się kłopoty. Po kiego licha zgadzała się na tę rozmowę? Wystarczy, że ostatnio wyszła na totalną idiotkę. No ale cała nadzieja w tym, że ten cały Marcus Brent nie trafi pod wskazany adres. Ta ostatnia myśl dodała jej otuchy. W przeciwieństwie do Fabiena, który był wyjątkowo pięknym mężczyzną, grzecznym, żeby nie powiedzieć – czarującym, w Marcusie coś ją zaniepokoiło. Przy Fabienie czuła spokój i pełnię bezpieczeństwa, mimo że ją wkurzył tymi wstawkami o smokach i magicznym świecie. Natomiast przy Marcusie – jak w rozpędzonym rollercoasterze, i to w niezapiętej uprzęży! Miał w sobie coś, co podnosiło ciśnienie, pobudzało krew do życia, przyspieszało bicie serca. Kiedy usłyszała go telepatycznie w klinice, dostała gęsiej skórki. A gdy spojrzała w jego błękitne oczy patrzące na nią wnikliwie spod czarnej czupryny, poczuła, że brakuje jej tchu. Stanowczo Marcus Brent BYŁ NIEBEZPIECZNYM człowiekiem! I za nic w świecie nie powinna była godzić się na to spotkanie.

„Może nie trafi?" – pomyślała z nadzieją.

Godzinę później zaparkowała wóz przed samym wejściem do aquaparku. Samochodów było niewiele, jak zwykle w letni weekend, kiedy większość ludzi jechała nad jezioro za miasto. Wzięła torbę z ręcznikiem, strojem kąpielowym i innymi rzeczami i ruszyła do drzwi frontowych. Oczywiście pierwszym, co zobaczyła, jak tylko weszła do holu, były szerokie plecy Marcusa stojącego na galeryjce przed kasami i wgapiającego się ze skrajnym zdumieniem w ludzi kąpiących się na dole. Patrzył na te wszystkie baseny, zjeżdżalnie, trampoliny i wiry wodne, jakby widział je pierwszy raz w życiu. Skrzywiła się w duchu. On chyba to wyczuł, bo natychmiast się odwrócił i podszedł do niej.

– Obiecałaś, że ze mną spokojnie porozmawiasz, jeśli tu będę, więc jestem... – Popatrzył na Ariel wyczekująco.

To ją trochę zbiło z tropu. Cholera, jednak trafił. Zgrzytnęła zębami.

– Faktycznie, ale porozmawiamy tam. – Wskazała ręką wnętrze kąpieliska.

– Mam TAM z tobą pójść? – spytał z niedowierzaniem.

– A co? W twoim świecie nie ma basenów? A kąpiecie się w ogóle? – zadrwiła niemiłosiernie.

– Oczywiście, że się kąpiemy! – Oczy zapłonęły mu gniewem. – Ale TO?! Żeby nadzy mężczyźni kąpali się razem z nagimi kobietami?... – sapał z oburzenia.

– Nie przesadzaj. – Ariel roześmiała się z politowaniem i machnęła ręką. – Nie są nadzy, tylko ubrani w stroje kąpielowe. Chcesz mi powiedzieć, że u was naprawdę nie ma basenów kąpielowych? To gdzie wy pływacie na przykład dla relaksu?

– Na przykład w Chochlikowym Jeziorze albo przy Wodospadzie Elfów, ale nigdy razem z kobietami! I nie ma tam takiego tłoku! Jeśli koniecznie musisz wiedzieć! – rzucił oburzony.

– Tłoku? Słonko, teraz ten basen jest prawie pusty. Jeszcze nie widziałeś tu prawdziwego tłoku. To jak, nadal chcesz pogadać?

Popatrzył na nią spode łba, bo zwietrzył podstęp.

– Tak.

– To zapraszam do środka. – Zrobiła ruch ręką w kierunku kas.

Nastąpiła chwila konsternacji.

– Słuchaj, nie przywykłem do paradowania nago... – Marcus przełknął ślinę – ...w miejscu publicznym. Poza tym nie mam tego... no... stroju kąpielowego ani waszych pieniędzy – wyrzucił z siebie.

– Co do kąpielówek i pieniędzy, to się nie martw – powiedziała Ariel z ironicznym uśmiechem. Tak pruderyjnego faceta jeszcze nie widziała. W XXI wieku! Ale numer.

– Okej – rzucił niechętnie. – Nie znam twojego świata, więc zdaję się na ciebie... – Ze zrezygnowaną miną poszedł za Ariel do pobliskiego sklepiku ze strojami kąpielowymi.

– Mój przyjaciel zapomniał kąpielówek – zagaiła Ariel do sprzedawczyni. – Znajdą się jakieś, które będą na niego pasowały?

Prawie zemdlał z zażenowania, gdy młoda sprzedawczyni razem z tą medyczką od zwierząt bezwstydnie otaksowały go wzrokiem, dłużej zatrzymując spojrzenie w okolicy pośladków. Dziewczyna uśmiechnęła się znacząco do Ariel.

– Hmm, L-ka będzie nieco za mała, XXL-ka stanowczo za duża. Myślę, że tylko rozmiar XL. O, mam tutaj całkiem niezłe bokserki. Zechce pani spojrzeć?

Jeszcze raz oceniły wzrokiem Marcusa, którego twarz z gniewu i upokorzenia miała teraz kolor dojrzałej wiśni.

„Zapłacisz mi za te wszystkie upokorzenia, Fabien, jak tylko wrócę" – pomyślał mściwie. W odpowiedzi usłyszał cichutki telepatyczny chichot, co jeszcze bardziej go wkurzyło. Zacisnął szczęki i podążył za Ariel, która zdążyła już zapłacić i właśnie opuściła sklep.

Chwilę później znaleźli się w jakiejś małej klitce.

– Słuchaj, to jest przebieralnia – tłumaczyła mu Ariel jak małemu dziecku. – Tu się zamykasz od środka. – Przekręciła gałkę i z miejsca sama poczuła się zakłopotana tą sytuacją. – Zdejmujesz z siebie wszystkie ciuchy i...

– Wszystkie?... – wychrypiał z przerażeniem Marcus. Był sam na sam w ciasnej przebieralni z kobietą, która mówiła mu, że ma się rozebrać. I to do naga...

– Och przestań w końcu z tą pruderią! – zezłościła się. – Jak to zrobisz, załóż kąpielówki i poczekaj na mnie na korytarzu. Wtedy powiem ci, co dalej, łapiesz? – Otworzyła drzwi i przeszła do przebieralni obok.

Przekręcił gałkę, usłyszała jego nieporadne ruchy i wyklinanie w myślach. Uśmiechnęła się pod nosem. Mężczyźni! Wszystko trzeba im tłumaczyć. W trakcie przebierania dotarł do niej fragment jego myśli:

„Hmm, przyprowadziła mnie tu, bo się mnie boi. Tu jest pełno ludzi, a ja będę prawie nagi, bez buzdyganu, praktycznie bezbronny... Nie chcę jej skrzywdzić, więc czemu mnie tak traktuje? To wszystko przez Fabiena. Co on jej nagadał? Po cholerę godziłem się mu pomóc?"

Ariel zrobiło się trochę głupio. Odniosła też wrażenie, że tym razem trudniej było jej te myśli odczytać. Usłyszała szczęk zamka obok i oboje wyszli na korytarz. Przez moment zauważyła zaskoczenie na twarzy Marcusa, gdy ją zobaczył w stroju kąpielowym, ale szybko jego twarz przybrała kamienny wyraz. Najwyraźniej starał się panować nad emocjami. Dyskretnie na niego zerknęła. Trzeba przyznać, że kąpielówki były dobrane idealnie. Nie chciała przyglądać mu się zbyt natarczywie, żeby nie pogłębiać jego zażenowania. Zrobiła szybki ruch ręką w jego kierunku i zobaczyła przerażenie w oczach Marcusa. Chyba sądził, że zamierza wsadzić mu ręce do gatek! Tymczasem ona jednym szarpnięciem zerwała metkę smętnie wiszącą przy kąpielówkach.

– To się usuwa – poinformowała i postanowiła więcej z niego nie drwić.

– Słuchaj... – zaczął niepewnie Marcus, kiedy już popływali trochę w wielkim basenie z wirem wodnym.

– Nie, to ty słuchaj – przerwała mu Ariel. – Przepraszam, że tak na ciebie naskoczyłam. Fabien opowiadał mi sporo dziwnych rzeczy, które w moim świecie po prostu nie istnieją. Zrobił to dzień po tym, jak napadły mnie takie fioletowe karzełki z żółtymi ślepiami i próbowały porwać. Zrozum, takie opowieści spotyka się tylko w książkach albo filmach fantasy, ale nie w prawdziwym życiu. A tu najpierw mnie porywają dziwne stwory, potem ratuje mnie piękny mężczyzna ze szpiczastymi uszami, który twierdzi, że jest elfem. Co mam pomyśleć? Teraz, kiedy minęło kilka tygodni, zjawiasz się ty. Masz identyczny tatuaż i opowiadasz mi identyczne historie. Powiedz mi, dlaczego tak sobie ze mnie żartujecie? Czym sobie na to zasłużyłam? – zapytała rozżalonym tonem.

– Nikt sobie z ciebie nie żartuje. – Spojrzał wnikliwie w jej oczy. Znowu dostała gęsiej skórki. Starała się, ale nie mogła oderwać wzroku. Drżała...

Jakieś dziecko uderzyło ją piłką wodną w plecy. Ariel oprzytomniała i odwróciła głowę.

„Muszę pamiętać, żeby nie patrzeć mu w oczy..." – skarciła samą siebie w myślach.

„Dlaczego?" – zapytał ją telepatycznie lekko zaskoczony.

– Co?

– Dlaczego nie chcesz patrzeć mi w oczy?

Zaschło jej w ustach.

– Ponieważ hipnotyzujesz – wyszeptała bez zastanowienia. – „Obawiam się tego..." – dodała w myślach.

– Nie musisz się mnie bać – powiedział, by dokończyć w myślach: – „Nie zrobię ci krzywdy. Moim zadaniem jest wytłumaczyć ci, jak ważna jest dla nas twoja pomoc i poprosić, żebyś zechciała nam jej udzielić..."

„Wiem, że ty też w tej chwili czujesz się bezbronny bez tego... no... buzdyganu, który został w schowku. Wiem, uważasz, że to nie w porządku z mojej strony, ale po tym napadzie... jestem, jakby to powiedzieć, przewrażliwiona i...” – próbowała się wytłumaczyć telepatycznie, bo na głos nie miała odwagi.

– Skąd wiesz o buzdyganie? – zapytał ostro.

– Z twoich myśli – odparła zdumiona. – Myślałeś tak tam, w przebieralni...

Marcus patrzył na nią wytrzeszczonymi oczami. Teraz telepatycznie wyczuła jego... strach! Przed nią!

– P-p-potrafisz przełamać obronne zaklęcie *adger*? – wyjąkał ze zdumieniem. – To niemożliwe!

Spojrzała na niego pytająco.

– Tam w przebieralni osłoniłem swój umysł telepatycznym murem obronnym. Twierdzisz, że mimo wszystko słyszałaś moje myśli?

– N-n-no... tak. – Spuściła oczy. – A to źle?

– Czy potrafisz jeszcze coś innego oprócz odbierania myśli? – zapytał podejrzliwie Marcus.

– To znaczy?

– Kiedy kontaktujesz się telepatycznie, czy odbierasz tylko myśli, czy też obrazy, uczucia lub coś innego?

Czuła się bardzo głupio, ale była mu winna to wyznanie.

„Czytam w tobie jak w otwartej książce. Wszystkie twoje myśli, uczucia, pragnienia, marzenia są dla mnie tak oczywiste, że prawie namacalne. W przebieralni nawet nie zauważyłam, że użyłeś tej telepatycznej osłony – przyznała nieśmiało. – Widzę po twojej reakcji, że to źle wchodzić komuś do umysłu bez jego pozwolenia, ale uwierz mi, zrobiłam to nieświadomie...”

Ponownie wyczuła jego strach. Przyjrzał jej się uważnie. Do licha, kim była ta kobieta, że miała TAKIE możliwości?

– Tylko bardzo potężni czarodzieje umieją takie rzeczy – wyjaśnił, kiedy już oprzytomniał po tej szokującej nowinie. – Ale musisz wiedzieć, że nawet oni szanują cudzą prywatność i nie wchodzą do umysłu, który jest osłonięty zaklęciem *adger*...

– Nie zrobiłam tego specjalnie – broniła się Ariel.

Wyczuł ją. Wiedział, że mówi prawdę. Bał się, co będzie, jeśli ona pozna resztę jego myśli...

– Ariel – poprosił cicho – uszanuj moją prywatność i nie wnikaj w mój umysł, gdy staram się go ochronić, dobrze? Są pewne sprawy, które chciałbym zachować wyłącznie dla siebie.

– A ty obiecaj, że nie będziesz mnie okłamywać – odparła Ariel. – Umowa stoi?

– Obiecuję. A teraz, jeśli pozwolisz, powiem ci, o co chodzi – zaczął. – W moim świecie istnieje dziewięć miast. Wszystkie są połączone terminalami do szybkiej teleportacji. W ośmiu z nich rządzą Naczelni Czarnoksiężnicy. Dziewiąte miasto go nie ma. Podobno kiedyś się zjawi, ale kiedy, tego nikt dokładnie nie wie. Do tego czasu rządy w tym dziewiątym mieście pełnią na zmianę pozostali Naczelni. W moim mieście Naczelnym Czarnoksiężnikiem jest Severian. To bardzo mądry i prawy czarodziej.

Zamilkł na chwilę, żeby się upewnić, czy Ariel go słucha i czy mu wierzy. Odbierał jej mieszane odczucia.

– Obiecałem, że będę ci mówił prawdę, pamiętasz? – upomniał ją łagodnie.

– Przepraszam. – Podniosła ręce w obronnym geście. – Po prostu to wszystko brzmi...

– ...jak bajka? – Uśmiechnął się.

– Mniej więcej. Mów dalej – zachęciła. Jak się nie wściekał, to miał bardzo miły i melodyjny głos.

– Każde z dziewięciu miast jest otoczone magiczną kopułą ochronną – kontynuował. – Kopuły wymyślono w celu ochrony mieszkańców przed atakami trolli, chimer, cyklopów, wampirów i innych odrażających stworzeń. Niezależnie od tej ochrony powołano do życia Korpus

Oficerski. – Tu wypiął pierś z dumy. – Oficerowie tacy jak ja mają za zadanie bronić swoich miast i dowodzić smokami. Latamy na pegazach i szkolimy smoki do walki z potworami. Smoki to nasi naturalni, bardzo inteligentni sprzymierzeńcy i przyjaciele. Niestety od pewnego czasu mamy problemy. Widzisz, coś się zaczyna psuć. Przychówek smoków jest coraz mniejszy. Te, które się klują, są coraz słabsze. Obawiamy się, że jak tak dalej pójdzie, to nasze smoki wyginą. Wtedy nie będzie miał kto nas bronić. Będziemy wydani na pastwę bestii...

– Ale zostają kopuły ochronne, nie? – przypomniała mu Ariel.

– To prawda, ale one też nie są niezniszczalne. Zauważyliśmy, że w miarę jak nasze smoki słabną, kopuły robią się coraz cieńsze. Nie wiem czemu, ale w moim świecie nie ma magów zajmujących się leczeniem smoków, dlatego Wszechwidząca Oriana doradziła radzie Naczelnych Czarnoksiężników wyszukanie kogoś w twoim świecie, kto będzie się znał na zwierzętach i kto... będzie pochodził z rodziny czarnoksięskiej. Zrobiła długą listę kandydatów. Niestety, nie umiem tego wyjaśnić, wykruszyli się i zostałaś ty.

– Ja? Przecież ja nawet nie znam mojej rodziny! Jakie mogę mieć powiązania z waszym światem? To jakaś pomyłka. Moja matka najzwyczajniej zostawiła mnie jako niemowlę w szpitalu. Nie chciała mnie, rozumiesz?! Ta wasza Wszechwidząca musi się mylić – oświadczyła stanowczo.

Marcus pokręcił przecząco głową.

– Nie słyszałem, żeby kiedykolwiek się pomyliła.

– Dobra, zakładając, że jednak chodzi o mnie – powiedziała ugodowo – co takiego miałabym zrobić? Jak wam pomóc?

– To proste. Chodź ze mną do mojego świata i udziel nam porad w zakresie hodowli i leczenia smoków. Może robimy coś nie tak? Źle żywimy, źle trenujemy, mamy źle zbudowane zagrody? Nie wiem... – Podrapał się zamyślony za uchem.

– Ja? Do twojego świata? – Ariel wytrzeszczyła oczy. – Oszalałeś? Mam tu dziecko, dom, pracę. Mam to wszystko zostawić?

– Spokojnie, przecież tu wrócisz – pocieszył ją Marcus. – W moim świecie czas płynie inaczej. Pobędziesz trochę u nas, doradzisz, a potem wrócisz – obiecał. – I nikt nawet nie zauważy, że cię nie było, bo tu upłynie raptem chwila.

Zastanowiła się nad jego słowami. To czyste szaleństwo.

– Amanda, moja córka, wraca za dwa tygodnie z obozu!

– Wrócisz tu dużo szybciej, obiecuję...

Popatrzyła na niego z powątpiewaniem. Nie wiedziała, co myśleć. Z jednej strony obiecał jej mówić prawdę i był tak nieprawdopodobnie szczery, ale z drugiej – ta historia nadawała się tylko do włożenia między bajki dla nieco starszych dzieci.

– Wiesz co? – westchnęła. – Chodźmy stąd. Pewnie jesteś głodny. Zapraszam cię do siebie na grilla. – Pomyślała, że Aurora najbardziej obiektywnie oceni tego człowieka, a przecież dzisiaj była z nią i Liamem umówiona na kolację przy grillu. Czemu tego nie wykorzystać? Jej przyjaciółka miała instynkt do ludzi i bardzo rzadko myliła się w ich ocenie.

Pojechali citroenem do domu Ariel. Marcus był mocno przejęty, że wsiada do tego pojazdu, ale od razu stwierdził, że bardziej pasuje mu latanie na pegazach.

Gdy weszli do domu, w progu powitały ich koty, ocierając się natrętnie o nogi Marcusa. Ariel spojrzała na niego zdziwiona – jej kociska znane były z tego, że gdy ktoś obcy wchodził do domu, natychmiast się kryły. Nawet jeśli to była Aurora. Ta ostatnia, gdy zobaczyła citroena na podjeździe, natychmiast przybiegła pytać, co z grillem, „bo Liam się niecierpliwi". Oczywiście oniemiała na widok błękitnych oczu Marcusa, który zdążył tylko odczytać w jej myślach, że „Ariel to ma szczęście do pięknych mężczyzn, ale szkoda, że wychodzi za mąż za niewłaściwych". Nie bardzo wiedział, co o tym myśleć.

Chwilę później wszyscy, z Marcusem włącznie, krzątali się w ogródku. Oczywiście Aurora zdążyła już wszystko przygotować, więc wystarczyło tylko rozpalić i czekać cierpliwie przy winie na kulinarne popisy Liama. Marcus szybko znalazł z nim wspólny język, bo mąż Aurory też kiedyś był oficerem zawodowym.

Dobre wino rozwiązywało języki. Aurora podpytywała Ariel, kim jest ten nowy facet i skąd go zna. Ariel skłamała, że to znajomy jej wspólnika Toma, który akurat przyjechał do miasta i nie miał co z sobą zrobić wieczorem, a Aurora udała, że wierzy. Marcus bacznie lustrował ten dziwny świat, ten dom, ogród i stwierdził, że jest nawet niezły. Wino było smaczne, grill skwierczał, a w oczekiwaniu na wyżerkę Aurora wręczyła przyjaciółce gitarę i zmusiła do śpiewania. Jakimś cudem Ariel dziś nie miała na to ochoty, ale dla świętego spokoju wzięła gitarę i zaczęła nucić.

– Nie, nie, nie, nie to! Zaśpiewaj balladę, wiesz którą! – nalegała Aurora.

– Nie mam pojęcia, o której balladzie mówisz! – wysyczała wściekłym szeptem przyjaciółka.

– Ariel, nie bądź uparta, dobrze wiesz, o jaką mi chodzi!

Marcus przyglądał się kobietom z zaciekawieniem. Toczyły między sobą jakąś rozgrywkę, ale o co? Po chwili zrezygnowana Ariel przymknęła oczy i zaczęła nucić:

Jesteś poezją...

Marcusa aż zatkało. Nie wiedział, że rozbawiona Aurora przypatruje mu się ukradkiem. Sam zachwycony wpatrywał się w śpiewającą Ariel. Wielkie nieba, ile razy jeszcze ta kobieta go zaskoczy?! Gdzieś w głębi serca pojawił się smutek i tęsknota za kimś, kto dla niego zaśpiewałby tak pięknie.

Ariel skończyła śpiewać. Ostatnie wino było wypite, a resztki uczty pochłonął pies Aurory. Wieczór dobiegał końca. Gdy Marcus pomagał Liamowi składać grilla, Ariel zapytała wreszcie Aurorę wprost, co myśli o jej nowym znajomym.

– To dobry człowiek – stwierdziła autorytatywnie przyjaciółka. – Nie to co Steven. Ale czemu ty mnie tak wypytujesz? Jest coś między wami czy co? – Już taką miała naturę, że najchętniej wyswatałaby Ariel natychmiast.

– No co ty! Ledwo go znam. Pytam z ciekawości.

– To ci odpowiem. Gdyby mnie poprosił o rękę, tobym mu ją oddała jeszcze tego wieczoru razem z całą resztą ciała – wypaliła Aurora.

– Fajnie – skwitowała Ariel i poczuła się głupio.

I to byłby koniec tego tematu – byłby z każdym innym, tylko nie z Aurorą. Chwilę później, gdy zbierała się już do wyjścia, nie omieszkała skorzystać z chwilowego zamieszania, jakiego narobił pies na podjeździe, gdy zauważył wiewiórkę, i zagadnęła Marcusa wprost:

– Nie wiem, kim jesteś ani co zamierzasz w stosunku do Ariel, ale powinieneś wiedzieć, że to w porządku kobitka... Pewnie ci tego nie mówiła, ale jest tuż po rozwodzie ze Stevenem, takim żałosnym dupkiem, i bardzo to przeżywa. Więc jeśli knujesz coś paskudnego... – zawiesiła wymownie głos.

– Nie, nie mam zamiaru jej skrzywdzić – odparł spokojnie. – Możesz być spokojna. Przy mnie Ariel jest bezpieczna.

– Dajesz słowo? – nie ustępowała.

– Oficerskie słowo honoru, że jej nie skrzywdzę i nie dopuszczę, żeby zrobił to kto inny – obiecał poważnie Marcus.

Kobieta spojrzała na niego wnikliwie, po czym kiwnęła głową.

– Nie wiem, skąd go wytrzasnęłaś, ale lepiej dobrze pilnuj, żeby ci tego towaru nie sprzątnęła sprzed nosa pierwsza lepsza flądra! – poradziła cicho zszokowanej Ariel na odchodnym.

Zostali z Marcusem sami. Zapadła niezręczna cisza.

– Masz miłych przyjaciół – zagaił, żeby tylko coś powiedzieć.

– Racja, są fajni – bąknęła Ariel.

– Nieźle śpiewasz, wiesz?

– Tak, parę osób mi to już mówiło...

Marcus już chciał się pożegnać i zapytać, co postanowiła, gdy nagle rozległo się walenie do drzwi.

– Ariel! Ariel, ty dziwko! Otwieraj, do cholery!

Spojrzał zdziwiony na obiekt swojej misji. Ariel pokręciła głową z wyrazem obrzydzenia na twarzy.

– Nawet nie pytaj. To mój były mąż – wyjaśniła cicho. – Zaraz go spławię.

Otworzyła drzwi. Stał tam, chwiejąc się na nogach, wściekły Steven i zajeżdżało od niego wódką.

– Ty ździro! – wrzasnął. – Gdzie Amanda? Jak śmiałaś ją wysyłać gdziekolwiek bez mojej zgody?

– Też się cieszę, że cię widzę, Steven – powiedziała zimno Ariel. – Przypominam, że to ja mam pełną władzę rodzicielską nad Amandą i nie muszę cię pytać, gdzie i po co mogę wysyłać własną córkę. Wyjdziesz sam czy mam wezwać policję? – zapytała uprzejmie.

Steven zamachnął się i jego ręka wymierzyła Ariel tęgi policzek. Cios był tak mocny, że w jednej chwili znalazła się na podłodze.

– Ty szmato!... – zaczął znów, ale nie miał szans kontynuować, bo doskoczył do niego Marcus. Palcem wskazującym dotknął szyi Stevena i ten, jakby uniesiony czarodziejską mocą, zawisł w powietrzu, majtając bezradnie nogami i najwyraźniej się dusząc.

– Podaj mi jeden powód, dla którego nie powinienem cię przerobić na karmę dla trolli? – wysyczał wściekły Marcus, mierząc go zimnym wzrokiem.

– Puść go, chyba ma już dość! – powiedziała cicho Ariel, trzymając się za policzek. – Puść, Marcus, proszę!

Mężczyzna grzmotnął o podłogę.

– Znalazłaś sobie nowego alfonsa, dziwko, tak? Teraz on cię rżnie? – wychrypiał Steven, zbierając się z kolan. – I tak ci odbiorę Amandę, to tylko kwestia...

Wystarczył tajemniczy ruch ręki oficera i były mąż Ariel wyleciał z domu jak z procy, po czym rąbnął o chodnik na podjeździe. Tymczasem Marcus ukląkł przy siedzącej na podłodze i płaczącej kobiecie. Objął ją. Feeria uczuć, jakie odebrał z jej umysłu, prawie go powaliła. Począwszy od jej wściekłości na Stevena, przez żal do świata, smutek, zażenowanie, gniew, aż do radosnego zdumienia, że oto znalazł się ktoś, kto jej pomógł... Wdzięczność i... coś jeszcze? Jeszcze nigdy w życiu nie było mu dane trzymać kobiety w ramionach. A przynajmniej tego nie pamiętał. Czuł się oszołomiony i niepewny, jak powinien się zachować. Odruchowo ją przytulił.

– Jesteś pewna, że chcesz tu zostać? – zapytał cicho, gładząc ją po włosach i wdychając ich zapach. Zakręciło mu się w głowie.

Wtulona w ramiona Marcusa ledwo słyszała jego głos, za to doskonale słyszała bicie jego serca, czuła ciepło ciała i zapach skóry. Czuła się bezpiecznie jak dziecko w łonie matki. Jeeezu, jak pragnęła, żeby to się nigdy nie skończyło...

– Tak, ale jeśli pozwolisz, to odprowadzę cię kawałek. – Zdumiona swoją reakcją niechętnie podniosła się z podłogi.

Zadzwoniła do Aurory, szybko powiedziała, co zaszło i żeby przyjaciółka miała dom na oku. Potem złapała kurtkę.

Kiedy wyszli, Stevena już nie było. Usłyszeli, jak się oddala, wyklinając na cały świat. Ariel było głupio, że Marcus musiał być świadkiem tak żenująco chamskiego i prostackiego zachowania jej byłego męża, ale... Sposób, w jaki jej pomógł, był... no, może kontrowersyjny... ale bardzo skuteczny. Teraz Steven na pewno dwa razy pomyśli, zanim zechce powtórzyć odwiedziny. Poniekąd postępowanie Marcusa przekonało ją też do jego dobrych intencji. Z takimi umiejętnościami, gdyby chciał zrobić jej krzywdę, dawno by to zrobił. Nawet jeśli i opowiadał tylko piękne bajki, to wywaleniem Stevena zrehabilitował się za wszystko.

Szli obok siebie w milczeniu. Teraz Ariel nauczyła się już wyczuwać osłonę telepatyczną. Wiedziała, że Marcus ją włączył i zgodnie z obietnicą nie starała się przez nią przedostać. Po chwili uświadomiła sobie, że nawet nie wie, dokąd idą. Czy Marcus zatrzymał się w jakimś hotelu? Nie sądziła, bo wiedziała, że nie ma pieniędzy... Więc dokąd? Czy on w ogóle ma gdzie nocować?

Zadała mu to pytanie.

– Hmm, właściwie to powinienem wrócić do siebie – rzekł niepewnie, odwracając się do niej. Zrozumiała, że jeśli wróci bez niej, to będzie miał kłopoty. Nadal nie była pewna, co sądzić o jego opowieściach.

Przeszli przez kawałek pobliskiego parku. Już miała mu zaproponować, żeby przenocował w pokoju gościnnym, gdy ponad jego ramieniem w świetle latarni zobaczyła coś, a właściwie kogoś – kogo widok dosłownie zbił ją z nóg. Spojrzała w ogromne oczy ze złoto-zielonymi tęczówkami i pionową źrenicą i... straciła przytomność.

– Jasna cholera! – wściekał się Marcus. – Miałem przyprowadzić dobrowolnie ŻYWEGO kandydata, a dzięki tobie, ty wielka, zielona pokrako? Patrz, co się stało! Widzisz, co narobiłeś?! Wielkie dzięki, Croy! Ona była naszym ostatnim konsultantem! Poczekaj, aż złożę raport Severianowi! – zagroził, machając Croyowi palcem przed nosem. – Miałeś się nie pokazywać!...

– Marcus – uspokoił go łagodnie Croy – to był jedyny sposób, żeby ją ostatecznie przekonać, bo twoje ckliwe opowieści jakoś specjalnie tego nie zrobiły. A po drugie i najważniejsze, ona żyje, tyle że zemdlała.

Przysunął swój ogromny zielony pysk do twarzy Ariel i polizał ją końcówką rozwidlonego języka za uchem.

– Croy! Jesteś obrzydliwy! – rzucił z niesmakiem Marcus, jednocześnie zdumiony, że jego smok tak jawnie dotyka kobiety.

„Nie!!! Jesteś uroczy!" – zaprotestowała Ariel w myślach, dochodząc do siebie. Podniosła oczy i zobaczyła nad sobą ogromną parę pięknych zielono-złotych oczu z pionową źrenicą wpatrzonych w nią uważnie. Zanim zastanowiła się, co robi, wyciągnęła rękę i... pogłaskała smoka po zielonym pysku. Uśmiechnęła się. Był ciepły i miły w dotyku.

Croy przymknął oczy jakby z rozkoszy, a Marcus sam omal nie zemdlał na widok kobiety dotykającej smoka. W jego świecie to było nie do pomyślenia!

Podniosła się z ziemi. Stała teraz dokładnie naprzeciw Croya i wpatrywała się w niego z zachwytem i fascynacją. Był ogromny. Zielono-złote łuski układały się w fantazyjny wzór na jego ciele. Miał dwie pary błoniastych skrzydeł. Jego pysk był krótki i zaokrąglony, z ogromnymi nozdrzami, a na głowie i za czymś, co wyglądało na otwory uszne, miał wyrostki przypominające kolce. Dwie pary łap, małe z przodu i ogromne z tyłu, były uzbrojone w potężne szpony, a ogon zakończony czymś w rodzaju szyszki najeżonej kolcami. Potem Ariel dowiedziała się, że to bardzo groźna i skuteczna broń.

– Mam na imię Croy – przedstawił się smok. – Ty musisz być Ariel. Wybacz Marcusowi, że nas sobie nie przedstawił. To dość gburowaty typ. Zawsze muszę myśleć o wszystkim za niego. – Zaśmiał się z własnego dowcipu.

No TEGO to już się stanowczo nie spodziewała! Dowcipkujący smok? Również wybuchnęła śmiechem – w przeciwieństwie do Marcusa, który najwyraźniej zszokowany całą sytuacją gapił się to na smoka, to na nią.

„Ariel – smok przeszedł na przekaz telepatyczny – jesteś nam niezmiernie potrzebna. To, co mówili Marcus i Fabien, jest szczerą prawdą. Pomóż nam. Nawet nie wiesz, jak bardzo tego potrzebujemy. Populacja smocza w szybkim tempie słabnie. Nie mamy już takich umiejętności jak nasi przodkowie, a bez nas te biedne maleństwa zwane ludźmi i elfami nie pożyją za długo. Każde miasto ma kilkaset tysięcy ludzi, którzy zginą, jeśli ich nie obronimy. Wielkie nieba, przyrzekaliśmy Wielkiemu Xaviere'owi D'Orionowi obronę miast, przyjaźń z ludźmi i lojalność po wsze czasy, ale jak tak dalej pójdzie, to ten kres nadejdzie zbyt szybko. Nie przejmuj się domem. Marcus mówił prawdę. Potrafimy tak ustawić portal do waszego świata, że wrócisz tu tego samego dnia o tej samej porze i nikt nie zauważy, że zniknęłaś".

„Dlaczego powinnam ci wierzyć? Może jednak chcecie mnie jakoś skrzywdzić?" – dopytywała się Ariel.

„Moja droga, smoki, podobnie jak elfy, nie potrafią kłamać. Jesteś inteligentna i masz więcej darów i możliwości, niż to sobie uświadamiasz. Możesz sprawdzić moją prawdomówność poprzez dotyk. Wystarczy, że położysz mi dłoń na szyi. To sprawdzi też poziom twoich umiejętności magicznych" – zachęcił ją łagodnie Croy.

„Nie mam żadnych umiejętności magicznych" – zaprotestowała Ariel.

„Jaaasne! – Pysk Croya rozciągnął się w uśmiechu, ukazując ostre zębiska. – Oczywiście, że masz, tylko o tym nie wiesz! No dalej, śmiało, dotknij mnie! Ja nie gryzę!" – Znowu zaczął chichotać.

– Helou! – wtrącił się na głos zirytowany Marcus. – Czy moglibyście przejść na kanał telepatyczny ogólnie dostępny? Też chciałbym wziąć udział w tej interesującej konwersacji.

– Wybacz, stary, ale to moja prywatna rozmowa z tą damą i tobie nic do tego – skarcił go smok.

„Zdaje mi się, że Marcus jest nieco zazdrosny, że ja potrafię się z tobą komunikować na innych kanałach, a on nie może nas podsłuchać. No cóż, jest tylko człowiekiem, a poza tym chyba mu trochę na tobie zależy?" – Smok znowu zaśmiał się kpiąco, a Marcus zrobił głupią minę. Mógł tylko próbować zgadywać, cóż to za myślo-dowcip tak ubawił Croya i Ariel.

– Ariel – poprosił smok, kiedy już przestali się śmiać – podejdź do mnie i przyłóż dłoń do mojej szyi.

Kiedy tylko dotknęła palcami jego zielonej szyi, kolor łusek się zmienił, a Croy znowu przymknął oczy z rozkoszy. Marcus próbował dojrzeć, jaką barwę przybrały łuski smoka, ale w półmroku nic nie zobaczył. Ze zdumieniem stwierdził jednak, że Croy składa ukłon przed Ariel i zaprasza ją do swojego świata. Nie mógł uwierzyć, że cały dzień jego starań nic nie dał, a wystarczyło kilka minut sam na sam z Croyem i Ariel z miejsca zgodziła się na wszystko! Wielkie nieba, o co tu chodzi? Zamyślony podążył za nimi przez portal.

W drugim świecie też był wieczór, więc gdy tam weszli, niewiele mogła zobaczyć. Marcus oschle polecił Croyowi udać się do zagród smoków – chyba nadal był na niego obrażony za tę prywatną rozmowę z Ariel. Sam zaprowadził ją wąskimi uliczkami do jakiegoś domu. Zastukał cicho do drzwi i po chwili otworzyła im starsza kobieta w długiej sukni i ze srebrnymi warkoczami.

– Witaj, Marcelina – powiedział. – Jak widzisz, udało się. To Ariel, nasza konsultantka. Przechowaj ją, proszę, do jutra, aż ustalę z Severianem, co dalej, dobrze?

– Oczywiście, Marcus, tak jak było mówione. – Kobieta gestem zaprosiła Ariel do środka. Ta na moment się zawahała.

– Idź. Marcelina to dobra czarownica. Zaopiekuje się tobą lepiej niż ja – zapewnił Marcus. – Przenocujesz dziś tutaj, a rano przyjdę i powiem, co ustalił Naczelny Czarnoksiężnik. Dobranoc, Ariel. – Uśmiechnął się uspokajająco.

Przekroczyła próg domu. Spodziewała się, że wszystko tu będzie jak w bajkach o czarownicach, czyli dębowe, ciężkie meble, palenisko z wielkim kotłem, ponura atmosfera, pełno dziwnych sprzętów, różdżek, ksiąg, słojów z dziwną zawartością, ziół, obowiązkowa sowa albo czarny kot. Tymczasem trafiła do zwykłego z pozoru, mieszczańskiego domu z normalnym salonikiem, kuchnią, sypialniami.

– Rozczarowana? – spytała domyślnie Marcelina. – Kochana, my też idziemy z duchem czasu. Już się nie lata na miotłach, teraz są terminale do teleportacji. Różdżek używają tylko dzieci, które dopiero uczą się kontroli nad swoimi umiejętnościami. A eliksiry warzą w domu hobbyści. Pozostali kupują je gotowe, na przykład w sklepie Orestesa. Postęp cywilizacyjny nas rozleniwił. – Uśmiechnęła się. – Chodź, pokażę ci twój pokój.

Podczas gdy szły na pięterko, czarownica mówiła:

– Pracuję w archiwach i bibliotece miejskiej i zostałam wtajemniczona, w jakim celu tu jesteś. W twoim pokoju czeka na ciebie kąpiel, kolacja i ubrania. Proszę, żebyś nosiła naszą odzież, bo Naczelnemu Czarnoksiężnikowi zależy na dyskrecji, a w naszym świecie kobiety nie noszą spodni – dodała, krytycznie patrząc na dżinsy Ariel.

Pokoik był mały, przytulny i czyściutki. Ariel szybko wzięła kąpiel w wannie wypełnionej wonną pianą, zrelaksowana założyła koszulę, która już na nią czekała, i z zapałem rzuciła się na kolację, mimo że od grilla upłynęło może półtorej godziny. Pochłonęła kanapki z mięsem przypominającym w smaku indyka i popiła je pysznym winem. Chwilę później leżała w łóżku, smacznie śpiąc.

Dlatego też nie wiedziała, że jakiś czas potem dwie osoby weszły do jej pokoju.

– Więc to jest ta nasza nadzieja? – zapytała pierwsza z powątpiewaniem w głosie. Przez chwilę przyglądali się śpiącej z uwagą.

– Tak, panie – odparł Marcus i zgasił świecę.

– Chodź do mnie, musimy porozmawiać. I wezwij Fabiena. Natychmiast.

– Tak, panie – odpowiedział szeptem Marcus, po czym zostawili śpiącą Ariel samą.

Fala wściekłości – a jednak jeden pozostał żywy! – czerwone ślepia nie miały źrenic i nie miały też litości. Winni poniosą karę i będą cierpieć. O tak, bardzo cierpieć! Będą błagać o śmierć, ale ta nadejdzie, dopiero gdy odpokutują klęskę powierzonego im zadania! To będzie przestroga dla innych...

Zamyślony Severian, Naczelny Czarnoksiężnik trzeciego miasta, przechadzał się po przeszklonym gabinecie na najwyższym piętrze ratusza miejskiego. Hmm, jedyny kandydat i do tego kobieta... Jak to możliwe, że tylko ona została? Każde miasto miało po dwunastu kandydatów – co razy dziewięć daje stu ośmiu. I prawie wszyscy z jakiegoś powodu zostali wyeliminowani, tylko ona nie...

Widział ją w sypialni Marceliny. Na Wielkiego Xaviere'a! Tak mała osóbka miałaby uratować ich smoki? I przy tym ich samych? To nie mieściło mu się w głowie, ale cóż, Wszystkowidząca Oriana dała wyraźne wskazówki: kandydat z równoległego świata, który zna się na zwierzętach i ma pochodzenie magiczne, pomoże w zachowaniu smoków w dobrym zdrowiu, a przez to w ochronie miast. Ona sama zrobiła imienną listę kandydatów i podzieliła równo między dziewięć miast. To prawda, był zszokowany jak wszyscy, gdy zobaczył, że na tej liście są kobiety, lecz według Oriany płeć nie miała znaczenia.

Severian podszedł do jednej z przeszklonych ścian. Popatrzył na rozciągające się w dole miasto, teraz uśpione. Od tylu lat był za nie odpowiedzialny. Nawet jeśli teraz będzie musiał złamać prawo i wprowadzić kobietę do zagród smoków, zrobi to. Zrobi to po to, aby jego następca miał nad czym sprawować rządy, bo bez smoków nie będzie kopuł ochronnych ani żadnej obrony przed bestiami. Bez smoków miasta znikną, a wraz z nimi ludzie, elfy i inne przyjazne istoty. Severian czuł, że wystawi tę kobietę na ogromne niebezpieczeństwo, wiedział jednak, że nie ma wyboru.

„Taki jest los przywódców... Podejmowanie ciężkich decyzji..." – pomyślał, zanim jego rozważania przerwało pukanie do drzwi.

– Wejść! – nakazał.

Jego osobisty chochlik Tobiasz zaanonsował:

– Panowie oficerowie Marcus i Fabien do Waszej Ekscelencji.

– Wprowadź – rzucił krótko Severian.

Severian był półelfem w dojrzałym wieku. Z racji swoich umiejętności magicznych oraz prawości charakteru kilka lat temu pomyślnie przeszedł Próbę i został Naczelnym Czarnoksiężnikiem miasta. Miał ciemne, krótko ostrzyżone włosy, skórę koloru kawy z mlekiem, małą bródkę i nosił się dość nowocześnie. Nie był zwolennikiem długich, niewygodnych szat ani wielkich kapeluszy czarodziejskich. Uważał to za nieco przestarzały folklor. W pracy wolał zwykły garnitur i krawat („żeby wyglądać godnie i poważnie"), a co w domu, nie wiadomo, bo jego osobisty chochlik Tobiasz był obłożony klątwą milczenia i choćby chciał, nie mógł zdradzić tajemnicy. Zresztą i tak większość czasu Severian spędzał w ratuszu, a do siebie wracał tylko na noc.

Marcus z Fabienem skinęli głowami na powitanie. Czekali, aż mag odezwie się pierwszy.

– Witajcie – zaczął. – Nie muszę mówić, po co tu jesteście. Gratuluję wam obu. Cel został osiągnięty, przyprowadziliście wspólnymi siłami kandydata. Nie będę dodawać, że to nasz ostatni kandydat. Teraz jeden z was będzie jego... jej – poprawił się – przewodnikiem i wytłumaczy nasze oczekiwania. Fabien, ty, zdaje się, przeszedłeś cały kurs i wiesz, o co chodzi, prawda?

– Tak, panie – potwierdził elf.

– Doskonale, tak więc ty będziesz przewodnikiem naszego kandydata. Powiedziano mi, że zdrowie już ci na to pozwala, więc rób, co należy, i informuj mnie o postępach na bieżąco. A co do ciebie, Marcus, dziękuję za pomoc całej społeczności, ale tu twoja rola się kończy. Zgłoś się do

Orestesa po eliksir niepamięci. Od tej pory to Fabien będzie zajmował się Ariel – oznajmił Severian i skinął dłonią. Najwyraźniej spotkanie uznał za zakończone.

– Panie! – zaprotestował Marcus. – Nie mogę tak po prostu zażyć eliksiru niepamięci... Mam wobec tej kobiety zobowiązania! – wykrztusił zakłopotany.

W tym momencie Fabien dał mu potężnego kuksańca w bok. Jego przyjaciel stanowczo pozwolił sobie na zbyt wiele.

– Co masz na myśli? – zapytał podejrzliwie mag.

– No... – zająknął się Marcus – obiecałem, że będę się nią opiekował...

– Obietnica nic nie znaczy – przerwał mu lekceważąco Severian. – Fabien, wytłumaczysz jej, że Marcus ma inne obowiązki. A jutro z samego rana chcę, żeby poszła do zagród smoków, zrobiła ich przegląd, obejrzała też same smoki i zdała raport w tej sprawie. Do wieczora chcę mieć wiadomości, gdzie popełniamy, jeśli w ogóle, błędy hodowlane. Czy są na coś chore, co można poprawić i tak dalej. Oczywiście nie muszę dodawać, że ma tam iść incognito? Ostatnia rzecz, jakiej mi potrzeba, to zamieszki w koszarach oficerskich. Co znowu, Marcus? – zapytał niecierpliwie, bo tego aż nosiło, żeby coś powiedzieć.

– Panie, przecież one ją zeżrą! – wysapał z przerażenia. – Nie może tam pójść!

– Śmiesz mi się przeciwstawiać, oficerze?! – zagrzmiał Severian.

– Nie, panie, ale to pewna śmierć dla tej kobiety!

– Dlaczego tak ci na niej zależy? – zapytał mag, patrząc przenikliwie na Marcusa.

Fabien stał z boku z zakłopotaną miną. Zupełnie nie rozumiał zachowania przyjaciela.

Marcus chwilę milczał, potem przełknął ślinę, jakby mu zaschło w ustach.

– Dałem oficerskie słowo honoru najbliższym tej kobiety, że będę się nią opiekował i nie pozwolę zrobić jej krzywdy – wyrzucił cicho jednym tchem.

– Dałeś OFICERSKIE SŁOWO HONORU?! – zagrzmiał Severian.

– Dałem. – Marcus kiwnął głową.

Nawet Fabien był zszokowany tą wiadomością. Różnych rzeczy się spodziewał po przyjacielu, ale tego?!

– Panie, ona ma córkę, do której musi wrócić. Obiecałem jej to. Spotkanie ze smokami to pewna śmierć. Błagam, nie każ jej tam iść. Przecież można to załatwić inaczej. – Marcus wiedział, że i tak już jest pogrążony, więc nic nie miał do stracenia.

– Oficerze – zaczął groźnie Naczelny Czarnoksiężnik – jeśli ona jest jedynym i ostatnim kandydatem zdolnym ocalić nasze smoki, to czy zdajesz sobie sprawę, jak jest dla nas ważna? Każde miasto ma po kilkaset tysięcy mieszkańców. Tylko smoki, kopuły i oficerowie ich bronią. Jeśli zabraknie smoków, same kopuły nie wytrzymają i, z całym szacunkiem dla Korpusu Oficerskiego, wy też nie zdołacie nas obronić! Bestie wykończą wszystkich. Powiedz mi, Marcus – teraz mówił podejrzanie łagodnie – czyje życie jest ważniejsze? Jednej kobiety czy wielu setek tysięcy kobiet, dzieci i mężczyzn? Czyje życie poświęcisz? I doskonale wiesz, że nie idzie tego załatwić inaczej! – ryknął.

Zszokowany Marcus nerwowo przeczesał palcami włosy. Ciężko mu było przyjąć do wiadomości, że musi poświęcić życie kobiety, która mu zaufała! Którą trzymał płaczącą i bezbronną w ramionach po ataku pijanego eksmęża. Której dał słowo honoru... Czuł, że właśnie w tej chwili jego honor przestał istnieć.

– Marcus – Severian podszedł i położył mu dłoń na ramieniu – jako Naczelny Czarnoksiężnik działający w wyjątkowej sytuacji oraz na mocy przysługujących mi uprawnień zwalniam cię z danego przez ciebie słowa honoru.

Oficer pokręcił przecząco głową. Fabien pierwszy raz w życiu widział, żeby ktoś kłócił się z Naczelnym Czarnoksiężnikiem.

– Wybacz, panie, ale tego zaszczytu nie mogę przyjąć – powiedział cicho Marcus.

„Na niebiosa, ależ jest uparty, a do tego tak głupio szlachetny i lojalny!" – pomyślał Severian i po chwili rzekł na głos:

– Dobrze więc, nie wypijesz eliksiru niepamięci. Fabien będzie przewodnikiem tej Ariel, a ty w czasie wolnym od służby będziesz mu pomagał. Co do inspekcji zagród nie zmieniłem zdania, skoro jednak dałeś słowo, pójdziesz tam wraz z nią i postarasz się zrobić wszystko, żeby jej nie zeżarły, jasne? Zresztą z tego, co mi wiadomo, to z jednym smokiem już miała kontakt i przeżyła, czyż nie? – „Co prawda był to Croy, a on, jak wiemy, jest... hmm... stanowczo zbyt łagodny, ale fakt faktem..." – dodał w myślach z nieco dziwnym uśmiechem na twarzy. – A tak przy okazji, Marcus, słyszałem, że dotknęła jego pyska i szyi. Widziałeś może, czy jego łuski zmieniły kolor? – zapytał już na głos od niechcenia.

– Nie, panie, było ciemno.

– Szkoda – Severian wzruszył ramionami. – Tak więc znacie zadania. Jutro idziecie do zagród smoków. Jeśli jej nie zeżrą, to chcę mieć raport wieczorem na moim biurku. Dobranoc.

Czujny na każde słowo swego pana Tobiasz błyskawicznie otworzył im drzwi.

– Cholera, odbiło ci, żeby się kłócić z Severianem?! – ryknął na niego Fabien w drodze do koszar. – Życie ci niemiłe czy co?

– Dałem słowo! – odparł ponuro Marcus.

– Ale z Severianem?!

– Dałem słowo! – powtórzył zawzięcie. – Też byś to zrobił na moim miejscu.

Tu Fabien musiał mu przyznać rację, postąpiłby dokładnie tak samo. Szli dalej w milczeniu. Kłócić się byłoby całkiem bez sensu – jutro Ariel i tak zginie, a on, Marcus, nic nie będzie mógł zrobić. Czuł się podle wmanewrowany. Jak mógł dalej być oficerem po tym wszystkim? Kopnął ze złością najbliższy kamień, który popatrzył na niego obrażony i zapiszczał:

– Hej, zrobiłem ci coś, że mnie kopiesz? Twoje szczęście, że nie mogę ci oddać!

Marcus nie zwrócił jednak na to uwagi.

– Cholera, gdybym wiedział, że będzie musiała pójść do zagród... – i przysiągł sobie z desperacją: – „Jeśli ona zginie, ja wystąpię z Korpusu".

– Nie zrobisz tego! – sapnął przerażony elf, bo usłyszał jego myśli.

– Zrobię. Dałem słowo. Słowo rzecz święta! Nawet Severian nie może mnie z niego zwolnić – stwierdził ponuro Marcus.

Doszli do koszar i udali się do swoich kwater. Fabien zasnął prawie natychmiast. Nadal doskwierały mu rany odniesione podczas potyczki z cyklopem i szybko się męczył. Marcus nie zmrużył oka do rana. Na wszystkie sposoby kombinował, jak wprowadzić Ariel bezpiecznie do zagród, tak aby jej smoki nie zabiły i aby inni oficerowie się nie zorientowali, że jest kobietą. Niestety każdy z pomysłów upadał jako zbyt mało prawdopodobny do realizacji. Przyszło mu nawet do głowy, że pójdzie do Marceliny, obudzi Ariel i wyprowadzi z powrotem do jej świata, ale zanim by to zrobił, Marcelina zdążyłaby powiadomić Severiana i wtedy dopiero dostałby za swoje. Nad ranem zrezygnowany postanowił, że powie jej prawdę i niech ona sama decyduje. Dopiero bladym świtem zmęczenie powaliło go i zasnął niespokojnym snem.

Promienie słoneczne wdarły się do pokoju, budząc Ariel. Usiadła na łóżku. Przetarła dłońmi oczy, ziewnęła i przeciągnęła się. Nie była przyzwyczajona do długiego spania, tym razem jednak złamała tę zasadę, bo noc miała niespokojną. Choć zasnęła, ledwie przyłożyła głowę do poduszki, zaczęły ją dręczyć jakieś dziwne, niepokojące sny. A może to nie były sny?

Wstała z łóżka i rozejrzała się. Jej ubrania zniknęły, a w ich miejsce pojawiła się długa ciemnobłękitna suknia bez dekoltu z prostymi, długimi rękawami i czymś w rodzaju srebrnego sznura zamiast paska. Srebrne były też wykończenia rękawów, rąbka sukni i przy kołnierzyku. Żadnych kieszeni, żadnych zdobień. Przypominałaby strój zakonnicy, gdyby nie była tak idealnie dopasowana do figury.

„Chryste! Mam to włożyć? – jęknęła w duchu Ariel. – Na bale przebierańców jestem stanowczo za stara!"

Nie miała jednak wyboru. Wściekła, że dała się w to wszystko wciągnąć, przez kilka chwil toczyła walkę z suknią, bo za cholerę nie wiedziała, którą stroną i jak ją na siebie wciągnąć. Gdy wreszcie się z nią uporała, przez moment miała wrażenie, że suknia jest nieco za duża, ale gdy podeszła do stojącego w rogu pokoju tremo, ze zdumieniem stwierdziła, że materiał sam dopasowuje się do niej jak druga skóra. Zupełnie jakby ożył! Koło łóżka znalazła też trzewiki, które podobnie jak suknia natychmiast dopasowały się do jej stóp. Teraz musiała jeszcze coś zrobić z potarganymi włosami.

Ledwie sięgnęła po srebrną szczotkę do włosów, ta wymknęła jej się z rąk i zaczęła latać wokół głowy, aż wreszcie Ariel zobaczyła samą siebie z czymś, co stopniowo zaczynało przypominać burzę drobnych loczków na czubku głowy. Długo tego nie wytrzymała. Chwyciła szczotkę zdecydowanym ruchem i mrucząc pod nosem: „Jeszcze trochę i zacznę się bać na myśl o wejściu do kibla", rozwaliła fryzurę, po czym uczesała włosy po swojemu. Ku jej zdumieniu szczotka zrobiła wściekły grymas i wywaliła język. Ariel cisnęła ją na szafkę koło lustra.

Przez moment zastanawiała się, czy nie powinna czekać w pokoju, aż ktoś po nią przyjdzie. W końcu jednak otworzyła drzwi i zeszła na dół. Schody malowniczo zakręcały wprost do saloniku, gdzie czekali już na nią Marcelina, Fabien i Marcus.

Właśnie robiła, co mogła, aby się nie potknąć o skraj sukni, gdy Marcus przerwał cichą rozmowę i popatrzył w jej kierunku. Miał ponurą, zmęczoną twarz i wielkie cienie pod oczami, jakby całą noc nie spał, ale na jej widok oczy rozszerzyły mu się, zamrugał powiekami i gwałtownie wciągnął powietrze. Chryste! Czy wyglądała aż tak źle? Zaklęła pod nosem. Wszystko przez tę suknię! Miała ochotę zapaść się pod ziemię albo zwiać w podskokach do pokoju, tyle że w tej kiecce to byłoby niemożliwe. Zobaczyła, jak Fabien szturcha przyjaciela w bok i Marcus przytomnieje. Błyskawicznie opuścił wzrok na swoje buty.

– Witaj, Ariel. Miło cię ponownie widzieć – zaczął elf, a jego przyjaciel tylko skinął głową na powitanie.

– Cześć – powiedziała niepewnie.

– Wstałaś, moja droga! – zagaiła śpiewnie Marcelina. – Fabien i Marcus przyszli po ciebie, ale przecież nie pójdziesz nigdzie bez śniadania, prawda? – spytała z naciskiem, patrząc karcąco na oficerów. – Siadaj do stołu. Śniadanie jest najważniejszym posiłkiem dnia, bo daje siłę do wykonania obowiązków, czyż nie?

Ariel podążyła za nią, a Fabien z Marcusem zostali w saloniku, cicho się o coś kłócąc.

Jadalnia była właściwie wydzieloną częścią kuchni, która wyraźnie zachowała coś z czarodziejskiego folkloru, bo to tu znajdował się kominek z dość dużym paleniskiem i piękny, do czysta wyszorowany stół z drewna oraz drewniane taborety. Na stole czekało już śniadanie – gorąca, aromatyczna herbata, świeże bułeczki i pyszna jajecznica na bekonie. Kiedy Ariel usiadła, nóż zaczął smarować masłem pieczywo, czajniczek nalał herbatę do filiżanki, a jajecznica nałożyła się na talerz.

Przyglądała się temu ze zdziwieniem. Zdumiało ją także, że poczuła wilczy apetyt, chociaż z reguły rano nic nie jadła, tylko w drodze do pracy biegiem wypijała kawę. Nawet przez chwilę zawstydziła się, że wyjdzie na żarłoka, ale Marcelina wyglądała na uszczęśliwioną, że ktoś docenił jej talenty kulinarne, bo przyglądała się Ariel z promiennym, matczynym uśmiechem.

Syta wróciła do saloniku, gdzie czekali na nią Fabien z Marcusem. Po ich minach zrozumiała, że coś poszło nie tak, ale ponieważ obaj osłonili się zaklęciem *adger*, nie miała prawa na siłę dowiadywać się, o co chodzi – dała przecież słowo. Usiadła na kanapie naprzeciw nich i czekała, aż któryś się odezwie.

Marcus uparcie unikał jej wzroku. Jakoś podejrzanie bardzo interesował go stan własnych butów. Rozmowę zaczął więc Fabien. Był bardzo poważny. Tak bardzo, że Ariel zaczęła mieć niedobre przeczucia.

– Ładnie wyglądasz w tej sukience – zagaił niezdarnie. Nabrał głęboko powietrza jak ktoś, kto ma do zakomunikowania bardzo ważną i bardzo niemiłą wiadomość. – Leć na patrol. Sam z nią pogadam... – Spojrzał wymownie na przyjaciela.

Najwyraźniej wszystko między sobą wcześniej ugadali, bo teraz Marcus podniósł się z fotela, spojrzał ciężko na Fabiena, potem spode łba na Ariel. Czyżby zobaczyła w jego oczach?... Nie, to niemożliwe! Przez moment wydawało jej się, że zobaczyła w nich żal, gniew, bezsilność, litość i... pożegnanie? Musiało jej się tylko tak wydawać. Tak, na pewno jej się to TYLKO WYDAWAŁO!

Gdy za Marcusem zamknęły się drzwi, zapadła głucha cisza, jakby razem z jego wyjściem zniknęły wszystkie odgłosy świata zewnętrznego. Już raz tego doświadczyła, gdy Fabien walczył w ciemnej uliczce z karzełkami. Spojrzała na niego pytająco.

– Otoczyłem nas dźwiękoszczelną kapsułą, żeby nikt nie mógł podsłuchać naszej rozmowy – wyjaśnił.

No tak, wszystko jasne, ale czemu nie chce, by ktoś wiedział o ich rozmowie? I czemu Marcus tak szybko wyszedł? Przecież to on miał się nią opiekować.

Kiedy zadała te pytania, elf westchnął ciężko.

– Słuchaj, Marcus miał za zadanie sprowadzić cię tu niejako w moim zastępstwie, bo zostałem ranny i nie mogłem sam tego zrobić. Teraz jego rola się skończyła – poinformował ją spokojnie.

– Ale dał słowo – powiedziała Ariel. – Słowo honoru, że w waszym świecie będzie moim przewodnikiem i że pod jego opieką nic mi się nie stanie.

– Wiem, że to zrobił – przyznał zakłopotany Fabien – ale nie powinien był. Nie miał do tego prawa. Teraz Naczelny Czarnoksiężnik Severian wydał mu rozkaz powrotu do koszar, pełnienia nadal normalnych patroli oraz zwolnił go z tego słowa, ponieważ Marcus nie przeszedł pełnego kursu prowadzenia kandydatów takich jak ty. Nie miał żadnych uprawnień, żeby to robić. Oczywiście w tej sytuacji nie dziw się, że Marcus jest wściekły na Naczelnego Maga, ale nie może zlekceważyć jego rozkazu. Tak jak ja zresztą.

– Wy może musicie słuchać tego... jak mu tam... maga – burknęła niezadowolona Ariel – ale mnie to nie dotyczy.

Fabien uśmiechnął się nieznacznie. No tak, mógł się tego spodziewać – Ariel i jej charakterek. Jakże pod tym względem pasowali do siebie z Marcusem.

– No cóż, jednak udało mu się przekonać Severiana do swoich racji. W tej sytuacji Naczelny pozwolił Marcusowi nie wypijać eliksiru niepamięci i wspomagać mnie w prowadzeniu ciebie jako naszego konsultanta do spraw zdrowia i hodowli smoków. Oczywiście będzie to robił na tyle, na ile pozwoli mu plan jego patroli.

– Eliksir niepamięci? To znaczy, że ten cały Severian kazał mu coś takiego wypić, żeby...

– Żeby zapomniał, że kiedykolwiek cię spotkał i w jakim celu – dokończył spokojnie elf.

– Ale po co? – zapytała po chwili zdziwiona Ariel.

– To proste. Niewiele istot u nas wie o istnieniu waszego równoległego świata. Jeszcze mniej tam było. Nie bardzo chcemy wprowadzać, powiedzmy, rewolucji. Dlatego standardem jest wypijanie eliksiru niepamięci.

– Ty też go wypijesz, kiedy ja stąd odejdę?

– Oczywiście – odparł Fabien, jakby to była najzwyklejsza rzecz pod słońcem.

„Jezu! A mnie się wydawało, że to mój świat jest pokręcony. Pewnie też każą mi go wypić, zanim mnie stąd wypuszczą" – pomyślała. – Okej, to może w końcu przejdźmy do rzeczy, bo chciałabym jak najszybciej wrócić do siebie – powiedziała już na głos.

– Jasne. Jak już pewnie wiesz, w zarysie twoje zadanie ma polegać na obejrzeniu naszej hodowli smoków. Sprawdzeniu, czy są zdrowe, czy popełniamy jakieś błędy w ich utrzymaniu, i udzieleniu nam porad – zaczął tłumaczyć

Fabien. – Za chwilę polecimy do zagród smoków na moim pegazie, ale najpierw...

– Na pegazie? – Ariel wytrzeszczyła oczy.

– Tak, to dość popularny środek lokomocji wśród oficerów. – Elf podrapał się za szpiczastym uchem. – Najpierw jednak muszę ci przekazać kilka bardzo ważnych informacji. Przede wszystkim musisz wiedzieć, że w moim świecie smoki są uważane za stworzenia święte – powiedział z naciskiem. – Więc uważaj na wszystko, co przy nich robisz i mówisz, ponieważ obraza smoka może się dla ciebie skończyć śmiertelnie. Nie żartuję – dodał poważnie i skrzywił się, zanim przeszedł do kolejnego punktu. – Po drugie, niestety sama obecność kobiet obraża smoki, więc wstęp do ich zagród i na padoki jest kobietom zakazany.

– Więc jak, na litość boską, mam wam pomóc? – zdumiała się Ariel.

No i właśnie teraz czekało ją najgorsze.

– Mimo to Severian kazał mi tam ciebie wprowadzić...

Ariel przez chwilę przetrawiała, co usłyszała. Oto ten ich najważniejszy mag złamał prawo i skazał ją świadomie na śmierć! Fajnie! Teraz już przynajmniej rozumiała zachowanie Marcusa.

– Na pewno dobrze zrozumiałam? Jako kobieta mam zakaz wstępu, bo obraziłabym tym smoki, a jednak mam tam pójść i zostać pożarta, bo ten wasz Naczelny Jakiśtam tak sobie wymyślił? Tak?

– To nie wszystko – pokręcił głową Fabien.

– Nieee? A co może być gorszego?! – dopytywała się teraz już całkiem wkurzona.

– Oficerowie – rzucił krótko elf.

– Co z nimi?

– Jeśli się zorientują, że do zagród weszła kobieta, to honor oficerski każe im natychmiast cię zabić. Zemsta za obrazę smoków jest ich moralnym...

– Nie no, to jakaś paranoja! – Ariel zerwała się na nogi. – Potrzebujecie pomocy, ale nie chcecie sobie dać jej udzielić! Jesteście chorzy i wasz pieprzony honor też! – Zaczęła krążyć po pokoju. – Dobra, mam tego dość! Dawaj ten eliksir niepamięci i odstaw mnie do domu! – zażądała. – Nie mam ochoty dać się zabić, bo paru czubków ma honor! – wysapała ze złością. – W moim świecie zaskarżyłabym was o dyskryminację płciową, wiesz?

Fabien nie wiedział. A nawet gdyby wiedział, i tak nie mógłby jej tak zwyczajnie odstawić do domu. Musiał teraz wymyślić sposób na jej zatrzymanie i namówić, by jednak poszła do tych zagród.

– Obawiam się, że to nie będzie takie proste. Jestem zobowiązany wypełnić rozkaz Naczelnego Czarnoksiężnika.

– Ty tak, ale ja nie! – wrzasnęła rozsierdzona Ariel. – I co mi zrobisz, jak dobrowolnie nie pójdę? Zabijesz? Przecież i tak zginę, jak tylko się tam pokażę, bo jak smoki mnie nie ukatrupią, to zrobią to oficerowie! Prawda? Wielka mi różnica, kto mnie zabije! I pomyśleć, że wam zaufałam! – rzuciła rozgoryczona. – Uwierzyłam, że chcecie tylko pomocy. Ależ byłam głupia i naiwna! – Usiadła wściekła i zrozpaczona i pomyślała o Amandzie. Co z nią będzie, jak zostanie bez matki? To jasne! Prawnie będzie musiała zamieszkać u Stevena.

„Cholera! Cholera! Cholera!" – klęła w duchu.

Fabien obserwował ją w milczeniu, a ponieważ nie osłoniła umysłu, słyszał wszystko. Zrobiło mu się głupio i poczuł wyrzuty sumienia.

– Słuchaj – powiedział – rozumiem twoją wściekłość. Możesz mi nie wierzyć, ale naprawdę rozumiem. Musisz wiedzieć, że lista kandydatów była bardzo długa, ponad stu, z czego na palcach jednej ręki można było policzyć kobiety. Nikt, absolutnie nikt nie pomyślał, że wszyscy oni się wykruszą. A to jeden miał zawał, a to inny wpadł pod samochód i tak dalej. Na końcu zostałaś ty. Na początku braliśmy pod uwagę, bez obrazy, samych mężczyzn, ale potem musieliśmy zaakceptować wszystkich kandydatów. Teraz w tobie nasza jedyna nadzieja. Obawiam się, że eliksir niepamięci w twoim przypadku może być zbyt słaby, skoro przełamałaś klątwę milczenia, którą na ciebie rzuciłem w tamtej kawiarni...

Przypomniała sobie, jak wracając ze spotkania z Fabienem „Pod Krzywym Kogutem", poczuła się senna i przez resztę dnia jakby naćpana, ale potem faktycznie pamięć zaczęła jej wracać, i to ze szczegółami.

– Wtedy naprawdę jeszcze liczyliśmy, że będzie to mężczyzna, wtedy ten problem po prostu by nie istniał. Zresztą kiedy rozmawiałem z tobą w tej kawiarni, nie wiedziałem, że jako konsultantka będziesz musiała osobiście tam pójść. Gdybym wiedział, nigdy w życiu bym nie przyjął tego zadania – tłumaczył się Fabien.

– To miłe, że masz wyrzuty sumienia, przyjacielu – odparła sardonicznie – ale co trupowi po twoim sumieniu? Trupowi to wisi! Trup nie żyje! Podobnie jak ja, jeśli tam pójdę! Jesteś stuknięty, jeżeli sądzisz, że mnie do tego nakłonisz. To szaleństwo i czyste samobójstwo!

– Ale Croya się nie bałaś. Byłaś nim zachwycona... – zauważył podchwytliwie elf. – Więc może i inne smoki potraktują cię tak jak on?

– To tylko przypuszczenie i ty o tym wiesz – stwierdziła. – Dobrze wiesz, że Croy jest uznawany za wyjątkowo łagodnego smoka, co niektórzy, na przykład Severian, mają mu za złe.

– Skąd o tym wiesz? – Fabien wytrzeszczył oczy.

– Czytam w myślach, pamiętasz? Sam mi uświadomiłeś, że to potrafię. Usłyszałam fragmenty waszej rozmowy z Severianem. Oczywiście nie wszystkie. Ochrona musiała być wyśmienita, ale ten fragment akurat do mnie dotarł.

Na Wielkiego Xaviere'a! Kim była ta kobieta, że dysponowała telepatią na taką odległość i to jeszcze przez ochronne ściany ratusza? Elfa tak zatkało, że nie wiedział, co ma powiedzieć.

– Ariel... – bąknął w końcu.

– Jasna cholera, ale się wpakowałam! – przerwała mu gwałtownie, wyzywająco opierając ręce na biodrach. – Nie wypuścicie mnie, to jasne, czyli nie mam wyjścia, muszę tam iść. Ale oficerowie podobno nie są tchórzami, prawda? Jeśli mam zginąć, to udowodnię ci, że także potrafię to zrobić w wielkim, pieprzonym, honorowym stylu, chociaż jestem TYLKO kobietą! Żądam tylko jednej rzeczy. W moim świecie jest dziewczynka, moja córka Amanda. Jak zginę, to zobowiązuję ciebie i Marcusa oraz w szczególności Severiana osobiście do opieki nad nią. Jesteście mi to winni, do cholery! A teraz prowadź mnie do tych pieprzonych zagród! Miejmy to w końcu za sobą. – Rozsierdzona ruszyła w stronę drzwi.

– Czekaj. – Fabien dogonił ją przy drzwiach. – Razem z Marcusem wymyśliliśmy, a właściwie to Marcus wymyślił pewien sposób, żeby oszukać oficerów, i jeśli się uda, to także smoki.

Dopiero teraz zauważyła, że elf ma ze sobą coś w rodzaju worka marynarskiego. Właśnie do niego sięgał. Wyjął kilka pomiętolonych i nieświeżych ciuchów.

– Nie możesz pójść w tej sukni, to oczywiste. Powinnaś iść w męskim ubraniu. Smoki mają bardzo dobry węch, więc żeby cię nie wyczuły, załóż to. – Podał jej skłębione szmaty.

– Co to? – Popatrzyła z odrazą.

– Mundur oficerski – wyjaśnił. – Wiem, jest okropnie brudny i przepocony, ale właśnie o to chodzi. Wydziela zapach mężczyzny! Więc może smoki cię nie wyczują i nic ci nie zrobią. A innym oficerom powiemy, że jesteś konsultantem, to nie będą się czepiać... – wyjaśniał gorączkowo.

– Fabien, dwa pytania. Pierwsze: czy nie uważasz, że ten mundur jest dla mnie nieco za duży? Drugie: do kogo należał, do trolla?

Elf mimowolnie uśmiechnął się pod nosem.

– Pewnie już zauważyłaś, że nasze ubrania dopasowują się do osoby, która je nosi, więc na pewno będzie pasował. A należy do Marcusa. Po wyjątkowo ciężkim patrolu „zapomniał" go oddać chochlikowi do prania. I jeszcze coś. Ten materiał jest ogniotrwały, co znaczy, że wytrzymuje ogień buchający z paszczy smoka, ale mam nadzieję, że nie będziesz musiała tego doświadczyć. Idź na górę i przebierz się, poczekam. Do zagród polecimy na moim pegazie.

Sama nie wiedząc, czemu godzi się na to czyste szaleństwo, poszła do sypialni. Tym razem suknia jakby tylko czekała na komendę, bo sama opadła z jej ciała bez żadnych wysiłków. Ariel wzięła do ręki ogromny mundur, według słów Fabiena należący do Marcusa. Chwilę się zawahała. Potem przybliżyła materiał do twarzy. Tak, nie miała wątpliwości, to był jego mundur... Pamiętała zapach skóry Marcusa, gdy przytulił ją po wyrzuceniu Stevena. Teraz, zakładając jego ubranie, miała wrażenie uczestniczenia w jakiejś intymnej perwersji... Uczucie było takie, jakby otulała się samym Marcusem...

„Chyba ponosi mnie fantazja" – pomyślała i zeszła na dół. Faktycznie, zanim dotarła z powrotem do salonu, mundur przylgnął do niej jak druga skóra, ale zapach Marcusa pozostał. Musiała też przyznać, że to ją lekko rozkojarza. A niech to! Faceci!

Fabien ocenił jej wygląd i uznał, że nie jest źle.

– Aha, nie mów Marcusowi, że ci powiedziałem, że to jego mundur i jego pomysł, bo chyba by umarł ze wstydu, a przed śmiercią by mnie zabił. – Uśmiechnął się elf. – Marcus to pedant. Tylko i wyłącznie na dzisiejszy dzień nie oddał swojego munduru do prania. Normalnie nie chodzi dwa dni w tym samym, bo uważa, że to ujma dla niego jako oficera. Zrobił to tylko dla ciebie.

– Fajnie! – skrzywiła się Ariel. – Czyli mam mu być anonimowo wdzięczna za przepocony mundur, w którym zostanę zeżarta przez smoki. Super! – powiedziała zgryźliwie, ale zrobiło jej się ciepło na sercu, że mimo wszystko Marcus starał się ją ratować.

– To co, lecimy? – zapytał Fabien.

– Tak, miejmy to już za sobą – stwierdziła zrezygnowana.

Uliczki były wąskie, chodniki wybrukowane kostką, a ściany domów z białego kamienia. We wszystkich oknach Ariel zauważyła drewniane okiennice. Widok ten przypomniał jej pewne stare, piękne miasto, które kiedyś wspólnie odwiedziły z Amandą i obydwie uznały za najpiękniejsze na świecie – Dubrownik. Pomyślała, że Amandzie spodobałoby się tutaj.

Poszła za Fabienem. Niedaleko na małym kamiennym placyku tuż obok fantazyjnej fontanny stał najprawdziwszy w świecie... pegaz o mlecznej barwie sierści! W mitologii czytała kiedyś, że były to konie ze skrzydłami, ale to stworzenie na pewno przewyższało konia pod każdym względem. Owszem, fizycznie jak najbardziej przypominało araba, ale te srebrne skrzydła!... Prawie uklękła z podziwu na widok tak pięknego stworzenia. Było idealne w każdym calu, począwszy od delikatnych chrap, przez piękne, wyraziste oczy, cudowną szyję z bujną grzywą, smukłe nogi, a skończywszy na zadzie i mlecznobiałym ogonie. Na chwilę zapomniała, że pegaz za moment poniesie ją na pewną śmierć. Stała z wytrzeszczonymi oczami i nie mogła wydusić słowa.

– Ehm! – chrząknął znacząco Fabien, bo jej reakcja zaczęła wzbudzać zainteresowanie przechodniów, a przecież była tu incognito. – Ariel – chwycił ją za łokieć i delikatnie podprowadził do pegaza – ludzie patrzą... – szepnął z lekką naganą w głosie.

To ją nieco otrzeźwiło.

Pegaz miał już założone siodło. Fabien odwiązał go, potem zgrabnie na niego wskoczył i podał rękę Ariel, żeby pomóc jej wsiąść. Wiele lat temu, jeszcze na studiach, czasami jeździła konno. Była ciekawa, jak się jedzie, a raczej leci na pegazie.

– Obejmij mnie w pasie – poradził elf. – Nie chciałbym, żebyś spadła.

– Jasne. Jeszcze mogłabym się zabić, nie? – zadrwiła bezlitośnie, ale usłuchała rady.

Pegaz zrobił mały rozpęd, rozłożył skrzydła i wzbił się w powietrze. Lecieli! Kamienne domy, uliczki, stragany z warzywami i owocami, kolorowe sklepiki zostały gdzieś daleko w dole i w tyle. Pęd powietrza zapierał dech w piersiach i wprawiał prawie w euforię. No i jak tu się po locie pegazem przesiąść z powrotem do banalnego samochodu? Nie umiała już sobie tego wyobrazić.

Spojrzała w dół na panoramę miasta. Było malowniczo otoczone górami porośniętymi gęstym lasem. Patrząc na te góry, znowu miała uczucie déjà vu. Jadąc na urlop do Dubrownika, przejeżdżała przez Bośnię. Z okien autokaru podziwiały wtedy z Amandą piękno prawie identycznych gór otaczających wijące się koryto szmaragdowozielonej rzeki Neretwy. Gdzieniegdzie widziała mniejsze lub większe oczka jezior i wodospadów.

„Gdybym miała kiedykolwiek zamieszkać gdzie indziej, to chciałabym tu" – pomyślała.

„W pełni się z tobą zgadzam. Też nie zamieniłbym tego miejsca na inne" – zawtórował jej Fabien.

Przez chwilę zrobiło jej się głupio, bo zapomniała osłonić się murem telepatycznym, ale co tam! Miasto było naprawdę piękne i zasługiwało na peany. Zobaczyła, że dolatują do jakiejś jakby szklanej ściany. Fabien wycelował w nią buzdygan i w ścianie otworzyła się szczelina na tyle duża, żeby przepuścić pegaza z dwójką pasażerów. Domyśliła się, że to kopuła ochronna.

„Jak mnie nie zeżrą, to dowiem się więcej o tych kopułach" – postanowiła zaciekawiona Ariel.

Wylecieli z miasta. Parę razy wydawało jej się, że widzi w oddali sylwetki smoków i kilku innych pegazów z oficerami na grzbietach. „Pewnie są na patrolu" – uznała. Kilka razy mignęły im inne dziwne stwory. Fabien wyjaśnił, że to harpie.

– Słyszałam o nich. To pół ludzie, pół ptaki. Myślałam, że istnieją tylko w bajkach.

– A pegazy? – roześmiał się Fabien. – Do tej pory też żadnego nie widziałaś i wydawało ci się, że to istoty bajkowe, a teraz na jednym z nich lecisz! Do tego z elfem w jednym siodle!

Nie wiedziała, co powiedzieć, a on mówił dalej:

– Harpie nie należą do naszego społeczeństwa. Żyją podobnie jak fauny, centaury i inne leśne stworzenia w swoim świecie. Mają kilka osad nadrzewnych rozsianych po lasach. Nie są naszymi sługami. Raczej z nami współpracują. No wiesz, dostarczają nam informacji zwiadowczych z tych miejsc, gdzie nie doleci smok ani oficer na pegazie, ani nawet ptakosmok małych rozmiarów. W zamian my udzielamy im ochrony – wyjaśnił, a ona zastanowiła się, jak wyglądają ptakosmoki i po co aż tyle środków ostrożności i patroli, skoro nie spotkali żadnego potwora.

Teraz lecieli między zielonymi górami. Po drodze minęli jakieś dziwne pole usiane jakby ogromnymi dzbanami lub urnami z marmuru i otoczone paradnym ogrodzeniem.

Zapytała z ciekawości, co to takiego. Usłyszała w odpowiedzi burknięcie:

– To cmentarz smoków. Chowamy tu z całym ceremoniałem te, które zmarły ze starości, i te, które zginęły w walce.

– Aaa... – Różnych rzeczy się spodziewała, ale cmentarzyska smoków, i to tak ekskluzywnego, nie. – Rozumiem, że ich ciała poddawane są kremacji? – zapytała.

W odpowiedzi zobaczyła tylko, jak Fabien dziwnie ponuro skinął głową. Stwierdziła, że lepiej nie drążyć tematu, zwłaszcza że dolatywali już na miejsce.

Koszary oficerów z racji ich obowiązków musiały znajdować się blisko miasta. Z daleka zobaczyła osiedle małych bungalowów, a niedaleko nich podłużny, niski budynek – zapewne stajnię dla pegazów. Najdalej znajdowały się olbrzymie budowle mające jakieś pięć pięter wysokości i baaardzo długie. Tu musiały być zagrody smoków. Fabien zręcznie pokierował pegazem i za chwilę kopyta stworzenia dotknęły ziemi tuż obok jednego z bungalowów.

– Poczekaj tu na mnie chwilę, tylko zaprowadzę go do stajni.

– A nie mogę iść z tobą? Też bym chciała zobaczyć stajnie pegazów – poprosiła.

Fabien widać uznał, że nie ma w tym nic niezwykłego, bo zgodził się bez oporów.

– Tylko pamiętaj, udajesz mężczyznę, jasne? Jakby co, ja będę mówić, a ty milcz, żeby mi ktoś po głosie nie rozpoznał, że jesteś... – zaczął.

– Jasne, jasne, zrozumiałam. Obiecuję, że będę milczeć.

– Okej, to idziemy. Trzymaj się blisko mnie.

Elf chwycił pegaza za lejce. Zwierzę posłusznie poszło za nim ścieżką między rododendronami. Ariel ruszyła za nimi.

Koszary wyglądały jak kemping. Kilkuosobowe bungalowy były pooddzielane od siebie solidnie przyciętymi żywopłotami, pięknymi krzewami i egzotycznymi drzewami. Fabien chyba zauważył zaciekawienie Ariel, bo pospieszył z wytłumaczeniem:

– Tak, w tych bungalowach mieszkają oficerowie. Każdy ma swój pokój z łazienką, a do tego jest wspólny pokój dzienny do odpoczynku i spotkań towarzyskich. Stołówka jest z tamtej strony. – Pokazał ręką trzy razy większy bungalow stojący z przeciwnej strony niż stajnia. – Nigdy całe koszary nie stołują się naraz, więc większa nie jest potrzebna. Tam jest też sala odpraw.

Zanim doszli na miejsce, wytłumaczył jej też, dlaczego koszary wyglądają jak kemping. W razie ataku bestii jeden czy dwa bungalowy łatwo odbudować, a uszkodzenie pojedynczego dużego budynku byłoby większą stratą.

Stajnia pegazów z pozoru wyglądała jak zwyczajna stajnia z boksami po obu stronach. Tyle że ich mieszkańcy byli niezwykli. Ariel ze zdumieniem i zachwytem zarazem przyglądała się coraz to nowym pegazom. Były różnych umaszczeń. W niektórych boksach stały spokojne klacze, w innych narowiste ogiery, a w jednym dostrzegła klacz z młodym. Niesamowite! Źrebak z zawiązkami skrzydeł! Jeszcze nie całkiem opierzony! Tak zagapiła się na młode i jego skarogniadą matkę, że zupełnie zapomniała, po co tu przyszli. Do rzeczywistości przywołał ją dopiero znajomy głos:

– A więc jednak tu jest?

Okręciła się na pięcie i stanęła twarzą w twarz z... Marcusem.

– Tak, jestem. Zdziwiony? – powiedziała chłodno. Ostatecznie on też ją w to wmanewrował. – Jeśli ci się wydaje, że tylko wy, oficerowie, jesteście odważni, to radzę ci obserwować mnie w najbliższym czasie. – Starała się, żeby jej głos zabrzmiał pewnie. – Będziesz miał okazję zobaczyć, jak przez twój zasrany honor ktoś taki jak ja traci życie! – rzuciła zimno, patrząc mu w oczy.

– Ariel... – Marcus pokręcił głową, jakby chciał się tłumaczyć.

– Nie odzywaj się do mnie! – syknęła. – Fabien, możesz mnie zaprowadzić do zagród? Pegazy są piękne, to prawda, ale mam obejrzeć smoki, nie? Idziemy? – zwróciła się roztrzęsiona w stronę elfa.

– J-j-jasne... – wyjąkał zdumiony Fabien, który już rozkulbaczył swojego pegaza. Chyba też nie spodziewał się tutaj przyjaciela ani że Ariel go spotka.

Marcus podążył za nimi z ponurą miną i mocnym postanowieniem, że cokolwiek się wydarzy, nie pozwoli smokom zeżreć Ariel, nawet gdyby sam miał stracić życie. Patrzył teraz na jej postać pewnie kroczącą przed nim w jego mundurze. Była taka drobna i krucha... Ciekawe, czy domyśliła się, czyj to mundur? Musiał przyznać, że nawet w męskich ciuchach wyglądała... Zapatrzył się jak zahipnotyzowany na jej rozkołysane biodra... Odruchowo oblizał wargi... Nie, takie myśli były zabronione! Wielkie nieba! Ta kobieta idzie na pewną śmierć, a jemu w głowie... Zawstydził się własnych myśli.

„Jeśli ona przeżyje, to nigdy więcej nie pomyślę w ten sposób ani nie zrobię nic, co uwłaczałoby jej czci!" – obiecał sobie uroczyście w myślach.

Wyszli ze stajni. Tak jak podejrzewała, skierowali się w stronę wysokich na kilka pięter ogrodzeń, za którymi, a była tego pewna, były smoki. W pewnym momencie gdzieś nad jej głową rozległ się łopot ogromnych skrzydeł. Powietrze dookoła nich zatańczyło, a niebo przesłonił ogromny cień. Zaskoczona zadarła głowę do góry i ujrzała nad sobą majestatycznie lecące cielsko – jak w kinie 3D.

Smok leciał nisko, stanowczo zbyt nisko. Pęd powalił ją na ziemię, a ryk na moment ogłuszył. Przekoziołkowała kilka razy i zatrzymała się pod jakimś krzakiem. Jak zahipnotyzowana gapiła się w stronę zagród, w których zniknął. Zanim to nastąpiło, zdążyła jednak zanotować w myślach rozmiary jego ciała, kształt skrzydeł, barwę łusek i wiele innych detali. Zszokowana siedziała rozkraczona na ziemi. Czy to się naprawdę wydarzyło? Obolałe ciało mówiło, że tak.

– Wie, że mu tego nie wolno, a jednak stale to robi – mruknął niezadowolony Marcus i pokręcił głową z dezaprobatą.

– Daj spokój. Jemu też czasem wolno zażartować, nie? – stwierdził pojednawczym tonem elf.

– Nie broń go. Żaden smok nie ma prawa tak nisko latać i ryczeć, i on doskonale o tym wie. Jego szczęście, że jest najlepszy, inaczej Severian nie byłby tak pobłażliwy...

Przyjaciele przez chwilę wymieniali uwagi na temat smoka, który dopiero co omal nie zmiótł ich z ziemi, zupełnie nie zwracając uwagi na Ariel. Nic nie rozumiała z ich rozmowy. Po chwili przypomnieli sobie o jej istnieniu.

– To był Neret, jeden z naszych smoków bojowych. Nie wystraszył cię zbytnio? To co? Idziemy?

Ruszyła powoli za Fabienem. Rozglądała się po tym świecie, zachodząc w głowę, jak ktoś, czyli w tym wypadku ona, może być tak głupi, żeby iść do tych zagród, zwłaszcza po takim pokazie. Starała się panować nad emocjami, ale igiełki strachu już kłuły jej skórę na karku i mimowolnie zaczęła drżeć. Przełknęła nerwowo ślinę.

„Cholera, Ariel, panuj nad sobą" – skarciła samą siebie w myślach. Wzięła głęboki wdech i wkroczyła za elfem do zagród smoków.

Po drodze minęli kilku oficerów, których Fabien z Marcusem pozdrowili skinieniem lub wymienili kilka żarcików.

Dociekliwym wyjaśniali, że Ariel jest takim trochę dziwnym mag-medykiem, bo interesuje się smokami zamiast ludźmi, a ich ironiczne uśmieszki wyglądały całkiem przekonująco. Mówili, że to Severian osobiście dał mu zgodę na zwiedzenie zagród, „bo ma do *niego* słabość, a poza tym martwi się o nasze smoki". Wiadomość, że to Naczelny Czarnoksiężnik osobiście kazał zlustrować zagrody, kończyła wszelkie wątpliwości.

Tymczasem Ariel starała się zapomnieć o zagrożeniu, jakie ją tu czeka. Teraz odezwał się w niej instynkt lekarza weterynarii. Zaczęła badawczo rozglądać się wkoło. Stanęła pod ścianą jednej z zagród i zadarła głowę do góry. Ściana była wysoka na kilka pięter, zbudowana z solidnych drewnianych bali – chyba nawet kilku warstw – poprzekładanych kamiennymi głazami. Na samej górze dostrzegła galeryjkę, która biegła dookoła zagrody, nie widziała tylko prowadzących tam schodów. Za to zobaczyła, że ściana, przed którą stoi, to właściwie ogromne wrota rozmiarów smoka. W obrębie olbrzymich wrót były też małe, normalne drzwi zamknięte na potężny rygiel i kłódkę, służące zapewne jako wejście dla oficerów. Zagrodę przykrywał przeszklony dach, który po uruchomieniu specjalnego mechanizmu odchylał się na boki i smok mógł od razu wzbić się w niebo bez otwierania wrót.

– Jak się tam dostać? – zapytała Fabiena, wskazując ręką galeryjkę.

– Jest winda, o tam. – Pokazał jej dziwne urządzenie w rogu zagrody. – Ale chyba nie zamierzasz?...

Nie dokończył, bo Ariel już szła szybkim krokiem w tamtą stronę.

– Szybko bo jej nie złapiemy! – wydyszał Marcus, pamiętając, jak ją gonił na parkingu przed kliniką.

– Spoko. stary. Bez buzdyganu nie uruchomi windy, nie? A buzdygany mamy my. – Uśmiechnął się elf.

– No nie wiem... – Przyjaciel miał chyba wątpliwości, bo jeszcze bardziej przyspieszył kroku.

Dogonili ją, gdy stała już na drewnianej platformie windy. Zanim którykolwiek z nich zdążył dobyć buzdyganu, żeby ją uruchomić, winda zaczęła sunąć do góry! Popatrzyli zaskoczeni najpierw po sobie, a potem na Ariel.

– Jak to zrobiłaś? – zapytali razem jak na komendę.

– Co? Aaa, winda? – domyśliła się. – Po prostu tu weszłam i pomyślałam, że chcę, żeby mnie zawiozła na samą górę – stwierdziła spokojnie i wzruszyła ramionami.

– Pomyślałaś?! – znowu zapytali chórem.

– A co to, już myśleć nie wolno? – Zmarszczyła brwi. – Macie jakiś problem, panowie?

Nie zdążyli jej odpowiedzieć, bo podest windy właśnie zatrzymał się na samej górze i Ariel ruszyła wzdłuż galeryjki.

Boksów dla smoków było kilka, a wszystkie ogromne. Niektóre stały puste, widać ich mieszkańcy byli akurat na patrolu lub na poligonie. Po kolei zaglądała do zagród. W każdej z jednej strony znajdowało się legowisko dla smoka, a w drugim końcu potężna kadź napełniona wodą do picia i koryto, a właściwie osobna mniejsza zagroda do umieszczania jedzenia. Ariel podejrzewała, że muszą to być żywe owce, może nawet krowy. W jednym boksie zobaczyła zwiniętego w kłębek smoka o czarnych, połyskujących łuskach i wydłużonym pysku, z pojedynczą parą skrzydeł. A więc istniało co najmniej kilka gatunków smoków! Właściwie dlaczego to ją zdziwiło? Ten, obżarty, odpoczywał i chyba szykował się do snu. Przez chwilę miała wrażenie, że... puścił do niej oko?! Nie, na pewno jej się tylko wydawało!

– To właśnie Neret. Nasz najbardziej agresywny smok. Może mu nie przeszkadzajmy. Jest po patrolu – zaproponował szeptem Fabien.

Skinęła głową i poszła dalej. Następny boks należał do Croya, ale jego samego tu nie było.

– Ćwiczy teraz na poligonie – poinformował ją Marcus. – Smoki muszą mieć codziennie trochę ruchu, inaczej ich mięśnie stają się mniej sprawne.

W kolejnym boksie zobaczyła następnego smoka. Z ubarwienia i kształtu głowy przypominał Croya, ale był nieco mniejszy. Ariel zatrzymała się tu chwilę dłużej. Ten smok nie spał. Patrzył na nią przenikliwie zielono-złotymi ślepiami, jakby hipnotyzując i przyzywając ją do siebie... Stała teraz w bezruchu na wprost stworzenia i patrzyli sobie w oczy. Doznała uczucia, że to spotkanie musiało być zaplanowane. Że było jej pisane. Że MUSI natychmiast tam zejść!

Nie zwracając uwagi na protestujących Marcusa i Fabiena, pędem ruszyła z powrotem do windy. Stali zszokowani, bo nie wiedzieli, o co chodzi. Myśleli, że Ariel najzwyczajniej się wystraszyła i ucieka, ale potem przyszła im do głowy pewna myśl. Była tak absurdalna, że nie chcieli jej przyjąć do wiadomości. No bo czyżby ta kobieta naprawdę chciała wtargnąć do zagrody smoczycy Vivianne?! Nie, nie mogła być aż tak głupia! Na wszelki wypadek rzucili się jednak biegiem do windy. Za późno... Platforma już zjeżdżała, niosąc Ariel w dół.

„Cholera, znowu TYLKO pomyślała?!" – stwierdzili razem telepatycznie zdumieni i wystraszeni.

Zobaczyli, jak Ariel schodzi z podestu windy i... kieruje się w stronę wrót wiodących do zagrody Vivianne! Szła szybko, pewnie, jak w transie. Fabien buzdyganem przywołał z powrotem windę, poganiany przez Marcusa. Winda sunęła irytująco powoli w górę i jeszcze bardziej wkurzająco w dół, gdy w końcu do niej wsiedli.

– Szybciej, cholera, szybciej! – powtarzał pod nosem Marcus.

– Nie wejdzie do zagrody, spokojnie. Przecież wiesz, że chronią ją takie zaklęcia zamykające, że tylko Naczelni są w stanie je przełamać... – pocieszał go elf.

– Przy windzie mówiłeś to samo, a jednak ją uruchomiła!

Obydwaj nie wytrzymali i zeskoczyli z platformy jakiś metr nad ziemią. Pełni niedobrych przeczuć biegli teraz w kierunku, w którym podążyła Ariel. Zanim dotarli na miejsce, zobaczyli z daleka, jak kobieta dotyka ogromnej kłódki. Potem zobaczyli błysk fiołkowego światła i usłyszeli szczęk odsuwanego rygla. Drzwi do boksu stanęły otworem! Obydwaj wytrzeszczyli oczy i przez chwilę zaparło im dech. Czy ona oszalała? I jak, na Wielkiego Xaviere'a, ona to zrobiła?!

Wołali do niej, ale ich najwyraźniej nie słyszała. Po chwili mała postać Ariel zniknęła w smoczej zagrodzie i drzwi zamknęły się za nią z hukiem. Kiedy tam dotarli, rygiel i kłódka znów były zamknięte. Na Wielkiego Xaviere'a, co tu się dzieje? Wiedzieli, że nie są w stanie otworzyć tych wrót. Jedyne, co im zostało, to wrócić na galeryjkę i stamtąd starać się jakoś pomóc tej szalonej kobiecie. Pod warunkiem, że ona jeszcze żyje.

Fabien pogonił Marcusa. Ze zdumieniem zauważył, że przyjaciel nie rusza się z miejsca. Stał jak wmurowany z opuszczoną głową.

– Marcus! Marcus! – Elf kilkakrotnie potrząsnął go za ramiona. – Rusz się! Trzeba ją ratować!

– Za późno... – odrzekł przyjaciel ponurym głosem.

– Nie! – rzucił twardo Fabien. – Ja tam idę. A ty, jeśli masz wystarczająco honoru i odwagi, to mi pomożesz!

Marcus nadal tkwił w miejscu.

– Chłopie! Weź się w garść, do cholery! – Elf wymierzył przyjacielowi potężny policzek, aż mu głowa odskoczyła. – Rozklejać się będziesz później, a teraz, jeśli jest jeszcze jakaś szansa, musimy pomóc Ariel! Szybko! – Pociągnął Marcusa z powrotem w kierunku windy.

Nie mając zbyt wielkich nadziei, wjechali z powrotem na galeryjkę i ruszyli biegiem w stronę zagrody Vivianne.

Poruszała się jak we śnie. Kiedy dotarła do drzwi prowadzących do zagrody smoka, nie bardzo wiedziała, co robić dalej. Odruchowo wyciągnęła rękę w kierunku kłódki i rygla. Zupełnie niespodziewanie, zanim ich dotknęła, kłódka sama się otworzyła i spadła, a rygiel odskoczył z łoskotem. Teraz drzwi stały przed nią otworem. Chwilę się zawahała. A potem, czując, że musi to zrobić, wkroczyła do wnętrza zagrody. Usłyszała tylko dźwięk ponownie zatrzaskujących się drzwi i krzyki Fabiena oraz Marcusa. Oprzytomniała i ogarnął ją strach. Powoli podniosła głowę. Teraz już z bliska spojrzała w ogromne oczy smoka. Wstrzymała oddech.

„Czy teraz mnie zeżre? Bo go obraziłam?" – Przełknęła nerwowo ślinę.

„Przede wszystkim jestem kobietą-smokiem, moja droga. – Usłyszała telepatyczną odpowiedź. – A czy cię pożrę, to zależy od twoich manier i od tego, po co mi zawracasz głowę? A tak przy okazji, mam na imię Vivianne". – Może to było tylko wrażenie, ale smoczyca jakby cichutko zachichotała w myślach.

– Wybacz, nie miałam zamiaru cię obrazić, Vivianne. – Ariel pokłoniła się nisko. – Ja mam na imię...

– Ariel, tak, wiem. Croy mi opowiadał – przerwała jej smoczyca.

– T-t-to ty WIESZ?

– Że jesteś kobietą czy że masz na imię Ariel? – zapytała rozbawiona Vivianne. – Oczywiście, że wiem.

– Ale przecież jako kobietę powinnaś mnie natychmiast zeżreć – wydusiła zaskoczona Ariel. – Fabien mi mówił, że kobietom nie wolno wchodzić do waszych zagród i na padoki, bo to was obraża.

– Fabien powiedział ci to, co jemu i wielu innym podobnym wtłoczono do głowy wiele lat temu.

– Więc to nieprawda? – Ariel wytrzeszczyła oczy.

– Oczywiście, że nie! Obecność kobiet wcale nas nie obraża. Osobiście uważam, że są nawet dość miłe. Poobserwowałam kilka w czasie patroli. Jednakże wiele setek lat temu Pierwszy Mag Xaviere D'Orion wmówił to swoim ludziom. Czemu, nie wiem, bo obłożył przy tym klątwą milczenia pierwsze smoki i nie wolno nam tego wyjawić.

– Więc czemu mówisz to mnie? – zapytała zdumiona Ariel.

Smoczyca uśmiechnęła się i powiedziała:

– Ponieważ klątwa milczenia brzmi: „Nie wyjawisz tego po wsze czasy żadnej inteligentnej istocie zrodzonej w tym świecie", a z tego, co wiem, TY nie jesteś urodzona w tym świecie, prawda?

Teraz Ariel już rozumiała prostotę tej sztuczki i też się uśmiechnęła.

– To znaczy, że teraz ja mogłabym tę informację przekazać dalej i w ten sposób kobiety dowiedziałyby się, że to jedno wielkie oszustwo, tak?

– Teoretycznie tak, mam jednak prośbę, żebyś jeszcze tego nie robiła. Ten czas nadejdzie już niedługo, ale jeszcze nie teraz. Gdybyś to zrobiła teraz, spowodowałoby to chaos i zamieszki w miastach. Ludzie poczuliby się oszukani i zażądaliby ukarania winnych, a przypominam ci, że winnym był Pierwszy Mag. To mogłoby być dla wielu szokiem i skutki byłyby bardzo trudne do oszacowania, dlatego proszę, żebyś chwilowo zachowała tę tajemnicę dla siebie. W odpowiednim czasie ją ujawnisz. A na razie grozi nam inne niebezpieczeństwo z zewnątrz i teraz ważne jest, żeby mieszkańcy dziewięciu miast byli scaleni, a nie w rozłamie. Ponieważ z zagrożeniem, które nadchodzi, możemy sobie poradzić tylko wspólnie. Aha, mam prośbę, możemy przejść na przekaz telepatyczny? – poprosiła grzecznie Vivianne. – Zdaje się, że nasi panowie już dotarli z powrotem windą na górę i teraz lecą ci z pomocą – roześmiała się – a nie chciałabym, żeby nas podsłuchali. Już i tak wzbudziłaś sensację, uruchamiając windę bez buzdyganu i otwierając drzwi do mojego boksu. Bo musisz wiedzieć, że te drzwi są zapieczętowane bardzo mocnym zaklęciem zamykającym, dostępnym tylko dla bardzo potężnych czarodziejów. „To jak, pogadamy jeszcze trochę?" – zachęciła już telepatycznie, bo zobaczyła Marcusa i Fabiena na galeryjce.

„Jasne! Bo bardzo miło się z tobą gawędzi, a jesteś dla mnie kopalnią wiedzy o tym świecie" – odpowiedziała podekscytowana i zrelaksowana już Ariel.

„Hmm, nie mam krzeseł ani foteli, na których mogłabym cię posadzić, ani nie mam cię czym ugościć – zaczęła się tłumaczyć smoczyca. – Więc może po prostu usiądziesz tu koło mnie, opowiesz mi o sobie i co konkretnie cię sprowadza? Bo Croy opowiedział mi tylko ogólnie, spieszył na patrol. Sam. Bez Marcusa. Wiesz, oni z reguły są nierozłączni, ale tym razem Marcus dał mu do zrozumienia, że ma... ważniejsze sprawy tu na miejscu. – Vivianne znowu się roześmiała. – Chyba już wiem, co Marcus miał na myśli. To jak, opowiesz mi o konkretach?"

„Oczywiście!" – odparła nieco zaskoczona tą prośbą Ariel i usiadła po turecku przed smoczycą.

Zdyszeni, spoceni dobiegli do miejsca na galeryjce, z którego było widać wnętrze zagrody Vivianne. Fabien gwałtownie się zatrzymał i stanął na drodze Marcusowi.

– Słuchaj, sam tam zajrzę. Jeśli ona... no wiesz... to może tego nie oglądaj... – tłumaczył przyjacielowi, jednocześnie opierając dłonie na jego napierającym torsie.

– Z drogi, Fabien! – warknął Marcus. – Z drogi, mówię!

Odepchnął elfa i podbiegł do balustradki. Fabien spojrzał za nim z litością. Spodziewał się gniewu, bezsilnej wściekłości z jego strony, tymczasem zobaczył, że przyjaciel wczepił dłonie w balustradę galeryjki, aż mu kostki zbielały, i ze skrajnym zdumieniem patrzył w dół do wnętrza zagrody. Może pomieszały mu się zmysły na widok rozszarpanego ciała Ariel?

Fabien też zerknął do wnętrza i sam wytrzeszczył oczy, a usta otwarł ze zdumienia. Oto na wyściełanym słomą klepisku pod samym nosem smoczycy... siedziała po turecku Ariel i... gawędziła telepatycznie z Vivianne! Od czasu do czasu uśmiechały się do siebie albo potakiwały głowami. Czasem Ariel coś notowała na podkładce, którą przezornie wzięła, żeby robić różne uwagi.

Smoczyca najwyraźniej ich zobaczyła, Ariel zresztą też, bo pomachały do nich przyjaźnie. Obaj o mało nie zemdleli z wrażenia. Nie do końca pewni, jak skończy się to spotkanie, stali na galeryjce i przyglądali się gawędzącym „kobietom".

Powstał jednak problem. Być może uruchomienie windy bez buzdyganu uszłoby jeszcze uwadze postronnych, ale otwarcie zapieczętowanych potężnym zaklęciem drzwi do zagrody stanowczo nie. Teraz do Fabiena i Marcusa zaczęli dołączać kolejni oficerowie – zdumieni, że można tak po prostu wejść do zagrody, usiąść przed smokiem i pogadać. Tymczasem rozmowa Ariel z Vivianne trwała.

„Vivianne, jestem tu, bo powiedziano mi, że wy, smoki, robicie się coraz słabsze. W moim świecie zajmuję się leczeniem takich jakby smoków miniaturowych – zaczęła wyjaśniać Ariel. – Przede wszystkim chciałabym, abyś wiedziała, że w żadnym razie nie zamierzam ciebie ani żadnego smoka obrazić. Jeśli będę zadawać jakieś niewygodne lub niemiłe pytania, po prostu mi powiedz, dobrze? Nie zżeraj mnie od razu".

„Jasne. Więc twoje zadanie polega na...?" – chciała upewnić się Vivianne.

„W dużym skrócie, mam obejrzeć wasze zagrody i padoki, sprawdzić, co jest przyczyną waszej coraz słabszej kondycji i czy można temu jakoś zaradzić. To zlecenie dał mi Severian, a jemu ktoś, na kogo mówią Wszystkowidząca Oriana. Podobno była cała lista kandydatów, ale jakoś wszyscy zostali wyeliminowani i zostałam ja, a ja naprawdę chcę wam pomóc. Dlatego, jeśli pozwolisz, rozejrzę się tu i ówdzie, popytam o różne rzeczy i zobaczę, czy czasem ludzie i elfy z tego świata niechcący sami nie przyczyniają się do waszej gorszej kondycji. Dobrze? I bardzo bym cię prosiła o pomoc, to znaczy, żebyś przekazała innym smokom, o co mi chodzi i że mam dobre zamiary".

„Mówisz, że Wszystkowidząca Oriana dała zlecenie Severianowi i innym magom? – zainteresowała się Vivianne. – To poważna sprawa, jeśli sama Oriana się do niej miesza. Zwykle siedzi na tych swoich bagnach i nie daje znaku życia, ale jeśli teraz się odezwała, to nie zrobiła tego z błahego powodu! Hmm... – zamyśliła się przez chwilę. – Tak, pomogę ci. Porozmawiam z innymi smokami. Jak już pewnie zauważyłaś, potrafimy porozumiewać się na różnych kanałach telepatycznych. Ty zresztą też, a nie każdy zwykły czarodziej czy oficer to umie. Tak przy okazji, staraj się swoje niezwykłe umiejętności trzymać w tajemnicy. Nie brak tu zazdrośników, którym może się nie spodobać, że przybysz z obcego świata ma większe zdolności magiczne niż oni. A teraz mam prośbę. Po pierwsze, zamieszkaj w koszarach i odwiedzaj mnie codziennie. Twoja... hm... praca chyba trochę potrwa, prawda? Po drugie, opowiedz mi o sobie i swojej rodzinie. Jestem ciekawa, jak tam jest w twoim świecie".

Ariel wiedziała, że nie oszuka Vivianne, więc otwarcie opowiedziała jej o swoim dzieciństwie, trudnym dorastaniu, ciężkich wysiłkach, żeby zdobyć dobre wykształcenie, o swojej pracy w klinice, dorastającej Amandzie oraz ślubie i rozwodzie ze Stevenem.

„Szkoda, że nie trafiłaś do naszego świata wcześniej – skwitowała ten ostatni wątek Vivianne – bo z tego, co opowiadasz, ten cały Steven to dupek... przepraszam..."

„Nie szkodzi, bo to prawda". – Roześmiała się w duchu Ariel.

„A odpowiednim mężczyzną dla ciebie jest Marcus, moja droga – pomyślała poważnie smoczyca. – Zapamiętaj moje słowa. To mężczyzna, który da ci szczęście, ale zanim to nastąpi, przejdziecie razem wiele ciężkich prób".

„Mylisz się, Vivianne – stwierdziła nieco zakłopotana Ariel. – Nie przeczę, jest miły, ale... znam go raptem parę dni i..."

„I zdążył cię już uratować przed dupkowatym Stevenem oraz dał oficerskie słowo honoru opiekować się tobą nawet za cenę życia – przerwała jej smoczyca. – Łączy was więcej, niż sądzisz, i wasze uczucia są głębsze, niż myślisz – dodała tajemniczo. – A tak przy okazji, znam zapach Marcusa i wiem, że to jego mundur. Jeśli myślał, że nas, smoki, przy naszym czułym węchu, oszuka tak prostym fortelem, to chyba będę go musiała zeżreć! – Teraz śmiała się już do rozpuku. – Naprawdę nie musisz nosić męskich, przepoconych mundurów. To i tak nic nie daje, a poza tym jest mało higieniczne.

No chyba że lubisz małe, intymne perwersyjki..." – Vivianne puściła oko do Ariel, która zrobiła się czerwona jak burak.

W końcu obie dostrzegły zbiegowisko na galeryjce i postanowiły na dzisiaj zakończyć rozmowę. Pożegnały się, ale przedtem Vivianne wymusiła obietnicę, że znowu się zobaczą. Ariel wstała i złożyła głęboki ukłon przed smoczycą. Ta skinęła jej głową, lekko się przy tym uśmiechając. Tak jak poprzednio, gdy tylko wyciągnęła dłoń w kierunku drzwi, usłyszała, jak kłódka opada i rygiel odskakuje z łoskotem. Odwróciła się, żeby jeszcze raz spojrzeć na smoczycę. Niespodziewanie dla siebie samej zawróciła, podeszła do Vivianne i przytuliła się do jej szyi.

„Wiedziałam, że kiedyś cię spotkam... Śniłaś mi się tyle nocy..." – pomyślała wzruszona.

Smoczyca oparła łeb o jej ramię i chwilę tak trwały przytulone, po czym Ariel po raz ostatni pogłaskała szyję Vivianne i ruszyła do wyjścia. Przekroczywszy próg zagrody, ujrzała tłum zaaferowanych oficerów. Wiadomość o tym, co działo się w zagrodzie smoczycy, najwyraźniej obiegła koszary lotem błyskawicy. Wszyscy chcieli zobaczyć to na własne oczy. Przybył nawet Zorian. Stał teraz koło Marcusa i Fabiena i coś gorączkowo ustalali.

Ariel przeszła obok nich.

– Cześć, chłopaki, stęskniliście się za mną? – palnęła.

Strzeliła palcami i rygiel oraz kłódka do zagrody smoczycy błyskawicznie wróciły na swoje miejsce. Oficerowie wydali pomruk zdumienia, a generał mało nie zemdlał i zaraz gdzieś poleciał na swoim pegazie.

Tymczasem Ariel ruszyła dróżką w kierunku kwater oficerskich. Musiała zapewnić sobie jakiś nocleg, jeśli ma tu zostać dłużej. Właśnie zamierzała wrócić i zapytać o to Fabiena.

– Hej, ty! – Usłyszała naraz czyjś ostry głos. – Coś za jeden?

Zobaczyła oficera o szczurkowatej twarzy, małych, chytrych oczkach i mysich włosach. Znienawidziła go od pierwszego spojrzenia. Sama była zdumiona swoją reakcją i nie umiała tego racjonalnie wyjaśnić.

– Mam na imię Ariel. Jestem konsultantem do spraw smoków. Jestem tu z polecenia samego Severiana, o czym ty, Efrem, jako oficer dyżurny, powinieneś doskonale wiedzieć – odpalantowała zimno. Tak, przedarła się przez jego osłonę telepatyczną. Uzyskała w jego zadufanym umyśle informację o tym, kim jest i jaką ma funkcję. Jak również to, że był typem małego, gnidowatego i podlizującego się karierowicza. Takiego, który nie cofnie się przed niczym.

– Tak? Ale jakoś o niczym nie wiem! – rzucił Efrem zły, że go o niczym nie poinformowano.

– Widać zbyt mało znaczysz, skoro Naczelny Czarnoksiężnik nie widział powodu, by cię informować – syknęła cicho. – Zresztą moimi przewodnikami są oficerowie Fabien i Marcus Brent, którzy dostali taki rozkaz bezpośrednio od Severiana.

W tym momencie dogonili ją Fabien z Marcusem. Wielkie nieba! Co ta Ariel wyrabia? Miała tu być tylko chwilę, incognito, a ściągnęła całe koszary, Zoriana i na dodatek wdała się w kłótnię z najbardziej znienawidzonym oficerem, Efremem! Gorączkowo rozmyślali, jak tę sytuację wyjaśnić i zakończyć.

– Coś mi się wydaje, że kłamiesz! Fabien i Marcus nie mogli dostać takiego rozkazu od Severiana, bo mają u niego przechlapane po tej aferze u Garretha. A ty, przyjacielu, masz za wysoki głos jak na mężczyznę, a jesteś trochę za stary na mutację. Sądzę więc, że jesteś kobietą! – rzucił z satysfakcją Efrem.

Marcus z Fabienem ukradkiem spojrzeli po sobie. Cholera, robiło się niedobrze. Vivianne jakimś cudem nie zabiła Ariel, ale zaraz zrobią to oficerowie.

– Chyba masz problemy psychiczne, Efrem, skoro rozpoznajesz płeć po wysokości głosu. Powinieneś wiedzieć, że kobietom wstęp do zagród i na padoki jest zabroniony. Jaka kobieta byłaby na tyle głupia, żeby ten zakaz złamać? Przecież to grozi śmiercią, nie? Powinieneś wiedzieć, że gdybym był kobietą, to smoki zeżarłyby mnie w ciągu sekundy i nie gawędzilibyśmy teraz tak uroczo – zaśmiała się szyderczo Ariel i na wszelki wypadek założyła ręce na piersi, żeby nie dostrzegł zarysów biustu pod mundurem. – Zresztą moją prawdomówność łatwo sprawdzić. Wystarczy, że zapytasz Naczelnego Czarnoksiężnika. No dalej, Efrem, idź do niego i zapytaj! – zażądała.

Wszyscy wstrzymali oddechy.

– Nie. Dużo prościej zrobić to tu i teraz. – Na twarz Efrema wypłynął podejrzanie zadowolony uśmiech i już Ariel, Marcus, Fabien i cała reszta domyślili się, o co mu chodzi.

– Taaak? A co masz na myśli? – zapytała Ariel, udając, że nie ma pojęcia, o czym on mówi.

– Ściągaj gacie! Zaraz zobaczymy, jaki z ciebie mężczyzna – zażądał Efrem.

Kilku wzburzonych tym oficerów zaszemrało: „tak się nie godzi", „to podłe", „chyba mu odbiło". Fabien z Marcusem trzymali w pogotowiu buzdygany, gotowi ich użyć, jeśli Efrem zbliży się do Ariel. Mieli rozkaz chronić ją za wszelką cenę. Nerwy mieli napięte jak struny. Ku swojemu zdumieniu zobaczyli jednak, że to Ariel podchodzi do Efrema, zbliża twarz do jego twarzy i uśmiecha się od ucha do ucha.

– Efrem, doszły mnie słuchy, że jesteś podłym lizodupem – tu podsłuchała Marcusa – ale że zboczeńcem, to pierwsze słyszę!

Oficerowie ryknęli śmiechem. Upokorzony Efrem chciał się rzucić na Ariel, ale w obecności tylu wrogo nastawionych oficerów nie miał odwagi, więc tylko zacisnął pięści i wychrypiał wściekły:

– Jak otworzyłeś drzwi do zagrody? To potrafią tylko Naczelni!

– O rany, aleś ty głupi! – Ariel udała zniecierpliwienie. – Jasne, że sam tego nie umiem. To Severian osłabił zaklęcie, ale tylko dla mnie, żeby nikogo nie kusiło włazić do smoków. Jeszcze mogłyby mieć wyżerkę. Nie przejmuj się, Efrem – poklepała go przyjaźnie po ramieniu – ciebie by i tak nie zeżarły. Nie jedzą byle czego!

Oficerowie śmiali się do rozpuku. Nawet Fabien z Marcusem chichotali pod nosem. Rany, ale z tej Ariel numerek...

– Sprawdzę twoją wersję u Naczelnego Czarnoksiężnika, a póki co pilnuj własnej dupy, bo jak się okaże, że kłamiesz... – rzucił Efrem złowieszczo.

– To co? – zapytała uprzejmie Ariel. – Przelecisz mnie, zboczku?

Cały Korpus płakał teraz ze śmiechu. Nabijanie się z Efrema należało do żelaznego repertuaru oficerów, ale takiego widowiska to jeszcze im nikt do tej pory nie zafundował. Dlatego z miejsca polubili Ariel, nawet jeśli niektórzy mieli wątpliwości co do jej płci. Fabienowi i Marcusowi ręce opadły. Nawet oni nie załatwiliby tak Efrema. Tyle że teraz będzie za nią węszył jak pies, żeby ją na czymś przyłapać, i na pewno sprawdzi jej wiarygodność. Jednym słowem, Ariel awansowała na wroga numer jeden na prywatnej liście Efrema. I wyglądało na to, że zdarzenia tego dnia długo pozostaną tematem dowcipów w tawernie Garretha.

Przyjaciele zaprowadzili ją do stołówki na mocno spóźniony obiad. Chochliki natychmiast do nich doskoczyły, pytając usłużnie, czego Ariel sobie życzy. Zdaje się, do nich też już dotarły informacje i z wdzięczności za pognębienie

Efrema, który z kolei gnębił chochliki, postawiły sobie za punkt honoru ugoszczenie jej po królewsku. Ariel spojrzała na Marcusa i Fabiena pytająco.

– Zamawiaj – zachęcił elf. – My maluczcy zjemy zwykły oficerski obiad bez żadnych luksusów.

Zrobiło jej się głupio. Właściwie nic takiego nie zrobiła. Jedynie nie została zeżarta przez smoka – ale to zasługa smoka, nie jej – i okrutnie wyśmiała jakiegoś małego padalca. W gruncie rzeczy była osobą dość skromną. Nigdy nie miewała wygórowanych żądań i miała dość niskie mniemanie o swoich umiejętnościach. Dlatego nie rozumiała, czemu wszyscy skaczą koło niej, jakby była gwiazdą filmową.

– Jesteś chochlikiem, prawda? – zapytała najbliższego i zrobiło jej się głupio, że zadała tak kretyńskie pytanie. Stworzenie pokiwało głową.

– Jak masz na imię? – zapytała Ariel. Chochlik aż otworzył usta ze zdumienia.

– Jestem Sylwan. – Pokłonił się nisko.

– A więc, Sylwanie, poproszę normalny obiad oficerski. Dokładnie taki sam, jaki dostaną ci dwaj panowie, dobrze? – I nie wiedzieć czemu pogładziła chochlika po główce, a potem uśmiechnęła się do niego.

Biedak mało nie zemdlał z wrażenia i pędem pobiegł do kuchni po obiad dla całej trójki.

Stołówka była typowa dla koszar – długi kontuar, do którego zwykle podchodzili oficerowie po posiłek. Za kontuarem chochliki wydające porcje obiadowe z wielkich kotłów. Stoliki z ławami lub stołkami. I wszędzie zdobienia z motywami smoków – a to witraże w oknach, a to kinkiety na ścianach, a to drzwi wejściowe z taką płaskorzeźbą. Wizerunki gadów były wszędzie! Nawet na spodach talerzy, co Ariel zauważyła, gdy dokończyła posiłek.

Ziemniaki, stek, a do tego surówka ze świeżych warzyw – obiad był zwyczajny, za to wielkość porcji wręcz kosmiczna. Marcus i Fabien ze zdumieniem spoglądali, jak taka mała osóbka wręcz pochłania taką wielką porcję. Gdzie, na Wielkiego Xawiere'a, jej się to mieściło i jak ona to robi, że nadal jest taka chuda? Gapili się na nią bez słowa, tak uparcie, że w końcu nie wytrzymała.

– Co? – zapytała niecierpliwie.

– N-nic – wyjąkał elf – tylko jestem zdumiony, że jesteś w stanie to wszystko pochłonąć – rzucił i poczuł się niezręcznie. To chyba niezbyt dobrze wypominać kobiecie taki wielki apetyt, więc zrobił durny uśmiech.

Teraz Ariel też poczuła się głupio.

– Fabien, możesz się mnie nie czepiać? Nie moja wina, że mam taką szybką przemianę materii. – Poczuła, że ze wstydu palą ją uszy.

– To nic złego mieć duży apetyt, tylko po prostu nie spodziewaliśmy się, że tak drobna osoba jak ty... – Elf co prawda nie wiedział, co to jest przemiana materii, jednak zrozumiał, że jeszcze bardziej się pogrąża.

Z pomocą ruszył mu Marcus.

– No więc, Ariel, zdaj nam relację z oględzin zagród. Powiedz, gdzie robimy błędy, bo musimy przekazać raport Severianowi, a wtedy będziemy mogli cię odstawić do domu. Może nawet jeszcze dzisiaj. – Nie było mu miło, gdy to mówił, ale nie miał innego wyjścia.

– Muszę cię rozczarować, Marcus, ale ja tu zostaję – rzuciła Ariel, patrząc mu w oczy. – Przynajmniej na jakiś czas, dlatego zechciejcie mi załatwić jakąś kwaterę, dobrze?

Obu przyjaciół zatkało. Wystarczyło zdać raport i wracać do domu – przecież sama tego chciała. A teraz im oświadcza, że zostaje? Cholera, czuli, że znowu zaczynają się problemy. Tego wieczora mieli stawić się u Severiana i przekazać wiadomości, a na razie mieli mu do powiedzenia tylko tyle, że... nic nie mają mu do powiedzenia i że konsultant życzy sobie zostać dłużej.

– Ariel, nie wiem... – zaczął elf, ale w tym momencie podszedł do nich Tristan.

– Marcus, Fabien, macie natychmiast zjawić się u Naczelnego. Co do waszego konsultanta, to Severian życzy sobie, aby poczekał w waszej kwaterze – powiedział i odszedł.

Przyjaciele popatrzyli na siebie ze zdumieniem. Byli pewni, że jeden z nich odprowadzi Ariel do portalu, a drugi złoży raport. Wyglądało jednak na to, że plany uległy zmianie. No i co oni teraz mają powiedzieć Severianowi?

– Chodź, zaprowadzimy cię do nas. – Marcus wstał. – Odpoczniesz, a potem zobaczymy, co będzie dalej.

Alejką dotarli do jednego z bungalowów i weszli do środka. Zobaczyła miły, choć prosto urządzony pokój dzienny z aneksem kuchennym, a na pięterku pokoiki – cztery po każdej stronie korytarza.

„Ciekawe, czy domyśli się, który pokój jest mój, a który twój" – powiedział Fabien telepatycznie do Marcusa.

„Tak, też jestem ciekaw". – Roześmiał się Marcus.

„Tylko wtedy, gdy będziecie tyle paplać..." – odparła im też w myślach Ariel.

Popatrzyli na nią z rozbawieniem. Czyżby jej umiejętności magiczne jednak nie były tak wielkie?

– Chcesz zgadnąć? – zapytał elf z uśmiechem. – Szanse masz dość małe. Osiem pokoi, a nas dwóch. To jak, zakład, że ci się nie uda? – podpuszczał ją.

– Dobra! Jaka wygrana? – zapytała Ariel, łapiąc bakcyla hazardu.

Marcus obserwował ich z boku. To jasne, że Fabien wygra. Ciekawe tylko, czego sobie zażyczy? Pod osłoną zaklęcia *adger* różne myśli przychodziły mu do głowy, nie wszystkie miłe. Był gotów nawet to przerwać, jeśli elf...

– Jak wygram, będziesz musiała BEZWZGLĘDNIE słuchać moich rozkazów jako twojego przewodnika.

Przestaniesz się ze mną sprzeczać. Przestaniesz uprawiać samowolkę. Zaczniesz w końcu słuchać, co się do ciebie mówi – zażyczył sobie Fabien.

– Okej – kiwnęła głową Ariel – ale jak ja wygram, to chcę polatać na pegazie. SAMA! Umowa stoi?

Elf zrobił pobłażliwą minę i podał rękę Ariel.

– Stoi!

Dłuższą chwilę patrzyła na identyczne wejścia do pokoi. Żadne nie było oznakowane, wszystkie drzwi zamknięte.

Fabien popatrzył wyczekująco na Ariel.

– Poddajesz się?

– A kto tak powiedział? Mogę się przejść wzdłuż korytarza? – zapytała. – Obiecuję, że nie dotknę żadnych drzwi ani żadnych nie otworzę.

– Dobra, byle szybko, bo jeszcze musimy lecieć do Severiana – przypomniał jej elf.

Ariel ruszyła pomału korytarzem. Doszła do pierwszej pary drzwi. Na chwilę przystanęła i przymknęła oczy. Skupiła się. Sama nie wiedziała, czemu to robi. Dotknęła dłońmi skroni i delikatnie pomasowała. W jej myślach pokazał się obraz grubego, rudego mężczyzny. Chyba miał na imię Nemezjusz, ale co do imienia mogła się mylić, i obraz drugiego oficera. Tego, który podszedł do nich w stołówce, zdaje się Tristana.

Wciągnęła głęboko powietrze. Druga para drzwi – tu pojawił się obraz dwóch nieznanych jej oficerów, z których jeden miał na imię Gaspar, a drugi Jeron.

– Ariel – cmoknął niecierpliwie elf – czekamy. Nie mamy całej wieczności!

Marcus obserwował to wszystko z rosnącym zainteresowaniem.

Przeszła do kolejnej pary drzwi. Tu wibracje były tak silne, że nie miała żadnych wątpliwości. Pokój po prawej należał do Marcusa, a pokój po lewej do Fabiena, ale żeby dać im trochę satysfakcji i jeszcze chwilę triumfu, skierowała się do ostatniej pary drzwi. Pokój po lewej należał do oficera imieniem Rufin, a ten po prawej, przylegający do pokoju Marcusa, był pusty. Chwilę się zastanowiła. Zobaczyła w umyśle roześmianego chłopaka o płowych włosach. Zdaje się, miał na imię Olaf i... zginął w walce z trollami. Dlatego pokój nie należał do nikogo. Zionęło z niego pustką i smutkiem.

– Chyba przegrałaś, co? – roześmiał się Fabien.

– Dawno straciliście Olafa? – zapytała ze smutkiem Ariel.

Przyjaciół zamurowało! Skąd ona wiedziała o Olafie?

– Ariel! – Teraz elf był zły, bo to mu przypomniało, że stracił też Nelly. – To wiesz czy nie wiesz?

Ruszyła z powrotem korytarzem i wskazując kolejne drzwi, zaczęła mówić:

– Ten należał do Olafa, teraz jest pusty. Olaf zginął zabity przez trolle. Ten do Rufina. Ten jest twój, Fabien, a ten Marcusa. – Bez pudła wskazała drzwi do ich kwater, ale szczyt zdumienia wywołała, gdy powiedziała, do kogo należą pozostałe pokoje.

Zachodzili w głowę, jak ona to odgadła.

– Zobaczyłam w moim umyśle – wyjaśniła spokojnie.

– Jeszcze o tym pogadamy – zapowiedział Fabien – ale teraz musimy lecieć do Severiana. Jim, nasz chochlik, zdaje się, jeszcze naprawia u mnie komodę, więc lepiej poczekaj u Marcusa. Będziesz mieć więcej spokoju u niego niż w moim bałaganie.

Elf chciał dobrze, ale, o dziwo, Marcus nie był zadowolony. Oto miałby do swojej kwatery wprowadzić kobietę! Wielkie nieba! Ona w jego pokoju!

„Spokój, cholera! – zganił się po chwili w myślach pod osłoną zaklęcia *adger*. – To nic takiego. Za kilka godzin ona wraca do swojego świata i znowu będziesz miał pokój tylko dla siebie". Z jakiegoś powodu zrobiło mu się jednak smutno. Zrobił zapraszający gest i powiedział dziwnie nieswoim głosem:

– Proszę, rozgość się i odpocznij. Postaramy się wrócić jak najszybciej. – I zanim Ariel zdążyła otworzyć usta, zamknął za nią drzwi.

Słyszała jego szybkie kroki. Odniosła wrażenie, że... uciekał przed nią?

Rozejrzała się po pokoju. Bardzo do niego pasował – proste łóżko z jasnego drewna, idealnie zaścielone. Zwykła szafa bez zdobień. Zerknęła do środka z ciekawości. Fabien mówił, że Marcus jest pedantem i to była szczera prawda. Mundury wisiały idealnie równo na wieszakach, podobnie koszule. Oficerskie buty były ustawione jak od linijki. A kiedy nie mogąc się powstrzymać, zajrzała do komody, westchnęła ze zdumienia. Nawet skarpetki, bokserki i podkoszulki były idealnie poukładane. Pomyślała, że w tym pokoju chochliki nie miały zbyt wiele pracy, również Amandzie spodobałaby się taka sterylna czystość.

Nad komodą wisiało małe lustro. Spojrzała w nie i ujrzała poszarzałą ze zmęczenia, stresu i z powodu kurzu twarz obcej osoby. Pochłonięty posiłek zaczął ciążyć jej w żołądku i czuła się coraz bardziej ociężała i senna. Pomyślała, że w oczekiwaniu, aż Fabien z Marcusem wrócą, ona nieco się zdrzemnie, ale najpierw przynajmniej trochę się obmyje.

Otworzyła drugie drzwi. Za nimi faktycznie była niewielka łazienka wyłożona szmaragdowymi kaflami, z prysznicem, wanną i kolejnym, tym razem dużo większym lustrem nad umywalką. Tu oczywiście też panowała idealna czystość. Na półce koło lustra znalazła mydło, szczoteczkę do zębów, pastę, szampon i inne męskie akcesoria. Poczuła się zakłopotana. Te wszystkie rzeczy należały do Marcusa. To było nie w porządku, że mu tak myszkowała po jego pokoju. Pomyślała o własnym bałaganiarstwie i o tym, że nie chciałaby, aby ktoś postronny zaglądał do komody z jej majtkami. Stanowczo nadużyła gościnności.

Skrępowana obmyła tylko twarz. Chciała usiąść i poczekać w fotelu, ale Marcus nie miał niczego takiego w swojej kwaterze. Z wyrzutami sumienia usiadła na nieskazitelnym łóżku, wciąż pamiętając, że ma na sobie brudny, przepocony mundur. Zanim film jej się urwał, zdążyła tylko pomyśleć, że Marcus nie ma w pokoju żadnych rzeczy osobistych – dyplomów, pamiątek, fotografii najbliższych. Czy on ma w ogóle rodzinę?...

Furia! Czysta furia płynąca z wielu setek istnień! Kto jest za to odpowiedzialny, że ta istota przeżyła? Należy zrobić wszystko, aby ją pokonać! Setki czerwonych par ślepiów bez źrenic naradzało się, jak to wykonać. Zajęło im to wiele czasu, ale znalazły sposób... Potem nic im już nie będzie zagrażać...

„Jak, na Wielkiego Xaviere'a, ta kobieta dostała się przez drzwi obłożone ciężką klątwą? – zastanawiał się Naczelny Czarnoksiężnik. – I jakim cudem smoczyca jej nie zeżarła?" Łagodność Croya Severian tłumaczył sobie jego zniewieściałością, ale że Vivianne?! Ona akurat znana była jako smocza zołza, nie miała swojego oficera prowadzącego i mało kto chciał lecieć z nią na patrol. Tylko osoba o wielkiej mocy magicznej byłaby w stanie dokonać tego, co uczyniła Ariel... A potem jeszcze to odgadywanie pokojów w bungalowie oficerskim. Rodzaj telepatii połączony z oglądaniem w umyśle różnych obrazów i odbieraniem wibracji emocjonalnych innych stworzeń. Rzadka cecha, przy której przełamywanie zaklęcia *adger* to pestka.

Taaaaaak! Stanowczo ta kobieta musi zostać w ich świecie dłużej, niż myślał. Być może była ważniejsza, niż to się pierwotnie zapowiadało. Severian musiał to wiedzieć. I musiał naradzić się z pozostałymi Naczelnymi.

Krążył po swoim gabinecie, gładząc się po brodzie i intensywnie myśląc, a dwaj oficerowie, którzy właśnie zdali mu raport, obserwowali go z uwagą. Fabien i Marcus spodziewali się, że Severian będzie wściekły z powodu tych wydarzeń. Ku ich zdumieniu Naczelny w końcu zatrzymał się przed nimi i bardzo poważnie powiedział:

– Proszę, abyście namówili tę kobietę, aby zechciała zostać nieco dłużej. Znajdźcie jej kwaterę w koszarach i dajcie wszystko, czego zażąda, byleby tylko się zgodziła jeszcze nam pomóc przy smokach. To bardzo ważne! A teraz wybaczcie, ale muszę wracać na naradę ze związkami zawodowymi krasnoludów. Mają wyjątkowo trudne postulaty. Informujcie mnie na bieżąco przez generała Zoriana o stanie sprawy. Liczę na was, panowie. Powodzenia!

Chochlik Tobiasz odprowadził zdumionych oficerów do drzwi.

Już w korytarzu Fabien wykrztusił do Marcusa:

– Czy myśmy mu wspominali, że ona sama chce zostać?

Przyjaciel pokręcił głową.

– A myślałeś o tym w jego obecności? – dopytywał się elf.

Marcus znowu zaprzeczył.

Wielkie nieba! Co jest? I ona chce zostać, i Naczelny chce, żeby została! Coś się szykuje, coś wielkiego i niedobrego – tego obaj byli pewni. Wsiedli na swoje pegazy i chwilę później lecieli w kierunku koszar. Nagle Marcus zaczął się śmiać. Chichotał jak wariat.

– Co jest? – zapytał zdziwiony Fabien.

– Przegrałeś zakład, pamiętasz? Teraz będziesz musiał dać jej polatać na pegazie! – krzyknął jego przyjaciel i ze śmiechem go wyprzedził. Ten wyścig trwał aż do samych koszar. Oczywiście wygrał Marcus, jak zwykle.

Wszedł do swojej kwatery pewny, że Ariel nadal czeka. Stanął w drzwiach i serce mu zamarło. Leżała pogrążona w głębokim śnie na jego łóżku. Głowę złożyła na poduszce i podparła ją dłońmi. Jej twarz we śnie była całkiem rozluźniona, zrelaksowana, usta lekko rozchylone. Widać czekała na nich, ale dopadło ją zmęczenie, bo zasnęła kompletnie ubrana.

Gdy Marcus patrzył na śpiącą kobietę, coś zaczęło dławić go w gardle, a powieki dziwnie piec. Wzruszenie? Zaskoczyło go też to, że poczuł pewną... czułość i chęć opieki nad nią. Rany! Wystraszył się nie na żarty. Zacisnął szczęki. Co się z nim dzieje?! Bojąc się, że ją obudzi, ostrożnie podszedł do komody, gdzie w najniższej szufladzie leżał dodatkowy pled. Po cichu go wyjął i bardzo delikatnie okrył nim Ariel. Postanowił, że prześpi się w pokoju po Olafie, a z nią porozmawia rano. Stanowczo zasługiwała na odpoczynek.

– Dobranoc, Ariel – szepnął. Zgasił światło i wyszedł, cicho zamykając drzwi.

Kiedy dotarł do pokoju Olafa, przywołał chochlika Jima, który sprawował opiekę nad ich bungalowem, i cicho udzielił mu kilku wskazówek. Chochlik pokłonił się nisko i wyszedł. Marcus tymczasem wziął szybki prysznic i przebrał się w świeże ciuchy, które dostarczył mu wcześniej Jim.

Starał się nie myśleć za dużo o wydarzeniach dzisiejszego dnia. Myśli były niepotrzebne i niebezpieczne.

Jim niedługo później wrócił, niosąc zawiniątko. Stanął w drzwiach i spojrzał błagalnie na Marcusa.

– Wiem, że to nie w moim stylu, ale tego munduru nie oddam ci do prania – powiedział ten spokojnie.

Chochlik ukłonił się nisko.

– Ale, panie, dbanie o twoje mundury to mój obowiązek! – jęknął. – Proszę, pozwól mi go uprać...

– Nie. – Marcus był nieugięty. – Możesz prać wszystkie inne moje mundury tak często, jak ci się to spodoba, ale jeśli tkniesz ten jeden, mimo że jest brudny i przepocony, to spotka cię coś znacznie gorszego niż wydalenie ze służby! Rozumiesz? – zapytał groźnie, ale w duchu zrobiło mu się żal chochlika, który wiernie służył mu od lat. – I pamiętaj, jako chochlik tego bungalowu jesteś obłożony klątwą milczenia, co znaczy, że nikomu, pomijając oczywiście mnie, nie wyjawisz, że mam ten mundur i że go nie uprałeś. Jasne?

– Tak, panie – potwierdził Jim, kłaniając się jeszcze niżej i nic z tego nie rozumiejąc. Jego pan, taki czyścioch, jakby – z całym szacunkiem – miał w żyłach kroplę chochliczej krwi, uparł się, żeby jeden jedyny mundur zostawić śmierdzący, brudny, przepocony. W głowie mu się to nie mieściło. Ale cóż, był tylko chochlikiem. Rozkaz to rozkaz.

– Wykonałeś dokładnie resztę moich poleceń? – zapytał groźnie Marcus.

– Tak, panie... – zaczął Jim, ale oficer mu przerwał, podnosząc dłoń.

– Dość! Oczywiście na ten temat także obowiązuje cię klątwa milczenia. Jakoś nie miał ochoty wysłuchiwać szczegółów, które mogłyby pobudzić wyobraźnię. Ważne, że rozkazy zostały wypełnione. – Możesz odejść, Jim – odprawił chochlika.

Ten uradowany ruszył do drzwi.

– Jim! – rzucił za nim ostro Marcus. Chochlik zatrzymał się w miejscu. – Nie zapomniałeś o czymś?

Stworzenie popatrzyło na niego swoimi wodnistymi oczkami pytająco.

– Mundur, Jim, nadal go masz! Oddaj mi go. – Oficer wyciągnął rękę. Chochlik z nieszczęśliwą miną oddał zmięty uniform, po czym wyszedł, zamykając drzwi.

Marcus chwilę odczekał, aż jego kroki ucichną na korytarzu, po czym usiadł na łóżku Olafa, popatrzył niepewnie na trzymany w rękach mundur, a chwilę potem podniósł go do twarzy i wciągnął głęboko w nozdrza zapach osoby, która go nosiła.

Obudziło ją ciche pukanie do drzwi. Otworzyła oczy i przypomniała sobie, gdzie jest. Rany, to pokój Marcusa... Powróciły wszystkie wydarzenia wczorajszego dnia. Przypomniała sobie, że miała czekać, aż Fabien z Marcusem wrócą od Severiana. Wyglądało na to, że czekając na nich, zasnęła. A niech to! Zasnęła w łóżku Marcusa. Ale gdzie jest w takim razie sam Marcus? Zrobiło jej się głupio, że zajęła jego pokój i jego łóżko. Ponownie ktoś zapukał do drzwi.

– Tak? – rzuciła pytająco Ariel.

Drzwi się uchyliły i do pokoju wsadził głowę Marcus.

– Mogę wejść? – zapytał z niepewną miną.

– Jasne! Co za pytanie? Przecież to twój pokój! Już się stąd wynoszę i wybacz mi ten cały bałagan – gadała jak najęta, żeby tylko coś gadać. Właśnie miała odwinąć koc i prześcieradło, pod którymi leżała, ale zanim to zrobiła, usłyszała ostrzegawcze:

– Lepiej tego nie rób!...

Dopiero teraz zobaczyła, że pod przykryciem jest całkiem... goła! Zniknęło wszystko – mundur, jej własna koszulka, a nawet... stanik i figi! Podciągnęła prześcieradło i pled pod brodę i spojrzała groźnie na Marcusa, domagając się wyjaśnień. Zobaczyła, że ten ma twarz koloru dojrzałej wiśni.

– Zechcesz mi TO wyjaśnić? – zapytała złowieszczo.

Wciągnął głęboko powietrze, wszedł do pokoju i zamknął za sobą drzwi.

– Kiedy wróciłem, spałaś – zaczął spokojnie tłumaczyć. – Nie chciałem cię budzić, bo było późno, a ty byłaś zmęczona, więc pomyślałem, że najlepiej będzie, jak przenocujesz tutaj i...

– ...i nie miałeś żadnych skrupułów, żeby mnie wyłuskać z ciuchów i trochę poobmacywać, co? – dokończyła wściekła. – Wiesz co, to obrzydliwe i niegodne oficera! – sapnęła, patrząc mu zimno w oczy.

„Na Wielkiego Xaviere'a, to nieprawda! – zaprotestował w myślach Marcus. – To nieprawda i to niesprawiedliwe, wiesz? Do twojej wiadomości, ty mała, złośliwa wiedźmo, poprosiłem chochlika Jima, żeby cię rozebrał i odniósł twoje ciuchy do prania, bo cuchnęły jak po starciu z trollem!"

„Taaak? Przypominam ci, że to był twój mundur. A kiedy go zakładałam, już był nieświeży, pamiętasz?" – odcięła mu się Ariel.

„Fabien, już nie żyjesz! – pomyślał wściekły, a ona zreflektowała się, że wydała sekret. – Może i masz rację – ciągnął już spokojniej – ale spanie nago jest lepsze niż spanie w niewygodnym, brudnym i przepoconym mundurze. Chciałem dobrze, wyszło źle! Nie musisz dziękować. Czyste ciuchy leżą tu, na komodzie. Aha, Naczelny pozwolił ci tu zostać. Zajmiesz pokój po Olafie. Jak skończysz się ubierać, to idź do Fabiena, on ci powie, co dalej. Pa!" – Wyszedł, trzaskając drzwiami tak mocno, że przez chwilę zastanowiła się, jakim cudem nie wypadły z futryn.

Po chwili usłyszała trzaśnięcie drzwi naprzeciwko. Widać z Fabienem też się pokłócił, ale chyba telepatycznie, bo nie dotarły do niej żadne wrzaski. Potem jego szybkie kroki zadudniły na schodach.

Szybko wyskoczyła z łóżka, założyła świeże, choć męskie ciuchy i ogarnęła pokój. Odświeżyła się w łazience, a potem ruszyła do Fabiena. Nie miał zbyt wesołej miny.

– Przepraszam, Fabien. – Spojrzała zakłopotana.

– Co jest z wami nie tak? – zapytał elf. – Jak jesteście razem, to ujadacie jak wściekłe psy. Nie możecie pogadać spokojnie? Marcus jest moim przyjacielem, odkąd pamiętam, ale jeszcze nigdy się ze mną na poważnie nie pokłócił. Aż do dziś. Jeśli masz coś do powiedzenia, to proszę, zrób to. Chciałbym wiedzieć, czemu dwie osoby, które najbardziej w świecie lubię i szanuję, traktują się tak podle? – dokończył ze smutkiem elf.

Ariel stwierdziła, że właśnie osiągnęła szczyt głupoty. Oto oskarżyła nad wyraz pruderyjnego i bardzo uczciwego oficera o molestowanie seksualne, chociaż chciał jej tylko pomóc. I na dodatek skłóciła go z najlepszym przyjacielem. Ależ była kretynką! Usiadła z impetem na łóżku koło Fabiena.

– Wybacz, jestem straszną idiotką... – powiedziała, patrząc mu w oczy. – Wiesz co? Pójdę i przeproszę Marcusa. – Zerwała się i zanim Fabien zdążył ją poinformować, że przyjaciel pewnie jest już na patrolu, poleciała do stajni pegazów.

Tam zobaczyła chochlika trzymającego jedno z tych skrzydlatych stworzeń za uzdę. Opanowanie go przychodziło mu z trudem, bo był to olbrzymi kary ogier podobny do koni rasy fryzyjskiej.

– Gdzie znajdę oficera Marcusa? – zapytała.

– Tutaj! – Rozległ się zły głos za jej plecami.

– Marcus!... – To było jedyne, co potrafiła wykrztusić z zaskoczenia.

– O co tym razem mnie oskarżysz?! – ryknął na nią wściekły.

– Chciałam... – zaczęła, ale z powodu jego groźnej miny sama nie wiedziała, co chciała powiedzieć. Potwornie wkurzony ruszył w jej kierunku niczym szarżujący byk.

„Czy mnie uderzy?" – przemknęła jej przez głowę absurdalna myśl. Przymknęła oczy, przełknęła ślinę i cofnęła się, przywierając plecami do wrót stajni. Okej, jeśli ma oberwać, to musiała przyznać, że w pełni na to zasłużyła.

„Nigdy nie tknąłem kobiety siłą! – rzucił telepatycznie wściekły Marcus, zatrzymując się gwałtownie przed nią. – I nigdy żadnej nie uderzyłem! Nie waż się mnie więcej w ten sposób obrażać, bo... mogę zmienić zdanie!" – Chwycił ją gwałtownie za brodę, podnosząc twarz Ariel ku górze i zmuszając do spojrzenia w jego błękitne oczy.

Tak wściekłego Marcusa jeszcze nie widziała. Oddychała ciężko prawie ze łzami w oczach. On też chyba się zreflektował, bo puścił jej brodę, po czym jednym skokiem dosiadł pegaza. Pogonił go ostrogami i wzleciał w powietrze, nie oglądając się za siebie.

„Chciałam cię tylko przeprosić!" – pomyślała Ariel, dławiąc się własnymi łzami i patrząc na jego malejącą sylwetkę na tle nieba. I co teraz powie Fabienowi? Że znowu się pokłócili? Musi zacząć unikać kontaktów z Marcusem, zanim się nawzajem pozabijają...

Nawet nie sądziła, że ta ostatnia myśl o przeprosinach jednak dotarła do Marcusa i omal nie zwaliła go z pegaza na ziemię. Teraz i on czuł się jak szubrawiec. Ale te kłótnie były zbyt wykańczające. Niech dalej zajmuje się nią Fabien. On ma dość swoich zwykłych obowiązków. Jednak przeprosiła... To nieco poprawiło mu humor.

Wróciła zrezygnowana do pokoju Fabiena. Po jej minie poznał, że spotkała Marcusa, ale z przeprosin nic nie wynikło.

– Czemu wy dwoje musicie być tak cholernie uparci i dumni? – zapytał cicho. – Powinniście się wzajemnie przeprosić i starać współpracować. Smoki to nasz nadrzędny cel – tłumaczył łagodnie. – A tak właściwie to o co wam poszło? Bo Marcus tylko na mnie nawrzeszczał, że zdradziłem ci pochodzenie munduru.

Opowiedziała mu całą sytuację. Elf chwilę się zamyślił, wreszcie zaczął mówić:

– Nawet nie zdajesz sobie sprawy, jak bardzo go obraziłaś. Posądzenie go o takie rzeczy! Hm, jestem zdumiony, że jeszcze żyjesz. Komu innemu nie puściłby płazem takiej obelgi. Gdybym wiedział wcześniej, nawet nie pozwoliłbym ci pójść za nim. On potrafi być niebezpieczny i to nawet nie wiesz jak. Z drugiej strony to jednak jedna z najbardziej lojalnych, uczciwych i honorowych osób, jakie znam. Nigdy w życiu nie pozwoliłby sobie na takie zachowanie, o jakie go posądziłaś. Lepiej zrobisz, jeśli przez parę dni będziesz go unikać. Dla własnego dobra. On tak łatwo nie wybacza.

– Obiecałam, że będę słuchać twoich instrukcji – powiedziała zakłopotana. – Podobno Severian zgodził się, żebym została, tak? – rzuciła, żeby zmienić temat.

– Zgodził się to mało powiedziane. Twoje... hm... wyczyny wprawiły go w lekkie zdumienie i zażyczył sobie, żebyśmy cię poprosili, abyś zechciała z nami jeszcze trochę zostać i pomóc przy smokach. Mamy też dać ci wszystko, czego zażądasz. To dokładne słowa Severiana.

Ariel zrobiła wielkie oczy. Severian sam prosił?

– Ale Fabien, Marcus powiedział, że ten wasz Naczelny łaskawie się zgodził... Nic nie rozumiem. To zgodził się, żebym została, czy prosił, żebyście mnie do tego przekonali?

Fabien uśmiechnął się nieznacznie.
– Ariel, przyjmij do wiadomości, że tylko elfy i smoki nie potrafią kłamać. Powiedziałem ci prawdę. Marcus nieco zniekształcił swoją wersję pewnie dlatego, że był zły i żebyś nie zaczęła się puszyć. Masz zająć jakąś wolną kwaterę w koszarach, żeby było blisko smoków. Proponuję ci pokój po Olafie. I tak stoi pusty, a bliżej już się nie da. Możesz go zająć już dziś, nawet natychmiast. Powinny już tam na ciebie czekać komplety nowych, czystych mundurów. Niestety nadal musisz nosić męskie ubrania. Jak się urządzisz, to daj znać. Zejdziemy razem na śniadanie, a potem pójdziemy do zagród. Dobrze?
– Jasne, ale może mi to zająć trochę czasu.
– Okej, jak będziesz gotowa, to przyjdź tu do mnie.
Poszła od razu do pokoju Olafa. Teraz należał do niej. Najwyraźniej chochliki nie zdążyły jeszcze tu uprzątnąć, bo co prawda łóżko było pościelone, ale na komodzie leżał... jej wczorajszy mundur. Co u licha? Rozejrzała się po pokoju. Tak jak podczas zgadywania, do kogo należą pokoje, skupiła się, zamknęła oczy i potarła skronie dłońmi. Bezwiednie usiadła na łóżku, a potem wzięła mundur do ręki. W jej umyśle pojawił się obraz... chochlik rozmawiający z... Marcusem... potem Marcus z mundurem w dłoniach. Zaraz, co on robi? Przykłada mundur do twarzy i... gładzi go... potem... Marcus leżący aż do świtu na tym łóżku. A więc to tu spał, a właściwie czuwał! Teraz to już całkiem nie miała pojęcia, jak go przeprosić. Fabien ma rację, musi go parę dni pounikać, a potem może sytuacja sama się rozwiąże. Tylko po co zostawił ten mundur? Może zapomniał go oddać do prania? Zaniesie mu go do pokoju. Przynajmniej tyle może zrobić.

Zobaczyła, że koło munduru leży srebrna koperta z napisem „Oficer Marcus Brent". Nie mogła się powstrzymać, by nie zerknąć, czy nadawca się podpisał, ale nie – ani imienia, ani adresu. Kto to mógł być? Położyła list na mundurze i zaniosła to wszystko do jego pokoju. Wzięła kartkę ze swojego notatnika i napisała:

Zostawiłeś to w pokoju Olafa. Ponieważ teraz ja mam tam zamieszkać, uznałam, że muszę Ci to oddać.

Przykro mi z powodu dzisiejszego poranka. Pochopnie posądziłam Cię o podłe rzeczy. Nie miałam zamiaru Cię obrażać. Proszę, przyjmij moje przeprosiny.

Ariel

PS. Miałeś rację – ten mundur koniecznie trzeba wyprać, a do koperty nie zaglądałam – słowo!

Kiedy wróciła do siebie, był tam mały chochlik o wodnistych oczkach i czujnie się rozglądał.

– Jesteś Jim, tak? – zapytała.

Chochlik skinął głową i ukłonił się w pas.

– Ja jestem Ariel i teraz będzie to mój pokój z rozkazu Naczelnego Maga Severiana – poinformowała go. – Czy mógłbyś mnie zaopatrzyć w ubrania? Nie mam ani jednego, a moje wczorajsze, zdaje się, wziąłeś do prania, gdy mnie rozbierałeś?

– Oczywiście. – Chochlik skłonił się z zakłopotaniem.

– Wiem, że zrobiłeś to na polecenie pana Marcusa Brenta, ale chciałabym dostać jakiś komplet innych ubrań w zamian, dobrze?

– To samo polecił mi pan Marcus – powiedział Jim. – Tylko nie pozwolił mi prać tamtego paskudnego, brudnego munduru... – Biedne stworzenie zakryło swą czteropalczastą dłonią buzię, zdumione, jakim cudem się wygadało.

– Nie pozwolił ci go uprać? – Teraz Ariel też była zdziwiona. – A mówił dlaczego?

– Nie, pani, tylko że tego jednego pod żadnym pozorem mam nie ruszać, bo mnie zabije! A teraz mundur się zgubił! – Jim miał łzy rozpaczy w oczach.

– Nic się nie stało. Sama zaniosłam mu go do jego pokoju. – Ariel uśmiechnęła się do niego i zobaczyła, że chochlik odetchnął z ulgą. – Jim, bądź tak uprzejmy i przynieś mi mydło, szampon, no wiesz, środki czystości. Dobrze?

– Już lecę, pani! – Uradowany skłonił się nisko i po paru chwilach wrócił z naręczem ubrań, ręczników i innych potrzebnych rzeczy.

Ariel poukładała ubrania w szafie, a bieliznę (cholera, męską!) w szufladach. Przybory toaletowe zaniosła do łazienki i... dopiero teraz do niej to dotarło. Na dwa pokoje przypadała JEDNA łazienka. Czyli miała ją dzielić z... no oczywiście z Marcusem...

„To jakieś fatum? – pomyślała lekko spanikowana. – Nigdy się od niego nie uwolnię?"

Po chwili wytłumaczyła sobie, że to dziecinne. Przecież obydwoje są dorośli. Wystarczy wymyślić jakiś bezkolizyjny sposób korzystania z łazienki i po sprawie. Byle wymyślić szybko, bo jak Marcus wróci z patrolu, na pewno zechce się wykąpać i wtedy zorientuje się, że nie jest tu sam. Cholera! Czemu wszystko idzie jak po grudzie? Zauważyła, że drzwi do łazienki mają zasuwki, więc mogła zamknąć jego drzwi, żeby przypadkiem nie wszedł, kiedy ona się kąpie. I na odwrót. Tak, to trzeba dopracować i ustalić. Jak mieszkał tu Olaf, pewnie nie mieli tego problemu.

– Wygrałam zakład, pamiętasz? – zapytała w pewnym momencie Ariel. – Obiecałeś mi lot na pegazie.

Od śniadania ustalali z Fabienem, jak ma wyglądać jej praca przy smokach. Elf najwyraźniej miał nadzieję, że Ariel nie wróci do tej sprawy.

– Byłem pewien, że przegrasz – tłumaczył cierpliwie. – Gdybym wiedział, że wygrasz, nigdy bym się nie zgodził. No co ty? To niebezpieczne, możesz spaść i się zabić. Odpowiadam za ciebie.

– To nie w porządku... – Ariel zmarszczyła brwi.

– Jestem za ciebie odpowiedzialny...

– Zakład to zakład! Wygrałam i należy mi się wygrana.

– O rany, aleś ty uparta! – zniecierpliwił się Fabien. – Jeszcze trochę i zażądasz dla siebie pegaza! – Natychmiast złapał się za usta, bo właśnie zrozumiał, jaką palnął głupotę.

– To jest myśl! – uradowana Ariel strzeliła palcami. – Podsunąłeś mi fantastyczny pomysł! Oczywiście, że chcę pegaza! Jak go dostanę, jesteśmy kwita.

– Ty chyba oszalałaś! Nauka latania na pegazie zajmuje dużo czasu. Zresztą po co ci pegaz, skoro masz siedzieć w koszarach i zaglądać do smoków? – zapytał, starając się zmienić temat.

– Bo od czasu do czasu będę musiała polecieć do miasta. Sam powiedziałeś, że to dość pospolity środek lokomocji, więc o co chodzi?

– Po co chcesz latać do miasta?

– Do waszej biblioteki, do archiwów, do medyków, do zielarzy... Czy ja wiem, do kogo jeszcze? Do każdego, kto mi udzieli informacji na temat pomocy smokom. Pegaz będzie tu jak najbardziej na miejscu.

– Nie mam takich uprawnień, żeby cię uczyć latać na pegazie – próbował bronić się Fabien.

– Ale ja mam – rozległ się spokojny głos od drzwi – i jeśli chcesz, to mogę cię nauczyć... – powiedział dziwnie wyciszony Marcus. Dopiero teraz Ariel spostrzegła, że przyglądał im się od dłuższej chwili.

Aż ją zatkało. Oferta pomocy z jego strony? Po chwili zrozumiała – zmienił mundur, czyli musiał być w swoim pokoju, a to oznacza, że przeczytał jej list...

– To jak, chcesz? – zapytał dziwnie spokojnie i uprzejmie.

– Chętnie – wybąkała, przełykając ślinę ze zdenerwowania, niepewna, czy Marcus czegoś nie knuje.

– Okej, w takim razie bądź o osiemnastej przy stajni.

– Dopiero o osiemnastej? – jęknęła zawiedziona.

– No cóż, wszyscy mamy swoje obowiązki, czyż nie? – zapytał cicho. – Wcześniej nie dam rady.

Dopiero teraz zauważyła srebrną kopertę w jego dłoni.

– Co to? – zapytała, zanim uświadomiła sobie, że to niegrzecznie, a poza tym to nie jej sprawa.

– Honor, Obowiązek i Zaszczyt... – powiedział Marcus, patrząc na nią przenikliwie, i wyszedł.

Resztę dnia zajęło Ariel poznawanie koszar oraz gawędzenie z Vivianne. Wypytywała ją o to, jak jest żywiona i pojona, ile ma ruchu, ile patroli i poligonów. Musiała jak najwięcej dowiedzieć się o smokach, ale niecierpliwie czekała na lekcję latania z Marcusem. Miała upatrzonego takiego ogierka, którego nikt nie chciał. Z wyglądu przypominał konia rasy appaloosa. Była nim zachwycona, dlatego nie mogła się doczekać osiemnastej. Ale czemu nie wcześniej? Przecież Marcus był grubo po służbie...

Stawiła się przed stajnią pegazów punktualnie, a jego nie było. Czekała na niego z narastającą niecierpliwością. Zjawił się spóźniony jakieś dziesięć minut. Wyglądał na zmęczonego i lekko rozkojarzonego.

– Hm, witaj, Ariel, więc... tego... – Zwilżył usta językiem. – Chcesz się nauczyć latać na pegazie?

Spojrzała na niego ze zdumieniem. Gdyby go nie znała, pomyślałaby, że jest wstawiony. Ale alkoholu od niego nie wyczuła. Podeszła bliżej.

– Tak – powiedziała i dyskretnie wciągnęła powietrze. Ten zapach nie należał do Marcusa. Wydawało jej się, że czuje...

– Marcus! – Usłyszała ostry głos Fabiena. Elf wyrósł dosłownie jak spod ziemi. – Jeśli masz ją uczyć, to bądź w lepszym stanie. Przypominam ci, że odpowiadam za jej bezpieczeństwo.

Popatrzyła zdumiona na przyjaciół. Marcus wyglądał jak lekko naćpany, a Fabien za wszelką cenę chciał go odesłać do pokoju. Co tu się działo? Marcus lekko zachwiał się na nogach. W ostatniej chwili złapali go i wspólnie doprowadzili do jego kwatery. Osunął się bezwładnie na łóżko.

– Nie martw się o niego. Dojdzie do siebie. Jim go przebierze do spania, a rano będzie jak nowy. A ty najlepiej idź na kolację. – Elf niby ją pocieszał, ale najwyraźniej chciał po prostu spławić Ariel.

– Ale on jest naćpany albo chory. Trzeba mu pomóc – zaprotestowała.

– Nic mu nie będzie – upierał się.

– Jak to nic? Przecież widzę! Co jest? Ćpał coś? Fabien! – Ariel nie ustępowała.

Elf westchnął ciężko.

– Dobra, nie chciałem ci tego mówić, bo to coś, czego nie praktykuje się w twoim świecie i może być dla ciebie kontrowersyjne, ale widzę, że nie mam wyjścia. – Usiadł zrezygnowany na łóżku obok nieprzytomnego Marcusa.

– O co chodzi? – zapytała, również siadając.

– Czy widziałaś w naszym świecie małżeństwa z dziećmi, wujkami, dziadkami i tak dalej? Jakieś pary zakochanych? – zapytał.

– No, właściwie poza koszarami to niewiele widziałam – wybąkała zdumiona Ariel. – Ale o co chodzi? Co to ma do rzeczy?

– To, że u nas nie istnieją rodziny ani małżeństwa.

– A mówisz mi to, bo...?

– Bo widzisz... – ponownie westchnął – w naszym świecie każdy dorosły człowiek lub elf raz na jakiś czas otrzymuje srebrną kopertę. W tej kopercie jest informacja, kiedy, gdzie i o której godzinie ma się stawić...

– Ale po co? – zapytała zaintrygowana Ariel.

– Aleś ty naiwna! Oczywiście po to, żeby spłodzić kolejnego obywatela naszych miast! – wyrzucił z siebie elf.

– C-c-co?! To żart? Jak to?

– A tak to. Budzisz się rano i znajdujesz na poduszce srebrną kopertę z instrukcjami. Stawiasz się w Świątyni Losowań. Są tam komnaty do spotkań prokreacyjnych. Do każdej wiodą dwie przebieralnie: jedna dla kobiet, druga dla mężczyzn. Usługują chochliki objęte klątwą milczenia. Nie powiedzą ci, kogo tam spotkasz, choćby nawet chciały, bo nie mogą. Mają za zadanie dopilnować, żebyś PRZED wypiła eliksir pobudzenia, a PO eliksir niepamięci. W ten sposób uprawiasz miłość, a nawet nie wiesz z kim. Cel jest jeden: spłodzenie potomstwa. Jeśli czarodziejka lub elficzka zajdzie w ciążę, jest odsyłana do Oazy Macierzyństwa. Po porodzie dziecko jest jej odbierane i przekazywane do Oazy Piastunów, a matka znowu wypija eliksir niepamięci. W ten sposób nawet nie pamięta, że była w ciąży i z kim.

Ariel nie wiedziała, co ze sobą zrobić. Chciała zatkać uszy, a jednocześnie chciała wiedzieć.

– Dziecko po narodzeniu jest kładzione przed smokiem, który określa jego poziom zdolności magicznych i potencjalne zagrożenie dla społeczności – ciągnął nieubłaganie Fabien. – Jeśli smok uzna, że dziecko w przyszłości zagrozi miastom, natychmiast je pożera. Po raz drugi tę próbę przechodzą pięciolatki. Podchodzą do smoka i kładą dłoń na jego szyi, a wtedy łuski zmieniają kolor. Jeśli zabarwią się na różowo, to znaczy, że dziecko ma skłonności do białej magii. Jeśli na niebiesko, to bardziej do czarnej. Jeśli na zielono, to nadaje się na oficera. Jest jeszcze zabarwienie czarne. Taki kolor oznacza, że dziecko stanowi zagrożenie dla miast, więc jest pożerane. Ostatni kolor to fioletowy. Ten świadczy o tym, że taka osoba ma wyjątkowy talent w obu rodzajach magii i potencjalnie nadaje się na Naczelnego Maga. Ale to wyjątkowa rzadkość! Ten system wymyślił Pierwszy Naczelny Mag Wielki Xaviere D'Orion. Dzięki Losowaniu wszyscy mieszkańcy są równi i każdy może piastować najwyższe urzędy, o ile jest wystarczająco utalentowany. Decyduje o tym ślepy los, a nie koligacje rodzinne. Każdemu dorosłemu człowiekowi lub elfowi mówi się, że to Honorowe, Obowiązkowe i Zaszczytne zadanie względem społeczności. Nikt nie odmawia, bo nikt nie chce być posądzony, że działa na szkodę miast. Uff! – zakończył elf z ulgą, że ma to już za sobą. Zapadła długa, ciężka cisza. A potem, kiedy Ariel odzyskała w końcu zdolność mówienia...

– Ttto... obrzydliwe, nieludzkie, okropne, podłe... – wyrzuciła z siebie Ariel. Brakowało jej słów na określenie tego, co usłyszała. – Odbierać dzieci matkom? Kazać współżyć obcym sobie osobom na zasadzie losowania? TO CHORE!!!

– Taki jest nasz świat. A Marcus jest właśnie po Losowaniu i pod wpływem eliksiru niepamięci, ale do rana mu przejdzie – uspokoił ją Fabien. – Do tej pory nic mu nie było, to i teraz nic się nie stanie. Lepiej idź spać. Jutro będziesz miała tę swoją lekcję latania na pegazie, obiecuję. – Ujął zszokowaną Ariel pod łokieć i poprowadził do jej pokoju.

– Fabien, a co się dzieje, jeśli ktoś odmówi wzięcia udziału w Losowaniu albo urządzi sobie... no wiesz... nielegalną randkę? – zapytała, żeby mieć pełny obraz sytuacji.

– Z reguły nikt tego nie robi. Nikt nie ma odwagi. Ale jeśli to oficer, to naraża się na Trollowe Rubieże do relegowania z Korpusu włącznie. Jeśli cywil... hm... – Chyba nie miał ochoty wyjawić jej nic więcej, ale widząc jej uparte spojrzenie, westchnął tylko i dokończył: – Trafia do

Kamieniołomów Demonów. Tam wydobywa się kamień do budowy wszystkiego, co nas otacza. Ręcznie, bez użycia magii. Tam trafiają najwięksi zbrodniarze. Nie tylko tacy, którzy urządzili sobie prywatne losowanie, ale głównie mordercy, ćpuny i tym podobni. Ciężka harówka, większość umiera z wycieńczenia. Do lżejszej Kolonii Goblinów, gdzie ten kamień się obrabia, trafiają pomniejsi złoczyńcy: złodzieje, oszuści i krnąbrni. To też nielekkie zajęcie, ale przynajmniej żyją. Pozostają tam dożywotnio, zwolnienia bywają bardzo rzadkie. No cóż, nawet w naszym świecie istnieją przestępcy i trzeba im jakoś wymierzać karę, nie?

Nie do końca kontaktując, przebrała się do snu i położyła do łóżka. Po tym, co usłyszała od Fabiena, nie zmrużyła oka do rana. Nie mogła przestać myśleć o tym chorym systemie. Losowania obcych osób dla spłodzenia dzieci? Oazy? Kamieniołomy? Kolonia karna? To jej się nie mieściło w głowie. Teraz już wiedziała, czym pachnął Marcus, gdy do niego podeszła... Kobietą.

„Ciekawe, ile Losowań ma za sobą i ile dzieci spłodził? – pomyślała gorzko. Wizja Marcusa z inną kobietą w łóżku... Cholera, czemu to tak zabolało? Przekręciła się na bok na posłaniu, bo za cholerę nie mogła zasnąć. Coś spłynęło jej po policzku. Łza? – Muszę szybko wykonać zadanie i spadać z tego chorego świata. Jeszcze mogłabym się wplątać w coś beznadziejnie głupiego... Chryste, zachowuję się jak naiwna smarkula! Co mnie obchodzi jakieś Losowanie?...”

W końcu nad ranem sen skleił jej powieki.

Poranek wcale nie przyniósł Ariel poprawy humoru. Nadal myślała o Losowaniu, o którym opowiedział jej Fabien. To było podłe i obrzydliwe. Czy ją też do tego zmuszą? Nie, na pewno nie. Przecież nie jest z tego świata. Jednakże nic tak jej nie bolało jak świadomość, że uczestnikiem tego losowania był Marcus.

„Cholera, czemu mnie to obchodzi?" – pomyślała ze złością i zaraz sobie odpowiedziała, że ma to gdzieś, z kim i jak figluje Marcus. Ale gula goryczy i żalu na dobre zagościła w jej gardle, a zawiązki łez pod powiekami. Wiedziała, że tego dnia nie będzie w stanie się skupić nad niczym, więc postanowiła pójść na spacer i przemyśleć na spokojnie całą sytuację. Po cichu wyszła wczesnym rankiem z pokoju.

Opuściła bungalow, a chwilę później na piechotę dotarła do bramy koszar. Strażnik poinformowany o jej statusie przepuścił ją bez żadnych oporów, jednakże szybko sprawdził u Fabiena, czy ten wie, gdzie jest jego konsultant. Elf zaalarmowany natychmiast obudził Marcusa, który już zdążył odzyskać siły i razem, źli, ruszyli na poszukiwania Ariel.

Ona tymczasem minęła mur okalający koszary. Szła dróżką pośród dziwnych, egzotycznych roślin pokrytych pięknymi kolorowymi kwiatami. Bujna roślinność syciła jej oczy, a od odurzających, zmysłowych zapachów aż kręciło się w głowie. Kilka razy musiała się zdecydować, gdzie skręcić, gdy dróżki się rozwidlały. Minęła jakieś jeziorko z kolorowymi, fantazyjnymi rybami – no, w każdym razie stworzenia wyglądały na ryby. Wydawało jej się, że gdzieniegdzie widziała ruchy jakichś zwierząt, ale te wyraźnie wolały unikać intruza.

W końcu doszła do pięknej, kwiecistej polanki, na skraju której zobaczyła okazałego tulipanowca. Postanowiła, że tu w spokoju przemyśli wszystkie szokujące nowiny z tego dziwnego świata. Zwłaszcza te ostatnie. Ledwie jednak usiadła pod drzewem i oparła głowę o pień, jej powieki zrobiły się ciężkie i po kilku chwilach zasnęła. Ostatecznie nie zmrużyła oka pół nocy.

Nawet nie wiedziała, że cały czas była obserwowana przez różne stworzenia tego lasu, które teraz podeszły bliżej, aby jej się przyjrzeć. Były wśród nich fauny, strzygi, piękny jednorożec, srebrna centaurzyca oraz driada tego drzewa, pod którym spała Ariel. Naradzały się szeptem, co należy zrobić z tym intruzem, który wtargnął na ich terytorium. Fauny były zdania, że należy ją zabić, ale centaurzyca oraz driada odczytały myśli Ariel i twierdziły, że nie zagraża ona ich puszczy. Dość długo kłócili się o los tej nieznanej sobie kobiety, aż zauważyli, że ta zaczyna się budzić. Szybko czmychnęli między najbliższe krzaki i zanim Ariel na dobre otworzyła oczy, dotarł do niej przekaz myślowy:

„Jestem driadą drzewa, pod którym spałaś".

Ariel rozejrzała się czujnie, ale nikogo nie zauważyła. Głos mówił dalej:

„Ponieważ nie zrobiłaś krzywdy żadnemu z nas ani nie zniszczyłaś naszego otoczenia, pozawalamy ci odejść w pokoju. Pomyśl, dlaczego tutaj jest tak bujna roślinność, a w waszych miastach nie. Odpowiedź na nurtujące cię pytania kryje się w mieście. Poznaj zwyczaje smoków. Poznaj historię miast. Poznaj historię pierwszego miasta, a znajdziesz odpowiedzi. Zaufaj mężczyźnie o błękitnych oczach. Co prawda zada ci ból, ale tylko on obroni cię przed niebezpieczeństwem i pomoże dotrzeć do celu".

Głos umilkł. Ariel jeszcze raz rozejrzała się dookoła. Coś mignęło między drzewami. Centaur? Nie! Musiało jej się wydawać... Uzmysłowiła sobie, że przespała pod drzewem dobre pół dnia.

Ruszyła w drogę powrotną. To dziwne, ale ścieżki wcale jej się nie myliły. Dokładnie wiedziała, gdzie ma skręcić, tak jakby las sam chciał ją bezpiecznie wyprowadzić na zewnątrz. Po drodze myślała o słowach driady drzewa, że ma poznać historię smoków, miast i zaufać mężczyźnie o błękitnych oczach. To ostatnie było akurat najcięższe do wykonania. Cholera!...

Zamyślona wracała powoli. Dotarła właśnie do rozwidlenia dróżek niedaleko koszar, gdy usłyszała ostry głos:

– Możesz mi łaskawie powiedzieć, gdzie byłaś?

„No tak – pomyślała zrezygnowana – znowu kłótnia. A driada drzewa mówiła, że mam mu zaufać. Cholernie ciężkie zadanie. Czy ja go pytam, gdzie i z kim był wczoraj na Losowaniu?" – Po chwili dotarło do niej, że nie użyła osłony telepatycznej i Marcus słyszał wszystkie jej myśli. Poczuła się głupio. On zresztą też.

– Martwiliśmy się o ciebie z Fabienem. Wyszłaś poza teren koszar, a to bardzo niebezpieczne – powiedział, żeby tylko powiedzieć cokolwiek. – „Co, na niebiosa, znaczyły jej myśli? – zastanawiał się jednocześnie pod ochroną zaklęcia *adger*. – Muszę przycisnąć Fabiena. Może on coś wie".

– Niepotrzebnie – odcięła się złośliwie. – Nic mi nie groziło. Las jest całkowicie bezpieczny.

– Co ty pleciesz! Las bezpieczny? Jasne, pod warunkiem, że się z niego releguje trolle, chimery, cyklopy, wampiry, wampokruki i inne obrzydliwe bestie! – ryknął Marcus. – Czy nie rozumiesz, że mogłaś zginąć?

– Jakoś nie odniosłam takiego wrażenia, rozmawiając z driadą tulipanowca na skraju kwiecistej polany – powiedziała spokojnie.

– Byłaś na skraju kwiecistej polany? – wysapał z przerażeniem.

– Tak – odpowiedziała śmiało. Nie zamierzała tym razem dać mu się zastraszyć. – Nawet ucięłam sobie drzemkę pod drzewem – dodała, uśmiechając się z politowaniem. – I jak widzisz, nadal żyję. Zdziwiony? Rozczarowany? Pewnie chciałbyś, żeby mnie coś złego tam spotkało, ale muszę cię rozczarować. Las jest całkiem bezpieczny! – Popatrzyła ze złością w jego błękitne oczy. Chciała, żeby się wściekł, i osiągnęła cel.

– Ty idiotko! – Podszedł do niej, złapał za ramiona i potrząsnął jak szmacianą lalką. – Jeśli ci się wydaje, że to miało być zabawne, to nie było! Korpusu Oficerskiego nie wymyślono dla zabawy, ale dla ochrony miast przed bestiami, które żyją w tym lesie! Jeśli jeszcze raz...

– Nie będziesz mi grozić ani teraz, ani nigdy, Marcus! – Wyrwała mu się rozwścieczona. – I przyjmij do wiadomości, że jeśli chcesz się do mnie zwracać, to masz to robić z szacunkiem albo wcale! A co do lekcji latania na pegazie, to wsadź je sobie w swoją honorową, oficerską dupę, bo wcale ich nie potrzebuję! – Po czym szybkim krokiem podeszła do karego ogiera pegaza, który należał do Marcusa i pasł się spokojnie obok dróżki. Wskoczyła na niego, strzeliła piętami i już po chwili szybowała w powietrzu.

Oniemiały Marcus nie zdążył chwycić wierzchowca za uzdę. Stał na ziemi i czuł się jak skończony idiota. Kilka razy gwizdnął na swojego pegaza, ale ten zlekceważył rozkaz.

„Poczekaj, ty kara mendo! – pomyślał mściwie oficer. – Jak cię dopadnę, zostaniesz wałachem! A jak dopadnę tę małą wiedźmę..."

Szybko pobiegł do stajni. Wybrał innego w miarę szybkiego pegaza i chwilę później gonił uciekającą Ariel. Nie miał złudzeń. Kary ogier był jednym z najszybszych i Marcus wiedział, że tak łatwo go nie dogoni. Ale miał jedną przewagę nad tą diablicą! Uśmiechnął się triumfalnie. Ona nie otworzy śluzy do miasta, bo nie ma buzdyganu. Po chwili jednak zmarkotniał. A co, jeśli poradzi sobie z tym podobnie jak przy windach do smoczych zagród? Jeszcze pogonił pegaza i zobaczył sylwetkę swojego rumaka z Ariel na grzbiecie. Byli całkiem blisko. Jakim cudem ta kobieta potrafiła sama tak latać na narowistym pegazie, skoro leciała do tej pory tylko raz, i to jeszcze z Fabienem?

Dolatywali do kopuły ochronnej. Pegaz z Ariel zwolnił. Zwierzę nie było głupie – nie zaryzykuje lotu na zamkniętą kopułę, bo po prostu się o nią rozbije. Marcus zobaczył, że Ariel jedną ręką trzyma lejce pegaza, a drugą wyciąga przed siebie. Zupełnie jak wtedy, gdy wchodziła do zagrody Vivianne. Marcus zobaczył fioletową mgiełkę i kopuła ochronna... stanęła otworem Czy jeszcze coś powinno go dziwić, jeśli idzie o tę babę?

Buzdyganem zrobił identyczną szczelinę dla swojego pegaza i wleciał do miasta. Zrobił rundkę nad miastem, ale nigdzie nie zobaczył Ariel. A niech to! Ta mała cwaniara musiała wylądować, zanim przeleciał przez śluzę.

„Już wiem! – pomyślał triumfalnie. – Jedyne miejsce, jakie zna, to dom Marceliny".

Niestety zdziwił się okrutnie, gdy tam dotarł, bo Marcelina była akurat w pracy, a usługujący jej chochlik zarzekał się, że nikogo nie ma w domu. Teraz Marcus miał problem. Zgubił Ariel i na dodatek własnego pegaza. Już słyszał te szyderstwa kolegów, lecz mógł zrobić tylko jedno – zrezygnowany postanowił wrócić do koszar i tam czekać na powrót Ariel. Ostatecznie skoro tak brawurowo potrafiła tu dolecieć, to wrócić też będzie mogła, a wtedy... W myślach już układał zemstę na tej małej czarnowłosej zołzie...

Rozwścieczony wrócił do koszar. Oczywiście pierwsze pytanie, jakie mu zadał Fabien, brzmiało:

– Gdzie Ariel? I gdzie twój pegaz?

Zgrzytnął zębami, ale wiedział, że przed elfem nic się nie ukryje.

– Tylko spróbuj się zaśmiać! – ostrzegł, po czym opowiedział całe zdarzenie od momentu, gdy spotkał Ariel przed rozwidleniem prowadzącym do koszar.

– Na TWOIM pegazie? Bez żadnej nauki? Marcus, jaja sobie ze mnie robisz? – Brwi elfa już chyba nie mogły się podnieść wyżej ze zdumienia. – I w dodatku jej nie dogoniłeś? – Pierwsze słyszał, żeby ktoś był szybszy w lataniu na pegazach od Marcusa.

– A tak przy okazji, powiedz mi, Fabien, co takiego powiedziałeś wczoraj Ariel, że była dzisiaj na mnie wściekła jak osa? – zapytał podejrzanie uprzejmie Marcus, krzyżując ręce na piersiach.

Elf podrapał się nerwowo za uchem.

– Więc?

– Gadaliśmy trochę o tym i owym – mruknął Fabien.

– A konkretnie? – dopytywał się Marcus.

– No... ja chciałem wiedzieć, o co się pokłóciliście. To mi powiedziała. Potem wytłumaczyłem jej, jaki jesteś naprawdę. Chyba mi uwierzyła, bo poleciała cię przepraszać. Potem pojawiłeś się ty i zaproponowałeś naukę latania. Pamiętasz? No i ona przyszła na tę naukę, ale ty nie byłeś w formie. A właściwie straciłeś przytomność. Więc dotaszczyliśmy cię do twojego pokoju. Ona się zmartwiła twoim zdrowiem, a ja palnąłem – zrobił żałosną minę – że to nic takiego, tylko efekt zażycia eliksiru niepamięci po Losowaniu. No to zaczęła mnie naciskać, a wiesz, jaka potrafi być upierdliwa, jak się uprze. Musiałem jej opowiedzieć całą procedurę Losowania – wyrzucił z siebie jednym tchem, nie patrząc przyjacielowi w oczy.

– Powiedziałeś jej o... o... o Losowaniu? Więc ona wie, że...

– No... – potwierdził Fabien.

– Jak to przyjęła? – zapytał cicho Marcus, zupełnie nie rozumiejąc, czemu powinno go to obchodzić.

– Na pewno chcesz wiedzieć?

– Pokaż mi!

Elfy miały tę właściwość, że potrafiły jak magnetowid odtwarzać w umyśle całe zdarzenie.

– Jesteś pewien? – skrzywił się Fabien.

– Jak cholera.

Marcus położył dłoń na ramieniu przyjaciela, ten uczynił to samo. Obydwaj się skupili i elf zaczął przekazywać do umysłu Marcusa jak na zwolnionym filmie wszystko, co się wydarzyło.

Ciężko było mu przyjąć do wiadomości reakcję Ariel. Jej zdumienie, obrzydzenie, łzy. Znali się raptem parę dni, ale miał wrażenie, jakby znał ją od bardzo, bardzo wielu lat. Czuł, jak bardzo między nimi zaiskrzyło. Sam był tym zaskoczony, ale też kompletnie wobec tych odczuć bezradny. Czyżby jej na nim zależało? Czyżby była zazdrosna o obcą kobietę, z którą połączyło go przypadkowe losowanie? Nie znalazł innego wytłumaczenia i zrobiło mu się jednocześnie ciepło na sercu i głupio, że tak wyszło. Przez chwilę zastanowił się, jakby to było, gdyby na Losowaniu spotkał... ją.

– Nie pakuj się w to Marcus – przyjaciel usłyszał jego myśli – bo będą z tego same kłopoty. Proszę... – powiedział cicho.

– Poszedł? – Ariel wychyliła się zza drzwi kuchennych Marceliny.

– Tak, pani. Skłamałem, tak jak pani sobie życzyła – potwierdził chochlik.

– A tak swoją drogą, to o co wam poszło? – zainteresowała się starsza pani. – Jeszcze nie widziałam Marcusa tak wściekłego.

Ariel opuściła głowę. Oto następna osoba, której musi tłumaczyć, dlaczego non stop wykłóca się z Marcusem. Żeby to chociaż sama wiedziała...

– Ech, długo by opowiadać... – westchnęła, siadając przy kuchennym stole, na którym już czekało pyszne ciasto i gorąca herbata.

– Pogadamy? – zapytała przyjaźnie czarownica.

Przez chwilę Ariel skupiła całą uwagę na cieście, na którym dorodne truskawki kiwały się i kusiły, śpiewając: „zjedz mnie". Potem zaczęła opowiadać – jak poszli do zagród, jak Vivianne kazała jej zostać w koszarach, jak miała zaczekać, aż Fabien z Marcusem wrócą od Severiana... Wreszcie o Losowaniu, o spacerze do lasu i kolejnej kłótni zakończonej szaleńczym lotem na pegazie.

– To wszystko, Marcelino. Czy jestem tak zła, jak mówi Marcus? – zapytała. – Mam wrażenie, że wszystko robię nie tak. Kompletnie nie rozumiem waszego świata i notorycznie strzelam gafy. Czego bym się nie tknęła, Marcus się wścieka. Czasami tak mnie wkurza, że sama go prowokuję. To silniejsze ode mnie – znowu westchnęła – ale kłótnie są takie upokarzające i wykańczające... Ile razy z kolei wyciągam rękę do zgody, on ją odtrąca. Co jest ze mną nie tak?

Marcelina wysłuchała jej uważnie i popatrzyła na nią wnikliwie.

– Myślę, że on ci się podoba, a ty jemu, ale oboje jesteście zbyt dumni, żeby się do tego przyznać – powiedziała po dłuższym namyśle.

– Nie, Marcelina, to nie tak. On mnie po prostu z jakiegoś powodu nie znosi – zaprotestowała Ariel. Właściwie zrobiła to dla zasady, bo było jej głupio, że ona, trzydziestokilkuletnia, dojrzała kobieta, w tak krótkim czasie uległa tak mocno durnej erotycznej fascynacji facetem totalnie dla niej nieosiągalnym i traktującym ją jak zło konieczne. A do tego zrobiła to świeżo po nauczce, jaką dostała od

Stevena. – Jesteśmy z innych światów dosłownie i w przenośni. I to go pewnie drażni. Najlepiej będzie, jak szybko wykonam zadanie i wrócę do siebie, zanim się wzajemnie pozabijamy.

Marcelina pokiwała głową zamyślona. Z logicznego punktu widzenia Ariel miała rację, a jednak ten pozbawiony przekonania wyraz jej twarzy temu przeczył. A taka ładna byłaby z nich para. Niestety w tym świecie to niemożliwe.

– Musisz jak najszybciej wrócić do koszar. Oni pewnie bardzo się o ciebie niepokoją – powiedziała po chwili.

– Nie mogę! – zawołała Ariel z przerażeniem. – On mnie zabije. Ukradłam mu pegaza i tym samym ośmieszyłam przed całym Korpusem!

– Zobaczymy, co da się zrobić. – Marcelina podeszła do lustra. Wyciągnęła dłoń w jego kierunku i powiedziała: – Marcus Brent, koszary trzeciego miasta.

Lustro ożyło i po drugiej stronie ukazała się twarz Marcusa. Był bardzo poważny.

– Witaj – zaczęła czarownica.

– A więc jednak jest u ciebie – warknął w odpowiedzi.

– W rzeczy samej. W pełni ją popieram, bo gdyby mnie ktoś tak podle traktował, to też bym od niego uciekła – rzuciła Marcelina z drwiącym uśmieszkiem. – Powinieneś się nauczyć, jak z szacunkiem traktować kobiety. Ostatecznie jedna z nich dała ci życie, chłopcze. – Popatrzyła na niego poważnie.

– Marcelina, zatrzymaj Ariel u siebie. Już po nią lecę...

– Powoli, narwańcu! – przerwała mu. – Ona sama wróci do koszar, jak dasz mi oficerskie słowo honoru, że nie będziesz jej źle traktował ani ubliżał, ani nie spróbujesz nijak ukarać jej za to, że poszła do lasu i że ukradła twojego pegaza. To jak, dajesz słowo? Innym oficerom możesz powiedzieć, że pegaza jej pożyczyłeś, bo miała do mnie sprawę i musiała jakoś tu dotrzeć. Więc jak? Wolisz z siebie zrobić pośmiewisko, przylatując tu, czy Ariel ma wrócić do koszar na twoim pegazie?

Marcus chwilę się zastanawiał, jak się z tego wykręcić. Bardzo korciło go sam na sam z Ariel, żeby dać jej w skórę. Zgrzytnął zębami. „Ta Marcelina, cholerna, przebiegła czarownica! Ale i na nią przyjdzie czas – obiecał sobie w myślach – a na razie..."

– Niech będzie. – Przełknął ślinę. Te słowa z trudem przeszły mu przez gardło. – Oficerskie słowo honoru. – Skrzywił się niemiłosiernie. – Wsadzaj ją na pegaza i chcę za chwilę widzieć ją w koszarach.

Ekran z powrotem zmienił się w zwykłe lustro. Marcelina naskrobała coś na kartce papieru, wsadziła do koperty i dała Ariel.

– Przekaż mu to, jak dolecisz, ale dopiero u niego w kwaterze, dobrze?

– Co to? – zapytała zaciekawiona kobieta.

– Ech, nic takiego. Jakiś czas temu prosił mnie o pomoc w pewnej sprawie. To odpowiedź na jego pytanie. – Marcelina machnęła ręką. – A teraz leć. Robi się późno i dużo mniej bezpiecznie. Pegaz Marcusa jest co prawda szybki, ale ty nie dasz rady uciec ani się obronić w razie czego. No leć, mała – pogoniła ją czarownica. – Aha, myślę, że driada miała rację. Musisz poznać wszystkie zagrody smoków oraz ich historię i historię miast. Bez tego trudno ci będzie przeanalizować problem. Poproś o własnego pegaza, żebyś mogła przylatywać do biblioteki i archiwów i odwiedzać pozostałe zagrody i poligony – doradziła Marcelina. – A Marcusem się nie przejmuj. Dał słowo, a to dla niego rzecz święta. Nic ci z jego strony nie grozi. Wręcz przeciwnie. Jestem przekonana, że broniłby cię nawet za cenę własnego życia.

Odprowadziła Ariel do stajni, gdzie spokojnie stał pegaz Marcusa, skubiąc sianko. No tak, jak była wściekła, to nie myślała, jak go okiełznać, ale teraz to co innego. Podeszła do niego i poklepała po szyi. Spojrzał na nią wielkimi brązowymi oczami. Dała mu kostkę cukru. Pegazowi chyba się to spodobało, bo pozwolił się pogłaskać po chrapach. Zaczęła mówić do niego cicho, pieszczotliwie. Powoli odwiązała jego lejce, po czym wolno wyprowadziła ze stajni.

Pożegnały się z Marceliną serdecznie. Ariel dosiadła pegaza i chwilę później poszybowała w kierunku koszar. Kopuła ochronna miasta chyba już była na nią zakodowana, bo gdy tylko podleciała, natychmiast zrobiła się szczelina. Na zewnątrz siąpił deszczyk, co przyniosło trochę ochłody po upalnym dniu.

Marcus już czekał na podjeździe koło stajni. Nadal był wkurzony, ale pamiętał o danym słowie. Zobaczył przemoczoną do suchej nitki Ariel i przez moment zrobiło mu się jej żal. Siedziała w strugach deszczu na jego pegazie, najwyraźniej bojąc się zejść z jego grzbietu. Zerkała na niego z obawą. Powoli podszedł i patrząc jej w oczy, wyciągnął rękę, żeby pomóc jej zsiąść. Westchnął ciężko, kiedy zeskoczyła z siodła prosto w jego ramiona.

– Chodźmy do stajni, zanim się przeziębimy – powiedział, ale czuł, że zabrzmiało to głupio. Wziął od niej lejce pegaza i zaprowadził go do boksu. Rozkulbaczył zwierzę i dokładnie wyczyścił, ze skrzydłami i kopytami włącznie. Ariel stała w milczeniu i przyglądała się temu, nic nie mówiąc. Zresztą i tak nie wiedziałaby, co powiedzieć.

Marcus skończył pucować pegaza. Wyprostował się i popatrzył na nią. Stała oparta o ścianę boksu, miała mokre włosy i wyglądała żałośnie. Zauważył jeszcze coś. Przemoczony mundur przylepił się do ciała tak bardzo, że właściwie niczego przed nim nie ukrywał.

„Cholera, obiecałeś sobie traktować ją z szacunkiem!" – zganił się w duchu, zupełnie zapominając włączyć osłonę, bo właśnie gapił się z otwartymi ustami na jej biust.

 Skrzyżowała ramiona i powiedziała cicho:

– Przepraszam za dzisiaj. Za cały dzień. Staram się. Naprawdę. Bardzo. Ale wszystko, co robię, robię nie tak. Nie znam waszego świata, więc popełniam błędy. Nie robię ich celowo... – tłumaczyła, stojąc z opuszczoną głową, więc nie zauważyła, kiedy do niej podszedł. Znowu chwycił ją pod brodę i zmusił do spojrzenia mu w oczy. Był bardzo poważny.

– Wiem. Twój i mój świat są jak ogień i woda. – Przejechał nieświadomie kciukiem po jej ustach. – Wiem, że się starasz, a ja nie jestem przyzwyczajony do obecności kobiet w moim poukładanym życiu. Dlatego od jutra nie będę wtrącał się w twoje sprawy. Twoim przewodnikiem będzie jedynie Fabien, bo jak widać, ja nie umiem rozmawiać z kobietami. – Westchnął. – Co do pegaza, masz rację, moje lekcje są ci niepotrzebne. Latasz tak wyśmienicie, jakbyś się urodziła w siodle. Dlatego zostanie ci przydzielony pegaz, żebyś mogła polecieć czasem do biblioteki, do miasta albo do zagród. Bo chyba to zamierzasz robić...

Nastąpiła niezręczna cisza. Oboje nie wiedzieli, co dalej. Oboje starali się coś wymyślić, żeby zmienić temat.

– Słuchaj – zaczęła – właściwie to mam upatrzonego pegaza. Nikt go nie chce. Mogłabym go dostać? – spytała pokornie.

– Którego? – rzucił rzeczowo Marcus, bo czuł, że jeśli ta niezręczna cisza potrwa dłużej...

– W ostatnim boksie po prawej, taki ogierek appaloosa – powiedziała jednym tchem.

– Ariel, to niebezpieczna bestia! Nikt go nie dosiada, bo nikomu na to jeszcze nie pozwolił! Jak chcesz się zabić, to cię zaprowadzę do Nereta. Będzie szybciej i chyba bezboleśnie. – Zmarszczył brwi. Ta kobieta wystawiała jego cierpliwość na zbyt wielką próbę.

– Dobrze, zgodzę się na każdego innego, jeśli ten mnie nie zaakceptuje, okej? – prosiła Ariel.

– Mam ci dać zgodę na samobójstwo? Oszalałaś?!

– Proszę! Tylko jeden raz pozwól mi wejść do jego boksu. Obiecuję, że jeśli będzie agresywny i się na mnie rzuci, nigdy więcej o tym nie wspomnę.

– Bo możesz nie mieć takiej okazji, jak cię stratuje! – rzucił sarkastycznie.

– Marcus, no nie bądź taki! Proszę, tylko jeden raz!

Na niebiosa, co on miał z tą kobietą! Nie umiał się oprzeć jej groźbom, nie umiał się oprzeć jej łzom, a teraz jeszcze takim błagalnym prośbom.

„Marcus, ty mięczaku" – pomyślał o sobie z politowaniem. Najwyraźniej ta mała jędza owinęła go sobie dookoła palca. Ale był wieczór i nikogo w pobliżu...

– Jeden raz? – upewnił się.

– Tylko jeden! Błagam, Marcus!

– Już dobrze, dobrze! Ale pójdę tam z tobą i ostrzegam: jak zobaczę, że ta bestia na ciebie szarżuje, to go zabiję! – zapowiedział, groźnie dobywając buzdyganu.

Poszli w kierunku ostatniego boksu. Stał tam ogier o białej sierści nakrapiany czarnymi lamparcimi cętkami. Gdyby nie skrzydła, można by pomyśleć, że to czysty appaloosa rodem z Dzikiego Zachodu. Oparła się o ścianę boksu. Zwierzę spojrzało na nią nieufnie. Zacmokała do niego. Odwrócił się zadem. Zaczęła pieszczotliwie, cichutko do niego przemawiać.

„Ech, gdyby chciała tak mówić do mnie! Przyleciałbym natychmiast..." – pomyślał z zazdrością Marcus pod osłoną zaklęcia *adger*, ale od razu zganił się za te myśli.

Ariel pomału wyciągnęła dłoń w kierunku pegaza. Stał na tyle blisko, by wyczuć jej zapach. Przemawiała uspokajająco, kojąco i nie robiła żadnych gwałtownych ruchów. Pomału odblokowała drzwi do boksu i wolno ruszyła w kierunku ogiera, cały czas trzymając wyciągniętą dłoń. Podeszła od strony głowy i szyi. W ręce miała kostkę cukru wyczarowaną chwilę wcześniej przez Marcusa. Niespiesznie podsunęła ją pegazowi pod pysk. Zwierzę nieufnie powąchało zawartość jej dłoni, spojrzało na nią, po czym... delikatnie chwyciło cukier i schrupało!

Marcus patrzył jak zahipnotyzowany. Ariel nie cofnęła dłoni. Pogładziła ogiera po chrapach, potem po szyi. Pegaz przymknął oczy, jakby chciał wyrazić w ten sposób przyzwolenie na dalsze kontakty. Teraz już ośmielona gładziła jego szyję i grzywę, uśmiechając się przy tym od ucha do ucha. Wzięła zgrzebło i spróbowała go wyszczotkować. Zwierzę bez oporu poddało się tym zabiegom. Marcus był w szoku. Ostatni oficer, który tego próbował, wylądował w bungalowie medycznym z połamanymi żebrami!

Ariel oczyściła zwierzę i znowu nagrodziła cukrem. Chciała sprawdzić, na ile ten pegaz pozwoli jej za pierwszym razem, więc wzięła ogłowie i zaczęła zakładać. Cały czas pamiętała, żeby przemawiać pieszczotliwie i nagradzać cukrem. To się bardzo opłaciło, bo bez problemu dał sobie założyć ogłowie, a nawet siodło. Przy tym drugim był co prawda bardziej nerwowy – Marcus znowu trochę się wystraszył – ale w końcu miała osiodłanego pegaza, którego całe koszary bały się do tego stopnia, że nawet boks czyściły mu chochliki.

Pozostała ostatnia próba – czy pozwoli się dosiąść.

– Ariel – tym razem to Marcus błagał – jak na pierwszy raz wystarczy. Proszę, daj na dziś spokój. Jutro możesz tu znowu przyjść – przekonywał.

Ale ona wiedziała, że teraz albo nigdy. Wzięła lejce pegaza w dłoń, pooprowadzała go trochę po boksie i powiedziała:

– Otwórz drzwi.

– Oszalałaś?

Przyłożyła palec do ust, dając mu znać, że ma być cicho, bo pegaz nie lubi wrzasków.

– Zrób, o co proszę, Marcus, zaufaj mi...

Przeklinając własną głupotę, spełnił jej prośbę.

Pomału wyprowadziła ogiera z boksu. Bardzo się starała ani na chwilę nie zaniepokoić zwierzęcia. Chyba się udało, bo dotarli do drzwi stajni, a ogier ani razu nie zaprotestował ani nie stanął dęba. Ariel znowu dała mu kostkę cukru i pogładziła pieszczotliwie po chrapach. Skłoniła głowę i jej czoło dotknęło czoła wierzchowca. Marcus stał z buzdyganem w pogotowiu, przyglądając się temu przedstawieniu. Wyglądało to tak, jakby Ariel i pegaz prowadzili ze sobą jakąś prywatną rozmowę. Po chwili lekko wskoczyła na grzbiet ogiera, a ten jakby nigdy nic wzbił się w rozgwieżdżone i teraz już bezchmurne niebo. Marcus zobaczył na tle księżyca Ariel lecącą na jej wymarzonym pegazie i uwierzył, że ta kobieta może dokonać wszystkiego! Stał jak wmurowany i gapił się z otwartymi ustami, więc nie zauważył, że nadszedł Fabien i kilku innych oficerów.

– E, stary, gwiazdki na niebie liczysz? – próbowali się z niego nabijać. – A może szukasz swojego pegaza, którego ci ukradł ten Ariel?

– Mojego pegaza Ariel pożyczył, bo musiał lecieć do miasta. Wygląda na to, że mój już mu nie będzie potrzebny. Popatrzcie tam – powiedział z satysfakcją, bo swojego czasu to oni próbowali ujeździć cętkowanego ogiera i nic im z tego nie przyszło oprócz siniaków.

– Jak rany! Widzieliście? Ten cały Ariel leci na naszym diable! Jak on to zrobił? – Teraz już cała grupa oficerów stała i gapiła się w niebo.

– Najwyraźniej ma rękę do zwierząt, panowie – rzekł z dumą Marcus.

Ariel zrobiła kilka rundek honorowych dookoła koszar i postanowiła wracać. Tak, Marcus ma rację, jak na pierwszy raz wystarczy. Pegaz ją zaakceptował, a to znaczy, że będzie jej. Śmiała się od ucha do ucha. Ten lot to było dopiero przeżycie! Pełna euforia! Cmoknęła na swojego nowego przyjaciela, który chyba też wyczuł, że na razie wystarczy, i po chwili wylądowali przed stajnią.

– Marcus! Udało się! – Ucieszona podbiegła do niego i z radości rzuciła mu się na szyję. Odruchowo ją objął, ale cały przy tym zesztywniał. Dopiero teraz zobaczyła, że nie był sam. Oficerowie przyglądali jej się podejrzliwie.

– No co?! – zawołała wyzywająco. – Założyliśmy się z Marcusem, że jak go okiełznam, to będzie mój. Jakieś pytania, panowie? – Spojrzała na nich groźnie i odprowadziła SWOJEGO pegaza do boksu.

Wszyscy pomału rozeszli się do swoich bungalowów.

– Mówiłem ci, że będą z tego problemy – powiedział cicho Fabien.

– Nie będzie. Umowa to umowa. Faktycznie obiecałem jej tego pegaza, jeśli go okiełzna, i zrobiła to. Teraz może bez przeszkód latać do miasta i do pozostałych zagród. Obydwaj wiemy, że ma jakąś cichą umowę ze smokami. Nic jej nie zrobią, więc nie trzeba się martwić. A na pegazie, masz rację, lata lepiej ode mnie. Muszę ją jeszcze tylko nauczyć samoobrony. Może strzelać z kuszy? Wtedy obaj spokojnie wrócimy do patroli, da sobie radę bez nas. Ale na wszelki wypadek powiedziałem jej, że od jutra jesteś jej jedynym przewodnikiem. – Spojrzał przyjacielowi w oczy. Nic więcej nie musiał dodawać. Elf zrozumiał wszystko. Razem poszli w kierunku swoich kwater.

Odprowadziła swojego pegaza do boksu, rozkulbaczyła go, nagrodziła cukrem i poklepała po szyi. Chwilę syciła oczy jego urodą.

– Dzięki. Świetnie się spisałeś, mój kochany – pochwaliła zwierzę.

Pegaz oparł łeb na jej ramieniu, odwzajemniając uczucie.

Zamknęła boks i poszła do bungalowu. Dopiero pod drzwiami swojego pokoju przypomniała sobie, że przecież ma list od Marceliny do Marcusa. Zastukała cicho. Chyba nie słyszał. Zastukała ponownie. Zza drzwi dobiegło szuranie i w drzwiach stanął Marcus, tyle że... niemal nagi. Zdaje się, że właśnie wyszedł spod prysznica, bo ubrany był jedynie w bokserki, a mokre włosy suszył ręcznikiem. Chyba też się jej nie spodziewał, bo przez chwilę nie wiedział, co powiedzieć. Wciągając gwałtownie powietrze, zupełnie bezwiednie i nieświadomie zagapiła się na jego mocno umięśniony tors porośnięty czarnymi, skręconymi włoskami, które pokrywały też płaski brzuch i ginęły gdzieś pod bielizną. Przełknęła nerwowo ślinę i zamrugała gwałtownie powiekami.

– Eeee... – Z wrażenia zwilżyła językiem usta. – Aha, zapomniałam ci to dać. To list od Marceliny. – Sięgnęła do kieszeni spodni i podała mu kopertę. – T-t-to... dobranoc...

Popatrzył zaskoczony, jak zatrzaskuje z hukiem drzwi do swojego pokoju. Bogowie! A co to miało znaczyć? Chciałby choć trochę rozumieć kobiety.

Usłyszał, jak Ariel miota się u siebie. Popatrzył na list od Marceliny. Czego mogła chcieć? Otworzył kopertę i zaczął czytać.

Ariel to dobra osoba, ale zupełnie nie zna naszego świata, więc nie traktuj jej źle za byle przewinienie. Driada drzewa tulipanowego poradziła jej, żeby zapoznała się z historią miast, ze zwyczajami i historią smoków i żeby zaufała mężczyźnie o błękitnych oczach. Myślę, że chodzi o ciebie. Driada powiedziała, że tylko Ty obronisz Ariel przed nadciągającym niebezpieczeństwem i pomożesz dotrzeć jej do celu (to dokładne jej słowa – szczegółów nie wyjaśniła). Proszę, opiekuj się Ariel i pamiętaj, że jest ona może upartą i czasem bezczelną, ale jednak słabą kobietą i potrzebuje twojego wsparcia.

Uważam, że mamy do czynienia z wielką czarownicą. Prawdopodobnie nie z tych najpotężniejszych – to wyjątkowa rzadkość zarezerwowana dla mężczyzn – ale z o wiele potężniejszą, niż nam się to wszystkim wydawało. Sądzę, że ona cały czas nieświadomie ćwiczy swoje umiejętności i wzrasta w siłę, tyle że nie zdaje sobie z tego sprawy. Już sam fakt, że weszła do zagrody Vivianne, otwierając drzwi zapieczętowane potężnym zaklęciem, jest wysoce niepokojący. Ostatnie zmasowane ataki na miasta były ostrzeżeniem, że prawdopodobnie jest ktoś, kto chce nas zniszczyć. Nawet Wszechwidząca Oriana włączyła się do sprawy, czego normalnie nie robi. Być może Ariel jest dla nas ważniejsza, niż sądzimy. Pilnuj jej jak oka w głowie, bo Wszystkowidząca twierdzi, że pomoc Ariel może dotyczyć nie tylko smoków (na razie nie znam szczegółów), a ataki na nią jeszcze w jej świecie tylko potwierdzają tę hipotezę.

I, Marcus, wiem, że nie umiesz obchodzić się z kobietami, więc kilka rad. Bądź miły. Pamiętaj, że to nie oficer, na którego się wrzeszczy. Wykaż się cierpliwością i zrozumieniem. To naprawdę miła osoba, tylko daj jej szansę to okazać. Jeszcze jedno: nie bądź na tyle głupi, żeby się w niej zadurzyć, ani nie pozwól, żeby zakochała się w Tobie, bo oboje będziecie cierpieć. Zwłaszcza gdy ona za kilka dni wróci do swojego świata.

Marcelina

Usiadł na łóżku. Kilkakrotnie przeczytał list i schował pod poduszkę. Trudno mu było się nie zgodzić z tym, co napisała czarownica. Stanowczo Ariel wykazywała się silną mocą magiczną, ale najwyraźniej korzystała z niej bardziej instynktownie niż świadomie. Hm... Ma jej bronić? Ale przed czym? Ma jej pomóc osiągnąć cel. Ale jaki? I ma się w niej nie zadurzyć. No cóż, uczciwie musiał przyznać, że ten ostatni punkt będzie bardzo trudny do realizacji.

Usłyszał szum wody w łazience. A więc brała prysznic. Gdyby tylko wiedział, że zafundowała sobie lodowaty...

Narada Naczelnych Magów w Sali Obrad tuż obok Świątyni Losowań trwała długo i była bardzo burzliwa. Dotyczyła wielu spraw, ale na pierwsze miejsce wysunęła się sprawa konsultanta ze świata równoległego. Severian zdał pozostałym siedmiu Naczelnym relację z postępów Ariel oraz ze wszystkich jej niezwykłych wyczynów, począwszy od uruchomienia windy bez buzdyganu, przez przyjacielską rozmowę ze smoczycą, brawurowy lot na ciężkim, fryzyjskim pegazie Marcusa i na otwarciu kopuły miasta skończywszy. Nie pominął też jej spaceru w lesie ani spotkania i rozmowy z driadą tulipanowca.

Opowiedział o rozszerzonej wersji telepatii, jaką dysponuje Ariel, czyli odbieraniu obrazów i odczuć innych istot. Pozostali Naczelni byli zszokowani. Takie umiejętności sugerowały, że mają do czynienia z potężną czarownicą. Severian nie ukrywał, że Wszechwidząca Oriana kazała mu poprosić Ariel o pozostanie w ich świecie dłużej, bo według niej miastom groziło niebezpieczeństwo. Jeszcze nie umiała go sprecyzować, ale czuła, że Ariel jest tu nie tylko z powodu smoków. Wszyscy zgodzili się, że skoro sama Oriana naciskała, to należy tej obcej kobiecie udzielić wszelkiej pomocy i wydać odpowiednie instrukcje oficerom we wszystkich miastach.

Magowie do późnych godzin nocnych rozprawiali o problemach miast, bezpieczeństwie, zapewnieniu żywności, spadku liczby urodzin i ich coraz słabszej mocy magicznej dzieci. Jednak ta część rozmów nie budziła już takich emocji... Gdzieś nad ranem ustalili wspólny tok postępowania dla wszystkich miast, po czym terminalem do teleportacji przenieśli się do swoich siedzib.

W tym czasie Ariel, nieświadoma, że jest gwiazdą spotkania Naczelnych Magów, spała. Chociaż wzięła wieczorem zimny prysznic, długo nie mogła zmrużyć oka. Wizja półnagiego Marcusa tkwiła w jej umyśle, a sny, które miała tej nocy – oczywiście z nim w roli głównej – też były mocno niecenzuralne.

Obudziła się i wstała zmęczona, ale zadowolona, że przynajmniej jej snów nikt nie jest w stanie odczytać. Cóż to byłby za wstyd. No ale jest nadzieja. Przecież Marcus powiedział, że teraz już nie będzie go widywała, bo opiekę nad nią przejmie Fabien. Podejrzewała, że jedyny kontakt będą mieli w stołówce (to jakoś jeszcze wytrzyma) i czasem znajdzie ślady jego bytności w łazience (na to nie miała wpływu). Szybko się umyła i ubrała. Właśnie miała wyjść z pokoju na śniadanie, otworzyła drzwi i... jej oczy utonęły w błękicie tęczówek Marcusa.

„Jeeezu, co znowu? Przecież miał mi dać spokój!" – pomyślała rozpaczliwie pod osłoną *adger*. On chyba jednak domyślił się tego po jej minie, bo pospieszył z wyjaśnieniem:

– Cześć. Chciałem powiedzieć, że wczoraj na tym pegazie poszło ci ekstra. Oczywiście nadal jest twój – zapewnił szybko, bo zaczęła podejrzewać, że chce jej go odebrać.

– To o co chodzi? – zapytała podejrzliwie.

Pogładził się z zakłopotaniem po brodzie.

– Zapomniałem ci powiedzieć, że w trakcie lotu możesz zostać napadnięta przez jakieś bestie i powinnaś umieć się przed nimi obronić. Ustaliliśmy z Fabienem, że po śniadaniu i odprawie zabiorę cię do zbrojowni i dobierzemy ci jakąś broń. Ewentualnie jakieś ochraniacze. Nigdy nie wiadomo, kogo spotkasz, jak będziesz leciała obejrzeć zagrody – tłumaczył cierpliwie. – To dla twojego bezpieczeństwa.

„Bezpieczna jestem tylko z dala od ciebie, Marcus" – pomyślała, chroniąc się murem telepatycznym. – Okej – powiedziała już na głos. – To chodźmy coś przekąsić. Przecież nie przegadamy tu całego dnia, prawda? – Zaśmiała się nieco sztucznie.

Prawie biegła do stołówki, żeby tylko mieć to z głowy i żeby mogła znaleźć się jak najdalej od niego.

Śniadanie jadła szybko i w milczeniu. Nawet jeśli jej zachowanie dało mu do myślenia, nie pokazał tego po sobie. Zjadł swoją porcję, podniósł się od stołu i zaklęciem odesłał brudne naczynia do zmywalni.

– Poczekaj tu na mnie – rzucił. – Zaraz będzie odprawa. Myślę, że do pół godziny powinna się skończyć i wtedy pójdziemy do zbrojowni, dobra?

Kiwnęła głową. Okej, niech idzie na tę odprawę. Przynajmniej nie będzie musiała się męczyć w jego towarzystwie. Zmarszczył brwi. Chyba chciał coś powiedzieć, ale zrezygnował.

– To na razie. – Kiwnął ręką i ruszył w stronę drzwi.

Cholera, co będzie tu robiła przez następne pół godziny? Nuda. Hm... Może też pójść na odprawę? Nie, jest cywilem, więc pewnie by ją wygonili. No tak, ale siedzieć tu i się nudzić? A jeśli oni będą rozmawiać o czymś istotnym dla jej zadania? Z drugiej strony to bezczelne tak się wciskać nieproszonej... Myśli bombardowały jej umysł przez kilka minut, nim w końcu pod wpływem impulsu ruszyła jednak do sali odpraw. Chciała zapukać, ale doszła do wniosku, że jak wejdzie po cichu, to nikt nie zwróci na nią uwagi. Postanowiła, że usiądzie w jakimś ciemnym kąciku, posłucha, o czym będą gadać, i po wszystkim dołączy do Marcusa w drodze do zbrojowni.

Niestety się przeliczyła. Cichutkie wejście zupełnie jej nie wyszło, bo zwalisty, ciemnowłosy mężczyzna w średnim wieku prowadzący odprawę natychmiast ją dostrzegł. Przerwał w pół zdania, przyjrzał jej się uważnie. Chwilę myślał, po czym rzucił:

– Konsultancie Ariel Odgeon, witam.

Stanęła w drzwiach jak wryta. W myślach zaczęła kląć na siebie i swoją bezczelność, która kazała jej tu przyjść, bo teraz nie było już nikogo, kto by na nią nie patrzył. Uśmiechnęła się głupawo.

– To, co prawda, odprawa dla oficerów, ale jeśli takie jest twoje życzenie, możesz tu zostać i wziąć w niej udział – kontynuował mężczyzna. – Jestem zastępcą generała Zoriana i nazywam się Thomas. Niektórych oficerów już znasz. Nie wszyscy jednak znają ciebie. Panowie, oto Ariel Odgeon. Z rozkazu Naczelnego Maga Severiana jest naszym konsultantem do spraw zdrowia smoków. Na wyraźne polecenie Naczelnego mamy wspomagać konsultanta w jego pracy. Zechcesz usiąść? – zwrócił się do niej ponownie i wskazał ręką wolne miejsce. – A teraz, panowie, wróćmy do naszych bieżących zadań...

Po tym spektakularnym wejściu Ariel nieco zakłopotana usiadła na wskazanym miejscu i rozejrzała się dookoła z ciekawością. Sala przypominała nieco ogromną klasę z dużą ilością pojedynczych stolików. Przy każdym siedział jakiś oficer i robił notatki. Ściany pomiędzy oknami oblepione były mapami, zdaje się miasta oraz pobliskich terenów. No i oczywiście wszędzie królowały smoki.

„Oni chyba mają na ich punkcie bzika" – pomyślała z lekkim rozbawieniem.

Za plecami Thomasa, zawieszony na Bóg wie czym, wisiał srebrny ekran, który teraz ożył i pokazywał jakieś chyba pole bitwy, bo wszędzie było sporo powyrywanych i spalonych drzew, trupy pegazów, szczątki jakiegoś stworzenia. Wszyscy wpatrywali się w ekran z uwagą, podczas gdy Thomas objaśniał zadania, jakie mieli do wykonania, pokazując jednocześnie miejsca na trójwymiarowej makiecie terenu, którą wyczarował przed sobą.

– Ostatnie ataki były tu, tu i tu. – Dotykał punktów na mapie, a one natychmiast rozświetlały się błękitnym światłem. – Ponieważ w tych miejscach ataki się nasiliły, generał Zorian nakazał wzmocnienie patroli. Addar, roznieś grafiki – polecił chochlikowi i stworzenie zaczęło krążyć między stołami, rozdając instrukcje.

Mężczyźni przeczytali je uważnie w milczeniu. Potem ponownie skupili się na wysłuchaniu objaśnień Thomasa.

– Panowie, zwiad donosi o zwiększonej aktywności wampokruków, więc polecam wzmożoną czujność i pobranie z magazynu dodatkowych posrebrzanych pocisków. Ostatnio w rejonie Wodnikowego Potoku widziano też trolla. Nie muszę mówić, co to oznacza. Wasze zadanie to zabezpieczyć rejon Potoku, Fauniej Przełęczy, pogranicza z Doliną i z Ostatnim Murem.

Dowódca jeszcze przez kilka minut tłumaczył, gdzie i jakiego niebezpieczeństwa mogą się spodziewać oraz które tereny szczególnie ochraniać. Ariel za cholerę nie miała pojęcia, o czym gadał, więc jej umysł instynktownie wyłączył się i teraz jedynie leniwie obserwowała przebieg narady. Bardzo się starała nie ziewać.

– Panowie Nuelle, Peter, Fabien, Mathew, Raphael, Bastien, Marcus, Daniel oraz mag-medyk pozostają, reszta panów jest wolna – powiedział w końcu Thomas i większość oficerów ruszyła do wyjścia. – Konsultant Ariel Odgeon także może zostać, jeśli oczywiście chce. – Skinął głową w kierunku Ariel.

Kiedy już ostatni oficerowie opuścili pomieszczenie, przemówił ponownie:

– Na początek wyjaśnię naszemu konsultantowi, że ta część odprawy odbywa się raz na dwa tygodnie. Biorą w niej udział oficerowie-instruktorzy. Dotyczy szkolenia adeptów i kadetów. Na wszelkie pytania, jeśli takie będą, odpowiem po odprawie.

Ariel kiwnęła głową, że rozumie, i ze swojego kąta pilnie obserwowała dalszą część odprawy.

– Dobrze. Przejdźmy zatem do rzeczy – zaczął Thomas i sięgnął do szuflady pod stołem. – Mam tu wasze raporty dotyczące osiągów adeptów. Bastien, Marcus, widzę, że wyniki ze strategii pola walki znacznie się poprawiły. Dobrze. – Był wyraźnie zadowolony – I notowania z użycia broni ręcznej też – tu zwrócił się do Fabiena. – Mam zastrzeżenia co do poziomu wiedzy z zakresu pierwszej pomocy medycznej. Mag-medyku, czemu tak proste zaklęcia leczące sprawiają adeptom tak wiele problemów?

– Ale... ja nie wiem... – zaczął ten niepewnie.

– Jak nie wiesz, to słuchaj – rzucił szorstko Thomas, a mag wcisnął się w krzesło. – Najwyraźniej wolisz przesiadywać u Garretha niż poświęcać swój cenny czas służbie. To ostatnie ostrzeżenie. Do promocji oficerskiej zostało niewiele czasu. Za dwa tygodnie chcę widzieć, że ich poziom umiejętności się poprawił, inaczej staniesz do raportu, jasne?

– Tak jest – powiedział mag-medyk.

– Marcus – zwrócił się w stronę oficera – z twojego raportu wnioskuję, że z pegazami idzie im coraz lepiej. Jak tych trzech, którzy sobie nie radzili?

– Adam, Torre i Ray – powiedział Marcus. – Dostali dodatkowe zajęcia przy pegazach. Zaczynają odrabiać straty do reszty grupy. Jeszcze to trochę potrwa, ale do egzaminu będą gotowi. Jestem przekonany, że dadzą radę.

– Mam nadzieję. – Dowódca znowu zmarszczył brwi. – A jak z uzupełnieniem stanu pegazów?

– Tu mamy problem – przyznał Marcus. – Dowiedziałem się od Martina, że dzikich pegazów nie będzie. Ktoś je przegonił i poleciały za Faunią Przełęcz. Na odłów nie mamy co liczyć. Zostaje przychówek, ale to nie wcześniej niż za miesiąc. Nie wiem, czy wystarczy dla każdego adepta. Trzeba jeszcze doliczyć te, które giną w trakcie patroli...

– To rzeczywiście poważny problem. Porozmawiam z Zorianem. Może w innych hodowlach mają nadmiar i zechcą nas wesprzeć. Nie możemy zostać bez wierzchowców – stwierdził ponuro Thomas i szybko coś zanotował. – Daniel, jak postępy z rozpoznania terenu? – zwrócił się do następnego oficera.

Ten zmarszczył brwi i zameldował:

– Teorię opanowali, ale w praktyce są kiepscy. Przydałoby się więcej godzin treningów. To samo dotyczy poprawy kondycji fizycznej i walki wręcz. Gdyby mieli więcej godzin w komnacie symulacyjnej...

– Pomyślę i dam ci znać. Może jeszcze dziś. Bastien, doniesiono mi, że była jakaś burda u Garretha. O co chodziło?

Mężczyzna skrzywił się.

– Dwóch kadetów. Podstępem weszli do tawerny i zmusili chochlika do podania nalewki. Nie zdążyli nawet jej posmakować, bo Garreth narobił rabanu i zgarnęła ich żandarmeria. Siedzą teraz u siebie na kwaterach i czekają na twoją decyzję.

Thomas znowu się zamyślił. W milczeniu przemierzał pomieszczenie. Oficerowie uważnie śledzili każdy jego krok.

– Jakie są wasze zdania? – zapytał w końcu dowódca. – Peter?

– Relegować! Skoro teraz łamią regulamin, to co będzie dalej? Jeden z nich jest elfem. Na pierwszych zajęciach mają tłuczone do łbów, że nalewka jest elfom zakazana. Relegować.

– Nuelle?

– Zgadzam się, bo to nie pierwszy ich wybryk.

– Marcus?

– Relegowanie to za ostra kara. To tylko dzieciaki. Wygłupy im w głowach. Każdy z nas taki był. Ukarać surowo, ale nie relegować.

– Daniel?

– Popieram Marcusa. Kara, ale nie relegowanie.

Kiedy już się wypowiedzieli, Thomas zdecydował:

– Skoro większość jest za ukaraniem, ale nie wyrzuceniem, dobrze. Mam nadzieję, że po tygodniu Trollowych Rubieży nabiorą nieco rozumu i spoważnieją. Takie wybryki psują opinię Korpusowi. Nie możemy do tego dopuścić. Zanim ich tam wyślemy, Nuelle, zrobisz im dodatkowy wykład na temat historii Korpusu, etyki i honoru oficerskiego. Daj im też do zrozumienia, że to ich ostatnia szansa...

Kolejne kilka minut analizowali postępy poszczególnych kadetów oraz planowali dalszy tok szkoleń. W końcu Thomas powiedział:

– Widzimy się za dwa tygodnie o tej samej porze. Bastien, każ tym dwóm stawić się u mnie za godzinę. To tyle, panowie. – Podniósł się z krzesła, na które kilka minut wcześniej opadł.

Pozostali zasalutowali i wyszli. Ariel ruszyła za nimi.

– Konsultancie Odgeon – usłyszała w drzwiach – możemy porozmawiać?

Zerknęła przez ramię. Thomas stał i patrzył wyczekująco. Uchwyciła zdumione spojrzenia Fabiena i Marcusa. Ciekawe, czego mógł chcieć? Zastanawiając się nad tym, skinęła głową zastępcy generała i ruszyła w jego kierunku.

Zaprowadził ją do pomieszczenia obok. Jak się okazało, było to jego biuro pełne półek zawalonych księgami, mapami i jakimiś dziwnymi urządzeniami, których przeznaczenia mogła się tylko domyślać. Biurko również świadczyło o intensywnej pracy. Ściany miał pełne trofeów zdobytych chyba w jakichś zawodach między poszczególnymi koszarami, zdjęć wybitnych oficerów i tym podobnych rzeczy. Tylko olbrzymia donica z ogromnym kaktusem zupełnie nie pasowała do całości, zwłaszcza że kaktus obsypany był obficie kwieciem we wściekle fioletowym kolorze. Kwiaty kołysały się smętnie i coś jakby nuciły. A może szeptały?

– Kawy? – zapytał uprzejmie, gdy już weszła.

– Chętnie – odparła z nieznacznym uśmiechem. Podał jej kubek. – Dziękuję.

Usiadł przy biurku. Gestem wskazał jej drugie krzesło. Chwilę delektował się mocnym czarnym naparem.

– Konsultancie Ariel Odgeon – zaczął wreszcie – jako zastępca generała Zoriana jestem wtajemniczony w to, kim PANI jest, skąd pochodzi i jakie ma zadanie. Jestem zresztą jednym z nielicznych, którzy to wiedzą – dodał.

Spojrzała na niego nieco zaskoczona, zastanawiając się jednocześnie, do czego zmierza.

– Nie będę ukrywał, że nie jestem szczęśliwy z obecności kobiety w koszarach, a tym bardziej w boksach smoków – ciągnął. – Jednakże jestem oficerem i nie mnie negować rozkazy przełożonych. Generał Zorian polecił mi wspierać panią i pomagać w każdy możliwy sposób. Stąd jeśli będzie pani miała jakieś pytania, problemy, drzwi do mojego biura zawsze stoją dla pani otworem – zakończył pogodnie.

– Ooo! – To było jedyne, co zdołała wykrztusić. Jeszcze nikt nigdy w tak grzeczny i uprzejmy sposób nie dał jej do zrozumienia, że uważa ją za wrzód na dupie i nie życzy sobie jej obecności. – Cóż – odparła, gdy minęło pierwsze zaskoczenie. – Dziękuję za szczerość i... pyszną kawę.

Teraz dostrzegła zdziwienie w oczach Thomasa. Uśmiechnęła się do niego, a on... zrobił to samo! Wyglądało na to, że mimo wszystko lody zostały przełamane.

– Przykro mi, jeśli czuje się pan urażony moją obecnością. Proszę mi wierzyć, moim zamiarem nie jest obrażanie nikogo. Nie po to tu jestem. Mam wam pomóc, jeśli zdołam. Potem wrócić do siebie. I to zamierzam zrobić. Nie szukam wrogów...

Dalsza rozmowa potoczyła się już nad wyraz płynnie i w całkiem miłej atmosferze. Zaczęli nawet mówić sobie po imieniu. Thomas opowiadał, jak wygląda zwykły dzień w koszarach i na czym polega służba w Korpusie. Ariel słuchała z uwagą, żeby nie popełniać następnych gaf w kontaktach.

– Z chwilą promocji oficerskiej kadet staje się jednym z nas – tłumaczył – a wszyscy w Korpusie jesteśmy równi. Rozkazy mogą wydawać tylko Naczelny Czarnoksiężnik, generał Zorian lub jego zastępca, którym w tym momencie jestem ja. Nawet oficer dyżurny jedynie przekazuje polecenia. Być dyżurnym, instruktorem czy zastępcą dowódcy to tylko funkcja, którą dziś się ma, a jutro nie. Wybierani są oficerowie na podstawie ich rzetelności, lojalności, talentów. I codziennie muszą udowadniać, że na tę funkcję zasłużyli...

– Rozumiem. Mam jeszcze jedno pytanie. Powiedz, dlaczego jestem zakwaterowana akurat tu, w trzecich koszarach, a nie w mieście? A poza tym czemu w trzecich, a nie na przykład w piątych czy drugich? Przecież miast i koszar macie dziewięć.

– To dość logiczne. Jak pewnie wiesz, każde miasto miało po dwunastu kandydatów i tyle samo było oficerów wybranych do ich sprowadzenia. Ponieważ jednak tylko Fabienowi udało się wykonać zadanie...

– ...i Marcusowi – wtrąciła Ariel.

– Tak, rzeczywiście, i Marcusowi – zgodził się z nią Thomas. – Logiczne jest, że to właśnie oni są twoimi przewodnikami, a ponieważ stacjonują w trzecich koszarach, ty też tu jesteś – zakończył. – Czy masz już jakiś pomysł, jak wykonać zadanie?

– Właściwie tak. Chcę zrobić przegląd zagród we wszystkich koszarach i obejrzeć poligony. No i same smoki, oczywiście. – Uśmiechnęła się. – Ale zanim to zrobię, muszę zdobyć sporo wiedzy teoretycznej, dlatego zamierzam nieco poszperać w bibliotece w ratuszu. Mam nadzieję, że znajdę tam niezbędne informacje na temat smoków.

Zastępca generała kiwnął głową.

– Rozumiem. Postaram się tak ułożyć grafik zajęć Fabiena, i Marcusa oczywiście też, żeby mogli cię wspomagać – pospieszył z zapewnieniem. – Proszę, żebyś codziennie uzgadniała z Fabienem swój plan zajęć i zdawała mu relację z postępów w pracy. Dobrze?

– Jasne.

Podniósł się z krzesła, dając do zrozumienia, że rozmowa zakończona.

– Wybacz, ale mam jeszcze wiele pracy. Zdaje się, że już przyszli ci dwaj adepci, których muszę ukarać...

– Nie ma sprawy. Już mnie nie ma – rzuciła z uśmiechem. – Tylko nie bądź dla nich zbyt surowy. Marcus miał rację, to jeszcze dzieciaki – dodała, widząc przez szparę w drzwiach blade ze zdenerwowania twarze chłopców. Pożegnała się i wyszła przez salę odpraw na korytarz.

– Macie szczęście, że parę osób się za wami wstawiło! – Zdążyła jeszcze usłyszeć. – To wasza ostatnia szansa, jasne?...

Uśmiechnęła się pod nosem. Chyba powinien popracować jeszcze trochę nad wizerunkiem wrednego służbisty, bo ewidentnie mu to nie wychodziło.

Na korytarzu czekali na nią przyjaciele. Zupełnie zapomniała, że mieli iść do zbrojowni.

– Chciał się tylko przywitać i oznajmić, że jestem ostatnią osobą, jakiej tu sobie życzy. Nic więcej. – Roześmiała się i machnęła lekceważąco ręką.

– I zajęło mu to całą godzinę? – zdziwił się Fabien.

– Wiesz, przy interesującej rozmowie i dobrej kawie nie patrzy się na zegarek.

– Piłaś z nim kawę? – wykrztusił Marcus.

– A to zbrodnia?

– Nie pamiętam, żeby kogoś zaprosił na kawę. Nigdy tego nie robi. I oczywiście nikt nie ma wstępu do jego gabinetu w innych celach niż służbowe – wtrącił elf. – Interesujące. Stary Thomas zaprosił kogoś do siebie i jeszcze ugościł kawą!

– Nie wiem, chłopaki, co do niego macie, ale według mnie jest bardzo miły. I naprawdę parzy świetną kawę.

Spojrzeli po sobie i wybuchnęli śmiechem.

– Thomas miły? – Prawie płakali. – Ariel, Thomas to największy służbista zaraz po Zorianie! Określenie „miły" nie figuruje w jego słowniku. – Fabien ocierał łzy. – Nie mam pojęcia, co mu zrobiłaś, że dziś wyjątkowo się nie darł po całym Korpusie, ale uwierz mi, że jesteśmy ci bardzo wdzięczni. Przynajmniej jedna odprawa minęła bez wrzasków. – Zrobił teatralny ukłon, nadal zanosząc się śmiechem.

Ariel patrzyła na nich jak na stukniętych. Kiedy im w końcu minęło, przypomniała:

– Czy nie mieliśmy iść do zbrojowni?

– A tak, racja – powiedział Marcus. – To chodźmy...

– A ja lecę na patrol. Na razie. – Elf pomachał im ręką i ruszył w stronę stajni. Usłyszeli jeszcze, jak chichocze pod nosem i powtarza: – Thomas miły! Dobre sobie!...

Niestety w zbrojowni było tyle rodzajów broni, że wybór zajął im ponad godzinę. Na dodatek każda broń była obliczona na siły potężnych mężczyzn, a nie małej kobiety.

Wypróbowała całą masę mieczy, sztyletów, łuków, toporów, oszczepów, kusz. Wszystko było dla niej za ciężkie i zbyt trudne do opanowania.

– Słuchaj, może taki buzdygan, jak wy macie, wystarczy? – zapytała, tracąc nadzieję, że znajdą dla niej jakąkolwiek broń. Zresztą, tak szczerze mówiąc, uważała to za zbędne, obiecała jednak podporządkować się zasadom tego świata. A Marcus z Fabienem z jakiegoś powodu uważali, że bez takiej ochrony ani rusz. – Marcelina mówiła, że wasze dzieci uczą się panowania nad swoimi umiejętnościami magicznymi przy użyciu różdżki. Ja, co prawda, nie umiem czarować wcale, wydaje mi się jednak, że ten, no, buzdygan... – Nie wiedziała jak to ująć. – Może po prostu daj mi coś takiego i naucz mnie, jak się tym posługiwać.

Zerknął na nią i pewnie znów by coś palnął, ale przypomniał sobie rady Marceliny.

– Buzdygan odpada – stwierdził krótko i uchwycił jej pytające spojrzenie. – Widzisz, to nie jest jakaś tam zwykła różdżka ani nawet jej powiększona wersja. Byle różdżkę może mieć każdy czarodziej w naszym świecie. Buzdygany mają tylko oficerowie z Korpusu Oficerskiego – oświadczył z dumą. – Buzdygan to coś więcej niż kawałek rzeźbionego metalu. Buzdygan to PRESTIŻ. Można nim rzucać zaklęcia, to prawda. Można oszołomić, a nawet zabić. Można wyczarować cokolwiek zechcesz, na przykład kapsułę dźwiękoszczelną. Służy też do wydawania komend smokom na poligonie i w prawdziwej bitwie. To bardzo potężne urządzenie o mnogości funkcji, ale to przede wszystkim prestiż. Istnieje tylko tyle buzdyganów, ilu jest oficerów.

O buzdyganach Marcus najwyraźniej mógłby mówić godzinami. Dowiedziała się, że kiedy oficer umiera lub ginie w walce, jest chowany razem ze swoją bronią, że otrzymują go adepci w dniu promocji. Zorian zaś, wiedząc, ilu adeptów zostanie do promocji dopuszczonych, zamawia określoną ilość buzdyganów u elfów trudniących się ich wyrobem ze specjalnego, znanego tylko im stopu metali. Każdy buzdygan jest inny, a swojej mocy nabiera, dopiero gdy generał wręczy go adeptowi, a ten wleje do wydrążonego trzonu wody ze Świętego Źródła zmieszanej z własną krwią i szczelnie zapieczętuje.

– Od tego momentu buzdygan staje się bardzo niebezpieczną bronią magiczną. Jest także źródłem autorytetu i wywołuje posłuch u postronnych osób. Prestiż jest konieczny, bo ostatecznie jesteśmy obrońcami miast, nie? I należy nam się trochę szacunku – uśmiechnął się nieznacznie. – Dlatego nie możesz mieć buzdyganu. Po prostu nie jesteś oficerem – zakończył to skomplikowane wyjaśnienie. – Chodź, jest jeszcze jedno pomieszczenie z zapasem broni. Może tam coś dla ciebie dobierzemy.

Przeszli do kolejnego pokoju i znowu zaczęli oglądać różne przedmioty. Długo to trwało. Już miała zaproponować, żeby sobie dali spokój, gdy w kąciku zobaczyła małą kuszę jakby zrobioną dla dziecka. Szósty zmysł podpowiedział jej, że jeśli ma być uzbrojona, to tylko w tę.

Kusza była dość stara. Leżała w gablocie na wyściółce z purpurowej tkaniny. Ariel jak zahipnotyzowana podeszła do niej.

– Nie, nie, ta nie wchodzi w rachubę! – Marcus pokręcił głową ze śmiechem. – Po pierwsze, to zabytek. Nikt ci nie pozwoli go zabrać. Po drugie, należała do Pierwszego Maga, więc to świętość. Po trzecie, nie dasz rady jej nawet wyciągnąć ani użyć, bo ona sama sobie wybiera pana. Ostatnim i jedynym jej panem i użytkownikiem był Wielki Xaviere D'Orion. Daj spokój, Ariel, znajdziemy ci coś podobnego, chodź! – ponaglił ją. – Jeszcze muszę cię nauczyć z tego strzelać, więc nie traćmy czasu.

Ariel nie słuchała go jednak. Patrzyła jak zahipnotyzowana na kuszę, a potem, nie zastanawiając się, dlaczego to robi, wyciągnęła dłoń w kierunku broni. Jej ręka znajdowała się jakieś pół metra od gabloty. Zamknęła oczy, skupiła się. Marcus patrzył na to z ironicznym uśmiechem.

„Nawet obecnym Naczelnym nie udało się ruszyć tej kuszy z jej wyściółki choćby o milimetr, a ona zamierza po prostu ją zabrać?! O, tu mi kaktus wyrośnie! – pomyślał ze śmiechem. – No ale niech próbuje, skoro taka uparta!" – Śmiał się w duchu.

Nagle przestał się śmiać. Kusza nie dość, że przesunęła się na wyściółce i zaczęła drżeć, to jeszcze pomału uniosła się do góry i wyleciawszy poza krawędź szklanych ścian gabloty, błyskawicznie wskoczyła Ariel prosto do otwartej dłoni! Marcus o mało nie dostał zawału. Zaraz opanował się jednak i szybko podszedł do lustra wiszącego na ścianie. Wyciągnął dłoń.

– Oficer Marcus Brent do Naczelnego Czarnoksiężnika Severiana – zaanonsował się, gdy zamiast swojego odbicia zobaczył osobistego chochlika Naczelnego.

– Pan Severian jest bardzo zajęty. Proszę zostawić wiadomość – powiedział opryskliwie chochlik.

– Nie, chcę z nim mówić natychmiast! Przekaż w tej sekundzie, że chodzi o kuszę Wielkiego Xaviere'a! Kusza ma swojego nowego pana! Leć do Severiana migiem. Czekam! – rozkazał Marcus.

Chochlikowi oczy omal nie wyszły z orbit i zniknął z pola widzenia. Po chwili pojawił się sam Naczelny Czarnoksiężnik. Był bardzo poważny.

– Oficerze Marcusie Brent, mój chochlik opowiada jakieś bzdety o kuszy. Mam nadzieję, że prawdziwy powód wywołania mnie z ważnej narady jest równie istotny, bo inaczej wyciągnę konsekwencje!

– Panie, nigdy nie śmiałbym ci kłamać – powiedział poważnie Marcus. – Jestem w zbrojowni. To, co powiedział chochlik, jest prawdą. Kusza Wielkiego Xaviere'a właśnie wybrała sobie nowego pana! – wyrzucił jednym tchem, sam nie wierząc, że to mówi.

– Jeśli to żart... – zaczął groźnie mag.

– Zapewniam, panie, że nie!

– Dobrze! – rzucił krótko Severian. – Kogo?

Marcus wepchnął nieświadomą ważności tematu Ariel przed lustro i teraz czarnoksiężnik zobaczył na własne oczy kuszę Pierwszego Maga w rękach tej kobiety. Wielkie nieba! Jak to możliwe?

– Zostańcie tam, gdzie jesteście, i czekajcie na mnie. Zaraz tam będę. – I zniknął.

Ariel zakłopotana popatrzyła na Marcusa.

– Znowu zrobiłam coś złego? – zapytała. – Przecież to tylko kusza, nie? Jak chcesz, to ją odłożę i wybierzemy coś innego – zaproponowała niepewnie.

– Nie, Ariel. Nie zrobiłaś nic złego. Tym wyczynem zakasowałaś wszystkich Naczelnych razem wziętych, bo żadnemu z nich nie udało się wydobyć tej kuszy z gabloty, choć używali różnych zaklęć – powiedział spokojnie Marcus. – Wybacz, ale akurat o tym wyczynie musiałem natychmiast zameldować.

Miał mętlik w głowie. Już nie wiedział, co sądzić o tej kobiecie, której z taką łatwością wychodziły najcięższe zaklęcia, chociaż nawet nie znała ich formuł ani się ich nie uczyła. Która mistrzowsko latała na pegazie, otwierała kopułę miasta gestem ręki, gadała ze smokami, a teraz jeszcze to – kusza Pierwszego Maga wybrała właśnie ją na swojego nowego PANA. Popatrzył na Ariel ze strachem i podziwem. Najciekawsze, że ona faktycznie – tak jak napisała Marcelina – nie zdawała sobie sprawy ze swoich umiejętności. Przychodziły jej one jakby od niechcenia i zdawały się z każdym dniem rosnąć. Ale jemu najbardziej imponowało, że Ariel nadal pozostawała tą samą skromną osobą o małych wymaganiach. Fakt, bywała uparta, wkurzająca, ale jedno mógł uczciwie powiedzieć – woda sodowa nie uderzyła jej do łba.

Pojawił się Severian. Po raz pierwszy widział Ariel osobiście, pomijając noc jej przybycia, kiedy spała u Marceliny. Wydała mu się taka krucha i mizerna. Takie chuchro. A jednak zobaczył kuszę w jej rękach, a gablotę PUSTĄ! Spojrzała ze strachem na niego – postawnego mężczyznę o śniadej karnacji, z małą bródką, ubranego w ciemny garnitur. Raczej spodziewała się jakiegoś starca z długą siwą brodą w powłóczystych szatach niż kogoś, kto wygląda jak prezes banku.

Mag spojrzał na nią przenikliwie. Czuła, że chce spenetrować jej myśli, ale mu na to nie pozwoliła. Uśmiechnął się pod nosem.

– Dobrze, skoro nie chcesz rozmawiać telepatycznie, to zróbmy to tradycyjnie – zaproponował. – Jestem Severian, Naczelny Czarnoksiężnik tego miasta, a ty jesteś Ariel, nasz jedyny konsultant do spraw smoków. Sporo o tobie wiem i dotarły do mnie wieści o twoich talentach, przyznaję, dość niezwykłych jak na kogoś, kto pochodzi z innego świata. A więc kusza wybrała ciebie, tak? – dorzucił jakby od niechcenia.

Ariel spojrzała na Marcusa, szukając u niego rady, ale ten doradził jej w myślach mówić tylko prawdę.

– Stanęłam przed tą gablotą. Nie wiedziałam, co to jest. Spodobała mi się, bo jest taka mała i poręczna... Wyciągnęłam rękę i ona... przyleciała do mnie – powiedziała z zakłopotaną miną.

– Tak po prostu przyleciała? – zapytał ironicznie Severian, pstrykając palcami. – To może zróbmy tak: położysz tę kuszę jeszcze raz w gablocie, a potem mi pokażesz, jak to zrobiłaś, dobrze? – zaproponował, ewidentnie coś knując.

– D-d-dobrze... – wyjąkała Ariel. Podeszła do gabloty i włożyła kuszę z powrotem na miejsce. Potem stanęła tam gdzie poprzednio, wyciągnęła dłoń, skupiła się i... nic się nie stało. Kusza ani drgnęła.

Teraz Severian wyglądał na wściekłego.

– Nie wiem, jak wy dwoje wyjęliście ten święty zabytek, ale ostrzegam, że za następny taki dowcip zostaniecie srogo ukarani. Zwłaszcza ty, Marcus, znasz zasady naszego świata, więc poniesiesz surowe konsekwencje.

– A co on ma z tym wspólnego? To nie jego wina! – zdenerwowała się Ariel.

Severian spojrzał na nią groźnie.

– Czy ktoś cię pytał o zdanie, kobieto? – wycedził chłodnym tonem.

No teraz już była wkurzona. Naczelny czy nie, i tak usłyszy, co ma mu do powiedzenia.

– To nie była wina Marcusa i pan dobrze o tym wie! – rzuciła ze złością. – To bardzo uczciwy i lojalny oficer. Czasami lojalny aż do przesady. Jest pan niesprawiedliwy. Ta kusza naprawdę do mnie przyleciała. Czemu nie chce tego zrobić po raz drugi, nie wiem. To pan tu jest Naczelnym Czarnoksiężnikiem, nie ja, więc to pan powinien takie rzeczy wiedzieć! – palnęła bezczelnie, czując, że przegina, ale co tam. Nawet tym na najwyższych stołkach też czasem trzeba utrzeć nosa.

– Śmiesz mnie pouczać?! – ryknął zdumiony Severian. – Mogę cię w jednej chwili zmienić w kamień, drzewo albo inny przedmiot, więc uważaj, jakim tonem i co do mnie mówisz, kobieto! – wysyczał wściekły.

– Tyle że wtedy stracisz jedynego konsultanta, jakiego masz, a smoki oraz miasta może szlag trafić! – odpalantowała zimno, nie panując nad sobą.

Teraz Marcus był autentycznie przerażony. Ariel chyba odbiło. Wrzeszczała na Severiana?!

Ten wyciągnął dłoń i skierował palec wskazujący w jej stronę. W jednej sekundzie szyję kobiety otoczył pęk srebrnych łańcuszków. Naczelny kiwnął palcem i łańcuszki zaczęły coraz mocniej, niczym żywe węże, oplatać się dokoła, odbierając jej oddech. Odruchowo sięgnęła rękoma do szyi, żeby się od nich uwolnić, ale nic to nie dało.

– Jeśli je zacisnę do końca, to się udusisz – poinformował zimno – ale nie zamierzam tego robić. Dam ci tylko nauczkę. Przedsmak tego, co cię czeka, jeśli nie będziesz posłuszna. Masz rację, potrzebujemy cię. Tylko dlatego tym razem kara za twą bezczelność będzie tak lekka.

Poczuła ogromny uścisk na szyi, jakby dusiły ją czyjeś wielkie łapy, a przecież Severian nawet nie ruszył się z miejsca!

– Panie, proszę, puść ją! – Usłyszała błaganie Marcusa. – Ona nie chciała cię obrazić!

Nie zamierzała poddać się tak łatwo.

„O nic... go... nie proś! – rzuciła na otwartym kanale telepatycznym. – Ktoś... kto... tak się zachowuje... nie zasługuje... na to, by być... Naczelnym Czarnoksiężnikiem!"

Uścisk na szyi się wzmógł. Severian usłyszał tę wypowiedź i jeszcze bardziej się wkurzył.

„A podobno... wszyscy... w waszym... społeczeństwie są równi!" – wychrypiała w duchu.

Już prawie traciła przytomność. Widziała miotającego się Marcusa, którego Severian musiał chyba otoczyć jakąś kapsułą, bo nie był w stanie ruszyć jej na pomoc. Resztką sił i woli wyciągnęła rękę i wtedy... kusza Pierwszego Maga ponownie wystrzeliła z gabloty i teraz sama, jak na rozkaz, mierzyła prosto w gardło czarnoksiężnika!

Severianowi oczy wyszły z orbit. Wielkie nieba! Kusza Wielkiego Xaviere'a stanęła w obronie tej kobiety?! Natychmiast puścił Ariel – nie tylko dlatego, że mówiła prawdę, życie też było mu miłe.

Upadła, ciężko łapiąc powietrze. Jedną ręką podparła się o podłogę, a drugą przycisnęła do szyi. Po łańcuszkach nie zostało śladu. Severian patrzył teraz zdumiony, jak kusza majestatycznie i powoli leci w kierunku Ariel i ląduje na jej kolanach. Opuścił głowę zamyślony.

Marcus, uwolniony z kapsuły, podbiegł do kobiety i przytulił ją.

– Nic ci nie jest? – zapytał zaniepokojony. Taki uścisk mógł zmiażdżyć krtań.

– Nie obawiaj się, nic jej nie będzie – powiedział powoli Severian, którego uwadze nie umknęło pełne wściekłości i wyrzutu spojrzenie oficera. – Zostaw nas na chwilę samych. Muszę z nią porozmawiać. Ponieważ jednak okazało się, że mówi prawdę, nic jej nie zrobię, obiecuję. – Wyczuł, że Marcus do końca mu nie ufa. – Dobrze, skoro mi nie wierzysz, do czego zresztą masz prawo, stań tam, w drzwiach. Będziesz mógł nas obserwować.

– Zrób to, Marcus, proszę – poprosiła cicho Ariel.

Kiwnął głową i stanął na warcie. Wiedział, że spod drzwi i tak nic nie usłyszy, zresztą oboje używali prywatnego kanału telepatycznego. Wyglądało to tak, jakby siedzieli naprzeciw siebie głęboko zamyśleni. Nic więcej.

Po dłuższej chwili Severian pomógł jej wstać. Popatrzyli na siebie, skinęli głowami i podali sobie ręce. Kusza pofrunęła sama z powrotem do gabloty. Marcus uznał to za zgodę. Uf! Nie wiedział, czego dotyczyła rozmowa, ale wiedział jedno: Ariel żyje, nic jej się nie stało. I to było najważniejsze.

Mag, mijając go, rzucił szeptem:

– O tym, co się tu wydarzyło, zabraniam ci mówić komukolwiek z wyjątkiem Fabiena. Pilnuj Ariel jak oka w głowie. Jest dla nas OGROMNIE ważna. Ale rób to bardzo dyskretnie. Tak, aby nawet ona o tym nie wiedziała. To rozkaz! – rzekł do zdumionego oficera i zniknął w portalu teleportacyjnym.

Marcus pędem rzucił się do Ariel. Była nieco skołowana i zmęczona, aż chwiała się na nogach. Bez zastanowienia przytulił ją i pogładził po głowie. Nie miała siły się bronić, więc wtuliła się w jego bezpieczne ramiona i... zemdlała z wyczerpania. Bez zastanowienia wziął ją na ręce i zaniósł do bungalowu, po drodze mijając zdumionych oficerów.

Po kilku minutach byli w jej pokoju. Położył ją na łóżku i uchylił okno. Usiadł obok, zastanawiając się, czy nie wezwać mag-medyka, lecz Ariel otworzyła oczy. Zwilżonym ręcznikiem przetarł jej czoło, twarz, szyję. Był śmiertelnie blady i bardzo poważny. Patrzył na nią. Ostatnie chwile uświadomiły mu, jak bliska była śmierci, i to w obronie jego honoru. Postawiła się Naczelnemu! Powiedziała, że Marcus jest najbardziej uczciwym i lojalnym oficerem. Był zakłopotany i wzruszony jednocześnie.

– Czemu nie wzięłaś tej kuszy? – zapytał cicho. – Przecież prawnie należy do ciebie. Ciebie wybrała. – Pogładził ją po policzku. Teraz to miało niewiele wspólnego z jego mocno erotycznymi wizjami Ariel w jego łóżku, za to wiele z autentyczną troską.

– Zawarliśmy zgodę z Severianem. Przeprosił mnie i przyznał się do błędu. To nie jest zły człowiek, tylko nie był w stanie uwierzyć, że coś takiego jest możliwe – wykrztusiła z trudem. – Kusza jest moja, ale jeszcze nie czas, by jej użyć. To wywołałoby chaos w miastach, gdyby ludzie się dowiedzieli, że broń Pierwszego Maga wybrała kobietę. Powiedział mi, że jestem tu nie tylko z powodu smoków. Jest jeszcze jakiś inny powód. Na razie nie zna go ani Oriana, ani on, ani żaden inny Naczelny, ale wszyscy domyślają się, że to się wiąże z czymś niemiłym. Kuszę zostawiam sobie jako ostatnią deskę ratunku. Wygląda na to, że w twoim świecie całkiem niedługo może dojść do rewolucji, Marcus. Naczelni i Oriana myślą o tym z niepokojem. Zachowaj te informacje dla siebie. Możesz je zdradzić tylko Fabienowi – powiedziała poważnie, dotykając dłoni gładzącej jej policzek.

„W moim świecie JUŻ doszło do rewolucji. I to w tak krótkim czasie" – odparł w myślach Marcus, mając zupełnie co innego na myśli. – Powinnaś teraz odpocząć, a ja tymczasem wykombinuję dla ciebie kuszę podobnych rozmiarów, żebyś mogła się obronić jakby co, dobrze? – zapytał i już się podnosił do wyjścia.

– Marcus – poprosiła cicho – posiedź ze mną, dopóki nie zasnę, proszę. „Przy tobie czuję się taka bezpieczna" – dokończyła telepatycznie, zapominając ze zmęczenia włączyć osłonę.

Usiadł i czekał, aż zaśnie. Gula wzruszenia prawie zdławiła mu gardło, gdy usłyszał to ostatnie wyznanie.

„Bogowie! Co ta kobieta ze mną robi?" – zastanawiał się, patrząc na śpiącą, wyczerpaną Ariel. Nakrył ją kocem i po cichu wyszedł.

Spała kilka godzin, a kiedy się obudziła, zobaczyła przy łóżku Fabiena. Chciała mu opowiedzieć wszystko, co się wydarzyło, bo był jedyną osobą, której ufała równie mocno jak Marcusowi, ale elf dał jej znak ręką, że ma nic nie mówić.

– Już wszystko wiem od Marcusa. Pozwoliłaś mu powiedzieć tylko mnie, zanim zasnęłaś, pamiętasz? A teraz to wypij. – Podał jej kufel pełen jakiegoś zielonego, dymiącego płynu.

– Co to? – zapytała zaskoczona i zniesmaczona, bo ciecz wyglądała obrzydliwie.

– Ech, nic takiego. Eliksir wzmacniający. Marcus leciał po niego do miasta. Zdaje się, że ograbił Orestesa ze wszystkich zapasów – zaśmiał się Fabien. – No, dalej, pij. To nie trucizna. Żaden z nas nie miałby zamiaru cię otruć, choć przyznaję, że czasem jesteś wkurzająca. – Wyszczerzył zęby w uśmiechu.

Wypiła obrzydliwy i śmierdzący eliksir. O mało nie puściła pawia, taką rewolucję zrobił w jej żołądku, ale po kilku minutach poczuła wręcz kosmiczny przypływ energii. Ku radości elfa, aż wyskoczyła z łóżka.

– To dobrze, że tak szybko na ciebie zadziałał, bo Marcus już czeka na strzelnicy z kuszą – powiedział. – Nawet nie wiesz, ile się dziś nalatał. Najpierw za tym eliksirem, a potem w poszukiwaniu broni dla ciebie. Obiecałem mu, że jak tylko wrócisz do formy, przyjdziesz do niego na strzelnicę, ale nie wiedziałem, że tak szybko.

Wyjaśnił jej, jak tam dotrzeć. Zanim wyszła, chwycił ją za rękaw i popatrzył poważnie w oczy.

– Nigdy nie widziałem, żeby dla kogoś tak się starał. Nie chciałbym, żeby cierpiał. Jest mi bliski jak... jak... brat. Wiem, że stanęłaś w jego obronie i starłaś się z Severianem, ale nie dawaj mu żadnych nadziei. To nierealne w naszym świecie. I zakazane. Zakończcie to, zanim będzie za późno.

Popatrzyła na niego równie poważnie.

– Też nie chcę, żeby cierpiał – powiedziała cicho – i sama nie chcę cierpieć...

Dotarła na strzelnicę. Jej wygląd nie zaskoczył zbytnio Ariel – dokładnie tak samo wyobrażała sobie strzelnice w swoim świecie: otoczona ziemnym wałem, aby nie zranił kogoś zabłąkany pocisk, i krzakami przed wzrokiem ciekawskich. Było tu kilka różnych stanowisk strzelniczych o różnej odległości od celu, dostosowanych do różnych broni, i realistyczne makiety trolla i chimery. Tyle że zamiast całej grupy kadetów, Ariel, gdy wyszła zza zakrętu, zobaczyła jedynie Marcusa.

„Uff! To dobrze – pomyślała – nie chciałabym narobić sobie obciachu przed adeptami”.

Marcus jej nie zauważył. Na niskim stoliku koło niego leżało kilka kusz podobnych do tej, jaką miał Pierwszy Mag. Stojąc ukryta za drzewem, Ariel obserwowała, jak testuje poszczególne kusze, rozbiera je na części, składa, ładuje, strzela. Przy niektórych się krzywił, przy innych miał bardziej usatysfakcjonowaną minę. Jedna przypominała bardziej karabin maszynowy niż średniowieczną broń. Nie ładowało się do niej pojedynczych bełtów, ale cały magazynek. Ta najwyraźniej pasowała Marcusowi, bo wystrzelał cały zapas amunicji w takim tempie, że nie nadążała wzrokiem za pociskami, a wszystkie trafiły idealnie do celu. Był w tym diabelnie dobry, musiała mu to oddać. Patrzyła, jak strzela z różnych odległości i z różnych pozycji. Niezależnie od tego, czy był blisko tarczy, czy daleko, czy stał, klęczał, czy leżał na trawie – jego pociski zawsze trafiały w cel.

– Witaj. – Wyszła w końcu zza drzewa.

– O jesteś! Eliksir postawił cię na nogi ekspresowo – ucieszył się.

– Faktycznie, miał tylko jedną wadę. Smakował obrzydliwie. – Uśmiechnęła się do niego serdecznie, a on na moment zapomniał o całym świecie.

– To co, zaczynamy? – Pokazał broń leżącą na stole.

– Okej. Nauczaj.

– Spójrz, tu masz kilka rodzajów kusz. Starałem się znaleźć podobne do tamtej...

I tak zaczął się wykład na temat kusz: jak są zbudowane, czym się różnią, jakie mają wady, jakie zalety. W końcu Ariel nie wytrzymała.

– Stop! Marcus, jestem laikiem, jeśli idzie o broń. To wszystko fajne, co mi tłumaczysz, ale ja za cholerę nie widzę między nimi różnicy!

Oficerowi opadły ręce. Na Wielkiego Xaviere'a, przecież prościej tego wyjaśnić się nie da! Był szczerze zawiedziony.

Zobaczyła jego minę i zrobiło jej się głupio. Położyła mu dłoń na ramieniu, popatrzyła w oczy.

– Jesteś ekspertem w tej dziedzinie – powiedziała po prostu. – Mam do ciebie pełne zaufanie. Po prostu powiedz, którą kuszę wybrałbyś bez wahania, gdybyś miał wybierać dla siebie, dobra?

Popatrzył na nią i zrozumiał, że miała rację. Co laikowi po opisach technicznych? Nic. Podszedł do stołu i bez wahania wybrał jedną.

– Tę. Jest lekka, ma spory magazynek i jest świetnie wyważona. Wypróbowałem je wszystkie. Tę bym polecił, ale wybór należy do ciebie.

– Więc wszystko jasne. Teraz pokaż mi, jak tego używać. Potem, jeśli pozwolisz, trochę poćwiczę, ale w samotności. Nie lubię robić z siebie pośmiewiska...

Kilka razy pokazał jej, jak rozbiera się kuszę i z powrotem składa. Był to dość nowoczesny model na dwadzieścia pięć bełtów (każdy przezornie pociągnięty srebrem na wypadek walki z wampirami). Magazynki wymieniało się łatwo, a co najważniejsze, nawet tak drobna kobieta jak Ariel prawie nie czuła jej w dłoni.

Kiedy już obeznała się z bronią, przyszło do lekcji strzelania. Marcus stanął za jej plecami, pokazał, jak trzymać kuszę i celować. Po godzinie szło jej już całkiem nieźle. Nawet zaczęła trafiać w największą makietę trolla! Za to z pozoru nieruchoma chimera najwyraźniej robiła uniki i pozostałe bełty poleciały Bóg wie gdzie. Ariel była zażenowana, że tak źle strzela, ale Marcus, o dziwo, wcale się nie nabijał. Spytała go w myślach, skąd ten dzień dobroci dla konsultantów od smoków.

– Musiałabyś zobaczyć co poniektórych adeptów! – Wzniósł oczy do nieba. – Oni nawet po miesiącu nie trafiają w makietę. Śmiać się nie ma z czego. To prosta rzecz, ale jej też trzeba się nauczyć. Wyćwiczyć. Dasz radę – pocieszył ją. – Co do kusz, to muszę ci powiedzieć, że nie ma dwóch identycznych. Każda jest inna. Twoja na przykład ma to do siebie, że musisz celować nieco poniżej miejsca, w które chcesz trafić. Spróbuj jeszcze raz, ale tym razem mierz odrobinę niżej – zachęcił.

Posłuchała. Chciała trafić w serce trolla, więc skierowała kuszę nieco niżej. Poskutkowało. Bełt znalazł się dokładnie w celu! Była uradowana jak dziecko.

Marcus obserwował z uśmiechem jej wariackie tańce szczęścia, kiedy kolejne pociski trafiały równie bezbłędnie. Po chwili spoważniał. Teraz przyszła pora się rozstać. Wiedział, że nauczył ją wszystkiego. Żaden adept nie byłby pojętniejszy, no ale z drugiej strony żadnemu adeptowi nie zdradzał aż tylu swoich sekretnych sztuczek z kuszami...

– Ariel, jak będziesz latać na tym swoim pegazie, proszę, miej zawsze tę broń przy sobie naładowaną i gotową. Miej też oczy szeroko otwarte. Tu naprawdę roi się od niebezpiecznych istot... – powiedział cicho, kładąc jej ręce na ramiona. – Pamiętasz naszą wczorajszą rozmowę? Tu nasze drogi się rozchodzą. – Popatrzył jej w oczy. – Teraz twoim przewodnikiem jest Fabien, a ja wracam do patrolowania. Przy okazji, jak dałaś na imię temu pegazowi? – zapytał zaciekawiony. – Bo mój to Trevor.

– Mój kochany...

– Cco?! – wyjąkał zdumiony, bo nie zrozumiał, co miała na myśli.

– N-n-no, mówię do niego „mój kochany" – wykrztusiła Ariel z głupią miną.

– Aaa! – Roześmiał się. – Źle cię zrozumiałem. Może jednak nadaj mu jakieś imię, bo jak któryś z oficerów to usłyszy... – Popatrzył na nią z rozbawieniem.

W duchu przyznała mu rację. Wspólnie poszli do stołówki na kolację, potem wrócili do bungalowu i pożegnali się przed drzwiami swoich kwater. Mieli świadomość, że to mogło być ich ostatnie spotkanie. Być może miną się jeszcze przy jakiejś okazji w stołówce albo w stajni pegazów, choć ze względu na ich pracę było to mało prawdopodobne... Znali się tylko kilka dni, ale oboje czuli, jak bardzo między nimi zaiskrzyło.

Rozumieli jednak, do czego mogłaby doprowadzić ich dalsza znajomość i wzajemna fascynacja, gdyby tylko do tego dopuścili. Byli dorośli. Każde z nich ciężko to przeżyło, obydwoje jednak wiedzieli, że tak trzeba – że muszą o sobie wzajemnie zapomnieć. Że szanse na realizację ich pragnień i marzeń są na tym i na tamtym świecie zerowe. Pewnie dlatego tej nocy żadne z nich nie spało...

Następnego dnia po śniadaniu Ariel oświadczyła Fabienowi, że leci do miasta do biblioteki. Po kolejnej nieprzespanej nocy postanowiła w końcu zająć się tym, po co została tu sprowadzona, a poza tym nic tak dobrze nie działało jej na stres i żal jak dużo ciężkiej pracy.

W drodze do miasta rozkoszowała się lotem na pegazie i na chwilę zapomniała o zmartwieniach. Z czułością pomyślała o Amandzie. Jej też by się takie latanie bardzo spodobało, no i uwielbiała konie.

Doleciawszy, zrobiła kilka rundek nad budynkami, bo do tej pory nie miała nawet okazji im się przyjrzeć. Miasto było naprawdę duże i ciekawie zbudowane. W centrum stał przeszklony gmach w kształcie stożka z czymś w rodzaju zewnętrznych wind prowadzących na poszczególne piętra. Od budowli promieniście rozchodziły się brukowane kamieniem uliczki podobne do tej, przy której stał dom Marceliny. Zauważyła też placyki, z których część najwyraźniej służyła za „parkingi" dla pegazów, a część za targowiska – bardzo ruchliwe i kolorowe.

Popatrzyła na szklany budynek. Domyśliła się, że to ratusz, a więc także siedziba Severiana. Nie był całkiem przeszklony, ale zdobiony wieloma witrażami i z daleka sprawiał wrażenie bardzo kolorowego. Gdy tylko pegaz Ariel wylądował na bruku tuż przed nim, natychmiast podszedł jakiś oficer i ofuknął ją, że lądowanie zabronione. Nie pomagało tłumaczenie, że jest konsultantem do spraw smoków i ma sprawę w ratuszu. Jej status potwierdził dopiero Tristan, który tego dnia był oficerem dyżurnym. Po jego rozkazach drzwi ratusza stanęły przed Ariel otworem.

Weszła do wnętrza na jego najniższy poziom, na którym ku swemu zdumieniu ujrzała tropikalny ogród z malutkimi fontannami. Wyrzucały one wodę z takim odgłosem, jakby coś nuciły. Obeszła cały ten ogród, przyglądając się uważnie roślinności, fontannom, przezroczystym ścianom, ale jej uwagę zwrócił przede wszystkim szklany rdzeń biegnący aż na samą górę. W biurowcach w jej świecie w podobnych rdzeniach jeździły windy, ale ten był za wąski, w dodatku wypełniony wodą. Podeszła bliżej zaintrygowana i nagle musiała się zatrzymać, po prostu nie była w stanie zrobić ani kroku dalej. Z rdzenia biły bardzo silne wibracje i Ariel zrozumiała, że to nie jest zwykła woda, ale jakaś jej magiczna odmiana. Bliskość strumienia oszałamiała i kobieta poczuła silne zawroty głowy jak po wypiciu kilku głębszych.

Przezornie odsunęła się od rdzenia. Nim wróciła do wyjścia, zadarła jeszcze głowę i obejrzała resztę tej zdumiewającej budowli. Gdzie nie spojrzeć, wszędzie szkło. Tak ściany, jak i kolejne piętra, podłogi i sufity – wszystko w tym budynku było szklane. Dojrzała twarze zaskoczonych jej osobą ludzi na wyższych kondygnacjach i zastanowiła się, co ich tak dziwi. A ponieważ nie było żadnych schodów wiodących na górę, spytała oficera przy wejściu i o schody, i o przyczynę dziwnego zachowania osób, które ją dostrzegły.

– To przecież magiczna woda! – Teraz to on popatrzył na nią zdziwiony. – Woda z naszego świętego źródła. Ciebie też bym nie wpuścił, gdyby nie wyraźny rozkaz Naczelnego. Ta woda mąci umysły, nawet elfów! Tylko najpotężniejsi czarnoksiężnicy mogą tu przebywać. Windy na piętra są tam. – Wskazał szerokie szklane tuleje na zewnątrz budowli. – Wyżej osłona rdzenia jest mocniejsza, a ciśnienie magicznego źródła mniejsze.

Pokazał jej windy i Ariel wjechała jedną z nich na poziom, gdzie mieściła się główna biblioteka i archiwa miasta. Tu szyby były nieco przyciemnione, zapewne by chronić księgi przed wyblaknięciem. Gdy wyszła z windy, jej oczom ukazało się piętro biegnące dookoła ściany stożka, ale nieprzylegające do rdzenia. Można było tylko podejść do barierki i obejrzeć go z daleka. Poniżej zaś otwierała się głęboka, sięgająca magicznego ogrodu przepaść. Ile to mogło być metrów? Ariel stwierdziła tylko, że i tak zbyt wiele jak na nią. Jasny gwint! Ależ musiała być wysoko!

– W czym mogę pomóc, panie oficerze? – zapytała usłużnie dziewczyna z brązowymi warkoczami i szpiczastymi uszami siedząca za czymś w rodzaju kontuaru recepcjonistki.

– Jestem konsultantem do spraw smoków. Nie oficerem, chociaż noszę ich mundur – pospieszyła z wyjaśnieniem. – Jestem tu z rozkazu Severiana. Mam otrzymać wszystkie informacje oraz materiały o smokach, jakie posiadacie.

Elfka uniosła wysoko brwi. Chyba nie bardzo uwierzyła.

– Muszę potwierdzić pańskie uprawnienia.

– Jak masz na imię? – zapytała zniecierpliwiona Ariel.

– Adela – odpowiedziała ta obrażonym tonem. – I muszę sprawdzić pańskie uprawnienia – powtórzyła z uporem. – Wszystko, co dotyczy smoków, podlega specjalnym procedurom. Będę musiała poprosić Naczelnego Czarnoksiężnika o zgodę na udzielenie panu tych zasobów. Wystąpię o posłuchanie u Jego Ekscelencji. Proszę przyjść jutro, to odpowiem, kiedy Naczelny zechce się ze mną widzieć.

Ech, biurokracja! Na każdym świecie taka sama... Pieczątki, pozwolenia, audiencje... Ariel zazgrzytała zębami ze złości.

– Słuchaj, Adela, uważnie, zanim stracę cierpliwość! Leć mi natychmiast po Marcelinę albo, na Wielkiego Xaviere'a... – zagroziła złowieszczo.

Na elfce najwyraźniej nie zrobiło to wrażenia, bo powtórzyła jeszcze tylko bardziej wzburzona:

– Proszę odejść i przyjść jutro. Inaczej będę musiała wezwać ochronę!

Tego już było Ariel za wiele. Nie będzie jej tu jakaś szpiczastoucha pinda wydawać poleceń! Obeszła kontuar dookoła i stanęła przy Adeli. Były mniej więcej tego samego wzrostu, ale elfka mocniej zbudowana i na pewno silniejsza.

„Gadaj, gdzie znajdę Marcelinę!" – wycedziła Ariel telepatycznie. Dziewczyna broniła się dzielnie zaklęciem *adger*, które już pękało, gdy ten interesujący pojedynek z biurokracją przerwała stanowcza myśl Marceliny:

„Ariel, puść Adelę! Nie trzeba się uciekać do przemocy!"

– Wkurza mnie biurokracja i urzędnicy, którzy nie rozumieją, że oprócz przepisów istnieje też realne życie. Witaj, też się cieszę, że cię widzę – odpowiedziała Ariel, szczerząc zęby w uśmiechu.

– Adelo – poinstruowała Marcelina elfkę – Ariel naprawdę jest konsultantem do spraw smoków i ma najwyższe uprawnienia nadane przez samego Severiana do przeglądu całej zawartości naszych zasobów, więc nie musisz mu zawracać tym głowy, bo on to polecenie przekazał mnie. I powiem ci jeszcze, że Ariel ma specjalny status. Każdy urzędnik czy oficer ma tej osobie udzielić wszelkiej pomocy, jakiej zażąda. Wszelkiej, rozumiesz?! Ariel będzie u nas, zdaje się, częstym gościem, więc zechciej przyłożyć się do pomocy, chyba że chcesz się narazić na gniew Naczelnego. – Spojrzała na Adelę znacząco.

Jej usta zaczęły się ściągać w jedną linię, a powieki coraz szybciej mrugać. Zanim jednak wybuchnęła płaczem, Ariel poklepała dziewczynę po ramieniu.

– Już dobrze. Nic się nie stało. Wiem, że nie chciałaś źle. To jak, pokażesz mi te księgi? – Uśmiechnęła się. Lody chyba zostały przełamane.

Kolejne dni były dla Ariel pracochłonne i wyczerpujące. Każdego ranka po śniadaniu leciała pegazem do miasta i pół dnia spędzała w bibliotece. Adela już się chyba przyzwyczaiła do jej obecności, bo nie robiła żadnych uwag. Ariel najchętniej wzięłaby te wszystkie księgi, woluminy, zapiski magów zamknięte w specjalnych skrzyneczkach, kryształy pamięci i wszystko, co się wiązało ze smokami, do koszar, ale, po pierwsze, było tego jednak trochę, a po drugie, obowiązywał absolutny zakaz wynoszenia czegokolwiek poza czytelnię. Ślęczała więc do późnych godzin popołudniowych i czytała, czytała, czytała... Poznawała rasy poszczególnych smoków, ich umaszczenia, umiejętności magiczne, stopień agresji, sposób żywienia, hodowania i wiele innych szczegółów. Na szczęście mogła robić notatki.

Mówiono jej, że informacji o smokach jest niewiele, tymczasem prawda okazała się zupełnie inna. Informacji nagromadzonych przez setki lat był ogrom, ale sam fakt traktowania smoków jako stworzeń świętych czynił tę wiedzę niedostępną. Teraz Ariel miała przed sobą kopalnię wiadomości o nich. Gdyby tylko którykolwiek z Naczelnych pozwolił mag-medykom przejrzeć te księgi, sami daliby sobie radę z większością problemów hodowlanych i chorób. Niestety, postronni magowie nawet nie wiedzieli, że takie księgi istnieją!

Te intensywne zajęcia zagłuszały w Ariel tęsknotę za Amandą i za...

Czasami dochodziły ją słuchy o pojedynczych napadach trolli czy wampokruków albo innych bestii na któreś z miast, co skłaniało ją do szybszego przyswajania informacji. Dowiedziała się wiele o dziewięciu miastach, nie wyłączając legendy, że pewnego dnia pojawi się brakujący Dziewiąty Mag, ale kiedy – tego nawet Oriana, potężna czarownica z bagien, nie wiedziała.

Historia miast też była niezwykle interesująca. Oto wiele lat temu przybył w te strony Pierwszy Naczelny Czarnoksiężnik, potężny Xaviere D'Orion. Znużony drogą chciał jedynie wypocząć w tej pięknej, porośniętej bujną roślinnością, żyznej krainie. Zauważył źródło, z którego napił się spragniony. Woda cudownie go orzeźwiła i dodała niespotykanej energii. Zrozumiał, że ma do czynienia z magicznym źródłem o niespotykanej sile i że obfitość tutejszej roślinności jest spowodowana nawadnianiem przez tę właśnie wodę. Pomyślał, że skoro ta woda ma tak silne właściwości lecznicze, magiczne, energetyczne, to jest to wymarzone miejsce do osiedlenia się i wokół pierwszego źródła postawił pierwszy ratusz-stożek. Z czasem zaczęli osiedlać się tu ludzie, elfy i ich zwierzęta, albowiem sława tego miejsca rozeszła się błyskawicznie po całym świecie.

Wtedy zaczęły się kłopoty, bo oprócz stworzeń dobrych z natury przybyły tu także skuszone wizją zapanowania nad urodzajną ziemią potwory i bestie. Były to wszelkiej maści trolle, meduzy, chimery, strzygi, wampokruki, gnomy, cyklopy. Każde z tych stworzeń chciało zawładnąć krainą tylko dla siebie. Wielki Xaviere D'Orion otoczył więc miasto kopułą magiczną wypływającą wprost z magicznej wody zamkniętej w szklanym rdzeniu. Sprowadził zaprzyjaźnione z ludźmi smoki, z którymi zawarł pakt na wieczne czasy o pomocy i współpracy, oraz powołał do życia Korpus Oficerów.

Wielki Xaviere dzięki wodzie z magicznego źródła żył wiele lat. To on z jakiegoś powodu ustalił procedurę Losowań i całą obecną strukturę społeczeństwa. Niestety gdy jego dni dobiegały końca, zrozumiał, że magiczne źródło zaczyna wysychać. Rozpaczliwie szukał rozwiązania, ponieważ w tym czasie pierwsze miasto znacznie się rozrosło, kopuła nie wystarczała, aby je chronić, a smoków oraz oficerów było zbyt mało. Wkrótce stary Xaviere osłabł tak bardzo, że przekazał władzę swemu następcy, Auksencjuszowi, a ten nakazał dotrzeć do miejsca, skąd wypływa magiczne źródło, i dowiedzieć się, co jest przyczyną jego wysychania.

Niestety wyprawa oficerów poniosła klęskę. Nikt z nich nie powrócił żywy. Żadnego nie odnaleziono. Za to do Auksencjusza podczas jakiejś audiencji podeszło dziecko i powiedziało, że widziało strumień i piło z niego wodę, i że ta woda jest w smaku zupełnie taka jak ze świętego źródła!

W tym czasie Wielki Xaviere zmarł. Ledwie pochowano go z honorami w krypcie pod ratuszem pierwszego miasta, Auksencjusz kazał się prowadzić do nowo odkrytego źródła. Dziecię miało rację. Ich źródło z jakiegoś powodu wysychało, ale w innym miejscu biło bardzo mocno. Nawet mocniej niż w poprzednim. Tak więc antyczne miasto popadło w ruinę, a mieszkańcy i smoki przenieśli się w okolice następnego źródła. Z czasem nadchodziły informacje o pojawianiu się nowych źródeł i tak powstało dziewięć miast, które nazywano po prostu „pierwszym", „drugim", „trzecim"... Poza miastami były też tereny uprawne oraz objęte szczególną ochroną Oazy Macierzyństwa, Piastunów i inne. Tereny te otoczono wysokim i mocnym murem zbudowanym na zlecenie Naczelnych przez krasnoludy znane ze swoich zamiłowań do ciężkiej pracy.

Ariel pomału zaczynała rozumieć... Czyżby historia Wielkiego Xaviere'a się powtarzała i źródła zaczynały wysychać? Jeśli tak, wyglądało to co prawda na proces wieloletni, ale nieodwracalny. Czy powinna o tym porozmawiać z Severianem? Czy na tym polegało jej dodatkowe zadanie? Uświadomić mieszkańcom, że ich źródła wysychają? Że za wiele lat stanie się z ich miastami to, co z antycznym miastem D'Oriona? Jeśli tak, to nawet jej największe poświęcenie, poznawanie smoków, ich hodowli nic nie da, bo nie w tym tkwił problem!...

Jak zwykle przed powrotem do koszar odwiedzała różne stragany, sklepiki, aby nasycić oczy innością tego świata i starać się zrozumieć życie tutejszych mieszkańców. Z jakiegoś powodu uznała to za ważne. Zachodziła często do zielarni półelfa Gavina, który udzielał jej cennych rad w sprawie używania różnych roślin, i sklepu Orestesa – chyba najlepiej zaopatrzonego w eliksiry i różne lekarstwa w mieście. Tu także zdobywała cenne wiadomości, chociaż widziała, że Orestes – gdyby nie rozkaz Severiana – wolałby je zachować dla siebie.

Wędrując pieszo po mieście, wtapiała się w różnokolorowy tłum, wdychała egzotyczne zapachy bazarów i wysłuchiwała najnowszych wiadomości. Transmitowane były wprost z ratusza za pomocą różnej wielkości i kształtu luster pokrytych powłoką antyrefleksyjną i wbudowanych w ściany budynków, słupy, ogrodzenia. Program przypominał kanały informacyjne w telewizji, choć oprócz dzienników i reklam leciały też teledyski tutejszych gwiazd i inne bzdury.

Pewnego dnia przeraziła się jednak nie na żarty, gdy zobaczyła własną twarz, a potem całą swoją osobę powieloną przez wiele setek luster informacyjnych, a głos spikerki w tle poinformował mieszkańców miasta, że oto

> *Naczelny Czarnoksiężnik Severian w trosce o stan zdrowia naszych świętych smoków, eksperymentalnie i na wyjątkowych zasadach, udzielił zgody jednemu mag-medykowi Arielowi Odgeonowi na przegląd zagród oraz sprawdzenie ich kondycji. Smoki raczyły zaakceptować mag-medyka, a Severian wierzy, że swoją pracą mag-medyk Ariel nie ubliży im, ale sprawi, że ich kondycja, a co za tym idzie pomoc w ochronie miast, ulegną znacznej poprawie. Biuro prasowe Naczelnego Maga musi niestety ze smutkiem potwierdzić ostatnie pogłoski o osłabieniu sił witalnych naszych ukochanych smoków, ale jednocześnie zapewniamy, że zostały już podjęte odpowiednie kroki, aby sytuację poprawić i uzdrowić. Nie ma na razie powodów do niepokoju. Jednocześnie uprasza się wszystkich obywateli o udzielenie każdej pomocy, o jaką poprosi konsultant do spraw smoków, i okazanie mu życzliwości.*

Kilka osób słuchających tej wiadomości przyjrzało się Ariel podejrzliwie, a ona zrozumiała, że właśnie w tej chwili straciła całą dotychczasową anonimowość. Jakiś zaaferowany dziadek pokazał na nią drżącym palcem.

– To nie ja! – wykrztusiła i szybko poszukała swojego pegaza.

Ale od tego dnia nic już nie było jak do tej pory. Zaczęła być traktowana jak gwiazda filmowa. Co chwilę ktoś zaczepiał ją na ulicy i wypytywał o postęp prac, czy nie obraża smoków i czy można jej jakoś pomóc. Parę razy dostała ostrzeżenie, że jeśli jednak zaszkodzi smokom, to... Na szczęście sympatyczniejszych sytuacji było zdecydowanie więcej. W spacerach po mieście zawsze towarzyszył jej anioł stróż, którym na zmianę byli Marcus albo Fabien, ale ona nie miała o tym pojęcia. Przyjaciele woleli jednak nie ryzykować, bo psychopatów nie brakuje w żadnym świecie, więc i tu mógł się znaleźć jakiś fanatyk wyjątkowo czuły na punkcie smoczej godności. Czulszy zresztą niż same smoki, bo gdy popołudniami Ariel wracała do koszar, gawędziła telepatycznie z Vivianne niczym ze starą przyjaciółką. Czasami trafiała na Croya, ale ten w obecności smoczycy robił się mało rozmowny.

Pewnego dnia, tym razem dyskretniej, w poszukiwaniu relaksu od męczącej popularności znowu zapuściła się w las za koszarami. Czuła, że musi odetchnąć od nawału prac. Tym razem na wszelki wypadek założyła mundur zwiadowczy, który sam upodabniał się do otoczenia. Dzięki niemu mogła się czuć niemal niewidzialna. Miała świadomość, że jeśli Fabien albo, co gorsza, Marcus dowiedzą się o ponownej eskapadzie, to poprzednia awantura będzie tylko dziecinną igraszką w porównaniu z tą, którą jej zrobią teraz. Była więc bardzo ostrożna i czujna. Jakiś czas wędrowała jak poprzednio dróżką do kwiecistej polany, ale gdy tam dotarła, nie przysiadła jak ostatnio pod drzewem tulipanowca. Poszła dalej. Na końcu polany znalazła interesujący głaz, a właściwie dwa głazy leżące jeden przy drugim. Gdy się im przyjrzała, odniosła wrażenie, że coś jej przypominają.

Chwilę stała, wpatrując się w omszałe kamienie, potem cofnęła się kilka kroków i zerknęła jeszcze raz. Z większej odległości zdawały się nabierać bardziej sensownego kształtu. Po chwili zaczęło do niej docierać. Kamień po lewej przy dłuższej obserwacji zaczynał przybierać kształty konia. Nie,

nie konia. Raczej osoby siedzącej na koniu. Też nie! Raczej pół człowieka, pół konia. No jasne! Tak, zdecydowanie ta zmurszała rzeźba przypominała centaura celującego z łuku. Ale kogo przedstawia ten drugi głaz? W swoim świecie czytała parę książek o mitologii, ale nigdzie nie natrafiła na nic takiego. Jakby człowiek, ale bardzo smukły, z długimi włosami i kwiatem w dłoni. Hmm... Czy poza dziewięcioma miastami były jeszcze inne osiedla ludzi? Właściwie czemu nie? Gdzie jest powiedziane, że tylko w miastach mogą żyć ludzie? Zapragnęła to sprawdzić, ale nie miała pojęcia jak. Z oficjalnych źródeł w bibliotece miejskiej pewnie się tego nie dowie, zwłaszcza jeśli byliby buntownikami wykluczonymi ze społeczeństwa. Żadna władza nie ma ochoty chwalić się kimś takim.

Trwała tak pogrążona w rozmyślaniach dłuższą chwilę, gdy nagle coś dostrzegła. Wydawało jej się, że tego tu przed chwilą nie było. Miała wrażenie, że obydwa głazy wcześniej leżały w kępie trawy, a teraz u ich podstawy dostrzegła dróżkę rozgałęziającą się na dwie odnogi. Jedna prowadziła w lewo, w stronę gdzie wskazywał łuk centaura, druga w kierunku przeciwnym. Zrozumiała. Dwa głazy były w istocie kierunkowskazami na rozdrożu. Jeśli pójdzie w lewo, trafi pewnie do obozu centaurów, a jeśli w prawo... No właśnie... Trafi do obozu buntowników? To nielogiczne. Władze miasta zlikwidowałyby taki obóz, a nie stawiały drogowskazy.

Zaciekawiona postanowiła pójść w tamtym kierunku. Dróżka wiła się między drzewami, to opadając w dół, to zmuszając Ariel do trudów wspinaczki. Parę razy musiała ominąć zwalone pnie drzew, raz czy dwa przekroczyć strumyki pojawiające się nie wiadomo skąd. Las zrobił się mroczniejszy i mniej przyjazny. Przez moment zastanowiła się, czy jednak Marcus nie miał racji co do mieszkających tu bestii i czy lepiej nie wracać. Potem jednak ciekawość znowu brała górę i szła dalej. Miała poczucie, że jest obserwowana, ale dziwnym trafem nie spostrzegła żadnego zwierzęcia ani ptaka. Jeszcze jeden zakręt, jeszcze jeden krzew, jeszcze jedna skałka i oto jej oczom ukazało się wejście do szerokiego tunelu w podstawie góry, do podnóża której właśnie dotarła.

Zawahała się. Rozsądek nakazywał wracać. Ciekawość pchała do przodu. Zajrzała w ciemność tunelu i skoncentrowała się. Nic. Absolutnie nic nie wyczuła. Żadnego śladu obecności kogokolwiek wewnątrz. Lekko zdumiało ją to doświadczenie. Czy naprawdę umie wyczuwać obecność żywych istot w pobliżu, czy tylko jej się tak zdaje? A jeśli potrafi, to jak, na miłość boską, się tego nauczyła? Zrobiła krok do przodu i pomyślała:

„Ależ tu ciemno. Chciałabym, żeby tu było choć trochę światła..."

Ku jej zaskoczeniu ściany tunelu zaczęły jarzyć się złociście, zupełnie jakby odbijały światło słoneczne! Zmarszczyła brwi, nic nie rozumiejąc, ale weszła do środka. Faktycznie tunel był pusty. I na szczęście – także w miarę krótki. Przeszła tym magicznie rozświetlonym korytarzem i z nieskrywaną ulgą odetchnęła na jego drugim końcu. Ledwie opuściła tunel, jego ściany zgasły i ponownie pogrążyły się w ciemnościach.

Usłyszała jakiś stuk, jakby ktoś się potknął. Zerknęła jeszcze raz do wnętrza ciemnego już korytarza. Wydawało jej się, czy jest śledzona? Jeśli tak, to lepiej się stąd zbierać. Nieco zaniepokojona ruszyła do przodu.

„Zaczekam za tym krzewem. Zobaczymy, kto i po co mnie śledzi" – postanowiła i po kilku krokach zaszyła się w pobliskich krzakach. Jakiś czas tam tkwiła, bacznie wpatrzona w skalny otwór, ale nikt z niego nie wyszedł. Gdy w końcu nogi jej ścierpły i ciało rozbolało od siedzenia w jednej pozycji, stwierdziła, że na pewno jest przewrażliwiona. Wyprostowała się i z mocnym postanowieniem, że pójdzie jeszcze tylko mały kawałek, a jeśli niczego nie znajdzie, zawróci, ruszyła ścieżką do przodu.

Gdy tylko zniknęła za najbliższym zakrętem, z tunelu jednak ktoś wyszedł.

„Ech, Ariel – westchnął – na zwiadowcę to ty się jednak nie nadajesz. A cierpliwości nie masz w ogóle. – Fabien uśmiechnął się pod nosem – Dobrze, że chociaż jesteś ostrożna. Tylko jak ja to powiem Marcusowi? Znowu się wścieknie..." – pomyślał i podążył za nią.

Szła dalej. Las był coraz bardziej wilgotny i parny. W powietrzu unosiła się feeria zapachów. Wokół rosło mnóstwo egzotycznych roślin, z których palmy, bananowce i figowce zdawały się tu najbardziej pospolitymi gatunkami. Uszła ścieżką jeszcze kawałek – aż do zakrętu na szczycie wzniesienia. Tu zatrzymała się zaskoczona po raz kolejny. Tym razem przyczyną jej zdumienia był krajobraz, jaki rozpostarł się przed jej oczami. Oto w dole pod swoimi stopami ujrzała tropikalną dolinę podzieloną na barwne sektory. Dolina mieniła się wszystkimi kolorami tęczy, a zapach rosnących tu roślin oszałamiał. Przyjrzała się uważniej. Odniosła wrażenie, że trafiła na olbrzymią plantację. I nie myliła się. Uświadomiła jej to istota, która chwilę później wychynęła zza najbliższego drzewa.

– Przyszłaś nieco za wcześnie – powiedziała, kłaniając się z gracją i z uśmiechem. – Przekaż, proszę, Orestesowi, Gavinowi i pozostałym członkom Cechu, że towar będzie gotów za trzy dni... – Znowu ukłon i znowu uśmiech.

Ariel przyjrzała się istocie. Nie była wysoka, ale bardzo smukła. Można by rzec – jak trzcina. Długie brązowe włosy opadały jej do pasa i gdzieniegdzie zwisały w pojedynczych warkoczykach, a w innych miejscach wplotła w nie koraliki lub kwiaty. Wysokie czoło zdobił wianek. Ubrana była w haftowaną suknię do ziemi, zdobioną paciorkami, a jej bose stopy i dłonie pokrywał fantazyjny tatuaż. Miała rozmarzony wyraz twarzy, jakby nieobecny i czymś radośnie zdumiony. Bardzo przypominała Ariel te parę osób, które widziała wiele lat temu, będąc dzieckiem. Mówiono o nich hippisi albo dzieci kwiaty. Z powodu trybu życia i negowania ogólnie przyjętych praw. Zaczynała chyba rozumieć, o co chodzi, ale wolała się upewnić.

– Dostawa ziół dla miasta? Do eliksirów? Tak?

– Oczywiście. – Istota znowu uśmiechnęła się lekko rozmarzona. – Chyba po to przyszłaś, czyż nie? Nie widziałam cię tu do tej pory. Kim jesteś? Jesteś z miasta, prawda?

– Ehm... jestem z miasta... tak, to prawda. – Nie miała pojęcia, jak prowadzić dalej tę dziwaczną rozmowę i czego się spodziewać po tej niezwykłej postaci, stąd wolała zachować ostrożność. – Mam na imię Ariel. Jestem na plantacji, tak? A ty jesteś...?

– Jestem Berenika i jestem Zielarzem.

Ariel zobaczyła, jak Berenika przymyka oczy i wciąga powietrze w swoje kształtne nozdrza. Chwilę kontemplowała zapachy.

– Znam wszystkie zapachy tego świata. Ty z niego nie pochodzisz. Co robisz w naszym świecie, Ariel? – spytała łagodnie.

„Ech, żebym tak umiała kłamać" – pomyślała Ariel. – Jestem konsultantem. Naczelni sprowadzili mnie tu ze świata równoległego dla oceny zdrowia smoków i poprawy ich kondycji – palnęła wyuczony wierszyk i czekała niecierpliwie, co zrobi Berenika.

– Ach, smoków! – Klasnęła w dłonie ucieszona. – Wiedziałam, że kiedyś zaakceptują kobietę. Jesteś przyjacielem smoków? W takim razie musisz zobaczyć całą plantację. Taaak, ich zdrowie to najważniejsza sprawa. Nasze zioła mogą pomóc w twojej pracy – powiedziała śpiewnie. – Dalej, Ariel, chodź ze mną. Nie obawiaj się. Jesteśmy neutralni w stosunku do miast, to prawda, ale smoki to nasi wielcy przyjaciele. Chodź, obejrzyj uprawy. Jestem przekonana, że ci się spodobają. – Okręciła się radośnie dookoła, klaszcząc z uciechy, po czym chwyciła dłoń Ariel i pociągnęła ją za sobą ścieżką prowadzącą ku dolinie.

Nawet nie zdążyła zaprotestować i chwilę później biegła wraz ze smukłą kobietą po stromym zboczu. Wreszcie stanęła zziajana w alejce między rzędami kilkumetrowych purpurowych kwiatów. Chyba kwiatów, bo co prawda pąki wyglądały jak u najzwyklejszych róż, tyle że monstrualnej wielkości, ale liście... hm... z wyglądu przypominały pokrytą łuskami smoczą skórę. No i były jeszcze olbrzymie kolce do złudzenia przypominające smocze zębiska!

Berenika zamaszystym gestem wskazała kwiaty.

– To duma naszej plantacji: smocze róże. Są piękne, ale dla medyków to przede wszystkim remedium na wiele chorób. Ech, gdyby tylko medycy z miasta zechcieli ich używać do leczenia naszych przyjaciół smoków, ochrona miast bardzo by zyskała. I my także. Ale wasi medycy wolą używać tego kwiatu do sporządzania eliksiru... – zamyśliła się, jakby szukając w rozkojarzonym umyśle nazwy. – Zaraz... zaraz... jak on się nazywał?... niepamięci... Tak, eliksir niepamięci. Szkoda, bo ten kwiat ma tak wiele innych pożyteczniejszych zastosowań. – Teraz jej śpiewny głos zrobił się nieco smutny.

Poprowadziła Ariel ścieżką wśród smoczych róż, których łodygi były grubości sporych pni drzew, kwiaty olbrzymie jak namioty, a zapach ciężki i słodki. Wytłumaczyła, że do eliksirów zbierają głównie pąki oraz nasiona, liście, a czasem nektar. Ariel czuła się jak we śnie. Szła między gigantycznymi kwiatami, podziwiając je, a zarazem starając się nie poranić o ogromne kolce. Zapach odurzał i zniewalał. Stanęła pod jedną z róż. Zadarła głowę do góry i zagapiła się na olbrzymie płatki. W pewnym momencie zobaczyła, że po liściu spływa kropla jakiegoś bursztynowego płynu.

Zanim się zastanowiła, wyciągnęła dłoń. Po chwili jej ręka była lepka od bursztynowego soku.

– Spróbuj, Ariel – zachęciła śpiewnie Berenika. – Warto. Drugi raz możesz nie mieć takiej okazji. No śmiało. Jest naprawdę pyszny...

Spojrzała na własną rękę, która wyglądała, jakby była umaczana w miodzie, i bez zastanowienia podniosła ją do ust. Pychota! Czegoś tak delikatnego, a zarazem zmysłowego jeszcze do tej pory nie próbowała. Melanż smaków chyba wszystkich znanych owoców świata. Pierwsza myśl, jaka jej przyszła do głowy, to że tak chyba musiała smakować boska ambrozja.

Berenika przyjęła to stwierdzenie z uśmiechem i rozbawiona potwierdziła skinieniem głowy. Ariel lekko zakręciło się w głowie i przez moment wszystko widziała zamazane. Odniosła też wrażenie, że może oglądać wydarzenia sprzed wielu, wielu lat, by po chwili zobaczyć to, co dopiero się stanie. Obrazy przeszłości, a może przyszłości – nie była pewna – mknęły przed jej oczami z prędkością światła.

– Tak, Ariel – Berenika znowu potwierdziła jej podejrzenia – ten sok ma właściwości halucynogenne, ale daje nam też możliwość kontaktu z przodkami i pozwala zobaczyć przyszłość. To bardzo cenna roślina. Ale chodźmy dalej. Chciałabym ci jeszcze tyle pokazać!

W trakcie tego długiego spaceru Ariel zyskała nadzwyczajną ilość informacji dotyczących roślin i sporządzania lekarstw, czego zupełnie się po Berenice nie spodziewała. A ta tłumaczyła, tłumaczyła, tłumaczyła... Jej głos brzmiał śpiewnie, kojąco i jakby nieco usypiająco. Wprawił Ariel w stan totalnego relaksu i rozluźnienia. Tym bardziej się wystraszyła, gdy znienacka coś wyskoczyło zza ogromnego liścia smoczej róży i zaatakowało ją, rycząc przy tym wściekle. W jednej chwili oprzytomniała, odskoczyła do tyłu, zawadziła przy tym nogą o korzeń jednej z roślin i wyłożyła się jak długa. Gdy z przerażeniem zerknęła w tamtym kierunku, ujrzała coś w rodzaju motyla. No przynajmniej to coś miało piękne, kolorowe motyle skrzydła, z tym że ciało należało do na oko dwunastoletniego chłopca, a głowa!... Jeeezu! Głowa najwyraźniej należała do... węża, i to z jakimi zębiskami!

Z wrażenia odebrało jej mowę. W następnej chwili usłyszała karcący głos Bereniki:

– Neve, ile razy ci mówiłam, że nie wolno straszyć ludzi? No, ile?! Chłopcze, mógłbyś kiedyś posłuchać matki i skończyć z tymi żartami! Ariel jest naszym gościem i przyjacielem smoków, rozumiesz? Nie waż mi się więcej jej straszyć, bo nie doczekasz wylinki! – Teraz głos Bereniki był nieco mniej rozmarzony, a mina bardziej przytomna i niezbyt zadowolona.

– Ale, mamo – zaskrzeczało przepraszająco stworzenie – to tylko żart. No co? Przecież nic się nie stało, nie?

– Neve, chłopcze, nie dyskutuj ze mną! Tym razem przegiąłeś. Masz zakaz spotykania się z kolegami do odwołania. Może to nauczy cię nieco powagi. – Zrobiła w jej mniemaniu groźną minę, a stworzenie otworzyło szeroko oczy i zaskowyczało żałośnie.

– Ale mecz! Mamy mecz, nie pamiętasz? Dziś wieczorem. Rzuty gigantycznymi mszycami do celu. Jak mnie nie będzie, to...

– Dość! Idź do siebie i przemyśl swoje postępowanie. – Berenika starała się zachować powagę, chociaż było widać, że przychodzi jej to z trudem.

Stworzenie opuściło smętnie skrzydełka i z żałosną miną powędrowało na piechotę jedną z bocznych ścieżek.

– Wybacz, Ariel, mojemu synowi. Te dzieci! Ma dopiero dwadzieścia lat i jeszcze nie przeszedł pierwszej wylinki... Właściwie całkiem niedawno się wykluł, ale to go przecież nie usprawiedliwia, prawda? Mam nadzieję, że nic ci się nie stało. Chodź, pokażę ci resztę upraw.

Ariel nie wiedziała, co powiedzieć. Zielarze najwyraźniej niezupełnie byli ludźmi. Neve wyglądałby jak motyl, gdyby nie ten korpus i głowa węża! Czym zatem byli? Hm... postanowiła, że dowie się tego możliwie najszybciej. Ale z jakiegoś powodu uznała, że wypytywanie Bereniki byłoby nietaktem. Poszła więc za nią, sycąc oczy kolorami upraw, a nozdrza odurzającymi zapachami roślin.

Interesujące było, że na tym ogromnym terenie zgromadzono wielką różnorodność ziół, drzew, kwiatów, których można było używać do wytwarzania maści, płynów, nalewek i innych produktów leczniczych. Samej smoczej róży widziała kilka odmian – począwszy od tych gigantycznych purpurowych, przez liliowe odmiany wielkości słonecznika, aż po brzoskwiniowe miniatury. Wiele z roślin Ariel poznawała: jaśmin, rozmaryn, wrzos, bazylię i kaktusy, a także lawendę, magnolię, nagietek lekarski, tymianek i drzewo herbaciane. Tyle że w jej świecie nie miałyby prawa o tej porze kwitnąć ani wydawać plonów! Najwyraźniej ten żyzny magiczny ogród kpił sobie z praw natury i obdzielał hojnie swymi darami opiekunów. Melanż tak wielu zapachów w powietrzu nieco odurzył Ariel i można by rzec, nastroił ją bardzo pogodnie do świata.

„To przez te zapachy" – uznała. Złapała się też na tym, że zaczyna się do wszystkiego i do wszystkich uśmiechać.

Berenika poznała ją z kilkoma innymi Zielarzami. Szybko znaleźli schronienie przed ciepłym, letnim deszczem i postanowili napić się herbaty. Wspólnie zasiedli pod liściem wyjątkowo okazałego bananowca i po chwili, gawędząc o niczym jak najlepsi przyjaciele, popijali pyszny napój owocowo-kwiatowy, zaśmiewając się serdecznie. Herbata też wydawała się przesiąknięta aromatami plantacji.

Z jednej strony była nieco kwaskowata, aby po chwili dać wrażenie niebiańskiej słodyczy.

Ariel już dawno tak świetnie się nie bawiła jak w towarzystwie tych uroczych i nieco pokręconych dziwaków. Totalnie odprężona oparła się plecami o pień bananowca i z błogostanem na twarzy popijała pyszny napój. Czas płynął leniwie. Liczyło się tylko bycie tu i teraz. Zrobiła się nawet lekko senna. Kiedy powieki zaczęły ciążyć, a głowa opadać, coś ją połaskotało po twarzy. Chciała to coś odgarnąć i ze zdumieniem stwierdziła, że to jej własne włosy!

„Jak to możliwe? – pomyślała sennie. – Przecież moje włosy są krótkie".

Jej wzrok padł też na dłoń, na której z pewnym zaskoczeniem odkryła zaczątki tatuaży podobnych do tych, jakie miała Berenika! Przyjrzała się z niedowierzaniem własnym rękom. Z minuty na minutę zmieniały się, pokrywało je coraz więcej rysunków i zdobień. A włosy?! Te sięgały już do połowy pleców i same splatały się w fantazyjne warkoczyki. Nawet jej mundur zwiadowcy jakby ożył, bo bluza wydłużyła się do kostek i przybrała kolor tutejszych ubrań. Co najciekawsze, ta transformacja nawet jej specjalnie nie zdziwiła ani nie zaniepokoiła. Złapała się nawet na myśli, że po co wracać do świata, gdzie wszystko jest takie trudne i skomplikowane, skoro może zostać tutaj. Taaak, ta myśl bardzo ją pokrzepiła i właśnie miała się nią podzielić z Bereniką, gdy...

– Chyba już czas wracać, Ariel? – Usłyszała stanowczy głos gdzieś zza pnia smoczej róży i po chwili stanął przed nią zaniepokojony Fabien. – Cześć, Berenika. – Skinął też głową pozostałym Zielarzom. – Wybaczcie, ale na Ariel już czas. Smoki na nią czekają, więc jeśli pozwolicie, odprowadzę ją do koszar.

Miny Zielarzy nie zmieniły się ani trochę, tylko Ariel wyglądała na niezbyt zadowoloną, że oto musi opuścić tak przyjazny świat. Próbowała protestować, ale wyszło jej to dziwnie słabo. Posłusznie pozwoliła elfowi wziąć się pod ramię i wyprowadzić z obozu Zielarzy żegnana przez nich samych wylewnie. Na odchodnym została obdarowana naręczem rozmaitych ziół i kwiatów, ale stopień jej błogostanu i rozmarzenia był tak wielki, że obowiązek ich niesienia spadł na elfa.

Fabien zmusił ją jeszcze do obmycia twarzy w lodowatym potoku, żeby nieco oprzytomniała. Faktycznie, dekoncentracja i rozkojarzenie zaczęły pomału mijać, a ona z zaskoczeniem odkryła, że oprócz długich posplatanych włosów, udekorowanych rysunkami dłoni oraz ubrania w stylu hippie zmieniły jej się także oczy. Teraz były intensywnie fiołkowe z pionową źrenicą!

– No nie! Nie możesz tak wrócić do koszar! Jesteś totalnie naćpana! I jeszcze te oczy! – stwierdził stanowczo niezadowolony Fabien. – Stój spokojnie, zaraz zrobię z tym porządek. – Położył jej jedną dłoń na czole, a drugą na ramieniu. Przymknął oczy i zaczął coś mruczeć do siebie. Musiały to być jakieś zaklęcia, bo poczuła, że energia płynąca z rąk elfa stopniowo przywraca jej poczucie rzeczywistości, świadomość, gdzie jest, kim jest i co tu robi. Aż nie mogła się sama sobie nadziwić, że wizyta u Zielarzy, zapachy ich plantacji oraz smak ich herbaty tak potrafiły ją zdekoncentrować i odurzyć. Przeciwzaklęcia Fabiena zaczynały przynosić efekt, bo z powrotem mundur stał się mundurem, rysunki na dłoniach zniknęły, nawet kolor oczu zaczął wracać do normalnego. Tylko włosy jak były długie, tak długie pozostały, więc Fabien zwyczajnie obciął je swoim oficerskim nożem.

– Jak mnie znalazłeś? – zapytała w końcu, gdy doprowadził ją do stanu używalności.

– Zobaczyłem, że wyłazisz z koszar i idziesz do lasu. Jestem twoim przewodnikiem, pamiętasz? Nie chciałem, żeby spotkało cię coś złego. – Chyba zbytnio nie miał ochoty się tłumaczyć, bo unikał jej wzroku. – Nie powinnaś sama chodzić po lesie. Marcus miał rację, tu naprawdę nie jest bezpiecznie. Szczęście, że trafiłaś na Zielarzy. To niegroźne czubki, ale są użyteczni. Jak się pewnie zorientowałaś, są naszym źródłem dostaw ziół do wszelkich lekarstw i medykamentów. Ale na przyszłość nie chodź tam więcej. Coś mi się zdaje, że jesteś zbyt podatna na ich napoje i olejki aromatyczne. Gdybym nie wkroczył na czas, twoja transformacja mogłaby się zakończyć i zostałabyś tam na zawsze. Dobra, koniec gadki, czas wracać do koszar. Tylko co ja powiem Marcusowi? – zmartwił się.

– Nic – odparła beztrosko.

– Nie mogę nic nie powiedzieć, Ariel. Nie umiem kłamać, pamiętasz? A on jest dociekliwy i na pewno zechce wiedzieć, gdzie byłem i gdzie ty także byłaś.

– Okej, jeśli zapyta, jak minął dzień, odpowiedz: „jak zwykle". To nie będzie kłamstwo, prawda? – Uśmiechnęła się do elfa.

– A jak zapyta, gdzie byłaś?

– Hmm... – Usiłowała sobie przypomnieć. Skutki wizyty u Zielarzy jeszcze trochę ją męczyły. – Mam! – Pstryknęła palcami. – Byłam w bibliotece i u Marceliny. Nic nadzwyczajnego. To też akurat nie jest kłamstwo.

Tak więc ustalili zeznania, gdyby Marcus mocno dociekał tematu, i razem skierowali się do koszar. Ponownie tunel rozświetlił się złocistym blaskiem, gdy do niego weszli, i ponownie zgasł, gdy tylko go opuścili. Zdaje się, Fabien był pod nielichym wrażeniem, ale nic nie powiedział. Droga jakby sama ich prowadziła z powrotem. Znowu Ariel odniosła wrażenie, że las nie chce, żeby ona się zgubiła. Uznała to odczucie za wyjątkowo bzdurne, ale chyba coś w tym musiało być, bo powrót zajął im mniej czasu niż droga do plantacji Zielarzy. Jakiś czas potem ich oczom ukazały się znajome budynki.

W koszarach panowało dziwne poruszenie. Przynajmniej dla Ariel było dziwne, choć inni oficerowie uznali to za normę. Oto gdy weszli przez bramę, ujrzeli stadko pegazów stłoczonych w grupkę na placu przed stajnią. Niektóre miały tylko spętane skrzydła, inne także powiązane nogi. Przyjrzała im się uważnie. W tym momencie Fabien szturchnął ją w bok i wysyczał:

– Echm... Ariel, zioła!

Przypomniała sobie, że stoi z naręczem świeżych kwiatów i ziół, więc popędziła do siebie, mając nadzieję, że nikt tego nie zauważył. Na szczęście dostawa nowych pegazów zawsze była zdarzeniem niecodziennym, które adepci i młodzi oficerowie bacznie obserwowali, podczas gdy doświadczeni oficerowie brali udział w obłaskawianiu zwierząt i przydzielaniu im boksów.

Gdy wróciła na placyk, mały tłumek adeptów przyglądał się kilku mężczyznom, którzy właśnie starali się okiełznać wyjątkowo narowistego pegaza i nie bardzo im szło. Był tam Gaspar, Rufin, Prosper, a także Marcus. Trzymali długie, mocne liny umocowane do ogłowia zwierzęcia, a ono wierzgało niemiłosiernie i co chwila stawało dęba. Odlecieć nie mogło, bo miało spętane skrzydła, ale nie dawało za wygraną. W pewnym momencie wybiło się ze wszystkich czterech kończyn. Czterech umordowanych mężczyzn nie zdołało go dłużej utrzymać.

Liny pękły, pegaz ruszył z kopyta, w pełnym galopie ruszył do bramy, a szczątki ogłowia powiewały za nim smętnie. Ci, którzy stali mu na drodze, przezornie umykali spod jego kopyt, a Gaspar z Rufinem, Marcusem i Prosperem patrzyli za nim i zdaje się, zdążyli go spisać na straty. No cóż, przywykli, że w każdej dostawie może się trafić pegaz, którego nie zdołają okiełznać. Może i daliby za wygraną, gdyby nie usłyszeli przerażonych krzyków adeptów dobiegających od strony bramy. Spojrzeli w tamtym kierunku i ujrzeli...

samotną postać Ariel stojącą wprost na drodze ucieczki pegaza! Najwyraźniej nie miała pojęcia, co się święci.

– Ariel! – ryknął Marcus przerażony. – Uciekaj! – Zamachał do niej gwałtownie rękami, ale ona chyba go nie zauważyła.

Co sił w nogach pobiegł w tamtym kierunku, ale czy mógł być szybszy od pegaza w galopie? Następne sekundy jawiły mu się jak film w zwolnionym tempie i wiedział, że będzie je pamiętał do końca życia. Oto zobaczył spanikowanego pegaza gnającego na oślep, na którego drodze stała samotna, mała i krucha postać nieświadoma tego, co się za chwilę wydarzy. I nagle ujrzał coś niezwykłego. Gdy zwierzę już niemal dotarło do miejsca, gdzie stała Ariel, gwałtownie wyhamowało! Jego kopyta dosłownie zryły drogę tuż przed nią z takim impetem, że ziemia rozprysnęła się na wszystkie strony.

Pegaz najpierw stanął dęba, a potem zatrzymał się, potrząsnął grzywą i zastygł wgapiony w Ariel! A ona jak w transie stała nieruchomo z przymkniętymi oczami i łagodnym uśmiechem na ustach. We włosach... Bogowie! We włosach, a właściwie za uchem miała dwa maleńkie kwiaty smoczej róży!

Marcus oniemiał. Był już prawie na miejscu, gdy zobaczył, że Ariel otwiera oczy, uśmiecha się do pegaza, wyjmuje jeden z kwiatów zza ucha i podaje zwierzęciu. Ono, potulnie jak baranek, chwyta różę chrapami i klęka na przednich nogach, jakby składało pokłon. Spojrzała na nie z czułością i pogładziła po łbie, a potem... wzięła za cugle i najspokojniej w świecie poprowadziła do stajni. Tłum oficerów obserwował to zjawisko w milczeniu z rozdziawionymi ustami. Natomiast Ariel, jakby nie zdając sobie sprawy z ich obecności, przeprowadziła pegaza między nimi, weszła z nim do wnętrza stajni i znalazła odpowiedni boks, w którym po chwili zaczęły się krzątać chochliki.

Teraz stała oparta o ścianę boksu i patrzyła na zwierzę zamyślona.

– Rozumiem, że nie zechcesz mi tego wyjaśnić? – zapytał retorycznie Marcus, gdy w końcu ją tu dopadł. Zobaczyła, jak wciąga nosem aromat smoczych róż, potem lekko się chwieje, a jego mina z surowej i wystraszonej robi się łagodna i rozmarzona.

– Nie ma nic do wyjaśniania – stwierdziła po prostu. – Pegazy to delikatne stworzenia i czasami łagodność plus smakołyk potrafią zdziałać więcej niż czterech rosłych mężczyzn z grubymi linami. – Uśmiechnęła się ponownie.

– Nie mówiłem o pegazie, tylko o tym... – Powoli, jakby pieszczotliwie sięgnął dłonią do jej ucha i dopiero teraz uświadomiła sobie, że ma za nim zatknięty jeszcze jeden pąk smoczej róży. Zaczęła się zastanawiać nad sensowną odpowiedzią, ale nic jej nie przychodziło do głowy. – Pewnie nie dowiem się także, dlaczego twoje oczy są dziś fiołkowe... Może wyjaśni mi to Fabien albo... Berenika... – rzucił. – Nie wiem, gdzie byłaś i co robiłaś. Mogę się tylko domyślać. Ale mam nadzieję, że byłaś bardzo ostrożna. A co do tego pegaza, tym razem ci się udało, ale pamiętaj, że następnym możesz nie mieć tyle szczęścia, więc jak jakiś szarżuje, zejdź mu z drogi, okej? – Wyjął kwiat zza jej ucha, wciągnął jeszcze raz jego zapach w nozdrza, uśmiechnął się i wyszedł.

Stała chwilę nieco skołowana, zastanawiając się, które z nich jest bardziej podatne na olejki aromatyczne Zielarzy: ona czy on. Nie była pewna, ponieważ zanim wyszedł, zobaczyła, jak jego oczy błysnęły fiołkowo, a zamiast zrobić awanturę, uśmiechnął się do niej zmysłowo.

Pozostali oficerowie zdążyli poskromić resztę pegazów, więc Marcus mógł pójść do siebie przygotować się do patrolu. W korytarzu zobaczył Fabiena, który – co było do niego niepodobne – na widok przyjaciela pospiesznie zamknął drzwi swojego pokoju. Jednak już po chwili Marcus siedział na łóżku elfa i wysłuchiwał jego relacji z pobytu Ariel u Zielarzy. Nie był zadowolony, że znów włóczyła się po lesie, ale też nie był wściekły. Aromat smoczej róży zrobił swoje. Nic nie było w stanie zepsuć mu humoru ani spędzić z twarzy głupawego, rozmarzonego uśmiechu. Elf, zdaje się, to zauważył, bo wyrwał mu ze złością kwiat.

– Jasna cholera! Marcus, przestań wąchać to świństwo! – warknął rozzłoszczony nie na żarty. – Właśnie dlatego wam, ludziom, nie wolno chodzić do Zielarzy! Ledwo udało mi się wyciągnąć Ariel, nim całkiem przeszła transformację. Nie mam ochoty jeszcze ciebie ratować! – Zdeptał kwiat, a potem wyrzucił przez okno. Uchylił też na moment drzwi, więc przeciąg skutecznie wywietrzył zapach róży i przywrócił chwilowo świadomość Marcusowi.

– Dobra, już dobra! Nie złość się – starał się go udobruchać przyjaciel. – To było niechcący, nie? Z drugiej strony, nie wiedziałem, że pegazy też są podatne na smoczą różę. Gdyby nie to, Ariel mogłaby zginąć. Hmm... jak myślisz, może moglibyśmy zastosować kwiaty do obłaskawiania co bardziej narowistych pegazów? – zapytał rozmarzonym tonem.

– No co ty? Zgłupiałeś? Żeby cały Korpus chodził naćpany z fiołkowymi oczami i kretyńskim uśmiechem? Wśród oficerów nie ma zbyt wielu elfów czystej krwi, a tylko my jesteśmy odporni na te smrody, nie? Zapomnij. Ani Zorian, ani tym bardziej Severian na to nie pójdą. Jeszcze byś ich tylko wkurzył taką gadką, więc lepiej otrzeźwiej, przyjacielu, i leć na patrol.

– Ale ładnie jej było z tymi fiołkowymi oczami, co? I nie wiem, co ona zrobiła... bo musiała coś zrobić... że włosy miała takie jakieś... – ciągnął Marcus wciąż lekko nieprzytomny i idiotycznie uśmiechnięty.

Tego Fabienowi było za wiele. Jeszcze tylko brakowało, żeby ktoś ich usłyszał. Ale mieliby problemy! Zmarszczył brwi, żelaznym uściskiem złapał przyjaciela pod ramię i zawlókł do jego pokoju. Tam kazał mu się rozebrać i nagiego brutalnie wstawił pod lodowaty prysznic. Marcus wierzgał i młócił rękami niczym wściekły troll, ale odurzony nie był w stanie wyrwać się Fabienowi. Co prawda łazienka wyglądała jak pobojowisko, ale po kilku minutach tej walki Marcus doszedł do siebie i owinięty ręcznikiem, szczękając zębami z zimna, siedział na łóżku. „Jak jeden niewielki pąk – zastanawiał się – może zrobić człowiekowi taką wodę z mózgu?"

Ariel też wracała do normy – w pokoju obok. Na wszelki wypadek wywiesiła podarunki Zielarzy za okno. Doszła do wniosku, że jak nieco przeschną, to aromat się ulotni i będą mniej groźne.

– Witaj, Ariel. – Usłyszała od progu pozdrowienie Renee, młodej elficzki, jednej ze sprzedawczyń w sklepie. – Jeśli szukasz Orestesa, to jest u siebie. Zawołać?

– Cześć, Renee. Nie, dzięki. Bez problemu do niego trafię. – Obeszła kontuar i korytarzykiem doszła na zaplecze, gdzie mieściło się biuro i laboratorium Orestesa, najbardziej znanego producenta eliksirów w mieście. Ariel miała wrażenie, że chyba też tu sypiał, bo pod ścianą stało małe rozkładane łóżko i kącik do przygotowywania potraw. Zdaje się, że był niepoprawnym pracoholikiem.

Resztę pomieszczenia zajmowały stoły i półki zawalone wszelkiej maści roślinami, płynami, słojami z podejrzaną zawartością, butlami, rurkami i Bóg wie jeszcze czym. W jedną ze ścian wmontowane było ogromne akwarium z jakimiś kolorowymi, egzotycznymi rybami. Bardzo czyste, zadbane, żeby nie powiedzieć – wymuskane. Zawsze ją to lekko zdumiewało, że ktoś taki jak Orestes może, przy swoim nawale prac, jeszcze mieć czas na hobby, ale zawsze też zapominała go o to zapytać. Właśnie siedział przy stole i zawzięcie mieszał jakiś zielony proszek, dolewając do niego na przemian czegoś, co wyglądało jak żółć, potem płynu przypominającego krew, wreszcie chyba moczu. Cuchnęło obrzydliwie, a Orestes coś mruczał pod nosem i wyraźnie zadowolony zapisywał wyniki w opasłym kajecie.

– Echm... – chrząknęła Ariel, żeby dać mu do zrozumienia, że nie jest sam. – Witaj, Orestes.

– A, dzień dobry, moja droga – powiedział, nawet na nią nie spoglądając. – Dawno cię nie widziałem. Poczekaj sekundę, już kończę. – Zawartość miseczki wlał do maleńkiej butelki, energicznie potrząsnął. Płyn spienił się, zabulgotał, najpierw zrobił się wściekle fioletowy, potem czarny, aż wreszcie srebrny jak rtęć. W tym momencie Orestes zakorkował butelkę i zadowolony mruknął: – No, teraz wystarczy cierpliwie poczekać jakiś tydzień i zobaczymy.

Po chwili uświadomił sobie, że Ariel nadal tu jest. Odstawił butelkę na półkę i uśmiechnął się szeroko.

– No więc w czym mogę dziś pomóc konsultantce od smoków? – zapytał.

– Orestes, czemu mówisz do mnie jak do kobiety? – wyszeptała po chwili ciszy nieco zaskoczona.

– A nie jesteś kobietą? – zaśmiał się czarownik z lekkim politowaniem.

– Jestem... – przyznała zakłopotana. – Ale jak to jest, że ty się domyśliłeś, a inni nie?

– Ech – machnął lekceważąco ręką – w naszym poukładanym świecie nikt nie dopuszcza myśli, że kobieta mogłaby mieszkać w koszarach i wchodzić do smoczych zagród. Nikomu do głowy by nie przyszło, że coś takiego jest możliwe.

– Ale tobie tak?

– Jestem stary, Ariel. – Pokiwał poważnie głową. – Widziałem wiele rzeczy. Wielu ludzi powierzyło mi swoje tajemnice. A z racji zawodu znam też ciemne strony tego społeczeństwa i jego drugą naturę. Wiem, jak ludzie potrafią kombinować, żeby obejść przepisy. Ty to właśnie robisz. Raczej nie z własnej woli, ale robisz. Jednak choć jestem stary, to jeszcze nie ślepy ani głupi. I wiesz co? Nic mi do tego, że udajesz faceta. Nie martw się, nie mam zamiaru cię zdradzić. Chodzi przecież o smoki, nie? Jeśli ma im pomóc kobieta i one cię zaakceptowały, to znaczy, że nasze przepisy o zakazie wchodzenia kobiet do zagród są durne. Tym bardziej że masz poparcie samego Severiana. – Poklepał ją uspokajająco po ramieniu.

– Eee, dzięki... – wybąkała. – Właściwie przyszłam tu zapytać cię o Zielarzy. Wiesz, byłam u nich parę dni temu... Myśleli, że przyszłam z twojego polecenia po zioła do eliksirów... Kazali mi powiedzieć, że dostawa będzie...

– Dzisiaj. Tak, wiem. Właściwie lada moment – przerwał jej Orestes. – Dlatego wolałbym, żebyś już poszła. Nie powinnaś wąchać aromatów tych ziół. Poza Doliną Zielarzy stają się bardzo niebezpieczne...

– Już się nawąchałam, jak byłam na ich plantacji. Zresztą oberwało mi się za to od Zoriana, bo przyniosłam dwie miniaturowe smocze róże do koszar, a nie miałam pojęcia, że to zakazane! – Teraz to Ariel przerwała Orestesowi. – W Dolinie omal nie przeszłam transformacji. Nie mam pojęcia, co to takiego, ale tak twierdził Fabien. Mówił, że zabrał mnie stamtąd w ostatniej chwili. Że jeszcze trochę i byłoby po wszystkim. Że zostałabym tam na zawsze... Twierdził, że byłam kompletnie naćpana...

Orestes słuchał jej z wielką uwagą, a ona kontynuowała:

– Powiedz mi, Orestes, kim są Zielarze? Oprowadzała mnie po plantacji kobieta o imieniu Berenika. Nagle coś na mnie wyskoczyło i chciało mnie zaatakować. Okazało się, że to jej syn Neve. Ale to nie było dziecko! To znaczy miał ciało jak dziecko, tyle że też skrzydła jak motyl, a głowę jak wąż! Nie ma o nich wzmianki w bibliotece. Orestes, kim oni są? – pytała zaaferowana.

Mężczyzna westchnął, a potem potarł brodę ubrudzoną dłonią. Zamyślił się.

– Przede wszystkim nie mam pojęcia, jak się do nich dostałaś – zaczął po dłuższej chwili. – Musisz wiedzieć, że są dwie Doliny Zielarzy. Nasza obsługuje cztery miasta, a ta druga pozostałe pięć. Obydwie są ulokowane w górskich kotlinach, żeby aromaty nie rozprzestrzeniały się z powietrzem. Do każdej prowadzi tunel, ale tylko jeden. Przejść nimi mogą tylko elfy czystej krwi. Ludziom to się nie udaje, choćby chcieli, bo tunele są zamknięte zaklęciami pieczętującymi. Jestem zaskoczony, że tobie to się udało. No ale pewnie Severian otworzył ten tunel dla ciebie. Innego wyjaśnienia nie widzę. Pytasz mnie o Zielarzy... Hmm... Znam tylko plotki na temat ich pochodzenia. Z tego, co słyszałem, są tu od początku istnienia miast. Podobno z ich pojawieniem się miał coś wspólnego Pierwszy Naczelny...

– Xaviere D'Orion?...

– Tak. Chodzą słuchy, że stworzenie Zielarzy to jego sprawka. Podobno chciał zapełnić miasta ludźmi o niespotykanej sile, kondycji i umiejętności walki. A do tego niesamowicie odważnych. Chyba miały to być zaczątki specjalnego Korpusu Oficerskiego, bo już wtedy zastanawiał się, jak skutecznie obronić pierwsze miasto. Podobno paru jego asystentów na ochotnika wypróbowało nowatorski eliksir, który miał to umożliwić. Nie mam pojęcia, co tam namieszał. Podejrzewam, że mogła to być smocza krew, ale co jeszcze, tego nie wiem. W każdym razie zamiast nadzwyczaj silnych wojowników pojawili się Zielarze. Obdarzeni wyjątkowymi zmysłami. Mają niesamowity węch, słuch, wzrok i dotyk, ale z postury, jak zauważyłaś, są raczej mizerni. Podobno gdy Pierwszy zorientował się, że jego dzieło nie wypaliło, zrezygnował z dalszych eksperymentów, powierzając obronę zwykłym oficerom oraz smokom. Zielarzy, ze względu na ich talenty do rozmnażania roślin, usadowił w Dolinach. Zawarł z nimi umowę, że będą dostarczali wszelkich roślin potrzebnych miastom w zamian za niezbędne sprzęty i pożywienie. Pewnie mają żal do Pierwszego, że są jego nieudanym wytworem, ale z jakiegoś powodu mienią się wielkimi miłośnikami i przyjaciółmi smoków. Faktycznie, smoki często latają nad Doliną i pilnują, żeby Zielarze mieli święty spokój od bestii, chociaż musisz wiedzieć, że wcale nie mają tego nakazanego. Robią to z własnej woli. Zresztą nie słyszałem, żeby jakiś troll albo chimera napadły kiedykolwiek na Dolinę. Myślę, że dla tych bestii zapachy ziół i kwiatów to odstraszający odór. Tyle wiem. Pamiętaj jednak, że to tylko pogłoski. Niesprawdzone podejrzenia.

– Mówisz, że stworzył ich Pierwszy? Że tam żyją i rozmnażają się? To dlaczego Fabien wyciągnął mnie stamtąd na siłę i twierdził, że jeszcze trochę, a sama zostałabym Zielarzem? Jak to możliwe?

Orestes potarł w zamyśleniu czoło.

– Zaczęłaś się do nich upodabniać? Mam na myśli włosy? Zaczęły błyskawicznie rosnąć, a na rękach pojawiły ci się rysunki? Oczy zmieniły kolor na fiołkowy z pionową źrenicą? – dopytywał się.

– Aha. – Ariel potwierdziła skinieniem głowy.

– A jadłaś tam coś albo piłaś?

– No, piłam, herbatę... Ale to chyba nie od tego. Jak wróciłam do koszar, akurat dostarczono nowe pegazy i oficer Marcus Brent stał blisko mnie. Miałam dwie miniaturowe smocze róże i on, chyba od ich zapachu, zaczął się zachowywać podobnie jak ja. Oczywiście nie do tego stopnia. Był tylko rozkojarzony, ale to chyba coś znaczy, nie?... Czy to przez ten aromat?

– To też. Faktycznie aromat jest niebezpieczny, ale z tego, co wiem, można się nim tylko nielicho naćpać i mieć potężnego kaca, to wszystko. Do prawdziwej transformacji w Zielarza potrzeba czegoś więcej. Hm... interesujące... bardzo... – Zamyślił się nad słowami Ariel. – Wiesz co, jednak zostań. Pokażę ci, jak wygląda przyjęcie dostawy świeżych ziół. Zobaczysz, jakie mamy zabezpieczenia. Myślę, że musiało jednak być coś jeszcze w tej herbacie, którą piłaś...

– Zaraz! – Strzeliła palcami, bo właśnie sobie przypomniała. – Mam! Skosztowałam odrobinę soku smoczej róży! To musi być to! Miałam po nim halucynacje. Widziałam TAKIE rzeczy!... Nie wiem, czy zdarzyły się naprawdę. Berenika twierdziła, że po soku można widzieć zdarzenia, które już miały miejsce, lub takie, które dopiero nadejdą. Można też mieć zwykłe halucynacje.

Orestes zmarszczył brwi.

– To bardzo prawdopodobne – rzekł w końcu. – Transformacja w Zielarza... Słyszałem, że to możliwe. To dlatego na wszelki wypadek ludziom nie wolno chodzić do Doliny, tylko elfom czystej krwi, bo są niewrażliwe na zapach smoczej róży. I mają zakazane przyjmować poczęstunki od Zielarzy... Smocza róża... Pewnie Berenika przekonywała cię, że to bardzo pożyteczny kwiat?

– A to nieprawda? – zapytała.

– Prawda, ale jest również niebezpieczny. Najlepiej trzymać go w szczelnie zamkniętym pojemniku, a do przygotowywania eliksirów zakładać maskę. Smoczej róży można używać do...

Przerwało mu pukanie do drzwi. Do pracowni zajrzała Renee.

– Już? – zapytał Orestes, a ona kiwnęła głową. – Dobrze, powiedz, że zaraz idę. Tylko się przygotuję. Właśnie jest ta dostawa, o której rozmawiałaś z Bereniką – zwrócił się do Ariel. – Tylko pamiętaj, że nie powinno cię tu teraz być. Robię wyjątek, bo jesteś konsultantem. Jeśli chcesz, oczywiście.

– Jasne, że chcę! – zapewniła ochoczo. – Mów, co mam robić.

Usta Orestesa rozciągnęły się w uśmiechu. Gdyby nie polubił jej już wcześniej, na pewno zrobiłby to teraz. Spodobało mu się, że jest wystarczająco odważna, a zarazem ostrożna, żądna wiedzy, lecz posłuszna.

– Dobra. Żeby ze mną pójść, będziesz musiała włożyć to. – Otworzył jedną z szaf i wyjął kombinezony: jeden dla siebie, drugi dla Ariel. Wyglądały jak utkane z... promieni słonecznych. Mieniły się złotem i były cieniutkie i delikatne jak mgiełka. Ariel zerknęła na nie z zachwytem, a potem pytająco na czarownika.

– Podobają ci się? – spytał z uśmiechem. – Nic dziwnego, kosztują fortunę, dlatego mam tylko trzy. Wykonały je dla mnie wiele lat temu elfy. Są szyte na miarę, więc mogą być za duże na ciebie. Niestety nie dostosowują swojej wielkości do rozmiarów tego, kto je nosi, ale skutecznie chronią przed wpływem wszelkich ziołowych emanacji. Śmiało, zakładaj! Tylko dokładnie pozapinaj! – zachęcił, widząc, że Ariel nieco się waha.

– Ale... jest taki... hmm... delikatny – rzuciła szybko, zastanawiając się, ile lat przyjdzie jej spłacać Orestesa, jeśli podrze mu kombinezon.

Czarownik najwyraźniej odgadł jej obawy, bo uśmiechnął się uspokajająco.

– Spokojnie – powiedział. – Są drogie także dlatego, że są bardzo wytrzymałe. Mam je od wielu lat i nie ma na nich śladu zużycia. Bo musisz wiedzieć, że to najwyższej klasy robota. Najlepsi rzemieślnicy wiele miesięcy tkali ten materiał, a potem szyli z niego kombinezon. Tylko elfy potrafią wykonać coś jednocześnie tak delikatnego i kunsztownego, a zarazem potwornie wytrzymałego.

– A z czego to jest zrobione? – zainteresowała się.

– Właśnie, nie powiedziałem ci najważniejszego. Syrenie włosy skąpane w Świętym Źródle, stąd musi to tyle kosztować. Zdobywanie surowca trwa latami, ale się opłaca.

Nie do końca wierząc w trwałość delikatnego jak mgiełka materiału, zaczęła go ostrożnie naciągać na siebie. Faktycznie był tak lekki, że aż niewyczuwalny. Orestes, żeby ją całkiem uspokoić, przejechał po swoim kombinezonie nożem. Ostrze ześliznęło się po nim, nie wyrządzając szkody.

– Jak widzisz, można się w nim poruszać i oddychać bez skrępowania. Co ważniejsze, woda ze Świętego Źródła zawarta w syrenich włosach nigdy nie paruje i stanowi bardzo skuteczną ochronę przed aromatami roślin. Daj, sprawdzę, czy dobrze się zapięłaś.

Upewniwszy się, że dobrze założyła kombinezon, ruszył w kierunku swojego pięknego, ogromnego akwarium i zanim Ariel zorientowała się, co jest grane... zniknął w jego wnętrzu! Stała teraz skonsternowana przed szklaną taflą i patrzyła na nadal spokojnie pływające ryby. Orestes zniknął. Po chwili jego głowa wychyliła się z powrotem z akwarium.

– To idziesz czy nie? – zapytał niecierpliwie. – Dostawa już dotarła. Musimy się pospieszyć – ponaglił.

– Ale Orestes, jak...

– Jak? Jak? Dziecko by się domyśliło – burknął zrzędliwie, jakby na siłę chciał udawać stetryczałego starucha. Nim Ariel zdążyła się uśmiechnąć, z akwarium wychynęła ręka Orestesa, chwyciła jej dłoń i mocno pociągnęła za sobą. Chcąc nie chcąc, z impetem wpadła do wnętrza akwarium.

A właściwie tak jej się wydawało. Bo to, co brała do tej pory za szklaną ścianę zbiornika, było tylko... magicznym hologramem! Za nim znajdowało się ogromne pięciokątne pomieszczenie, na środku którego stworzono coś w rodzaju wewnętrznego pokoju oddzielonego wodnymi kurtynami. Zrozumiała, że dopiero teraz zaczyna wkraczać w prawdziwy świat interesów i eksperymentów Orestesa.

W tym czasie po drugiej stronie ulicy Marcus przyczaił się w ciemnym zaułku, za nic mając strugi ulewnego deszczu lejące mu się za kołnierz. Ariel od jakiegoś już czasu była na zapleczu sklepu Orestesa. W środku, czyli bezpieczna.

Po jakimś czasie zobaczył kolumnę pegazów obładowanych skrzyniami, która zatrzymała się na tyłach sklepu. No tak, zapomniał, że dziś miała być dostawa. Fabien mu mówił, że z tego powodu nie może mieć dyżuru przy Ariel.

„Ale zbieg okoliczności – pomyślał ubawiony. – Ariel w środku i Fabien też. Ale się zdziwią, jak się spotkają. Jak znam życie, to ona za nic nie przepuści okazji zobaczenia dostawy. Ciekawe, czy Orestes jej pozwoli?"

Ponieważ Ariel nie wychodziła, a skrzynie zaczęły być wpuszczane specjalnym tunelem do środka, domyślił się, że przegadała i owinęła sobie wokół palca nawet starego Orestesa. Fabien pewnie zechce po wszystkim eskortować Ariel do koszar i zapewne wyjdzie przez magazyn, dlatego Marcus przeszedł na tyły sklepu. Przykucnął za jakimś śmietnikiem i czekał. Nie wiedział tylko, że w tym oczekiwaniu nie jest sam...

Przeszli przez kurtynę wodną. Oczom Ariel ukazało się kolejne pomieszczenie przypominające wnętrze małej fabryki. Kręciło się tu kilku elfów, także w kombinezonach, ale koloru zielonego. Pomieszczenie podzielone było na boksy, w których najwyraźniej trwała produkcja różnorakich maści, nalewek, płynów i Bóg wie czego jeszcze. Pośrodku znajdował się stół służący chyba do sortowania roślin, a pod jedną ze ścian za przeszkloną przegrodą, zdaje się, była suszarnia. W bocznej części aptekarskiej manufaktury Orestesa Ariel zobaczyła otwór zalany aż do poziomu podłogi wodą. Posadzka i ściany były wyłożone białym marmurem, a świetlik w suficie wpuszczał do środka światło słońca i przez coś, co wyglądało jak wentylatory, regulował wymianę powietrza. W pewnej chwili przez kurtynę weszła jeszcze jedna osoba w zielonym kombinezonie i czymś w rodzaju kapelusza pszczelarza na głowie.

– O Fabien, jesteś – powitał go Orestes.

– Witaj. Tak jak ustalone, sześć skrzyń. Zaraz powinny tu być – rzucił krótko elf, po czym na sekundę umilkł, zobaczywszy Ariel. Spojrzał pytająco na czarownika.

– Echm, chciałem je... chciałem mu pokazać, jak wygląda dostawa ziół. Chyba nie masz nic przeciwko? – zapytał nieco zaniepokojony Orestes, bo nie miał pewności, czy Fabien nie doniesie na niego do Severiana. – Konsultantowi może się to przydać...

Elf chwilę milczał, po czym skinął głową.

– Dobra, gdzie te skrzynie?

Jak na zawołanie w otworze w podłodze zaczęły się pojawiać wielkie, masywne kufry wykonane chyba z jakiegoś metalu, z potężnymi zatrzaskami i plombami ze znakiem smoczej róży. Jak domyśliła się Ariel, był to herb Zielarzy. Kilku elfów z obsługi sprawnie wyciągało jedną po drugiej za pomocą zamocowanego w suficie podnośnika, po czym kładli je na stół, na którym skrzynie ociekały z wody. Wszystkie wyglądały identycznie.

Orestes chwycił jakiś opasły tom i zaczął w nim coś notować. Po chwili złożył zamaszysty podpis i przystawił pieczęć.

– Tak, w tych skrzyniach są nasze zioła – zaczął objaśniać, gdy skończył wpis do księgi. – Nie dziw się, że dostają się tu tunelem wodnym. To naturalne zabezpieczenie, w razie gdyby któraś skrzynia była nieszczelna i gdyby ulatniały się jakieś aromaty.

– Ale wtedy woda wdarłaby się do środka i rośliny szlag by trafił – celnie oceniła sytuację Ariel.

– Fakt, ale choć ja poniósłbym stratę, to nikomu nie stałaby się krzywda – stwierdził spokojnie Orestes.

– A co tu robi Fabien? Po co ci oficer? – zapytała i przez moment pomyślała, że chyba jest zbyt wścibska.

Czarownik spojrzał na elfa, wyczekując jego pozwolenia. Ten kiwnął głową i powiedział:

– Jako konsultant Ariel ma najwyższe uprawnienia nadane przez samego Severiana. Możesz mówić wszystko. Nawet rzeczy najbardziej poufne. Ty jednak nie możesz tego nikomu ujawnić, jasne? – zapytał, patrząc Ariel w oczy.

– Jasne – przytaknęła niepewnie.

Orestes chwilę milczał, zastanawiając się, jakim cudem dostała najwyższe uprawnienia.

– Przede wszystkim powinnaś wiedzieć, że... – Podrapał się za uchem.

– Stop! – prawie krzyknął Fabien – Orestes, skąd wiesz, że Ariel... – rzucił surowo w stronę czarownika, jednocześnie celując w niego wskazującym palcem.

– ...jest kobietą? – dokończył za niego Orestes. – Do tego, Fabien, wystarczy mieć oczy. – Pokręcił głową z politowaniem.

– Okej, więc teraz tobie uświadomię, że z rozkazu Severiana jest to tajne. Jasne? – zapytał groźnie elf.

– Dobra, dobra. Zresztą to i tak nie moja sprawa – odparł pojednawczo Orestes. – Mogę dalej tłumaczyć, czy znowu mi przerwiecie? – zapytał uprzejmie.

Fabien machnął ręką na zgodę, a Ariel uśmiechnęła się pod nosem. Orestes wrócił do wyjaśniania:

– No więc na czym to ja... Aha, że nasz świat nie jest idealny. Co jakiś czas, z reguły wieczorami i kiedy pada, mamy dostawy ziół z Doliny. Wieczorami, bo wtedy wszyscy ludzie są już raczej w domach. A kiedy pada, bo woda dodatkowo zabezpiecza przed roznoszeniem aromatów, to chyba jasne?

Ariel skinęła głową, że tak.

– Konwój skrzyń dociera do miasta eskortowany przez oficerów. Samych elfów. Po kolei dostarczają skrzynie poszczególnym producentom. Eskorta oficerska jest nakazana przez głównego mag-medyka naszego miasta i płacimy za nią słono. Eskorta jest potrzebna, bo widzisz, jak w każdym społeczeństwie, tak i u nas istnieje... hmm... takie jakby... podziemie. No wiesz, ludzie, którzy nie w pełni zgadzają się z istniejącym porządkiem społecznym...

– Anarchiści? – podsunęła uprzejmie Ariel.

– Można by ich chyba tak nazwać. Są wśród nich na przykład osoby wałęsające się po nielegalnych Losowaniach i odmawiające oddawania dzieci pod opiekę do Oaz. Ale to jeszcze w miarę małe wykroczenie – spojrzał na Fabiena, jakby nie był pewien, czy nie przesadził ze swymi liberalnymi poglądami. – Najgorzej, że są wśród nich prawdziwe ćpuny, i tych obawiamy się najbardziej. Bo widzisz, szczytem marzeń dla ćpuna jest ordon, a ponieważ jest praktycznie nieosiągalny, więc polują na dostawy smoczej róży, która jest dla nich równie dobra. Można się nią nieźle naćpać, ale najważniejsze, że to legalny surowiec dużo prostszy do zdobycia. Dopiero odpowiednia obróbka sprawia, że z niebezpiecznej staje się bardzo użyteczna i nie uzależnia. Ze smoczej róży można zrobić eliksir niepamięci albo relaksujący płyn do kąpieli, jest dodawana w mikroskopijnych ilościach do drinków rozweselających sprzedawanych w tawernach, i tak dalej, i tak dalej. Jak widzisz, skrzynie pozornie są nieoznakowane. Ale tylko pozornie. Popatrz tu. – Chwycił za uchwyt jednego z kufrów i uniósł go nieco.

Ariel zobaczyła wyrzeźbione O i trzy nacięcia.

– O znaczy Orestes, czyli że skrzynia jest dla mnie. Ilość nacięć mówi o zawartości. Trzy nacięcia to zwykłe, banalne ziółka, dwa lekko odurzające rośliny, a jedno oznacza wyjątkowo niebezpieczne dla ludzi gigantyczne smocze róże. Postronny obserwator nie domyśli się, która skrzynia co zawiera.

– Zaraz, Orestes – przerwała mu Ariel – powiedziałeś, że szczytem marzeń dla ćpunów jest ordon? Co to takiego?

– Minerał. Najmocniejszy znany narkotyk. Zakazany. Minimalna dawka wywołuje najpierw euforię, a potem koszmarne wizje, po których można popaść w obłęd. Czasem dochodzą nas słuchy, że jakiś kretyn to zdobył i przedawkował. Śmierć następuje w męczarniach. Skąd go zdobywają, nie mam pojęcia. Prawdopodobnie gdzieś z gór, na szczęście jest to sporadyczne. Dlatego nawet ćpuny sięgnęły po resztki rozumu, no i po smocze róże. Po nich ma się bajecznie kolorowe wizje i ogromnego kaca.

– Więc czemu róże są zakazane? Niechby mieli te swoje kolorowe wizje, a potem męczyli się z kacem. Co z tego? – nie rozumiała Ariel.

– Z bardzo prostej przyczyny. Cholernie szybko uzależniają i powodują niepohamowaną agresję. A przy dłuższym wdychaniu mogą prowadzić do śmierci – tłumaczył Orestes. – Co jakiś czas naczelny mag-medyk miasta robi obowiązkowe szkolenia dla producentów eliksirów. Na nich oglądamy to, co zostało z ludzi ćpających róże i ordon. Okropny widok. Z pozoru zwykły nieboszczyk, ale w trakcie sekcji wszystko dosłownie z niego wypływa! Zaawansowana narkomania doprowadza do destrukcji wszystkich narządów, tak że tworzą jedną bezkształtną, cuchnącą breję! Coś potwornego! – Twarz czarownika wykrzywiła się niemiłosiernie. – Oczywiście wszystkie dostawy róż są ścisłego zarachowania. Prowadzimy księgi, ile ich otrzymaliśmy, ile i na co zużyliśmy i tak dalej. Te, których nie zużyjemy albo się zepsują, są komisyjnie poddawane utylizacji w obecności naczelnego mag-medyka.

– Stąd Fabien tutaj. No i jako pracowników też masz same elfy...

Stali chwilę we trójkę, przyglądając się rozładunkowi. Elfy sprawnie otwierały poszczególne skrzynie. Pieczołowicie wyjmowały z nich rośliny i sortowały.

– Nie żebym był rasistą! – zapewnił Orestes. – Musisz wiedzieć, że ze względów bezpieczeństwa nie wolno mi przy produkcji zatrudniać nikogo, kto nie jest elfem. Dlatego wszyscy moi pracownicy muszą mieć świadectwa czystości krwi. Przepis wprowadzono po tym, jak jeden dureń dorobił sobie uszy i chciał udawać elfa. Szybko wyleciał, gdy tylko oczy zrobiły mu się fiołkowe. Naczelny mag-medyk strasznie się wtedy wściekł i wprowadził to prawo. Za nim zrobili to mag-medycy pozostałych miast.

– To po co im kombinezony? – zdziwiła się Ariel. – Skoro są elfami, to nic im nie grozi, nie?

– Fakt, ale mogliby coś przenieść na ubraniach. Chodź, pokażę ci, co produkujemy – zachęcił Orestes i poprowadził ją wzdłuż boksów. Po drodze mijali taśmę, na której obsługa właśnie zajmowała się rozdrabnianiem jakichś roślin. – O, zobacz, tutaj robimy różne kosmetyki. Tak, Ariel, oprócz leków zajmujemy się też innymi rzeczami. Wyrabiamy mydełka, płyny do kąpieli, szampony, co tylko zechcesz – pochwalił się dumny jak paw ze swojej firmy. – Oczywiście większość to wyroby standardowe, seryjne, ale jesteśmy też w stanie zrobić dowolne kosmetyki na specjalne zamówienie. Jak chcesz, to dostaniesz nawet rabat – zareklamował się ochoczo. – A tu robimy kremy, maści i różne żele. – Przeszedł do następnego boksu. – No wiesz, na poprawę cery, na blizny i inne dolegliwości. Tu z kolei nalewki...

Szedł od jednego boksu do drugiego, tłumacząc, tłumacząc, tłumacząc... Ariel była zachwycona jak dziecko przy konsoli PlayStation, ale Fabien wyglądał na coraz bardziej znudzonego. Wreszcie nawet Orestes to zauważył.

– Fabien, słuchaj, ty tego nie zrozumiesz, bo oficer umyje się i zwykłym szarym mydłem. Ariel inna sprawa, od razu widać znawczynię! – Uśmiechnął się. – Jeszcze trochę jej poopowiadam, a ty wracaj do koszar, nie ma potrzeby, żebyś wysłuchiwał mojego przynudzania.

– Owszem, jest potrzeba – odparł elf. – Jestem jej przewodnikiem w naszym świecie. Jest już wieczór i nie byłoby rozsądnie, żeby wracała sama, zwłaszcza że reszta eskorty już dawno odleciała.

– Jak chcesz – stwierdził czarownik. Wrócił do tłumaczenia i jeszcze bitą godzinę wyjaśniał Ariel zawiłości produkcji różnych wywarów, nalewek, maści, nim w końcu się pożegnali.

Fabien zaproponował, żeby wyszli tylnym wyjściem, gdzie czekał jego pegaz. Wspólnie przeszli przez kurtynę wodną i zdjęli kombinezony.

– Dzięki, Orestes – powiedziała Ariel na pożegnanie. – Jestem ci bardzo wdzięczna, że pozwoliłeś mi to wszystko zobaczyć. A co do mydełek dla mnie, jeszcze pogadamy, dobrze? Masz całkowitą rację, twoje dzisiejsze wyjaśnienia bardzo mi pomogą w mojej pracy przy smokach. – Pomachała mu z uśmiechem i wyszli z Fabienem na ulicę na tyłach sklepu.

Następne wydarzenia potoczyły się w ułamkach sekund. Najpierw Ariel dostrzegła kątem oka kilku podejrzanych typków zmierzających w ich kierunku. Właśnie miała im się przyjrzeć uważniej, kiedy błyskawicznie ruszyli do ataku. W jednej chwili przypomniał jej się napad krasnoludów w jej świecie, tyle że ci tutaj byli dość postawnymi facetami. Pięciu rosłych mężczyzn kontra ona, Fabien i stary Orestes, który patrzył jeszcze za gośćmi, stojąc w drzwiach! Chryste, co robić? Spanikowana stała bez ruchu jak przyrośnięta do ziemi! Mężczyźni rzucili się na nich.

Tym razem nie chcieli nikogo porwać. Chcieli zabić! W ręku jednego zobaczyła nóż, inny miał urządzenie w kształcie dużego zegarka kieszonkowego podobne do tych krasnoludzkich miotaczy magicznych! Rozszerzonymi źrenicami, jak na zwolnionym filmie, zobaczyła, że Fabien wyprzedza ją i zasłania sobą. Potem dobywa zza cholewki oficerskiego kamasza długi, połyskliwy nóż i niczym w koszmarnym balecie, wykonuje piruet, tnąc bezlitośnie jednego z napastników. Zduszony krzyk wydarł się jej z ust na widok rozpłatanego gardła bandyty, który chwilę później osunął się na ziemię, rzężąc i broczące obficie krwią. Sekundę później skonał.

To na moment ostudziło pozostałych, ale zaraz wszyscy razem z dzikim wrzaskiem ruszyli na Fabiena! Ten błyskawicznie rozdawał ciosy na prawo i lewo i trzeba było przyznać, że był cholernie szybki i diabelnie precyzyjny. Wykorzystał chwilę, gdy nieco się odsunęli, i zerknął na Ariel. Oni też chyba zrozumieli, że z nim sobie nie poradzą, ale z nią i owszem! Elf doskoczył do przerażonej kobiety, pchnął ją z całej siły i ryknął:

– Do środka! Natychmiast!

Straciła równowagę i zatoczyła się do tyłu. Zanim zrozumiała, co się stało, czyjeś silne ramiona złapały ją i wciągnęły z powrotem do wnętrza magazynu sklepowego, a po sekundzie wielka dłoń trzasnęła w przycisk zamykający i blokujący drzwi.

– Zwariowałeś?! – ryknęła na Orestesa, odwracając się na pięcie. – Otwieraj! Musimy mu pomóc! Bez nas nie ma szans! Cholera, Orestes, Fabien zginie! Otwieraj, sukinsynu! – darła się w skrajnej histerii, tłukąc starego pięściami.

Złapał ją mocno za ramiona i potrząsnął, po czym zimno i bezlitośnie wycedził:

– Przykro mi, ale nie! Fabien to oficer. Całe życie szkolił się do takich zadań. Kazał nam tu wejść i czekać, i tak zrobimy!

– Gówno mnie obchodzi, co kazał! Ten idiota da się zabić, bo... – wrzeszczała jak opętana Ariel, machając gwałtownie rękami.

– Wybacz, ale nie zostawiasz mi wyjścia... – mruknął Orestes, po czym wykonał oszczędny gest dłonią i wymruczał coś pod nosem. Chwilę później łapał bezwładne, zemdlone ciało Ariel, nim uderzyło o ziemię. – Na Wielkiego Xaviere'a! Ależ ty masz charakterek! – mruknął pod nosem. Ułożył ją delikatnie na podłodze, sprawdził, czy wszystko z nią w porządku, po czym podszedł do wizjera w drzwiach i przez niego śledził dalszy przebieg walki.

Widział tych facetów, jak idą, i wiedział, że coś niedobrego z tego będzie. Najpierw zobaczył Fabiena i Ariel żegnających się z Orestesem, a chwilę później, że elf dobywa oficerskiego noża i zabija jednego z bandytów. Marcus wyskoczył ze swojej kryjówki dokładnie w tym momencie, gdy Ariel, pchnięta przez Fabiena, wpadła prosto w objęcia Orestesa i została przez niego wciągnięta do środka budynku. Teraz byli tylko oni dwaj przeciw czterem rozwścieczonym, naćpanym i gotowym na wszystko mordercom. Zakręcił buzdyganem młynka i jednocześnie dobył noża. Sprawnie jak na szkoleniu ustawili się z Fabienem plecami do siebie, czekali.

Jeden z napastników strzelił z oszałamiacza. Marcus odbił buzdyganem i strzał wrócił do właściciela, raniąc go w udo. Bandyta zawył przeraźliwie. Marcus ponownie wycelował w niego buzdygan i strumień energii pomknął ku przeciwnikowi. Tamten osunął się bez życia na bruk. W tym momencie Fabien podciął nogi drugiego i aż po rękojeść wbił mu nóż między żebra.

Teraz zostało dwóch na dwóch, ale z wyszkolonymi oficerami zwykli bandyci nie mieli szans. Zmagania przyjaciół z pozostałymi mordercami trwały niczym koszmarne widowisko jeszcze parę chwil, a końcowym jego efektem było pięć pokiereszowanych trupów na bruku ciemnego zaułka.

Elf i człowiek spojrzeli po sobie. Obydwaj byli utytłani w krwi zamachowców, zmęczeni, ale bez obrażeń. Powoli podeszli do martwych bandytów i teraz uważnie im się przyjrzeli. Fioletowy odcień skóry i żółte ślepia. To mogło oznaczać tylko jedno. Ordon!

– Myślisz, że...? – zaczął Marcus.

– Jestem pewien – przerwał mu elf, zanim przyjaciel dokończył pytanie. – Im nie chodziło o dostawę, ale o nią! – Kiwnął głową w kierunku zamkniętych drzwi zaplecza sklepu. – W jej świecie też na nią napadli, ale wtedy, zdaje się, chcieli tylko porwać – powiedział ponuro.

– Chodźmy do Orestesa – rzucił niespokojnie Marcus. – Trzeba sprawdzić, czy nic im się nie stało...

Podeszli do drzwi i zapukali kołatką. Nie musieli długo czekać, bo Orestes oglądał wszystko przez wizjer i natychmiast im otworzył. Pierwszym, co zobaczył Marcus, gdy wszedł do środka, było ciało Ariel leżące bezwładnie na podłodze. Nim pomyślał, co robi, doskoczył do niej przerażony.

– Orestes, czy ona... – zaczął zdławionym przerażeniem głosem.

– Spokojnie, Marcus. – Stary poklepał go po ramieniu. – Musiałem ją nieco uspokoić, bo wpadła w histerię i chciała lecieć ratować Fabiena. To fajna kobitka, ale nie umie panować nad emocjami. Poza tym nie rozumie, że wy, chłopaki, radzicie sobie w takich sytuacjach stanowczo lepiej sami. Nic jej nie będzie. Zemdlała.

Marcus odetchnął z ulgą. Chyba nazbyt głęboko, bo Fabien i Orestes przyjrzeli mu się dziwnie.

– Słuchajcie – znowu odezwał się czarownik – już dawno nie było napadu w trakcie dostawy. Nie pamiętam czegoś takiego od jakichś piętnastu lat! I to jeszcze pięciu naraz? Chyba będzie trzeba zawiadomić Severiana.

– Gorzej, Orestes – powiedział cicho elf. – Oni byli na ordonie! To nie dostawa ich interesowała, ale ona! – Wskazał nieprzytomną Ariel.

– Na Wielkiego Xaviere'a, co ty gadasz?! – wykrztusił zszokowany aptekarz.

– Już ją raz napadli, w jej świecie. – Fabien chwilę się zastanowił, po czym powiedział: – Marcus, sprowadź naszych. Trzeba tu nieco... hmm... posprzątać. No i przydałaby się dodatkowa eskorta, jak będę z Ariel wracał do koszar. Cholera wie, czy nie czają się gdzieś jeszcze. Jak to zrobisz, leć do Severiana. Przekaż mu wszystko. Niech on decyduje, co dalej.

Przyjaciel spojrzał na niego ponuro.

– Może ty to zrobisz, a ja odstawię ją do koszar? – powiedział cicho.

– Nie – rzekł stanowczo elf. – Ona nie wie, że tu jesteś, i niech tak zostanie. No leć, bo chyba zaraz się obudzi – ponaglił.

Marcus z ociąganiem wstał, rzucił jeszcze jedno poważne i pełne troski spojrzenie na nieprzytomną Ariel i wyszedł.

– Orestes, jak ona dojdzie do siebie, to ani pary z gęby, że Marcus tu był, jasne? – powiedział Fabien.

– Ale co wy dwaj... – zaczął czarownik.

– Jasne?! – powtórzył z naciskiem elf. – Z rozkazu Severiana pilnujemy z Marcusem jej bezpieczeństwa, ale Severian nie życzy sobie, żeby o tym wiedziała.

– No dobra! Jasne!

– A jakby pytała, czy ten napad był na nią, to masz ją zagadać – nakazał Fabien. – Pamiętaj, że ja nie dam rady kłamać. Musisz to zrobić za mnie.

Chciał coś jeszcze dodać, ale w tym momencie Ariel otworzyła oczy.

– Gadaj, co z Fabienem i co mi zrobiłeś, draniu! – krzyknęła, wyrzuciwszy najpierw wiązankę soczystych przekleństw pod adresem Orestesa.

– Tylko cię lekko ogłuszyłem – wzruszył ramionami aptekarz. – No cóż, moja droga, jeśli będziesz zawsze tak histeryzować, zawsze znajdzie się ktoś, kto cię uciszy. Więc naucz się panować nad emocjami. A o oficerach powinnaś wiedzieć, że nie potrzebują ratunku. To oni ratują innych. Zresztą Fabien sam ci to najlepiej wyjaśni. – Wskazał ręką elfa, który z cieniem uśmiechu na ustach kucnął koło niej i pomógł jej usiąść.

– Fabien? – wykrztusiła, nie wierząc własnym oczom, bo była pewna, że nie pokona wszystkich bandytów.

– Już dobrze – rzucił uspokajająco. – Że tak powiem, opanowaliśmy sytuację bez strat własnych. Spokojnie, nikomu nic się nie stało. Z wyjątkiem tamtych pięciu, ale nimi zajmie się teraz mag-medyk w kostnicy, a my za chwilę wrócimy do koszar. Już po wszystkim. – Położył jej rękę na ramieniu i wiedziała, że jest bezpieczna. Nurtowało ją jednak jedno:

– Fabien, czy ten napad był na mnie?

Cholera, wiedział, że ona to zrobi! Wiedział, że zada to pytanie. Zerknął dyskretnie na Orestesa, a ten natychmiast udał wzburzenie:

– Nie pochlebiaj sobie, maleńka! Niby dlaczego miałby być na ciebie? Chyba nie myślisz, że jesteś ważniejsza od dostawy świeżych i soczystych smoczych róż?

Zrobiło jej się nieco głupio. Spojrzała na starego czarodzieja skonsternowana.

– Przepraszam, Orestes, nie chciałam cię urazić – zaczęła po chwili milczenia. – Po prostu w moim świecie...

– Jak nie chcesz mnie urazić, to więcej takich rzeczy nie opowiadaj. Wystarczająco już uraziłaś moje stare uszy wiązanką najbardziej ordynarnych przekleństw, jakie było mi dane kiedykolwiek słyszeć! – uciął stanowczo czarownik. – Takie napady się zdarzają, mówiłem ci czy nie? Właśnie po to mamy tyle zabezpieczeń. No dobra, teraz zmykajcie do koszar. Wystarczy wrażeń jak na jeden wieczór.

Nim wyszli, Fabien dyskretnie dał znać aptekarzowi, że dobrze się spisał.

– Orestes, wiesz, ja z reguły tak się nie zachowuję... – bąknęła Ariel. – Głupio mi, że tak... Chciałabym, żebyś wiedział...

– Dobra, maleńka! – rzucił tubalnie czarownik. – Wybaczam ci. Możesz nadal tu przychodzić pod warunkiem, że opanujesz swoje możliwości oratorskie. Zdaje się, moje uszy są na nie zbyt delikatne. – Teraz na jego twarzy pojawił się cień uśmiechu, co miało chyba sugerować, że żartował, ale jakoś nikomu nie było wesoło.

Spojrzała na niego z wdzięcznością, skinęła głową i podążyła za Fabienem. Tym razem dotarli do pegazów bez kłopotu i po chwili w asyście kilku innych oficerów lecieli w kierunku koszar. Lecieli w milczeniu, a każde z nich intensywnie analizowało wydarzenia tego wieczoru.

Z nieprzeniknionym wyrazem twarzy Naczelny Mag wysłuchał relacji potwornie ubrudzonego oficera, który właśnie oderwał go od kolacji. Długą chwilę milczał, roztrząsając słowa Marcusa. Napad. Ordon. Ariel.

– Panie – rzekł cicho Marcus – czy mamy jej powiedzieć, że ten napad był na nią, nie na dostawę?

– Nie. – Ton głosu Naczelnego był stanowczy.

– Ale, panie, ktoś chce ją zabić! Powinna być ostrożna i uprzedzona! – zaprotestował oficer.

– Zrozum, Marcus – Naczelny tłumaczył cierpliwie jak dziecku – ona żyje w ogromnym stresie. Jest z dala od swojego świata, domu, dziecka, pracy i wszystkiego, co zna i kocha. Nasz świat jest jej obcy. Zajmując się smokami, robi nam wielką przysługę. I będzie swoją pracę wykonywała lepiej i szybciej, jeśli pozostanie w nieświadomości.

Marcus pokręcił głową, jakby nie zgadzał się ze słowami Severiana, a ten kontynuował:

– Jeśli się zorientuje, że ktoś w naszym świecie chce ją zabić, natychmiast zażąda, żebyśmy dali jej odejść. A my nie możemy tego zrobić, bo smoki jej potrzebują. Nie, Marcus, właśnie dlatego nie możemy jej powiedzieć. Od niej zależy ich zdrowie i kondycja, a pośrednio bezpieczeństwo miast. Nie powiecie jej niczego, ani ty, ani Fabien. Będziecie udawać, że ten napad dotyczył tylko i wyłącznie Orestesa. Rozkazuję jednocześnie wzmóc jej ochronę. Macie jej strzec całodobowo, ale tak, żeby wciąż niczego nie podejrzewała. Ma mieć poczucie bezpieczeństwa, ale jednocześnie braku ograniczeń i nadzoru. Tylko wtedy będzie pracowała szybko i wydajnie. Zresztą nie mamy stuprocentowej pewności, czy faktycznie chodziło o nią... To tylko hipoteza...

Marcus ciężko westchnął. Wykonanie niektórych rozkazów przychodziło mu ostatnio coraz trudniej. W milczeniu skinął głową.

– Możesz odejść.

Po wyjściu Marcusa Naczelny usłyszał znajomy głos:

– Myślę, że to jednak o nią chodziło. Komuś jej obecność jest nie na rękę, Severianie. – Twarz Oriany ukazała się w lustrze. Spojrzał uważnie na staruszkę.

– Też tak myślę, ale dlaczego? – Zamyślił się. – Oriano, czemu ktoś ma się bać maleńkiej, kruchej kobiety, która ma tylko i wyłącznie podreperować zdrowie naszych smoków?

– Być może tu nie chodzi o smoki?... Może nie chodzi o to, co ona ma dla nich zrobić, ale czym jest dla miast?... Pamiętasz jeszcze przypowieść o Dziewiątym Magu?...

– Każde dziecko ją zna, Oriano, i każde dziecko wie, że Dziewiątym Magiem ma być mężczyzna! – zaprotestował Severian. – Ty także znasz ją doskonale na pamięć. Chyba nie myślisz...?

– Ja wcale nie twierdzę, że to ona będzie Dziewiątym Naczelnym, ale... Pomyślmy, najpierw zniknięcia lub wykluczenia innych kandydatów na konsultantów i zostaje tylko ona. Potem napad na nią w jej świecie. Jakimś cudem wychodzi z tego cało. Teraz tutaj. Nie wydaje ci się, że komuś bardzo zależy na jej zniknięciu? Musimy się dowiedzieć, Severianie, kto i dlaczego tak bardzo jej się obawia, że chce ją zabić. Mamy wroga i musimy się dowiedzieć, kto to taki.

– Co proponujesz?

– Zacznę od zebrania bardziej szczegółowych informacji na temat osoby i życia pani Ariel Odgeon. Być może dogłębna analiza jej biografii coś nam podpowie. Ale miałeś rację, nie powinna wiedzieć. Niech skupi się na pracy. Dobranoc, Severianie. Dam znać, gdy będę wiedzieć coś więcej. – Staruszka uśmiechnęła się łagodnie i zniknęła.

– No cóż, wypada, żebym odwiedził kostnicę... – mruknął pod nosem Naczelny. – Tobiasz! Przynieś mi z łaski swojej pelerynę przeciwdeszczową – polecił osobistemu chochlikowi.

– Wychodzisz, panie? – zapytał ten usłużnie.

– Tak, przyjacielu. Muszę sprawdzić, kto stoi za dzisiejszym napadem na naszego konsultanta. Powinienem wrócić za godzinę. Gdyby o mnie pytano, to jestem w kostnicy. Ale to informacja tylko dla najwyżej uprawnionych. Pozostałym mów, że śpię. Dobranoc, Tobiaszu. – Skinął dłonią chochlikowi i ruszył w kierunku windy.

Znowu obudziła się zmęczona i rozbita. Zdążyła się już przyzwyczaić, że w tym świecie nie sypia się najlepiej. Najczęściej przez koszmary, a czasami z powodu pewnego oficera...

Tym razem nie mogła zasnąć, bo nękała ją wizja pięciu ćpunów zabitych przez Fabiena, ich zakrwawionych ciał. Grymasy bólu i wściekłości zastygłe na twarzach. Rozwarte szeroko żółte ślepia z zapisanym w nich niedowierzaniem. Kiedy już udało jej się w końcu zdrzemnąć, trupy ożyły i szły w jej kierunku uzbrojone w noże, a ona znowu stała w miejscu, nie mogąc się ruszyć, i daremnie wypatrywała Fabiena. Nigdzie go nie było! A oni byli – coraz bliżej i bliżej...

Obudziła się z krzykiem, czując, jak przepocona ze strachu bielizna lepi jej się do ciała. Chwilę siedziała, oddychając szybko i gwałtownie.

„To sen. Cholera! To TYLKO sen! Tak, Orestes miał rację, muszę zapanować nad emocjami! Jestem w koszarach, do licha! Nic mi tu nie grozi!" – przekonywała samą siebie w myślach, ale skutek był mizerny. Bała się zasnąć ponownie. Siedziała w ciemnościach na łóżku z kolanami podciągniętymi pod brodę, starając się opanować ich drżenie.

Po jakiejś godzinie stwierdziła, że wszystko na nic i w akcie ostatecznej desperacji zażyła nalewkę nasenną. Wiedziała, że po niej będzie rano nieprzytomna. Mimo to wzięła ją, bo czuła, że sama nie zapanuje nad paniką. Że potężne szpony strachu zmiażdżą jej krtań i zacisną się dookoła serca.

Następnego dnia obudziła się późno. A właściwie obudziło ją pukanie Fabiena. Nie ukrywając niczego, powiedziała mu o swoich koszmarach. Trochę się zmartwił i poleciał gdzieś, aby po chwili wrócić z jakimiś listkami.

– Masz – powiedział – to elfie ziele. Przegryź kilka. Stawiają na nogi i poprawiają humor. No dalej, spróbuj.

Zerknęła zmęczonymi oczami najpierw na niego, potem na maleńkie, lekko żółtawe listki. Podniosła parę do ust i delikatnie przygryzła. Miały lekko słodkawy zapach i smak i same rozpływały się na języku. Czekała chwilę na efekt. Właśnie miała powiedzieć Fabienowi, że ziele działa chyba tylko na elfy, gdy poczuła pieczenie i żar w przełyku, a później w żołądku.

Fabien przyglądał jej się uważnie. Zszarzała, niewyspana twarz Ariel zaczęła nabierać kolorów, a oczy blasku. Żar rozchodził się teraz arteriami po całym ciele i po kilku minutach poczuła przypływ energii. Wzięła głęboki wdech i uśmiechnęła się do elfa.

– Dzięki. Czemu nie wiedziałam o istnieniu tego ziela? – zapytała przekornie. – Nie powiedziała mi o nim Berenika, Marcus dał mi tylko jakiś obrzydliwy eliksir wzmacniający. Ty dajesz mi ziele dopiero teraz.

– Berenika opowiadała ci o tylu roślinach, że mogła o tej jednej zapomnieć. Pamiętaj, że ona ma bzika na punkcie róż – odparł ze śmiechem Fabien. – A co do eliksiru, to musisz wiedzieć, że powstaje na bazie tego ziela, tyle że jest bardzo skoncentrowany i składa się z wyciągów kilku roślin. Elfie ziele dodaje wigoru i poprawia nastrój zdecydowanie łagodniej, no i jest smaczniejsze, nie? No jak, już lepiej?

Chwilę później on poleciał na patrol, a ona do biblioteki. Elfie ziele tak postawiło ją na nogi, że do południa przejrzała chyba ze dwa razy więcej ksiąg niż zwykle. W porze obiadu nieco już znużona robieniem kolejnych notatek i głodna postanowiła wrócić do koszar. Po obiedzie była umówiona z Vivianne, a nie chciała się spóźnić, bo smoczyca potrafiła mieć humory.

Już zjeżdżając windą, zauważyła na placu przed ratuszem jakieś poruszenie. Kiedy tam dotarła, zobaczyła swojego pegaza wierzgającego na wszystkie strony i dwóch oficerów usiłujących go okiełznać. Dookoła zgromadził się mały tłumek ciekawskich, oczywiście daleko poza zasięgiem zębów i kopyt zwierzęcia, choć na tyle blisko, żeby wszystko widzieć. Spojrzała na swojego appaloosa, nie wierząc własnym oczom. Jej fantastyczny wierzchowiec zachowywał się jak wściekła bestia! Nie mógł odlecieć, bo był za mocno uwiązany, ale młócił wściekle dookoła skrzydłami i kopytami, starając się gryźć wszystkich próbujących do niego podejść.

Na chwilę Ariel zamurowało. Potem szybkim krokiem dołączyła do dwóch oficerów.

– Odejdź! – rozkazał jeden z nich. – Odejdź, bo cię stratuje! Na Wielkiego Xaviere'a, chyba będziemy musieli go zabić! Do kogo to bydlę należy? Jak znajdę jego właściciela!... – pienił się oficer.

– Tak właściwie to jest mój – powiedziała podniesionym głosem Ariel. – I chcę wiedzieć, co tu się dzieje! On nigdy się tak nie zachowuje!

– Twój?! – wrzasnął rozsierdzony oficer. – To go, cholera, okiełznaj! Ale już! – Podał jej linę.

Na widok Ariel pegaz odrobinę się uspokoił. Zacmokała na niego. Zerknął na nią, strzygąc uszami. Przemówiła do niego pieszczotliwie. Zarzucił niespokojnie łbem. Wyciągnęła dłoń w jego stronę i przymknęła oczy.

„Hej, spokojnie, mój kochany!" – przemawiała do niego w myślach tak łagodnie, jak potrafiła. Po chwili przez tłum przeszedł pomruk niedowierzania i Ariel rozchyliła powieki. Zwierzę powoli przestawało szaleć. Wolno podeszła do pegaza z wyciągniętą dłonią i nadal przemawiała pieszczotliwie. Delikatnie dotknęła jego chrap. Wyczuł jej zapach. Podeszła jeszcze bliżej i pogładziła go po szyi. Zwierzę oparło łeb na jej ramieniu.

– Następnym razem przylatuj tu na spokojniejszym pegazie! – rzucił zdenerwowany oficer. – Konsultant czy nie, ty też musisz się dostosować do przepisów. A te mówią, że niebezpiecznym zwierzętom nie wolno przebywać w mieście! Żeby mi to było ostatni raz! – Odszedł, rozganiając po drodze tłum i wrzeszcząc, że nie ma się na co gapić.

– Nie przejmuj się nim – powiedział cicho jego młodszy towarzysz. – Zawsze jest nieco gburowaty. Dobrze, że ci się udało uspokoić to zwierzę, bo jak znam Willa – kiwnął w kierunku znikającego właśnie oficera – to mógłby faktycznie zrobić mu krzywdę. Porządny gość, ale służbista. Tak przy okazji, jestem Spencer. Ty jesteś konsultantem, tak? Widziałem cię kilka razy w koszarach – gadał jak najęty.

– Co tu się stało? – Jak spod ziemi wyrósł przed nimi Marcus.

– Pegaz konsultanta się znarowił, sir! – Ku zdziwieniu Ariel młody oficer stanął na baczność jak w jej świecie kapral przed generałem. – Melduję, że mieliśmy kłopot z jego okiełznaniem. Na szczęście konsultant był w pobliżu i uspokoił zwierzę. Strat nie ma, sir.

Marcus spojrzał na Ariel, Spencera, wreszcie na zwierzę. Kiwnął chłopakowi głową.

– W porządku. Możesz odejść.

– Tak jest, sir! – Spencer zasalutował i dziarskim krokiem podążył w kierunku, w którym poszedł uprzednio Will.

– Sir? Powiedział do ciebie SIR? – Oczy Ariel omal nie wyszły z orbit.

– To adept na praktykach. – Marcus wzruszył ramionami. – Ma obowiązek w ten sposób zwracać się do każdego oficera. Nic nadzwyczajnego. O co chodziło z twoim pegazem? – zapytał jakby od niechcenia. – Miałem kilka spraw do załatwienia w pobliżu i zobaczyłem zbiegowisko...

– Nie mam pojęcia, co mu odbiło. Nigdy tak się nie zachowywał – powiedziała z nieco skonsternowaną miną. – No ale wygląda na to, że już mu przeszło. Lecę do koszar. To na razie. – Machnęła ręką na pożegnanie, bo zbyt długa obecność Marcusa zawsze działała na nią dekoncentrująco.

– Czekaj! – prawie krzyknął. – Chyba niezupełnie mu przeszło. Tutaj. – Pokazał jeden z boków pegaza.

Spojrzała w tamtym kierunku i ujrzała strużkę krwi.

– Adepcie Spencer! – zawołał Marcus za oddalającym się chłopakiem.

– Tak, sir? – Wrócił do nich szybkim krokiem.

– Wiesz coś na temat tego? – Oficer wskazał ranę na boku pegaza.

Chłopak wybałuszył oczy i pokręcił głową.

– To znaczy, nie, sir! – szybko się poprawił. – Nic mi nie wiadomo na temat zranienia tego zwierzęcia.

– Nie kręcił się tu ktoś podejrzany? – zapytał cicho Marcus. – Wiem, tu jest tyle pegazów i jeszcze więcej ludzi, ale może coś lub kogoś widziałeś?

– Przykro mi, sir, ale nikogo nie widziałem – odparł chłopak ze szczerym żalem.

– Ariel! Marcus! Co się dzieje? – Usłyszeli znajomy głos.

– Witaj, Marcelina. – Marcus skinął głową czarownicy. – O, witaj, Adela – dodał na widok młodej elfki z biblioteki.

„I jeszcze ta!" – burknęła w myślach Ariel. Widok szerokiego, promiennego uśmiechu dziewczyny, gdy ta usłyszała pozdrowienie Marcusa, jakoś wyjątkowo ją zdenerwował. Zmarszczyła brwi, ale nic nie powiedziała.

– Wygląda na to, że ktoś zranił pegaza należącego do konsultanta – wyjaśnił oficer.

– Widziałyśmy przez okno, co wyrabiał. Kto mógł go tak urządzić i po co? – zapytała zatroskana Marcelina.

– Też chciałbym wiedzieć. Póki co wybaczcie, muszę mu się przyjrzeć. Ariel, możesz go przytrzymać?

– Oczywiście. – Kiwnęła głową i chwyciła pewniej cugle pegaza, przemawiając do niego pieszczotliwie, podczas gdy Marcus oglądał ranę.

– Ktoś naciął popręg – stwierdził. – Przy okazji przeciął skórę.

Kobiety pokręciły głowami.

– Ariel, kto mógłby chcieć zrobić ci krzywdę? – zapytała przerażona Marcelina. – Lepiej trzymaj się blisko oficerów!

– Nie ma powodu nikogo straszyć – odparł Marcus wyraźnie zły, że sam chlapnął o czymś, co powinien był zatrzymać dla siebie. – To z pewnością tylko czyjś głupi i nieodpowiedzialny dowcip. Wybaczcie, ale musimy dowiedzieć się jak najwięcej na ten temat. Poza tym trzeba to zwierzę jak najszybciej przetransportować do koszar.

– No jasne. – Czarownica w lot zrozumiała aluzję. – W takim razie nie będziemy wam przeszkadzać. Do widzenia, Ariel – powiedziała niby zwyczajnie, jednak spojrzała na nią z niemal matczyną troską, zanim ruszyła z powrotem w kierunku budynku ratusza.

– Do widzenia, Marcus – rzuciła śpiewnie elfka, zerkając na niego zmysłowo. Kiwnął jej tylko głową.

„No nie! Ale bezczelnie go podrywa!" – pomyślała Ariel, widząc usilne starania dziewczyny, żeby Marcus choć raz na nią spojrzał, i kompletny brak zainteresowania z jego strony. Szybko jednak jej myśli powróciły do rannego zwierzęcia.

Oficer delikatnie zdjął mu siodło i podał Spencerowi, obejrzawszy wcześniej naruszony popręg. Potem przyjrzał się dokładniej ranie pegaza. Na szczęście nie była głęboka i pomału przestawała krwawić.

– Spencer – zwrócił się do chłopaka – zanieś to siodło na posterunek. Odbiorę je wieczorem. Aha, nie ma tam jakiegoś luźnego pegaza, żeby konsultant mógł wrócić do koszar?

– Nie, sir – odparł adept – ani jednego.

– No trudno – Marcus zmarszczył brwi – jakoś sobie poradzimy. Możesz odejść.

– Jak go dostarczymy do koszar? – zapytała Ariel, kiedy objuczony siodłem Spencer oddalił się w stronę posterunku. – Nadaje się do lotu?

– Ty mi powiedz. Jesteś medykiem. – Spojrzał na nią przenikliwie. Zobaczył jej zmartwioną minę i powiedział: – Ponieść nikogo nie poniesie, to jasne, ale sam doleci. Trzeba mu tylko znieczulić tę ranę.

Chwilę patrzyli na siebie. Ariel oczekiwała, że Marcus coś zrobi, a on najwyraźniej spodziewał się tego po niej.

– Hej, do ciebie mówię – upomniał ją łagodnie.

– Co?

– Ariel! Obudź się i znieczul mu, na Wielkiego Xaviere'a, ten bok! – polecił zniecierpliwiony. – Zrób to, bo inaczej będzie musiał tu zostać. A nie mam pojęcia, gdzie go ulokujemy.

– No ale niby czym? – zapytała zdezorientowana. Nie miała przecież nawet apteczki, nie mówiąc o torbie lekarskiej, która została w jej świecie.

– O rany! – Marcus chyba się lekko wkurzył. – Czarami oczywiście! A jak myślałaś?

– Ja nie umiem czarować, zapomniałeś? – zapytała z lekką irytacją w głosie.

– Jasne! – rzucił ironicznie. – A niby jakim cudem uspokoił się i wylądował koło ciebie? Oczywiście, że umiesz rzucać czary, tylko nie zdajesz sobie z tego sprawy. Właśnie czarami go uspokoiłaś – wyjaśnił jej jak dziecku.

– Mylisz się. Nic takiego nie potrafię. Wasze dzieci uczą się posługiwać magią całymi latami, a ja jestem tu tak krótko i...

– Dobra, już dobra! – Zniecierpliwiony podszedł bliżej zwierzęcia, skoncentrował się i przesunął dłonią nad jego raną, mrucząc coś pod nosem. – To prosty czar używany, jak jakiś oficer jest ranny w bitwie. – Wzruszył ramionami i gwizdnął przeciągle. Po chwili koło nich pojawił się jego własny pegaz. – Ariel, wskakuj na Trevora. Twojego... jak ty go tam nazywasz... appaloosa przywiążę do naszego siodła. No wsiadaj! – rzucił ponaglająco.

Manewrowanie jednocześnie dwoma pegazami, dbanie, żeby Ariel nie zleciała, i równoczesne rzucanie zaklęcia otwarcia kopuły byłoby cholernie trudne dla każdego. Tym bardziej dla niego, bo właśnie sobie uświadomił, że te wszystkie dni, w czasie których tak bardzo starał się przestać myśleć o Ariel, wzięły w łeb. Ledwo nad sobą panował, czując ją tak blisko. Zacisnął szczęki. Po osłoną zaklęcia *adger* klął na czym świat stoi, że mu się trafiło takie zadanie.

Nie miał pojęcia, że ona wyklinała równie ogniście dokładnie z tego samego powodu. Każde chciało być już w koszarach jak najdalej od drugiego.

Opuścili miasto i gnali teraz między górami, spotykając po drodze nieco zdumionych ich widokiem oficerów na patrolach lub pojedyncze smoki. Rozpaczliwie próbowali skoncentrować swoją uwagę na wszystkim innym, tylko nie na tej oszałamiającej bliskości, jaka niespodziewanie stała się ich udziałem.

„Trzeba przypomnieć Zorianowi, że mamy za mało pegazów...” – powtarzał sobie w myślach Marcus.

„Może poprosić Orestesa o te mydełka? Te w koszarach to jakiś koszmar...” – wtórowała mu Ariel.

Lot wlókł się w nieskończoność, nareszcie jednak wylądowali łagodnie przed stajnią. Marcus zeskoczył na ziemię, odwiązał appaloosa i pomógł zsiąść Ariel.

– Dzięki... – bąknęła i pomaszerowała prosto w kierunku boksu swojego pegaza.

Miał nadzieję, że nie zorientowała się w jego odczuciach, myślach i pragnieniach. Miał nadzieję, że nie przedarła się przez jego osłonę telepatyczną, ale pewności mieć nie mógł. Patrzył za oddalającą się sylwetką Ariel i próbował odgadnąć, w jaką stronę los pokieruje ich znajomością. Coś mu mówiło, że czeka go niejedna burza. Westchnął i też zaprowadził Trevora do stajni. Uwiązał go obok boksu pegaza Ariel.

Właśnie skończyła opatrywać bok swojego appaloosa. Niestety rana znów krwawiła i nie pomagała nawet woda z magicznego źródła.

– Chyba trzeba będzie ją zszyć, ale jak już leki zaczną działać – powiedziała Ariel, unikając wzroku Marcusa.

Zauważył, że ręce jej drżały i sprawiała wrażenie, jakby lada moment miała się rozpłakać.

– Nie martw się o pegaza. Zobaczysz, wydobrzeje... – mówił cicho w stronę jej pleców. Zacisnął szczęki, bo zobaczył, że wcale jej nie pocieszył, wręcz przeciwnie. Jej oddech przyspieszył, a ciało zaczęło się trząść. Podszedł bliżej i pogładził ją po ramieniu. – Boisz się. To normalne...

– Ty byś się nie bał? – wykrztusiła, odwracając się do niego, i dopiero teraz zauważył jej twarz mokrą od łez. – W moim świecie już raz zostałam napadnięta przez ćpunów. Uratował mnie Fabien. Wtedy chcieli mnie tylko porwać. Do dziś nie mam pojęcia dlaczego. Wiedziałeś, że podobne ćpuny napadły mnie wczoraj? Jak byłam u Orestesa?

– Tak, Fabien... echm... opowiadał mi o tym – powiedział cicho. Nawet nie przypuszczał, że jej szloch tak go zrani.

– A dzisiaj ktoś podcina mi popręg i rani mojego pegaza! Pytasz mnie, czy się boję? Tak! I to jak cholera! Bo widzę, że ktoś w waszym świecie za wszelką cenę chce mnie ukatrupić, chociaż nie mam pojęcia dlaczego! – krzyknęła żałośnie.

Dłuższą chwilę milczeli. Marcus odezwał się pierwszy:

– Słuchaj, fakt, że wszyscy kandydaci podejrzanie szybko się wykruszali. Być może jacyś pseudomiłośnicy smoków uznali obecność konsultantów za ich obrazę i chcieli do tego nie dopuścić. Nie wiem. Jednakże u Orestesa napad ewidentnie NIE BYŁ na ciebie. Zbadaliśmy sprawę. Stanowczo chodziło o róże. Już od dawna podejrzewamy, że ćpuny dostają cynk, jak ma być dostawa. Nie mamy pojęcia od kogo. Na razie to badamy. Byłaś po prostu w niewłaściwym czasie w niewłaściwym miejscu. To wszystko. Co do dzisiejszego incydentu, wierz mi, gdyby ktoś naprawdę chciał cię zabić, to już byś nie żyła. Obejrzałem dokładnie to siodło. Popręg był nacięty, fakt, ale najwyżej solidnie byś się potłukła. Nic więcej. Według mnie to sprawka jakiegoś psychopatycznego miłośnika smoków, który albo uważa, że je obrażasz, albo że nie dość przykładasz się do pracy. – Pozwolił sobie na uspokajający uśmiech. – Nie wiązałbym napadu na Orestesa z incydentem dotyczącym twojego pegaza, ale rozumiem twoje obawy. Nie znasz naszego świata i tak dalej... Słuchaj, jeśli tak bardzo się boisz, to poproszę Zoriana, żeby ci przydzielił jakiegoś oficera do ochrony. Będzie cię pilnował całodobowo. Chcesz?

Ariel dłuższą chwilę myślała nad jego słowami. Musiała przyznać, że nie brakowało im logiki. Zrobiło jej się nieco głupio, że ciągle ma napady lęków i histerii. Jednak wizja łażącego za nią non stop oficera nie za bardzo jej odpowiadała.

– N-nie... raczej nie... nie ma potrzeby. Dzięki. Wybacz. Masz absolutną rację. Chyba nie można tych ataków łączyć. To zwykły napad histerii słabej, durnej baby. Nic więcej. Nie proś Zoriana o nic. Macie i tak wiele niebezpiecznej pracy... Nie to co ja... – Starała się uśmiechnąć, ale wypadło to blado. – Siedzenie w bibliotece! Ale byłby wstyd, gdyby Korpus się dowiedział, że muszę mieć eskortę w drodze do ratusza i z powrotem... – Wzięła głęboki wdech. – Chyba jestem ostatnio nieco przepracowana. I te koszmary senne... Napędzają mi wyobraźnię. Dam radę. Tak! – Stanowczo pokiwała głową, chociaż Marcus widział, że cała się trzęsie. – Dam radę! – powtórzyła, jakby chciała przekonać samą siebie.

Znowu zapadło milczenie. Patrzył na nią z litością i szlag go trafiał, że nie może jej jakoś pomóc.

– Mogę coś dla ciebie zrobić? – zapytał cicho.

Stała przed nim z opuszczoną głową, lekko drżąc. Chwilę nic nie mówiła, jakby intensywnie myślała. Tylko jej oddech znacznie przyspieszył.

– W-właściwie... t-tak... – wyjąkała i nim zdążył się zorientować albo wykonać jakikolwiek ruch, podeszła i objęła Marcusa, wtulając twarz w jego mundur. Mocno zacisnęła powieki i wciągnęła nozdrzami zapach jego ciała. Poczuła się jak tamtego dnia, kiedy napadł na nią Steven, a on ją uratował. Cudownie bezpiecznie, kojąco i... zmysłowo.

Marcusa w pierwszej sekundzie dosłownie zamurowało. W drugiej pomyślał, że jeśli teraz ktoś wejdzie i ich zobaczy, to Trollowe Rubieże ma zapewnione jak nic. W trzeciej stwierdził, że ma to gdzieś, i przytulił jej drżące ciało, a dłonią pogładził włosy. Strach i pożądanie – nigdy wcześniej żadne z nich nie doświadczyło takiego melanżu uczuć. Zastygli na dłuższą chwilę... Ariel powoli się uspokajała...

– Marcus! – Z tego dziwnego letargu wyrwał ich ostry głos Fabiena, który właśnie wszedł do stajni i omal nie dostał apopleksji.

Ku własnemu zdumieniu, Marcus wcale nie zamierzał udawać, że nic się nie stało. Nadal trzymał Ariel w ramionach i gładził jej włosy, chociaż miał świadomość konsekwencji. Spojrzał ponuro na przyjaciela.

– Dobrze, że jesteś, Fabien – powiedział. – Chodź, powinieneś coś zobaczyć. – Delikatnie uwolnił się z objęć Ariel i odsunął ją łagodnie od siebie. – Teraz w porządku?

Kiwnęła głową, pociągając przy tym nosem.

– Jakbyś zmieniła zdanie, to powiedz, pójdę do Zoriana...

Zaprzeczyła ruchem głowy. Fabien obserwował to wszystko ze złym wyrazem twarzy.

– Dzięki, Marcus – wykrztusiła. – Nie zawracaj głowy Zorianowi. To zbyteczne. Miałeś rację, to tylko zbieg okoliczności połączony z moją histerią.

– Wiesz, może idź na stołówkę i niech ci chochliki dadzą jakiegoś drinka rozweselającego – zaproponował.

– Nie. Raczej pójdę do siebie. Poczytam notatki, wezmę kąpiel albo wcześniej się położę. Nie wiem... Jeszcze raz dzięki... Bardzo mi pomogłeś. Cześć. – Kiwnęła im ręką.

Przez chwilę patrzyli, jak się oddala. Fabien już miał otworzyć usta i przemówić przyjacielowi do rozumu, ale ten był pierwszy.

– Następny atak na nią. Zobacz. – Pokazał bok rannego pegaza. – Ktoś tak sprytnie naciął popręg, żeby pękł, jak będzie już wysoko. Za wysoko, rozumiesz?! Trzeba to zgłosić Severianowi. Chyba już czas, żeby zmienił zdanie. Ona się boi. Jak diabli... – Ze szczegółami opowiedział elfowi całe zajście.

– Widziałeś, kto to zrobił? – zapytał ten z poważną miną.

– Nikogo, dosłownie nikogo. – Pokręcił głową Marcus.

Przyjaciel zmierzył go złym spojrzeniem.

– Chcesz mi powiedzieć, że ty, najlepszy i najbystrzejszy zwiadowca, jakiego znam, jeden z najlepszych oficerów w Korpusie, w trakcie swojego dyżuru przy Ariel nie dostrzegłeś nic ani nikogo? „Dosłownie nikogo"? Marcus – elf zniżył głos do złowróżbnego szeptu – przypomnij mi, kiedy ostatnio coś takiego ci się przytrafiło? Nie pamiętasz? To ja ci przypomnę! Nigdy! Nie pamiętam, żebyś kiedykolwiek przeoczył coś tak ważnego! – wycedził zimno Fabien.

Marcus zacisnął szczęki. Podejrzewał, co przyjaciel zaraz powie, i nie pomylił się.

– A nigdy niczego nie przeoczyłeś, bo zawsze byłeś skupiony na celu misji! Powiedzmy sobie uczciwie: spieprzyłeś to! Spieprzyłeś, bo gapiłeś się wyłącznie na jej tyłek! Mówiłem ci tyle razy: skończ z tym, bo będą kłopoty!

– To nie w porządku! – zaprotestował Marcus, kręcąc głową.

– Nie w porządku byłoby, przyjacielu, gdybym ci wrzucił karalucha do zupy. A to, co robisz, jest szczytem braku profesjonalizmu i jeśli się nie weźmiesz za siebie, to ona zginie! Tego chcesz? Przestań, do cholery, myśleć gaciami, a zacznij używać mózgu! – Teraz elf przyparł go do ściany. – Już zarobiłeś na Trollowe Rubieże, a teraz ostro pracujesz na relegowanie! Doszczętnie zgłupiałeś? Chcesz zniszczyć całą swoją karierę w Korpusie? I po co? Dla kilku chwil przyjemności? A tak właściwie na co liczysz? Na prywatne Losowanie z nią? I co dalej? Za trzy, cztery tygodnie, najdalej za sześć ona wróci do siebie. Pomyślałeś, co wtedy zrobisz?! No, co wtedy zrobisz?!

Marcus potarł czoło. Fabien jak zwykle miał rację. Cholera, że też on zawsze musi mieć rację! Właśnie uświadomił mu całą nierealność wspólnego z Ariel... no właśnie, czego? Westchnął ciężko po raz kolejny tego dnia.

– Czy zdajesz sobie sprawę, co by było, gdyby was tu nakrył kto inny, nie ja? – zapytał elf już spokojniej.

Jego przyjaciel skinął głową. Doskonale wiedział, co by było.

– Musiałem to zrobić – powiedział cicho. – Miała napad paniki. Ona naprawdę się boi...

– Jestem twoim przyjacielem i chcę, żeby tak pozostało. Nie zmuszaj mnie, żebym na ciebie doniósł Zorianowi. Jeśli jeszcze raz coś podobnego się wydarzy, odsunę cię od jej ochrony i przydzielę to zadanie komu innemu, jasne?

Marcus przytaknął.

– Idę teraz do Zoriana przekazać jemu i Severianowi informację o tym ataku – rzucił Fabien. – Gdzie cię znajdę w razie czego?

– Lecę z powrotem do miasta po jej siodło. Chcę je zbadać i oddać do naprawy.

– Dobra – stwierdził elf. – Ona poszła do siebie, czyli chwilowo mamy wolne. Zobacz, czy uda się czegoś dowiedzieć na podstawie uszkodzeń tego siodła. Na razie i pamiętaj, co powiedziałem. – Wyszedł.

Marcus usiadł pod ścianą przy boksie appaloosa. Nawet Trevor, poruszając łbem, zdawał się mówić: „Ma rację, ma cholerną rację. Wyszedłeś kiedyś źle na tym, że go posłuchałeś?"

– Jak dotąd nigdy – mruknął pod nosem oficer, wyprowadzając wierzchowca ze stajni.

Wróciła do pokoju zła, że zrobiła z siebie widowisko. Cholera, musi nad sobą panować. Musi przestać zachowywać się jak kretynka. Tak, Marcus ma rację, i Orestes też. Nie wszystko kręci się wokół niej, nawet zbiry mają lepsze rzeczy do roboty niż koniecznie wyrządzić jej krzywdę.

Jak znała Fabiena, to teraz przez nią Marcus dostawał ostrą reprymendę od elfa. Co jej odbiło, żeby obściskiwać się z facetem, mając świadomość, że w tym świecie to zakazane?! Zacisnęła usta z postanowieniem, że co by się nie działo, już więcej nie pozwoli sobie na taką histerię. Nie ma prawa narażać nikogo przez własne fobie. Zaraz! Przecież wśród wielu nalewek, wywarów i naparów był jeden, którego nauczyła się ostatnio. Orestes zdradził jej przepis napoju oddalającego lęki i niepokoje. Jak sam powiedział, jest prościutki.

„Dobra! – pomyślała. – Czas sprawdzić, czego się nauczyłam".

Chwilę później mieszała zioła, dodając od czasu do czasu rozmaite ingrediencje. Po jakiejś półgodzinie napój był gotowy. Pienił się niebieskawo, identycznie jak ten u Orestesa.

„Raz kozie śmierć!" – postanowiła i upiła mały łyczek.

Eliksir, choć niebieski, smakował jak pyszny koktajl truskawkowy. A jakiś kwadrans później Ariel siedziała na własnym łóżku zdumiona, jak mogła tak idiotycznie zachować się w stajni. Przecież nic się nie stało. Przecież nic jej nie groziło. Skąd te kretyńskie podejrzenia, że ktoś na nią poluje?

Z dużo lepszym samopoczuciem wyszła z bungalowu i skierowała się w stronę zagród – miała przecież odwiedzić Vivianne. Idąc, myślała nad słowami Marcusa, że potrafi czarować, tylko nie zdaje sobie z tego sprawy. Może faktycznie coś w tym jest?...

Ze środka dochodził hałas, jakby ktoś walił potężnym młotem, i czyjeś przekrzykiwania. Zapukał kołatką do małych drzwi. Czekał. Nic. Chyba go nie usłyszeli. Znowu zapukał, ale dużo głośniej. Odgłos młota zastąpiły teraz ciężkie kroki. Drzwi otworzyły się ze skrzypieniem i w progu stanął nie olbrzym, jak zdawało się sugerować jego stąpanie, lecz niski, krępy mężczyzna odziany niechlujnie i potwornie upaprany sadzą. Spojrzał spode łba z ponurym pytaniem w oczach.

– Witaj, Owen – zagaił Marcus.

Krasnolud przyjrzał mu się uważnie. Wizyty oficerów w jego chacie nie były zbyt częste.

– Taaa.?... – odrzekł niezbyt przyjaźnie, skrobiąc się brudnym paluchem po usmolonej brodzie.

– Ja na chwilę. Nie było tu może Nolana? – rzucił pospiesznie oficer, bo wiedział, że Owen nie grzeszy cierpliwością i przedłużanie rozmowy może zakończyć się niemiło.

– Toż i durny wie, że jak kujom, to fauny nie chodzom tu... – skrytykował jego niewiedzę krasnolud. – Strachliwe som... – I znowu wgapił się w Marcusa nieprzyjaźnie.

– To prawda, ale co jakiś czas przychodzi na konsultacje, nie? I to wypada dzisiaj – stwierdził spokojnie Marcus.

– Może był, może nie... Co mu do tego? – Wzruszył ramionami Owen.

– Ech, mam tu coś, na co chciałbym, żeby zerknął. Potrzebna mi jego pomoc. I mam też odrobinę piwa imbirowego, ale jak go nie ma... – Marcus zrobił zawiedzioną minę i udał, że chce odejść.

– Kto powiedzieć, że mnie tu nie być?! – zaskrzeczał wysoki głosik.

Krasnolud wykrzywił się z obrzydzeniem i ustąpił Marcusowi z drogi.

Domek Owena mieścił się za stajniami. Mieszkał tu wraz ze swoją krasnoludzią żoną oraz kilkorgiem dzieciaków. Określenie „rodzina" niezupełnie do nich pasowało. Nie było tu miejsca na ciepłe uczucia, ale cóż, przecież takie właśnie były krasnoludy. Owen i jego... hm... krewni zajmowali się naprawą wszelkiego sprzętu w koszarach, kuciem pegazów, wyrobem broni. Wszystkim, co miało związek z ciężką fizyczną pracą. Po prostu to lubili.

Na kwatery oficerów patrzyli z nieukrywanym obrzydzeniem i z tym większą błogością zaszywali się w swoim kamiennym domu na tyłach stajni pegazów. Tu także mieściła się kuźnia oraz warsztat, w którym produkowali siodła, ogłowia i inne akcesoria dla zwierząt. Co kilka dni odwiedzał ich Nolan, faun. Jak każda istota tej rasy był niewielki. Od pasa w dół jego ciało należało do kozła. Od pasa w górę był mężczyzną – potwornie tchórzliwym, jednak mężczyzną. Głowę zdobiły mu niewielkie rogi, oczy też były niezupełnie ludzkie.

Oprócz wielu wad miał także kilka zalet. Bardzo ważnych zalet. Mianowicie bardzo precyzyjnie doradzał w konstruowaniu wszelkiej broni dla oficerów oraz siodeł i ogłowia dla pegazów. Stanowili z Owenem dziwaczną, ale dobraną parę. Owen jako mało inteligentny i gburowaty osiłek zajmował się wytwarzaniem sprzętu, który Nolan, słabowity i strachliwy geniusz, wymyślał. No i była jeszcze ich wspólna słabość do piwa imbirowego. Nawet zołzowata żona Owena, Carla, nie miała nic do gadania, gdy ten trunek pojawiał się na stole.

Marcus wszedł do środka. Nolan właśnie objaśniał zawiłości jakiegoś nowego projektu jednemu z synów Owena. Carla oraz dzieciaki nawet nie starali się udawać, że choć trochę ich to obchodzi. Krasnoludzica zajęta była mieszaniem w ogromnym kotle czegoś, co chyba miało być strawą dla rodziny, a wyglądało... Marcus szybko odwrócił oczy, żeby nie musieć patrzeć na to, co będą jadły Owenowe dzieci. Poczuł tylko, że jeśli szybko się stąd nie wyniesie, to żołądek odmówi mu posłuszeństwa. Mniejsze krasnoludziątka tłukły się między sobą, a starsi synowie kuli coś zawzięcie na kowadle obok paleniska, które służyło zarówno do pracy, jak i pieczenia mięsiwa, o czym świadczył brudny rożen. Kamienny dom wyglądał równie obskurnie w środku, jak na zewnątrz. Flejowaty stół z brudnymi naczyniami, flejowate półki z grubą warstwą kurzu i pająkami wielkości kolibrów. Bogowie wiedzą, czyje łajno na klepisku i pod stołem! Pięć tłustych i bezczelnych kotów rozwalonych gdzie popadnie. Wszechobecny brud i smród odstręczały od wizyt w tym domu. Stąd i goście bywali tu nader rzadko i tylko z wyjątkowych powodów.

Oficer westchnął ciężko. Już miał zaproponować, żeby wyszli na zewnątrz pod pretekstem ładnej pogody, ale nie mógł, bo krasnolud by się obraził. Rzucił siodło w kąt przy drzwiach, a sam postawił kilkulitrowy bukłak na brudnym stole.

– To jak? Po kufelku? – Oczywiście była to propozycja dla Owena i Nolana oraz Carli i wszystkich, nawet najmniejszych dzieciaków, bo sam nie zamierzał wypić nawet łyczka. Nie w tym syfie, jeszcze nie oszalał!

Faunowi i krasnoludom oczy zaświeciły się łapczywie do bukłaka. Carla postawiła jakieś gliniane kubki i Owen polał piwa. Wypili. Marcus udał, że łyknął swoje. Tamci trąbili na potęgę, on wcale. Po jakimś czasie zobaczył, że Owenowej gromadce głowy się kiwają, a Nolan zaczyna przymykać swoje koźle oczęta.

– Nolan, przyjacielu... – przeszedł ostrożnie do rzeczy – problem mam i sądzę, że tylko twój geniusz jest go w stanie rozwikłać...

Krasnoludy posnęły w kątach przytulone do tłustych kotów, a Nolan podparł rogatą głowę i wymamrotał piskliwie pod nosem:

– Ech, Marcus, ty to wiedzieć, jak ugościć przyjaciela, żeby on nie umieć ci niczego odmówić... Jaki to ważny problem ty mieć, że szarpnąć się na cały bukłak piwa, żeby mnie ugłaskać?...

– Widzisz to siodło tam w kącie? – zapytał od niechcenia oficer. – Zależy mi na jego naprawie. Żeby było jak nowe. Nie pożałuję kolejnych bukłaków, jak się z Owenem postaracie. To jak? Naprawisz?

– Od naprawiania być Owen, nie? – zauważył nadspodziewanie przytomnie faun. – Ja być od planowania, wymyślania nowych rzeczy, usprawniania starych. Gdzie tu być moja rola, przyjacielu?...

– A pomyślałem sobie, że zechcesz zerknąć na to siodło i podpowiedzieć Owenowi, co i jak posklecać, żeby było jak przedtem – podpuszczał go Marcus. – Bez twojej porady może to nie wyjść tak dobrze... Nolan, nie daj się prosić... Tylko zerknij i powiedz Owenowi, co ma robić, a siodło będzie cacy... Jestem tego pewien.

– Echm... – Faun czknął, chyba z nadmiaru piwa. – No dobra. Skoro ty tak ładnie prosić... – Roześmiał się obleśnie. – Ty dawać tu to siodło. Ja zobaczyć, co się spieprzyć i co z tym fantem zrobić.

Oficer uśmiechnął się pod nosem. Poszedł do kąta, w którym leżało siodło. Podniósł je szarpnięciem, dotaszczył do stołu i położył pod nosem fauna. Nim jednak dotknęło lepiącego się blatu, Nolan odskoczył jak oparzony i zaczął w panice zwiewać na swoich kozich nóziach nagle zupełnie trzeźwy! Marcusa na moment zatkało, ale wytrenowane ciało zareagowało szybciej niż umysł. Ręka automatycznie dobyła buzdyganu i oficer bez zastanowienia jednym celnym urokiem strzelił w raciczki fauna. Błękitna, fosforyzująca lina okręciła się dookoła nóg Nolana i ten runął na klepisko. Sekundę później Marcus już siedział mu okrakiem na plecach, jedną ręką trzymając go za róg, a drugą przykładając buzdygan do zarośniętego karku.

– Nolan – rzucił – wiem, że jesteś parszywym tchórzem, ale żeby bać się zwykłego siodła?

– A-a-ale... Marcus! – wyjąkał przerażony faun. – N-no co? P-p-puść mnie!

– Jasne! A ty dasz drapaka, zanim zdążę mrugnąć. Nic z tego. Prosiłem ładnie o pomoc. Nie chciałeś mi jej udzielić, więc teraz poproszę nieco bardziej stanowczo... – wysyczał groźnie oficer.

– A-a-ale... Marcus! T-t-to n-nie b-b-być z-z-zwykłe siodło!

– Co ty bredzisz?

– J-j-ja n-nic nie powiedzieć! T-t-ty dać m-mi sp-p-pokój!

– Dobra! Sam tego chciałeś! Masz wybór. Albo mi powiesz, co jest nie tak z tym siodłem, albo miotnę na ciebie taki urok, że będziesz koło niego leżał sparaliżowany aż po głowę. Ruszyć się nie dasz rady, ale będziesz konał ze strachu. To jak będzie? – zapytał z wystudiowaną uprzejmością.

Faun, który do tej pory wiercił się na klepisku i próbował wyśliznąć z uścisku, teraz zaczął intensywnie myśleć. Zniecierpliwiony tym Marcus pociągnął go za jeden z rogów i wzmocnił nacisk buzdyganu na szyję.

– Wiesz, że nie grzeszę cierpliwością, Nolan – wyszeptał mu do ucha, a faun rozpaczliwie pokiwał głową, że wszystko powie.

Dla pewności, nim puścił Nolana, powtórnie rzucił urok paraliżujący nogi, tym razem aż do bioder. Tak więc jeśli faun chciałby uciec, musiałby pełzać i to z wprawą jaszczurki. Marcus powoli zlazł z jego pleców, wciąż mierząc do fauna z buzdyganu.

– T-t-to być siodło konsultanta – wyszeptał Nolan, starając się opanować drżenie.

– Skąd wiesz? – spojrzał na niego zdumiony oficer.

– Ja zaprojektować to siodło dla jego pegaza. Ale nikt nie chcieć na nim latać, zanim konsultant go nie obłaskawić – piszczał przerażony faun.

– Dobra. Teraz gadaj, co wiesz na temat jego uszkodzenia. I nie próbuj kłamać, bo wiem, że jednym dotknięciem jesteś w stanie stwierdzić kto, jak i dlaczego to zrobił.

– J-j-ja nie umieć jasnowidzieć – pokręcił głową Nolan.

– Umieć, umieć. Ty być faun – zakpił Marcus. – Fauny jasnowidzieć, ale ty zaraz wszystko ciemnowidzieć, jak mi szybko nie odpowiedzieć.

– T-t-to być bardzo niedobra magia... – zaczął Nolan szeptem i zerknął na boki, jakby bał się podsłuchu. – Cz-cz-czarna, b-b-bardzo czarna magia! K-ktoś chcieć zabić konsultanta! K-k-ktoś rzucić śmiertelny urok! T-t-t-to siodło być p-przeklęte!

Faun cały dygotał. Marcus wpatrzył się w przerażone stworzenie. Niemożliwe, żeby był w stanie aż tak dobrze kłamać. Ale jeśli to prawda, to zwykły zamach na Ariel przygotowany przez anonimowego miłośnika smoków nagle zaczął urastać do rangi ciężkiej zbrodni.

– Kto i po co rzucił taki urok? – zapytał krótko oficer.

Półkozioł nadal dygotał i zerkał ze strachem w kierunku siodła.

– Nolan, czemu tak sądzisz? – Głos Marcusa złagodniał. – Może po prostu ktoś chciał, żeby konsultant spadł i trochę się potłukł. Nic więcej. Zresztą według mnie to nie wyglądało na robotę zawodowca, bo przy okazji ta osoba zraniła też pegaza.

Teraz kozie oczy Nolana omal nie wyszły z orbit.

– T-t-ty mnie p-puścić! Ja nic więcej nie powiedzieć! – piszczał jak opętany.

Marcus nie zamierzał czekać, aż zleci się tu zaalarmowane wrzaskami pół koszar.

– Dość! – warknął. – Gadaj albo... – zawiesił głos.

– B-b-błagam! M-m-m-marcus – miotał się faun – z-z-zostaw tę sprawę! Konsultant j-już nie żyć, j-j-ja p-prawie nie żyć! I t-t-ty też zginąć, j-jak o tym siodle n-nie zap-pomnieć!

– Ani mi się śni! Gadaj, kto i dlaczego dybie na jego życie! – Oficer oprócz buzdyganu dobył jeszcze noża.

– S-s-siodło b-być p-przeklęte!

– Już to mówiłeś! Dalej!

– K-k-ktoś rzucić śmiertelny urok!

– Nolan!

– K-k-konsultant wsiąść na p-p-pegaza i się zabić! – Faun objął rękami głowę i kiwał nią żałośnie. – J-j-ja nie wiedzieć, k-k-kto rzucić taki urok, a-a-ale to b-być b-bardzo zły czarodziej. B-b-b-bardzo potężny czarodziej! Siodło i pegaz stanowić w tym uroku jedność.

– Co masz na myśli?

– U-u-u-urok istnieć, gdy siodło i pegaz razem. Konsultant wtedy zginąć – szeptał Nolan. – Naprawić siodło niemożliwe. Urok tego z-z-zabraniać. Ty p-p-popatrzeć na brzegi cięcia. One nie być od noża! B-b-być od Magicznego Pazura! Pazur zranić p-p-pegaza i naciąć p-p-popręg. Teraz one być jedność! Śmiertelna jedność!

– Nolan, i to jest takie straszne? – zapytał z politowaniem Marcus. No tak, tego mógł się spodziewać. Fauny były ogromnymi tchórzami i z byle czego robiły wielki problem. – Skoro ktoś rzucił urok na siodło i pegaza, tak że stanowią zagrożenie jako jedność, to wystarczy, że schowam to siodło i dam konsultantowi inne, nie? Wtedy będzie latać na swoim pegazie, ale w innym siodle i będzie poza zasięgiem śmiertelnego uroku.

Nolan jednak rozkręcił się i dygocąc, gadał dalej. Nawet mniej się jąkał.

– N-n-nie, nie, nie!!! T-t-ty nie rozumieć! Nie wystarczyć schować siodło. Choćby ty je ukryć pod górami krasnoludów albo zatopić w morzu, urok trwać dalej!

– I co z tego? – zdziwił się Marcus. – Przecież groźne są tylko razem.

– Nie rozumieć? Ty musieć zniszczyć siodło albo pegaza, a najlepiej jedno i drugie! Jak konsultant dosiąść pegaza w innym siodle, to też spaść i się zabić! A jak dosiąść innego pegaza w tym siodle, to też śmierć! Klątwa z czasem dotyczyć wszystkich pegazów i wszystkich siodeł. Tak czy siak, konsultant trup! Urok działać, gdy oba przedmioty jemu poddane istnieć. Urok zniknąć, jak przynajmniej jeden z nich nie istnieć.

No tak, teraz zaczynał rozumieć. Żeby oddalić zagrożenie będzie musiał zabić pegaza i zniszczyć siodło. Hmm... Tylko jak on jej to wytłumaczy? Wiedział, że ona prędzej JEGO zabije niż pozwoli tknąć tego swojego appaloosa, którego tak kochała. Cholera!

– Zaraz, Nolan! Powiedziałeś, że wystarczy zniszczyć jeden przedmiot poddany urokowi? Czyli wystarczy, że zniszczę siodło i urok zniknie, tak? – upewnił się.

Faun kiwnął głową.

– Dobra, jak należy to zrobić – zażądał Marcus.

– W skrytości – jęknął Nolan.

– Co masz na myśli?

– Żaden czarodziej nie móc się dowiedzieć, co ty chcieć zrobić. Żeby to działać. Siodło musieć spalić. Ogień smoka musieć to zrobić. Nic innego. W skrytości. Ty pamiętać. Jak ktoś się dowiedzieć, to konsultant nigdy nie być bezpieczny na innych pegazach i w innych siodłach. Jak się ktoś dowiedzieć, wtedy klątwa rozszerzyć się na inne zwierzęta, które zabić konsultanta.

– Na smoki?...

Rogata głowa Nolana potaknęła kilkakrotnie.

– Ty pamiętać: nikt nie wiedzieć, inaczej ONA zginąć!

Marcus zamyślił się nad słowami fauna. Wiedział, jak trudno będzie zrealizować to zadanie. Na dodatek nie mógł się z nikim podzielić tym ciężarem. Nawet z Fabienem. Cholera! Tak ciężko nie było mu jeszcze nigdy.

Odczarował Nolana, który z prędkością światła zwiał do lasu. Wziął siodło, przyjrzał mu się uważnie.

„A tak niepozornie wygląda" – pomyślał. Przez chwilę zastanowił się, czy Nolan go nie podpuszczał, ale faun był tak przerażony, że mało w portki nie narobił. Zresztą nie zamierzał ryzykować sprawdzenia prawdomówności Nolana, bo narażałoby to Ariel. Zabrał siodło i wrócił na swoją kwaterę. Ukrył je pod łóżkiem i zaczął obmyślać, jak sprawić, żeby spłonęło w smoczym ogniu, i to tak, by nikt tego nie zauważył. Nie mógł się opędzić od uporczywej myśli, że ten, kto rzucił śmiertelny urok, wcale się nie krył ze swoimi zamiarami. Zupełnie jakby temu komuś zależało na wykryciu spisku. Jakby chciał, żeby wszyscy dowiedzieli się o zamachu na życie Ariel. Miał też odczucie, że koniecznie musi sobie o czymś przypomnieć... O czymś potwornie ważnym. I czy na pewno do końca zrozumiał słowa fauna?

Faun zmykał między drzewami ile sił w maleńkich raciczkach. Był zły, że zdradził Marcusowi tyle tajemnic. Przeklinał swoją tchórzliwość i gadulstwo. Z drugiej strony być może swoim ostrzeżeniem właśnie uratował życie tej całej Ariel, o której cały las wiedział, że jest kobietą i jakie ma zadanie. Tylko ci durnie w mieście byli na tyle tępi i ślepi, żeby nie zauważyć jej płci. Zresztą kogo jej płeć obchodzi, nie? Liczy się to, co robi, a właściwie to, co zrobi dla smoków i miast. No tak, ale tak się dać podejść Marcusowi?

„Nolan, Nolan, ale ty być głupi i tchórzliwy faun!" – karcił się w myślach. Podstawowa zasada fauniego świata brzmiała: nigdy nie mieszać się do spraw ludzi. Już i tak ją nagiął, godząc się wspomagać swoim geniuszem pracę

Owena. Ale pod żadnym pozorem nie powinien był zdradzać Marcusowi klątwy, jaką obłożono siodło konsultantki. Pod żadnym pozorem. Zresztą ona i tak już praktycznie jest martwa, bo nie ma takiej szansy, żeby Marcus dał radę w tajemnicy spalić w smoczym ogniu to przeklęte siodło. Niby jak wytłumaczyłby użycie bojowego smoka Zorianowi? Musiałby powiedzieć prawdę, a to rozszerzyłoby klątwę na inne zwierzęta. Szkoda. A taka miła to była osoba...

Tak rozmyślając, podskakiwał na leśnej dróżce.

– Święta racja, Nolan! – Usłyszał nagle i stanął jak wryty. – Nie powinieneś był zdradzać Marcusowi, co się stało z siodłem. Niechcący mi przeszkodziłeś, ale też trochę... pomogłeś.

Faun wytrzeszczył koźle oczy na osobę, która pojawiła się znienacka tuż przed nim.

– Jednakże stanowisz swoim gadulstwem zagrożenie dla moich planów. Cóż, w tej sytuacji chyba rozumiesz, że nie mogę cię pozostawić przy życiu?...

Nolan chciał coś powiedzieć, błagać o litość, w końcu uciekać, jednak żółtawa mgiełka, która poszybowała w jego stronę, nie dała mu żadnych szans. Chwycił się obiema rękami za szyję, a koźle oczy wyszły mu z orbit. Łapczywie starał się schwytać odrobinę powietrza w swoje faunie płuca, lecz mgła osaczyła go i ostatnim, co zobaczył, nim go zadusiła, były bezlitosne oczy mordercy.

– Miłych snów, gaduło...

Pół nocy Marcus obmyślał, jak dyskretnie zniszczyć siodło. Potem udało mu się zdrzemnąć, ale męczyły go złe sny z Nolanem w roli głównej. Rano niezbyt wypoczęty udał się do sali odpraw sprawdzić grafik patroli. Wiedział, że musi sprawić, aby Ariel nie dosiadła swojego pegaza ani nie pytała o siodło. Niestety, ledwie się przysiadł do niej w stołówce, zaczęła od siodła.

– Przywiozłeś je z miasta? Kiedy będzie naprawione? Wiesz, mam dużo pracy i często muszę latać, i... – bombardowała go pytaniami, ale podniósł dłoń, przerywając ten potok słów.

– Słuchaj – zaczął – przykro mi, ale siodło nie nadaje się do naprawy.

– Jak to? – zdziwiła się. – Przecież to tylko nacięty popręg. Wystarczy go wymienić i...

– Byłem w naszym warsztacie. Nie dadzą rady go naprawić, bo oprócz popręgu było jeszcze kilka innych uszkodzeń – kłamał jak z nut. – Wyrzuciłem je. Ale nie martw się, znajdziemy ci inne. Będzie co najmniej równie wygodne – obiecał, ale widział, że minę miała podejrzliwą. Chyba niezupełnie mu uwierzyła. – A jak appaloosa? – zmienił temat. – Wydobrzał? – zapytał z niepokojem. Pierwszy raz w życiu szczerze życzył śmierci któremuś z wierzchowców.

– Nie. – Pokręciła smutno głową. – Dziwne, rana się jątrzy. Obmyłam ją wodą z magicznego źródła i nic. Nie chce się goić. Nie mam pojęcia dlaczego. Co najmniej parę dni postoi w boksie. Wielka szkoda, bo mam masę pracy. No nic, będę musiała nieco pozmieniać plany i popracować w koszarach.

Pokiwał głową ze współczuciem, ale w głębi ducha odczuł ulgę.

– Tak, szkoda – powiedział, żeby tylko coś powiedzieć. – Lecę na patrol. Potem mam poligon. Fabien, zdaje się, jest z rana na Losowaniu, a potem szkoli adeptów. – Podniósł się od stolika i odchodząc, spojrzał na nią przez ramię. – Jakbyś coś chciała, to szukaj nas przez dyżurnego. Na razie.

Wyszedł ze stołówki i skierował się w stronę stajni. Po drodze minął adepta Spencera rozmawiającego z innym kadetem.

– ...serio, mówię ci, znaleźli go. Wygląda, że zadusiła go żółta mgła! – obwieszczał konspiracyjnym szeptem Spencer.

– Nie?!!! Jasny gwint! Jaja sobie robisz?! Żółta mgła jest zakazana! Kto mógł tak urządzić tego biednego fauna? I co my teraz zrobimy bez jego wynalazków? – gorączkował się drugi adept. – No nie wiem, czy sam Owen da radę wymyślać nowe typy broni. Bez Nolana to już nie to samo... Dziwne, myślałem, że on nie ma wrogów... Był taki zabawny...

– Co z Nolanem? – nie wytrzymał Marcus, kiedy usłyszał strzęp tej intrygującej rozmowy.

Adepci wyprężyli się jak struny.

– Nolan został dziś rano znaleziony przy Gnomowym Głazie, sir – zameldował Spencer. – Wszystko wskazuje na to, że ktoś go zabił zaklęciem żółtej mgły, sir.

Oficer stał chwilę porażony tymi wiadomościami. Właśnie zrozumiał, że to on skazał Nolana na śmierć. A jeśli tak, to znaczy, że faun nie kłamał. Należało się spieszyć, i to bardzo. Kiwnął głową dwóm adeptom, po czym ruszył do stajni. W środku spotkał Fabiena szykującego się do lotu do Świątyni Płodności. On też już słyszał o Nolanie.

– Jak siodło? – zapytał. – Dowiedziałeś się czegoś?

Marcus pokręcił głową.

– Zwykłe nacięcie. Nikt nic nie wie. Sytuacja patowa.

– Szkoda – zasępił się elf. – Miałem nadzieję, że znajdziemy sprawcę. Zorian z Severianem będą zawiedzeni. Trudno, pogadamy o tym później. Teraz lecę na Losowanie. I tak już jestem spóźniony.

Po chwili jego sylwetka zniknęła na tle bezchmurnego nieba.

Leciał. W dole przesuwały się pod nim pagórki, łąki, dolinki. Kadeci, wszyscy zmęczeni, spoceni i głodni po kilku godzinach ćwiczeń, podążali za nim. Zakręcił buławą nad głową i ryknął:

– Dobra, panowie! Ostatni atak! Makieta trolla. Ustawić szyk bojowy!

Pododdział posłusznie wykonał rozkaz.

– Teraz!

Kilkunastu kadetów ruszyło pędem na makietę trolla, strzelając z kusz i rzucając oszczepami. Musiał przyznać, że byli coraz lepsi. Znowu zakręcił młynka buzdyganem nad głową, dając znak Croyowi. Ten spojrzał na niego nieco zaskoczony. To było hasło bojowe używane tylko podczas prawdziwego ataku, a nie ćwiczeń! Zerknął jeszcze raz, żeby upewnić się, czy dobrze zrozumiał Marcusa.

– Oddział, odwrót! – krzyknął ten i ponownie dał smokowi sygnał.

Chłopcy rozstąpili się na boki, a wielkie cielsko zielonozłotego smoka minęło ich z gracją i jak z miotacza płomieni buchnęło ogniem z paszczy, obracając makietę trolla we wspomnienie. Wszyscy umilkli z wrażenia, a po sekundzie zaczęli głośno klaskać i skandować:

– Croy! Croy! Croy! Croy!...

Jeszcze nigdy nie widzieli smoka bojowego w akcji i z miejsca zapomnieli o zmęczeniu. Croy z jednej strony był nieco zawstydzony tymi owacjami, ale też mile połechtany. Z drugiej – zupełnie nie rozumiał, po co Marcus wydał mu takie polecenie. Przecież to tylko makieta, nie?

Marcus podleciał do niego na pegazie. Podniósł kciuk, dając smokowi do zrozumienia, że świetnie się spisał, po czym zebrał wszystkich kadetów i poprowadził ich z powrotem do koszar. Wiedział, że mu się za spalenie makiety oberwie, ale wiedział też, i tylko on, nikt więcej, że w brzuchu wypchanego słomą trolla ukryte było siodło appaloosa. Teraz został po nim proch. Po śmiertelnym uroku również.

Słysząc natarczywe pukanie do drzwi, Marcus westchnął. No tak, spodziewał się, że zostanie wezwany na dywanik do Zoriana, ale nie tak szybko. Z ociąganiem wstał i otworzył drzwi. Stał tam Will, ten oficer, który starał się okiełznać appaloosa w mieście.

– Do Zoriana! Natychmiast! – rzucił oschle i odszedł.

Marcus doprowadził się do porządku i chwilę później, idąc w kierunku bungalowu generała, zastanawiał się, jaką bajeczkę wcisnąć staremu elfowi, żeby ten to łyknął. Addar, chochlik Zoriana, już na niego czekał i natychmiast go zaanonsował.

Generał nie wyglądał na zachwyconego. Prawdę mówiąc, był wściekły.

– Marcus, rozumiem, że masz wystarczająco ważny i wiarygodny powód, dla którego zniszczyłeś pół poligonu?! – zagrzmiał. – Po jaką cholerę wydałeś Croyowi ten idiotyczny rozkaz?!

– W celu podniesienia morale pododdziału, panie generale – zaraportował i ciągnął, zanim Zorian mu przerwie: – Kadeci nie byli dość zmotywowani. Uznałem, że jeśli zobaczą, jak naprawdę wygląda atak trolla i obrona smoka, lepiej zrozumieją sens manewrów. Ćwiczenie teoretyczne bez praktyki jest według mnie nieefektywne...

– Podważasz metody szkolenia opracowane przez najlepszych magów i stosowane od setek lat z wyśmienitym skutkiem?! – ryknął zdumiony Zorian. – A kimże ty jesteś, żeby to robić?!

– Panie generale – ponownie odezwał się Marcus, obserwując Zoriana nerwowo przemierzającego gabinet – wiele razy widziałem, jak w walce adepci tracili głowę i panikowali na widok szarżujących trolli i ziejących ogniem smoków. Często wręcz uciekali z pola bitwy. Pomyślałem, że jeśli zobaczą na własne oczy smoka bojowego w akcji, to nie będą zaskoczeni, jeśli przyjdzie do prawdziwego ataku. Rozumiem, że przekroczyłem swoje uprawnienia. Rozumiem, że pan generał nie pochwala takich metod. Na swoją obronę mam tylko to, że według mnie działałem dla dobra Korpusu i miast – z premedytacją zagrał na poczuciu lojalności Zoriana – a morale pododdziału wzrosło. Rozumiem jednak, że muszę zostać ukarany. – Zamilkł, czekając na to, co powie generał.

Ten jeszcze chwilę krążył po gabinecie, ale już wolniej. Najwyraźniej przetrawiał słowa Marcusa. W pewnym momencie zatrzymał się przed nim i spojrzał mu w twarz.

– Ech, gdybyś nie był jednym z najlepszych oficerów w Korpusie... – westchnął. – Croy wyrządził spore zniszczenia... Jednakże twoje tłumaczenie... No cóż, może nieco naiwne, świadczy o dobrych intencjach... Powinieneś za to dostać Rubieże, wiesz o tym?!

– Tak jest. – Marcus kiwnął sztywno głową.

– Załatwimy to inaczej. Wiem od Naczelnego, jak ważne zadanie macie tu z Fabienem, dlatego nie polecisz na Rubieże. Jednak kara nie może cię ominąć. To byłoby niemoralne i dawałoby poczucie bezkarności innym gagatkom, gdyby chcieli coś podobnego zmalować. Dostaniesz dodatkowe patrole w najgorszym sektorze i doprowadzisz poligon do stanu używalności, jasne?

– Tak jest, panie generale. – Marcus wyprężył się jak struna, ale w duchu odetchnął. Na razie wszystko szło jak z płatka.

– Możesz odmaszerować. Dyżurny powie ci, co dalej.

Oficer zasalutował i sprężystym krokiem wyszedł z gabinetu Zoriana.

Marcus,

Nie mogłam Cię nigdzie znaleźć, a wiem, że masz masę zajęć. Chciałam Ci tylko przekazać, że appaloosa jakimś cudem sam dzisiejszego popołudnia wyzdrowiał. Zupełnie bez mojej pomocy!

Nic z tego nie rozumiem, ale gdy do niego przyszłam, po ranie nie było już śladu. Jest całkiem zdrowy. W tej sytuacji przydałoby mi się nowe siodło. Mam nadzieję, że znajdziesz trochę czasu, żeby mi jakieś znaleźć? Byłabym bardzo wdzięczna.

Ariel

PS. Pewnie już słyszałeś o Nolanie? Biedne stworzenie. Kto mógł to zrobić i dlaczego? Wiedziałeś, że to on zaprojektował siodło dla appaloosa?

Kiedy Ariel weszła następnego ranka do stajni, na ścianie boksu jej pegaza wisiało nowe siodło z dopiętą kartką:

Mam nadzieję, że będzie równie wygodne jak poprzednie. Niech Ci dobrze służy.
M. B.

No tak. Mogła się tego spodziewać. Skoro go poprosiła, siodło załatwił, ale nie miał zamiaru widywać się z nią osobiście.

„Hm, smutne, ale rozsądne" – pomyślała. Nie miała pojęcia, że właśnie w tym samym czasie Marcus naprawia na poligonie szkody, jakie zrobił Croy.

Nowe siodło było idealne. Właśnie dopięła popręg i miała lecieć do biblioteki, gdy zobaczyła wchodzącego do stajni Fabiena.

– O, dobrze, że jesteś – powitał ją z poważną miną. – Chciałbym, żebyś gdzieś ze mną poleciała. Mam ci coś ważnego do pokazania.

Zaintrygował ją tym tajemniczym zachowaniem, ale posłusznie poleciała za nim. Próbowała go zagadywać, gdzie i po co ją zabiera, ale niewiele się dowiedziała. Zapytany o przyjaciela elf już kompletnie nabrał wody w usta i wydusiła z niego jedynie, że Marcus ma jakąś dodatkową robotę na poligonie. Fabien nie powiedział jej tego, ale dręczyło go, co takiego strzeliło do łba przyjacielowi, że zachował się tak nieprofesjonalnie w czasie treningów z adeptami. Jednak był zadowolony, że tym razem nie chodziło o Ariel. Doprawdy jego zainteresowanie tą kobietą zaczynało być co najmniej niepokojące. Postanowił wykorzystać moment i dać jej do zrozumienia, po co konkretnie została sprowadzona do ich świata. Może dzisiejsza lekcja skieruje jej uwagę na to, co istotne, a nie na to, co beznadziejne i niebezpieczne?

Lecieli jakiś czas w kierunku miasta, by po paru minutach skręcić w lewo ku małej dolince. Ariel już ją widziała kilka razy, ale tylko z góry. Fabien wylądował przed okazałym ogrodzeniem z cudnie rzeźbioną bramą. Chwilę później appaloosa wylądował tuż obok. Z małej przybudówki przy bramie wyszedł mężczyzna w średnim wieku ubrany w nieskazitelny garnitur i idealnie wypolerowane lakierki, a ponieważ zaczęło lekko siąpić, trzymał nad głową parasol.

– Fabien, miło cię znowu widzieć – powiedział. – Doprawdy, twoja pamięć i przywiązanie do Nelly zasługują na najwyższe pochwały. A to...? – zapytał, lustrując Ariel od stóp do głów.

– Witaj, Archer – odparł elf. – To właśnie Ariel Odgeon, konsultant do spraw smoków, o którym ci opowiadałem. Wszystko, co ich dotyczy, jest dla niego bardzo ważne. Stąd nasza wizyta. Wpuścisz nas?

– Konsultant, tak? – Archer spojrzał podejrzliwie na nieznanego sobie gościa. – Severian jest coraz dziwniejszy, skoro zajmuje się zatrudnianiem konsultantów dla smoków. No ale nie mnie oceniać Naczelnego. Oczywiście mam polecenie udzielić każdej niezbędnej pomocy. Wchodźcie. – Machnął ręką i koronkowo rzeźbione wrota jak zaczarowane rozwarły się przed nimi.

Przestępując bramę, Ariel czuła się bardzo nieswojo, bo już dawno do niej dotarło, gdzie Fabien ją zaciągnął – na smoczy cmentarz. Szła pomału za elfem alejkami wyłożonymi marmurem. Między nimi rosło mnóstwo dorodnych egzotycznych drzew, wśród których stały pokaźne urny. A przynajmniej tak je nazwała, choć miały różne kształty – niektóre przypominały ogromne, zdobione dzbany, inne puchary. Każda była zwieńczona posągiem smoka – jak się domyśliła – tego, którego prochy zawierała urna. Na każdej wykuto epitafium z imieniem smoka i tym, czego w życiu dokonał.

Jak ważne musiały być w tym świecie smoki, że stawiano im tak kosztowne pośmiertne grobowce? Szła za Fabienem jak w transie, przyglądając się kolejnym posągom. Nie była w stanie wykrztusić słowa. W pewnym momencie elf skręcił w jedną z alejek ku śnieżnobiałej urnie zamkniętej posągiem smoka wykonanym z czarnego marmuru.

Należała do smoczycy imieniem Nelly i musiała tu stać od niedawna. Wyryte było, że zginęła, walcząc z dwiema chimerami w trakcie ataku na trzecie miasto. Dalej był opis jej życia oraz daty narodzin i śmierci. Fabien stał dłuższą chwilę, milcząc. Potem nie wiadomo skąd w jego ciemnej dłoni pojawiła się gałązka bzu. Podszedł bez słowa do urny i położył przy niej kwiat. Ariel obserwowała to wszystko ze ściśniętym gardłem. Bała się o cokolwiek zapytać, bo domyślała się, po co Fabien ją tu przyprowadził i jak musiało mu być ciężko.

– Lubiła zapach bzu – stwierdził pozornie bez sensu elf, ale usłyszała rozpacz w jego głosie.

– Była twoim smokiem?

Skinął poważnie głową.

– Znałem ją, zanim się jeszcze wykluła. Jej matka zdechła przy składaniu jaj. Na szczęście inna smoczyca nie zawahała się pomóc i dzięki niej Nelly przyszła na świat. To była fantastyczna smoczyca! – Głos mu lekko drżał. – Obserwowałem jej dorastanie, jej pierwsze samodzielne loty, pierwsze zionięcia ogniem. Była bystra, szybka, inteligentna i bardzo przyjacielska. Szkoliłem ją. Pewnego dnia zdradziła mi, że znalazła sobie towarzysza życia. Pamiętam, bała się, że będę zazdrosny. A ja po prostu ucieszyłem się jak wariat! Była dla mnie jak dla ciebie córka, jak przyjaciel... – Odwrócił się, udając, że coś mu wpadło do oka.

– Co się wydarzyło? – zapytała nieśmiało Ariel, podejrzewając, jaki będzie ciąg dalszy.

– Wybrała nie zgadniesz kogo. Nereta! Byli w sobie bardzo zakochani. Pewnego dnia oświadczyli mi, że spodziewają się potomstwa. To był dla nas wszystkich najszczęśliwszy dzień w życiu. Szczęśliwe narodziny smoczątka to taka rzadkość! Całe miasto świętowało. Do dziś pamiętam ich uradowane miny. Potem... potem przyszedł ten atak. – Teraz Ariel zobaczyła łzy spływające po ciemnych policzkach. Elf już ich nie ukrywał. – Jeden z najgorszych w historii miast. Opowiadano mi, że Severian musiał poderwać cały Korpus Oficerski i wszystkie smoki, żeby obronić miasto. Opowiadano, że wydał zgodę Nelly na udział w obronie, mimo że wysiadywała jajo. Bo chciała bronić miasta. Taka była właśnie moja Nelly! Lojalna i pełna poświęcenia! – Zaczął szlochać. – A mnie nie było, rozumiesz?! Nie było mnie, gdy byłem jej potrzebny! Gdy walczyła! Gdy umierała!...

Ariel patrzyła na niego z przerażeniem, zupełnie nie mając pojęcia, co powiedzieć. Położyła dłoń na jego ramieniu.

– Fabien... – zaczęła, ale jej przerwał:

– Byłem w świecie równoległym! Byłem tam, żeby przekonać jedną upartą i złośliwą babę do pomocy, której wcale nam nie chciała udzielić! Byłem tam, żeby sprowadzić tu ciebie! Zamiast walczyć u boku Nelly, spierałem się z kobietą, która ma za nic nasz świat. Która wszystko ma w nosie! A wydawało mi się, że będziesz idealnym konsultantem i sprawisz, że takie smoczyce jak matka Nelly już nigdy nie padną przy składaniu jaj! Wydawało mi się, że pomożesz nam leczyć naszych przyjaciół! Że przestaniemy tracić smoki! Że... A ty myślisz tylko o zaciągnięciu Marcusa do łóżka! Patrzę na ciebie i żałuję, że jesteś naszym konsultantem! A mogłabyś tak bardzo pomóc, gdybyś tylko zechciała... – Oparł czoło o urnę. Deszcz zmieszał się z jego łzami goryczy i wściekłości.

– To nie w porządku. – Zamrugała gwałtownie, bo teraz to jej łzy napłynęły do oczu, gdy usłyszała te krzywdzące zarzuty.

– Cholera, wy z Marcusem już nawet gadacie podobnie! – rzucił zjadliwie elf.

Mocno ją zranił tymi słowami, jednak rozumiała go. Żal po utracie smoka, obawa o przyjaciela... Przecież dla niego oboje byli jak najbliższa rodzina! Czy ona też była zawsze zdystansowana i logiczna, gdy chodziło o Amandę?

– Fabien, być może mi nie uwierzysz, ale naprawdę nie lekceważę waszego świata i waszych problemów – zaczęła cicho, a on nadal tkwił z czołem opartym o urnę. – Wiem, że to może tak wyglądać, bo codziennie latam i latam do biblioteki i siedzę tam prawie cały dzień. A jak już wracam, to siedzę u Vivianne. To nie dlatego, że nie mam ochoty wam pomóc i staram się wymigać. Widzisz, w moim świecie, zanim ktoś zacznie leczyć, musi przejść ciężkie studia. Musi poznać, jak jest zbudowane ciało pacjenta, na jakie choroby może cierpieć i dopiero potem jak mu pomóc. Musi posiąść ogromną wiedzę i zdać mnóstwo egzaminów. Tutaj jestem bardzo krótko i przejrzałam dopiero część waszych archiwów. Żeby pomóc smokom, muszę wiedzieć o nich jak najwięcej, rozumiesz?

Delikatnie odwróciła go do siebie, ujęła jego twarz w swoje dłonie i zmusiła do spojrzenia sobie w oczy.

– Mimo zaleceń Naczelnego nikt mi tu nie pomaga – poskarżyła się. – To, że traktujecie smoki jak święte, tylko utrudnia dotarcie do informacji o nich. A tych informacji okazało się, że jest cały ogrom! Czy wiesz, jak wiele macie ksiąg, zwojów, pergaminów, kryształów pamięci mówiących o chorobach smoków i o tym, jak je leczyć? Mnóstwo, Fabien, mnóstwo! Tylko wszystkie są objęte najwyższą klauzulą tajności! Zupełnie nie rozumiem dlaczego. Nie wolno ich wynosić z biblioteki. Szczęście, że w ogóle mogę robić notatki. To nie ja lekceważę wasz świat i smoki. To wasi Naczelni z jakiegoś powodu zabraniają mag-medykom dostępu do informacji o nich. Wystarczyłoby, żeby zezwolili im przeczytać to, co ja do tej pory przeczytałam, i wiesz, co by było? Nagle okazałoby się, że moja pomoc jest zupełnie zbędna, bo dalibyście sobie spokojnie radę beze mnie. – Zrezygnowana pokręciła głową. – Przecież tam jest wszystko. Począwszy od tego, jak leczyć drobne uszkodzenia łusek przez ciężkie porody aż do skomplikowanych urazów i chorób włącznie – wyliczała na palcach. – Fabien, nic z tego nie pojmuję. Wysłano was do świata równoległego po konsultanta, a tymczasem wystarczyłoby przeczytać kilka książek z biblioteki. To zupełnie nie ma sensu...

Spojrzał na nią z niedowierzaniem w oczach. Długo milczał. Bardzo długo.

– Nie kłamiesz? – zapytał w końcu cicho.

– Jesteś elfem, wiesz, kiedy ktoś kłamie, nie? Proszę o jedno: zdobądź się na jeszcze odrobinę cierpliwości. Zostało mi już niewiele do przejrzenia. Wszystkie te wiadomości konfrontuję z wiedzą Orestesa, w rozmowach ze smokami i waszymi medykami. Nim podejmę się leczenia smoków, muszę być pewna, że im nie zaszkodzę. Zrozum, proszę... Co do Marcusa... Wiem, tam w stajni mogłeś odnieść wrażenie, że my... Ale znasz go lepiej ode mnie i wiesz, jakim świetnym jest oficerem. Nie złamałby regulaminu nawet za cenę życia. Powinieneś wiedzieć, że po tym incydencie z appaloosa wpadłam w histerię... To przeze mnie Marcus...

– Wiem. Opowiedział mi – przerwał jej spokojnie elf. – Chyba muszę przeprosić, że na ciebie nawrzeszczałem – dodał z nikłym uśmiechem. – Myślałem, że... Ech.... W każdym razie przepraszam i dziękuję, że mi to wszystko powiedziałaś. Z jednej strony tak wiele mi to wyjaśnia, ale z drugiej... Też chciałbym wiedzieć, czemu nasi medycy nie mogą tego czytać.

– Może dlatego, że traktujecie smoki jak zbyt święte? – podsunęła Ariel.

– Może? – Zadumał się Fabien. – Wiesz, jak Nelly... jak zginęła, to Neret się załamał. Stracił ukochaną, a z jaja oczywiście nic się nie wykluło. To właśnie wtedy stał się taki wredny i agresywny. To dlatego nie ma wrót do jego boksu. Jest wzywany tylko do najgorszych misji. – Sam nie wiedział, po co jej to mówi. – Zastanawiałem się... czy... czy w twoim świecie można wykluć jajo bez obecności smoczycy-matki. Gdybym znał taką możliwość, wyklułbym to jajo po Nelly – powiedział z żalem.

– Jest możliwość inkubacji i wylęgu porzuconych jaj. Raczej robi się to w hodowli ptaków, ale można by spróbować ze smoczymi. Czemu nie? Tylko nie masz jaja Nelly, no i minęło tyle czasu...

– Racja... Tak tylko pytałem... Chyba czas wracać...

Chwilę później pogodzeni wracali na pegazach do koszar. Dziwnym zbiegiem okoliczności w korytarzu prowadzącym do ich kwater spotkali Marcusa, który akurat wracał z poligonu. Był brudny, ubłocony, zmęczony, ale zadowolony, bo udało mu się naprawić szkody. Ku jego zdziwieniu zobaczył, że Ariel objęła elfa.

– Cieszę się z tego spotkania. Było nam potrzebne. Przynajmniej teraz wszystko jasne. Dzięki, Fabien. – I cmoknęła go w policzek.

– Ja też się cieszę. – Elf uśmiechnął się do niej i dopiero teraz zauważyli wgapionego w nich Marcusa.

Fabien spojrzał na Ariel, ta na Marcusa, a Marcus na Fabiena. Sytuacja była co najmniej komiczna.

– To na razie – rzuciła Ariel i szybko zniknęła w swoim pokoju.

– Powinienem o czymś wiedzieć? – zapytał zaintrygowany Marcus.

– Nie – stwierdził spokojnie Fabien i też zamknął za sobą drzwi.

Marcus stał chwilę sam na korytarzu, analizując dziwne zachowanie przyjaciół, po czym stwierdził, że analiza nie zając, nie ucieknie. Może się nad tym zastanowić po kąpieli i posiłku. Najważniejsze, że Ariel była bezpieczna.

– A więc tak szybko się uczy? Mówiłeś, że jest niegroźna! Że łatwo będzie ją zabić! Oszukałeś nas! Ona stanowi zagrożenie!

Mężczyzna odczuł gniew i nienawiść społeczności. Musiał szybko temu zaradzić, bo inaczej...

– Spokojnie, przyjaciele – rzekł uspokajająco, wykonując jednocześnie nieznaczny ruch dłonią. – Uczy się, to prawda. Bardzo szybko. A to oznacza, że nie jest zwykłym konsultantem. Trudno będzie ją zabić, chociaż próbować musimy nadal. Jeśli jednak to się nie uda, proponuję...

Liczne pary czerwonych ślepi patrzyły, uszy słuchały go z uwagą i napięciem. Tak, jeśli nie uda się jej zgładzić, wykorzystają tę kobietę w inny sposób i będą mieć z tego więcej korzyści niż z jej śmierci. To mogło się udać...

Chochlikowe Jezioro leżało na skraju koszar pośród wzniesień usianych głazami i malowniczo porośniętych lasem. Z reguły nikogo tu nie było, więc Ariel mogła odpocząć, popływać i w spokoju przemyśleć wszystkie dotychczasowe wyniki swoich badań i studiów.

A szło jej coraz lepiej. Umiała już sporządzać różne maści, nalewki, wywary. Czasami z jej pokoju dobiegały odgłosy małych eksplozji albo przez drzwi ulatywały opary różnych eliksirów. Za pierwszym razem potwornie wystraszyła połowę koszar, ale potem wszyscy do tego przywykli. Natomiast z czarowaniem wciąż miała kłopoty. Kiedy prosiła, żeby ktoś nauczył ją zaklęć, patrzono na nią z niedowierzaniem, zupełnie jakby w swoim świecie zapytała kogoś, ile jest dwa razy dwa. Poza tym nie wierzyła, że ma jakiekolwiek moce magiczne, skupiła się więc na tym, na czym się znała, czyli na tradycyjnym leczeniu. Nieśmiało zaczęła wypróbowywać swoje mikstury w terapii drobnych schorzeń u pojedynczych smoków i z radością zauważała, że działają. Właściwie powinna się cieszyć i tak by było, gdyby nie tęskniła coraz bardziej za Amandą...

Ponieważ nie znano tu strojów kąpielowych, musiała kąpać się nago, ale z jakiegoś powodu jej to nie przeszkadzało. Ba, nawet to polubiła. Jednego popołudnia siedziała właśnie na głazie wystającym z jeziora i rozkoszowała się promieniami zachodzącego słońca, gdy usłyszała najpierw szelest, a potem zobaczyła coś powoli pełznącego po skale w jej kierunku! Odruchowo wstydliwie zwinęła się, zasłaniając ciało, i zdumiona zachodziła w głowę, co to może być za stworzenie. Po chwili zrozumiała. Istota była najmniejszym znanym gatunkiem smoka wodnego.

Ten podszedł bliżej. Był wielkości sporego psa o wydłużonym tułowiu i barwie szarosrebrnej. Oprócz płuc miał także skrzela, co pozwalało mu na długie nurkowanie. Miał błony pławne między palcami, a pożywienie zdobywał jak boa dusiciel, oplatając się dookoła ofiary. Na szczęście dla Ariel nie pożarłby nic większego od królika. Czytała, że ten gatunek smoków był wykorzystywany do patroli akwenów wodnych, ale nigdy nie słyszała, aby dotyczyło to Chochlikowego Jeziora.

Smok na chwilę zatrzymał się i spojrzał na nią szmaragdowymi oczami. Poruszył swymi szczątkowymi skrzydłami, co może oznaczało zaciekawienie, a może zupełnie nic. W każdym razie nie wyglądał na agresywnego. Chyba też był zaskoczony jej obecnością.

– To twoja skała? – spytała niepewna jego zamiarów. – Mam sobie pójść?

– Ariel, w końcu się spotykamy – powiedział spokojnie smok. – Jestem Virgil. Często miałem okazję widzieć, jak tu pływasz, ale dziś musiałaś nadpłynąć z innej strony, bo cię przeoczyłem. Spoko, możesz korzystać z tej skały, kiedy zechcesz. Zresztą nie ty jedna to robisz. Inni oficerowie też tu włażą, jak się zmęczą pływaniem, lądziaki-mięczaki – palnął.

– Inni? Jakoś nigdy tu nikogo nie widziałam – rozejrzała się niespokojnie. No chyba jej nie podglądali?!

– Nie obawiaj się – powiedział pogodnie Virgil. – Codziennie tu patroluję. Wiem, kiedy pozostali korzystają z kąpieli. Jak którego zobaczę, to ci dam znać. Nie chcemy, żeby się zorientowali, że samica z ciebie, co? – Wyszczerzył zęby w uśmiechu.

Również odpowiedziała uśmiechem, ale znacznie bardziej zakłopotanym.

– Słuchaj, czemu do tej pory cię nie spotkałam? Przecież tyle razy chodziłam do smoczych zagród.

– Ech – zgrzytnął zębami – bo widzisz...

– Tak?

Niepotrzebnie mu przerwała. Teraz się speszył i zapatrzył w wodę, jakby dostrzegł tam smaczną rybę.

– Virgil? Co jest? – zapytała zaintrygowana.

– No dobra, powiem ci – zaczął znowu. – Bo widzisz, inne smoki... one... no...

– Lekceważą cię?

– No. – Zwiesił smętnie głowę. – Śmieją się, że ja i moi krewni jesteśmy kurduplami! I że nic nie umiemy! Że jesteśmy darmozjadami! A to przecież nieprawda! – oburzył się smok. – My też patrolujemy i walczymy z bestiami, tyle że na innym terenie! Chciałbym widzieć takiego wielkiego latacza, jak łapie hydrę bagienną! Ale jak przychodzi co do czego, to smok bojowy święty, a my co?

Spojrzała na niego ze zrozumieniem. Doskonale wiedziała, co ma na myśli. Pogładziła go po szarosrebrnym łbie.

– Mnie tego nie musisz tłumaczyć. W moim świecie to ja uchodzę za kurdupla i muszę co chwila udowadniać, że coś umiem lub się na czymś znam. Wiem, co czujesz, serio.

Szkoda, że nie poznałam cię wcześniej. – Uśmiechnęła się do niego. – Mógłbyś mi wiele o was opowiedzieć, bo w księgach mało o was piszą.

– A pewnie, pewnie, lądziaki-głuptaki – przytaknął smok. – No więc nurkujemy, ale to już pewnie wiesz. Pod wodą potrafimy opleść się dookoła naszego wroga i go udusić lub sparaliżować jadem. Co jeszcze?... Aha, potrafimy stać się niewidzialne, to pożyteczna cecha. I możemy porozumiewać się pod wodą takimi dźwiękami, których ty nie usłyszysz. A, bym zapomniał, patrolujemy też morza, w ogóle każdą wodę. A i tak się śmieją, że z nas ofermy! Co to za smok, co nie potrafi buchnąć ogniem z paszczy – tak mówią! No to sobie siedzę w jeziorku, a nie z tymi lądziakami.

Ariel zrobiło się go żal.

– Dużo was jest? Gdzie macie zagrody? – zapytała.

– W tych koszarach są tylko moi rodzice i dwóch braci. Ja patroluję to jezioro, a oni wybrzeże morza. A zagrodę mamy na końcu. To ta niska, ciemna, pewnie przeoczyłaś – mruknął zrezygnowany.

– Mogę was czasami odwiedzić? Dla mnie nie jesteście ofermami. Wiesz, walczyć o przetrwanie miast można w różny sposób. Każdy powinien to robić najlepiej, jak mu pozwalają umiejętności. I każdy jest ważny.

Smoka jakby zatkało.

– Nie naśmiewasz się? – zapytał podejrzliwie.

Położyła mu dłoń na szyi.

– Sam to osądź. Przecież umiesz odczytać prawdomówność.

Spojrzał na nią zakłopotany. Zdaje się, była pierwszą osobą, która nie potraktowała go lekceważąco.

– A wiesz, obserwuję cię zawsze, jak tu pływasz. Miałem nadzieję, że mogę na ciebie liczyć. Ja też odbieram przekazy telepatyczne innych smoków, a one bardzo cię lubią. Możesz być spokojna, póki ja tu jestem, w tym jeziorze nie pokaże się żadna bestia! – oświadczył zadziornie, pewnie by nie pokazać po sobie wzruszenia. – No, spadam do zagrody. Tobie też to radzę, bo robi się ciemno, a nocą wychodzą wampiry i wilkołaki, a z nimi ja sobie nie poradzę. Tym zajmują się smoki zwiadowcze.

Kiwnął jej głową i zsunąwszy się do wody, odpłynął majestatycznie. Po chwili zobaczyła, jak powoli gramoli się na brzeg i kieruje przez zagajnik w stronę zagród.

– Cześć, Virgil! – Usłyszał ostry głos.

– Ooo! Cześć... Marcus! – rzucił zaskoczony smok.

– O czym tak długo gadaliście z Ariel? Chyba nie powiedziałeś jej... – Oficer spojrzał na niego groźnie.

– Że za nią łazisz? Nie, Marcus, no co ty! Ja bym wydał kolegę? Ja?! Wszystko jest zgodnie z umową. Pilnuję jej w wodzie, a ty na lądzie. Dyskretnie – zapewnił gorliwie Virgil.

– Wcale za nią nie łażę, tylko pilnuję jej bezpieczeństwa z rozkazu Severiana. Zapomniałeś? A teraz mów, o czym była ta długa pogawędka.

– No więc... – zaczął smok, ale w tej chwili usłyszeli plusk wody.

Odwrócili głowy w tamtym kierunku. Marcus zorientował się, że Ariel też płynie do brzegu i muszą obydwaj znikać.

– Pamiętaj, jak jej coś zdradziłeś, to pogadam o tobie z Croyem! – zagroził. – A teraz zmykaj. Nie chcę, żeby nas tu zastała.

– Lądziaki-ważniaki – mruknął Virgil, ale posłusznie oddalił się najszybciej, jak umiał.

Tymczasem Marcus siedział schowany w pobliskich krzakach. Już od pewnego czasu zauważył, że Ariel regularnie odwiedza Chochlikowe Jezioro i długo w nim pływa. Wiedział, że szuka tu samotności, wytchnienia od pracy i odpoczynku od natrętnych wielbicieli smoków, którzy nie dawali jej spokoju w mieście. Starannie wybierał swoje dyżury przy niej, żeby zawsze jej pilnować właśnie nad jeziorem. I nigdy nie dawał się zastąpić przez Fabiena.

Pamiętał, jak pierwszy raz tu przyszła, a on po cichu za nią. Myślał, że ma zamiar tylko pospacerować, aż do chwili, gdy zaczęła ściągać ciuchy. Ten jeden jedyny raz gapił się na nią jak jakiś durny kadet z otwartymi ustami, ale nie mógł odwrócić wzroku. Przy następnych wizytach nad jeziorem był już przygotowany i sam dziwiąc się swoim skrupułom, zawsze odwracał głowę, gdy się rozbierała, choć przecież nie mogła zdawać sobie sprawy z jego obecności. Wtedy też zawarł umowę z Virgilem. Ariel nawet nie przypuszczała, że w jeziorze też mogą być potwory i że ma takich opiekunów.

Usłyszał trzask gałązki pod jej stopą. Wyszła z wody i szła w kierunku swoich ciuchów. Wstrzymał oddech w obawie, że nawet tym może zdradzić swoją obecność. Czuł się jak ostatni idiota, ale nie miał wyjścia.

Ubrała się i powoli ruszyła w stronę koszar. Westchnął cicho i podążył za nią. W pewnej chwili zauważył nieznaczny ruch tuż za nieświadomą niczego kobietą, nieco na prawo. Jego wytrenowane oficerskie ciało zareagowało w jednej sekundzie. Błyskawicznie dobył kuszy i strzelił w tamtym kierunku. Dobiegło go czyjeś stęknięcie i głuchy odgłos upadku. Tymczasem Ariel doszła spacerowym krokiem do bungalowów nieświadoma tego, co się przed chwilą wydarzyło.

Tak jak się spodziewał, w krzakach znalazł dogorywającego wampokruka. Cholera, a więc Severian jednak miał rację! Nawet tu, w pobliżu koszar, Ariel nie była bezpieczna, i to mimo patroli smoków zwiadowczych! Komu aż tak bardzo zagrażała?

– Dobranoc – warknął, bezlitośnie dobijając stworzenie kolejnym strzałem. Trupa specjalnie pozostawił na miejscu jako ostrzeżenie dla jego pobratymców, bo wiedział, że skoro jeden nie zawahał się tu przyjść, to prawdopodobnie będą i następne. Ta myśl stanowczo pogorszyła mu nastrój. Postanowił jak najszybciej podzielić się tymi wiadomościami z Fabienem. No i poinformować Naczelnego.

Następnego dnia Ariel nie poleciała do miasta. Poszła do zagród z mocnym postanowieniem odnalezienia boksów smoków wodnych. W prezencie niosła im kilka okazałych ryb, które wyprosiła w stołówce. Po drodze oczywiście wstąpiła do Vivianne, ale ta akurat trenowała na poligonie. Zajrzała do boksów pozostałych smoków. Croy odpoczywał, więc doszła do wniosku, że nie będzie mu przeszkadzać, Neret był na patrolu, kilka innych smoków spało, więc mogła jedynie pogadać z Crillem i Ester – zwiadowcami.

Tych dwoje poznała całkiem niedawno. Ze wszystkich smoków one właśnie były najbardziej... hmm... gburowate? Nie, raczej nietowarzyskie. Dystansowały się od reszty. Nie żeby nie lubiły Ariel, po prostu nie widziały potrzeby przymilania się do kogoś, kto – tak jak one – robił, co do niego należało. Z natury były nieco opryskliwe i szorstkie w obyciu, ale poza tym miały same zalety, więc Ariel wybaczała im brak poczucia humoru i oziębłe traktowanie.

Miały tylko jedną parę dość małych jak na smoki skrzydeł, ale w locie żaden z tych wielkich gadów nie dorównywał im zwinnością, szybkością i zwrotnością. Choć brzmiało to głupio jako określenie istot wielkości słonia, Ariel kojarzyły się z jaskółkami z jej świata. Poza tym miały także inne bardzo przydatne cechy. Na przykład łuski, które potrafiły tak zmieniać barwę, że dosłownie wtapiały się w otoczenie, i nikt, absolutnie nikt nie był w stanie ich dostrzec, chyba że same tego chciały. Swoiste smocze kameleony. Dały tego dowód pierwszego dnia, gdy Ariel weszła do ich boksu. Chciała się tylko rozejrzeć i sprawdzić, jakie mają warunki bytowania. Była święcie przekonana, że para właśnie patroluje okolicę, do chwili gdy nagle wyrosły przed nią jak spod ziemi. O mało zawału nie dostała! A one uśmiechnęły się po swojemu ponuro pod nosami. Ten jeden raz pozwoliły sobie na żart.

Poza tym ich oczy były istnymi noktowizorami, a jednocześnie mogły działać jak kamera termowizyjna. Słyszały niczym nietoperze – o tym akurat Ariel wyczytała w archiwach – oraz, rzecz jasna, potrafiły ziać ogniem, używać pogłębionej telepatii, zębów oraz pazurów. Nie były jednak uważane za smoczą arystokrację, dlatego właśnie od nich Ariel postanowiła rozpocząć swoją nową misję nawracania na lepsze traktowanie smoków wodnych. Wiedziała, że przy ich charakterach szanse ma niewielkie, ale co szkodziło?

Miała już zwyczaj, że szła do zwiadowców wyjątkowo ostrożnie i cicho. Wolała sama ich zaskoczyć, niż być zaskakiwana. Wystarczająco dużo strachu najadła się tego pierwszego razu. Jak do tej pory nigdy nie udało jej się ich podejść. Zawsze ją wyczuły, ale uparcie nie dawała za wygraną. Skradała się więc teraz bezszelestnie, mając nadzieję, że po nocnym patrolu będą zmęczone i mniej czujne. I o dziwo nie zmieniły koloru łusek. Zobaczyła je wyraźnie – siedziały na swych legowiskach ze słomy syte i senne. Wyglądało, że po obfitym posiłku niedługo zasną. Ariel zdążyła usłyszeć fragment toczącej się między nimi rozmowy:

– ...dobrze, że zdążył, nie? – zagadnęła Ester.

– No... – Crill ziewnął. Powieki zaczynały mu opadać. – Strach pomyśleć, co by było, gdyby mu się nie udało!

– Aha... Wampokruk na terenie koszar! Widziałeś kiedy taki tupet? – Teraz to samica ziewnęła, a Ariel nastawiła uszu, bo pogawędka robiła się coraz bardziej interesująca. – Musimy znaleźć to miejsce, którędy się tu przedostał. Ty wiesz, jak mi było głupio?...

– A mnie myślisz że nie? – zapytał Crill. – Następnym razem Severian może nie być dla nas taki miły...

– Fakt! Szczęście, że nic się nie stało. Ale jakby Marcus go nie zabił!... Piekielnie dobrze strzela, nie?

– My też mamy szczęście. Jakby się kto dowiedział, że pod naszym nosem przedarł się tu wampokruk... Ale byłby obciach! Na Wielkiego Xaviere'a, chyba ze wstydu dokonałbym samospalenia! – rzucił najwyraźniej zawstydzony Crill.

– Ta mała nawet nie ma pojęcia, jak blisko była wczoraj śmierci nad tym jeziorem. Ale nie możemy pozwolić, żeby Marcus odwalał za nas robotę – westchnęła Ester, zaś Ariel wybałuszyła oczy.

Do licha, o czym oni gadali? Czy dobrze ich zrozumiała? Czy wczoraj została zaatakowana przez wampokruka i uratowana przez Marcusa? Tak wynikało z tej pogawędki. Ale jeśli to o nią chodziło, to dlaczego nic nie zauważyła? Chryste! Czy on ją śledzi? Jeśli tak, to dlaczego? Czy były inne napady na nią? Może faktycznie komuś zależy na jej śmierci, a oni nie chcą jej straszyć? Postanowiła, że dopadnie Marcusa i wydusi prawdę, ale teraz pomału wycofała się, żeby nie wzbudzić podejrzeń zwiadowców. Byli i tak wystarczająco zawstydzeni, że zawiedli.

Cichcem dotarła do małych boksów smoków wodnych. Zapukała grzecznie do wrót, a kiedy nikt nie odpowiedział, zajrzała ciekawie do środka. Zobaczyła małe kamienne zagrody, stanowczo zbyt ciasne i zbyt ciemne. I na dodatek puste – właściciele pewnie byli na patrolu. Pomyślała, że wróci tu później. Zostawiła tylko przyniesione ryby i skierowała się z powrotem do koszar.

Chciała pogadać z Marcusem, ale nie było go w pokoju. Złapała oficera w stołówce, gdzie jadł obiad razem z elfem pogrążony w poważnej rozmowie. Wyglądał na bardzo zmęczonego i dało jej to do myślenia.

– Cześć! – rzuciła i bezceremonialnie przysiadła się do nich.

– Ty nie w mieście? – spytał nieco zaniepokojony Fabien, zerkając na przyjaciela. – Myślałem, że poleciałaś do biblioteki.

– Tak miało być, ale zmieniłam plany.

– Coś konkretnego cię sprowadza? – znowu zapytał elf, a Marcus zrobił obojętną minę. W milczeniu kontynuował posiłek, jednocześnie intensywnie myśląc pod osłoną telepatyczną, czego ona może chcieć.

– Właściwie tak – zaczęła Ariel, przypatrując mu się uważnie. – Powiedz mi, Marcus, czy to prawda, że wczoraj nad jeziorem napadł na mnie wampokruk, a ty go zabiłeś? – palnęła.

Na moment przestał jeść, zaskoczony. Ale tylko na moment. Ariel spoglądała teraz wnikliwie, spodziewając się dojrzeć potwierdzenie na jego twarzy. Zawiodła się nieco, bo ani na jotę miny nie zmienił. Przełknął spokojnie zjadany właśnie kęs befsztyku.

– Nie mam pojęcia, o czym mówisz. Jeśli byłaś nad jeziorem i napadł na ciebie wampokruk, to po pierwsze, widzę, że moje lekcje jednak na coś się przydały, skoro nadal żyjesz. Po drugie, będziemy musieli zawiadomić o tym Naczelnego. Wampokruki tutaj? Chociaż nie, Ariel, musisz się mylić. Wampokruk nie ma szans na wdarcie się do koszar, smoki zwiadowcze by go zauważyły, nie, Fabien? – zakończył i wrócił do jedzenia obiadu.

– Wybaczcie, patrol na mnie czeka. – Elf odstawił niedokończony posiłek i... zwyczajnie uciekł.

Ariel odniosła wrażenie, że Marcus kłamie, a Fabien zwiał, bo jako elf nie umiał łgać ani trochę. Zdawała sobie sprawę, że może przełamać osłonę telepatyczną Marcusa i poznać prawdę, ale za nic by tego nie zrobiła. Ostatecznie mu to obiecała.

– Okej, w takim razie to nie tajemnica, gdzie byłeś wczoraj wieczorem? – zapytała, bezczelnie patrząc mu w oczy i próbując go wysondować. On najwyraźniej przejrzał jej gierki, bo wytrzymał spokojnie jej spojrzenie i równie bezczelnie odpalantował:

– Jasne, że to nie tajemnica. Byłem na Losowaniu. – Wiedział, że tym wyznaniem sprawi Ariel ból, ale nie miał wyjścia. Dla dobra jej, swojego, misji.

Zobaczył, że nerwowo przełknęła ślinę, ale nawet nie mrugnęła okiem. Za nic nie chciała pokazać, jak bardzo ją to zraniło.

– Rozumiem – stwierdziła cicho. – Jasne. Honor, Obowiązek, Zaszczyt!

– Oczywiście – potwierdził bezlitośnie. – Jak chcesz, możesz to potwierdzić u dyżurnego.

Zapadła długa, nerwowa cisza.

– Kiedyś dałeś mi słowo, że nigdy mnie nie oszukasz ani nie skrzywdzisz. Mam nadzieję, że nadal o tym pamiętasz – powiedziała szeptem i rozgoryczona podniosła się od stołu. Jak w narkotycznym śnie ruszyła w kierunku swojej kwatery.

Spojrzał za jej oddalającą się postacią. Właśnie minęła mu cała ochota na posiłek. Potarł nerwowo czoło, zastanawiając się, jak mógł być tak podły, i odepchnął od siebie talerz.

Zły na cały świat, a w szczególności na siebie, szedł w kierunku stajni. Skąd ona się o tym wszystkim dowiedziała? Od Virgila nie mogła, bo go już nie było, kiedy nastąpił atak wampokruka. Więc smoka wodnego mógł wykluczyć z kręgu podejrzanych. Hm, Ester i Crill też jej nie powiedzieli, bo było im wystarczająco głupio tłumaczyć się najpierw przed nim, potem przed Naczelnym. Nie, nie sądził, żeby Ariel dowiedziała się od nich. To nie była wiadomość, którą należało się chwalić. Czy był nad tym jeziorem ktoś jeszcze?

Miał mętlik w głowie. Jeśli nie Virgil, nie Crill ani Ester, to kto, na Wielkiego Xaviere'a, jej o tym powiedział? Już widział, jaką awanturę by mu zrobiła, gdyby się zorientowała, że ją śledzi. I tak by nie zrozumiała, że to dla jej dobra.

Zamyślony dotarł do stajni pegazów. Miał nadzieję, że zdąży złapać Fabiena przed patrolem i z nim obgadać całe zajście, ale elfa już nie było. Miał wrócić do siebie, ale skoro już i tak był w stajni, zajrzał do Trevora. Upewnił się, że chochliki zadbały o czystość jego boksu i odpowiednio go nakarmiły. Już miał wracać na kwaterę, gdy usłyszał czyjeś stękanie. Zaintrygowany poszedł w tamtym kierunku. Odgłosy dochodziły z boksu pegaza Ariel, a to, co zobaczył, bardzo go zmartwiło.

Zwierzę ledwo stało! Miało wzdęty brzuch, niespokojnie przestępowało z nogi na nogę i było widać, że bardzo cierpi. Marcus zerknął do jego żłobu. Cholera, co za idiota dał mu mokrą i zwiędniętą trawę? Nie zastanawiając się ani sekundy dłużej, pobiegł w kierunku bungalowu.

Trzęsąc się ze złości, dotarła do drzwi swojego pokoju. Losowanie! Cholera! Losowanie! Ile razy jeszcze usłyszy to przeklęte słowo? I na co liczyła, do cholery?! Że ktoś taki jak on, wychowany w takim świecie i w takiej dyscyplinie, zapomni dla niej o wszystkim, czego go nauczono? Że złamie wszystkie zasady, jakie mu wpajano, regulamin i zwróci uwagę na kogoś tak mało znaczącego jak ona? Że zaryzykuje relegowanie z Korpusu, który był dla niego wszystkim? I na jakiej podstawie sądziła, że to zrobi? Bo uratował ją kiedyś przed Stevenem? Bo kilka razy był dla niej miły?

„Ariel, kretynko! – powtarzała sobie. – Przestań puszczać wodze wyobraźni i myśleć, co by było gdyby! To oficer! Wykonuje rozkazy! Jako kobieta dla niego nie istniejesz! Okej, podoba ci się, to prawda. Ale ty jemu NIE! Opamiętaj się, idiotko, zacznij myśleć o smokach i powrocie do Amandy! Cholera!"

Wpadła jak burza do swojej kwatery. Ciężko dysząc, krążyła zła po pokoju. W przypływie złości chwyciła nawet butelkę z cennym eliksirem, która stała na komodzie, i cisnęła nią z całej siły. Szkło poleciało na wszystkie strony, a po miksturze została tylko zielona plama na ścianie. Kopnęła ze złością komodę. Nie pomogło. Nadal gniew ją rozsadzał. Chwyciła drugą flaszę i posłała ją w tym samym kierunku co pierwszą.

Ułamek sekundy później zorientowała się, że to przecież woda z magicznego źródła! Cholera, TEJ nie może stracić! Rozpaczliwie wyciągnęła rękę, jakby chciała przywołać butelkę z powrotem. Pomyślała: „chcę"...

Wszystko potoczyło się jak na zwolnionym filmie. Zdumiona Ariel zobaczyła, że koziołkująca flasza... zwalnia tuż przed ścianą, a potem na moment zawisa w powietrzu! Wytrzeszczyła oczy, gdy butelka zaczęła majestatycznie płynąć w kierunku jej ręki! Po chwili zaskoczona trzymała w dłoni ocalały flakonik z cenną zawartością. Z wrażenia usiadła z impetem na łóżku. Jakim cudem jej się to udało? Patrzyła z niedowierzaniem na butelkę, potem spojrzała na ścianę, na której nadal widniała zielona plama po pierwszym roztrzaskanym eliksirze.

„O rany! Przecież nikt nie uczył mnie czarowania! A jednak ta butelka mnie posłuchała!" – pomyślała z niedowierzaniem i spojrzała na swoje dłonie. Czy Croy miał rację, że ona nie zdaje sobie sprawy z własnych możliwości? Przypomniał jej się dzień w zbrojowni, kiedy wyciągnęła rękę do kuszy! Wtedy też pomyślała, że chce!... I kusza do niej przyleciała! Zapomniała już o furii, zastąpiła ją ciekawość. Spojrzała jeszcze raz na ścianę.

„Ciekawe, czy mi się uda..." – Wyciągnęła rękę w tamtym kierunku i znowu pomyślała: „chcę".

Nie poskutkowało. Przymknęła oczy i skoncentrowała się.

„Chcę!"

Ku jej zdumieniu okruchy szkła zaczęły lgnąć do siebie. Trwało to długo, ale po kilku minutach butelka znowu była cała! Jedyny mankament stanowił brak eliksiru, który wsiąkł już w ścianę. Pomyślała, że jeśli odwiedzi ją Fabien i zobaczy tę tłustą plamę, to wyjdzie na fleję i brudasa. Zawstydziła się swojego braku kontroli nad własnymi emocjami. No ale z drugiej strony nikt jej tak nie wytrącał z równowagi jak Marcus. Był w tym mistrzem. Jednak nie mogła sobie pozwolić na gniew, skoro naprawdę była czarownicą. Sama się przeraziła na myśl, jak wielką krzywdę mogłaby komuś zrobić z powodu małego, zwyczajnego wkurzenia.

Wyciągnęła po raz kolejny dłoń w kierunku plamy na ścianie i po raz kolejny pomyślała: „chcę". Czuła mrowienie w palcach, gdy przepływała przez nie magiczna energia. Plama zaczęła znikać! Z satysfakcją stwierdziła, że nabiera wprawy. Po chwili ściana była idealnie czysta. Ciekawe, czy wszystkie jej życzenia będą spełniane na tej samej zasadzie?

„Zapytam Fabiena. Może on coś wie na ten temat? Jak magowie w tym świecie uczą się kontroli nad własnymi umiejętnościami?"

Rozmyślania przerwało jej natarczywe pukanie do drzwi. Podniosła się z łóżka, żeby otworzyć. Zgrzytnęła zębami, gdy zobaczyła go w progu. Co teraz? Pochwali się, kiedy ma termin następnego Losowania? Spojrzała na niego z niechęcią.

Właśnie chciał jej powiedzieć o appaloosa, ale odruchowo omiótł spojrzeniem jej kwaterę i nim się zastanowił, palnął:

– Raaany! Ale tu bajzel! Jim ominął twój pokój czy jak? Chyba mu natrę uszu! W życiu takiego bałaganu nie widziałem!... – Ugryzł się w język.

Faktycznie w porównaniu z jego sterylnie czystym pokojem kwatera Ariel przypominała pobojowisko. Intensywne studiowanie smoków i miast zaowocowało ogromną stertą notatek, szkiców, zapisków. Było tu też mnóstwo różnych butli, butelek i buteleczek z rozmaitymi eliksirami, sporo zasuszonych roślin i egzotycznych kwiatów. Zapiski pokrywały każdą wolną powierzchnię podłogi i mebli, ze ścianami włącznie. Były tam odręczne rysunki smoków wraz z opisem ich możliwości poprzypinane do ścian, na dodatek krzywo. Były też mapy miast, zagród, poszczególnych boksów i cała masa innych rzeczy, których Ariel specjalnie zakazała Jimowi ruszać. Chciała je mieć pod ręką. Były pierwszą rzeczą, jaką widziała po przebudzeniu co rano, i ostatnią, gdy się kładła spać. Stanowiły istny chaos twórczy, w którym tylko ona była w stanie się połapać. No i miały tę cechę, że nie pozwalały koncentrować się na tęsknocie za córką...

Zrobiło jej się głupio na tę uwagę, a potem znowu ogarnęła ją złość.

– Przyszedłeś tu tylko po to, aby mi oznajmić, że jestem bałaganiarą, czy masz do mnie jakąś konkretną sprawę? – rzuciła, opierając jednocześnie wyzywająco ręce na biodrach. Patrzyła mu z tupetem w twarz. Nie pozwoli się z siebie nabijać i nie da mu satysfakcji oglądania, jak cierpi.

Skonsternowany podrapał się za uchem, ale chwila wahania trwała krótko.

– Tak. Właściwie to mam konkretną sprawę. Chodź! – rzucił niemal rozkazująco i pociągnął zdumioną Ariel za rękę.

Chciała zaprotestować, ale uścisk był bardzo mocny, więc chcąc nie chcąc, musiała podążyć za nim.

– Appaloosa! Musisz do niego zajrzeć. Natychmiast!

Zaniepokojona pobiegła za nim do stajni. Po drodze nie wymienili ani słowa. Jeden rzut oka wystarczył, żeby zrozumiała, co się dzieje z jej pegazem. Złość uleciała z niej jak powietrze z balonika. Teraz czuła jedynie niepokój o ukochanego wierzchowca i przerażenie.

„Chryste, nie mogę go stracić!" – pomyślała. Zaczęła się intensywnie zastanawiać, jak pomóc pegazowi. No tak, w jej świecie wszystko byłoby jasne albo przynajmniej prawie jasne. A tu nie miała żadnych lekarstw, tylko eliksiry, które dopiero poznawała.

Marcus obserwował zwierzę z niepokojem. Dla niego wszystko było jasne – Ariel może się już pożegnać z appaloosa. Wręcz pożałował, że ją tu przyprowadził. Ale co, miał jej powiedzieć rano, że pegaz zdechł? Jeszcze gorzej. Było mu żal zwierzęcia, ale jeszcze bardziej Ariel, bo wiedział, jak kocha tego zwierzaka. Czekał na jej reakcję niepewny, co powinien zrobić.

Nagle po prostu wybiegła ze stajni! Co jest? Chwilę stał skonsternowany, a potem wyleciał za nią. Zobaczył, że biegnie do bungalowu.

„Pewnie po kuszę – domyślił się. – Chce go dobić. Tak, to rozsądne rozwiązanie. Nie będzie się męczył. Ale mogła powiedzieć, zrobiłbym to buzdyganem".

Drzwi jej pokoju były otwarte na oścież, a ona sama miotała się, mrucząc gorączkowo pod nosem:

– ...gdzie ja to mam!? Cholera! No gdzie to jest?! A niech to szlag! Zawsze jak jest potrzebny...! – Niecierpliwie rozgarniała sterty notatek i oglądała nalepki butelek.

– Ariel... – zaczął cicho, nie wiedząc, jak jej to zaproponować – słuchaj, mogę to zrobić buzdyganem...

– Co?... – Dopiero teraz go zauważyła i nie skojarzyła, o czym mówi. – Co chcesz zrobić buzdyganem?

– Dobić go. Jeśli szukasz swojej kuszy, to leży tam. – Wskazał parapet okna. – Ale będzie mniej cierpiał, jak zrobię to buzdyganem – dokończył cicho i zobaczył, że Ariel zamiera w bezruchu, patrząc na niego na przemian z odrazą i jak na szaleńca!

– Zgłupiałeś? – syknęła. – Zamierzam go uratować, durniu! Skąd ci przyszło do głowy, że chcę go dobijać? – W tej chwili znalazła to, czego szukała, i biegiem wyminęła Marcusa, rzucając mu po drodze spojrzenie pełne dezaprobaty!

„Uratować? – pomyślał zaskoczony. – A niby jak, do cholery?"

Kiedy dotarł do stajni, Ariel już była w boksie pegaza. Zwierzęciu niestety się pogorszyło. Teraz leżało na boku i miało przymknięte oczy. Zobaczył, jak Ariel najpierw przykłada ucho do piersi, potem do brzucha zwierzęcia i uważnie się wsłuchuje. Dokładnie obejrzała jego oczy i wnętrze pyska.

Rozumiał ją, ale nie miał wątpliwości, że sprawa przesądzona. Niedługo zwierzę padnie. A jednak wciąż był ciekaw, co ona miała na myśli, mówiąc, że zamierza uratować pegaza.

Po chwili zobaczył to na własne oczy. Nie zdawał sobie sprawy, że stoi z wybałuszonymi oczami i otwartymi ustami aż do momentu, gdy Ariel fuknęła na niego:

– Nie stój tak, tylko mi pomóż!

Z naprędce spakowanej podręcznej torby wyjęła kilka kawałków czegoś, co przypominało trzciny porastające brzegi Chochlikowego Jeziora. Spojrzała na niego niecierpliwie.

– J-j-jak? – wyjąkał, nic nie rozumiejąc.

– Nóż! Daj mi nóż! – rzuciła rozkazująco.

Wyjął go z cholewki i podał Ariel. Zobaczył, że ta przecina jedną trzcinkę i ostrzy końcówkę. Nie miał pojęcia, co zamierza. Gdy koniec trzciny był już naostrzony, Ariel wzięła solidny rozmach i z impetem przebiła nim bok zwierzęcia. Marcus chciał ją powstrzymać, bo zupełnie nie rozumiał, po co zadaje niepotrzebny ból wierzchowcowi. Nim jednak złapał ją za rękę, odrzucił go smród, który nagle wypełnił boks. Dopiero w tej chwili do Marcusa dotarło, że trzcina była w środku pusta jak rurka i to przez nią wydobywały się teraz gazy z rozdętych jelit pegaza.

– Marcus, pomóż! – zawołała, a on już bez ociągania dołączył do niej.

– Dobra, co mam robić? – zapytał rzeczowo, już nie wątpiąc w słuszność jej postępowania.

– Przytrzymaj tę trzcinkę – rozkazała. – Tylko upuszczaj pomału. Jak zrobisz to zbyt gwałtownie, to zdechnie, bo będzie to dla niego zbyt duży szok.

Pomału opróżniał wzdęte jelita zwierzęcia z nadmiaru gazów, Ariel zaś w tym czasie gorączkowo przygotowywała jakieś lekarstwa. Do dużej butelki zaczęła dodawać jakieś ziółka, kilka kropli wściekle pomarańczowego płynu i wodę z magicznego źródła. Zawartość naczynia gwałtownie zabulgotała i równie gwałtownie się uspokoiła, przybierając jadowicie zielony kolor. Ariel potrząsnęła butlą i gdy Marcusowi udało się już upuścić całkiem sporo gazów, połączyła z trzcinką mały lejek, by ostrożnie wlać przez niego miksturę. Gdy skończyła, odłączyła lejek i sprawdziła, czy gazy nadal uchodzą. Zapadła cisza. Powoli wyjęła trzcinkę z nakłutego boku zwierzęcia.

– Pomasuj mu trochę brzuch – poprosiła.

Zabrał się do tego natychmiast i bez protestów. W tym czasie Ariel przygotowywała następny eliksir. Ten dla odmiany był intensywnie różowy, ale z fioletowymi obłoczkami pary. W czasie gdy Marcus był zajęty masażem brzucha pegaza, napoiła nieszczęsne zwierzę niewielkimi ilościami mikstury i od czasu do czasu przykładała mu dłoń w okolice serca, jakby przekazując wierzchowcowi życiodajną energię.

Wszystkie te czynności trwały na tyle długo, że najpierw zaczął ich obserwować jeden oficer, który przez przypadek się napatoczył. Po półgodzinie było ich już kilku, a po następnej całkiem spory tłumek. Nie zwracali na to uwagi, tylko konsekwentnie i w milczeniu wykonywali swoją pracę. Po kwadransie masaży Marcus czuł pot spływający mu po plecach, ale bez narzekań robił, co Ariel mu kazała. Co jakiś czas dawała mu znak, żeby przerwał masaż, a wtedy wszyscy obserwowali w napięciu, jak bada swojego appaloosa. Nadal żył. Był w ciężkim stanie, ale żył. W końcu po kolejnej porcji masaży i eliksirów zwierzę zaczęło dochodzić do siebie. Brzuch już nie był napięty i wzdęty. Wrócił normalny oddech. Pegaz nawet próbował się podnieść!

Przez gromadę oficerów przebiegł szmer zdumienia i uznania. Ariel przecisnęła się teraz przez grupę żywo dyskutujących oficerów i odnalazła jednego z chochlików pracujących w stajni.

– Masz rację! – rzucił Marcus. – Trzeba się dowiedzieć, kto jest za to odpowiedzialny!

Był pewien, że ona wypyta chochlika, kto podał nieświeżą karmę appaloosa. Tak by zrobił chyba każdy oficer. Jednak Ariel znów go zaskoczyła.

– Nie, Marcus. Takie rzeczy się zdarzają – powiedziała z łagodnym uśmiechem. – Nikt nie zamierzał go otruć. Pegazy są po prostu bardzo delikatne. – I wróciła do tłumaczenia chochlikowi, jak ma się opiekować chorym stworzeniem.

Do bungalowu wracali w milczeniu.

– Przez kilka dni musi odpoczywać. – Ona pierwsza przerwała ciszę. – Na szczęście chochliki już wiedzą, jak mają się nim zajmować.

Skinął głową. Nie wiedział, co ma powiedzieć. Był zmęczony. Było mu też głupio, że tak szybko zwątpił w jej możliwości i z góry skazał pegaza na śmierć. Zupełnie zapomniał, że w jej świecie takie – a przynajmniej podobne – zwierzęta się leczy.

– Nie wiesz, który z pegazów nie ma właściciela i jest w miarę spokojny, żebym mogła nim latać przez kilka dni, dopóki mój nie wyzdrowieje? – zapytała.

– Coś się znajdzie – mruknął. – Jutro ci pokażę, a ty sobie wybierzesz, dobra?

– Jasne.

Dopiero teraz przyjrzała mu się uważniej. Zauważyła cienie pod oczami, jakby od wielu nocy nie dosypiał, i skrajne przemęczenie na twarzy. Poczuła wyrzuty sumienia. Odkąd go znała, zawsze mogła liczyć na pomoc z jego strony. Tak jak na przykład dziś. Gdyby nie on, nie dowiedziałaby się o chorobie appaloosa i pegaz by padł. Co prawda na początku wyskoczył z idiotyczną deklaracją, że dobije zwierzaka, ale potem jednak dzielnie jej pomagał. I do tego odwalił najcięższą fizyczną część roboty. Bez jego pomocy wierzchowiec by już nie żył. W dodatku Marcus postąpił tak, chociaż w jego świecie tak chore zwierzę mogło liczyć tylko na miłosierne skrócenie męczarni. Zapytała go o to, żeby się upewnić.

– Tak – potwierdził. – W naszym świecie takich pegazów się nie leczy, tylko dobija. Więc sama rozumiesz, że ja... – zaczął się tłumaczyć.

– Nic nie mów – przerwała, kładąc mu dłoń na ustach. Dotarli właśnie pod drzwi jego pokoju i zatrzymali się. – Mam u ciebie dług wdzięczności – powiedziała po dłuższej chwili. – Gdyby nie ty, mój appaloosa by zdechł. Nawet nie wiesz, jak ci jestem wdzięczna za powiadomienie i pomoc.

– Nie ma sprawy. – Machnął ręką lekceważąco, ale ona pokręciła tylko głową.

– JEST sprawa! Bardzo, ale to bardzo ci dziękuję. – Wspięła się na palce i przycisnęła usta do jego zarośniętego policzka. – Powinieneś solidnie wypocząć. Wyglądasz na przemęczonego. Weź długą kąpiel i dobrze się wyśpij. Posłuchaj rady medyka, Marcus. Nawet ty musisz kiedyś odpoczywać. – Uśmiechnęła się do niego i poszła do swojego pokoju.

Stał przez chwilę, patrząc, jak zamyka drzwi. Jak zwykle zupełnie nie tego się po niej spodziewał. Pomyślał, że uratowałby jeszcze sto takich pegazów, byle tylko zasłużyć na kolejny jej uśmiech i kolejny pocałunek. Wziął jednak rady Ariel do serca i tego dnia nadzór nad nią przekazał Fabienowi, a sam zafundował sobie gorącą kąpiel i obfity posiłek, po którym zapadł w miły, niecenzuralny sen.

Ariel jednak nie spała dobrze. We śnie miała wizję ścigających ją ogromnych czarnych ptaszydeł z wielkimi zębiskami. W efekcie obudziła się bardziej zmęczona, niż gdy zasypiała, i w dodatku cała mokra od potu. Ledwo żywa zwlokła się z łóżka. Stanęła przy komodzie, popatrzyła w lustro pokazujące twarz obcej osoby.

„To tylko sen" – pocieszyła się w myślach.

Ktoś zapukał. Otworzyła machinalnie.

– Cześć! Chciałaś innego pegaza, pamiętasz? – Marcus stał oparty o futrynę i uważnie lustrował ją wzrokiem. Bosa, zaspana, rozczochrana i... nadal ponętna. Kręciła go nawet w tej męskiej bieliźnie! A niech to! Dopiero po chwili zauważył także cienie pod jej oczami. Źle spała?

– Eee... – Cholera, całkowicie zapomniała, że ma na sobie tylko bokserki i cienki T-shirt. – Aaaa! Tak, pamiętam! Daj mi chwilkę, to się ubiorę.

– Okej. Przyjdź do mnie, jak będziesz gotowa. – Jeszcze raz jej się przyjrzał i niechętnie wrócił do siebie.

Po kilku minutach zapukała do niego odświeżona, ubrana i gotowa do odwiedzenia stajni.

– Jesteś chora? – zapytał cicho, gdy szli w tamtym kierunku.

– Tylko niewyspana. – Pokręciła głową. – Śniły mi się jakieś koszmary. To wszystko.

– Jak chcesz, możemy to przełożyć – zaproponował.

– Nie, nie ma takiej potrzeby. Nic mi nie jest, a poza tym mam mnóstwo roboty, która nie może czekać.

Pokazał jej kilka pegazów, które z różnych względów nie miały właściciela. Ariel obejrzała uważnie każde zwierzę i ze smutkiem stwierdziła, że żadne nie jest nawet w połowie tak dobre jak appaloosa. Wybrała w końcu gniadą klaczkę. Potem poszła sprawdzić stan zdrowia swojego pegaza. Był jeszcze słaby, ale było widać, że najgorsze ma już za sobą. Stał w boksie i przegryzał pomału sianko. Za to chochliki uwijały się przy nim jak w ukropie. Zdaje się, miały wyrzuty sumienia.

Zwierzę spojrzało na nią dużymi, mądrymi oczami. Pogładziła je po szyi, potem zbadała dokładnie, a na koniec po prostu przytuliła się do swojego wierzchowca. Marcus długo obserwował te czynności bez słowa.

– Może lepiej nie leć dziś do miasta – powiedział wreszcie. – Teraz ty wyglądasz na przemęczoną.

Spojrzała na niego uważnie. Zero szyderstw, zero złośliwości, zero podtekstów. Jedynie autentyczne i szczere zaniepokojenie o jej zdrowie.

– Chyba masz rację. – Kiwnęła głową. – Nie jestem w najlepszej formie. Tak, dziś zostanę w koszarach. Tu też mam sporo pracy. I wiesz co, odwiedzę smoki wodne. – Uśmiechnęła się. – Poznałam jednego nad jeziorem. Ma na imię Virgil. Jest bardzo fajny. Żal mi biedaka, bo wygląda, że inne smoki nabijają się z niego, że jest taki mały i w ogóle... A poza tym obiecałam mu, że do niego zajrzę. Wiedziałeś, że w tych koszarach macie smoki wodne? – Pokręciła z niedowierzaniem głową. – Bo ja bym nigdy na to nie wpadła, gdybym go osobiście nie spotkała. Tak, to jest myśl, odwiedzę smoki wodne. Ty chyba masz teraz patrol? To na razie, Marcus, i jeszcze raz dzięki.

Pomachała mu i poszła w kierunku stołówki. Pomyślała, że może znowu uda się od chochlików wydębić jakiś prezent dla smoków wodnych, a poza tym była piekielnie głodna. Natomiast Marcus, obserwując jej oddalającą się sylwetkę, pomyślał, że oto przynajmniej jedna tajemnica się wyjaśniła. Już wiedział, o czym Virgil gadał z Ariel. Po prostu użalał się nad sobą. Oficer miał tylko nadzieję, że smok nie wygada całej reszty. Na wszelki wypadek postanowił przypomnieć mu o obietnicy dyskrecji i poleciał w wyznaczony rejon patrolu.

Tego dnia Ariel zawarła w końcu znajomość ze smokami wodnymi, które okazały się zdziwione i mile połechtane faktem, że kogoś w ogóle interesują. Była to rodzina uroczych hipochondryków. Non stop o coś się wykłócali albo nad czymś użalali, z reguły nad zdrowiem. Świetnie się bawiła w ich towarzystwie całe przedpołudnie.

Przy okazji obejrzała dokładniej ich zagrodę i obiecała im wyprosić drobny remont boksu u Zoriana, żeby miały więcej miejsca, światła i większy basen z wodą. W zamian została obdarzona sporą porcją informacji o koszarach, smokach, życiu oficerów. Otrzymała także inny prezent, ale obiecała z niego skorzystać tylko w razie ostateczności.

Była to umiejętność oddychania pod wodą. Matka-smoczyca przekazała jej ten dar jako wyraz wdzięczności „za to, co już zrobiła, i za to, czego dopiero dokona". Ariel nie bardzo rozumiała, co stworzenie miało na myśli, ale z oferty skwapliwie skorzystała. Wiązało się to jednak z tym, że musiała pozwolić matce-smoczycy, by ta ugryzła ją w ramię. W pierwszej chwili zaniepokojona przypomniała sobie podstępy wampirów z filmów grozy (pomyślała ironicznie, że chyba naoglądała się ich za dużo), ale smoczyca zapewniła, że ta kropla jadu, jaką wpuści do jej żył, krzywdy nie zrobi, za to „da możliwości, jakich inni czarodzieje nie mają". Z jakiegoś powodu Ariel zaufała matce Virgila i chwilę później poczuła nieznaczne ukłucie. Smoczyca, choć pysk miała całkiem spory, była bardzo delikatna, co z kolei przypomniało Ariel krokodylice, które nad podziw delikatnie potrafią przenosić w paszczy swoje młode.

Gdy jad dotarł do żył, przez moment Ariel pociemniało przed oczami i zakręciło się w głowie. Po chwili jednak te dolegliwości minęły, za to poczuła przypływ energii. Spojrzała na ramię, gdzie powinny być ślady zębów smoka. Nic. Smoczyca uśmiechnęła się do niej uspokajająco. Przekaz telepatyczny był jasny:

„Teraz masz takie możliwości jak my. Używaj ich tylko wtedy, gdy nie będziesz mieć wyboru. Staraj się utrzymać je w tajemnicy. Pamiętaj, to ogromne, ale bardzo wyczerpujące umiejętności. No chyba że ktoś jest smokiem!"

– Można by rzec, że teraz jesteś jedną z nas – dodała matka Virgila już na głos. – Przydałaby mi się taka córka. Odwiedź nas jeszcze kiedyś, Ariel.

Szczerze wzruszona pożegnała się i poszła w kierunku koszar. Była pora obiadu, ale jej z jakiegoś powodu nie chciało się jeść. Wróciła do bungalowu i resztę dnia spędziła nad swoimi notatkami, łapiąc się na tym, że co jakiś czas ma zawroty głowy i jest nieco rozkojarzona. Najwyraźniej jej ciało starało się przyswoić krążący w żyłach smoczy jad. W końcu doszła do wniosku, że nie będzie dłużej walczyć z ogarniającym ją znużeniem i tego wieczoru poszła spać wyjątkowo wcześnie.

Nie miała pojęcia, że po jakiejś godzinie zajrzał do niej Fabien, który chciał jak zwykle zapytać o wyniki prac. Spojrzał na śpiącą kobietę i pokój totalnie zawalony kartkami papieru, roślinami i butelkami i doszedł do wniosku, że nic się nie stanie, jeśli odbierze od niej codzienny raport jutro rano. Zanim wyszedł, jego umysł zdążył zarejestrować dziwną szaro-srebrną poświatę dookoła twarzy Ariel. Cicho zamknął za sobą drzwi, odwrócił się i niespodziewanie zobaczył podejrzliwe spojrzenie przyjaciela. Na Wielkiego Xaviere'a, od kiedy on tak cicho się skrada?! Bez słów zrozumiał niewypowiedziane pytanie.

– Śpi. Nie należy jej przeszkadzać – powiedział i poszedł do siebie, zostawiając Marcusa sam na sam z jego ponurymi myślami.

W ciągu następnych kilku dni Ariel latała do miasta na gniadej klaczce, podczas gdy jej pegaz dochodził do formy w swoim boksie. Ona sama czuła się już zupełnie normalnie, najwyraźniej jej krew wchłonęła smoczy jad. Dużo myślała o darze matki Virgila i o jej słowach. Zastanawiało ją zwłaszcza, że to dar „za to, co już zrobiła i czego dopiero dokona". Czyżby smoczyca miała zdolność jasnowidzenia? Co mogła mieć na myśli?

Ariel korciło też spróbować oddychania pod wodą, ale przecież przyrzekła, że zrobi to, tylko gdy nie będzie miała wyjścia. Nadal wiele pracowała w archiwach i bibliotece, a popołudniami w koszarowych zagrodach. Kilka razy wybrała się na samotną pieszą przechadzkę w kierunku kwiecistej polany. Starała się to robić bardzo dyskretnie, pamiętając awanturę Marcusa, gdy poszła tam po raz pierwszy. Sama o tym nie wiedząc, była dyskretna do tego stopnia, że nieświadomie kilkakrotnie zgubiła swoich „aniołów stróżów".

Obydwaj miotali się i wyklinali, na czym świat stoi, ale nie mogli zrobić nic. Jedynym, na co odważył się Fabien, była sugestia, że raporty Ariel nie są ścisłe i że winna mu meldować, co, gdzie i kiedy będzie robić, bo jako przewodnik odpowiada za nią przed Severianem. Niestety efekt osiągnął odwrotny, bo teraz Ariel stała się jeszcze bardziej dyskretna i jeszcze szybciej im umykała. Zupełnie jakby rozpływała się w powietrzu! Przyszło im nawet do głowy, że może... opanowała sztukę stawania się niewidzialnym? Nawet nie podejrzewali, jak bardzo mieli rację.

A ona, kiedy tylko odkryła, że to umie, zaczęła zapuszczać się coraz dalej w las w poczuciu całkowitego bezpieczeństwa. Nie zdawała sobie jeszcze tylko sprawy, że istnieją w tym świecie stworzenia, którym wzrok wcale nie jest potrzebny do namierzenia zwierzyny. Parę razy została zlokalizowana przez smoki zwiadowcze, bo te widziały na podczerwień, i to one doniosły Fabienowi oraz Marcusowi, gdzie Ariel znika na całe godziny. Zdrowo zirytowani zaczęli rozważać możliwość ujawnienia rozkazu Severiana pilnowania jej przez całą dobę. Musieli jednak najpierw skonsultować to z Naczelnym, bo jeśli zrobiliby to bez jego wiedzy... Strach pomyśleć, jak mógłby się wściec. No i gdy ona zrozumie, że jednak była śledzona... Cholera, nie wiedzieli, kogo się bardziej obawiać.

Po kilku dniach appaloosa wrócił do zdrowia, a wraz z nim Ariel wróciła ochota na latanie. Chwilowo zakończyła swoje eskapady do lasu i postanowiła wynagrodzić pegazowi ciężką chorobę oraz rehabilitację przez coraz dłuższe latanie. Zwierzę było jej ewidentnie wdzięczne. Stąd codziennie w drodze do miasta i z powrotem robili sobie coraz dłuższe wypady tylko we dwoje.

Pewnego wieczoru, gdy już odstawiła pegaza do boksu, poszła ze swoimi notatkami nad Chochlikowe Jezioro. Chciała na spokojnie je przeczytać i przemyśleć. Nagle usłyszała łopot skrzydeł – stanowczo zbyt głośne jak na pegaza, poczuła też silny wir powietrza. Popatrzyła w górę i zobaczyła Croya.

„Patrol? Przecież mieli rano" – pomyślała zdumiona. A jeśli jest Croy, to w pobliżu powinien być Marcus. Byli przecież nierozłączni.

Dopiero po chwili uświadomiła sobie, że nie widziała Marcusa od paru dni. Starała się o tym nie myśleć. Czasami słyszała go w łazience albo mignął jej w stołówce. To wszystko. Tym razem Marcusa z Croyem nie było. Trochę ją to rozczarowało.

Smok wylądował zgrabnie obok niej na skraju jeziora. Wyjątkowo nie dowcipkował.

– Czym się martwisz? – zagaiła w nadziei, że coś z niego wyciągnie.

Chwilę milczał.

– Eee, takie tam... – wymamrotał w końcu pod nosem.

– No wykrztuś wreszcie... – zachęciła matczynym tonem.

– Jak ci powiem, dochowasz tajemnicy? – zapytał z poważną miną.

– Co za pytanie, wiesz, że tak! – powiedziała nieco urażona Ariel.

– Dobra, trzymam cię za słowo! Jak mnie zdradzisz, to cię zeżrę! – zagroził.

– Croy, daruj sobie. Obydwoje wiemy, że tego nie zrobisz. Powiesz mi w końcu, o którą smoczycę chodzi, czy nie? – rzuciła zniecierpliwiona.

– A skąd wiesz, że chodzi o smoczycę? – wydukał skonsternowany.

– Czy ja wyglądam na idiotkę? Przecież widać, że robisz podchody do jakiejś smoczycy. No gadaj, do której?

– A nie będziesz się śmiać? – zapytał urażony.

– Co ty, zgłupiałeś?! Pewnie, że nie! – zapewniła szczerze. No, no, no, Croy zakochany! Ciekawe w kim i czy Marcus wie?

– No, jest taka jedna – zaczął. – Wiesz, my smoki dobieramy się w pary na całe życie. Bardzo bym chciał, żeby ona mnie wybrała, ale chyba nie traktuje mnie poważnie. Ariel, studiujesz nasze życie, powiedz mi, czy jest jakiś eliksir miłosny, który mógłbym jej podać, żeby na mnie łaskawie spojrzała? – spytał autentycznie zrozpaczony.

Ariel pokręciła głową i pogładziła go po ogromnym zielonym pysku.

– Nie, Croy, eliksiru nie ma. Z tego, co wiem, wy smoki macie różne charaktery tak samo jak ludzie i dobieracie się na zasadzie normalnego uczucia. Musi między wami, jak to się mówi, zaiskrzyć...

– Tak jak między tobą a Marcusem? – wypalił Croy.

Ariel na przemian bladła i czerwieniała. Normalnie ją zatkało. Wgapiała się w smoka z otwartymi ustami.

– Bo on non stop gada i gada o tobie i gęba mu się nie zamyka. To jest wkurzające, ale chyba go rozumiem, bo ja o niej też nie mogę przestać gadać – nawijał smok, zupełnie nie zważając na jej zakłopotanie.

– Kto to jest, Croy? – przerwała mu raptownie. – Powiesz mi w końcu czy nie?

– Vivianne... – wyszeptał cichutko. – No dobra, zacznij się w końcu śmiać! – rzucił ze złością.

– Wcale nie zamierzam – powiedziała spokojnie Ariel. – Osobiście uważam, że to doskonały wybór. Vivianne jest bardzo mądra i miła. A przede wszystkim jest z twojej rasy, co ma ogromne znaczenie, bo gdybyś wybrał inną smoczycę, to moglibyście się nie doczekać potomstwa. Takie pary mogą być bezpłodne, wiem to z waszych ksiąg. Chcesz ją zdobyć... hmm... pomyślmy, co Vivianne lubi, a czego nie... – Zamyśliła się. – Powinieneś trochę spoważnieć. Żadna kobieta nie zainteresuje się pajacem. Bez urazy, ale czasami zachowujesz się jak lekkoduch. Powinieneś być czuły, opiekuńczy. Podaruj jej coś ot tak, bez okazji. Wiem, że ona przepada za koziołkami. Może spędzicie uroczy wieczór przy kolacji z koźlęciną i winem w roli głównej? – zapytała zachęcająco.

– Myślisz, że ona się zgodzi? – zapytał niepewnie Croy, wpatrując się w Ariel wielkimi zielono-złotymi oczami.

– Nigdy się nie dowiesz, jeśli nie zapytasz, prawda? Pamiętaj, kobiety traktują poważnie tylko tych mężczyzn, którzy poważnie traktują kobiety. Okaż jej szacunek. Zdobądź się na odwagę i pokaż, że ci na niej zależy, a wtedy, kto wie, może magia miłosna zadziała?...

Croy pochylił głowę i zamyślił się głęboko. To mogło mieć sens. Musi spróbować.

Żadne z nich nie wiedziało, że od jakiejś chwili ukryty w pobliskich krzakach Marcus pilnie przysłuchiwał się tej dziwnej rozmowie. A ponieważ siedział pod wiatr, smok go nie wyczuł. Na szczęście dla nich nie usłyszał wszystkiego.

– Jeśli chcesz, mogę spróbować ci pomóc zaaranżować randkę – powiedziała z uśmiechem Ariel.

– Mogłabyś? – zapytał z nadzieją Croy.

– Pewnie. Rozmawiam z nią codziennie. Mogę wypytać o to i owo. Dowiedzieć się, jakie masz u niej notowania i czy zgodzi się na kolację z przystojnym zielono-złotym dżentelmenem.

Smok uśmiechnął się z niedowierzaniem, Marcus zresztą też.

– Pogadam z nią jutro, ale dopiero po południu. Rano lecę do biblioteki. Nawet nie masz pojęcia, ile tam jest książek o was! – powiedziała zaaferowana Ariel. – I kiedy ja to wszystko przeczytam? A najgorsze jest to, że nie mogę ich wynosić poza czytelnię, bo najchętniej to bym je wszystkie teleportowała do mojego pokoju w koszarach... – Podrapała się po głowie.

– A jak z tobą i Marcusem? – nie wytrzymał Croy.

Zapadła cisza. Ariel popatrzyła na niego z żalem.

– Nie ma czegoś takiego jak ja i Marcus, rozumiesz? I nigdy nie było. Od kilku dni go nie widziałam. Zresztą oboje jesteśmy z innych światów, i tak nic by z tego nie wyszło. Ja jestem ze świata, gdzie mężczyzna i kobieta stanowią rodzinę, tak jak wy, smoki. Często mają wspólne potomstwo, mieszkają razem... Marcus jest z innego świata. Tu rządzi Losowanie. Eliksir pobudzenia i eliksir niepamięci. A Marcusem dodatkowo rządzą Honor, Obowiązek i Zaszczyt – powiedziała gorzko. – Nasze światy nie przystają do siebie. Ja nigdy nie zgodzę się być kolejną wylosowaną, a Marcus nigdy nie zamieni haremu ponętnych, pięknych dziewcząt na jedną nic nieznaczącą kobietę... Zresztą w tym świecie to i tak nierealne...

Była bardzo zakłopotana. Byłaby jeszcze bardziej, gdyby wiedziała, że on tego wszystkiego wysłuchał. I to bardzo zaskoczony. Opuściła głowę. Chwilę milczała.

– Wiesz co, zorganizuję ci tę randkę. Daj mi tylko kilka dni – powiedziała w końcu, siląc się na wesołość. – A o dyskrecję się nie martw. Nikomu nie powiem, słowo. Teraz leć, bo jeszcze Marcus zechce zajrzeć do twojej zagrody, a ciebie tam nie będzie.

Pocieszony Croy pomachał jej przyjaźnie i odleciał. Marcus tymczasem siedział w krzakach i gapił się na Ariel, bo po tym, co wyznała, chciał jej tyle powiedzieć... Tylko że wtedy musiałby zdradzić swoją obecność i że podsłuchał całą rozmowę. Była wystarczająco zakłopotana, więc po cichu wycofał się do koszar i w zaciszu swojej kwatery jeszcze raz przemyślał gorzkie słowa Ariel. Gdyby tylko wiedziała, jak bardzo się myliła...

Tak jak powiedziała Croyowi, większość dnia spędziła w bibliotece i archiwach. Jej appaloosa otrzymał już nawet oficjalne miejsce przy ratuszu i chochlika do dyspozycji, który karmił go, poił i doglądał.

Wiedza Ariel o smokach pogłębiała się z dnia na dzień. Coraz więcej też wiedziała o tutejszych sposobach leczenia, ziołach, eliksirach i tym podobnych rzeczach. I polubiła tę pracę. Czuła, że jest ona potrzebna innym, a poza tym przypominała trochę Ariel czasy studiów, gdy spędzała w czytelni długie godziny, a na głowie miała sto tysięcy problemów mniej...

Oddała przerobione woluminy Adeli, wskoczyła na pegaza i skierowała się w stronę kopuły.

Zanim do niej doleciała, usłyszała ciężkie ŁUUUP!!! Kopuła zadrżała. Potem nastąpiły kolejne wstrząsy i odgłosy uderzeń. Wystraszona spojrzała przez przezroczystą osłonę i zobaczyła największe i najbardziej obrzydliwe stworzenie – obrzydliwsze niż cokolwiek, co była sobie w stanie wyobrazić. Było olbrzymie. Gdyby stanęło pod ratuszem, bez kłopotu zajrzałoby Naczelnemu do okna. Okropną brudnobrązową gębę stwór miał usianą guzami, bąblami. Małe wodniste oczka zmrużył, jakby oślepiało go słońce. Wykrzywione wargi ukazywały paskudne, brązowe zębiska. Była prawie pewna, że z tej paszczy musi strasznie śmierdzieć. Ogromne ramiona wyrastały z jeszcze większego korpusu okrytego zapewne równie cuchnącymi łachmanami.

Stworzenie bezmyślnie waliło pięściami w kopułę. „Wielkie nieba! Wytrzyma?" – Ariel była autentycznie przerażona. Właśnie w tej chwili zrozumiała, jak ważne jest jej zadanie. Do tej pory te wszystkie ataki miały miejsce gdzieś indziej i tylko się o nich mówiło. Teraz była świadkiem jednego z nich. Nawet nie próbowała sobie wyobrazić, co by było, gdyby kopuła nie wytrzymała. Istna masakra!

Jej pegaz zawisł w powietrzu, czekając na rozkazy, a ona z otwartymi ustami, zszokowana obserwowała wściekły atak bezmyślnej istoty. W tym czasie na ulicach w dole tłumy mieszkańców pospiesznie szukały kryjówek, na wypadek gdyby kopuła jednak przepuściła bestię. Po chwili Ariel zobaczyła, że dookoła stworzenia pojawili się jeźdźcy na pegazach.

„Oby tam nie było Marcusa!" – pomyślała z rozpaczą, bo właśnie uświadomiła sobie, jak niebezpieczny jest jego zawód.

Oficerowie krążyli wokół stwora, starając się go skołować. Ten odwracał się to w jedną stronę, to w drugą i próbował łapać wielkimi łapskami obrońców, którzy śmigali mu przed nosem. Teraz Ariel zobaczyła wielki czarny kształt. A więc na to czekali oficerowie! Grali na czas, aby smok mógł dotrzeć do kopuły i zająć się stworzeniem. Wielki i czarny – to mógł być tylko Neret, ten najbardziej agresywny – a to znaczyło, że sprawa jest poważna. Czyli to obrzydliwe stworzenie musiało być trollem. Wyjątkowo wielkim trollem.

Z zapartym tchem obserwowała walkę Nereta z bestią. Smok zionął ogniem i wypalił oczy potworowi, który teraz na oślep ruszył przed siebie, młócąc wielkimi łapskami. Neret przypuścił kolejny atak – tym razem łapami uzbrojonymi w potężne, szablaste szpony. Ciął nimi i chlastał ciało trolla bez żadnych skrupułów.

Przerażające widowisko trwało, a Ariel nie była w stanie odwrócić oczu. Patrzyła na zaciętą walkę smoka z trollem i oficerów wspomagających Nereta na swych pegazach. Nawet nie zorientowała się, że ma całą twarz mokrą od łez.

Wreszcie troll padł na kolana wyczerpany i pokrwawiony. Oficerowie dobili go strzałami z kusz. Niestety, zanim skonał, zdążył jeszcze raz machnąć na oślep łapą zaopatrzoną w ostre pazury. Zmęczony walką Neret tym razem nie zdążył się uchylić. Ostre szpony bestii przeorały jego skrzydło i bok, z którego pociekła zielona krew. Smok zaryczał z bólu i po raz ostatni zionął ogniem. Oficerowie dali mu znak, że dadzą sobie radę, i część z nich eskortowała Nereta do koszar, a pozostali zajęli się tym, co zostało z trolla.

„Ariel! – Rozległ się czyjś głos w jej mózgu. – To czas próby twoich umiejętności! Powinnaś mu pomóc!"

Nie zdawała sobie sprawy, że jej pegaz wisi w powietrzu przy ratuszu na wysokości biblioteki. Przez okno ujrzała Marcelinę. To ona przemawiała do niej telepatycznie.

„Weź się w garść i leć do koszar. Może go jeszcze uratujesz!" – zganiła ją czarownica i Ariel ocknęła się. Tak, Marcelina miała rację. Trzeba błyskawicznie lecieć do koszar.

– Naprzód! – krzyknęła do swojego appaloosa. Spięła go ostrogami i ten wystrzelił jak strzała do przodu. Nawet nie myśląc, co robi, otworzyła kopułę gestem ręki – tak idealnie wykonanym, jakby od dziecka uczyła się czarów. Lecąc, spojrzała w dół na oficerów krzątających się przy zwłokach bestii. Chwilę później lądowała już w koszarach, i to nie przy stajniach, ale brawurowo przy zagrodach.

Był tu już tłum oficerów. Wszyscy chcieli wiedzieć, co się wydarzyło.

– Z drogi! – ryknęła i pobiegła pędem do windy. Wiedziała, że do boksu Nereta nie ma nawet wrót, jest tylko jedno wejście przez przeszklony dach. Uruchomiła windę jak zwykle myślą i po chwili pędziła galeryjką w stronę boksu Nereta, rozpychając tłum ciekawskich oficerów. Po drodze wyłapywała ich szepty:

– Już po nim... Szkoda, był najlepszy... Biedak, a tak dzielnie walczył!... Miał zwykłego pecha...

Strasznie ją wkurzyły te uwagi. Z góry skazali go na śmierć.

„O nie, Neret, tak szybko nie dam ci umrzeć!" – pomyślała z wściekłością i żalem, gdy przypomniała sobie, jaki był odważny.

W końcu dotarła na miejsce. Tłum gapiów wpatrywał się w rannego smoka, jedni z ciekawością, inni z litością i żalem. Nikt jednak nie próbował mu pomóc!

Odepchnęła oficera, który próbował zastąpić jej drogę.

– Wynocha, jeśli nie chcesz mu pomóc! – syknęła jadowicie, a tamten chyba musiał coś ujrzeć w jej oczach, bo cofnął się przerażony. – Zawołaj mi tu Marcusa, migiem! – nakazała.

Oficer próbował się stawiać, ale niespodziewanie dla siebie samej zrobiła to, co Severian ostatnim razem. Wyciągnęła dłoń i skierowała palec w stronę mężczyzny. „Chcę..." Ku własnemu zdumieniu ujrzała pęk srebrnych łańcuszków oplatających się dookoła jego szyi i zaciskających pomału. Zaskoczonemu i coraz bardziej przerażonemu oficerowi oczy wychodziły na wierzch!

– Polecisz po niego czy mam zacisnąć mocniej? – wycedziła.

Z wysiłkiem skinął głową. Puściła go. Po chwili już go nie było, a po następnej na miejscu pojawił się Marcus. Już wiedział, co zrobiła, bo powiedział po prostu:

– Chciałaś mnie widzieć. Jak mogę ci pomóc? – Zaaferowany nie zauważył nawet, że niechcący zdradził jej płeć. Na szczęście wszyscy byli nazbyt pochłonięci rannym smokiem, aby zwrócić na to uwagę.

– Muszę pomóc biedakowi – powiedziała Ariel, pokazując głową Nereta. – Chcę, żebyś poleciał pegazem na skraj kwiecistej polany... Daj mi dokończyć! – rzuciła, widząc, że

Marcus chce zaprotestować. – Jest tam drzewo tulipanowca. Z jego kwiatów mogę zrobić płyn na rany Nereta. Tylko to go uleczy. Marcus, pokłoń się driadzie drzewa i poproś GRZECZNIE o kilka kwiatów. Powołaj się na mnie i proszę, pospiesz się... Uważaj na siebie... No, leć, nie ma czasu! – dodała, widząc, że Marcus stoi w miejscu.

– Ariel, ja wiem, że chcesz dobrze, ale... to nie ma sensu. On umiera. Nie dasz rady mu pomóc... – powiedział cicho.

Podeszła do niego i powiedziała najciszej, jak potrafiła, ale bardzo stanowczo:

– Właśnie dlatego tracicie smoki. Bo nigdy nie próbujecie o nie walczyć! Marcus, przypomnij sobie, jak ratowaliśmy mojego pegaza. Wtedy daliśmy radę. Teraz też możemy. Proszę, zrób, co mówię. Zaufaj mi, wiem, co robię. – Popatrzyła poważnie w błękit jego oczu.

„Robię to tylko dla ciebie!" – westchnął głęboko.

„Dzięki!" – odwzajemniła się uśmiechem, od którego serce mu stopniało.

Marcus zniknął, a ona zabrała się do oględzin smoka. Nawet z daleka było widać, że jego rany są poważne, stracił wiele krwi i bardzo cierpi. Postanowiła najpierw napoić go eliksirem usypiającym z dodatkiem środków przeciwbólowych.

„Neret! – przemówiła do niego telepatycznie. – To ja, Ariel. Jestem tu, żeby wam pomagać, pamiętasz?"

Wymęczony smok przymknął oczy, potwierdzając, że ją słyszy i rozumie.

„Posłuchaj uważnie. Oficer Marcus już poleciał po lekarstwo dla ciebie. Postaram się pomóc, ale żeby to zrobić, muszę opatrzyć twoje rany i przemyć je specjalnymi eliksirami. Czy mogę do ciebie zejść?" – zapytała.

Smok skinął głową.

„Dobrze. Ale ponieważ badanie i pomoc nie będą miłe, chciałabym, żebyś wypił tyle, ile zdołasz, tej wody, którą ci podam na dół. W tej wodzie jest eliksir, po którym nie będziesz czuł bólu i będziesz spał, podczas gdy ja będę cię opatrywać, zgadzasz się? Jesteś naszym najważniejszym smokiem i obiecuję, że zrobię wszystko, żeby ci pomóc" – zapewniła.

Znowu skinął głową. Oficerowie przyglądali się zdumieni tej bezgłośnej rozmowie prowadzonej na otwartym kanale telepatycznym. CAŁE koszary to słyszały!

– Co, u licha, tu się dzieje?! – zapytał groźnie Zorian, stając nagle tuż obok.

– Zabieram się za to, do czego mnie tu sprowadziliście – powiedziała spokojnie Ariel. Wydała już chochlikom polecenie, aby napełnili poidło Nereta wodą z dodatkiem eliksiru. Po chwili jeszcze coś im szepnęła, chochliki zniknęły i pojawiły się ponownie, niosąc jakąś ciężką torbę.

„Neret – poprosiła – zaufaj mi i wypij tę wodę. Za parę minut ból minie i zrobisz się senny. Wtedy ja opatrzę twoje rany".

Ku zdumieniu wszystkich smok zrobił, o co prosiła, choć nawet poruszanie pyskiem sprawiało mu wyraźny ból.

– A niby jak zamierzasz mu pomóc? – zapytał poirytowany Zorian. W końcu to był jego najlepszy smok, a Ariel jako mag-medyk jeszcze się nie wykazała. – Że już nie wspomnę o tym, jak zamierzasz tam zejść. Do tego boksu nie ma żadnych drzwi.

– Zaraz pan zobaczy, generale – odparła spokojnie. – Tylko eliksir musi zacząć działać. Nie chcę, żeby go coś bolało i żeby cierpiał.

Zorian ze zdumienia podniósł brwi. Tak pewnej siebie osóbki jeszcze nie widział.

W oczekiwaniu, aż Neret zaśnie, Ariel przygotowywała potrzebne jej substancje, zioła, eliksiry. Czekała też na powrót Marcusa. Wiedziała, że wysyłanie go w takie miejsce jest niebezpieczne, ale wiedziała też, że tylko on jest w stanie to zadanie wykonać i bezpiecznie powrócić. O, właśnie nadchodził, a właściwie biegł na ostatnim oddechu. Wręczył jej woreczek, w którym znalazła to, co było jej potrzebne. Driada drzewa okazała się bardzo łaskawa i nie żałowała kwiecia.

Ariel spojrzała z uśmiechem na Marcusa.

– Wielkie dzięki. Być może właśnie uratowałeś Neretowi życie.

Schowała woreczek do torby, którą od wielu dni zawsze nosiła przy sobie. To w niej miała różne notatki, zioła, ostatnio także eliksiry. Przechyliła się przez barierkę i spojrzała w dół na smoka. Tak, chyba już spał. Żeby się upewnić, rzuciła patyk, który znalazła na podłodze galeryjki. Smok, choć trafiony w nos, ani drgnął. Spał, jego oddech był ciężki, ale był.

Zanim ktokolwiek zdołał zrozumieć, co Ariel chce zrobić, ta uśmiechnęła się do Marcusa, puszczając przy tym oko i... skoczyła z galeryjki głową w dół zupełnie jak nurek! Rozległ się krzyk przerażenia, a Marcus mało nie dostał zawału. Wszyscy rzucili się do barierek i wgapili w dół. Byli pewni, że Ariel odbiło i postanowiła popełnić samobójstwo, tymczasem ona... tuż nad samym klepiskiem boksu zrobiła zgrabne salto i lekko wylądowała na ugiętych nogach! Na galeryjce zapanowała cisza.

Mało kto słyszał o czymś takim jak latanie w powietrzu. Na Wielkiego Xaviere'a, jak ona to zrobiła? Czy podobnie stamtąd wyjdzie?! Teraz nad smoczymi zagrodami tłoczył się cały Korpus Oficerski, a tuż przy barierce stanął nawet przybyły właśnie Severian. On również nie był dobrej myśli. Wyleczenie pegaza to jedno, ale zabranie się za kurację najgroźniejszego i zarazem najcenniejszego smoka to zupełnie inna sprawa.

Ariel obeszła Nereta dookoła. Nie mogła wiedzieć, jak długo eliksir będzie działał, więc musiała się pospieszyć.

Obejrzała rozdarte skrzydło. Tu miała mało do roboty. Wystarczyło oczyścić i zaszyć ranę. Gorzej było z bokiem. Mięśnie zostały mocno naruszone.

Tą raną zajęła się w pierwszej kolejności. Oczyściła ją z brudu najpierw zwykłą wodą, potem tą ze świętego strumienia. Potem w specjalnym naczyniu pogniotła kwiaty tulipanowca i zalała wodą z magicznego źródła. W oczekiwaniu, aż nasiąkną, zajęła się łataniem skrzydła. Szyła szybko, pewnie, systematycznie, nie patrząc w kierunku galeryjki, ale wiedziała, że każdy jej ruch pilnie śledzi wiele par oczu.

Po półgodzinie skrzydło było mocno zszyte i opatrzone specjalną maścią gojącą. Teraz mogła ponownie obmyć rozdarte mięśnie mieszaniną wody ze świętego źródła i kwiatów tulipanowca. Efekt był piorunujący. Mięśnie przestały krwawić, zaczęły same ku sobie lgnąć. Po kilku minutach z uśmiechem stwierdziła, że teraz wystarczy tylko zszyć skórę.

Tak, tyle że nie chodziło o psa, konia ani nawet pegaza! Smocza skóra była twarda jak diabli i do tego pokryta jeszcze twardszymi łuskami. Ariel sprężyła się, bo miała wrażenie, że Neret drgnął. Tak, skóra na skrzydłach była stanowczo delikatniejsza niż na boku. Musiała użyć całej swojej siły, aby pozszywać ten fragment. Na koniec była tak spocona i zmęczona, że czuła strumyki potu między łopatkami i w wielu, wielu innych miejscach. No ale ciężka praca przyniosła efekty. Rany zostały pozszywane i opatrzone maściami. Teraz trzeba było czekać, aż Neret się obudzi.

Wyprostowała obolałe plecy. Przez moment zastanawiała się, czy da radę wrócić na galeryjkę. Spakowała swoje rzeczy do torby, zamknęła oczy i wyciągnęła ręce w górę. Jej ciało pomału wzleciało, unoszone magiczną siłą.

Wylądowała ciężko tuż przed zdumionym Zorianem i patrzącym na nią przenikliwie Naczelnym. Widzieli, że sama ledwo ze zmęczenia trzyma się na nogach, więc Severian kazał jej się stawić u siebie jutro z rana, jak wypocznie, po czym razem ze zdezorientowanym generałem oddalili się, cicho rozmawiając. Ariel udzieliła chochlikom ostatnich instrukcji – co mają podać Neretowi, kiedy się ocknie, i że mają ją wtedy obudzić. Gdy szła do siebie, zszokowani oficerowie rozstępowali się przed nią w milczeniu. Marcusa wśród nich nie było.

Severian skończył opowieść o aktualnych wydarzeniach w mieście i koszarach. Staruszka przeciągnęła dłonią po mlecznobiałych włosach.

– A więc tak szybko się uczy? – wyszeptała zaskoczona – i to BEZ nauczyciela? Hmm, muszę to przemyśleć. To wszystko jest dziwne i zaskakujące. Kobieta o tak silnej mocy magicznej... Severianie, gdyby taka kobieta... Przemyślę to, tak, i dam ci znać za parę dni... – Ekran zmienił się w lustro.

A więc ona ratuje im smoki? Już niedługo! Fala potężnej nienawiści przetoczyła się przez społeczność. Rozkazy wydane. Ta osoba zostanie w końcu zgładzona, chyba że... A przy okazji, jak tam nasza hodowla?...

– Co to, do cholery, miało znaczyć?! – Marcus naskoczył na nią, gdy po cichu przemykała się do swojej kwatery. Najwyraźniej na nią czekał.

– Sorry, Marcus, ale nie mam ochoty na kłótnię. Proszę, nie dziś. Jestem potwornie zmęczona... – powiedziała zrezygnowana, bo marzyła jedynie o kąpieli i śnie.

– O nie! Tak po prostu mi nie zwiejesz! – ryknął wściekły, wdzierając się do jej pokoju. – Co ty sobie wyobrażasz?! Że możesz na oczach całego Korpusu skakać sobie głową w dół do zagrody najgroźniejszego smoka?! – Trzasnął drzwiami.

Usiadła na łóżku zmęczona.

– A ty sobie wyobrażasz, że możesz na oczach całego Korpusu mówić, że jestem kobietą? – zapytała opryskliwie. – To równoznaczne ze skokiem na główkę do zagrody, nie uważasz?

– Nie zrobiłem tego! – oburzył się Marcus.

– Nieee? Czekaj, jak to szło? – Udała, że robi zamyśloną minę. – „Chciałaś mnie widzieć? Jak mogę ci pomóc?", tak powiedziałeś na galeryjce, pamiętasz?

Marcus zmartwiał. Do licha, faktycznie tak było! Zaklął w duchu nad własną głupotą i nad jej też.

– To jeszcze nie oznacza, że masz robić takie rzeczy – lekko przystopował. – Mogłaś się zabić, a poza tym skąd umiesz tak latać? Kto cię nauczył? Tego pewnie nawet Severian nie umie! Ariel, KIM ty jesteś? – zakończył cicho, przykucając obok łóżka i patrząc uważnie w jej zmęczoną twarz.

„Uwierz mi, że nie chcesz wiedzieć! – odpowiedziała mu telepatycznie. – Teraz jestem tylko bardzo zmęczoną osobą".

Popatrzył na nią wnikliwie. Właśnie dała mu do zrozumienia, że ma się wynosić, bo ona idzie spać. Wstał i ruszył w kierunku drzwi. Tu odwrócił się, spojrzał na nią i dodał:

– Nie rób tego więcej... Bałem się o ciebie... Dobranoc.

Zamknęła za nim drzwi, a potem przeszła do łazienki. Tak, gorąca kąpiel na obolałe mięśnie to dobry pomysł.

Zrzuciła ciuchy i długo leżała w wannie, rozkoszując się masującym działaniem wody, aż oczy jej się skleiły i zasnęła.

Tymczasem Marcus zdał Fabienowi relację z tego, co się działo w zagrodzie Nereta, bo ten akurat zajmował się dobijaniem trolla. Elf wytrzeszczył oczy ze zdumienia, chociaż znając Ariel, chyba nie powinien. Obiecał, że jutro ją wypyta, jak to zrobiła, i że będzie bardziej na nią uważał. Pożegnali się i Marcus wrócił do siebie. Chwilę nasłuchiwał. U niej cisza. Faktycznie była zmęczona po dzisiejszym dniu, więc pewnie już śpi.

„No nic, chyba też się położę" – pomyślał znużony.

Zdjął mundur i położył na komodzie, żeby Jim mógł go rano zabrać do prania. W samych bokserkach pewnym ruchem otworzył drzwi do łazienki i... zastygł, zaciskając mocno palce na framudze i nie wierząc w to, co widzi. Rany! Ariel... spała w wannie, z której zdążyło wycieknąć pół wody, a drugie pół – sprawdził to palcem, jednym palcem! – było ledwo letnie. Zacisnął szczęki. Niebiosa! Czym zawinił, że jest wystawiany na takie próby? Starał się ze wszystkich sił nie patrzeć na jej nagie ciało, ale nie szło mu to najlepiej. Czuł, że bokserki robią się dziwnie ciasne. Przełykając raz po raz nerwowo ślinę, drżącymi rękami wyciągnął korek z wanny i wypuścił resztę wody. Jeszcze tego brakowało, żeby się utopiła. Przypomniał sobie, jak poprzednio oskarżyła go o to, co zamierzał zrobić za chwilę, i oczami wyobraźni zobaczył jutrzejszą awanturę. Tym razem był ugotowany, ale nie mógł zostawić jej tu na całą noc ani nikogo wezwać. Poszedł do pokoju Ariel i przygotował jej łóżko do spania. Kiedy woda całkiem opadła, ciężko wzdychając, wziął na ręce nagą, mokrą kobietę i zaniósł do jej sypialni. Idąc tam, rozpaczliwie starał się nie myśleć, jak miękka i pachnąca jest jej skóra. Jak bardzo kształt jej piersi pasowałby do jego rąk. Jaki smak miałaby jej szyja pod jego ustami...

Położył Ariel na łóżku i troskliwie nakrył pościelą.

„Rano pewnie obudzi się i zastanowi, czemu pościel jest wilgotna. – Uśmiechnął się ponuro pod nosem. – A potem przyleci i wygarnie mi od zboczeńców. Jakbym miał inne wyjście!..."

Uciekł do siebie, zaryglował drzwi do łazienki i szybko się wykąpał, po czym jeszcze szybciej wskoczył do własnego łóżka. Żeby jeszcze tylko sen chciał nadejść równie szybko! Miotał się w łóżku przez pół nocy, a potem, stwierdziwszy, że i tak nie zaśnie, włożył mundur i poszedł do stajni pegazów. Zgłosił się na dodatkowy nocny patrol.

– Znowu?! – Dyżurny podniósł brwi ze zdumienia. – Marcus, coś ty taki nadgorliwy? Nie przesadzaj. Oszczędzaj siły na prawdziwe walki. – Mimo to przydzielił mu rejon patrolowania.

Marcus osiodłał Trevora, wziął sprzęt noktowizyjny i poleciał na wyznaczone miejsce. Miał nadzieję, że zimne nocne powietrze orzeźwi go nieco, a patrol zajmie jego umysł innymi rzeczami, niż myśleniem o...

Faktycznie rano zdziwiła się, dlaczego leży naga w lekko wilgotnej pościeli. Ostatnie, co zapamiętała z wczoraj, to że weszła do wanny. Potem film jej się urwał. Może to był tylko sen, ale była pewna, że czyjeś silne ramiona wyciągnęły ją z wanny i zaniosły do pokoju. Tak, to musiał być sen, bo ta osoba niemiłosiernie przy tym klęła, a przecież chochliki nigdy tego nie robią. No i jaki chochlik dałby radę ją unieść?!

Tak sobie powtarzała, jednak doskonale wiedziała, kto ją przeniósł, tylko tym razem nie miała na niego prawa się drzeć. Przecież mogła się utopić, nie? Jakimś cudem nie spotkała go cały boży dzień. Zupełnie jakby jej unikał? Za to przyszedł Fabien i musiała mu opowiedzieć wczorajsze zdarzenia. Był pod wrażeniem, ale kazał jej na siebie uważać i zapytał o plany na najbliższy dzień. No cóż, musiała zajrzeć do Nereta, a potem Severian chciał ją widzieć. Że ma jeszcze zorganizować randkę Croyowi, już elfowi nie mówiła, w końcu obiecała dyskrecję. Zapytała za to o Marcusa. Fabien spojrzał na nią dziwnie.

– Patrol. Jest na patrolu! – powiedział opryskliwie, po czym odwrócił się na pięcie i wyszedł.

„A co to miało znaczyć?" – pomyślała zdumiona.

Gdy dotarła do smoczych zagród, grupka chochlików rozstąpiła się przed nią z ukłonem. Ariel od razu skierowała się do windy i po chwili zajrzała przez balustradę do zagrody chorego smoka. Żył! A nawet był przytomny i patrzył na nią przenikliwie.

„Witaj, Neret! Jak się czujesz?" – zapytała zatroskana.

„Jak po spotkaniu z trollem!" – Smok wyszczerzył zęby w uśmiechu.

„Czy miałbyś coś przeciwko temu, żebym do ciebie zeszła i zobaczyła, jak się goją rany?"

„Jasne, że nie, maleńka, tylko nie wiem, jak chcesz to zrobić".

Uśmiechnęła się do niego, po czym powiedziała chochlikom:

– Tylko nikomu o tym nie mówcie, dobrze? – Położyła palec na ustach, po czym zupełnie jak dzień wcześniej zanurkowała na główkę do zagrody, a przed samym nosem Nereta wywinęła zgrabnego fikołka i stanęła na własnych nogach.

Smok spojrzał na nią zdumiony.

– Kobieto! Ty wiesz, jaka to rzadkość tak umieć lewitować? Nawet nie wszyscy Naczelni to potrafią! Więc to tak wczoraj do mnie zeszłaś? – domyślił się. – No to masz problem, bo teraz cały Korpus pewnie o tym gada. W dodatku oni się już domyślają, że nie jesteś facetem, a leczysz smoki!

Nie bój się, ja cię nie zeżrę, pomogłaś mi. Ale oni... – Pokazał głową kilku oficerów na galeryjce, którzy właśnie się napatoczyli. – No, z nimi możesz mieć problem. Potrafią być zazdrośni o talenty. Ale jak chcesz, to dla ciebie mogę ich pożreć. – Wyszczerzył zęby w uśmiechu.

Ariel zachichotała, a potem przystąpiła do oględzin. Na szczęście nie zauważyła infekcji, obydwie rany zasklepiły się ładnie. Obeszła Nereta dookoła i posprawdzała szwy.

– Boli cię coś? – zapytała.

– Nie, ale zjadłbym coś treściwego. Może małego człowieczka? – Zaśmiał się, gdy ona lekko się wystraszyła. – Ariel, przestań, na żartach się nie znasz? Muszę stwarzać wokół siebie mit, że jestem taki groźny, to mi dają spokój. Inaczej by mnie męczyli nudnymi patrolami. – Znowu się do niej uśmiechnął, a ona odpowiedziała mu tym samym.

– Słuchaj, Neret, napiszę chochlikom listę leków, jakie masz brać i w jakiej kolejności, bo sama nie będę mogła przychodzić tu kilka razy dziennie, ale obiecuję zaglądać zawsze z rana, dobrze? Chochliki będą dodawać do twojej wody do picia eliksir przeciwbólowy i wzmacniający, będą też smarować twoje rany specjalną maścią, którą im dam, a ja codziennie skontroluję ich pracę. Tylko mi któregoś nie zjedz! – Pogroziła mu palcem. – I masz się dobrze odżywiać, okej? Aha, i pamiętaj, rany, jak się goją, to swędzą! Broń Boże mi ich nie drap! Bo je całkiem rozwalisz i całe to moje szycie będzie na nic!

– Dobrze pani smoczy mag-medyku! Obiecuję – odparł Neret z uśmiechem.

– Okej, teraz muszę lecieć, bo Severian chce mnie widzieć. Pewnie zapyta o twoje zdrowie. No to na razie. – Pomachała smokowi i lekko wzleciała w górę. – „Rany, kiedy ja się tego nauczyłam?" – dopiero teraz pomyślała zdumiona.

– Chciałeś mnie widzieć, panie – powiedziała Ariel, gdy weszła do gabinetu Naczelnego Czarnoksiężnika.

– Tak. – Severian popatrzył na nią uważnie. – Mówmy sobie po imieniu. Mam nadzieję, że to ułatwi nam wspólne kontakty.

– Skoro tak sobie życzysz. – No, no, być na ty z Naczelnym to chyba spory przywilej? Czym sobie zasłużyła? Neretem? – Rozumiem, że mam opowiedzieć, jak wyleczyłam Nereta? – zapytała.

– A już wyleczyłaś? – wykrztusił zaskoczony Severian.

– Byłam przed chwilą w jego boksie. Skrzydło jest niemal całkiem zasklepione, a po ranie na boku za parę dni nie będzie śladu pod warunkiem, że Neret nie rozdrapie ran, bo swędzą przy gojeniu, i że nie zeżre chochlików, które mają obowiązek smarować mu te rany maścią. Stanowczo mu tego zakazałam... – Urwała, bo Naczelny wpatrywał się w nią jak zahipnotyzowany – Czy coś się stało?

– Tak po prostu zakazałaś i on cię posłuchał? – Severian nie wierzył własnym uszom. Okiełznała najgroźniejszego smoka! Co jeszcze zrobi? Sama zacznie zabijać trolle? – Skąd wiedziałaś, co masz robić, żeby mu pomóc? – zapytał zaintrygowany.

– Severian, nie pamiętasz, sam kazałeś otworzyć przede mną całe zasoby biblioteki i archiwów – przypomniała Ariel. – A tam jest masa woluminów, ksiąg, zapisków! Wystarczy tylko umieć czytać! Czemu magowie waszego świata tego nie robią? Czemu się w tym nie szkolą? Wtedy moja pomoc byłaby niepotrzebna! – wyrzuciła jednym tchem pytanie, które nurtowało ją od dawna.

– Smoki są święte! – powiedział poważnie Naczelny. – Nie mam pojęcia, dlaczego cię tolerują, bo innych pożerały. Jednak to, co powiedziałaś, daje mi dużo do myślenia.

– Właśnie dlatego, że traktujecie je jak święte, boicie się do nich podejść i udzielić im pomocy. Gdyby tej świętości było trochę mniej, a rozsądku trochę więcej, to mielibyście smoki w doskonałej kondycji! – palnęła bezczelnie. – W waszych zasobach archiwalnych jest cała kopalnia wiedzy o ich hodowli, chorobach, żywieniu, rozmnażaniu. Nic, tylko korzystać. Ale wy uparliście się patrzeć na nie jak na świętość. Dlatego są w tak fatalnej kondycji. Aha, i jeszcze coś. Przestudiowałam historię pierwszego miasta i pozostałych. Pierwsze miasto wymarło, gdy święte źródło wyschło. Wtedy energia życiodajna osłabła na tyle, że ludzie zaczęli tracić siły magiczne, rodziło się mniej dzieci, plony były mniejsze i smoki słabsze.

Severian słuchał jej z uwagą, mimo że dobrze znał historię pierwszego miasta.

– Był to proces wieloletni i jak się wydaje, nieodwracalny. Wiem, że wysłano jakąś ekspedycję do źródeł strumienia, ale nikt nie wrócił żywy. – Zrobiła przerwę, bo to, co miała teraz do powiedzenia, było bardzo ważne. – Słuchaj, wydaje mi się, że ta historia się powtarza. Wydaje mi się, że źródła pomału słabną i w ciągu następnych lat nic z nich nie pozostanie. Wtedy i te dziewięć miast, tak jak pierwsze, trzeba będzie opuścić. I tu nie mogę wam pomóc, bo kondycja smoków to jedno, ale bez magicznej wody nie przetrwacie – zakończyła z ciężkim westchnieniem. – Chyba to miałam wam pomóc odkryć, więc wydaje mi się, że moja rola skończona. Nic tu po mnie. O ile zaczniecie zajmować się porządnie smokami i zainteresujecie się przyczyną wysychania źródeł, to dacie sobie radę.

Mag wysłuchał jej w milczeniu. Potem zaczął krążyć po komnacie, najwyraźniej zastanawiając się nad jej słowami.

– To, co mówisz, jest w istocie szokujące i niepokojące, ale mam nadzieję, że się mylisz – powiedział poważnie. – Proszę, byś została w naszym świecie jeszcze trochę i robiła to, co do tej pory. Ja w tym czasie naradzę się z pozostałymi Naczelnymi i Wszechwidzącą Orianą i ustalimy, co dalej.

Dobrze? Poinformuję cię za kilka dni o wynikach naszej narady. Dziękuję, że mi to wszystko powiedziałaś. Czasami potrzebne jest spojrzenie z boku, osoby niezaangażowanej, która obiektywnie oceni stan rzeczy. Ty to właśnie uczyniłaś i za to jestem ci wdzięczny. Zgadzasz się na moją propozycję?

– Severian, w moim świecie została moja córka Amanda, a ja i tak już jestem tu bardzo długo. Powinnam wracać... – zaprotestowała.

– Wiesz, że potrafimy ustawić tak portal do twojego świata, żebyś wróciła dokładnie w tym samym czasie, w jakim stamtąd wyszłaś – uspokoił ją Naczelny z lekkim uśmiechem.

– Wiem, wiem, wiem! Ale byłabym spokojniejsza, gdybym mogła sama tam pójść i sprawdzić, czy wszystko gra – wyznała Ariel.

– Dobrze, poproszę Zoriana, żeby ci przydzielił oficera do eskorty. Nie masz pojęcia, jak się otwiera portal ani jak go ustawić. Wejdziesz tam, upewnisz się, że wszystko jest w porządku i wrócisz do nas jeszcze na parę dni, obiecujesz? – zapytał.

– Obiecuję – odparła Ariel z uśmiechem.

– W takim razie nie będę cię dłużej zatrzymywał. Zdaje się, że smoki na ciebie czekają – pożegnał ją Severian.

Ruszyła do drzwi, ale tuż przed nimi coś sobie przypomniała.

– Jak tu szłam do ciebie, w drzwiach minęłam jakieś dziwne stworzenie. Kto to? – Odwróciła się.

W odpowiedzi ujrzała uniesione w niemym pytaniu brwi Naczelnego.

– No, taki facet... Wysoki, szara skóra, popielate włosy i oczy. Pokryty pyłem. Wyglądał jak żywy posąg. Chyba nawet nim był, sądząc z wyglądu... – Roześmiała się, opisując dziwaka, którego rzeczywiście minęła w korytarzu.

– Aaaa... – Severian pacnął palcami w czoło, jakby właśnie sobie o nim przypomniał. – Jasne. To był Julien, przywódca Kamiennych Strażników... Racja. Nic o nich nie wiesz... – zaczął, widząc uniesione ze zdumienia brwi Ariel. – Kamienni Strażnicy, jak sama nazwa wskazuje, pilnują. A konkretnie są strażnikami w Kamieniołomach Demonów. To takie miejsce, gdzie...

– ...umieszcza się przestępców – wpadła mu w słowo. – Wiem. Ale kim są Strażnicy? Przyznaję, że poczułam się nieco nieswojo, gdy na mnie spojrzał tymi skalistymi oczami... Czy to są, przepraszam, ludzie?

– Hmm... dobre pytanie. Tak naprawdę nikt nie wie, czy są jeszcze ludźmi, czy już nie... – rzucił dość enigmatycznie. – To potomkowie pierwszych więźniów. W dawnych czasach niektórym udawało się doczekać końca kary lub byli zwalniani w drodze amnestii. Ci pierwsi więźniowie nie chcieli wracać do miast. Ich gniew, żal i gorycz za to, że zostali uwięzieni, była tak wielka, że nie mieli ochoty wracać do społeczeństwa, które ich wygnało i napiętnowało. To dla mnie niezrozumiałe, ale woleli zostać w miejscu swojego uwięzienia. Z czasem zaczęli prowadzić w tamtym miejscu normalną osadę. Mieli potomstwo.

– Dobrze, ale kto pilnował tych pierwszych więźniów, zanim sami zostali strażnikami? – zastanowiła się Ariel.

– Oficerowie oczywiście – wyjaśnił – ale szybko okazało się, że są zbyt miękcy do pilnowania zbrodniarzy. Nie potrafili utrzymać ich w ryzach. Ucieczki i morderstwa były na porządku dziennym, podobnie jak i samobójstwa wśród oficerów... Wtedy Wielka Rada Magów po długich debatach zdecydowała się na eksperyment. Wycofano czasowo oficerów do koszar, a ówcześni Naczelni porozumieli się z przywódcami Kamiennych Strażników i to oni zaczęli sprawować kontrolę nad tymi terenami. Potem coś, co miało być jedynie czasowym eksperymentem, przerodziło się w długofalową współpracę. Legendy mówią, że Kamienni Strażnicy w ciągu tych setek lat tak bardzo wrośli w górzysty teren, że stali się jego cząstką. Jak nikt znają góry, urwiska, kamieniołomy. Są twardzi, i to dosłownie. Wytrzymali. Niestraszny im głód, zimno, stres. Czy są jeszcze ludźmi? Cóż, chciałbym wiedzieć... Jako Naczelny muszę się z ich przywódcami co jakiś czas spotykać. Zdają mi relację i omawiamy aktualne aspekty współpracy. Nie są naszymi poddanymi czy niewolnikami. Są niezależni. I neutralni w stosunku do miast, mimo że ich przodkami byli więźniowie. Julien właśnie przekazywał mi raport na temat więźniów. Nic wielkiego. Zwykła procedura. Nie musisz się ich obawiać, jeśli oczywiście nie jesteś więźniem!... – zakończył ze śmiechem. – No dobrze, idź już i pamiętaj, co mi obiecałaś. Że jeszcze do nas wrócisz...

Ariel kiwnęła głową w zamyśleniu. Jeszcze raz pożegnała się i po chwili jej nie było.

Lustro w komnacie Severiana, do tej pory opalizujące różnymi kolorami, ożyło.

– Słyszałaś wszystko? – zapytał mag.

– Co do joty. Mam nadzieję, że to nieprawda, bo jeśli ona ma rację... – Mała, krucha staruszka o mlecznobiałych włosach zrobiła bardzo zmartwioną minę. – Musimy faktycznie naradzić się wspólnie. A póki co niech ją do świata równoległego eskortuje Marcus.

– Oriano, wiesz, że on... – zaczął Naczelny, ale czarownica mu przerwała.

– Wiem! Ale z nim ona wróci, a bez niego nie. A poza tym kto wie, co się zdarzy po drugiej stronie portalu? – Lustro zamarło.

Wracała od Severiana bardzo zadowolona z rozmowy. Po pierwsze, przekazała mu to, co chciała, żeby wiedział, po drugie, uzyskała zgodę na odwiedzenie swojego świata (a wcale nie zamierzała tu wracać!), po trzecie, Neret wracał do zdrowia. Czego można chcieć więcej?

„No, kilka rzeczy by się znalazło..." – pomyślała z żalem. Ale teraz jeszcze musiała zająć się randką Croya. Prosto z miasta poleciała pod zagrodę Vivianne. Ta przez drzwi telepatycznie dała jej do zrozumienia, że też chce zobaczyć, jak Ariel lata w powietrzu, i że jeśli wejdzie normalnie drzwiami, to ją pożre. Rozbawiona kobieta wzleciała na galeryjkę, a potem zanurkowała do zagrody Vivianne i zgrabnie przed nią wylądowała.

– Ale fajnie! – zachwyciła się smoczyca. – Czy to bardzo wyczerpujące? – zapytała zaciekawiona.

– Wiesz, że nawet nie, ale wzbudza za dużo sensacji, więc nie zmuszaj mnie do tego więcej. – Parsknęła śmiechem Ariel. – Do Nereta muszę tak wchodzić, bo on, biedak, nie ma drzwi, ale ty to co innego. – Usiadła koło Vivianne i przez jakiś czas plotkowały o tym i owym. Ariel musiała opowiedzieć wszystko o ataku trolla i leczeniu Nereta.

– Słuchaj – zaczęła ostrożnie, kiedy opowiedziała wszystkie nowiny – powiedz mi, jeśli to nie tajemnica, czemu do tej pory nie wybrałaś sobie faceta? Nie ma nikogo, kto by cię zainteresował?

– Ech – smoczyca zgrzytnęła zębami – jest taki jeden...

Ariel popatrzyła na nią pytająco i czekała. W końcu Vivianne nie wytrzymała.

– Między nami to tak jak między tobą a Marcusem. Macie się ku sobie, ale na siebie warczycie. Ja uważam, że już dawno powinnaś urządzić sobie z nim prywatne Losowanie – palnęła.

Ariel omal nie udławiła się własną śliną. Zaczęła kasłać, a jej uszy coraz bardziej przypominały kolorem dorodnego buraka. Kiedy w końcu przestała się dławić i wytarła załzawione oczy, popatrzyła karcąco na smoczycę.

– Vivianne, do cholery, chcesz mnie zabić?! – powiedziała ze złością. Najpierw Fabien, Marcelina, potem Croy, a teraz ona zdawali się nie mieć innych zmartwień, tylko czy ona ma iść do łóżka z Marcusem, czy może jednak nie! Jakby to było po prostu pójście do restauracji. Nie mieli nic innego do roboty, cholera, niż zajmować się życiem uczuciowo-erotycznym innych? – Przypominam ci, że w twoim świecie istnieje system Losowań. Ja jestem z niego wykluczona i niech tak zostanie! – powiedziała groźnie. – Marcus bierze w nich udział czynnie, myślę, że nawet bardzo czynnie, sądząc po jego ostatnich nieobecnościach, i też niech tak zostanie! – skończyła, ale minę wciąż miała głupią.

– Dla twojej informacji, od czasu tego pierwszego Losowania, o które miałaś żal do Marcusa, nie był ani na jednym – poinformowała lakonicznie smoczyca. – Nie wiem dlaczego, ale ostatnio jest jakby w nich pomijany? Ciekawe czemu, nie? – zastanowiła się z drwiącym uśmiechem.

– Tak? To czemu całymi dniami go nie ma, a potem, jak już go gdzieś spotkam, jest nieprzytomny? – palnęła Ariel, krzyżując wyzywająco ręce na piersiach.

– Słonko, nie powinnam ci tego mówić, bo to tajne, ale Marcus dostał rozkaz bezpośrednio od Severiana bardzo dyskretnej opieki nad... twoją osobą. Tak dyskretnej, że nawet ty masz o niej nie wiedzieć. Jesteś ogromnie ważna dla miasta. Ten rozkaz nabrał szczególnego znaczenia po tym, jak o mało nie zginęłaś nad jeziorem pod zębami wampokruka. Tylko przytomności umysłu Marcusa i jego wieloletnim treningom zawdzięczasz, że jeszcze żyjesz. Za to kiedy śpisz bezpiecznie w swojej kwaterze, on bierze dodatkowe patrole, żeby być jak najdalej od ciebie. Biedak najwyraźniej obawia się, że mógłby, no wiesz, nie wytrzymać i zmusić cię do udziału w prywatnym Losowaniu. – Teraz smoczyca miała już ubaw na całego. – A żebyś widziała, jak zwiewał tej nocy, gdy zasnęłaś w wannie, a on biedny myślał, że łazienka jest wolna! Ha, ha, ha! Najpierw cię, rzecz jasna, grzecznie zaniósł do łóżka, ale potem pół nocy latał jak szalony po okolicy na pegazie! – Vivianne uśmiała się do łez.

Ariel było tak głupio, że nie miała pojęcia, co powiedzieć.

– Skąd o tym wszystkim wiesz? – wykrztusiła w końcu.

– Ech, mam pewne dodatkowe zdolności – powiedziała lekceważąco smoczyca – i mało co się przede mną ukryje. Wiem na przykład, że niedługo odwiedzisz swój świat, bo chcesz się upewnić, czy wszystko jest w porządku. I wiem, który z oficerów będzie cię eskortował. – Uśmiechnęła się znacząco.

– Nie mów. Niech zgadnę, Marcus – westchnęła zrezygnowana. – Czemu on? Dlaczego? Przecież jest tylu innych oficerów.

– Aleś ty niedomyślna, Ariel! Może ktoś robi sobie nadzieję, że wy dwoje, sami w tamtym świecie, skorzystacie z okazji, a parę miesięcy później przyjdzie na świat mały Marcus i okaże się na przykład nowym Naczelnym Czarnoksiężnikiem Dziewiątego Miasta? – podpowiedziała Vivianne. – W tym świecie byłoby to wykroczenie przeciw przepisom o Losowaniach, ale w twoim?... To oczywiście tylko hipoteza...

No jasne, jak mogła o tym wcześniej nie pomyśleć?! Zastanowiła się nad słowami smoczycy i własną naiwnością. Ale nic z tego! Jeśli to prawda, nie da im tego, o czym myślą. Nikt nie będzie nią manipulował – postanowiła z zacięciem, po czym przypomniała sobie, po co tu właściwie przyszła.

– Vivianne, skoro wiesz tyle rzeczy, to pewnie wiesz także, po co przyszłam? – zapytała zaciekawiona.

– Może? – odpowiedziała tajemniczo smoczyca.

– Chodzi o to, że znam takiego jednego smoczego mężczyznę, który w twojej obecności robi się z zielono-złotego całkiem czerwony z zakłopotania i boi się zapytać, czy byłabyś tak uprzejma zjeść z nim pyszną kolację złożoną z koźlęciny oraz dobrego wina? – zapytała Ariel. – Dodam, że bardzo mu się podobasz, traktuje cię niezmiernie poważnie, ale sam nie ma odwagi cię o to spytać.

– Powiedz Croyowi, że długo czekałam na to zaproszenie, ale jestem rozczarowana, bo miałam nadzieję, że on sam mnie o to poprosi. Oczywiście, że zjem z nim kolację, nawet jeszcze dziś – uśmiechnęła się Vivianne. – Zachowaj dyskrecję Ariel, ale to jest właśnie MÓJ Marcus Brent! – Mrugnęła porozumiewawczo, a rumieńce na policzkach Ariel jeszcze się pogłębiły.

– Już do niego lecę. Będzie zachwycony. I to nawet nie wiesz jak! Prosił mnie nawet o eliksir miłosny, żeby cię napoić, bo biedak myślał, że nie ma u ciebie żadnych szans. Tylko mu tego nie mów, bo mnie zeżre! Czyli dziś wieczorem może być? – upewniła się Ariel.

– Będę czekać na niego z koziołkami, a on niech przyniesie kilka beczułek wina – kiwnęła głową smoczyca. – I, aha, nie przychodź przez następnych kilka dni do zagród.

Ariel spojrzała na nią pytająco.

– Zbliżają się twoje dni kobiece. Smoki są wyczulone na zapach krwi. To je rozdrażnia. Mogłabyś nie być tak bezpieczna – poradziła Vivianne.

– Jasne, rozumiem – wybąkała skołowana Ariel. Takie rzeczy Vivianne też wiedziała? Wielkie nieba, zupełnie zapomniała o naturze kobiecego ciała. W myślach zrobiła szybko obliczenia i wyszło jej, że smoczyca ma rację. Musi jak najszybciej się dowiedzieć, jak sobie radzą kobiety tego świata z tymi sprawami. Czy oni mają tu podpaski? Z takimi rozważaniami poleciała do Croya, poinformowała go, że jest umówiony na wieczór i ma przynieść wino, po czym poleciała szybko na pegazie do miasta.

Marcelina poradziła jej, jaki eliksir wypić, gdy dostanie okres, tak żeby trwał tylko jeden dzień i był jak najmniej dokuczliwy. Zaopatrzona w odpowiednią miksturę i wskazówki wróciła do koszar.

Wieczorem Ariel zajrzała do Nereta. Wyglądał coraz lepiej. On też uprzedził ją, żeby się lepiej w najbliższych dniach nie pokazywała w zagrodach.

„Wielkie nieba! W moim świecie, jak się ma okres, to nikt o tym nie wie, a tu wszystkie stworzenia mnie wyczuwają?" – pomyślała zdumiona, stojąc na galeryjce niedaleko boksu Vivianne.

„Ja nie" – odpowiedział jej w myślach rozbawiony Marcus, którego nie zauważyła, bo stał za jej plecami. No TAK głupio nie czuła się jeszcze w całym swoim życiu! – Ale jeśli to prawda, to lepiej faktycznie daruj sobie na jakiś czas wizyty tutaj – poradził na głos. – Dostałem od Severiana rozkaz eskortowania cię do twojego świata. Podobno chcesz się upewnić, czy wszystko jest w porządku i tak dalej... Możemy się tam udać, kiedy zechcesz. Tylko Severian prosił, żeby na krótko. Wielkie nieba! A co to za ryki? – wykrztusił zdumiony, bo z zagrody Vivianne dobywały się faktycznie bardzo dziwne odgłosy, jakby ktoś... Podążył w tamtym kierunku, chcąc sprawdzić, co się dzieje.

Ariel dogoniła go i zagrodziła mu drogę.

– Nie idź tam! – rzuciła nieco zakłopotana.

– A to czemu? – Marcus nic nie zrozumiał i chciał ją wyminąć.

Złapała go za rękaw i znowu zatrzymała. Oblizała nerwowo usta.

– Vivianne ma gościa... – wykrztusiła.

– No i co? Zżera go? – zapytał zniecierpliwiony.

– Niezupełnie...

– Możesz mówić jaśniej?

– Ujmijmy to tak: Vivianne ma randkę – rzuciła szybko Ariel. – Kolację z pewnym smokiem. A sądząc po odgłosach, chyba będzie to kolacja połączona ze śniadaniem.

Marcus spojrzał na nią jak na wariatkę.

– Ariel! O czym ty, do licha, gadasz?

– O tym, że Vivianne i Croy mają randkę najwyraźniej połączoną z bardzo udanym seksem, więc im, do cholery, nie przeszkadzaj! – wrzasnęła zniecierpliwiona. – „O rany, czy wszyscy faceci są tacy tępi?" – pomyślała, widząc zdumione oczy Marcusa.

Ten wyciągnął przed siebie rękę i palcem pokazał na zagrodę smoczycy, a potem, jąkając się z wrażenia, wykrztusił:

– T-t-to znaczy, że mój Croy i Vivianne?... Że oni?... – Patrzył raz na nią, a raz w kierunku zagrody z wyrazem totalnego zaskoczenia w oczach.

– Tak, tępaku! A teraz zostawmy ich samych, dobrze? Całkiem nieźle im idzie! – Pociągnęła go za rękaw w kierunku windy.

– Wcale nie jestem tępy! – rzucił skonsternowany Marcus, gdy byli już na dole, ale zobaczył tylko pełne politowania spojrzenie Ariel. A więc jednak jej się udało...

Oczywiście odgłosy udanej randki smoków postawiły na nogi całe koszary. Od dawna czegoś takiego nie było, więc nawet Zorian przybiegł zobaczyć, co się dzieje, i natychmiast poleciał przekazać dobre nowiny Severianowi. Dla wszystkich oficerów było jasne, że za godami, podobnie jak za zdrowieniem Nereta i pegaza, stoi Ariel. Przyszli do jej kwatery i zaproponowali uczcić to u Garretha.

„O rany, ale awansowałam, zapraszają mnie na popijawę. Ciekawe, czy wiedzą, że będą pili z babą?" – pomyślała rozbawiona pod osłoną zaklęcia *adger*. Poleciała z nimi na pegazie do miasta. Okazało się, że w mieście też już odbywa się festyn z okazji smoczych godów, bo wszyscy balowali na ulicach i w karczmach. Lustra informacyjne trąbiły tylko o jednym, a spiker nie zapomniał nadmienić, że szansa na smoczy przychówek oraz wyleczenie Nereta jest zasługą Ariel.

Biuro prasowe Naczelnego Czarnoksiężnika Severiana informuje, że w uznaniu zasług konsultanta do spraw smoków oraz za pełnym poparciem samych smoków Naczelny Mag nadał naszemu konsultantowi Arielowi Odgeon zaszczytny tytuł głównego mag-medyka smoków. Nie ulega bowiem wątpliwości, że wszystkie dotychczasowe sukcesy w zakresie poprawy ich kondycji oraz ratowania życia zawdzięczamy jego ogromnej pracy oraz olbrzymiemu poświęceniu.

O ile do tej pory Ariel była tylko popularna, to teraz awansowała do rangi megagwiazdy. To nieco pogorszyło jej humor, bo oznaczało, że już kompletnie nie będzie miała spokoju. Ale tego jednego wieczora dała się ponieść radosnej atmosferze i ogólnej euforii.

U Garretha niemal cały Korpus oblewał dobre wieści. Kilku oficerów postawiło Ariel drinka, a potem cała tawerna wzniosła toast na jej cześć. Nie było tylko Marcusa, bo poleciał do Fabiena przekazać mu radosne wieści oraz informację, że jutro będzie eskortował Ariel do jej świata. Elf oczywiście ucieszył się z powodu smoków, ale po tej drugiej nowinie popatrzył na przyjaciela dziwnie.

– Mam wrażenie, że ktoś cię wrabia, stary – powiedział. – Wydaje mi się, że ktoś specjalnie chce, żebyś to ty poszedł z nią przez portal. To nie może być przypadek. Jest wielu innych oficerów, którzy mogliby to zrobić. Ta osoba chce mieć pewność, że Ariel wróci albo że...?

– Co ty pleciesz? – zdenerwował się Marcus. – Ten rozkaz dostałem od samego Severiana.

– No właśnie! I to mnie martwi!

W tej chwili ktoś zapukał do drzwi i wszedł chochlik Jim.

– O przepraszam, myślałem, że nikogo nie ma i chciałem zrobić porządki, dopóki wszyscy panowie oficerowie i pani Ariel balują u Garretha. – Pokłonił się nisko.

– Co robią?! – ryknęli jednocześnie Fabien i Marcus.

– Panowie oficerowie zaprosili panią Ariel do tawerny Garretha, żeby oblać...

Elf i człowiek nie dali mu dokończyć. Spojrzeli tylko po sobie i pędem ruszyli do drzwi, omal nie tratując biedaka po drodze.

„Jeśli oni spiją Ariel i zorientują się, że..." – wydyszał w myślach przerażony Marcus.

„Wiem!" – szybko odpowiedział mu przyjaciel.

Biegli, ile sił w nogach do stajni pegazów, błyskawicznie je osiodłali i po chwili pędzili do miasta. Parę minut później byli przed tawerną. Panował tu tłok jak cholera. Wszyscy chcieli uczcić smocze gody, a uradowany taką ilością klientów Garreth roznosił drinki. W kącie sali zobaczyli pozsuwane stoliki i dużą grupę oficerów z kuflami w rękach. Między nimi siedziała rozbawiona Ariel. Fabien popatrzył na przyjaciela – ten był wściekły.

– Ten toast jest dla Ariela – podniósł się elf Vincent. – Za przywrócenie nam wiary w to, że zwycięstwo jest możliwe! – Uniósł kufel w górę i pochylił przed Ariel głowę, ta mu się odkłoniła i też upiła ze swojego.

– Jesteś małym skurczybykiem, Ariel, ale masz cholernie wielkie zdolności! Dzięki tobie nadal mamy smoki!

I wygląda na to, że będziemy mieć ich więcej. Twoje zdrowie! – Teraz kufel uniósł Gaspar. Po kolei inni oficerowie wznosili toasty, a Ariel im się odkłaniała.

Jakaś grupa oficerów brzdąkała na gitarach, inni grali w obronę makiety miast, jeszcze inni strzelali do trolli. Naraz do stołu, gdzie siedziała gwiazda wieczoru, podszedł Efrem.

– Napij się i ze mną – zagaił podejrzanie przyjacielsko. – Zapomnijmy, co złe. Ja też ci jestem wdzięczny za ratowanie smoków. To jak, wychylisz ze mną jednego?

Ariel popatrzyła na niego, ale najwidoczniej poprzednie drinki osłabiły jej czujność.

– Jasne, skoro stawiasz! – Roześmiała się.

Efrem pstryknął palcami i pokazał się Garreth. Dosłownie jakby wyrósł spod ziemi. Podał im nalewkę miodowo-bursztynową. Zanim Marcus z Fabienem zdążyli się przedrzeć przez tłum rozbawionych oficerów, Ariel wypiła kieliszek nalewki.

– W uznaniu twoich zasług na polu ratowania smoków życzę ci, żebyś w następnym Losowaniu spotkał tę osobę, której najbardziej pragniesz! – powiedział Efrem rubasznie i zarechotał. – Nawet gdyby to miał być Marcus...

Ariel już nie dosłyszała ostatnich słów, bo nalewka zdążyła ją powalić. Padła jak nieżywa na stół ku uciesze pozostałych oficerów. Natomiast doskonale usłyszał wszystko blady z wściekłości Marcus i ruszył szybszym krokiem w stronę stolika.

– A teraz zobaczymy, jaki to z ciebie mężczyzna, Ariel – zarechotał Efrem. – Bo ja nadal twierdzę, że pod tymi ciuszkami kryje się całkiem niezłe ciałko, które chętnie bym wylosował, gdyby się okazało kobiece!

– No co ty, Efrem! Zamierzasz go rozbierać? I to w tawernie! Odbiło ci? – Część oficerów była zniesmaczona, a część ubzdryngolona.

Efrem wyciągnął ręce do guzików munduru Ariel. W tej samej chwili poczuł nacisk ostrza noża na swojej szyi i usłyszał wściekły szept Marcusa:

– Tylko spróbuj! Dotknij jednym palcem, a zabiję!

– No, no, no, zaczynasz gustować w chłopcach? – spróbował zażartować Efrem, choć nie zdołał ukryć tego, jak nerwowo przełknął ślinę. – Jakoś podejrzanie często go ratujesz, nie uważasz?

Nacisk noża jeszcze się nasilił.

– Nie prowokuj mnie, bo nie ręczę za siebie! Ratuję Ariela, bo jest moim przyjacielem podobnie jak Fabien. Nie pozwoliłem ci Fabiena udupić, to nie pozwolę i Ariela! Ręce precz! Nie powtórzę tego!

Elf stał z boku i patrzył na to wszystko z bardzo poważną miną. Teraz Efrem autentycznie się wystraszył. Wycofał się przezornie, bo do tej pory nie widział Marcusa tak wściekłego. Ten zarzucił sobie przez ramię pijaną i nucącą pod nosem sprośne piosenki Ariel i wraz z Fabienem przedarł się przez tłum oficerów do wyjścia, gdzie stały ich pegazy.

W żadnym razie ich powrót do koszar nie był triumfalny. Marcus leciał, przytrzymując Ariel przed sobą w siodle, Fabien obok, zaś appaloosa jako luzak podążał za nimi, chociaż nikt mu nie wydał takiego rozkazu. Gdy po kilku minutach wylądowali, elf odprowadził pegazy do boksów, a jego przyjaciel zaniósł pijaną kobietę do jej kwatery.

– Czy ja cię będę musiał ratować do końca życia? – wymruczał ze złością. Na samą myśl, co chciał zrobić Efrem w tawernie, robiło mu się niedobrze i miał żądzę mordu w oczach. Oczywiście po raz kolejny uratował jej tyłek od kłopotów, ale czy ona to doceni? Nie! Pewnie jeszcze będzie mieć pretensje, cholera!

Zaczynał znać jej kwaterę jak swoją własną. Jeszcze trochę i będzie musiał się tu przeprowadzić, żeby tę małą jędzę zdążyć uratować, zanim znowu się w coś wpakuje. Był wściekły, jutro da jej popalić – obiecał to sobie solennie. A kaca pewnie będzie miała jak cholera. I dobrze! Może to da jej nauczkę.

Oczywiście znowu położył ją spać i grzecznie poszedł do siebie. Ech...

Obudził ją potworny ból głowy. Wielkie nieba, nie pamiętała, żeby wypiła dużo drinków. Potem przyszedł Efrem i zaproponował kieliszek jakiejś nalewki. Może nie trzeba było mieszać? Może to ją powaliło? Albo Efrem czegoś dosypał do nalewki... Bogowie, ależ głowa ją nagwiżdżała! Jak żyła, nigdy nie miała takiego kaca! Nie pamiętała też, co było potem. Pamiętała tylko obleśny uśmiech Efrema!...

„O nie! Mam nadzieję, że nie zrobiłam czegoś głupiego. No i jak ja się tu w ogóle dostałam?" – pomyślała rozpaczliwie. Zajrzała pod pościel. Tym razem była ubrana. Ktoś cicho zapukał, ale w jej głowie to zabrzmiało jak łomot.

– Proszę – powiedziała słabym głosem.

Wszedł Jim. Ukłonił się i zapytał, czy ma coś wyprać. Pokręciła głową.

– Jim, powiedz, wiesz coś na temat wczorajszego wieczoru? – zapytała podchwytliwie.

– Pani pojechała do Garretha z panami oficerami. – Ukłonił się chochlik.

– Tak, ale czy wiesz, co było później?

– Ja – znowu się ukłonił – poszedłem sprzątać kwatery. Wszedłem do pana Fabiena i tam był pan Marcus. Zdziwiłem się, że nie są u Garretha, skoro pani tam jest. I oni, jak usłyszeli, że pani tam poleciała, to szybko wybiegli i o mało mnie po drodze nie stratowali! – pożalił się Jim. – Potem zobaczyłem, jak gnali do miasta i jak za kwadrans przylecieli z powrotem. Pan Marcus trzymał panią przed sobą w siodle, a potem przyniósł panią tu do kwatery, a w tym czasie pan Fabien odstawiał pegazy do stajni.

A więc tak to się odbyło! Znowu ruszyli jej na pomoc. Co ona by bez nich zrobiła?

– Dzięki, Jim, bardzo mi pomogłeś – jęknęła. – A teraz czy mógłbyś wyjść, CICHO zamykając drzwi? Bardzo boli mnie głowa.

– Oczywiście. – Chochlik znowu się ukłonił. – Z tego, co wiem, na kaca po nalewce miodowo-bursztynowej najlepsze jest mleko pegazicy – poinformował usłużnie.

– Nie mam pojęcia, która pegazica ma młode – powiedziała smętnie Ariel.

– Ale ja mam i mam też jej mleko – odezwał się groźnie znajomy głos od drzwi. No tak, teraz dostanie reprymendę. Nie ma co ukrywać, należało jej się.

Widząc, na co się zanosi, chochlik przezornie zniknął.

– Wypij! – rozkazał Marcus z zaciętą miną, podając Ariel butelkę.

Posłusznie zrobiła, co kazał, chociaż nie znosiła samego mleka, wolała kakao. Po chwili ból głowy jakby zelżał. Marcus cierpliwie czekał, aż odtrutka zacznie działać, a trochę to trwało, w końcu nie każdy jest elfem jak Fabien. Popatrzył na wymęczoną, poszarzałą twarz skacowanej kobiety i poczuł wyrzuty sumienia, że tak naprawdę przyszedł tu tylko po to, by zrobić awanturę.

Mleko pegazicy otrzeźwiło Ariel. Spojrzała na Marcusa zakłopotana. Tyle razy ją ratował, a ona tyle razy go już przepraszała, że co miała powiedzieć więcej? Obydwoje milczeli. Każdemu z nich było ciężko.

– Odpocznij, zdrzemnij się. Jak dojdziesz do siebie, przeprowadzę cię do twojego świata, może jeszcze dzisiaj – powiedział w końcu Marcus i wyszedł.

Na chodzie była dopiero wieczorem. Nalewka miodowo-bursztynowa jeszcze długo ją trzymała mimo mleka pegazicy. Obiecała sobie, że nigdy więcej nie weźmie jej do ust. Ponieważ nie bardzo pamiętała wydarzenia w tawernie i potem, starała się unikać innych oficerów, no i obu przyjaciół, żeby uniknąć kłopotliwych konfrontacji. Do wieczora pozbierała się, wykąpała, przebrała i poszła do Marcusa. Zapukała grzecznie i czekała, aż jej otworzy. Po chwili stanął w drzwiach całkowicie gotowy do drogi. Coś było dziwnego w jego wyglądzie... Dopiero po chwili zdała sobie sprawę, że zawsze widywała go w mundurze, nawet gdy był pierwszy raz w jej świecie. Teraz miał na sobie jasne dżinsy, T-shirt i adidasy. Wyglądał w tym... inaczej. Nie mogła powiedzieć, że źle, jednak nie była przyzwyczajona do Marcusa w innym ubraniu niż mundur.

– Idziemy? – zapytała.

Skinął poważnie głową. Poszli do stajni. Wzięli jego pegaza i razem polecieli do miasta. Ariel nawet nie pytała, czemu tylko jeden pegaz i czemu do miasta. Nie miała odwagi po wczorajszym dniu.

Zostawili Trevora niedaleko domu Marceliny. Był tam placyk z fontanną – identyczną jak w kawiarni „Pod Krzywym Kogutem". Marcus podszedł tam, wziął Ariel za rękę, a drugą dotknął swojego znamienia w kształcie głowy smoka i przymknął oczy. Fontanna zaświeciła żółtawym blaskiem i otworzyło się przejście. Weszli do świata Ariel dokładnie w tym samym czasie, w którym stamtąd wyszli po awanturze ze Stevenem.

Stanęła przed swoim domem.

– O, już wróciłaś! Myślałam, że wychodzisz na dłużej? – Rozległ się głos Aurory za jej plecami. Odwróciła się gwałtownie. Tak, to była naprawdę Aurora! Jej najlepsza ludzka przyjaciółka. Rzuciła jej się na szyję.

– N-n-no wiesz, ja też cię kocham, ale co cię skłoniło do takiej czułości? – zapytała zdumiona sąsiadka.

Z cienia wyszedł Marcus.

– Witaj, Aurora – powiedział po prostu.

Kobieta przyjrzała mu się uważnie. Dałaby głowę, że przed chwilą był inaczej ubrany... hmm... ale w tych dżinsach też prezentował się nieźle.

– Wszystko w porządku? – spytała Ariel, ale sekundę później zdała sobie sprawę, że w tym świecie nie było jej zaledwie kilka minut. – To znaczy, no wiesz, nie pokazał się Steven albo Amanda nie dzwoniła?

– Nie. Po tym, jak go Marcus wykopał, nieprędko wróci. – Uśmiechnęła się przyjaciółka. – Idziecie jeszcze gdzieś czy zostajecie? – Mrugnęła porozumiewawczo.

– Zostajemy – odpowiedział spokojnie Marcus, zanim Ariel zdążyła otworzyć usta. – Dobranoc.

Chwycił swoją podopieczną pod ramię i wprowadził do wnętrza domu.

– A co to niby miało znaczyć? – zapytała zirytowana. – Teraz Aurora posądzi mnie o Bóg wie co i będzie zadręczać!

– Chciałaś się upewnić, czy wszystko jest w porządku, to się poupewniaj. Portal teraz jest zamknięty. Mamy czas do szóstej rano, więc do tego czasu można się zdrzemnąć – powiedział bezczelnie. Wyminął ją, jakby była powietrzem, i poszedł do salonu. Wziął sobie koc i poduchę i rozgościł się na sofie. Mebel zaskrzypiał pod jego ciężarem.

Dawał jej nauczkę, wiedziała, odgrywał się za tawernę. To nie fair. Sama się tam nie pchała. Obeszła cały dom, poszła do swojego pokoju. Tak dawno tu nie była, a zarazem tak krótko. Sprawdziła w Internecie e-maile. Był tylko jeden od Amandy – córka przysłała zdjęcie: siedziała na pięknym... appaloosa!

Ariel popatrzyła na fotkę z rozrzewnieniem. Już niedługo zobaczy Amandę, niestety nie będzie mogła jej opowiedzieć o tamtym świecie. Pewnie dostanie eliksir niepamięci. Przejrzała swoje książki, wybrała jedną o leczeniu jaszczurek nazywanych w żargonie hodowców małymi smokami i zaczęła przeglądać. Przypomniała sobie, czego jej najbardziej brakowało w tamtym świecie. Muzyki! Tu wszędzie grały jakieś radia czy odtwarzacze, tam tylko drzewa i strumienie. Odruchowo sięgnęła po ipoda z ulubionymi utworami. Była ciekawa, czy w tamtym świecie by działał? A z drugiej strony, czy ona umie posługiwać się magią w tym świecie?

Wyciągnęła dłoń, skoncentrowała się i wybrana książka poszybowała do jej ręki. Ucieszyła się jak dziecko! Usiadła na swoim łóżku, przymknęła oczy i po chwili jej ciało uniosło się jakieś pół metra w górę.

– Musisz się zdecydować, jakie życie bardziej ci się podoba. Tutejsze z nowoczesnymi urządzeniami czy nasze z magią. – Usłyszała jego głos dobiegający od drzwi. Ciekawe, jak długo tam stał oparty o futrynę.

– Chciałam tylko sprawdzić, czy w moim świecie to też działa – usprawiedliwiła się, szybko lądując z powrotem na łóżku.

Spojrzał na nią poważnie.

– Zrozumiem, jeśli nie zechcesz ze mną wrócić – powiedział cicho.

Miała mętlik w głowie. Tu był jej dom, dziecko, praca, wszystko, co znała. Tam fascynujący świat, o jakim zawsze marzyła, i jedyny mężczyzna, jakiego pragnęła, a o którym wiedziała, że nigdy nie będzie jej. Zawsze za którymś ze światów będzie tęsknić.

– Wiesz, czemu przysłali mnie z tobą – stwierdził spokojnie, siadając na łóżku obok Ariel.

Przez moment pod osłoną telepatyczną pomyślała o dziecku, którego chyba oczekiwali magowie. Nawet przez chwilę zastanowiła się, jakie by ono było. Czy miałoby jego błękitne oczy?

– Bo myślą, że nakłonię cię do powrotu. – Urwał na chwilę. – Ale ja nie będę robił nic na siłę. – Spojrzał w jej oczy. – Nie będę wywierać nacisku. Chcę, żeby ta decyzja była tylko twoja. Rozważ, czy chcesz ze mną wrócić, czy nie.

Nigdy dotąd nie widziała Marcusa bardziej poważnego. A więc nie wiedział, że chcieli ich skłonić do wspólnego pójścia do łóżka? Spojrzała na niego zdumiona.

– To wyłącznie twoja decyzja – powtórzył ze smutkiem, głaszcząc ją przy tym po policzku. – Dobranoc, Ariel. Śpij spokojnie. Rano mnie tu już nie będzie – powiedział z żalem, bo był pewny, że decyzję już podjęła.

Zszedł do salonu i ponownie rozgościł się na kanapie.

Godzina mijała za godziną, a ona nadal nie wiedziała, co powinna zrobić. Normalnie poradziłaby się Aurory, ale jak ma ją obudzić o trzeciej w nocy i powiedzieć... Właśnie! Powiedzieć, że jest inny świat pełen smoków i magii? Że ma tam pegaza i misję do spełnienia? Że... Nawet Aurora, chociaż była jej wieloletnią przyjaciółką, nie uwierzyłaby w takie rzeczy.

Popatrzyła na zegar. 4:00. Za dwie godziny Marcus odejdzie. Nie zobaczy go. To pewne. Znowu zerknęła – 4:30. Ależ ten czas dziś szybko leci! Dylematy w jej głowie jeszcze się nasiliły.

W tym świecie Amanda dopiero co wyjechała na obóz. Dopiero co przysłała swoje zdjęcie – miała taką szczęśliwą twarz, gdy siedziała na grzbiecie appaloosa.

Kłębowisko myśli w głowie Ariel jeszcze się wzmogło. Usłyszała ruch na dole – 5:00. A więc za parę minut on odejdzie. Do portalu jest kawałek drogi... Gula żalu prawie zdławiła jej gardło. Czuła, że to cholernie nie fair mieć taki wybór przed sobą. Wybór jak między dżumą a cholerą. Czego nie wybierze, będzie źle. Łzy płynęły po policzkach, serce chciało być w obydwu miejscach naraz, a rozum podpowiadał, że to niemożliwe.

5:30. Usłyszała skrzypnięcie drzwi wejściowych, a potem nastała cisza. A więc to koniec...

Szedł dróżką do portalu. Wiedział, że powinien się pospieszyć, bo szósta była tuż, ale tak cholernie ciężko jeszcze mu nie było w całym jego zafajdanym życiu. A jeśli ona chciała z nim iść, ale zaspała?

„Nie! – zganił się w myślach. – Gdyby chciała, gdyby to było dla niej ważne, to nie spałaby całą noc".

A skoro jej tu nie było, to znaczy, że ani jego świat, ani... on jej tak naprawdę nie obchodzili. Czemu miałaby z nim wracać? Nic jej tam nie trzymało. Pokazała, jak się leczy i hoduje smoki. Misja zakończona. Jej tak. Jego nie. Ta zadra w sercu. Czemu to tak boli? Miała rację tam nad Chochlikowym Jeziorem. Pochodzili z różnych światów, które były nie do pogodzenia.

Noga za nogą zbliżał się do portalu. Nadchodziła wyznaczona godzina. Przed oczami mignęło mu tak wiele spędzonych wspólnie chwil, które będzie wspominał z żalem. Tylko tyle mu pozostanie. Nie miał pojęcia, co w swoim świecie będzie robił dalej, ale wiedział, że co by to nie było, będzie odczuwał pustkę. Taką samą, jaka do niedawna panowała w pokoju Olafa.

Z drugiej strony, łazienkę będzie miał wyłącznie dla siebie. Nikt go nie będzie wkurzał. Nikogo nie będzie musiał ratować. Niby chciał świętego spokoju, niby o to mu chodziło, ale czy na pewno?

Doszedł do wyznaczonego miejsca. Na jego zegarku była 6:00. Westchnął ciężko. Już i tak za późno na cokolwiek. Dotknął znamienia na swojej szyi i portal się otworzył. Marcus chwilę stał w miejscu, potem zrobił krok naprzód i wrócił do swojego świata i do pegaza, który wiernie czekał koło fontanny. Tym razem do koszar poniesie tylko jedną osobę.

Zamknął portal, wskoczył na pegaza i ruszył przed siebie.

Tego dnia Ariel była w pracy jak nieobecna. Nic jej nie szło. W tym świecie jeszcze wczoraj leczyła psy i koty, ale w tamtym spędziła niemal miesiąc przy smokach! Ciężko było przestawić się z powrotem na normalne zwierzęta. Na dodatek nikomu nie mogła powiedzieć, bo nikt by nie uwierzył.

Po południu wróciła do pustego domu, który teraz wydawał jej się prawie obcy. Nie bardzo wiedziała, co ze sobą zrobić. Próbowała oglądać telewizję, czytać. Wszystko do bani! Nawet koty ją wkurzały. Sprawdziła skrzynkę e-mailową. Od Amandy nic. Pewnie teraz kłusuje gdzieś na tym pięknym koniu. Gorzko pomyślała o swoim pegazie, który został w koszarach.

Nie umiała sobie znaleźć miejsca, więc postanowiła pójść do aquaparku. Torbę podręczną spakowała na pamięć, ale gdy już miała wychodzić, zastanowiła się, gdzie ma kluczyki od citroena i czy w ogóle jeszcze umie nim kierować? Podejmując decyzję o pozostaniu, wiedziała, że będzie ciężka, ale że aż tak? Przebrana zeszła na dół do drzwi wejściowych, otworzyła je z rozmachem i... o mało zawału nie dostała. W drzwiach stał Fabien.

– Jeeezu! Ale mnie wystraszyłeś! – krzyknęła cicho.

– Mogę wejść? – zapytał poważnie.

– Jasne! Oczywiście! Wchodź! – Zachodziła w głowę, jaką mógł mieć do niej sprawę. Przysłali Fabiena, a więc jednak wybór nie był tak do końca wolny. Miała wrócić. Zresztą właśnie to obiecała Severianowi, czyż nie?

– Wiem, miałam wrócić... – zaczęła, zamykając za nim drzwi, jednak elf jej przerwał, od razu wykładając kawę na ławę:

– Nie o to chodzi, Ariel. Marcus został przydzielony do twojej eskorty tutaj, bo sądzono, że jest dla ciebie tak ważny, że na pewno z nim wrócisz. Gdyby Naczelny i Oriana uważali inaczej, przydzieliliby ci kogoś innego. Jasne, że nie byli zadowoleni, gdy nie wróciłaś. Marcus nawet im powiedział wprost, że dał ci wolny wybór i ty z niego skorzystałaś. Cholera, masz na niego zły wpływ – Fabien lekko się uśmiechnął – bo zaczął się stawiać Naczelnemu! Byłem przy tej rozmowie. Tłumaczył im, że nie mają prawa tobą manipulować i że masz swoje życie tutaj. Nawet specjalnie nie byli wkurzeni. Ucieszeni raczej też nie. Chodzi o to, że...

– Marcus cię przysłał, żebyś mnie zabrał? – Teraz to ona mu przerwała.

– No co ty, kobieto? Jest tak piekielnie honorowy, że uszanuje twój wybór, nawet jeśli to go będzie kosztowało życie!

Ariel zastanowiła się, co elf może mieć na myśli. Czyżby Marcusowi coś groziło?

– Słuchaj, wiesz, że elfy nie potrafią kłamać, prawda? – podjął Fabien, a gdy skinęła głową, wyrzucił z siebie: – No więc nikt nie ma pojęcia, że tu jestem! Nawet Marcus. Kompletnie nikt. Oni wszyscy przyjęli do wiadomości, że ty tu zostajesz.

– Więc czemu przyszedłeś? – zapytała zaintrygowana.

– A mówią o tobie, że inteligentna jesteś! – zezłościł się elf. – Pal licho Naczelnego, pal licho Orianę, pal nawet licho smoki, Korpus i wszystkie miasta razem wzięte! – rzucił ze złością i niesmakiem. – Chodzi mi, cholera, o Marcusa!

Pamiętasz, jak ci mówiłem, żebyście zakończyli wasze układy, bo będziecie cierpieć? On CIERPI! Tak bardzo, że zgłosił się do patrolowania Trollowych Rubieży, a to misja prawie samobójcza. Tam są wysyłani za karę oficerowie, którzy coś przeskrobali. Tam nie ma jednego trolla na miesiąc, tam codziennie są ich dziesiątki! To normalnie wylęgarnia trolli! Wiem, bo sam tam byłem przez tydzień. Istne piekło! Marcus chyba chce się dać zabić, bo zgłosił się, idiota, na ochotnika. Jestem jego przyjacielem. Dla niego złamałem regulamin i tu przyszedłem. Pewnie mnie też czekają teraz Trollowe Rubieże, ale co tam! Nie mogę patrzeć, jak się sam wykańcza!

Zamilkł i czekał, co powie Ariel, ale ona też milczała. Przypomniała sobie wściekły atak trolla na kopułę miasta i rozpaczliwą obronę. Jeśli jest tak, jak mówi Fabien...

– Mam cię błagać, żebyś wróciła? – zapytał z cichą rozpaczą elf. – Powiedz, będę błagał...

Popatrzyła na oficera, który dla przyjaciela złamał wszystkie możliwe przepisy.

– Nie ma takiej potrzeby – powiedziała cicho. – Prowadź!

Rzuciła torbę ze strojem kąpielowym w kąt. Tym razem nie miała dylematów.

Pegaz Fabiena stał przywiązany tam gdzie poprzednio Marcusowy. Wskoczyli na niego i Ariel kazała elfowi polecieć najpierw do ratusza.

„Nie obawiaj się, nie powiem, że to ty mnie tu ściągnąłeś” – uspokoiła go w myślach.

Wjechała na najwyższe piętro prosto do Severiana. Chochlik Tobiasz ze zdumienia nie zdążył nic powiedzieć. Minęła go i zapukała do gabinetu Naczelnego, po czy pewnym ruchem otworzyła drzwi.

– Witaj, Ariel. A więc Fabien jednak cię tu sprowadził – powiedział z uśmiechem czarnoksiężnik, odwracając się do niej od okna, przy którym stał.

„Co jest, przecież elfy nie kłamią? A Fabien twierdził, że nikt o tym nie wie!" – Cholera, zapomniała zasłonić się zaklęciem i Naczelny wszystko usłyszał.

– Tak, to prawda – potwierdził. – Nikomu się nie zwierzył, ale mieliśmy nadzieję, że po ciebie pójdzie ze względu na jego przyjaźń z Marcusem. I nie pomyliliśmy się – zakończył uradowany.

No tak, mogła to przewidzieć, że wykorzystają nawet przyjaźń dla swoich celów, wyrachowane dranie!

– Jeśli chcesz, żebym tu została, to sprowadź Marcusa z powrotem. Inaczej wracam do siebie – zagroziła.

– Moja droga, interesujące jest twoje przywiązanie do niego, a jego do ciebie. Czy jest coś, o czym powinienem wiedzieć? – zapytał, patrząc przenikliwie.

– Tylko tyle, że wiele razy mnie ratował, a teraz ja nie dam go zabić! To jak, ściągniesz go tutaj czy mam wracać do mojego świata? – Zerknęła na niego groźnie.

– Dobrze, już dobrze, zaraz sprowadzę go przez portal – powiedział ugodowo. – Chociaż powinnaś wiedzieć, że nie masz szans wrócić, bo nie wiesz, jak otworzyć drzwi do waszego świata. – Popatrzył na nią pobłażliwie.

Zrozumiała, że ma rację, więc został jej już tylko jeden as w rękawie.

– To prawda, możesz mnie tu zatrzymać, ale co ci po kobiecie, która nie będzie wykonywała tego, po co ją tu sprowadziłeś?

Przyjrzał jej się uważnie.

– Wtedy musiałbym cię zacząć traktować jak każdego dorosłego czarodzieja w tym mieście i umieścić na liście do Losowań. Albo zamieniłbym cię w jakiś posąg, do którego wzdychaliby niektórzy oficerowie. – Teraz już jawnie jej groził. – Ariel, obiecałaś wrócić. Dałaś słowo, a jednak go nie dotrzymałaś. Rozczarowałaś mnie. Mimo to zawrzyjmy układ: ja sprowadzę Marcusa, ty zajmiesz się smokami i zapomnimy o sprawie, dobrze? – Było w tym coś podchwytliwego, lecz Ariel jeszcze nie wiedziała co.

– Dobrze – powiedziała ugodowo. – Lecę do koszar zajrzeć do Nereta i... teraz to ja trzymam cię za słowo. Do widzenia, Severian.

Wściekła zjechała windą na sam dół.

– Zawieź mnie do koszar – z ponurą miną poprosiła Fabiena.

Spojrzał na nią pytająco.

– Opowiem ci po drodze – obiecała.

I tak też zrobiła. W drodze do koszar zdała mu relację z rozmowy z Severianem.

– Wybacz – powiedział po prostu. – Gdybym wiedział...

– Nie ma sprawy. – Poklepała go po ramieniu. – Najważniejsze, że ocaliliśmy Marcusa. Tylko to się liczy.

– Marcus, jesteś wzywany do generała! – zawołał za nim dyżurny.

– Po kiego grzyba? – spytał ponuro. Był zmęczony, a czekał go kolejny ciężki patrol. Faktycznie Rubieże to był sam odbyt wszechświata. Wszystko, co mówiono o tym przeklętym miejscu, pokrywało się z prawdą. Był tu raptem kilka dni, a już brał udział w kilku poważnych potyczkach i odniósł lekkie obrażenia. W dodatku czuł takie zmęczenie, że nie miał siły myśleć – ale o to mu przecież chodziło.

– A skąd ja, cholera, mam wiedzieć, jestem jego powiernikiem czy jak? – zdenerwował się dyżurny.

– O której mam u niego być? – zapytał od niechcenia Marcus. – Bo zaraz lecę na patrol.

– Kurza twarz! Natychmiast! I to w podskokach! Gadał, że masz być u niego, jak tylko się pokażesz, a wiesz, jaki jest stary! Rozkaz nie gazeta! Lepiej leć, zanim stwierdzi, że się ociągasz!

– Idę, cholera! – mruknął ze złością Marcus i ruszył wściekły do generała. Czego ten stary pryk może od niego chcieć? Cokolwiek to było, lepiej niech się pospieszy, bo trzeba chłopakom na patrolu pomóc.

Zapukał kilka razy do drzwi dowódcy.

– Wejść! – Usłyszał.

– Chciał mnie pan widzieć, panie generale – zaczął oficjalnym tonem.

– Tak, Marcus! Nie powiem ci: rozgość się, bo najwyraźniej wracasz do domu... – rzucił generał.

– Jak to? – zapytał zaskoczony oficer. – Miałem tu zostać...

– Miałeś tu zostać na własne życzenie tak długo, jak ci się spodoba, czyli do śmierci – przerwał mu dowódca. – Ale zdaje się, ktoś nie chce twojej śmierci i życzy sobie czegoś zgoła odmiennego.

Marcus spojrzał na niego pytająco.

– Otrzymałem rozkaz od Naczelnego twojego miasta, Severiana. Rozkaz twojego powrotu.

Od Severiana?! Kilka dni temu Naczelny, wściekły jak rzadko kiedy, sam mu pozwolił tu przybyć i zostać tak długo, jak zechce. O co chodzi?

– Kiedy? – rzucił krótko.

– Teraz – usłyszał równie lakoniczną odpowiedź.

A ponieważ nie miał tu na Rubieżach żadnych swoich rzeczy, nie musiał iść po nic do swojej tymczasowej kwatery. Generał wepchnął go do portalu, powiedział: „koszary miasta numer trzy" i po chwili Marcus stanął oko w oko z uradowanym Fabienem. Elf uścisnął przyjaciela, spojrzał na jego wymęczoną i poszarzałą twarz i zaprowadził do jego kwatery.

– Wiesz, po co Severian mnie tu ściągnął? – zapytał Marcus zły.

– Wiem – odpowiedział dla odmiany uradowany Fabien – ale nie mogę ci powiedzieć, więc nie naciskaj. Idź do siebie, doprowadź się do porządku i wypocznij. Pogadamy, jak trochę odsapniesz. Rubieże to straszny syf! Radzę ci się porządnie wykąpać, bo, nie ubliżając, przyjacielu, śmierdzisz jak troll!

– Bo jeszcze godzinę temu byłem na patrolu i walczyłem z trollem! – odgryzł się Marcus. Ciekawe, po co znowu Severian zawracał mu dupę.

Poszedł do siebie, zdjął brudny mundur. Faktycznie okropnie cuchnął! Tak, Fabien jak zwykle ma rację, musi się porządnie wykąpać. Wchodząc do łazienki, aż westchnął. Napuścił sobie wody do wanny i zanurzył obolałe ciało w relaksującej kąpieli. Oparł głowę o krawędź wanny. Myśli same atakowały jego umysł. No tak, wrócił. Nie wiedział po co, ale wrócił. Teraz znowu wszystko tu będzie mu o niej przypominało. Tam na Rubieżach był śmiertelnie zmęczony i potwornie cuchnął, ale przynajmniej nie miał czasu myśleć. Tu nie miał wyjścia. Czy znowu zobaczy srebrną kopertę? Zastanowił się. Jeśli tak, to przynajmniej teoretycznie miał prawo jej nie przyjąć. Przez chwilę przypomniał sobie ten wieczór, kiedy znalazł tu Ariel śpiącą w wannie. Teraz żałował, że nie obudził jej i nie kochał się z nią namiętnie przez całą noc. Pewnie zostałby za to relegowany z Korpusu, ale co tam! Tamta szansa już nie wróci.

„Ciekawe, czy istnieje jakaś możliwość zmanipulowania Losowaniami? Gdybym wtedy taką znał, to..."

Niespodziewanie jego rozmyślania przerwał perlisty śmiech.

– No, no, no, Marcus! Myślałam, że takie myśli są zakazane! – W drzwiach dawnego pokoju Olafa stała... Ariel i śmiała się do niego serdecznie.

Otworzył usta ze zdumienia i wybałuszył oczy. Chyba ma omamy ze zmęczenia. Ona tutaj?!

– Ariel? – zapytał, nadal nie wierząc.

– Powiedziano mi, że tak mam na imię. – Była coraz bardziej ubawiona niespodzianką, jaką mu zrobiła.

– Ale... c-co ty tutaj robisz? – wykrztusił zaskoczony.

– O ile sobie przypominam, to ja tu mieszkam. Przyszłam prosić, żebyś nie wypuścił całej ciepłej wody, bo też się chcę wykąpać.

Podeszła do wanny. Zanurzył się głębiej, żeby piana zasłoniła każdy fragment jego ciała, i zdumiony spojrzał na Ariel swymi niewiarygodnie błękitnymi oczami.

Sprawdziła wodę. Była gorąca.

– Wiesz co? Wymocz się solidnie – powiedziała. – Tobie, zdaje się, jest to bardziej potrzebne. Ja poczekam, aż się następna woda podgrzeje. – Uśmiechnęła się do niego i poszła w kierunku swojego pokoju. – Aha, Marcus – spojrzała na niego przez ramię – następnym razem osłoń swoje myśli zaklęciem, bo nie jestem pewna, czy są cenzuralne i czy dozwolone...

Wyszła, ale mimo zamkniętych drzwi usłyszał jej telepatyczny chichot. Wiedział, kto stoi za jej powrotem – Fabien. Nie wiedział tylko co dalej. Kiedy minął pierwszy szok, znowu wróciły rozterki. Znowu będzie codziennie walczył ze światem o nią i ze sobą, żeby jej nie tknąć... Ech... Teraz miał dodatkowy problem, bo Ariel odczytała jego myśli, zrozumiała, jak bardzo jej pragnie i... jak bardzo nie może jej mieć. Musiał się zastanowić, co z tym zrobić...

Nie wiedział tylko, że zdążyła odczytać jedynie ten fragment jego myśli o manipulowaniu Losowaniem. Nic więcej.

Ariel wróciła do swojego pokoju uradowana, że swoim przybyciem zrobiła taką niespodziankę Marcusowi. Strasznie ją ubawiła jego zaskoczona mina. Odczuła ulgę, że wrócił cały i zdrowy.

Usiadła na łóżku. Więc znowu tu jest. Z jednej strony cieszyło ją to, bo polubiła ten dziwny świat i jego smoki, ale z drugiej strony znowu wrócił problem, o którym myślała, że ma już z głowy. Problem, który nazywał się Marcus.

„Jutro polecę do Orestesa. Może ma jakiś odpowiedni eliksir? Może w ten sposób to zakończę? Pogadam też z Marceliną. Musi być jakiś sposób! W moim świecie rozwiązałabym to inaczej, ale tu... Nie mogę go narażać! Korpus to dla niego wszystko! MUSZĘ to zakończyć, zanim sama zwariuję!" – Z takimi myślami zaczęła przeglądać swoje notatki.

W łazience obok pewna osoba przeżywała podobne dylematy.

Kąpiel dobrze mu zrobiła. Przede wszystkim przyniosła ulgę obolałym mięśniom, no i przestał cuchnąć. Kilka ran odniesionych w potyczce z trollami opatrzył specjalną maścią, którą dostał na początku swojego pobytu na Trollowych Rubieżach od tamtejszego mag-medyka. Włożył świeży mundur i poszedł do Fabiena. Ten miał dziś patrol poranny, więc teraz był wolny. Ucieszył się na jego widok.

– Przejdźmy się – zaproponował Marcus – musimy pogadać.

Był z jednej strony uradowany powrotem, widokiem Fabiena i Ariel, ale z drugiej strony wiedział, że jego dawne problemy wróciły. Poszli nad Chochlikowe Jezioro, gdzie mogli popływać, no i Marcus miał nadzieję, że nikt ich nie usłyszy. Elf przystał na to ochoczo. Dawno razem nie pływali. Po chwili, jak kiedyś, obaj wskoczyli golusieńcy do jeziora i chwilę ostro się ścigali do pierwszego wystającego głazu. Od zawsze robili takie wyścigi. Wygrał Fabien.

Wyszli na skałę na środku jeziora. Tu nikt nie mógł ich podsłuchać.

– Opowiedz mi – poprosił Marcus.

Przyjaciel nie musiał pytać, o czym ma opowiedzieć. Położył mu rękę na ramieniu, Marcus zrobił to samo i elf odtworzył całą swoją wizytę w świecie równoległym.

– To nie wszystko – zaznaczył jednak, kiedy skończył.

Marcus spojrzał na przyjaciela pytająco.

– Kazała się zawieźć do Severiana. Zagroziła mu, że jak ciebie nie ściągnie, to ona odejdzie do swojego świata. Severian ją wyśmiał, że nie umie otworzyć portalu, więc nie da rady tego zrobić. No to ona mu powiedziała, że w takim razie zostaje, ale nie będzie się zajmować smokami. Na to on z kolei zagroził, że wpisze ją na listę Losowań albo zamieni w posąg, żebyś mógł ją „podziwiać", i tak sobie pogadali od serca. – Fabien uśmiechnął się krzywo. – W końcu zawarli ugodę: ona zajmuje się smokami, ty wracasz do koszar i normalnych patroli. To by było na tyle. Teraz wiesz wszystko.

– Złamałeś dla mnie regulamin – powiedział cicho Marcus.

– Nie ma o czym mówić. Też byś to dla mnie zrobił. – Machnął ręką elf. – Najbardziej mnie wkurza, że wykorzystali naszą przyjaźń do swoich celów. Nie lubię być manipulowany...

– No...

Chwilę siedzieli w ciszy, sporo myśląc pod osłonami zaklęcia *adger.*

– Nie zastanawiała się nawet sekundy – przerwał tę ciszę Fabien – tylko ruszyła ci na pomoc...

W odpowiedzi usłyszał tylko westchnienie.

– Marcus, znam cię, odkąd pamiętam, i nie przypominam sobie, żeby ktoś był dla ciebie tak ważny. Co zamierzasz z tym zrobić?

Znowu westchnienie. I znowu cisza.

– Ale się wkopałem, co? – zapytał po chwili Marcus. – Jak jej nie ma, to jest źle, a jak jest, to jest jeszcze gorzej. Czym sobie na to zasłużyłem? – zapytał żałośnie. – I co, do jasnej cholery, powinienem zrobić? Analizowałem to na wiele sposobów. Chciałem pójść do jej świata i tam z nią... – zawiesił głos zakłopotany – ale to byłoby złe. Nie w porządku wobec niej. I jeszcze mogłoby mieć konsekwencje...

Oczami wyobraźni zobaczył Ariel z ich dzieckiem. Elf też, bo jego przyjaciel nie użył osłony.

– Potem – ciągnął Marcus – myślałem o przeprowadzce do tamtego świata na stałe i życiu z nią, ale bądźmy szczerzy, nic o tamtym świecie nie wiem i nie umiałbym tam żyć. Tu jestem oficerem, mam wszystko, co kocham. Tam byłbym nikim, zdanym na łaskę innych ludzi. Zastanawiałem się też nad zmanipulowaniem Losowania, ale wiesz, co ona o nim sądzi. Zresztą – spojrzał w oczy przyjaciela – seks z nią, tylko seks, już od dawna mnie nie interesuje. Chcę WIĘCEJ! – Pokręcił głową z niedowierzaniem, że to mówi, ale dokończył: – Chcę zasypiać przy niej i widzieć ją rano, jak się budzi w moim łóżku. Chcę jeść śniadania i kolacje w jej towarzystwie. Chcę wspólnych lotów na pegazach, wspólnych kąpieli w Chochlikowym Jeziorze. Chcę, chcę... – Tak wiele chciał. – Chciałbym z nią zamieszkać, ale tak naprawdę, a nie tak jak teraz, i chciałbym... chciałbym...

Fabien spojrzał na niego przerażony, gdy słowa przyjaciela dotarły do jego świadomości.

– Czemu w naszym świecie nie może być tak jak tam? – wykrztusił z żalem Marcus. – Czemu nie można mieć własnych domów, rodzin, dzieci? Kogoś, do kogo można wracać po całym dniu ciężkiej, cholernej, zafajdanej pracy? Kogoś, dla kogo warto żyć? Czemu zawsze muszą być te cholerne Losowania, i eliksir przed, i eliksir po? Dlaczego, Fabien?! Czemu?!

– Raaany! Marcus?! – wyszeptał przerażony elf. – Myślałem, że chodzi ci jedynie o pójście z nią do łóżka. To wszystko. Ale TO?!... – Pokręcił z niedowierzaniem głową, bo nawet nie wiedział, jak określić tę sytuację. Był autentycznie wystraszony. Teoretycznie powinien donieść na przyjaciela. Co on najlepszego wyrabia?!

– Na początku, faktycznie, myślę, że tak było – przyznał cicho Marcus. – Myślałem, że fajnie byłoby ją spotkać na Losowaniu i nie wypić eliksiru po. Ale później tyle się wydarzyło... Sam nie wiem, jak i kiedy stała się dla mnie tak ważna. Przeraża mnie to, że cały czas chcę więcej i więcej. Zupełnie jakbym się od niej uzależnił. Czy wiesz, ile było okazji, żeby ją mieć? – Elf spojrzał na niego ze zmartwieniem w oczach, a Marcus ciągnął: – Powiem ci, wiele! I wiesz co? Nie zrobiłem nic! Absolutnie nic! Nawet jej nie tknąłem, choć niebiosa wiedzą, jak bardzo tego chcę! A wiesz czemu?

Przyjaciel pokręcił głową.

– Bo ją szanuję! Bo chcę, żeby czuła to co ja! Żeby chciała tego co ja! Żeby mnie pragnęła! Żeby... Cholera, Fabien, powiedz mi, jak to zakończyć? Jak szybko nie znajdę rozwiązania, to chyba zwariuję! – wyrzucił w końcu Marcus, targając rękami mokre włosy.

Elf chwilę intensywnie myślał.

– Słuchaj, możemy zrobić tak.... – zaczął z niewesołą miną objaśniać przyjacielowi swą propozycję.

Po bardzo długiej chwili Marcus ciężko westchnął i kiwnął głową, że się zgadza.

– Jak nasze sprawy? – zapytała Oriana. – Wiem, że ona jednak wróciła, ale nie wiemy, co i czy w ogóle się wydarzyło w tamtym świecie? Severianie, czy oni?...

– Nie mam pojęcia! – uciął niezadowolony Naczelny.

A miał powody do niezadowolenia. Ariel wykazała się bardzo silną osłoną telepatyczną i nie zdołał się dowiedzieć, co razem robili w tamtym świecie. Jeśli plan nie zawiódł, to może już była przy nadziei? Severiana złościło jednak również to, że Marcusa też jakimś cudem nie dał rady wysondować. Wyczuł tylko, że oficer zamknął swoje myśli za spiżową bramą żalu, przez którą nawet on, Severian, nie był w stanie się przebić!

– Musimy czekać, Oriano. Czas nam pokaże, czy będziemy mieli naszego małego maga czy nie. A na razie zastanawiam się, czy nie wysłać podobnej ekspedycji do źródeł strumienia, jak kiedyś Auksencjusz. Coraz bardziej się obawiam, że ona może mieć rację.

– Zwołaj naradę, Severianie. Musimy to przeanalizować i niech niebiosa mają nas w opiece, jeśli to prawda – zakończyła Oriana.

Ariel obudziła się następnego dnia obolała i rozbita. Znowu źle spała. Miała jakieś koszmary, w których czerwone ślepia wgapiały się w nią i coś do niej gadały. Obudziła się więc jeszcze bardziej zmęczona, niż gdy zasypiała, i w fatalnym nastroju. W łazience odkryła przyczynę fatalnego samopoczucia. No tak, obliczenia Vivianne były słuszne, dostała okres. No to z pójścia do zagród dzisiaj nici. Latanie na pegazie też może sobie darować. Naprawdę wszystko ją bolało. Dobra, musi więc najpierw ułożyć jakiś plan, co będzie dziś robić, a potem... zaraz... jasne!

Przypomniała sobie, że ma eliksir polecony przez Marcelinę, która zapewniała, że po nim okres trwa tylko dzień i nic człowieka nie boli. Okej, czyli musi go tylko zażyć, ale czarownica mówiła, żeby nie za szybko i nie wszystko od razu. Kazała pierwszą połowę wypić dopiero w południe („Nie można ingerować zbyt ostro w kobiecy cykl. To mogłoby się źle odbić na zdrowiu"), a drugą wieczorem. Marcelina zapewniała, że do następnego dnia będzie po zawodach. No, byłoby nieźle, bo miała sporo roboty przy smokach.

Odstawiła buteleczkę z eliksirem, gdy usłyszała pukanie do drzwi.

– Proszę.

Wszedł Fabien. Spojrzał na jej bladą twarz. Był czymś zmartwiony.

– Jakie plany na dzisiaj? – zapytał, patrząc na nią przenikliwie.

– Wybacz, chyba muszę nieco odpocząć. Niezbyt dobrze się czuję, a jeszcze w nocy śniły mi się koszmary. Chyba dzisiaj posiedzę u siebie i postudiuję notatki – dodała usprawiedliwiającym tonem.

Był tym nieco zaskoczony. Co jest? Z reguły wskakiwała na swojego pegaza i gnała co sił do miasta albo do zagród, a dziś tak po prostu posiedzi u siebie i przejrzy notatki? To do niej niepodobne. Wyczuwał, że przyczyna jest inna, ale nie naciskał. Zresztą tak naprawdę nie przyszedł pytać o jej plany...

Przysiadł na łóżku obok Ariel.

– Okej. Lecę do miasta, bo mam kilka spraw. Może chcesz jakiś eliksir wzmacniający albo poprawiający humor, sam nie wiem – zaproponował.

– Nie, dzięki. – Uśmiechnęła się. – Mam nadzieję, że do jutra i bez eliksirów dojdę do siebie.

– Dobra. To odpoczywaj, tylko nie zapomnij o posiłkach. – Też się uśmiechnął. W pewnej chwili zmarszczył czoło, szybko sięgnął do jej kołnierza i udając, że coś strzepuje, wyrwał Ariel kilka włosów.

– Auu! – zaprotestowała. – Fabien, to boli!

– Wybacz. Nie miałaś jakiegoś robala na kołnierzu? Przepraszam, nie chciałem ci zrobić krzywdy. Samo tak jakoś wyszło. No to lecę. Obowiązki czekają. Na razie. – I już go nie było.

Ariel popatrzyła za elfem ze zdumioną miną. Dziwnie się zachowywał, jak nie on. Ale przynajmniej nie miał pretensji, że będzie siedziała w pokoju.

Koło stajni czekał na niego zmartwiony Marcus. Spojrzał pytająco. Elf kiwnął głową, poklepując się po kieszeni munduru na piersiach. Wskoczyli na pegazy i pognali do miasta.

– Nie wpadniemy na nią przypadkiem w mieście? – upewnił się Marcus.

– Możesz być spokojny, stary – pocieszył go elf. – Mówiła, że źle się czuje i zostaje dziś w swoim pokoju. Nawet nie pójdzie do zagród, wyobrażasz to sobie? Jakaś taka blada... Mówiła, że miała w nocy koszmary i musi wypocząć.

Marcus podejrzewał prawdziwą przyczynę złego samopoczucia Ariel. Pamiętał, co mówiły smoki.

„No, przynajmniej dziś nie będę musiał jej ratować – pocieszył się w duchu, choć minę miał niewesołą. A od jutra będzie mu to totalnie wisiało. Jej zresztą też. – Tak lepiej – przekonywał sam siebie. – Tak trzeba".

Weszli do środka. U Orestesa panował zaduch, nadmierna wilgoć i feeria zapachów eliksirów. Udając klientów, obejrzeli wszystkie półki, na których stały słoje, słoiki, butelki i inne naczynia wypełnione różnymi płynami. Wszystkie były zaopatrzone w etykietki z nazwą, datą ważności, sposobem użycia oraz informacją, na co są polecane. Sprzedawczyni, młodej czarownicy, powiedzieli, że sami sobie dadzą radę i nie musi im pomagać. Wiedzieli dobrze, że tego konkretnego eliksiru nie znajdą na półce – ma go jedynie właściciel, najlepszy z aptekarzy i niestrudzony eksperymentator.

A oto i on sam wyłonił się z zaplecza – gruby mężczyzna o zwichrowanych, szpakowatych włosach i nieco nieprzytomnym spojrzeniu. Wydawał się pochłonięty myślami o wyższych sprawach, bo od tak prozaicznych rzeczy jak handel miał swoich pracowników.

– Fabien! Marcus! – wykrzyknął jowialnie na ich widok, a oni zapragnęli natychmiast zapaść się pod ziemię. Orestes znany był ze swej wylewności, ale akurat tego dnia zależało im na dyskrecji.

Orestes jednak o tym nie wiedział. Za to wiedział, że oficerowie zawsze dysponują gotówką, a suma, jaką mu ostatnio zostawił Marcus za eliksir energetyczny, była naprawdę niezła. Dlatego poczuł się w obowiązku okazać im wdzięczność. Zresztą z oficerami nigdy nie wiadomo. Dziś dostajesz od nich kasę, jutro możesz zebrać z kuszy. Tacy już są.

– Witaj, Orestes. Możemy pogadać na zapleczu? – zapytał cicho Fabien. – Dyskretnie – dodał z naciskiem.

Mina aptekarza zmieniła się w jednej sekundzie. Taka prośba mogła oznaczać tylko jedno...

Przekazał sprzedawczyniom, żeby nikt mu nie przeszkadzał, i poprowadził przyjaciół do swojego laboratorium na tyłach sklepu.

– Dobra, Fabien. W czym rzecz – przeszedł od razu do sprawy. Jak chciał, potrafił być bardzo konkretny.

– Słuchaj, potrzebujemy najsilniejszego eliksiru niepamięci, jaki masz – elf też wyłożył kawę na ławę. – Ma być bardzo skuteczny, ale ma nie zabić.

– A kogo chcecie nim załatwić? Zoriana? – zapytał zdumiony czarownik.

– Nie, Orestes, mnie – wtrącił cicho zrezygnowany Marcus.

– A po jakie licho, chłopie? – zdziwił się aptekarz. – To ryzykowne, można stracić zdrowie, a nawet życie! Nawet te eliksiry, które odsprzedaję miastu do Losowań, nigdy nie są całkowicie bezpieczne, a ty chcesz koncentrat? Odbiło ci czy jak?

– Można tak powiedzieć. – Uśmiechnął się krzywo Marcus. – Wygląda na to, że się... – Przez chwilę się zawahał i spojrzał na Fabiena, a ten skinął głową. Marcus wciągnął głęboko powietrze i palnął: – Że się zakochałem!

Orestes wyglądał, jakby miał dostać zawału.

– Wiesz, że to zakazane? – upewnił się. – To znaczy, nie tylko takie uczucie, ale i zażywanie koncentratu?

Marcus kiwnął głową. Cholera, jak mógł nie wiedzieć!

– Potrzebuję eliksiru, żeby zapomnieć o tej konkretnej osobie, ale nie o całym moim życiu – powiedział. – I chciałbym, żebyś mi dał drugą porcję dla niej – dodał ciszej.

– T-to znaczy, że... ona... ciebie też?... – wyjąkał zdumiony aptekarz. Nooo, coś takiego ostatni raz trafiło mu się... Pamiętał albo raczej chciał zapomnieć, kiedy to było, bo tamta niewesoła historia równie niewesoło się zakończyła. Do tej pory nie wymyślił odpowiedniego eliksiru, żeby wymazać ją z własnej pamięci.

Marcus potwierdził skinieniem głowy.

– I znasz wszystkie skutki uboczne? – upewnił się sklepikarz.

– Orestes, dasz mi ten eliksir czy nie? – palnął zniecierpliwiony oficer. Sam pomysł przylotu tutaj już był szalony.

To, co miał uczynić – a czego absolutnie nie chciał – było wystarczająco ciężkie, a teraz ten mu jeszcze prawi komunały!

– To nielegalne – zaprotestował aptekarz.

– Gdyby było legalne, nie byłoby mnie tutaj! Podaj tylko cenę – powiedział zmęczony tą rozmową Marcus. Chciał to mieć za sobą, więc nawet się nie targował.

– Słuchaj, wypij go najlepiej w koszarach, bo jak to zrobisz teraz, to możesz nie dolecieć – tłumaczył stary pigularz. – Spadniesz z pegaza. Eliksir jest naprawdę mocny. I pamiętaj, jeśli chcesz zapomnieć o konkretnej osobie, to kilka minut wcześniej musisz go wstrząsnąć, a do środka wrzucić coś, co należy do tej osoby. Włos powinien wystarczyć. Oczywiście jeśli to ma zadziałać prawidłowo, to ona powinna zrobić to samo w podobnym czasie. A tak przy okazji, powiesz mi, o kogo chodzi? Bo z tego, co wiem, to w waszych koszarach jest tylko jedna kobieta, nasz mag-medyk od smoków, Ariel. A znając ciebie, wiem, że po nielegalnych Losowaniach się nie włóczysz.

Marcus zerknął nieco zaskoczony na aptekarza. Nie podobał mu się jego krzywy uśmiech. I nie przypominał sobie, żeby powiedział Orestesowi cokolwiek o Ariel. Może zrobił to Fabien?

– Pamiętasz ten atak na nią przy dostawie róż. – pospieszył z wyjaśnieniem czarownik. – Wtedy zorientowałem się, kim ona jest. Nie zaprzeczyła, a ty byłeś tak zaaferowany tymi ćpunami i jej zdrowiem, że nie zauważyłeś, że ja wiem. Poza tym przychodzi tu często podpatrywać mnie przy pracy i poduczać się w tym i owym. Nie powiem, nie jest zła w eliksirach. Nawet ma do nich talent. Tylko idiota lub ślepiec by nie zauważył, że to kobieta. Zwłaszcza po tym, jak kilka dni temu przyszła tu po eliksir na kobiece dolegliwości miesięczne. No co, panowie oficerowie, nie słyszeliście, że kobiety mają takie sprawy? A ten eliksir powoduje, że dolegliwości trwają jeden dzień i dziewczyna tak nie cierpi, to czemu ma nie skorzystać? Zresztą same smoki jej powiedziały, że nie będzie wtedy bezpieczna, bo zapach krwi doprowadza je do szału. To chce to kobitka skrócić, żeby szybko wrócić do pracy. – Orestes gadał i gadał, a oni gapili się z otwartymi ustami.

– Słuchaj, czy ten eliksir nie zrobi jej krzywdy? – zapytał w końcu Marcus.

– Mój drogi, przecież powiedziałem, że nawet te do Losowań nie są do końca bezpieczne. Ale Ariel to mocna kobieta. Z tego, co o niej wiem, wnioskuję, że nic jej nie powinno być.

– Dobra, dzięki – mruknął oficer. Schował dwie małe zielone butelki pod kurtkę i zaczął zbierać się do wyjścia.

– A ty, Fabien, możesz zostać chwilkę? – zapytał od niechcenia Orestes. – Mam do ciebie sprawę.

– Jasne. Marcus, poczekasz na mnie przy pegazach? – spytał elf.

Przyjaciel spojrzał na niego pytająco. Czyżby Fabien miał jakieś układy ze starym aptekarzem, o których nie powinien wiedzieć?

– No, idź. Zaraz do ciebie przyjdę – ponaglił go elf.

Nieco zdziwiony Marcus wyszedł tylnym wyjściem. No cóż, każdy ma swoje tajemnice. Ale może Fabien mu o nich opowie? Postanowił zapytać go w drodze powrotnej.

Najpierw upewnili się, czy wyszedł.

– Fabien, jak on się obudzi po eliksirze, to sprawdź, czy na pewno nic nie pamięta – powiedział po dłuższej chwili zmartwiony Orestes. – Zadaj mu kilka ogólnikowych pytań. Potem wmów mu, że był na Losowaniu.

– Wiem, wiem, wiem – zniecierpliwił się elf. – Tyle że ostatnim razem to zadziałało tylko połowicznie. Pamiętasz, jakie były skutki, Orestes? Bo ja tak!

– Fabien, niech cię cholera, do dziś nie mogę zapomnieć! Ale oni wtedy popełnili błąd. Pamiętasz? Dlatego tak wyszło. Dopilnuj, żeby tym razem było inaczej! Mówiłem ci to wczoraj, że od tamtego czasu znacznie ulepszyłem ten eliksir. Teraz jest o niebo skuteczniejszy i bezpieczniejszy!

– Oby zadziałał, bo inaczej Marcus będzie miał nieliche problemy. Relegowanie z Korpusu to byłaby pestka...

– Bądź spokojny. Tylko jedna uwaga: pod żadnym pozorem nie mieszaj tych dwóch eliksirów! Takie koktajle są niebezpieczne i nieprzewidywalne – uprzedził go Orestes.

– Jakich eliksirów? – Fabien zmarszczył brwi.

– No jak to jakich?! Przecież dopiero co powiedziałem, że wzięła eliksir na kobiece dolegliwości! Pamiętasz, czy też już zażyłeś eliksir niepamięci? – zirytował się grubas. – Ten na kobiece dolegliwości to nic nadzwyczajnego. Zwykła słabiutka miksturka, ale w moim fachu zawsze trzeba się trzymać zasady, że nie miesza się eliksirów. Żadnych! To tak jakbyś wypił kilka drinków, a do tego nalewkę miodowo-bursztynową.

– Dobra, będę pamiętać – obiecał elf. – Co jej mam powiedzieć, jak się obudzi?

Orestesowi opadły ręce.

– Wymyśl coś. Od czego masz mózgownicę? Może, że jest przemęczona pracą i dlatego tak długo spała? Ja cię mam uczyć kłamać? O cholera! – zaklął. – Zapomniałem, że nie umiesz kłamać. Wy, elfy, jesteście czasem zupełnie niepraktyczne. Wyręcz się chochlikiem, niech skłamie za ciebie. Rozkaż mu. Nie może ci odmówić. I obłóż go klątwą milczenia.

– Chochlik? Tak to chyba będzie dobre rozwiązanie. – Fabien podrapał się za szpiczastym uchem. – Tak zrobię. A co, jeśli ktoś postronny, nie wiem, może smoki, przypomni im o tym uczuciu?

Aptekarz uśmiechnął się szeroko.

– Nawet jak coś takiego się wydarzy i sobie przypomną lub ktoś im przypomni, to będą tylko zdumieni i zawstydzeni. Tamto uczucie nie wróci. Nie ma takiej opcji. I o to przecież chodzi, nie? Pod warunkiem, że zrobisz wszystko bezbłędnie.

Uścisnęli sobie ręce.

– Daj znać, jak poszło – rzucił na koniec Orestes.

Fabien skinął głową i dołączył do Marcusa.

– Co tak długo? – rzucił ten podejrzliwie.

– E, nie, nic.

– Jakby to było nic, tobyś tam tyle nie siedział. Gadaj, elfie, i pamiętaj, że nie umiesz kłamać!

– Pamiętam! – Fabien był zdegustowany tym ciągłym przypominaniem o jego felerze. – Orestes udzielał mi ostatnich wskazówek co do eliksiru. Nie pytaj, bo akurat wy dwoje nie możecie tego wiedzieć, jeśli plan ma wypalić. Lećmy już do tych koszar, bo się nami dyżurny zainteresuje – powiedział, widząc zmartwioną minę przyjaciela. – Eliksir zażyjesz dziś wieczorem, a rano będziesz jak nowo narodzony.

Wsiedli na pegazy i wzbili się w niebo. Nie wiedzieli, że cały czas byli obserwowani przez parę małych chytrych oczek, które teraz znikły, żeby donieść o ich wizycie u Orestesa.

– Mamy to przerwać, Oriano? – zapytał Severian, gdy usłyszał, co zamierzają zrobić dwaj oficerowie.

– Nie. Pozwólcie im wypić. Jeśli Ariel jest przy nadziei, dziecku nic nie będzie, a ona zapomni o Marcusie. A jak o sobie nie zapomną, to dopiero będziesz miał kłopoty, Severianie. Za ich przykładem mogliby pójść inni i tej rewolucji nasz świat by nie wytrzymał. Po tylu Losowaniach już nikt nie wie, kto z kim i jak jest skoligacony, z wyjątkiem Maszyny Losowań. Zamieszki, jakie by wynikły, gdyby ludzie zorientowali się, że takie rzeczy są możliwe... Teraz potrzeba nam spokoju i konsolidacji, a nie rozruchów. Bez współpracy nasz świat może przestać istnieć. Teraz mamy ważniejszy problem niż para zakochanych durniów, którzy po eliksirze pewnie zwariują jak ich poprzednicy. Teraz ważne jest, żeby postawić hodowle smoków na nogi i dowiedzieć się, dlaczego źródła wysychają.

– A jeśli ona nie spodziewa się dziecka? – Naczelny spojrzał wnikliwie w oczy staruszki.

– To trzeba zrobić tak, żeby je poczęła! I to z Marcusem! To bardzo ważne, żeby to był Marcus! – podkreśliła Oriana. – Tylko ta para jest w stanie dać nam to, czego chcemy.

– Ale jak mam ich do tego skłonić, jeśli dziś wypiją eliksir? – Severian lekko się zirytował. Najpierw powiedziała, że mają zapomnieć o tym, jak się pragną, a potem, że mają począć dziecko. Te dwie rzeczy wzajemnie się wykluczały!

– Wszystkiego mam cię uczyć, Severianie? – zapytała staruszka zdenerwowana. – Trzeba zrobić tak...

Słuchał jej z uwagą i tylko od czasu do czasu kiwał głową.

– Wtedy nie będą o sobie pamiętać, a my i tak będziemy mieli naszego maga. – Pomarszczona twarz rozciągnęła się w uśmiechu.

Marcus miał wyznaczony patrol w południe i wrócił dopiero wczesnym wieczorem. Fabien poinformował dyżurnego, że musi pilnie pomóc konsultantowi od smoków, po czym poszedł do siebie. Długo instruował chochlika Jima, obłożył go klątwą milczenia, a na koniec upewnił się, że stworzenie zrozumiało jego wskazówki. Wczesnym popołudniem zajrzał do Ariel. Zobaczył na jej komodzie małą zieloną butelkę. Była pełna. A więc Ariel jeszcze nie zażyła eliksiru na kobiece dolegliwości, to dobrze. Zapytał, jak się czuje, wyraził nadzieję, że szybko wrócą jej siły, i dodał, że też idzie wypocząć.

Po chwili, pod pretekstem sprzątania i zabierania brudnych rzeczy, do Ariel wszedł Jim i gdy była w łazience, szybko podmienił butelki. Zanim postawił tę drugą, identyczną, lekko nią potrząsnął. Potem poinformował Ariel, że zabiera jej rzeczy do prania i kłaniając się nisko, czym prędzej wyszedł.

Wieczorem Ariel czuła się już dużo lepiej. Faktycznie, Marcelina miała rację. Ten eliksir nieźle się sprawdzał. Jedną porcję już wypiła, teraz została druga buteleczka. Jeśli jutro ma być w formie, najwyższy czas. Sięgnęła do butelki. Odkorkowała i tak jak poprzednią wypiła duszkiem. Wielkie nieba! A co to miało być? Zawartość drugiej butelki paliła żywym ogniem jej przełyk i zrobiła istną rewolucję w jej żołądku. Ariel myślała, że puści pawia!

„Marcelina nic nie mówiła, że ten drugi eliksir ma taki obrzydliwy smak! – pomyślała, gdy ustąpił jej kaszel, a z oczu przestały cieknąć łzy. – Może to eliksir dwuczęściowy? Inna część w południe, a inna wieczorem? Albo sfermentował? A może przeterminowany?!"

Nie wiedziała, co o tym sądzić. Wiedziała tylko, że za wszelką cenę musi go utrzymać w żołądku, bo jutro ma mnóstwo pracy, a bez niego...

„Czemu wszystko robi się zamazane? Marcelina nic o tym nie wspominała. Może pomyliłam eliksiry?..." – to były ostatnie jej myśli, zanim straciła przytomność i padła z hukiem na podłogę.

W pokoju obok nasłuchiwali dwaj mężczyźni. Gdy zza ściany dobiegł łomot, Fabien pospiesznie wrzucił włos Ariel do eliksiru i wstrząsnął butelką.

– Wypij! Marcus, nie ma czasu, no pij!

Uchwycił ostatnie żałosne spojrzenie przyjaciela, po czym upewnił się, że ten wychylił jednym haustem zawartość swojej butelki.

– Zostań tu! Tylko mi pawia nie puść! Ja idę do niej! Sprawdzę, czy nic jej się nie stało! Ty się kładź i nie waż mi się stąd ruszyć! – powiedział groźnie elf i już go nie było.

Marcus posłusznie położył się na łóżku, choć faktycznie chyba powinien pójść do łazienki i rzygnąć. Eliksir był okropny, a to, co zrobił, jeszcze gorsze. Czuł się podle fizycznie i psychicznie. Bardzo chciał sprawdzić, czy Ariel nic nie jest, ale wiedział, że jeśli wszystko ma się udać, musi zostać w swoim pokoju.

Tymczasem Fabien wpadł do pokoju kobiety. Leżała nieprzytomna na podłodze, ale żyła. Przeniósł ją na łóżko i z pomocą chochlika przebrał do snu. Gdy wrócił do Marcusa, ten też był już nieprzytomny. Przyjaciela przebrał już sam. Miał potworne wyrzuty sumienia z powodu tego eliksiru, ale czy mógł postąpić inaczej?

Jim całą noc czuwał przy Ariel, a Fabien przy Marcusie, jednak od czasu do czasu zaglądał do sąsiedniego pokoju. Wyglądało, że wszystko jest w porządku. Ariel oddychała miarowo, może była tylko nieco bledsza. Podobnie jak Marcus.

„Na razie wszystko idzie zgodnie z planem – pomyślał elf. – Zobaczymy, co będzie rano, jak się obudzą. Oby to tylko zadziałało".

Wolał nie pamiętać, co było ostatnim razem, gdy w podobnej sprawie chciał pomóc innemu oficerowi. No ale

Orestes zaklinał się, że ulepszył eliksir... A poza tym wtedy faktycznie popełnili błędy, nie to co teraz!

Otworzył oczy i zobaczył nad sobą twarz przyjaciela. Fabien był zmartwiony. Ciekawe czym? Potwornie bolała go głowa. Jasny gwint, zabalował wczorajszej nocy czy był na Losowaniu? Jeszcze nigdy nie czuł się tak podle.

– Po Losowaniu najlepiej wypić eliksir wzmacniający, panie Marcusie – poinformował go uprzejmie chochlik, kłaniając się w pas i podając mu kufel energetycznego napoju.

A więc jednak Losowanie... Tylko czemu Fabien jest taki zmartwiony? Losowanie to Losowanie, nie?

Wziął kufel od chochlika i wypił kilka łyków. Po chwili głowa jakby trochę mniej bolała i poczuł się nieco lepiej. Wypił jeszcze. Siły zaczynały wracać.

– Byłem na Losowaniu, tak? – Spojrzał na elfa, poszukując potwierdzenia. – No, to by tłumaczyło moją paskudną formę, nie? – Uśmiechnął się krzywo.

Fabien nic nie powiedział. Osłonił się zaklęciem *adger* i jego myśli były nieprzeniknione.

– Tak, panie Marcusie, Losowania są niezwykle wyczerpujące – odezwał się znowu chochlik.

Czemu Fabien nic nie mówi? Czemu ma taką zmartwioną minę?

– Przyszedłem zobaczyć, czy doszedłeś do siebie – powiedział w końcu elf. – Widzę, że tak, to wybacz stary, ale lecę. Obowiązki czekają.

Marcus starał się przypomnieć sobie, jakie obowiązki ma Fabien, ale za cholerę mu nie szło.

– Okej. Możesz mi tylko powiedzieć, jak mam dzisiaj patrol? Wczoraj chyba na tym Losowaniu przegięli z eliksirem, bo nie mogę sobie przypomnieć – powiedział usprawiedliwiającym tonem.

– Po południu, więc teraz możesz wypocząć i dojść do siebie. – Elf odetchnął z ulgą. Wyglądało, że wszystko poszło gładko. Przynajmniej u Marcusa. Teraz musi zajrzeć do Ariel. – Na razie, zbieraj siły. Cześć! – rzucił i wyszedł.

– Jim, chyba poleżę jeszcze i odpocznę. Pozbieraj moje mundury do prania i przygotuj mi kąpiel – poprosił oficer.

Chochlik z ukłonem wykonał polecenie, a Marcus po chwili pławił się w wannie. Ból głowy minął, jednak z pamięcią coś było nie tak – jak podczas rozmowy, gdy człowiek zapomni słowa, choć ma je na końcu języka. To musiały być efekty uboczne po Losowaniu. Innego wyjścia nie widział.

Wreszcie wzmocniony i odświeżony przebrał się w nowy mundur. Na dnie szafy coś dojrzał. Cholera, te chochliki są coraz gorsze w sprzątaniu! Przecież mówił Jimowi, żeby zabrał jego mundury do prania. Jak ten mały skurczybyk wróci, to go popamięta!...

Ariel obudziła się. Co jest? Marcelina zapewniała, że będzie się czuć świetnie, że będzie mieć okres z głowy, a tymczasem? Tymczasem w życiu nie bolała jej tak głowa! Jeeezu! Czy na pewno wypiła odpowiedni eliksir? Może coś pomyliła? Coś chciała robić, ale nie wiedziała co. Gdzieś chciała iść, ale nie miała pojęcia gdzie. Skleroza w takim wieku?

– Proszę – powiedziała słabo, kiedy ktoś zapukał.

Wszedł jakiś ciemnoskóry mężczyzna o szpiczastych uszach.

„Aha, to Fabien! – przypomniała sobie. – Zaraz, kim jest Fabien? Elfem! No tak, ale co on ma ze mną wspólnego?”

– Wpadłem zobaczyć, jak się czujesz. Wczoraj nie wyglądałaś najlepiej. Wiesz, smoki nie mogą czekać w nieskończoność, zwłaszcza Neret. Trzeba mu opatrzyć skrzydło, bo mimo twoich zakazów już jednego chochlika zeżarł, no i posprawdzać szwy. Chyba że masz swoje dni kobiece, to rozumiem. Wtedy faktycznie lepiej, żebyś nie chodziła do zagród. – Elf gadał i gadał, a ona czuła się trochę, jakby pomylił drzwi, to znów jak na jakiejś prezentacji pt. „Ariel Odgeon i jej rola w świecie alternatywnym". Skąd on wiedział, że ona ma okres? A może się tylko domyślał? Hm... Była okropnie skołowana.

– Wiesz co, przyślę chochlika z eliksirem energetycznym, żebyś się wzmocniła – zaproponował w końcu.

Potulnie się zgodziła. Przypomniała sobie Nereta. Faktycznie miał rozwalone skrzydło, a ona była za niego odpowiedzialna. Musi się jak najszybciej pozbierać. Fabien wyszedł, a za chwilę Jim w ukłonach przyniósł kufel napoju energetycznego. Była dziwnie spragniona, więc wypiła wszystko duszkiem. Po chwili faktycznie siły wróciły, ale nadal miała problemy z koncentracją i pamięcią. Okres jednak nie minął. Może to tak ma być?

Poszła do łazienki, chciała się wykąpać, ale woda była zimna. Czy ten facet w tamtym pokoju mógłby uprzejmie jej też zostawić trochę gorącej wody? Do cholery, nie mieszka tu sam! Nie umiała sobie przypomnieć tego gościa, ale obiecała sobie, że jak go spotka, to mu powie, co myśli o takim egoistycznym panoszeniu się w łazience!

– Jim, możesz mi, do cholery, wyjaśnić, czemu nie wziąłeś do prania moich mundurów?! – wrzasnął zirytowany Marcus na wystraszonego chochlika.

– Wziąłem, panie Marcusie! – rzuciło stworzenie płaczliwie. Wiedziało dobrze, że ten oficer to pedant niczym chochlik, nie człowiek.

– Nie pieprz mi tu! Zostawiłeś jeden w szafie!

– Ale panie Marcusie, przecież pan sam zabronił mi go stamtąd ruszać, i to pod karą śmierci! – przypomniał mu z wyrzutem Jim.

– Co ty bredzisz?! Po co miałbym przechowywać brudny, cuchnący mundur?!

– Nie wiem, panie Marcusie! – Teraz chochlik już prawie płakał. – Wiem tylko, że pożyczył pan ten mundur pani Ariel, jak pierwszy raz szła do smoków, i potem zabronił mi go pan ruszać! To go nie ruszam! – rzuciło stworzenie.

– Chcesz mi wmówić, że dałem jakiejś kobiecie MÓJ mundur po to, żeby poszła do zagród smoków? – Oczy Marcusa wyszły z orbit. Kobieta w zagrodach smoków? Pierwsze słyszał! Wczoraj chyba naprawdę przegiął z tym Losowaniem! Co ten chochlik gada?

– Tak, panie Marcusie. Pożyczył pan swój używany mundur, żeby smoki nie wyczuły, że to kobieta. Przecież jest naszym jedynym konsultantem do spraw zdrowia smoków i ich hodowli. Nie pamięta pan, jak wyleczyła Nereta? Zrobił pan to na rozkaz Naczelnego Maga.

No, o Nerecie coś mu tam świtało, ale za cholerę nie mógł sobie przypomnieć, żeby wprowadzał jakąś babę do zagród! To niedorzeczne! Przecież by ją zabiły, i słusznie. A on jest honorowym oficerem, więc nigdy nie zrobiłby czegoś tak podłego jak wprowadzanie kobiety do zagród. Tylko czemu chochlik miałby kłamać?

Nie miał okazji o to zapytać, bo stworzenie uciekło przed jego gniewem.

Zamyślił się. Czemu miałby robić coś tak głupiego? To groziło relegowaniem z Korpusu, chyba że... otrzymał rozkaz od Naczelnego. Powoli wziął brudny mundur do ręki. Zmięty materiał rzeczywiście wyglądał nieciekawie. Chochliki zawsze trzymają się rozkazów. Jeśli zagroził mu śmiercią, to chochlik faktycznie musiał rozkaz wypełnić... Ale czemu on, Marcus, miałby to robić?

Zbliżył mundur do twarzy. Do nozdrzy napłynęła mieszanina zapachów... Część z nich należała do niego. To był jego własny pot. Ale część... Skupił się. Jeszcze raz powąchał. Gdzieś w głowie zrodziła się myśl, że może chochlik nie kłamie. Jedyny przebłysk pamięci... jakieś wyjątkowo czarne oczy patrzące na niego i uśmiech... Nie! To musi być kłamstwo! Rozzłoszczony rzucił brudny mundur z powrotem na dno szafy! Na pewno nigdy czegoś takiego by nie...

Ale nie dokończył tej myśli, bo rozległo się pukanie do drzwi i Fabien przypomniał mu o patrolu, a potem poszedł do siebie. Tak, później o tym pomyśli, teraz patrol. Zapyta Fabiena.

Z tym postanowieniem ruszył w kierunku stajni pegazów.

Marcus wyczyścił i osiodłał Trevora. Nadal był lekko rozkojarzony, ale przecież te czynności na tyle weszły mu w nawyk, że nie musiał o nich myśleć. I pewnie dlatego wszystkie dobrze pamiętał.

Te Losowania wydawały mu się coraz bardziej męczące. A właściwie jego tolerancja na eliksir niepamięci. W nadziei, że lot na pegazie nieco go otrzeźwi, wyprowadził Trevora z boksu. Kątem oka zobaczył jakąś małą postać przy boksie tego cętkowanego... appaloosa. Appaloosa?! Co to w ogóle za słowo? Nie miał pojęcia, skąd je znał. Podobnie jak i tego mikrusa w boksie.

„Adept? – pomyślał. – Nie wie, że ten pegaz jest niebezpieczny?”

Uwiązał Trevora do kraty i ruszył w tamtym kierunku. Co ten mały wyprawia? Chce się zabić czy jak?

– Hej ty! – zawołał, zanim drobna postać weszła do boksu pegaza. – Nie wiesz, że ten pegaz jest niebezpieczny i toleruje tylko jedną osobę?

– Tak, wiem – odparła drobna osóbka pewnym tonem. – Mnie!

Ariel okręciła się na pięcie w kierunku tego przemądrzałego gościa i zobaczyła mężczyznę o bardzo błękitnych oczach. Ten spojrzał na nią. Chwilę wpatrywali się w siebie z zapartym tchem i zmarszczonymi brwiami. Potem jednocześnie zapytali:

– Czy ja cię znam?

– Mam na imię Ariel – przedstawiła się po chwili ciszy Ariel, bo uznała, że to zaczyna być żenujące. – A ty to kto?

– Marcus... Brent. Ten pegaz jest twój – bardziej stwierdził niż zapytał. – A ty jesteś naszym konsultantem do spraw smoków? – upewnił się. „Wielkie nieba! Czy to TA kobieta?” – pomyślał pod osłoną zaklęcia *adger*.

– T-tak... – Nie bardzo wiedziała, co powiedzieć. Ten mężczyzna tak niepokojąco znajomy...

– A, tu jesteście! – odezwał się głos ode drzwi. To Fabien wszedł do stajni, tylko dlaczego miał taką zaniepokojoną minę? – Chyba jesteś spóźniony na patrol – przypomniał przyjacielowi. Za wszelką cenę chciał skrócić ich spotkanie. Miał nadzieję, że nic sobie nie przypomnieli.

– Tak, masz rację – zgodził się Marcus, nadal uważnie patrząc na Ariel. – Rzeczywiście. Rozmawiałem właśnie z naszym konsultantem, ale faktycznie muszę lecieć. Do zobaczenia, Ariel. – Skinął nieznacznie głową i wyszedł ze stajni, wyprowadzając Trevora. Po chwili szybował już w powietrzu, myśląc intensywnie, czy jednak faktycznie nie spotkał Ariel wcześniej. Jeśli to rzeczywiście kobieta i wprowadził ją do zagród... Hm, musi wypytać Fabiena.

Tymczasem w stajni elf rozmawiał z Ariel.

– Lecisz do miasta?

– Tak. Mam kilka spraw do załatwienia. A potem do biblioteki.

– Aha, długo cię nie będzie?

– Raczej do wieczora. Wczoraj nic nie zdziałałam, bo nie byłam w formie, to dziś muszę nadgonić przynajmniej studia nad smokami. – Uśmiechnęła się.

„Uff, nie będzie jej do wieczora, to znaczy, że nie spotkają się z Marcusem!" – odetchnął z ulgą Fabien.

Ale zamiast do czytelni Ariel skierowała się wprost do gabinetu Marceliny. Wdarła się tam bez pukania i podetknęła czarownicy buteleczkę pod nos.

– Marcelina, co to jest? – zapytała zła, cedząc każde słowo.

Kobieta powąchała zawartość buteleczki i skrzywiła się.

– Skąd to masz? – zapytała, patrząc na Ariel przenikliwie.

– To eliksir, który mi poleciłaś na dolegliwości kobiece. A właściwie jego druga część. Pierwszą wypiłam w południe, tak jak mówiłaś, a tę drugą wieczorem. Myślałam, że pawia po niej puszczę, i straciłam przytomność. Okres jak miałam, tak nadal mam, a do tego potworny ból głowy, jakbym wczoraj ostro balowała, i kłopoty z pamięcią. Marcelina, zaufałam ci, a ty chcesz mnie otruć? Wiedziałaś, jak bardzo mi zależało na pójściu do smoków! Czemu mi poleciłaś to świństwo? – rzuciła oskarżycielsko.

Kobieta popatrzyła na nią uważnie.

– Daj mi chwilę pomyśleć.

Przez parę minut krążyła zamyślona po swoim gabinecie, obserwowana przez coraz bardziej zirytowaną Ariel.

– Marcelina, tracę cierpliwość!

Czarownica usiadła naprzeciw Ariel.

– Kto to jest Marcus Brent? – zapytała ni w pięć, ni w dziesięć.

– A co mnie to obchodzi?! – rzuciła wściekle Ariel. – Chcę wiedzieć, czemu chciałaś mnie otruć!

– Powinno cię obchodzić – powiedziała spokojnie Marcelina. – Słuchaj, to, co trzymasz w ręku, NIE JEST eliksirem na dolegliwości kobiece. Tak śmierdzi tylko eliksir niepamięci i to bardzo skoncentrowany! Wypiłaś go wczoraj wieczorem, tak? To znaczy, że ktoś podmienił drugą butelkę twojego eliksiru na wyjątkowo mocny eliksir niepamięci...

– A po jakie licho?

– Jak sama nazwa wskazuje, eliksir niepamięci pozwala na zapomnienie, wymazanie z pamięci czegoś lub KOGOŚ! Zapytałam cię o Marcusa, a ty go zupełnie nie pamiętasz.

Ariel skinęła głową.

– O to chodzi! – Pstryknęła palcami Marcelina. – Ktoś chciał, żebyś o nim zapomniała!

– Ale po co? Nic nie rozumiem.

– Ariel – westchnęła ciężko czarownica, czując, że na nią spadnie ten niewdzięczny obowiązek – patrzyłam na was oboje od dłuższego czasu. Byliście praktycznie nierozłączni. Owszem, kłóciliście się, ale bardzo mocno mieliście się ku sobie. Byliście sobą wzajemnie zafascynowani, odurzeni. Myślę, że wasze ewentualne pójście ze sobą do łóżka było tylko kwestią czasu. No chyba że to się stało, jak wróciłaś na jeden dzień do swojego świata, ale tego nie wiem. Do naszego świata powróciłaś, żeby go ratować, bo z żalu, że zostałaś po tamtej stronie, zgłosił się na ochotnika do patroli na Trollowych Rubieżach. To Fabien ściągnął cię tutaj z powrotem, a ty zagroziłaś Severianowi, że nie zajmiesz się smokami, jeśli on nie sprowadzi z Rubieży Marcusa. Wygląda na to, że ktoś chciał przerwać wasze wzajemne uczucia i sprawić, żebyście o sobie zapomnieli. Widziałaś go dzisiaj?

Ariel skinęła głową.

– Poznał cię? – dopytywała się Marcelina.

– Nie. Pytał, kim jestem i czy się już spotkaliśmy.

– To znaczy, że jemu też dali ten eliksir – stwierdziła autorytatywnie czarownica. – Ten eliksir jest nielegalny poza Losowaniem. Ktoś złamał prawo, żeby z was obojga wymazać wasze wzajemne uczucia, bo są w naszym świecie zakazane i traktowane jako przestępstwo. Ale kto, tego nie wiem. Powiem ci tylko, że ja poleciłam ci dobry eliksir na kobiece dolegliwości. W drugiej butelce było dokładnie to samo, co w pierwszej. Nie ma innego wytłumaczenia – zakończyła ze smutkiem. – „A taka ładna była z nich para!" – pomyślała.

Chwilę siedziały cicho.

– To co ja teraz mam zrobić? – zapytała Ariel z rezygnacją w głosie. Chyba wolała się tego wszystkiego nie dowiadywać. – Mam go spotykać i udawać, że o niczym nie wiem? Nawet jeśli jest tak, jak mówisz, to przecież osoba, która podała nam ten eliksir, musiała wiedzieć, że prędzej czy później się spotkamy. Że możemy dowiedzieć się od kogoś postronnego o całej historii. Że wszytko się wyda. Wtedy eliksir nie miałby sensu. Prawda?

– Nic nie rozumiesz – powiedziała spokojnie Marcelina. – Po takim eliksirze faktycznie można się natknąć na kogoś, kto ci przypomni całą historię, ale to nie oznacza, że wasze dawne uczucia powrócą. Na to jest za późno. Co z tego, że już o wszystkim wiesz? Nie zdołasz go ponownie obdarzyć tak silnym uczuciem jak przedtem. Chyba właśnie o to chodziło tej osobie, która podmieniła eliksir. A co do okresu, nie zażywaj drugiej części, bo jak wypijesz kilka eliksirów w jednym czasie, to twój organizm może zwariować. Skutki mogą być nieobliczalne. Posiedź kilka dni w swojej kwaterze, a potem wróć do pracy ze smokami. – Pogładziła Ariel po głowie. – Nie wiem, kto was tak urządził, ale przysięgam, że to nie ja.

Marcus oprócz patrolu był w tym dniu także na poligonie z Croyem. Smok, niezmiernie uradowany, oświadczył mu, że spodziewają się z Vivianne potomstwa.

– I to dzięki Ariel! – dokończył. – A propos, jak z tobą i nią? Zrobiliście to, jak byłeś z nią w jej świecie, czy nie? – Pysk mu się nie zamykał. – Bo Vivianne uważa, że już dawno powinniście sobie zafundować prywatne Losowanie.

– Croy, o czym ty, do cholery, gadasz? – zdenerwował się Marcus. Co jest? Najpierw chochlik mu wciska kit, że kazał zostawić brudny mundur, w którym rzekomo wprowadził kobietę do zagród, a teraz smok opowiada mu bzdety, że on, oficer, ma sobie z tą kobietą nielegalnie urządzić Losowanie? Czy oni wszyscy powariowali? W dodatku ta kobieta wyjątkowo nie jest w jego typie!

– Jak to o czym gadam? – parsknął smok. – O tobie i Ariel. Nie pamiętasz, ile nocy brałeś dodatkowe patrole, żeby tylko być z dala od jej sypialni, bo się bałeś, że nie opanujesz swoich miłosnych zapędów?

– Odbiło ci, Croy, czy jak? – Marcus był totalnie zszokowany.

– Stary, co z tobą? – zapytał cicho najwyraźniej zmartwiony smok. – Przeszło ci czy wypiłeś eliksir niepamięci?

– Po prostu nie mam pojęcia, o czym mówisz. A jeśli idzie o eliksir niepamięci, to faktycznie piłem wczoraj, bo byłem na Losowaniu.

– Nie byłeś na żadnym Losowaniu, przyjacielu. Wiedziałbym o tym. – Ze smutkiem pokręcił głową Croy. – Podejdź tu do mnie. Wiesz, że tylko smoki i elfy nie potrafią kłamać. Połóż rękę na mojej szyi, a ja pokażę ci cały przebieg waszej znajomości.

Kilka minut później Marcus był już uświadomiony, jak wyglądała jego znajomość z Ariel i... nadal nie mógł w to uwierzyć! On, oficer, aż tak się zadurzył? A do tego ktoś dał mu eliksir zapomnienia i jej też, bo ona również go nie pamiętała. Tylko co teraz? Udawać, że o niczym nie wie?

Zamyślił się. Może wypytać Fabiena albo Jima? Tak, tak właśnie zrobi. Z tym postanowieniem wrócił do koszar na kolację, a potem do siebie. Czekał, aż Fabien wróci z patrolu. Elfy też nie umieją kłamać.

– Wyobrażasz sobie, moja kochana, jaki był zszokowany, gdy mu pokazałem, jak wyglądała ich znajomość? Normalnie nie wiem, kto i po co ich tak urządził, ale to nie w porządku! – palnął smok, gdy skończył opowiadać Vivianne przebieg sytuacji.

– Croy, skarbie – odparła z poważną miną – zapominasz, że mam pewne dodatkowe zdolności. Powiem ci w sekrecie, że zrobił to SAM Marcus za namową Fabiena.

– Vivianne, kochanie, po jakie licho miałby tracić ukochaną? – Teraz dla odmiany Croy był w szoku.

– Wiesz, że umiem przewidywać przyszłość i mam jeszcze inne dary. Prawda, mój drogi? – szepnęła cicho smoczyca. – Powiem ci, że Marcus tak postąpił, żeby ochronić ich oboje przed zgubnymi skutkami uczucia i przed cierpieniem. Żadne z nich nie byłoby szczęśliwe bez drugiego i żadne z nich nie mogłoby żyć w świecie drugiego. Jednak widzę ich przyszłość wspólną. Widzę jeszcze więcej: ich dzieci. Więc bądź dobrej myśli i pozwól działać przeznaczeniu. Nie spisywałabym tej pary na straty. Raczej potraktowałabym to jako chwilową rozłąkę. – Vivianne potarła pyskiem o pysk ukochanego. – O nas też wiedziałam wcześniej, zanim poprosiłeś Ariel o wsparcie, i wiem jeszcze coś – uśmiechnęła się tajemniczo – że jaj będzie więcej niż jedno!

Croy omal nie zemdlał z wrażenia.

Żadne z nich nie wytrzymało i oboje chcieli sprawdzić prawdziwość opowiedzianych im wydarzeń. Marcus przycisnął Fabiena i elf rad nierad musiał mu odtworzyć wspólne pływanie w Chochlikowym Jeziorze, wszystkie zwierzenia, które tam padły, a potem jeszcze wizytę u Orestesa. Z kolei Ariel nazajutrz – gdy jednak okres się skończył – dopadła Vivianne. Teraz oboje już wiedzieli. Ale *wiedzieć* nie znaczy *znów kochać.*

Przez kilka dni wzajemnie się unikali. Potem nastąpił czas oficjalnych układów, gdy grzecznie mówili sobie „dzień dobry" i „do widzenia". W końcu oboje stwierdzili, że mają tego dość i pewnego poranka do drzwi Ariel zapukał Marcus. Otworzyła zdumiona, że go widzi, ale gdy tylko o to poprosił, zgodziła się na rozmowę nad Chochlikowym Jeziorem po południu. Przez cały dzień zachodziła w głowę, czego on może chcieć, i robota jej się nie kleiła. Jemu zresztą też nie.

Kiedy Ariel przybyła nad jezioro, Marcus już czekał.

– Witaj – powiedział niepewnie. – Przejdziemy się?

Skinęła milcząco głową i ruszyli wzdłuż jeziora.

– Wiele mi opowiedziano o tobie, o mnie... powiedziano mi, że my razem... że nas łączyło... – westchnął po dłuższej chwili Marcus i uświadomił sobie, że nie wie, co mówić dalej. Nagle cała piękna przemowa, jaką przygotował, ulotniła się. – Chodzi o to, że chcę, żebyś wiedziała, że zrobiłem to, żeby nas uchronić od...

– Wiem – przerwała mu cicho Ariel. – Gdybyśmy pozwolili sobie na... W każdym razie ciebie by w najlepszym przypadku wywalili z Korpusu, a ja... – Też nie potrafiła dobrać słów.

– Jesteś na mnie zła? – zapytał markotnie.

Spojrzała w błękit jego oczu.

– Zła? Nie. Mam tylko żal. Mogłeś mi powiedzieć, co zamierzasz zrobić, a nie robić to za moimi plecami. Nie lubię być manipulowana, a tak to wygląda – powiedziała smutnym głosem. – Z logicznego punktu widzenia postąpiłeś słusznie... „Ale tylko z logicznego" – dokończyła w myślach z żalem, ukryta pod magiczną tarczą. – Mogłeś mi po prostu powiedzieć. No ale co się stało, to się nie odstanie, prawda? W sumie wszystko dobrze się skończyło i teraz każde z nas wie, na czym stoi, i możemy zacząć normalnie funkcjonować i pracować, nie? – Uśmiechnęła się, ale wypadło to sztucznie.

– N-n-no, racja – wybąkał Marcus.

– Skoro wyjaśniliśmy sobie wszystko, to wybacz, ale muszę lecieć. Neret na mnie czeka. Mam mu dzisiaj zdjąć szwy. Do widzenia, Marcus. – Spojrzała na niego poważnie i ruszyła w stronę zagród.

Idąc, czuła, że odprowadza ją wzrokiem. Było jej przykro, ale nie umiała sprecyzować konkretnie dlaczego.

Tak jak powiedziała, poszła do Nereta zdjąć mu szwy. Rany zagoiły się nieźle. Smok był w dobrym stanie i niezłym nastroju. Też już wiedział, co zrobił Marcus, i uprzejmie zapytał Ariel, czy ma go zeżreć. W milczeniu potrząsnęła głową, szybko dokończyła zabiegi, a potem udała się do siebie i resztę dnia przeleżała ze wzrokiem wbitym w sufit.

W tym czasie Marcus wrócił do siebie. Też nie mógł sobie znaleźć miejsca i krążył po swojej kwaterze, próbując zająć się czymkolwiek. Przejrzał swój grafik patroli, sprawdził stan umundurowania. Nadal nie mógł się zdecydować na wyrzucenie nieświeżego munduru użytego przez Ariel, ale nie umiał powiedzieć dlaczego. Po raz kolejny wziął go w dłonie i wdychał zapachy pozostawione przez jej ciało. Gdzieś na dnie szafy dostrzegł małą kopertę. Zajrzał do środka. Były tam trzy kartki. W jednej Ariel przepraszała go za podłe podejrzenia, a w drugiej Marcelina prosiła, żeby traktował tę kobietę z innego świata z szacunkiem, bronił jej i żeby się... w niej nie zakochał. W trzeciej była prośba o nowe siodło.

Usiadł z kartkami w dłoni. Zamyślił się. W tej samej chwili jego lustro ożyło i zobaczył w nim Severiana.

– Witaj, Marcus – powiedział beztrosko Naczelny. – Mam nadzieję, że pamiętasz o moim rozkazie, żebyś dyskretnie pilnował Ariel? – zapytał od niechcenia.

– Panie? – rzucił zdumiony Marcus. Kompletnie nie miał pojęcia, o czym mówi mag.

Naczelny Czarnoksiężnik spojrzał na niego i zmarszczył brwi.

– O TYM rozkazie, który wydałem ci w zbrojowni, kiedy kusza Wielkiego Xaviere'a wybrała Ariel na swojego nowego pana. Kazałem ci jej pilnować jak oka w głowie. Dyskretnie, pamiętaj, bardzo dyskretnie! Włos z głowy nie ma prawa jej spaść. Chciałem się tylko upewnić, że dobrze wykonujesz mój rozkaz. To nasz jedyny konsultant. Nie chcielibyśmy go stracić. Rozkaz obowiązuje do odwołania. – Ekran zmienił się z powrotem w lustro.

Marcus westchnął. No tak, chciał wyrzucić ją z myśli i serca, a wszyscy dookoła mu to utrudniali. Nawet Severian. Dlaczego, na Wielkiego Xaviere'a? Coś mu się wydawało, że jego poświęcenie i zażycie niebezpiecznego eliksiru nic nie da, jeśli wszyscy naokoło wciąż będą o niej trąbić i coś mu nakazywać. Jak tak dalej pójdzie, to się okaże, że ryzykował swoje i jej zdrowie i życie nadaremno. Ech... Ale rozkaz nie gazeta. Musiał się do niego dostosować.

– Przypomniałem mu o rozkazie, tak jak sugerowałaś. – Severian uśmiechnął się zadowolony. – Nie ucieszył się i chyba nie pamiętał, że mu go wydałem. Zdaje się, że tych dwoje da nam to, czego chcemy.

Staruszka po drugiej stronie lustra uśmiechnęła się. Wszystko szło po jej myśli.

– Czy pozostali Naczelni ustalili już termin narady? – zapytała. – Wolałabym spotkanie osobiste BEZ możliwości podsłuchu.

– Każdy ma mi dać odpowiedź do jutrzejszego wieczora. Zaproponowałem naszą Salę Obrad, bo mamy dobre zabezpieczenia magiczne przed podsłuchem. Zgodzili się, ale sama wiesz, Oriano, że ściągnąć tu osobiście ośmiu Naczelnych w jednym czasie to dość trudne. Jutro wieczorem będę wiedzieć, kiedy się spotkamy.

Lustra zamarły.

W następnych dniach Ariel latała do miasta, gdzie kończyła studiować księgi. Pomagała smokom w ich dolegliwościach – czasem bardzo drobnych, jak niestrawność, a czasem poważnych, jak złamanie skrzydła – i potajemnie chodziła do lasu za koszarami. Poznawała różne rośliny, zawiązywała nowe znajomości i przesiadywała pod tulipanowcem, gdzie gawędziła z driadą drzewa. Pewnego dnia znowu zaskoczyła oficerów, wprowadzając w stan lewitacji jajo dzikiego smoka, które znalazła opuszczone w lesie, i tym sposobem transportując je do koszar. Strażnik omal nie dostał zawału, gdy to zobaczył, i przez chwilę zastanawiał się, czy ją w ogóle z tym jajem wpuścić. Telepatycznie przekonała go jednak, żeby nie stawiał oporu, i po chwili była z jajem na terenie koszar.

Fabien zobaczył całe zajście z okna swojego pokoju i tak jak stał, ubrany tylko w spodnie i koszulę od munduru, pognał w kierunku bramy. Po drodze zagarnął Marcusa, co do którego był pewien, że wszystko w związku z Ariel mu minęło. Teraz przyjaciel mógł się jednak okazać pomocny w ratowaniu Ariel z kolejnych tarapatów, w jakie się wplątała. Żeby wpaść na pomysł zabierania jakiejś dzikiej smoczycy jaja? Ona całkiem zgłupiała czy co? Zaraz tu będą mieli masywny atak dzikich smoków i problem z własnymi, które się wściekną, jak się dowiedzą, co Ariel zrobiła! Może jednak nie powinien był jej dawać tego eliksiru?

– Wielkie nieba, Ariel! – krzyknął przerażony elf. – Co ci odbiło, żeby zabierać jajo dzikiego smoka do koszar?

– No cóż, Fabien, chyba nie mamy zbyt wiele przychówku, prawda? Zresztą dolewka świeżej krwi może się przydać.

– Chyba PRZELEWKA! – wysapał z przerażeniem elf. – Jak ta smoczyca się dowie, to wezwie wszystkich swych kompanów i wtedy nasza krew się przeleje. Widziałaś kiedyś atak dzikich smoków?! – ryknął. – W tej chwili odnieś to na swoje miejsce, może jeszcze się nie zorientowali, że zniknęło!

Marcus stał z boku, patrząc poważnie i ponuro. Czy ta kobieta była aż tak szalona? Czy to go w niej pociągało?

– Fabien ma rację, odnieś to jajo, póki jest jeszcze czas. Możesz na nas ściągnąć nieszczęście. Jak nas dzikie smoki zaatakują, to nie przetrwamy. Nasze nas nie obronią. Staną po stronie swoich.

Ariel popatrzyła na nich uważnie.

– Nie, panowie. To jajo zostaje tutaj – powiedziała zdecydowanie. – Smoczyca, do której to jajo należało, nie żyje. Prawdopodobnie zdechła, gdy je znosiła. Inne smoki nie podjęły się opieki nad nim. Odleciały więc i nic nam z ich strony nie grozi. Z naszymi smokami w tej sprawie już się... porozumiałem – zaakcentowała rodzaj męski, bo zobaczyła wokół siebie także innych oficerów. – Nie mają nic przeciwko temu, żeby to jajo inkubować tutaj. Za jakiś czas możemy mieć dorodnego smoka tej rasy co Neret. Jak widzicie, panowie, nic nam nie grozi. Dlatego byłbym wdzięczny, gdybyście okazali pomoc, a nie utrudniali sprawę. No chyba że nie zależy wam na dodatkowym smoku, a może smoczycy takiej jak Neret?

Marcus spojrzał na nią wnikliwie.

– Nie kłamiesz?

– Zakładam, że nie chcesz mnie obrazić – powiedziała uprzejmie Ariel. – Nie tylko smoki i elfy nie potrafią kłamać. Ja też nie. To jak, pomożecie czy mam pogadać z Severianem?

Tłum oficerów się rozstąpił i jajo popłynęło w powietrzu w kierunku zagród. Ariel miała już tam upatrzone miejsce na inkubator i wychów małego smoczka. Przemyślała gruntownie całą sprawę w drodze do koszar.

– Stój! – Rozległ się ostry głos.

„No nie, znowu Efrem jest dyżurnym?" – pomyślała z niechęcią.

– Ani kroku dalej.

Ariel miała ciężkie zadanie, bo ogromne jajo tylko dzięki sile jej woli i koncentracji wisiało w powietrzu. Ale jak Efrema szybko się nie pozbędzie, to nie utrzyma go zbyt długo. Ostrożnie pozwoliła jaju wylądować na ziemi i odwróciła się do oficera.

– Ty mnie chyba nie lubisz, co, Efrem? – zapytała spokojnie. Całe koszary wstrzymały oddech. Podobne sprzeczki zawsze dostarczały rozrywki, zwłaszcza że jeszcze nigdy Efrem nie wyszedł z nich zwycięsko. – Powiedziałem, że jajo zostaje tutaj, a ty nie masz nic w tej sprawie do gadania. Odpowiadam wyłącznie przed Severianem, więc nie próbuj mnie wkurzać, bo to tak, jakbyś chciał wkurzyć jego. – Odwróciła się z powrotem w kierunku jaja, uznając sprawę za zakończoną. Tyle że Efrem nie.

– Powiedziano ci, jakie będą skutki, jak dzikie smoki nas zaatakują. Skoro nie chcesz odnieść tego jaja, będę musiał je zniszczyć. Ochrona Korpusu i koszar przede wszystkim!

– Chyba nie słyszałeś, co mówiłem o dzikich smokach. Porzuciły to jajo. – Ariel ponownie odwróciła się do niego z niesmakiem. – „Bogowie! Jak ktoś tak głupi mógł zostać oficerem?" – pomyślała, tyle że nie zasłoniła się zaklęciem. To rozwścieczyło Efrema.

– Odsuń się, Ariel! – rzucił i wyjął buzdygan.

Oficerowie zamarli. Zamierzał rozwalić jajo! Rzeczywiście wycelował w nie buzdygan i wystrzelił strumień energii. W jednej sekundzie źrenice Ariel rozszerzyły się, krzyknęła i skoczyła dokładnie tam, gdzie mierzył. Wystrzału jednak nikt nie mógłby powstrzymać. Siła rażenia powaliła kobietę na ziemię niedaleko jaja, które tak bardzo starała się ochronić.

Inni oficerowie błyskawicznie rzucili się na Efrema i wytrącili mu buzdygan. Natomiast Marcus, ku zdumieniu Fabiena, skoczył ku Ariel. Żyła. Oberwała w pierś, ale przeżyła.

Spojrzał wściekły na Efrema. Chętnie sam by mu dokopał, ale właśnie robili to inni i dla niego nie starczyło miejsca. Wziął nieprzytomną kobietę na ręce i zaniósł do bungalowu medycznego, gdzie mag-medyk położył ją na łożu leczącym. Stwierdził, że uraz nie był tak mocny, na jaki wyglądał, dlatego nie rozbierał Ariel i ustawił moc działania łoża na średnie obroty. Marcus nigdy nie zastanawiał się, jak działa takie łoże. Teraz o to zapytał.

– To proste. Widzisz, to jakby rodzaj łóżka, w którym za materac służy płaski balon wypełniony wodą. Ale nie jest to zwykła woda, tylko z magicznego źródła. Jeśli uraz jest niewielki, wpuszczam mało wody, jeśli większy, to więcej. Przy najcięższych urazach materac jest wypełniony maksymalnie, a chorego trzeba rozebrać, żeby nic nie torowało drogi dla życiodajnej energii. Do tego dochodzą różne maści, eliksiry, kadzidełka, zaklęcia... – Mag-medyk rozgadał się na dobre, ale Marcusowi wystarczyło do szczęścia, że Ariel odniosła niewielkie obrażenia i nie było potrzeby jej rozbierać. Tego tylko brakowało, by całe koszary się dowiedziały, że ten idiota Efrem miał rację!

– Jak z nią? – odezwał się głos za jego plecami. Kurczę, od kiedy ten Fabien tak się skrada?

– Mag-medyk mówi, że wyjdzie z tego – odparł cicho.

– Marcus, czy... – zaczął niepewnie elf.

– Chcesz mnie zapytać, czy mi eliksir nie przestał działać? – zapytał przyjaciel bardziej opryskliwie, niż zamierzał. – Nie, nie przestał! Przypominam ci, elfie, że jakiś czas temu w zbrojowni dostałem rozkaz od Severiana opieki nad nią. Nawet wypicie eliksiru mnie z tego rozkazu nie zwalnia. Kilka dni temu Naczelny powtórzył mi, że rozkaz nadal obowiązuje. Nie mam w tej sprawie nic do gadania, więc ty też nic nie gadaj!

Wyszedł zły. Poszedł zobaczyć, czy z Efrema zostało jeszcze coś, co mógłby wgnieść w ziemię, niestety zobaczył tylko ogromne, brunatno-zielone porzucone jajo. Po chwili namysłu kazał je pilnować napotkanemu chochlikowi, a sam poszedł do zagród.

Obolała Ariel otworzyła oczy. Leżała na jakimś łóżku wodnym. Dopiero po paru minutach dotarło do niej, co się wydarzyło.

„Jajo!" – pomyślała z rozpaczą. Wszystko na nic. A miała nadzieję, że wykluje się piękna smoczyca dla Nereta.

Zerwała się z łoża i wbrew protestom mag-medyka poleciała na plac, gdzie spodziewała się zobaczyć resztki potłuczonej skorupy. Nic jednak nie dostrzegła.

„A więc chochliki już tu posprzątały" – uznała markotnie.

– Właśnie miałem do ciebie iść – usłyszała głos Fabiena za plecami – ale widzę, że już jesteś na chodzie. Jak zwykle błyskawicznie się regenerujesz. Tak jakbyś miała dolewkę elfiej krwi – stwierdził z uśmiechem. – Miło to widzieć.

Popatrzyła na niego żałośnie. Tyle pracy zniszczonej przez jednego idiotę, a ten elf się cieszy!

– Tak, faktycznie za szybko – odpowiedziała posępnie.

– A wiesz, Vivianne prosiła, żebym cię przyprowadził do zagród – zaczął.

– Później do niej zajrzę – odparła, bo teraz chciała się tylko wypłakać w zaciszu swojego pokoju.

– Nie, nie, nie! Wyraźnie powiedziała: „jak tylko Ariel się obudzi". Wybacz, ale nie chcę być pożarty, więc może zrób mi przysługę i zobacz, czego ona może chcieć.

Po jego minie widziała, że się nie wykręci. Westchnęła i ruszyła za elfem. Ten przy zagrodzie Vivianne zrobił dziwną minę i pociągnął Ariel za rękaw dalej.

– Co jest? Mówiłeś, że Vivianne chce ze mną pogadać? – Spojrzała na niego zdumiona.

– Nic takiego nie powiedziałem. Przekazałem tylko, że Vivianne prosiła, abym cię przyprowadził do zagród, to wszystko. – Uśmiechnął się tajemniczo.

Na samym końcu galeryjki zobaczyli samotną postać zaglądającą do środka. Marcus wyraźnie sprawdzał, czy wewnątrz zagrody wszystko jest w porządku. Zaintrygowana podeszła bliżej. Poczuła znajomy zapach jego skóry i zakręciło jej się w głowie. Musiała złapać się barierki, żeby nie upaść, bo ten zapach ją... oszałamiał! Już od jakiegoś czasu zauważyła, że wyostrzyły jej się zmysły, zwłaszcza wzrok i wrażliwość na zapachy. Marcus kątem oka zobaczył ruch i dostrzegł Ariel oraz przyjaciela. Z ulgą stwierdził, że doszła do siebie.

– Czy o to ci chodziło? – zapytał, pokazując ręką na wnętrze zagrody.

Wielkie nieba! Jajo! Ogromne, chropowate, brunatno-zielone jajo! Całe! Jakim cudem? Nie mogła w to uwierzyć. Położone dokładnie w tym miejscu, gdzie chciała, i dokładnie tak, jak chciała, było właśnie podgrzewane i opryskiwane wodą dla zwiększenia wilgotności przez chochliki, które uwijały się jak w ukropie. Ze zdumienia otworzyła usta.

Marcus przyglądał jej się z rozbawieniem. A Fabien im obojgu z niepokojem.

– T-t-to był twój pomysł? – zapytała Marcusa, jąkając się z wrażenia.

– Nie. Twój. Ja go tylko wcieliłem w życie. Poszedłem do Vivianne i zapytałem, jak to zrobić. – Uśmiechnął się do niej serdecznie.

– Wielkie dzięki! – Rzuciła mu się na szyję, ucałowała jego policzek i po chwili swoim zwyczajem zanurkowała na główkę do zagrody doglądnąć na miejscu pracę chochlików i udzielić im wskazówek, ale przedtem odtańczyła wokół jaja wariacki taniec radości.

Policzek palił Marcusa żywym ogniem. Fabien nic nie mówił, nie musiał. Przyjaciel spojrzał na niego ponuro.

– Lecę na patrol. Pamiętaj, że mam rozkaz pilnować jej bezpieczeństwa. Jak mnie nie ma, TY jesteś za nią odpowiedzialny! – rzucił ostro i ruszył galeryjką w kierunku windy. Idąc, odruchowo potarł policzek, na którym Ariel odcisnęła swojego całusa. Sam się zastanawiał, dlaczego to nim tak wstrząsnęło.

Kilka następnych dni Ariel troskliwie doglądała jaja. Była szczęśliwa jak nigdy w życiu i bardzo podekscytowana myślą, że będzie świadkiem klucia się smoka! Kiedy już miała pewność, że chochliki wiedzą, jak często zraszać wodą jajo, jak często je obracać i do jakiej temperatury podgrzewać, znowu zaczęła latać do miasta. Teraz już wiedziała, że przydzielono jej ochroniarza, ale udawała, że o niczym nie ma pojęcia, jednak ograniczyła bardziej niebezpieczne eskapady. Nie chciała, żeby Marcus miał przez nią nieprzyjemności.

On tymczasem dużo ją obserwował i jakby na nowo poznawał. Chronił ją, gdy lustrowała zagrody, gdy opatrywała smoki, gdy latała do miasta, do biblioteki, a nawet gdy pewnego razu zatrzymała się w mieście w cukierni elfki Mariny i zajadając się łakociami, studiowała swoje notatki.

Doszły ją wieści, że Efrem został ukarany za napaść na nią tygodniem karnych patroli na Trollowych Rubieżach. Wydarzyło się też kilka ataków na miasta, a w związku z tym musiała udzielić pomocy rannym smokom. Jej prestiż przez to znacznie wzrósł i nawet smoki z innych zagród domagały się konsultacji, dlatego dwoiła się i troiła. Nawet miała już propozycję dla Severiana, że przyuczy kilku adeptów do leczenia smoków i w ten sposób będą mieli dużo lepsze efekty. Obejrzała też poligony i była pod nielichym wrażeniem, gdy zobaczyła na własne oczy treningi smoków. Żaden widok nie powalił jej na kolana, do chwili gdy zobaczyła smoki w szyku bojowym!

Kilka tych olbrzymich stworzeń naraz trenujących z kilkunastoma oficerami na pegazach. To było coś! Istny taniec tytanów w powietrzu. Stała na dole i z zadartą głową oraz rozdziawionymi ustami przyglądała się temu kosmicznemu widowisku, podczas gdy olbrzymie, pokryte łuską cielska raz po raz przelatywały z impetem nad jej głową, atakując ogniem, pazurami i zębami realistyczne makiety chimer czy trolli. Raz nawet portalem przeniosła się na Trollowe Rubieże i stwierdziła, że tam to jest dopiero syf, jatka i prawdziwa masakra. Faktycznie, ilość rozmaitych bestii biła na głowę pozostałe miejsca. Nawet pożałowała Efrema! Doszła do wniosku, że przydałby się autentyczny szpital dla smoków i pegazów w tamtym miejscu. To też musi podsunąć Severianowi, jak go tylko zobaczy.

Jedynym, czego nie udało jej się zobaczyć do tej pory, były zagrody potężnych smoków bojowych należących do Naczelnych Magów. Tak się składało, że każdy Naczelny Czarnoksiężnik miał swojego prywatnego smoka i tylko oni mogli na nich latać, a i to nie zawsze. W dniu przechodzenia próby na Naczelnego Maga kandydat musiał udowodnić, że potrafi do tego stopnia zjednać sobie potężnego smoka bojowego, by ten pozwolił się dosiąść. To dlatego przeżywalność kandydatów była tak nikła, zaś próba uznawana za zbyt niebezpieczną, bo kandydaci byli z reguły pożerani. Jednakże kto został zaakceptowany przez smoka, stawał się Naczelnym Magiem, a smok automatycznie jego najbliższym towarzyszem i współpracownikiem.

W każdym mieście przy koszarach znajdowała się jedna wyodrębniona zagroda, w której mieszkał bojowy smok Naczelnego. I właśnie do tych zagród Ariel nie otrzymała do tej pory wstępu.

Tak, oprócz szkolenia adeptów i wybudowania szpitala na Rubieżach musi też ponowić prośbę o możliwość obejrzenia tych zagród. Właściwie czego Naczelni się obawiają? Z takimi myślami podążała pewnego popołudnia z miasta w kierunku koszar. Leciała na pegazie, rozkoszując się rześkim powietrzem. Czysta euforia! Przymknęła oczy.

Nagle usłyszała łopot skrzydeł i nie wiedzieć skąd pojawiły się trzy olbrzymie ptaszyska. Spojrzała zdumiona. Nigdy czegoś takiego nie widziała. Wielkie i czarne. Można by je uznać za monstrualnej wielkości kruki, gdyby... nie ich głowy! Te głowy stanowczo nie należały do ptaków! Zobaczyła łyse czarne czaszki z żółtymi ślepiami i płaskimi nozdrzami. Uszy miały jak nietoperze, za to pyski... Wielkie nieba! Pyski uzbrojone w najprawdziwsze kły, tyle że wielkości noży rzeźnickich. Jakby tego było mało, końcówki ich skrzydeł wyposażono w coś w rodzaju szponów z bardzo ostrymi pazurami!

Wpadła w autentyczną panikę. Nie miała pojęcia, co to takiego, ale wiedziała, że musi szybko zwiewać, jeśli chce przeżyć! Ptaszydła otoczyły ją i próbowały zrzucić z pegaza. Jeden z nich podleciał i otworzył paszczę, ukazując resztę równie ostrych zębów. Pogoniła spanikowanego pegaza.

Zwierzę robiło rozpaczliwe uniki. Opadało i wznosiło się. Leciało zygzakiem. Nic to nie dawało. Ptaszydła notorycznie ją doganiały. Miała wrażenie, że bawią się z nią w kotka i myszkę i gdyby chciały, to już dawno by nie żyła. Spięła ostrogami pegaza. Im szybciej będzie w koszarach, tym lepiej. O, już niedaleko! W tej sekundzie jedno z ptaszydeł podleciało i trąciło ją skrzydłem. Straciła równowagę i chwilę później leciała na łeb na szyję w dół! Zanim upadła i straciła przytomność, zobaczyła postać na pegazie, która ostrzelała ptaszyska.

„Czemu ja tego nie zrobiłam? Przecież Marcus mnie uczył!" – pomyślała i film jej się urwał.

– Marcus, nie możesz tam wejść! – protestował mag-medyk, stając w drzwiach bungalowu medycznego.

Oficer wrócił właśnie ze szkolenia adeptów i dowiedział się, że Ariel spadła z pegaza napadnięta przez trzy wampokruki. Odgonił je Gaspar, który miał akurat patrol, i przewiózł ranną do koszar. Z tego, co powiedziano Marcusowi, z Ariel było bardzo źle! Miała kilka połamanych żeber, złamaną nogę, liczne urazy i krwotok wewnętrzny. Prawdopodobnie nie dożyje rana. Był wściekły na siebie, bo miał się nią opiekować, a tymczasem musiał tłumaczyć bandzie kretynów, jak się siodła pegazy... Cholera, gdyby był przy niej, nic by się nie stało! I gdzie, do cholery, był wtedy Fabien? Mieli się, psia mać, zmieniać! Gula gniewu, żalu, rozpaczy na dobre osiedliła się w jego gardle.

– Z drogi! – ryknął na maga i odepchnął go z przejścia, nie bacząc, że widzi to niemały już tłumek adeptów i oficerów. Mag-medyk aż odbił się od ściany.

– Ale, Marcus... – jęknął czarodziej żałośnie, gdy obaj znaleźli się już w środku i teraz oficer zdecydowanie zmierzał do pokoju Ariel. – Powinieneś wiedzieć... że... – mag-medyk przełknął nerwowo ślinę – ...że ...to KOBIETA!...

Oficer nie wytrzymał napięcia. Chwycił medyka za kołnierz i przycisnął do ściany.

– Wiem o tym od samego początku, głąbie! Jestem, do cholery, jej opiekunem z rozkazu Severiana! Jasne?! A teraz zamknij dziób na kłódkę i prowadź mnie do niej! Jak się

 Severian dowie, co się stało, to nas obu wyśle na Trollowe

Rubieże, więc lepiej użyj całej swej zafajdanej wiedzy, żeby ją uratować! – Puścił maga i popchnął w kierunku pokoju rannej.

Zszokowany medyk otworzył drzwi i Marcus zobaczył, tak jak kiedyś Fabiena, Ariel leżącą na łożu magicznym. Blada jak ściana, ubranie w strzępach, ciężko oddychała. Przez tkaninę munduru w wielu miejscach sączyła się krew. U nasady czarnych włosów zobaczył głębokie rozcięcie. Popchnął maga w jej stronę.

– Zajmij się nią – powiedział cicho i groźnie. – Ja tu zostaję. A ty spróbuj komuś parę z gęby puścić, że to kobieta, to zabiję, jasne?

– Ale, Marcus, ona umiera! Jej obrażenia są zbyt wielkie, żeby przeżyła. Daj jej w spokoju odejść – próbował tłumaczyć mag-medyk.

– Powiedz to jeszcze raz, a za chwilę tobie będzie potrzebne łoże leczące, nie jej! – zagroził Marcus, chwytając go za gardło. – A teraz napełniaj to cholerne łóżko magiczną wodą i zabieraj się do roboty! Nie powtórzę tego więcej, a jak mi jeszcze raz wspomnisz, że to nie ma sensu...

Nie musiał kończyć. Wystraszony medyk zabrał się za napełnianie łoża leczniczą wodą. Potem zaczął drżącymi rękami rozbierać Ariel z poszarpanych ubrań. Zniecierpliwiony tymi nieporadnymi zabiegami Marcus odsunął go stanowczo, wyjął z kamasza nóż i zaczął rozcinać mundur rannej.

Widok, jaki się ukazał, był przerażający. Miała wiele siniaków, ran, rozcięć. Krwawiła. Złamana noga wykrzywiona była nienaturalnie. Teraz przerażony medyk zaczął obmywać ciało Ariel miksturami, a Marcus usiadł i przyglądał się temu wszystkiemu ponuro. Czuł, jakby miał wielki kamień młyński na sercu.

„Tylko mi nie próbuj umrzeć, Ariel! Proszę!" – pomyślał z rozpaczą.

Tymczasem roztrzęsiony mag dwoił się i troił, żeby zatamować wszystkie krwawiące rany, zszyć wszystkie rozcięcia i opatrzyć je gojącymi maściami, chociaż jako medyk dobrze wiedział, że upadku z takiej wysokości nie można przeżyć. Marcus, gdy był już pewien, że czarodziej się nie ociąga, wyszedł na chwilę z bungalowu. Miał nadzieję spotkać Gaspara. Rzeczywiście, stał w tłumie oficerów, którzy chcieli dowiedzieć się czegokolwiek na temat zdrowia Ariel.

– Opowiedz mi, jak to się stało – poprosił Marcus, odprowadzając go na bok.

Gaspar popatrzył na niego uważnie.

– Słuchaj, chyba powinienem to opowiedzieć Zorianowi albo...

– Mnie! – przerwał mu opryskliwie Marcus. – Wiedz, że Severian nakazał mi opiekę nad Arielem. Dlatego muszę wiedzieć, co się stało. Odpowiadam bezpośrednio przed Naczelnym.

– A wiedziałeś, że to jednak kobieta? Padalec się nie mylił! – niemal wykrzyknął Gaspar.

– Od samego początku. Dlatego Severian rozkazał mnie i Fabienowi pilnować jej jak oka w głowie i chodziliśmy za nią jak cień. Naczelny nie chciał zamieszek w koszarach i nie wiedział, czy smoki będą ją tolerować...

– Ale, Marcus, to kobieta! Przecież to obraża smoki! – wyszeptał zszokowany Gaspar.

– O ile mnie pamięć nie myli, smoki ją jednak zaakceptowały – przypomniał spokojnie Marcus. – Przypomnij sobie, ile dobrego dla nas i dla nich zrobiła. Sam piłeś toast na jej cześć u Garretha. Wtedy jakoś ci to nie przeszkadzało...

Gaspar się zawstydził.

– Ale Severian...

– Mówiłem ci już, że osobiście wydał mi rozkaz. Zawiodłem i teraz Naczelny mnie ukarze. – Marcus opuścił głowę. – Chcę znać przebieg zdarzenia.

Z ciężkim sercem Gaspar opowiedział mu, jak trzy wampokruki ścigały Ariel. Jak ta nawet nie próbowała strzelać – tu Marcus cicho zaklął – i jak strącona z siodła po prostu poleciała na łeb na szyję w dół, nie próbując nawet lewitacji.

– Chyba była zbyt spanikowana – dodał cicho – bo inaczej przecież by się broniła, nie? Kusza cały czas tkwiła gotowa do strzału w olstrze. Wystarczyło sięgnąć... Ale najgorsze jest to, że te wampokruki wcale nie chciały jej zabić!

– Jak to? – zapytał zdziwiony Marcus.

– Normalnie. To wyglądało, jakby chciały ją tylko strącić z pegaza albo uprowadzić! Rozumiesz coś z tego? Przecież normalnie od razu zabijają, nie?

To było faktycznie dziwne.

– Dzięki, Gaspar. Ja wracam do bungalowu medycznego, a ty nie mów nikomu, że ona... no wiesz... I tak już mamy wystarczająco dużo problemów. To nasz jedyny konsultant. Naczelny się wścieknie. Po co jeszcze dolewać oliwy do ognia gadaniem, że to kobieta. Dobra? – upewnił się.

– Nie ma sprawy, Marcus. Pozdrów ją ode mnie, jeśli... odzyska przytomność. – Gaspar pomachał mu ręką i poszedł do siebie.

Mag-medyk opatrzył już wszystkie rany Ariel i obmył jej ciało. Teraz należało czekać. Marcus usiadł w fotelu i ponuro zapatrzył się w białą jak ściana twarz kobiety. Siedział tak tylko chwilę, bo najpierw dobiegły go z korytarza błagania medyka próbującego kogoś powstrzymać przed wejściem do rannej. Zerwał się i zasłonił jej nagie ciało. Potem w drzwiach stanął Fabien. Trudno o kimś ciemnoskórym powiedzieć, że pobladł, ale jeśli to możliwe, tak właśnie stało się teraz z elfem.

– Marcus?! To prawda?! – wydyszał z przerażeniem.

Ten ciężko westchnął i skinął głową, po czym opowiedział wszystko, czego się dowiedział od Gaspara. Potem spojrzał ze złością na przyjaciela.

– Gdzieś ty, do cholery, był? Miałeś jej pilnować! To była twoja zmiana!

– Nie pamiętasz? Przecież ci mówiłem, że idę na Losowanie, cholera! – Fabien był teraz na skraju histerii.

Marcus chwilę się zamyślił. Faktycznie, elf wspominał o tym, ale w nawale pracy mu to umknęło. Zresztą do tej pory nigdy Ariel nic się nie stało, nigdy! Do tej pory...

– Może wy dwaj zechcecie mi łaskawie wytłumaczyć, co mają znaczyć te pogłoski, które mnie doszły? – wysyczał za nimi rozgniewany głos.

Odwrócili się jednocześnie i stanęli oko w oko z Severianem, który pojawił się jak spod ziemi blady i wściekły.

Marcus wciągnął powietrze i czując się odpowiedzialny za całą sprawę, ponownie opowiedział przebieg zajścia, tym razem Naczelnemu.

– Miałem wtedy wyznaczone szkolenie, a Fabien był na Losowaniu, panie... – zakończył.

– Szkolenie? Losowanie? – wysyczał z furią mag. – Czyż nie nakazałem ci pilnować jej jak oka w głowie?

Zrobił szybki gest ręką. Jego dłoń w jednej sekundzie otworzyła klatkę piersiową Marcusa. Fabien spoglądał zszokowany na otwartą pierś przyjaciela i jego serce widoczne w całej okazałości, bijące w szalonym rytmie. Po chwili ścisnęła je ręka Naczelnego. Oficerowi zabrakło tchu.

– Czyż nie mówiłem, jak jest ważna dla miast i smoków? Rozczarowałeś mnie okrutnie. Jedyną karą za to jest śmierć – ciągnął nieubłaganie Severian, trzymając zaciśniętą dłoń na sercu Marcusa.

Ten wiedział, że jeśli Naczelny ściśnie mocniej, jego serce przestanie bić. I wiedział, że w pełni na to zasłużył.

Coraz trudniej mu się oddychało. Zamrugał gwałtownie, bo wszystko przed oczami pokryła mgła. Jeszcze chwila i straci przytomność. W ostatniej sekundzie pomyślał, że co mu po życiu, jeśli ona umrze. Pomyślał, że bez niej i tak nie chce żyć.

– Panie, zważ – mówił w oddali jakiś głos – że zawsze był to wyjątkowo lojalny i oddany Korpusowi i miastom oficer. Zawinił, ale nie on jeden. Ja też zawiniłem, bo miałem go zmieniać. Proszę, panie, daruj mu! To nie jego wina, ale moja! To ja miałem jej wtedy towarzyszyć! Błagam, panie!

Po długiej chwili ciszy uścisk na sercu zelżał... Marcusowi wrócił wzrok i przytomność. Łapał powietrze jak ryba wyciągnięta z wody. Ręka, która trzymała w żelaznym uścisku jego serce, zniknęła. Spojrzał na swoją pierś – ani śladu, że kiedykolwiek tam była.

Klęczał przed Severianem, podpierając się rękami, żeby nie upaść. Tak potężni mogą być tylko Naczelni.

– Cóż za wzruszająca lojalność względem przyjaciela, Fabien! – Mag wydął usta. – Ale dobrze! Skoro obydwaj jesteście winni, obydwaj zostaniecie ukarani. Widziałeś, co zrobiłem Marcusowi przed chwilą. Jeśli ona umrze, zrobię to po raz drugi, ale wam obu, i to skuteczniej! Jeśli ona przeżyje, dostaniecie najgorszą misję, jaka mogłaby się wam tylko przyśnić. Taką, przy której Trollowe Rubieże to raj na ziemi. Na razie macie przy niej czuwać i na bieżąco informować mnie o jej stanie zdrowia. Wasz los, panowie, w jej rękach.

Przyjaciele patrzyli, jak odchodzi. Fabien chciał podejść do łóżka Ariel, ale... Marcus zagrodził mu drogę.

Elf spojrzał pytająco na przyjaciela.

– Zostaw – poprosił cicho Marcus – ona... ona... Po prostu idź do siebie – dokończył jednym tchem, nie patrząc Fabienowi w oczy.

Ten w jednej sekundzie zrozumiał wszystko. Popatrzył zmartwiony na przyjaciela, ale ten klepnął go przyjaźnie po ramieniu i uśmiechnął się z trudem.

– Idź się przespać. Ja będę tu czuwał. Dzięki za uratowanie życia...

Fabien tylko ciężko kiwnął głową. A Marcus, gdy już został sam z Ariel, znów przystawił sobie fotel do łoża magicznego, usiadł w nim i zapatrzył się na leżącą na nim osobę. Nawet tak pokaleczona i nawet po eliksirze niepamięci nadal i znowu była mu bliska. Miał wrażenie, że może nawet jeszcze bardziej. Zastanawiał się, jak to możliwe.

Mijała godzina za godziną, a on czuwał przy niej. Powieki coraz bardziej mu opadały. Głowa robiła się coraz cięższa, a ciało coraz bardziej znużone. Gdzieś nad ranem zmęczenie go powaliło i zasnął na siedząco, trzymając Ariel za rękę. Z jakiegoś powodu ubzdurał sobie, że jeśli ją puści, to ona umrze. Dlatego trzymał mocno i tak trzymając, zasnął...

Długie podziemne korytarze przypominały niekończący się labirynt. Szła, szła, szła. Bez celu. Bez końca. Przed siebie. Czuła za plecami niebezpieczeństwo. Wiedziała, że jeśli się zatrzyma... Odgłosy gonitwy zbliżały się. Bezlitośni myśliwi wychwycili jej trop. Przyspieszyła. Bolały ją stopy i cała była obolała od tej bezustannej ucieczki, ale czuła, że nie może się poddać.

„Chodź do nas, Ariel... – szeptały w jej umyśle liczne głosy. – Chodź i bądź jedną z nas! Daj nam to, czego chcemy! Chodź do nas!"

„Tylko mi nie próbuj umrzeć, Ariel! Proszę!" – Rozległ się inny głos, znajomy, smutny. W tej jednej chwili zrozumiała, komu ma zaufać. Obejrzała się za siebie. W mroku zobaczyła majaczące sylwetki o dziwnych kształtach i czerwonych ślepiach. Patrzyły na nią. Czekały. Czekały na jej decyzję.

„Nigdy!" – odpowiedziała jednocześnie im i przyjaznemu głosowi i ruszyła biegiem do przodu. Jeszcze jeden zakręt, jeszcze jeden tunel i będzie na miejscu, a tam... tam czekają na nią oczy błękitne...

Drobne palce Ariel wykonały nieznaczny ruch. To obudziło Marcusa, który wciąż trzymał ją za rękę. Spojrzał na nią i odetchnął z ulgą. Nadal żyła.

Była siódma rano. Zamiast się wykąpać, coś zjeść, a potem iść na odprawę, siedział przy niej i wiedział, że się stąd nie ruszy, zanim... No właśnie, zanim co? Rozpaczliwie chciał, żeby żyła. Wiedział, że nie ze względu na siebie. Do utraty życia oficerowie byli gotowi co dzień. Wiedział, że i tak kara za brak opieki nad nią go nie minie. Nic to. Najważniejsze, żeby żyła.

– Marcus... – Usta Ariel wydały z siebie szept.

Spojrzał z napięciem na jej opuchniętą twarz, szukając oznak, że odzyskuje przytomność. Pomału, jakby były z ołowiu, powieki rannej uniosły się i przez jedną chwilę spojrzała na niego. Spieczone gorączką usta spróbowały się uśmiechnąć.

– A więc to jednak nie sen. Zrobiłam, o co prosiłeś. Nie umarłam. A ty czekałeś... – Powieki ponownie opadły i Ariel zasnęła.

Marcus gwałtownie zamrugał, bo w kącikach oczu zaczęły gromadzić mu się... łzy? Żyła!

– Medyk! Medyk! – zawołał cicho i mag od razu się pojawił. – Przed chwilą otworzyła oczy! Spojrzała na mnie! – poinformował uradowany Marcus. – Zbadaj ją. Zobacz, co jeszcze można dla niej zrobić. Sprawdź, czy jej ciało ulega regeneracji. No już!

Medyk zrobił to bez szemrania. Z pewnym zaskoczeniem odkrył, że kilka ranek zdążyło się zagoić. Założył też specjalne diagnostyczne okulary, dzięki którym mógł obejrzeć urazy wewnętrzne i stwierdził, że połamane żebra oraz kości nogi powoli wracają na swoje miejsce. Krwotok wewnętrzny się zatrzymał. Stan Ariel nadal był bardzo ciężki, ale stabilny. Powiedział to wszystko oficerowi, po czym zaaplikował Ariel nową porcję maści, kadzidełek, eliksirów i zaklęć.

Około dziewiątej pojawił się Fabien ze śniadaniem oraz świeżym mundurem dla przyjaciela, przekazał też Marcusowi informacje, że na odprawie obaj zostali oficjalnie zawieszeni do odwołania w pełnieniu wszystkich funkcji. Marcus westchnął. A więc Naczelny już zaczął ich karać, i to przed całym Korpusem. Teraz obaj byli pariasami.

– Pomyślałbyś, że kiedyś nas coś takiego spotka? – zapytał Marcus, dyskretnie otulając nagie ciało Ariel kocem.

Biuro prasowe Naczelnego Czarnoksiężnika Severiana ze smutkiem informuje, że w dniu wczorajszym nasz jedyny konsultant, a zarazem mag-medyk do spraw smoków, Ariel Odgeon, został zaatakowany przez wampokruki w drodze powrotnej z miasta do koszar. Konsultant odniósł wiele bardzo ciężkich obrażeń. Stan jego zdrowia jest krytyczny. Naczelny Czarnoksiężnik Severian pragnie także zakomunikować, że zapewnił Ariel Odgeon najlepszą możliwą opiekę medyczną i ma nadzieję, iż mimo tak ciężkich ran Ariel przeżyje i dojdzie szczęśliwie do zdrowia. W tej smutnej sytuacji Naczelny Mag pragnie potwierdzić krążące od pewnego czasu pogłoski, że mag-medyk Ariel Odgeon jest płci żeńskiej. Niezależnie jednak od tego faktu Severian przypomina, iż uzyskała ona akceptację samych smoków, co oznacza, że nie poczuły się przez nią znieważone. A mając na uwadze jej dotychczasowe sukcesy w zakresie leczenia naszych świętych smoków, Naczelny Mag nakazuje, aby także obywatele życzliwie ją przyjęli, jeśli wróci do zdrowia, lub pamiętali o niej z szacunkiem w przypadku jej śmierci. Oficerowie, którzy byli odpowiedzialni za jej ochronę i zawiedli, poniosą surową karę. Ponieważ nadal nie wiemy, czy smoki akceptują wszystkie kobiety, czy tylko tę jedną, Severian informuje, że dla kobiet zakaz wstępu do zagród smoków i na poligony obowiązuje nadal.

Marcus siedział przy Ariel praktycznie non stop. Wychodził tylko do łazienki i kilka razy, żeby udzielić informacji o stanie zdrowia kobiety oficerowi dyżurnemu. Nadal spała, ale medyk zapewniał, że to dobrze, bo sen jest regenerujący. Po południu zajrzał do nich Fabien, żeby zapytać o Ariel i przynieść przyjacielowi posiłek. Potem przyszli jeszcze Zorian i Severian – bardzo poważni, ale zadowoleni, że ona żyje.

Wieczorem Marcus przyjął z wdzięcznością od Fabiena dodatkowy koc i kilka poduszek, żeby przetrwać kolejną noc. Właśnie je układał na podłodze obok łoża, gdy usłyszał cichy głos:

– Nadal tu jesteś. Czym sobie na to zasłużyłam?

Była całkiem przytomna. Opuchlizna na jej twarzy trochę się zmniejszyła, a dzięki zwilżaniom ust eliksirem wzmacniającym spieczone wargi też pomału nabierały normalnego wyglądu.

Oniemiał z radości, że się obudziła. Chciał lecieć po medyka, ale powstrzymała go gestem ręki.

– Nie... Chcę być sama... Z tobą. A oni będą tylko przeszkadzać. – Uśmiechnęła się nieśmiało. – Powiedz, czy to już nawyk z twojej strony, żeby mnie przy byle okazji rozbierać? Znowu zrzucisz winę na kogoś innego? – Czarne oczy patrzyły na niego ciepło.

Uśmiechnął się od ucha do ucha. Skoro wracał jej dowcip, to znaczyło, że naprawdę zdrowieje.

– Nie. Tym razem zrobiłem to osobiście. Bardzo proszę, możesz mnie nazwać zboczeńcem... – Serdecznie się roześmiał.

– Wcale nie zamierzałam cię tak nazywać. Nigdy. Szkoda tylko, że zawsze jestem nieprzytomna, gdy to robisz – powiedziała, patrząc na niego uważnie.

Serce zabiło mu szybko. Twarz przybrała kolor dorodnej wiśni. Kobieta robiąca mu TAKIE uwagi? Aż go zatkało ze zdumienia. Właśnie gorączkowo szukał jakiejś dowcipnej riposty, ale tę ciekawie zapowiadającą się rozmowę przerwał medyk, który usłyszał głosy z pokoju.

– Pani Ariel! Obudziła się pani! To dobrze, to bardzo dobrze – zacmokał zadowolony.

„A nie mówiłam, że będą przeszkadzać?" – powiedziała do Marcusa na prywatnym kanale telepatycznym.

„Nie bądź zła. On uratował ci życie!" – odparł podobnie Marcus, uśmiechając się pod nosem, podczas gdy mag-medyk zajął się oględzinami pacjentki.

„To raczej ty mi je uratowałeś, zmuszając go do udzielenia mi pomocy. Gdybyś tego nie zrobił, on pozwoliłby mi umrzeć" – stwierdziła.

Medyk tymczasem znowu założył specjalne okulary i badał organizm Ariel.

– No, no, no! – Pokręcił głową zadowolony. – Ma pani zdumiewającą skłonność do regeneracji organizmu. Zupełnie jakby miała pani domieszkę elfiej krwi.

– Już to kiedyś słyszałam od Fabiena. – Ariel uśmiechnęła się do medyka. – Więc jak, będę żyć? – zapytała ironicznie, a Marcus roześmiał się w duchu. Mag-medyk wyraźnie nie zrozumiał aluzji, bo zaczął poważnie tłumaczyć:

– Stanowczo tak, droga pani. Żebra się poskładały i pozrastały. Kości nogi też. Krwotoki wewnętrzne zatrzymane. Rany zaczynają się zasklepiać. Jeśli pani organizm będzie nadal regenerował się w takim tempie, to za kilka dni całkiem wróci pani do zdrowia. – Sam był zdumiony, że to mówi. – A teraz pozwoli pani, że opatrzę rany maściami.

Gdy to robił, Marcus odwrócił głowę. Uznał, że Ariel może czuć się skrępowana. Zresztą i on się tak czuł, bo odkąd oprzytomniała, jakoś przestało mu odpowiadać, że dotyka jej ktoś obcy, nawet jeśli był medykiem.

Kiedy mag skończył zabieg, oficer wziął z komody koc i nie patrząc na Ariel, nakrył ją. Wiedział, że medyk zaraz poinformuje Zoriana i Severiana, że Ariel się ocknęła, że będzie żyć i zdrowieje. Wiedział, że to pociągnie za sobą wiele wizyt różnych osób. Nie chciał, żeby oglądali ją w takim stanie ani w żadnym innym. Ona chyba to wyczuła, bo pokiwała ze zrozumieniem głową. Maści i eliksiry zrobiły swoje. Twarz Ariel pomału wracała do normy i sine plamy znikały z jej ciała. Powoli czuła też, że zaczynają jej wracać siły.

– Kości i skóra wyglądają coraz lepiej – stwierdził na odchodnym mag-medyk. – Nie mam tylko pewności co do niektórych narządów wewnętrznych. Te mogły zostać uszkodzone bezpowrotnie. Chyba będę musiał zawiadomić Naczelnego, że pani Ariel powinna zostać wykluczona z systemu Losowań, bo nie mam pewności, czy będzie mogła mieć dzieci i jak zareaguje na eliksir niepamięci – palnął.

– Co?! – krzyknęli jednocześnie Ariel i Marcus kompletnie zaskoczeni.

– No, mówiłem, że... – zaczął jeszcze raz medyk, ale pacjentka mu przerwała:

– Nie musisz nikogo o niczym zawiadamiać. Ja i tak nie biorę udziału w Losowaniach, więc to nie ma znaczenia. Poza tym jak każdego lekarza obowiązuje cię tajemnica lekarska, a ja nie życzę sobie, byś mówił o tym komukolwiek.

Mag-medyk spojrzał na nią uważnie, po czym skinął głową. Ukłonił się i wyszedł.

Marcus odwrócił wzrok. Ta ostatnia wiadomość wstrząsnęła nim bardziej, niż myślał. Ona też milczała. Usiadł w fotelu koło łóżka Ariel. Przez chwilę zbierał myśli.

– Zmartwiłaś się – bardziej stwierdził, niż zapytał.

– Kto tak twierdzi? – Ariel udała beztroskę. – Pamiętaj, że w moim świecie już mam dziecko i ono mi wystarczy. Nie szykuję się do posiadania następnego, bo po pierwsze, jestem za stara, po drugie, nie mam na to ochoty, a po trzecie, nie znalazłam do tej pory kandydata na troskliwego ojca ewentualnego dziecka – pod drwiącym stwierdzeniem starała się ukryć, jak bardzo zraniły ją słowa medyka.

Wiedział, że mówiła tak, tylko by ukryć żal. Wziął jej rękę w swoje duże, ciepłe dłonie.

– Słuchaj, może on się myli – powiedział, chociaż nie wątpił w fachowość tego akurat medyka. – Może wszystko... ehm... wróci do normy. Może znowu będziesz mogła...

– ...mieć dzieci? – dokończyła. – Byłoby miło, Marcus, ale żeby zajść w ciążę, potrzeba dwóch osób. Jak nie ma tatusia, to i nie ma mamusi, nie? Może nie ciągnijmy tego tematu – poprosiła – bo nie jest zbyt przyjemny. Opowiedz, co słychać w koszarach.

Niestety to również nie był przyjemny temat, więc Marcus ograniczył się do tego, że Naczelni zwołali narady Korpusów i poinformowali, że Ariel jest kobietą i że mimo to wszyscy mają jej pomagać jak dawniej. Nie wspomniał o zajściu z Severianem ani że są z Fabienem zawieszeni. Plótł, że miał dziś dzień wolny od patroli, ale oczywiście mu nie uwierzyła.

– Wiem, że Severian dał ci rozkaz czuwania nade mną. Pewnie będzie zły, ale, słuchaj, poproszę go, żeby cię nie karał. On mnie wysłucha – stwierdziła spokojnie Ariel.

– Skąd o tym wiesz? – zapytał zdumiony Marcus.

– Od Vivianne... Pokazała mi, jak wyglądała nasza znajomość przed eliksirem, i wiem, że w zbrojowni kusza wybrała mnie, a wtedy Severian dał ci rozkaz, żebyś mnie dyskretnie pilnował. Nie udało ci się dopełnić obowiązku, więc teraz pewnie jest zły.

„Nawet nie wiesz jak bardzo!" – odparł Marcus, ale osłonił myśli zaklęciem. – Słuchaj, nie musisz nic robić ani dla mnie, ani dla Fabiena. Jakoś przetrzymamy zły humor Naczelnego. – No i powiedział, czego w żadnym razie nie zamierzał! W duchu przeklął swoje gadulstwo.

– Fabien? On też miał taki rozkaz i teraz Severian się mści? Tak? – upewniała się Ariel. Przeczesał nerwowo palcami włosy.

Wiedział, jak ona potrafi się postawić, gdy ją ktoś wkurzy, ale nie chciał, żeby po raz kolejny wchodziła w drogę Naczelnemu. W milczeniu skinął głową. Ariel ścisnęła jego dłoń.

– Nie martw się. Pogadam z nim. Nie mogliście być w dwóch miejscach naraz: ty na szkoleniu adeptów, a Fabien na Losowaniu i jednocześnie ze mną. W sumie wszystko dobrze się skończyło. Przeżyłam. Za parę dni wrócę do pracy i będzie po sprawie – pocieszała go.

Pokiwał głową, udając, że wierzy. Nie zdążył wypaplać, że już zostali z Fabienem zawieszeni – tyle dobrego.

– A wiesz, jak leciałam do koszar, to myślałam wiele o podszkoleniu kilku waszych adeptów na mag-medyków dla smoków. Obleciałam wszystkie zagrody, poligony. Byłam nawet na Trollowych Rubieżach! Roboty przy potrzebujących pomocy smokach jest masa. I przy pegazach też. Ja sama temu wszystkiego nie podołam, więc pomyślałam, że przedstawię ten pomysł Naczelnemu. Mam nadzieję, że mu się spodoba. A i jeszcze coś! Mam inny pomysł, ale dużo trudniejszy w realizacji i bardziej kosztowny. Trollowe Rubieże to piekło, nie? Chciałabym tam utworzyć szpital dla smoków i pegazów i wiesz...

Jeszcze kilka dobrych minut opowiadała mu o swoich przemyśleniach i planach, ale w pewnej chwili Marcus jej przerwał.

– Czemu nie strzelałaś z kuszy? – zapytał, bo to dręczyło go od dawna.

Spojrzała na niego z poczuciem winy.

– Spanikowałam. Nie wiedziałam, co to za stworzenia, i zupełnie straciłam głowę. Chciałam jak najszybciej znaleźć się w koszarach. Wybacz, że cię zawiodłam. Twoje lekcje... one... poszły na marne... Gdybym nie wpadła w panikę, to nie leżałabym tutaj, a wy z Fabienem nie mielibyście wściekłego Severiana na karku. Przepraszam, Marcus – zakończyła cicho.

– Nie ma sprawy. Zdrowiejesz i tylko to się liczy – powiedział z przekonaniem. – Co do strzelania... Wiesz, ja też mocno spanikowałem, jak pierwszy raz zobaczyłem wampokruka. Chciałem wiać co sił, serio – zapewnił, widząc jej niedowierzający uśmiech – ale wtedy zobaczyłem Fabiena. Atakowały go i jakoś tak po prostu ruszyłem mu na pomoc, chociaż bałem się jak wszyscy diabli. Aha, tak przy okazji, masz pozdrowienia od Gaspara. To on miał patrol w tym rejonie, odgonił wampokruki i przywiózł cię do koszar. Tak naprawdę jemu zawdzięczasz życie, nie mnie.

Przez chwilę oboje zastanawiali się, co powiedzieć.

– Lepiej się zdrzemnij. Mag-medyk twierdzi, że sen regeneruje. Jeśli to prawda, do jutra będziesz zdrowa – odezwał się pierwszy Marcus. – „A ja dostanę misję gorszą od Trollowych Rubieży" – dokończył pod osłoną telepatyczną.

Uśmiechnęła się do niego.

– Masz rację. Sen dobrze robi. Ty też powinieneś pójść do swojej kwatery się zdrzemnąć. Przecież nie możesz spędzić tu kolejnej nocy w niewygodnym fotelu. No dalej, Marcus, wróć do siebie i trochę się prześpij – poprosiła.

– Dałem słowo, że będę cię pilnował jak oka w głowie – pokręcił ze śmiechem głową – to muszę go dotrzymać, nie? W końcu jestem oficerem. Dobranoc, Ariel. Miłych snów. – Zgasił amplę nad jej głową.

– Dobranoc, Marcus. Dobrze wiedzieć, że jesteś blisko – powiedziała bardzo już senna.

Opadł na fotel i nakrył się kocem. W poświacie wpadającego światła księżycowego widział zarys łóżka i postaci Ariel, a po kilku minutach usłyszał jej równy oddech świadczący o tym, że zasnęła. Nim sam zasnął chwilę później, przypomniał sobie, co powiedziała na koniec. Tak, on też tak myślał – dobrze wiedzieć, że ona jest blisko.

Narada Naczelnych z osobistym udziałem Wszechwidzącej Oriany odbywała się za zamkniętymi drzwiami, chroniona przed podsłuchem nieprzezroczystą i dźwiękoszczelną kapsułą oraz dodatkowymi zaklęciami antypodsłuchowymi. Z relacji Severiana i Oriany wynikało, że co do smoków, osiągnęli to, co zamierzali. Niestety pojawiły się nowe problemy, bo według Naczelnego trzeciego miasta ta kobieta ze świata równoległego, studiując zasoby biblioteki i archiwów, odkryła, że źródła wszystkich dziewięciu miast zaczynają wysychać, tak jak kiedyś źródło dawnego pierwszego miasta. Magowie wiedzieli, co się stanie, gdy woda przestanie podtrzymywać kopuły. Siedzieli więc w milczeniu, rozważając słowa Severiana i Oriany.

– Wyślijmy zwiad oficerski na tereny niezamieszkane, może tam są kolejne źródła? Pamiętacie, jak pierwsze wyschło, to w innych miejscach pojawiły się nowe – przypomniał z nadzieją Konstancjusz, Naczelny siódmego miasta. – Zróbmy to dyskretnie, po co wywoływać panikę zdarzeniem, które być może nastąpi za wiele lat.

– No nie wiem, Konstancjuszu – odezwał się Cyrus, Naczelny drugiego miasta. – Wiesz, że te tereny nie są całkiem niezamieszkane. Żyją tam centaury, dzikie smoki, jednorożce, driady i wiele innych stworzeń. Potraktują taki zwiad jako atak na ich suwerenność. Będziemy mieli dodatkowych wrogów, którzy teraz są neutralni.

– Tak, ale jeśli okaże się, że tam są źródła...

– To co, Konstancjuszu, wyprawisz tam armię i przegonisz te stworzenia? Łatwo tego nie zrobisz, bo są potężne, wiesz o tym. Stracisz wielu oficerów i spowodujesz niezadowolenie mieszkańców miast. Nikt nie lubi być okupantem. Jak wytłumaczysz naszym ludziom, że wysyłasz oficerów, żeby przegonili tamte stworzenia z ich domów? W imię czego? Nie, Konstancjuszu, wystarczy nam wrogów, których już mamy. Nie szukajmy nowych.

– Co zatem proponujecie? – zapytał Teobald, niski grubas o poczciwym uśmiechu, Naczelny piątego miasta.

– Mam pewną propozycję... – zaczął Severian. – Pamiętacie, jak wiele lat temu wysychało pierwsze źródło? Auksencjusz wysłał wtedy zwiad nie w poszukiwaniu nowych źródeł, ale by oficerowie zlokalizowali, powiedzmy, praźródło i ustalili, czemu wysycha. Może nic nam to nie da, ale proponuję wysłać podobny zwiad w ruiny dawnego pierwszego miasta, do studni, z której tryskało pierwsze źródło.

– Skoro o tym wspominasz, to pewnie pamiętasz też, że wtedy ta ekspedycja się nie powiodła. Nie znaleziono odpowiedzi na pytanie, a oddział oficerów nigdy nie wrócił. To misja wysoce niebezpieczna, żeby nie powiedzieć: samobójcza. Czyje życie poświęcisz dla czegoś, co nie ma sensu? – wpadł mu w słowo Cyrus, patrząc przenikliwie na Severiana.

– Tak, Cyrusie, masz rację, wtedy duży oddział oficerów nie wrócił, to prawda. Ale czasami lepsze efekty daje misja pojedynczych ludzi niż całych armii. Wystarczy spojrzeć na dokonania naszej konsultantki ze świata równoległego, zgodzisz się ze mną? A co do oficerów, to mam dwóch takich, którzy tam pójdą. Mam na myśli oczywiście tych dwóch, którzy mieli się tą kobietą opiekować i tak srodze nas zawiedli. To będzie dla nich zasłużona kara, a dla nas być może nadzieja – odpowiedział z uśmiechem mag.

– Do tej pory za karę wysyłaliśmy na Trollowe Rubieże. Tam oficerowie przynajmniej mieli szansę przeżyć. Ty im chcesz odebrać nawet to? – zapytał poważnie Teobald.

– Teobaldzie, wysłać tam kogoś musimy, to dla mnie jasne – zniecierpliwił się Severian. – A co do kary, to uważam, że należałaby im się za to od razu śmierć! Ta misja jest dla nich szansą! Szansą na rehabilitację. Ale dobrze – powiedział ugodowo – żebyś nie powiedział, że jestem okrutny i przekraczam swoje kompetencje, dam im kilku oficerów jako eskortę do ruin oraz odpowiedni sprzęt. Potem będą sobie sami radzili w lochach pod pierwszym ratuszem.

– Nie wiemy, jakie zło czai się w tych lochach, Severianie – przypomniał Cyrus – więc nawet nie wiemy, jak ich uzbroić. Zgadzam się z Teobaldem, to dla nich pewna śmierć.

– Na którą, przypominam ci, zasłużyli! – zagrzmiał Naczelny trzeciego miasta. – Daję im szansę na uratowanie honoru. To nie jest mało dla oficera. A my być może dowiemy się też, co jest przyczyną wysychania naszych źródeł. Mamy nie robić nic i biernie czekać? Cyrusie, co powie mieszkańcom miasta twój następca, kiedy kopuła zniknie? Że nic nie zrobiliśmy?

– Dobrze, jeśli nie ma innych propozycji, to zobaczmy, co da nam taka ekspedycja. Czy w ogóle coś – rzucił sarkastycznie Konstancjusz. – A po jej zakończeniu zastanowimy się, co robić dalej. Mam natomiast pytanie, co z naszą konsultantką. Spełniła swoje zadanie i jeszcze odkryła kilka ważnych spraw dla naszego świata. Nie jest nam już potrzebna. Kiedy ją odsyłamy? Jak wyzdrowieje? Bo słyszałem, że błyskawicznie wraca do zdrowia.

– Nie, Konstancjuszu, jeszcze nie – powiedział powoli Severian i spojrzał pytająco na Orianę. Ta skinęła przyzwalająco głową.

– Dlaczego? – zapytali zaintrygowani pozostali Naczelni.

– Bo widzicie, jej misja do końca nie jest jeszcze spełniona – zaczął bardzo tajemniczo. – Owszem, przyznaję, problemy ze smokami rozwiązała wyśmienicie, tyle że... przy okazji okazało się, że jest bardzo potężną czarownicą. Niemalże dorównuje obecnej tu Wszechwidzącej Orianie. – Skinął z szacunkiem głową w jej kierunku. – Kusza Wielkiego Xaviere'a ją wybrała! Według ostatnich objawień tak potężna czarownica może nam dać to, czego tak nam brak... DZIEWIĄTEGO MAGA, panowie! – zakończył triumfalnie, bo tego asa trzymał w rękawie aż do tej pory.

Naczelni oniemieli. Każdy myślał gorączkowo nad słowami Severiana.

– Czy to prawda, Oriano? – zapytał Cyrus z niedowierzaniem.

– Tak, mój drogi. – Czarownica uśmiechnęła się ciepło. – Rzeczywiście jest bardzo potężna. Może zostać matką Dziewiątego Maga, jeśli w pełni wróci do sił i okaże się, że mimo tego wypadku nadal może mieć dzieci. Cóż, jeśli nie może, to oczywiście od razu odeślemy ją do jej świata – zapewniła pospiesznie. – Szkoda byłoby nie wykorzystać takiej szansy, prawda? Nie dziwcie się więc gniewowi Severiana na tych dwóch oficerów, ponieważ być może przez ich niedbalstwo ta kobieta, mimo że będzie żyć, stanie się bezpłodna, a zatem i bezużyteczna dla nas.

– Kiedy będziemy wiedzieć? – wtrącił się Teobald.

– Jej powrót do zdrowia trochę potrwa, to jasne. Po takim wypadku nawet elf zdrowiałby długo. A przypominam, że ona ledwo uszła z życiem. Jednakże jak tylko jej organizm wróci do sił, powinna jak każda kobieta mieć dolegliwości miesięczne, które świadczą o tym, że jest zdolna dać nam dziedzica dla ostatniego miasta. Cierpliwości, panowie. Dajcie jej trochę czasu, a wszystko samo się wyjaśni – uspokoiła ich Oriana.

– Zamierzasz wyznaczyć jej jakiegoś mężczyznę przez Losowanie czy też masz już kogoś upatrzonego? – dociekał Cyrus.

– No cóż – westchnęła – pierwotnie wyznaczony był Marcus, ten oficer, który zostanie wysłany z misją. Ze względu na uczucie, jakim się oboje darzą. Tak, panowie, tych dwoje łączą silne więzi emocjonalne. Dlatego wydawało mi się, że byłby to dobry pomysł połączyć miłe dla nich z pożytecznym dla nas. – Oriana roześmiała się perliście. – Jednakże, ponieważ Severian uparł się wysłać Marcusa z misją, z której on raczej nie wróci, będę musiała jej kogoś wylosować.

– Tak więc, jeśli wszystko postanowione, to myślę, że możemy udać się do sali jadalnej na ucztę. Panowie, zapraszam! – Severian zrobił szeroki gest.

Kapsuła dźwiękoszczelna zniknęła, otworzyły się drzwi i wszyscy przeszli do jadalni, gdzie przy suto zastawionym stole zakończyli trudne, ale owocne obrady.

Biuro prasowe Naczelnego Czarnoksiężnika Severiana z radością informuje, że stan zdrowia mag-medyka Ariel Odgeon uległ dalszej poprawie...

Otworzyła oczy, i to bez bólu. Czyli obrzęk na jej twarzy musiał w nocy zniknąć! Uniosła nieco głowę. Zobaczyła śpiącego w fotelu Marcusa. Był wyraźnie przemęczony tym czuwaniem przy niej. Świadczyła o tym jego blada twarz i cienie pod oczami. Westchnął przez sen, a ją rozczulił ten widok. Nie wiedzieć czemu wzruszenie zdławiło jej gardło, a do oczu napłynęły łzy. Jeszcze nikt nigdy nie zrobił dla niej tak wiele. Czy uczynił to tylko dlatego, że dostał taki rozkaz? Miała ogromną nadzieję, że nie, ale rozsądek podpowiadał, że Marcus to oficer. Dziś ma jej pilnować, jutro może dostać rozkaz jej zabicia.

Po cichu podniosła koc i zerknęła na swoje ciało. Było jeszcze posiniaczone tu i ówdzie, to prawda, ale według medyka kości już się zrosły. Pomacała żebra i połamaną nogę. Faktycznie ani śladu urazu! Pomyślała z zazdrością, że w jej świecie przydałoby się takie łóżko do błyskawicznej regeneracji organizmu. Wstała cichutko, żeby nie budzić Marcusa. Lekko zakręciło jej się w głowie. Była jeszcze nieco słaba, mimo że większość ran zdążyła się już zabliźnić.

Gdy zawroty ustąpiły, na komodzie dostrzegła świeży mundur.

„Pewnie dla Marcusa, przecież nie chodziłby we wczorajszym..." – Uśmiechnęła się w duchu i ostrożnie mijając śpiącego mężczyznę, przeszła do sąsiedniego pomieszczenia, gdzie była łazienka. Po drodze zagarnęła mundur, myśląc, jaką to zdumioną będzie miał minę, kiedy po przebudzeniu nie zobaczy swojego munduru, tylko ją. Słabą jeszcze, ale zdrową.

Weszła do łazienki i przymknęła cicho drzwi. Stwierdziła, że prysznic będzie lepszy, bo w wannie mogłaby zasłabnąć i się utopić. W kabinie zaczęła metodycznie zmywać z siebie wszystkie świństwa, którymi wysmarował ją medyk, myśląc nad ostatnimi zdarzeniami. Tak, stanowczo musi pogadać z Severianem, zanim ten ukarze Marcusa. Musi mu też zaproponować kształcenie medyków i budowę szpitala na Rubieżach.

Oparła ręce o ścianę prysznica i odchyliła nieco głowę do tyłu, pozwalając wodzie swobodnie spływać po ciele. Aaależ to było przyjemne! Gorące strumienie rozmasowały obolałe ciało i krew zaczęła jej szybciej krążyć.

Kiedy w końcu wyszła spod prysznica, zaczęła odruchowo szukać ręcznika i przypomniała sobie, że zapomniała go zabrać z pokoju. Cholera, został na komodzie! Właśnie główkowała, co by tu zrobić, gdy jej wzrok padł na brzeg wanny, przez który przerzucone były... dwa świeżutkie ręczniki kąpielowe. Przecież nie widziała ich, gdy tu wchodziła!

– Jak się wytrzesz i ubierzesz, to przyjdź tu. Śniadanie gotowe. – Dobiegł ją zduszony głos Marcusa zza uchylonych drzwi.

Odświeżona wróciła do pokoju. Faktycznie śniadanie już na nią czekało. Jajecznica na bekonie i świeżutkie bułeczki, do tego kawa. Był też eliksir energetyczny, ale obiecała sobie, że to świństwo wypije dopiero po śniadaniu.

– Hej, skąd wytrzasnąłeś takie pyszności? – zapytała zaskoczona. – No i jak spławiłeś naszego przyjaciela-medyka? – Oczy jej się zaśmiały do kopiastej porcji jajecznicy.

– Mam wejścia tu i ówdzie – oznajmił z humorem Marcus, widząc ją w tak dobrej kondycji. – Hej, przystopuj. Nie jedz tak szybko. Jeszcze nie wiemy, czy w pełni jesteś zdrowa. Taka ilość w tak krótkim czasie może ci zaszkodzić. Tak przynajmniej powiedział medyk. Jego też wysłałem na śniadanie. – Śmiał się, widząc jej ogromny apetyt. – Kawy? – zapytał kurtuazyjnie.

Pospiesznie pokiwała głową.

– Ale kawa, żeby miała smak, musi być koniecznie mocna, słodka i z odrobiną mleka – powiedziała bardzo serio. – Inna odpada!

– Muszę zapamiętać. – Pokiwał głową rozbawiony. – A tak poważnie, nasz mały przyjaciel zaraz wróci ze śniadania i zechce cię zbadać. Bądź dla niego miła. – Spojrzał na nią znacząco.

– Ależ ja zawsze jestem miła, tyle że jestem już całkiem zdrowa i nie mam ochoty bawić się w doktora akurat z nim – powiedziała niewinnym tonem.

– Słuchaj – zaczął Marcus, kiedy minął mu atak śmiechu – ten facet naprawdę chce dobrze. Na początek musiałem go trochę pogonić, ale teraz faktycznie się stara. Doceń to, dobra?

– Okej, skoro tak mówisz. Pod warunkiem, że nie będzie mnie obmacywał.

Oczywiście po śniadaniu Marcus zmusił ją do wypicia eliksiru energetycznego – obrzydliwego, ale skutecznego. To ją jeszcze bardziej wzmocniło. Chwilę rozmawiali o różnych mało ważnych rzeczach. W pewnej chwili drzwi się otworzyły i wszedł mag-medyk oraz Efrem.

– Witajcie – powiedział ten. – Marcus, masz się pilnie stawić u Naczelnego. Fabien już czeka na ciebie w stajni.

Miły nastój wyparował w jednej chwili.

– Ariel, widzę, że już wracasz do zdrowia – Efrem zwrócił się teraz do niej takim tonem, jakby przyjaźnili się od dziecka. – Cieszę się, bo nasze smoki tęsknią za tobą. Nie ociągaj się, Marcus, jeśli nie chcesz jeszcze bardziej rozzłościć Severiana. Zawieszenie ci wystarczy czy chcesz zostać relegowany? – Przy tym ostatnim pytaniu już nie krył mściwej satysfakcji i ciesząc się nią, wyszedł.

Mag-medyk zaczął przygotowywać swoje przyrządy i eliksiry dla Ariel w przyległym gabinecie.

– Jesteś zawieszony... Nie powiedziałeś mi. Fabien też. To przeze mnie – stwierdziła cicho. – Marcus...

– Zawieszenie to nic takiego – próbował bagatelizować sprawę. – Odbębnimy karę i Severian nas przywróci do służby, zobaczysz. Karny tydzień na Trollowych Rubieżach dobrze nam zrobi, przynajmniej nie zardzewiejemy. – Podniósł jej brodę, spojrzał w czarne i teraz bardzo poważne oczy. – Hej, nie przejmuj się, bywałem w gorszych opałach. Co najwyżej nie będzie mnie kilka dni. Nic wielkiego...

– Pogadam z nim – powiedziała, stanowczo podnosząc się z krzesła. – To przeze mnie...

– Nie ma takiej potrzeby. Aż takich problemów to znowu nie mamy. – Machnął lekceważąco ręką i posadził Ariel z powrotem. – A poza tym pamiętaj, że jesteśmy oficerami. To byłby dla nas wielki wstyd, gdyby inni się dowiedzieli, że słaba kobieta załatwia coś za nas. – Mrugnął do niej znacząco. – No, lecę. Fabien czeka. – W tej chwili jego twarz spoważniała. Pogładził ją po policzku. – Ariel, nie wiem, jak długo się nie zobaczymy, ale obiecaj, że będziesz zażywać eliksiry i uważać na siebie. Obiecaj, że nie wpakujesz się w następne kłopoty... – Popatrzył na nią wyczekująco.

– Może jednak... – spróbowała go przekonać do swojej ingerencji u Severiana, ale pokręcił przecząco głową. – No dobra, obiecuję. – Westchnęła ciężko.

Zobaczyła, że odetchnął z ulgą. Nie cofnął dłoni z jej policzka, tylko przyglądał się Ariel długo i uważnie. Otworzył usta, po czym... zamknął je bez słowa. Odniosła wrażenie, jakby chciał coś powiedzieć albo...

– No to na razie. Trzymaj się – rzucił.

Była pewna, że wyjdzie, tymczasem Marcus nieśmiało i niepewnie zbliżył twarz do jej twarzy tak blisko, aż poczuła ciepło jego skóry na swojej i przeszedł ją dreszcz. Na moment zajrzał jej w oczy. Widziała najdrobniejsze plamki na jego tęczówkach. Był bardzo poważny. Po chwili poczuła jego usta na swoim policzku, zarost brody ocierający skórę i usłyszała gorący szept prosto do ucha:

– Uważaj na siebie, proszę!

Dostała gęsiej skórki. Trzasnęły drzwi i już go nie było. Oddychała szybko i płytko. Czy on się z nią... żegnał?! W żadnej innej sytuacji jako honorowy oficer nie pozwoliłby sobie na takie poufałe zachowanie! Czyżby uznał, że nie ma nic do stracenia? A więc musiało być naprawdę źle! Musiała to sprawdzić.

Ale w tej samej chwili, cholera, wszedł medyk, więc Ariel zgodnie z obietnicą poddała się badaniom i zażyła lekarstwa.

Nie przyznał się przyjacielowi, że pocałował Ariel. Z jakiegoś niezrozumiałego powodu uznał, że te przeżycia są wyłącznie jego i nie podzieli się nimi z nikim. To było ciekawe, bo do tej pory wszystko sobie z Fabienem mówili.

Elf nie pytał, ale po zachowaniu Marcusa, jego lekkim rozkojarzeniu, poznał, że coś musiało się wydarzyć w bungalowie medycznym. Lecieli razem na pegazach do miasta. Milczeli, chociaż może powinni obmyślać taktykę ułagodzenia Severiana. Fabien zastanawiał się, jaką to misję ma dla nich Naczelny, podczas gdy Marcus myślał o tym, że pewnie już nie zobaczy Ariel i że dobrze zrobił, całując ją.

Miała taką delikatną i miękką skórę... No i czy to normalne, żeby nawet pocałunek poza Losowaniem był zaraz wykroczeniem? W jej świecie wszyscy się całowali i nikt nikomu nie miał tego za złe. O tym, że wydał sporą sumę na kompletnie nieskuteczny eliksir niepamięci, już zupełnie zapomniał.

„Jak wrócę... jeśli wrócę – poprawił się w myślach – znajdę sposób, żeby z nią być. Na pewno jest jakiś sposób! Nie pójdę więcej na żadne Losowanie. Nikt nie będzie mi dyktował, kogo mogę całować i z kim chodzić do łóżka" – obiecał sobie zacięcie.

Dotarli do miasta. Uwiązali swoje pegazy przed ratuszem i windą wjechali na ostatnie piętro. Chochlik Tobiasz zaanonsował ich Naczelnemu.

– Jesteście – stwierdził Severian, patrząc na nich przenikliwie. – Na wasze szczęście ta kobieta żyje, więc i wy jeszcze trochę pożyjecie. A ponieważ swoim zachowaniem zhańbiliście Korpus, dostaniecie misję, jaką wam obiecałem. Jeśli z niej wrócicie, uznam, że odkupiliście swoje przewinienie i będziecie mogli wrócić do służby. Jednakże ponieważ to misja niebezpieczna, obawiam się, że wasz powrót może być nieco... hm... trudny w realizacji.

Marcus i Fabien spojrzeli uważnie na siebie. A więc i tak skazał ich na śmierć, ale taką honorową, na polu chwały! Sprytne.

– Wasze zadanie, panowie, to penetracja ruin dawnego pierwszego miasta...

Spojrzeli na niego zdumieni. Wszystkim było wiadomo, że do ruin się nie chodzi, bo się stamtąd nie wraca. Tamte tereny były mroczne. Kryło się w nich jakieś zło. Słyszeli opowieści o próbie dotarcia oddziału oficerów do źródeł magicznego strumienia. Nikt nie wrócił żywy. Od czasu do czasu znikały w tamtych okolicach niezbyt rozsądnie zapuszczające się istoty.

– Konkretnie – ciągnął Naczelny – macie wykonać takie zadanie, jakie miała pierwsza ekspedycja. Macie się dowiedzieć, dlaczego nasze źródła wysychają. Tak, panowie, wysychają, stąd nasze kłopoty ze smokami, liczbą urodzeń, spadkiem mocy magicznych i tak dalej – potwierdził, widząc ich zaskoczone spojrzenia. – A paradoksalnie odkryła ten fakt nasza urocza konsultantka od smoków, studiując ich życie i historię miast, poniekąd więc to jej zawdzięczacie zaszczyt spenetrowania lochów pod pierwszym ratuszem.

Uśmiechnął się do nich ironicznie. Marcus pierwszy raz pomyślał coś takiego o jakimkolwiek przełożonym, ale ujrzał w tym uśmiechu coś płaskiego, małostkowego – jak u Efrema.

– Daję wam dwadzieścia cztery godziny na przygotowanie się do misji. Wybierzcie uzbrojenie, które będziecie uważali za najstosowniejsze. Jutro po południu chcę zostać poinformowany, że jesteście w drodze, jasne? Aha, dostaniecie eskortę: trzech ochotników, którzy będą wam towarzyszyć do ruin. Potem będziecie radzić sobie sami. Nie powiem: „do widzenia", bo pewnie się już nie zobaczymy. Powiem: „żegnam, panowie". – Tym dał im do zrozumienia, że audiencja skończona.

Skinęli w milczeniu głowami i ruszyli do wyjścia. Przy drzwiach usłyszeli jeszcze:

– Marcus, całowanie tej kobiety było bezgranicznie głupie. Niepotrzebnie dałeś jej nadzieję na swój powrót. Będzie tylko bardziej cierpiała, gdy nie wrócisz. Nie ukarzę cię za to, bo odpowiednią karę już dostałeś. A teraz zejdźcie mi z oczu!

Bez słowa opuścili ratusz. Wracając do koszar, też milczeli. W końcu Marcus nie wytrzymał.

– No wyduś w końcu z siebie, że źle zrobiłem! – zażądał od przyjaciela.

– Nie.

– Co nie? – zniecierpliwił się Marcus.

– Nie zrobiłeś źle – stwierdził po prostu elf i spoglądając mu w oczy, dokończył z naciskiem: – Zrobiłeś dobrze! – Przyjaciela zatkało, a Fabien ciągnął: – Nawet bardzo dobrze! Tam nad jeziorem miałeś rację. W naszym społeczeństwie powinna być możliwość zakładania rodzin i życia z inną osobą. Nie powinno być Losowań. Teraz to rozumiem. Żałuję, że cię namówiłem do eliksiru, bo widzę, że tylko przez to cierpicie, a efektu i tak nie ma. Jak byłeś z nią w świecie równoległym, powinieneś był... no wiesz... ehm... – chrząknął znacząco.

Marcus wciąż słuchał go z wytrzeszczonymi oczami! Czy to na pewno ten sam Fabien, jakiego znał od lat? Nieodstępujący od litery prawa na krok i strzegący honoru jak własnego życia?

– Teraz już za późno – ciągnął elf. – Ty zginiesz, ona będzie rozpaczać. Dobrze, że przed misją zdążyłeś z nią trochę pobyć...

W koszarach ustalili plan działania oraz jaką broń ze sobą wezmą. Po południu przybiegł do nich Jim z wiadomością, że drogą losowania wybrano na eskortę Gaspara, Leandra i Prospera. Przez moment Marcus chciał iść do bungalowu medycznego pożegnać się z Ariel, ale Fabien mu to odradził.

– Domyśliłaby się wszystkiego od razu, a po co więcej kłopotów? – stwierdził.

Noc przed misją Marcus długo nie mógł zasnąć. Leżał wgapiony w sufit, rozmyślając.

Marcus nie pojawił się więcej tego dnia. Zgodnie z obietnicą wypiła wszystkie obrzydliwe eliksiry, pozwoliła się znowu wysmarować maściami i posłusznie nabierała sił. Jednak wraz ze zdrowiem wracała jej chęć do działania i nudziła się cholernie, zwłaszcza że nie miała towarzystwa. Zastanawiała się, jak Severian ukarał Fabiena i Marcusa. Przedtem miała fatalne przeczucia, ale teraz uznała, że widocznie wpadła w lekką histerię. Przecież na Trollowe Rubieże nie zasłużyli. Na pewno dostali coś lżejszego, może zakaz opuszczania kwater poza służbą? Obiecała sobie, że jutro skontaktuje się z Naczelnym, który dziś był nieuchwytny, wyjaśni mu wszystko i w ogóle żadnej kary nie będzie.

Mijała godzina za godziną, nuda zżerała ją coraz bardziej, zaś przypływ sił był coraz większy. O nie, musi zająć się pracą już jutro, a nie za kilka dni. Na nudę najlepsza jest właśnie praca. Poleci do zagród, na poligony, na... Trollowe Rubieże! Tak, to jest myśl!

Postanowiła szybciej pójść spać, ale sen nie przychodził. Gonitwa myśli nie pozwalała jej na odetchnięcie i w efekcie zasnęła później niż zamierzała. Ale za to sny miała przyjemne.

Do południa jeszcze trwały przygotowania. Zaopatrzyli się w samomaskujące mundury zwiadowcze, zabrali też specjalne soczewki noktowizyjne. Oczywiście zaopatrzyli się w różne rodzaje broni na wszelkie okazje, w suchy prowiant na około tydzień, każdy wziął też po manierce wody z magicznego źródła oraz zwykłej do picia. Mag-medyk dostarczył im parę niezbędnych maści, eliksirów i opatrunków magicznych na wszelki wypadek. Nie zapomnieli także o mapach pradawnego miasta.

W południe z ciężkim sercem i poważnymi minami, żegnani przez kolegów wyszli z koszar i pieszo udali się w kierunku ruin. Ustalili, że nie wezmą pegazów, żeby nie zwracać na siebie uwagi. Za Ostatnim Murem mieli jeszcze jakieś dwie godziny marszu do ruin. Szli z kuszami w pogotowiu w absolutnej ciszy, porozumiewając się telepatycznie. Po drodze przyglądali się różnym dziwnym i tajemniczym roślinom, głazom, ale odnosili też wrażenie, że sami są obiektami obserwacji, i to wielu par oczu. Co prawda nie zobaczyli żadnego zwierza, istoty, ptaka, jednak to uczucie ich nie opuszczało.

Ruiny dawnego miasta były coraz bliżej. Otoczenie wokół nich stawało się coraz bardziej ponure i wędrowców osaczała dziwna cisza. Martwa, niepokojąca cisza, jakby czyhała tu na przybyszy niewidzialna bestia. Pięciu oficerów skradało się ku wejściu do ruin. Potem zgodnie z ustaleniami mieli dotrzeć pozostałościami uliczek do gruzów pierwszego ratusza, gdzie eskorta miała ich pożegnać i wrócić do koszar, a dwóch przyjaciół spenetrować ruiny i zejść do otoczonych złą sławą lochów w poszukiwaniu jakiejś szczeliny wiodącej do koryta pierwszego strumienia. Gdyby im się to udało, mieli iść wzdłuż niego tak długo, aż znajdą przyczynę jego wyschnięcia. Taki był plan, ale plany z reguły nie wypalają. Niestety żadnego wariantu awaryjnego dla nich nie przewidziano...

Ariel obudziła się tego ranka w posępnym nastroju. Kolejny dzień w bungalowie medycznym. Kolejne maści, eliksiry i inne bzdury. I NUDA! Nie wytrzyma! Postanowiła, że wypisuje się na własne życzenie. Zjadła śniadanie już ubrana, podziękowała zdumionemu medykowi za opiekę i mimo jego protestów opuściła bungalow.

Poszła prosto do stajni pegazów. Fryzyjski ogier Marcusa stał w boksie i chrupał sianko, pegaz Fabiena również.

„Mało prawdopodobne, że żaden z nich nie ma akurat patrolu. Czyli jednak odbywają karę na Rubieżach" – pomyślała posępnie.

Osiodłała swojego appaloosa i z mocnym postanowieniem, że jednak wstawi się za nimi u Severiana („A niech mnie potem za to zabiją!"), poleciała do miasta. Około południa wjechała windą na ostatnie piętro ratusza, po drodze machając ręką zdumionej Marcelinie. Drzwi otworzyły się i przywitał ją chochlik Naczelnego. Poprosiła go o zaanonsowanie jej, ale Tobiasz pokręcił głową i oświadczył, że pana nie ma, bo poleciał na naradę do innego miasta i stanowczo zakazał sobie przeszkadzać. Wróci za kilka dni i będzie do dyspozycji.

Odniosła wrażenie, że chochlik kłamie. Nie wiedziała tylko dlaczego. Przecież Severian nie miał powodu jej unikać. Na pewno wiedział, że będzie chciała się wstawić za Fabienem i Marcusem, ale skąd mógł wiedzieć, że Ariel dojdzie do siebie trzy dni po wypadku?! A poza tym nawet gdyby się tego spodziewał, to co stało na przeszkodzie przyjąć ją i powiedzieć: „Nie, nie odwołam swojej decyzji o wysłaniu ich na Trollowe Rubieże, bo na to zasłużyli". Severian nie był tchórzem. Na pewno by tak nie postąpił.

„No i jak ja ich teraz sprowadzę? – zastanawiała się w drodze powrotnej do koszar. – Wiem, pójdę do Zoriana i poproszę, żeby mnie puścił przez portal, to ich przynajmniej odwiedzę" – postanowiła.

Tych kilku oficerów, których spotkała w koszarach, spoglądało na nią dziwnie posępnie. Odnosili się do niej grzecznie, ale dawna serdeczność zniknęła. No tak, mieli jej za złe, że przez nią dwóch dobrych oficerów ma karę. Poczucie winy utkwiło jak wielka gula w gardle i miała ochotę się wypłakać.

Zorian zniknął tak samo jak Severian... Co jest? Coś jej tu nie pasowało. Czuła się tak jakby wszyscy oprócz niej byli wtajemniczeni w jakąś sprawę. Wprowadziła swojego pegaza do boksu, rozkulbaczyła, wyczyściła i nakarmiła. Ta praca na chwilę pozwoliła jej oderwać się od ponurych myśli, ale zaraz przypomniały o tym Ariel miny kolejnych spotykanych oficerów. A może nie chodziło im o Fabiena i Marcusa, ale o to, że jest kobietą? Pomyślała, że dobrze jej zrobi pogawędka z Vivianne.

Ta ostatnio zrobiła się nieco gruba i ociężała. Jak sama powiedziała, spodziewała się kilku jaj, a nie jednego. Była też nieco rozdrażniona, ale przecież wciąż pozostawała tą samą Vivianne - smoczycą o wielu zdolnościach, dzięki którym wiedziała o wszystkich istotnych sprawach wcześniej od innych i bardziej precyzyjnie. Może ona odpowie, gdzie są Fabien i Marcus i kiedy wrócą?

Z tą myślą Ariel ruszyła w kierunku zagród. Postanowiła, że przy okazji zajrzy do inkubowanego jaja - na dniach powinien się zacząć wylęg. Już z oddali dostrzegła jednego z opiekujących się nim chochlików.

– Pani Ariel - podszedł bliżej - mam pilną wiadomość od smoczycy Vivianne.

– Co za zbieg okoliczności. Właśnie się do niej wybieram, więc sama mi powie, o co chodzi.

– Nie, nie, nie! – zacmokał chochlik. – Vivianne ma dzisiaj humory i nie chce nikogo widzieć. Kazała tylko pani przekazać, że niedaleko jest jeszcze jedno jajo porzucone przez dzikie smoki i prosiła, żeby pani pilnie je sprowadziła, zanim wystygnie. Oczywiście o ile tylko pani na to zdrowie pozwala.

Ariel zamyśliła się. Jeszcze jedno porzucone jajo. O poprzednim też powiedziała jej Vivianne. No, tego chyba Marcus nie uzna za pakowanie się w kłopoty. Zresztą jeśli to niedaleko, wróci, zanim ktokolwiek zauważy. No a zastrzyk świeżej smoczej krwi potrzebny był w tej hodowli, i to bardzo.

– Dobrze, powiedz mi, gdzie je znajdę – zwróciła się do chochlika.

– Panie, skłamałem, tak jak sobie tego życzyłeś. – Osobisty chochlik Naczelnego ukłonił się nisko.

– Dobrze, Tobiaszu, świetnie. Dziękuję. – Severian uśmiechnął się nieznacznie.

„To zadziwiające, jak ta kobieta szybko się regeneruje! A jeszcze trzy dni temu miała nie żyć – pomyślał nieco zaskoczony. – Pewnie myśli, że wysłałem ich na Rubieże – skrzywił się. – Gdyby tu weszła, musiałbym powiedzieć jej prawdę i stracilibyśmy zarazem konsultanta oraz kandydatkę na matkę naszego przyszłego dziewiątego maga. Tak, dobrze się stało, że jej nie przyjąłem. Teraz muszę uprzedzić Zoriana, bo pewnie zechce ich odwiedzić na Rubieżach. Lepiej niech Zorian uda, że kontroluje posterunki, a my spokojnie poczekamy kilka dni. Jeśli wszystko pójdzie po mojej myśli, za kilka dni Ariel będzie po Losowaniu i mam nadzieję, że w ciąży. Oczywiście wścieknie się, że wykręciliśmy jej taki numer, ale od czego są eliksiry?" – Znowu uśmiechnął się pod nosem.

Przy bramie zrujnowanego miasta zrobili krótki postój, żeby nieco odpocząć, posilić się i zastanowić, którędy iść dalej. Jeden stanął na straży, pozostali usiedli w kucki dookoła kamienia i rozłożyli mapę.

– Dobra, panowie – zaczął Marcus – jesteśmy tu! – Pokazał palcem miejsce na mapie. – Najkrótsza trasa do ratusza wiedzie tędy, oczywiście jeśli ta mapa jest dokładna i nic nie zawaliło drogi.

Pokiwali głowami.

– To proponuję coś zjeść i za kwadrans idziemy – odezwał się Gaspar.

– Poprawka, Gaspar, to my idziemy. Wy wracacie – powiedział cicho Fabien. – Mieliście nas odeskortować do miasta i wracać. Rozkaz nie gazeta.

– Mylisz się, Fabien. Mieliśmy was odeskortować do ratusza, a to różnica – zaśmiał się cicho Gaspar. – Zresztą ja już podjąłem decyzję. Idę z wami!

– Co?! – jednocześnie zaprotestowali obaj przyjaciele.

– Daj spokój. To nie twoja kara, tylko nasza – kontynuował Marcus. – Wróć już stąd do koszar. Tak jest uczciwie i honorowo. Zresztą nikomu nie powiemy, że nie weszliście do miasta. Stary, nie bądź głupi! Ta misja to samobójstwo, wiesz o tym! Nikt stamtąd jeszcze nie wrócił! Nie narażaj życia niepotrzebnie.

– Zamknij się – poradził mu zniecierpliwiony Gaspar. – Teraz ty słuchaj. Decyzję już podjąłem. To moja decyzja i tobie nic do niej. Uważam, że tej kary być nie powinno. Naczelny zachował się niegodnie, bo nie było tu waszej winy ani niczyjej zresztą. Tym bardziej idę z wami, czy ci się to podoba, czy nie, bo ponad absurdalny rozkaz wyżej cenię sobie honor oficerski i przyjaźń z wami, panowie. Już zapomnieliście, jak w Oazie Szkolnej nas uczono, że oficerowie zawsze trzymają się razem i nigdy nie zostawiają drugiego w potrzebie? Zresztą, Marcus, co powiedziałbym twojej pani, gdyby mnie o ciebie zapytała? – zakończył z intrygującą miną.

Reszta oficerów uśmiechała się pod nosem, a Marcusa było stać tylko na głupią minę. Już całe koszary o wszystkim wiedzą czy co? Jeszcze próbował protestować, ale inni go zagadali.

– Wiesz, Marcus, fajny z ciebie gość, ale zaraz sam cię zabiję, jak się nie zamkniesz! – rzucił Leander. – Ja też z tobą idę i nie waż mi się protestować, bo jeszcze nam swoimi wrzaskami jaką cholerę sprowadzisz!

Obu przyjaciół naprawdę zatkało. Wiedzieli, że nie służą w Korpusie z byle kim, ale takiego manifestu jedności to się nie spodziewali.

– Ja też w to wchodzę. No chyba nie myśleliście, że przepuszczę taką okazję na bohaterską śmierć – wtrącił Prosper. – Mam cholerną nadzieję, że uwzględniliście mnie w swoich planach? W pełni popieram Gaspara.

Marcus pomyślał smętnie, że teraz Severian będzie miał na sumieniu pięciu oficerów, a nie tylko dwóch i na dodatek nikt się o tym nie dowie. Ot, będą kolejnym oddziałem, który nie wrócił z misji.

W milczeniu przegryzali suchy prowiant i popijali wodą. Kwadrans później wzięli swój ekwipunek i ruszyli cichymi uliczkami zgodnie z trasą wytyczoną przez Marcusa. W marszu uważnie rozglądali się dookoła, ale na razie żadnego zagrożenia nie dostrzegli, tylko... tylko to miasto wyglądało nierealnie. Jak z koszmarnego snu. Puste i ciche budynki z rozpadającymi się drzwiami i okiennicami. Trawa wyrastająca spomiędzy kostek bruku. Rozlatujące się ze starości ławki. Porośnięte chaszczami trawniki. I ta cisza! Demoniczna. Nigdzie żywej duszy. Żadnego psa, żadnego ptaka. Nie było nawet wiatru.

„Więc tak będą wyglądały nasze miasta za wiele lat, jeśli teorie Ariel są słuszne?" – zastanowił się Fabien.

„Ta kobitka jest niezła, naprawdę. Wiele rzeczy do tej pory poszło jej ekstra! Ale mam cholerną nadzieję, że tym razem się myli" – odpowiedział mu telepatycznie Prosper.

Wszyscy czuli się tu nieswojo. Groza tego wymarłego miejsca powodowała, że włos jeżył się na głowie. To nie było miasto, nawet nie cmentarzysko miasta, ale jeden wielki, zapomniany grobowiec. Przeszli kilka ulic dalej. Według mapy powinien tu stać posąg Wielkiego Xaviere'a. I był.

A właściwie to, co z niego zostało, czyli tylko zwietrzały zarys postaci nobliwego mężczyzny czerpiącego wodę ze świętego źródła. Mieli wrażenie, że jeśli go dotkną, rozsypie się w proch.

Większość uliczek, podobnie jak w ich miastach, prowadziła do centrum, w którym znajdował się ratusz. Widząc jego wierzchołek, wzmogli czujność. Poczucie, że są obserwowani, jeszcze się nasiliło. Przestali rozmawiać nawet telepatycznie, teraz posługiwali się głównie gestami. Wyminęli kupę gruzów, jaka została po zawalonym budynku, i ruszyli dalej w coraz większym napięciu. Że nie jest tu bezpiecznie, podpowiadało im doświadczenie. Najgorsze, że nie wiedzieli, z czym będą musieli się zmagać.

Weszli na placyk przed ratuszem. Przyczaili się za fontanną i obserwowali otoczenie, potem chyłkiem dotarli do samego gmachu. W przeciwieństwie do ich ratusza, ten, zbudowany z kamienia, nie miał wielkich okien ani witraży, tylko okiennice, balkony i schody biegnące dookoła po zewnętrznej ścianie zamiast wind. Odnaleźli drzwi wejściowe do najniższej kondygnacji – wiedzieli, że na tym poziomie była kiedyś studnia czy raczej fontanna. Z niej, według legend, tryskało kiedyś pierwsze źródło.

Wrota do ratusza oczywiście istniały tylko na planach, bo jak reszta drewnianych rzeczy zdążyły się przez lata rozsypać. Cicho weszli do środka i powoli ruszyli w kierunku studni. Czujnie się rozglądając, obeszli ją dookoła i obejrzeli salę. Kiedyś musiała być piękna, zdobiona wieloma płaskorzeźbami smoków, a także ludzi, elfów, pegazów, centaurów, wróżek i innych przyjaznych istot. Po drogocennych gobelinach został pył na kamiennej, marmurowej posadzce.

„Co dalej?” – zapytał telepatycznie Leander.

„Ano nic. Trzeba zajrzeć do studni. Zejdę tam i trochę się rozejrzę” – zaproponował Marcus.

W tej chwili usłyszeli szelest dobiegający z małej salki obok. Wymienili spojrzenia i gesty. Jak dzikie koty zaczęli się skradać w tamtym kierunku. Ktoś najwyraźniej tam był! Pytanie tylko, KTO lub CO? Dopadli do ściany i posuwali się pomału wzdłuż niej z bronią w dłoniach. Na dany przez Fabiena znak wszyscy wyskoczyli, wymierzyli z kusz i... zamarli w bezruchu.

W wyłomie ściany prowadzącym z ulicy do tego właśnie pomieszczenia ratusza stała... Ariel! Zobaczyli, jak jej źrenice rozszerzają się w paroksyzmie strachu, a potem najzwyczajniej osunęła się na posadzkę...

Klęczał przy Ariel wkurzony i zmartwiony, jednocześnie zachodząc w głowę, skąd ona się tu wzięła. Miała dochodzić do siebie i unikać kłopotów! No i skąd wiedziała, gdzie oni są?

„Już ja ci natrę uszu, jak tylko dojdziesz do siebie!” – obiecał sobie wściekły pod osłoną zaklęcia *adger*. Pozostali usiedli na kamiennych schodkach i prowadzili telepatyczną naradę, co robić dalej. Pojawienie się tej kobiety diametralnie zmieniało postać rzeczy. Ryzykowali własnym życiem i w porządku, ale jej narażać nikt nie miał zamiaru. I, na Wielkiego Xaviere’a, co ona tu robiła? Podobno była chora.

Czekali, aż odzyska przytomność i gratulowali sobie opanowania, bo gdyby któremuś puściły nerwy...

Ariel otworzyła oczy. Zobaczyła nad sobą wściekły błękit intensywnie wgapiających się w nią oczu.

„Można wiedzieć co tu, do cholery, robisz? – zapytał z uprzejmą furią Marcus. – Mogłaś zginąć! Masz szczęście, że oni są BARDZO doświadczonymi oficerami, bo jakby się któremu palec omsknął... Miałaś siedzieć w bungalowie medycznym i odpoczywać! Skąd wiedziałaś, gdzie nas szukać? Kto ci powiedział i, na niebiosa, PO CO tu przyszłaś?!"– bombardował ją telepatycznie pytaniami. Prawie miała łzy w oczach.

„Marcus, rozumiem, że jesteś wściekły, ale daj jej dojść do głosu, bo nigdy się nie dowiemy." – Gaspar położył mu rękę na ramieniu.

Ariel nadal była oszołomiona i przerażona. Co tu się dzieje? Co oni tu robią? Po co ta ostrożność? Nie miała odwagi przemówić na głos. Spojrzała na Marcusa i pozostałych z poczuciem winy. Miała wrażenie, że znowu zrobiła coś nie tak, chociaż nie wiedziała co.

„Ten żałosny medyk próbował mi wmawiać, że nadal jestem chora, a ja czułam się świetnie i chciałam wracać do smoków. Najpierw poleciałam do miasta pogadać z Severianem. Myślałam, że was wysłał na Trollowe Rubieże i że go jednak przekonam, aby was ściągnął. Ale chochlik mi powiedział, że Naczelny jest w innym mieście na naradzie i wróci za parę dni. To wróciłam do koszar i doszłam do wniosku, że was odwiedzę na Trollowych Rubieżach przez portal... – ciągnęła zakłopotana. – Niestety Zoriana też nie było. Chciałam się czymś zająć, bo... bo... chciałam po prostu coś robić, a nie siedzieć bezużytecznie i myśleć, że zostaliście bez powodu ukarani przeze mnie. Zwłaszcza że w koszarach też mnie miło nie przywitali po waszym odejściu. Nikt mi nic nie chciał powiedzieć i traktowali mnie jak trędowatą!"

„Ale skąd się tu wzięłaś?" – zapytał zniecierpliwiony Marcus.

„Zaraz, zaraz. Pomyślałam, że przynajmniej pogadam z Vivianne, ale jak tam szłam, to spotkałam chochlika, który mi przekazał, że ona nie życzy sobie odwiedzin, bo jest niedysponowana. Kazała mi tylko przekazać, że jest jeszcze jedno porzucone smocze jajo do wzięcia i żebym się pospieszyła, zanim wystygnie. Chochlik wytłumaczył mi, jak tu trafić, bo jajo miało się znajdować gdzieś tu. Poradził tylko, żebym na wszelki wypadek wzięła kuszę. To wzięłam..."

Uniosła broń Wielkiego Xaviere'a. Fabien i Marcus nie byli szczególnie zdziwieni widokiem tego artefaktu, ale pozostali oficerowie zdębieli. Drobna kobietka z kuszą Pierwszego Naczelnego?!

„A co wy tu robicie? – zdziwiła się. – Myślałam, że wy dwaj jesteście przeze mnie na Trollowych Rubieżach. Rozumiem, że macie za karę jakąś misję, ale nie rozumiem, po co tyle tajemnic i co tu robią Gaspar, Leander i Prosper? Przecież was nie ukarano!"

Oficerowie spojrzeli po sobie. Faktycznie nie mogła wiedzieć, gdzie i po co idą.

„Wydaje mi się, że ktoś cię tu zwabił. Ale po co, tego nie wiem" – zaczął poważnie Fabien.

„Pokaż jej!" – zażądał Marcus.

Ariel już znała ten rodzaj przekazu. Coś jakby film w pamięci z zachowanymi zdarzeniami. Elf położył jej rękę na ramieniu, ona uczyniła taki sam gest. Skoncentrowali się i zobaczyła cały przebieg zdarzeń, począwszy od jej upadku po ataku wampokruków. Widziała, jak Marcus zmusza do działania mag-medyka, jak przychodzi Severian i... otwiera oficerowi klatkę piersiową... Słyszała groźby Naczelnego, że jeśli ona umrze, to oni też, a jak przeżyje, to dostaną misję gorszą od Rubieży. W końcu zobaczyła audiencję Fabiena i Marcusa u Severiana, który powiedział im, jaki jest cel misji, i wyśmiał Marcusa, że niepotrzebnie całował Ariel. Ostatecznie dowiedziała się jeszcze, że pozostali oficerowie mieli tylko eskortować przyjaciół do ruin miasta i wrócić, ale stwierdzili, że ich nie zostawią.

„Teraz już wiesz wszystko co i my. Nadal uważam, że ktoś cię wrabia, tylko nie mam pojęcia w co i po co" – stwierdził Fabien.

„Dobra, to zmienia postać rzeczy! Co robimy?" – rzucił Prosper.

„To proste, ona wraca, wy ją eskortujecie, a my z Fabienem idziemy dalej" – odparł Marcus, a elf mu przytaknął.

„Nigdzie nie wracam! Co bym nie zrobiła, zawsze ktoś przeze mnie obrywa! Jak wrócę do koszar, to teraz im się oberwie za nic! – zaprotestowała Ariel, pokazując na Gaspara, Leandra i Prospera. – Idę z wami dalej!" – powtórzyła uparcie.

Marcus ze złością chwycił ją za ramię i siłą zawlókł do drugiej części pomieszczenia.

– Wrócisz tam bez gadania! – syknął wściekły przez zęby. – Zrozum w końcu, że Severian i tak by nas ukarał! Skazał nas na śmierć w dniu, w którym miałaś wypadek. To jest misja samobójcza, z której ja nie wrócę, ale ty, do cholery, tak!

Pozostali oficerowie spoglądali z rozbawieniem w kąt, gdzie para zawzięcie się kłóciła.

„Myślisz, że jak jej urządzi ogniste prywatne Losowanie, to ją trochę utemperuje?" – Leander wyszczerzył zęby.

„Oj, coś mi mówi, że jedno Losowanie to byłoby stanowczo za mało! Ale ma chłop kondycję, więc da radę!" – przytaknął mu ze śmiechem Gaspar.

Marcus widocznie usłyszał w myślach tę wymianę zdań, bo spojrzał na nich spode łba.

„Mam to gdzieś! – rzuciła jemu i pozostałym Ariel. – Nie pozwolę, żebyście się dali zabić przez kaprys jakiegoś dupka!"

„Ten dupek jest Naczelnym naszego miasta, Ariel!" – przypomniał jej łagodnie Fabien, próbując nie parsknąć śmiechem. Ależ ona miała charakterek!

„Co z tego?! Nadużył swoich kompetencji! Zresztą z nas wszystkich tu obecnych tylko ja przestudiowałam prawie całe zasoby biblioteki i archiwów! Nic nie wiecie na temat tego miejsca, bo gdyby tak było, tobyście tu dotarli dużo wcześniej skrótem, tak jak ja, a nie dopiero teraz".

Tu akurat miała rację i nawet Marcus musiał to przyznać.

– Masz się trzymać blisko mnie, jasne? – wycedził przez zęby. Teraz, co prawda, już rozumiał, skąd się tu wzięła, ale nadal wolałby, żeby wróciła do koszar. Przynajmniej byłaby bezpieczna. – Tak blisko, jakbyś była moim cieniem!

Zrobili cichą naradę. Ariel postanowiła im wyjaśnić, czego mogą się spodziewać.

„Posłuchajcie i nie przerywajcie mi przez chwilę – poprosiła telepatycznie. – Jak wspomniałam, przestudiowałam zasoby waszych archiwów i to niestety ja powiedziałam Naczelnemu, że źródła ponownie zaczynają wysychać. To przeze mnie wpadł na pomysł wysłania kolejnej ekspedycji. Czyli jesteście tu z mojej winy".

„Wiemy, złotko, ale nie mamy do ciebie pretensji. Severian może i przeszedł próbę na Naczelnego Maga i jest potężny, co nie zmienia faktu, że to złamany kutas!" – palnął Prosper, a wszyscy spojrzeli na niego z zaskoczeniem. Jeszcze nikt nigdy nie wyraził się tak ostro i wulgarnie o Naczelnym. Najmniej zaskoczony był Fabien, ale też on najlepiej znał Prospera.

„Tak więc – ciągnęła zszokowana Ariel – przekazałam mu te informacje. Nie wiedziałam, że wpadnie na taki diabelski plan. Jakiś czas potem uzupełniłam moje dane o nowe fakty wyszperane w bibliotece, ale wtedy Severian nie miał czasu ze mną gadać albo zbywał mnie byle czym. A ta druga porcja informacji mówiła o tym, jakie zło czai się w tych ruinach. Otóż kiedy to najstarsze miasto chyliło się ku upadkowi, pojawiły się doniesienia o znikaniu w tych stronach ludzi, elfów i innych przyjaznych stworzeń, głównie wieczorami i nocą. Stąd zarządzono najpierw godzinę policyjną, żeby ochronić mieszkańców, a gdy mimo to nadal znikali, czasem wprost ze swoich domów, inni zaczęli masowo opuszczać miasto. Doniesień z tych czasów jest niewiele. Jedno z nich wspomina, jak to mały chłopiec natknął się na umierającego człowieka. Ten, według słów dziecka, miał zostać zaatakowany we własnej piwnicy przez stworzenie, które określało siebie jako NYRION".

„Nyrion?" – spytał elf. Jako oficerowie uczyli się o potworach, nawet rzadkich, ale ta nazwa żadnemu z nich nic nie mówiła.

„Tak. Umierający zdążył tylko opisać, że to krwiożercza bestia o czerwonych ślepiach, upiornie białej skórze i obrzydliwej, zniekształconej czaszce. Było jeszcze kilka podobnych doniesień, a wszystkie bliźniaczo podobne: ludzie atakowani wieczorami przez białe istoty o czerwonych ślepiach, potwornie szybkie. Szukałam jakichś danych, skąd się wzięły i czym są nyriony. Wiadomo tylko, że gdy Pierwszy Mag założył tu swoje miasto, oprócz istot dobrych zwabił też niestety złe, ponieważ każdy chciał zawładnąć kwitnącym i pełnym życia światem. Wtedy powstała pierwsza kopuła i wasz Korpus oraz przyjaźń ze smokami. Ale kopuła powstała między innymi dlatego, że już wtedy były pojedyncze doniesienia o zniknięciach. Pierwszy Naczelny ustanowił taki czar ochronny dla miasta, że mogli tu wchodzić tylko mieszkańcy, a spośród obcych tylko ci, którzy mieli na to pozwolenie. Jednak po jakimś czasie zniknięcia znowu się zaczęły. Podobno tylko jedna kobieta przeżyła atak nyriona, ale opowiadała tak niewiarygodne historie, że wszyscy mieli ją za szaloną. Zresztą wkrótce faktycznie straciła rozum i umarła. Wspominała, że istota nazywająca się nyrionem poinformowała ją, że jest efektem skrzyżowania elfów, wampirów, utraćców, odmieńców i goblinów. Miała być obupłciowa i stanowić jeden wspólny organizm z innymi nyrionami. To znaczy, że było ich prawdopodobnie bardzo wielu, ale mieli jakby jeden wspólny umysł. Myśleli i mówili jako jedność. Podobno wzywały się *śpiewem*, cokolwiek to znaczy. Wiecie, że w moim świecie jestem medykiem. Przestudiowałam opis tych istot i nasunęło mi się kilka wniosków. Uważam, że żyją tylko pod ziemią. O tym świadczy ich wyjątkowo biała skóra niewystawiana na słońce oraz czerwone ślepia, czyli takie, w których brak pigmentu".

„Czego?" – przerwał zdziwiony Leander.

„No... pigmentu, czyli zabarwienia. Ty masz oczy brązowe, bo masz pigment, a one czerwone, bo go nie mają wcale i widać naczynia krwionośne. Uważam też, że jako wytwór wielu krzyżówek uzyskały możliwość posługiwania się ultradźwiękami, czyli słyszą jak nietoperze. I widzą wyśmienicie w ciemnościach, co znaczy, że każdy człowiek czy elf, który tam zejdzie – wskazała na studnię – jest skazany na śmierć, bo na swoim terenie władają niepodzielnie. Tutaj jesteśmy bezpieczni tylko za dnia. Poza tym sądzę, że już o nas wiedzą, biorąc pod uwagę ich wrażliwy słuch, tylko czekają do zapadnięcia zmroku. Tak więc, panowie, uważam, że jeśli chcecie popełnić samobójstwo, to lepiej strzelcie sobie z kuszy w głowy! Będzie szybciej i będzie mniej bolało!"

„Więc czemu, wiedząc o tym, zdecydowałaś się tu jednak przyjść?" – zapytał dociekliwie Gaspar.

„Ponieważ miałam tu być tylko chwilę po jajo, i to za dnia. W nocy nigdy w życiu bym tu nie przyszła! Proszę, przerwijcie tę misję. Schodzenie tam to czysty obłęd. Wiemy, że one tam są i to one prawdopodobnie coś kombinują ze źródłami, żeby osłabić obrońców i mieszkańców miast. Lepiej zawróćcie i wszystko opowiemy Naczelnym. Proszę, póki jeszcze czas. Jeszcze słońce świeci jasno, ale za godzinę, dwie zacznie się szarówka i one wyjdą na łowy. Wtedy nie mamy szans. To nie my będziemy myśliwymi, ale zwierzyną!..."

„Jakie jest prawdopodobieństwo, że się mylisz?" – spytał konkretnie Prosper.

„Zerowe..." – Spojrzała na niego ze smutkiem.

„Rozumiem... To wy wracajcie, a ja schodzę!" – powiedział zacięcie.

„Odbiło ci?!" – zaprotestowali pozostali członkowie wyprawy.

„Dokładnie! – Wyszczerzył zęby w uśmiechu. – Ktoś się musi upewnić, a ponieważ z nas wszystkich tylko mnie nie zależy na życiu, to najlepiej, jak ja pójdę".

Reszta osłupiała. Tylko Fabien poprosił smutno:

„Nie rób tego, przyjacielu. Jeszcze wiele dni i nocy przed tobą i wiele misji do spełnienia".

„Nie, Fabienie, i akurat ty wiesz o tym najlepiej..." – pokręcił głową Prosper.

„Dobrze, więc i ja pójdę z tobą" – oświadczył nieoczekiwanie elf.

Wszyscy zdębieli. Ci dwaj toczyli jakąś grę, do której inni nie byli dopuszczeni. Najwyraźniej Prosper chciał popełnić samobójstwo, a Fabien, widząc, że go od tego nie odwiedzie, chciał zrobić to samo. Ariel spojrzała na Marcusa w nadziei, że ich powstrzyma, on jednak pokręcił głową.

„Gaspar, Leander... Odprowadźcie Ariel do koszar. Ja zostanę z Fabienem i Prosperem..."

„Nie!..." – Ariel gwałtownie wciągnęła powietrze i na prywatnym kanale telepatycznym próbowała go przekonać do zmiany zdania, ale zasłonił się przed nią zaklęciem. Odwrócił też wzrok.

Leander i Gaspar zaprotestowali. Ariel przeklinała własną głupotę, która kazała wyjawić im, co czai się w podziemiach. Chciała dobrze, wyszło jak zwykle źle. W końcu jednak Marcus stanął przed nią i z westchnieniem spojrzał w jej czarne oczy.

„Wiele bym dał, żeby odwrócić bieg losu, żebyśmy nie musieli tego robić. Wiele bym dał za siedzenie z tobą w zaciszu bungalowu i przytulanie cię. Jednak wiem, że choć to może tylko kaprys nieznającego całej prawdy Naczelnego, mam pewną misję do spełnienia. To misja, która została powierzona mnie i Fabienowi. Chodzi o przyszłość wszystkich miast. Jeśli jest prawdą to, co mówisz, tym bardziej musimy to potwierdzić. Musisz mnie zrozumieć! Dla dobra swojego świata też byś tak zrobiła, nie bacząc na podłość twoich rządzących. Poza tym nie mogę zostawić przyjaciół. To samo zrobiłbym dla ciebie. Wróć do koszar, proszę...” – zakończył ten smutny przekaz, biorąc ją za rękę.

Pozostali oficerowie z zakłopotaniem poodwracali głowy. Nie byli przyzwyczajeni do takich zachowań w świecie rządzonym Losowaniami.

„A więc przypieczętowałeś nasz los – odparła ze smutkiem Ariel. – Skoro jednak wszyscy chcą popełnić samobójstwo, to oświadczam, panowie, że nie pozostawię was bez swojego towarzystwa! Zanim tam zejdziemy, chcę, żebyście wiedzieli, że jesteście najlepszymi, najuczciwszymi i w ogóle naj... osobami, z jakimi było dane mi się spotkać. Znać was to była dla mnie wielka przyjemność i ogromny zaszczyt” – palnęła na otwartym kanale telepatycznym, a wszyscy osłupieli.

„Ariel, nie możesz tam pójść. Nie masz odpowiedniego uzbrojenia ani wyposażenia” – stwierdził spokojnie Fabien.

„Wy też nie, a jednak idziecie”.

„Mamy broń i soczewki pozwalające widzieć w ciemnościach – poinformował ją Gaspar. – Ty będziesz ślepa i bezbronna!”

„Niezupełnie, mam to, pamiętasz? – Pokazała mu kuszę Pierwszego Maga. – Ona sama wybiera cel, który mi zagraża. Was nie zaatakowała, bo widać jednak nie stanowiliście zagrożenia”.

„Ale nie mamy dla ciebie soczewek. Nic nie będziesz widzieć!" – zaprotestował Marcus, chociaż podejrzewał, że na to też na pewno ma gotową odpowiedź. I nie mylił się.

„Będę. Zaufaj mi. I myślę, że nawet lepiej od was". – Uśmiechnęła się do niego smutno. Przymknęła oczy, skoncentrowała się, wzięła głęboki wdech i po dłuższej chwili, gdy jej powieki na nowo się rozchyliły, zdumieni oficerowie ujrzeli żółte ślepia kota!

Teraz już skończyły im się argumenty. Więcej, zaczęli nawet podejrzewać, że jeśli ktokolwiek wyjdzie z tego cało, to prędzej ona niż któryś z nich.

Po kolei schodzili po linie w głąb studni. Okazała się płytsza, niż sądzili, ale jak reszta budowli była w stanie rozsypki. Na dnie, zgodnie z posiadanymi informacjami, rzeczywiście odnaleźli ciasny tunel. Każdy z oficerów miał założone soczewki, kuszę i buzdygan w ręku. Ariel doradziła im ciszę telepatyczną, ponieważ nie wiedziała, czy nyriony potrafią się nią posługiwać. Odbierała emocje towarzyszy, stąd wiedziała, że wszyscy się boją – wszyscy oprócz Prospera! Ten był całkowicie spokojny i... pogodzony z losem! Pod osłoną zaklęcia *adger* pomyślała, że musi się dowiedzieć, z jakiego powodu szuka śmierci – jak tylko wyjdą na górę. A że wyjdą, to przesądzone, bo wyprowadzenie wszystkich bezpiecznie z ruin wzięła sobie za punkt honoru. Potem nadejdzie czas na małą pogawędkę z Severianem...

Wyminęła ich po cichu i stanęła na przedzie, chociaż Marcus próbował ją powstrzymać. Rozejrzała się w ciemnościach swoimi nowymi, kocimi oczami. Uczucie było niezłe, musiała to przyznać. Dostrzegła na ścianie jakieś napisy, chyba runiczne. Przesunęła dłoń wzdłuż znaków i runy pojaśniały błękitną poświatą. Oficerowie wstrzymali oddech. Odczyta?

„Zawróć, nędzny śmiertelniku, bo oto idziesz prosto do nyrionów leża" – przetłumaczyła im telepatycznie. Osłupieli. Wiedzieli, że nawet Wszystkowidząca Oriana nie umie czytać run!

Ariel osłoniła swoje myśli zaklęciem i zastanowiła się, co zrobić. Po chwili już miała plan. Przez moment pomyślała z rozrzewnieniem, że kiedy się za niego zabierze, pewnie nie zobaczy już Amandy, swojego świata i Marcusa. Ale czy miała inne wyjście?

Szli pomału tunelem do przodu. Korytarz kilka razy zakręcał i biegł coraz niżej. Ściany wciąż były kruche i zwietrzałe, ale w miarę posuwania się w głąb ich wygląd się zmieniał. Tu było duszno i wilgotno. Woda spływała strumykami po ścianach na dno i kierowała się w dół tunelu.

„Zwierzyną naszą zostaniesz, jeśli swe kroki skierujesz dalej" – głosił kolejny napis.

Tak, teraz była pora na plan. Dalej nie może pozwolić im iść.

Rzuciła się pędem przed siebie i chociaż wciąż była nieco osłabiona, szybko zostawiła towarzyszy w tyle. Po prostu zupełnie się tego nie spodziewali, no i w tych ciemnościach ledwie co widzieli.

Biegła jeszcze chwilę, po czym gwałtownie przystanęła, obróciła na pięcie, wyciągnęła rękę i pomyślała: „chcę!". W jednej sekundzie między nią a oficerami powstała magiczna zapora. Wyglądała jak szklana tafla. Kocie oczy Ariel dojrzały przez nią oficerów, którzy tłukli i tłukli w zaporę, ale nie byli w stanie jej rozbić. Nawet żaden dźwięk nie przedostał się przez nią.

„Zawróćcie, proszę! – przekazała im myśl. – Nie mogę puścić was dalej! Wracajcie do koszar i przekażcie Naczelnym, co wam powiedziałam. Tutaj wszyscy stracilibyście życie i nikt by się o tym nie dowiedział, a tak macie możliwość poinformować wasze miasta! Powiedzcie Severianowi, że zrobiłam to z premedytacją! Żegnajcie, przyjaciele!"

Pomachała im ręką, po czym jednym gestem spowodowała, że przezroczysta szyba zamieniła się w mleczny kamień. Teraz była odcięta od świata.

– Podejrzewałem, że tak zrobisz! – Szept rozdarł ciszę. Odwróciła się gwałtownie i spojrzała przerażona. Tylko nie to! Jakim cudem nie zauważyła, że za nią nadążył? Czemu ten cholerny, błękitnooki idiota dał się zamknąć w tunelu bez wyjścia?

– Miałeś zostać tam! – Pokazała zrozpaczona ręką w kierunku bariery. – Co ci strzeliło do łba, żeby za mną iść, kretynie?!

– Ty mi powiedz. Jesteś większą czarownicą od Oriany. Jesteś mądrzejsza od wszystkich Naczelnych razem wziętych, więc powinnaś takie rzeczy wiedzieć! – Uśmiech błąkał się po jego ustach. Oszalał. To pewne! – Gdybym cię zostawił, poświęciłabyś swoje życie dla nas, a ja nie darowałbym sobie tego do końca moich dni. A tak będziesz się poczuwała do opieki nade mną i uznasz za punkt honoru, żeby mnie stąd cało wyprowadzić. A przy okazji i siebie – stwierdził spokojnie.

– Skąd ta pewność?! Skąd ta pewność, że tak właśnie zrobię i że w ogóle mam takie umiejętności? – zapytała zła i zaskoczona.

– Stąd, że cię obserwuję co dnia – powiedział, podchodząc do niej powoli. – Znam ciebie i twój charakter. Nauczyłem się przewidywać, co zrobisz, a czego nie. Obserwowałem cię uważnie. Wiedziałem, że jeśli chcę cię zachować przy życiu, to muszę się trzymać blisko ciebie. Paradoksalnie teraz to nie ja mam chronić ciebie, ale ty mnie. Dzięki temu i ty nie dasz się zabić, bo nie lubisz przegrywać.

Tym sposobem, mam nadzieję, oboje przeżyjemy. Pomyślałem też o Amandzie – dokończył cicho.

Nie, no teraz to przesadził! Wypominać jej Amandę?! Ale w duchu musiała mu przyznać rację. Stanowczo dobrze ją poznał – co nie zmieniało faktu, że oboje mogli przeceniać jej siły. Może jej się tylko wydaje, że tyle umie, i tak naprawdę oboje zginą w tym tunelu?

Teraz jednak nie mieli wyboru. Droga powrotu była odcięta. Pozostawało iść do przodu i mieć nadzieję, że znajdą inne wyjście, zanim nyriony znajdą ich.

– Ariel zrobiła CO?! – Severian nie mógł uwierzyć. – Poszła do ruin? Po jajo? Kto jej wmówił, że tam jest jakieś jajo?!

Był wściekły. Jego jedyny konsultant, a zarazem kandydatka na matkę nowego Naczelnego poszła sama do ruin! Czy ona nie wie, że tam ludzie znikają bez śladu? Usiadł na kanapie. Westchnął ciężko. Może nic się nie stanie? Może weźmie to cholerne jajo i wróci do koszar? Może ich nie spotkała?

Może... może... może... Zgrzytnął zębami ze złości. Za dużo było tych „może". Jeśli ona nie wróci do jutra, zarządzi poszukiwania. Tylko jak on to wszystko wytłumaczy Orianie i innym Naczelnym?

Wytłumaczyła Marcusowi telepatycznie, czemu postawiła zaporę i czemu nie może jej zdjąć. Musiał jej przyznać rację – faktycznie, pozostałych oficerów tylko magiczna ściana mogła powstrzymać przed pójściem dalej, a wtedy wszyscy niechybnie by zginęli. Ruszyli naprzód, zostawiając co jakiś czas ślad na ścianie w postaci błękitnej fosforyzującej strzałki, która wskazywałaby im drogę powrotną oraz że już tu byli. Tunel rozgałęział się bowiem coraz bardziej, odnogi zakręcały i znów się łączyły jak w jakimś diabelskim labiryncie.

Marcus rysował znaki buzdyganem i jak się okazało, to był doskonały pomysł. Już po kilku minutach natrafili na kilka miejsc ze strzałkami i wiedzieli, że błądzą. Ten przerażający labirynt coś jej przypominał, ale nie umiała sprecyzować co.

Szli, trzymając się za ręce. Teraz to Ariel odczuwała strach, a Marcus był nadspodziewanie spokojny. Już po raz kolejny dotarli do miejsca, gdzie tunel rozgałęział się na pięć części, tyle że teraz na wejściach do czterech odnóg widniała błękitna strzałka, a na piątej nie. W ciemnościach spojrzeli na siebie. Zobaczył przez soczewki, że Ariel jest zmartwiona. Pogładził ją po policzku i skinął głową na znak, że trzeba spróbować, bo innej drogi nie ma. Spojrzała na niego swoimi kocimi oczami, z westchnieniem przyznając mu rację. Ścisnęła mocniej rękę oficera.

Tunel powiódł ich w dół i nieco w prawo. Nie uszli nim daleko, gdy zobaczyli, że rozszerza się w obszerną pieczarę, a właściwie podziemną komnatę. Czarną marmurową posadzkę pokrywała warstwa wody sięgająca może po kostki. Na drugim końcu Ariel dostrzegła zarys kolejnego tunelu i prowadzący doń fragment posadzki wystający ponad powierzchnię wody, wijący się kręto między filarami i fosforyzujący w ciemnościach. Bocznych ścian nie była w stanie dostrzec.

W wodzie wiły się jakieś podłużne, oślizłe kształty. Ariel podejrzewała, że to jakiś gatunek węży, zapewne umieszczonych tu, by strzegły przejścia. Nie wiedziała tylko, jak bardzo agresywnych i zabójczych dla przeciętnego śmiertelnika. Coś jej podpowiadało, że lepiej nie sprawdzać swoich podejrzeń, więc instynktownie trzymała się brzegu.

Sklepienie komnaty wspierały liczne filary, dookoła których te dziwne stworzenia utworzyły makabryczne sploty. Węże obserwowały ich bacznie, a same kolumny... Z pozoru wyglądały jak zwykłe wytwory górotworu, jednak gdy przyjrzała im się lepiej, stwierdziła, że są zrobione z...

Zatkała usta dłonią, żeby nie krzyknąć! Z kości ludzi i elfów spojonych jakąś z wyglądu wciąż śliską masą! Najwyraźniej był to ostatni znak ostrzegawczy dla śmiałków, którym wpadłby do głowy tak szalony pomysł, żeby tu przyjść.

Marcus przytulił ją i pogładził po głowie uspokajająco. Przez chwilę stała wtulona w niego, starając się za wszelką cenę uciszyć łomot serca i uspokoić myśli. Nie mogła sobie pozwolić na lęk, musiała myśleć jasno – wiele od tego zależało. Po chwili delikatnie oswobodziła się z ramion oficera, spojrzała na niego i kiwnęła głową, że wszystko już w porządku. Pokonując obrzydzenie i strach, przyjrzała się filarom, wodzie, bestiom i otoczeniu. Czuła, że na drugą stronę musi prowadzić jakaś inna droga. Trzeba ją było tylko odnaleźć.

Przeszła pomału, nie robiąc gwałtownych ruchów, kilka kroków w prawo wzdłuż brzegu. Była to zwykła woda, niepochodząca z magicznego źródła, bo inaczej obydwoje by to wyczuli. Rozejrzała się dookoła. Nic. Przeszła w drugą stronę. Wysiliła wzrok, żeby dostrzec jakiś znak, którędy należy iść. Nic.

Marcus, zgodnie z jej telepatycznymi wskazówkami, stał w bezruchu, przyglądając się tym poczynaniom uważnie. Ariel już zaczęła wyrzucać sobie w myślach, że patrzy na niego, zamiast szukać drogi i wtedy właśnie coś dostrzegła. Tuż obok wejścia, którym się tu dostali, za małym występem skalnym widniał ukryty otwór wiodący do następnego tunelu. Czyżby tędy? Pokazała Marcusowi głową otwór za jego plecami. Powoli, żeby nie sprowokować gadów, wycofali się w tamtą stronę.

Korytarz był podobny do poprzednich. Ciągnął się długim łukiem w prawo. Po kilku minutach doszli do jego końca i zobaczyli, że jego wyjście jest umieszczone w bocznej ścianie innego tunelu. Ten następny kilka kroków w prawo kończył się... komnatą z podziemnym jeziorem, gadami i filarami z czaszek. Teraz zrozumiała. Prosta sztuczka – jeśli ktoś chciałby dotrzeć tu, idąc prosto przez zalaną wodą podłogę komnaty, musiałby zapewne natrafić na jakąś pułapkę lub zostałby napadnięty przez węże. O tym, że była to ta sama komnata, z której przyszli, świadczyła fosforyzująca strzałka przezornie zrobiona przez Marcusa. Czyli teraz musieli iść w lewo.

Trafili do tunelu większego od pozostałych i bez bocznych odnóg. Także był wilgotny, duszny i śmierdzący stęchlizną, także się wił i opadał coraz niżej. Nie wiedzieli, jak długo nim szli. Nie musieli już co prawda błądzić, ale to, że na drugim końcu na pewno spotkają swoje przeznaczenie, jakoś ich nie pocieszało. Tak czy siak nie mieli innego wyjścia.

Obydwoje byli już nieco zmęczeni i głodni. Ariel usłyszała, że Marcus wyjmuje coś z plecaka i jej podaje. Odebrała to od niego z pytającą miną, ale on uśmiechnął się tylko i pokazał, że ma jeść. Przyjęła od niego żywność z wdzięcznością. Kucnęli pod ścianą, żeby w spokoju przełknąć odrobinę chleba i popić wodą ze wspólnej manierki.

Po dłuższej chwili odpoczynku ruszyli dalej, by wkrótce natrafić na rozwidlenie tunelu. Dwie odnogi. Rozdzielić się nie mogli, to pewne. Ale w którą stronę teraz? Chwilę się zastanawiali. Większość prawidłowych dróg do tej pory wiodło w prawo, ustalili więc, że pójdą w tym kierunku.

Starali się poruszać jak najciszej, zwłaszcza że odgłosy ich kroków jakby przybrały na sile. Usłyszeli szelest. Zamarli w bezruchu. Marcus odruchowo wyciągnął i wycelował w tamtym kierunku kuszę, jednocześnie zasłaniając sobą Ariel.

Odgłosy ucichły. Zmarszczył brwi. Wydawało mu się? Nie! Zobaczył zarys postaci szybującej w ich kierunku od strony, z której przyszli. To coś poruszało się bezszelestnie, ale podążało ich śladem! A im było bliżej, tym więcej makabrycznych szczegółów Marcus dostrzegał – począwszy od ogromnych pazurów, na ostrych jak brzytwy kłach skończywszy. Wampokruk! Jeśli szybko go nie zabije, on zabije ich, a przynajmniej wezwie następne!

„Uciekaj!!!" – rzucił telepatycznie, popychając Ariel w głąb tunelu. Usłyszał, jak ta biegnie. Sam też rzucił się do ucieczki, jednocześnie strzelając do bestii. W pewnym momencie dostrzegł, że wampokruk jakby się zachwiał i zwolnił.

„Jednak trafiłem!" – pomyślał z mściwą satysfakcją i pobiegł pędem za Ariel.

Cholera! Nigdzie jej nie dostrzegał. Przyspieszył, jednocześnie pilnie wypatrując w ciemnościach dobrze mu znanej sylwetki drobnej kobiety. Z tyłu usłyszał odgłos zbliżającego się nieubłaganie wampokruka. Nawet jeśli był tylko ranny, to nadal pozostawał groźny.

Zrobił jeszcze krok, dwa i... posadzka pod jego stopami zamieniła się w otwartą przestrzeń. Nie, nie zapadła się, po prostu jego stopy natrafiły na otwór wiodący niemal pionowo w dół. Teraz oficer coraz szybciej zsuwał się w głąb rozpadliny. Rozpaczliwie próbując wyhamować upadek, chwycił ręką jakiś występ skalny, ale że był mężczyzną słusznego wzrostu i wagi, oderwany kamień został mu w dłoni, on sam zaś poleciał dalej. Wiedział, że musi jakoś wrócić do tunelu na górę. Wampokruk już pewnie dogonił Ariel. Jedyna nadzieja w kuszy Pierwszego Maga. Jeśli faktycznie sama broni swojego wybrańca, to zadziała niezależnie od woli właścicielki. Ale co potem, jeśli on nie wydostanie się z tej pułapki? Ciężar ciała nieubłaganie ściągał go w dół, plecak niestety też. Jeśli go jednak zrzuci, straci broń i prowiant...

Trudno! Z największym wysiłkiem wyswobodził się z uprzęży plecaka i puścił go w głąb tunelu. Usłyszał łomot ekwipunku. Teraz był dużo lżejszy i mógł zacząć się wspinać do góry, tyle że...

– Auu!!! Odbiło ci?! – rzuciła wściekłym szeptem Ariel, rozcierając ramię, w które oberwała.

– Wielkie nieba! Co tu robisz? Myślałem, że uciekłaś tunelem. Chciałem wyjść i cię odnaleźć, ale ten cholerny plecak ciągnął mnie w dół – wyjaśnił zaskoczony Marcus, kiedy już w końcu opadł na dno obok niej.

– Jak widzisz, zawsze na siebie wpadamy – stwierdziła ironicznie Ariel.

– Nie zrobiłem ci krzywdy? – zapytał zaniepokojony.

– Nie, ale teraz mamy inny problem: jak się stąd wydostać.

Starali się rozejrzeć we wnętrzu swojej nowej pułapki. Stali na dnie tunelu, a właściwie czegoś, co było chyba szybem wentylacyjnym. Miejsca mieli akurat, by dwie osoby mogły stać przytulone ciasno do siebie. O niczym innym nie było mowy. Tak więc stali w krępującym milczeniu zwróceni twarzami do siebie.

– Okej, opisz mi, co widzisz, za moimi plecami – szepnął po dłuższej chwili Marcus.

– Lita skała. Wszędzie – stwierdziła ponuro. Miała złe przeczucia. – A ty?

– Nieco lepiej. – Jego śmiech zabrzmiał sztucznie, ale ze wszystkich sił próbował ukryć zdenerwowanie. Wolał, by Ariel nie domyśliła się, co widział. I jak oceniał ich szanse.

Stała oparta plecami o kratę, która zamykała wejście do szybu. W dole za kratą była przepaść, na dnie której wiła się rzeka. Jednak docierało tam nikłe światło i wyraźnie odbijało się od wody. A więc gdzieś w górze musiała być szczelina prowadząca na powierzchnię! Pozostawało tylko pytanie, jak sprawić, żeby krata zniknęła, i jak nie spaść w przepaść.

– Chyba powinieneś o czymś wiedzieć! – Ariel nerwowo przełknęła ślinę. – Mam...

– Tak?

– Mam... – Jej oddech przyspieszył.

– CO masz?! – zapytał niecierpliwie Marcus.

– Chyba mam klaustrofobię! – palnęła. Faktycznie w swoim świecie kilka razy poczuła lęk, na przykład w windzie, ale TU prawie się dusiła!

– Jakim cudem? – zapytał zaskoczony. – Tam u góry w tunelach nic ci nie było.

– Ale tam było sporo więcej przestrzeni i możliwość ruchu! – Usłyszał pierwsze oznaki paniki w jej głosie. Dobra, musi jakoś odwrócić jej uwagę.

– Oddychaj głęboko – zaczął gadać, byle tylko gadać. – Jeśli to cię pocieszy, to powiem, że za twoimi plecami jest krata, a za nią wolna przestrzeń.

Westchnęła z ulgą, więc mówił dalej:

– Jesteśmy chyba w szybie wentylacyjnym zamkniętym tą kratą. Wybacz, złotko, to, co zrobię, ale muszę sprawdzić, czy jest jednolita. Bo może da się otworzyć.

Przyciśnięty do Ariel, ocierając się o nią, wysunął ręce przez otwory w kracie i metodycznie zaczął ją badać. Jednak zapach skóry upragnionej kobiety skutecznie go rozpraszał.

„Marcus, ty idioto! – zganił się w myślach pod osłoną telepatyczną. – Skup się, jak ją uratować, a nie jak ją..."

Miał nadzieję, że ona nie usłyszała jego myśli. Na szczęście po chwili namacał to, czego szukał. Jest kłódka! A więc i szansa!

– Marcus! – wykrztusiła przez zaciśnięte zęby Ariel. – Zabieraj łapy z mojego tyłka.

Cholera! Faktycznie kłódka była dokładnie na wysokości jej pośladków Spojrzał Ariel w oczy z bezwstydnym uśmiechem.

– Masz tam coś, słonko, czego bardzo pragnę! – Widząc gniew na jej twarzy, dodał: – Kłódkę, skarbie, KŁÓDKĘ! Jak jest kłódka, to jest i wyjście, nie? Trzeba tylko tę kłódkę otworzyć i po sprawie! – Roześmiał się z własnego niewybrednego dowcipu.

„Poczekaj, ty błękitnooki padalcu – pomyślała mściwie pod osłoną zaklęcia *adger*. – Też ci zrobię jakiś kawał! Niech no tylko wymyślę jaki!"

– Okej, jak zamierzasz ją otworzyć? – zapytała już na głos, upokorzona.

– Słuchaj – zaczął po chwili namysłu – mam ręce za kratą i nie dam rady, bo tu jest za mało miejsca. Musisz mi pomóc. Sięgnij do mojej kieszeni. Tam są takie, jak to wy mówicie w twoim świecie?... – zastanowił się. – Aha, wytrychy. Jak mi je podasz, to otworzę tę kłódkę.

– Okej – zgodziła się szybko, bo chciała tylko stąd wyjść. Maksymalnie skupiona przesunęła się nieco, żeby zrobić miejsce dla rąk. Z trudem podciągnęła ramię do góry i powoli włożyła rękę do kieszeni spodni Marcusa. Nic nie powiedział, tylko zamarł w bezruchu. Skoncentrowała się na poszukiwaniu wytrychów. Nic! Wsunęła palce głębiej. Dalej nic, cholera! Przez materiał kieszeni wyczuła za to coś twardego i gorącego... co na pewno wytrychem nie było!

Dotarło do niej, że nieświadomie go dotknęła i teraz także oddech Marcusa zrobił się szybki i krótki. Zauważyła, że zacisnął szczęki. Przez chwilę obydwoje zastygli w bezruchu, zrozumiawszy niestosowność sytuacji.

– Bardzo mi to pochlebia, Ariel – wykrztusił w końcu zszokowany tym, co robiła – ale... to nie ta kieszeń!

Jeszcze nigdy, a przynajmniej tego nie pamiętał, żadna kobieta go TAK nie dotknęła! Wielkie nieba! Jeśli szybko stąd nie wyjdą...

– Wybacz – rzuciła teraz już całkiem zdenerwowana. Ręce jej się trzęsły, gdy sięgała do drugiej kieszeni. Była totalnie rozkojarzona i musiała użyć całej swojej siły woli, żeby wydobyć w końcu te przeklęte wytrychy.

– Mam! – Westchnęła z ulgą, kiedy je w końcu odnalazła i wyciągnęła. Tyle że ze zdenerwowania dłonie jej się spociły i... wytrychy upadły z brzękiem gdzieś koło jej stóp. – A niech to szlag!...

Marcus westchnął ciężko. No tak, teraz stracili też wytrychy. Nie mógł mieć jej tego za złe, ale musieli wymyślić jakiś inny sposób na otwarcie tej cholernej kraty.

– Poczekaj, mam pomysł! – rzuciła i zanim zrozumiał, co ona chce zrobić, zaczęła się osuwać w dół.

Ich ciała przylegały do siebie prawie na całej długości i teraz Marcus czuł, jak jej biust trze o jego klatkę piersiową, brzuch, biodra i zatrzymuje się w okolicy ud. Ariel zdołała kucnąć. Po omacku szukała ręką upuszczonych wytrychów. Na dodatek nie wiedziała, z której strony mogą leżeć. Zamarła w bezruchu. Tylko jej ręka intensywnie przeszukiwała podłoże.

Marcus patrzył na rzekę za kratą, rozpaczliwie starając się nie myśleć, co ona robi tam na dole. I nie miał tu na myśli rzeki. Wszystko się w nim gotowało, gdy czuł żar ciała Ariel na swoim udzie.

– Dobra, znalazłam! – wysapała zmęczona, ale uradowana. Zacisnęła rękę na wytrychach i zaczęła się podciągać z powrotem do góry.

– Poczekaj – powiedział cicho Marcus. – Jak już tam jesteś, to zrób coś jeszcze, dobrze?

– Okej, gadaj szybko, bo już chcę wstać. Tu jest strasznie niewygodnie.

– Wyciągnij pasek z moich spodni – polecił.

– C-co? Co takiego? – wyjąkała zaskoczona Ariel, podnosząc oczy do góry. – Po jaką cholerę!? – zapytała ze złością. No, jeśli on myślał!...

– Zaufaj mi – poprosił z zakłopotaniem Marcus. – Będzie nam potrzebny...

„Jasne. Pod warunkiem, że się lubi drobne perwersyjki!" – pomyślała ze złością, ale i z rozbawieniem. Jakby ktoś ich teraz zobaczył i pominął cały tragizm sytuacji, byłby to materiał na jakiś głupi dowcip o facecie i babce, którzy zacięli się w windzie. – Konkrety! – rzuciła już na głos.

– Dobra. Za kratą jest przepaść. Jedyna droga na drugi koniec to zjazd po linie, którą tu widzę. Tak, to chyba lina. Ale do tego potrzebny nam mój pas, żeby go o tę linę zaczepić – wytłumaczył.

No tak, logiczne, ale do tego potrzebowała obu rąk, tymczasem w jednej miała wytrychy. Podniosła je do ust i zacisnęła na nich zęby. Czuła, że policzki ją palą. Drżącymi rękami sięgnęła do paska spodni Marcusa i zaczęła go nerwowo odpinać. Serce łomotało jej dziko, a oddech przybrał tempo galopującego appaloosa. Starała się myśleć tylko o wyjściu z tych cholernych podziemi. Było to tym trudniejsze, że głowę miała na wysokości jego bioder i ktoś niewtajemniczony naprawdę mógłby pomyśleć, że...

Sprzączka puściła. Jej palce w końcu zaczęły metodycznie wyszarpywać pasek ze szlufek. Usłyszała, jak Marcus nerwowo przełknął ślinę i głośno wciągnął powietrze. Odruchowo wciągnął brzuch, zacisnął pięści i oparł czoło o kratę. Bogowie! Czy ta męka nigdy się nie skończy?

– Mam! – odetchnęła. – Co teraz?

– Mam propozycję. Chwyć ten pasek zębami, a wytrychy w rękę. Jak się tu podciągniesz, to mi je podasz, dobrze? – zapytał dziwnie pokornie. Dotarło do niego, że była zakłopotana tą sytuacją? Czy sam był równie zakłopotany?

Kiwnęła głową, że rozumie. Z paskiem w zębach i wytrychami w garści zaczęła się podciągać do góry. Nie mogła nie zauważyć, jak jego ciało na nią reaguje. Jej na niego zresztą też.

„Jezu! Jak na kogoś po trzydziestce, trzeba przyznać, że zachowuję się jak smarkula! Jakbym nie wiedziała, co faceci mają w spodniach – zadrwiła z siebie w duchu. – Ariel, kretynko, w tej sytuacji to normalne! – Wyprostowała się do końca. – No, za chwilę Marcus otworzy kratę i wyjdziemy z tego piekielnego miejsca".

– Słuchaj, nie powiedziałem ci najważniejszego. Ta przepaść jest tuż za kratą. Jak tylko ją otworzę, runiemy w dół. Ja się będę trzymał kraty, ale ty musisz się trzymać mnie, okej? – zapytał cicho. – Inaczej spadniesz. Postaram się przerzucić pas dookoła takiego metalowego pręta, żebyśmy mogli po nim zjechać. Jest tam półka skalna, a za nią chyba tunel. Wszystko jasne?

Kiwnęła głową.

– Dobra, dawaj ten pas! – powiedział Marcus.

Zobaczyła, że zbliża twarz do jej twarzy. Zupełnie jak w bungalowie medycznym. Wstrzymała oddech. W półmroku zobaczyła tęczówki jego oczu z bardzo, bardzo bliska. Zamrugała gwałtownie.

– Spokojnie. Zaufaj mi – wyszeptał cicho i pieszczotliwie, jakby przemawiał do narowistej klaczy. – Ja nie gryzę. – Zbliżył usta do jej ust i przez moment wydawało się, że... Poczuła jego kłujący zarost na swoim policzku i oddech na szyi. Po chwili z cichym westchnieniem zacisnął zęby na pasku i odebrał go od niej. Patrzył na nią uważnie, a ona unikała jego wzroku. Drżała.

Podała mu wytrychy i starała się skoncentrować na momencie otwarcia kraty. Sięgnął rękami do kłódki i spróbował ją otworzyć. Ciało Ariel biło żarem.

„Skup się, durniu, bo jak tobie upadną, zostaniecie tu na zawsze!" – zganił się w myślach.

Z twarzą wtuloną w jej szyję i z rękami na wysokości jej pośladków próbował dokonać rzeczy w tej chwili prawie niemożliwej. Wytrych zgrzytnął w zamku. Przez moment był prawie pewien, że się nie udało. Potem kłódka wreszcie ustąpiła.

– Zaraz wyciągnę tę kłódkę – powiedział, gdy uwolnił usta od paska, przekładając go do ręki. – Obejmij mnie mocno – poprosił, a zabrzmiało to jak zaproszenie na randkę.

Powoli i z trudem przecisnęła ramiona w górę i otoczyła nimi jego szyję.

– Ufam ci – szepnęła i poczuła, że krata ze zgrzytem się otwiera, a oni lecą w dół.

Po sekundzie zrozumiała, że wiszą na przerdzewiałej kracie, pod stopami mają pustkę, a na wyciągnięcie ręki ten metalowy pręt, o którym mówił Marcus.

Teraz jedną ręką trzymał się kraty, a drugą starał się zarzucić pasek na pręt. Szło mu to jednak bardzo opornie. Kolejne próby nie dawały efektu, zwłaszcza że na szyi miał uwieszoną Ariel.

Kiedy jej z kolei minął pierwszy napad paniki, otworzyła oczy i zrozumiała, że musi mu jakoś pomóc. Zacisnęła zęby i uchwyciła kratę, żeby odciążyć Marcusa. Przez moment wydawało jej się, że coś zobaczyła. On nadal próbował chwycić pręt, klnąc przy tym niemiłosiernie. Widać było, że jest już nielicho zmęczony, ale nie dawał za wygraną. Nie zwrócił uwagi, że...

– Daj spokój. I tak ci się nie uda. – Usłyszał jej cichy głos gdzieś zza swoich pleców.

– Za którymś razem musi... – wycedził zły przez zęby. Cholera, to on się stara ich uratować, a ona ma tylko tyle do powiedzenia?!

– Nie może ci się udać, bo ten pręt... nie istnieje.

– Na Wielkiego Xaviere'a, Ariel, co ty gadasz? – Odwrócił ze zniecierpliwieniem głowę w jej stronę i zobaczył, że... wcale nie trzyma się kraty!!! Omal sam z wrażenia jej nie puścił. Oto jego oczom ukazał się widok Ariel... stojącej spokojnie w powietrzu jakby nigdy nic! A pod jej stopami ziała pusta przestrzeń.

– Okej – warknął – to ty sobie lewituj na drugą stronę. Ja, ponieważ tego nie umiem, pomęczę się z tym cholernym prętem!

– Marcus, ja NIE LEWITUJĘ! Nie muszę. Teraz ty mi zaufaj, ten pręt naprawdę nie istnieje. Widzisz tylko jego złudzenie. Prawdziwa droga wiedzie tymi schodami ku tamtej półce. Męczysz się nadaremnie...

Spojrzał na nią jak na wariatkę, więc powoli wróciła do niego i przesunęła mu dłonią przed oczami.

– Popatrz...

Przez chwilę odniósł wrażenie, jakby Ariel zdarła jakąś zasłonę. Dopiero teraz zobaczył, że miała rację. Pręt nie istniał. Widział tylko jego złudzenie. Gdyby uparł się nim zjechać, spadłby jak kamień na dno podziemnego wąwozu. Zamiast tego zobaczył pod swoimi stopami zarys schodów. Nie były to jednak zwyczajne kamienne czy drewniane schody. Te wyglądały jak skonstruowane z wody. Jakby jakiś łagodny potok przybrał kształt stopni i woda teraz po nich leniwie spływała. W dodatku schody były całkowicie przezroczyste i widział tylko ich zarys.

– Możemy nimi zejść, jeśli tylko dasz mi rękę i postarasz się iść ostrożnie. – Wyciągnęła w jego stronę dłoń i uśmiechnęła się uspokajająco. Chyba wyczuła jego obawy co do solidności stopni. Zobaczyła, jak teraz on zacisnął szczęki, i po chwili niepewnie podał jej rękę. Schodzili pomału, uważnie stawiając stopy.

– Uważaj. Są śliskie – rzuciła nieco nerwowo.

– Zauważyłem. – Chwycił mocniej jej rękę.

Szli dalej, mając uczucie, jakby wędrowali po tafli wodnej i jakby w każdej chwili ta woda mogła ich pochłonąć. Stawiali stopy bardzo ostrożnie, patrząc przy tym pod nogi. W pewnym momencie jakiś ruch gdzieś w dole odwrócił uwagę Marcusa od stopni. Ten ułamek sekundy wystarczył, żeby stracił równowagę i pociągnął Ariel za sobą.

Po chwili obydwoje turlali się z impetem w dół. Odruchowo objął ją i ochronił własnym ciałem. Na ich szczęście nie spadli ze schodów, ale zjechali na sam dół wprost na półkę skalną. Najpierw gruchnął w nią plecami Marcus, a chwilę później na Marcusa wpadła rozpędzona Ariel. Leżeli tak kilka minut, nie wierząc we własne szczęście, że jednak udało im się tu dotrzeć.

– Zejdziesz ze mnie, czy będziemy kontynuować? – zapytał, uśmiechając się bezwstydnie, gdy w końcu wrócił im oddech.

Uświadomiła sobie, że wciąż siedzi na nim okrakiem z twarzą wtuloną w jego mundur.

– Kretynie! Omal nie straciliśmy życia! To nie czas i miejsce na... – fuknęła, ale wcale nie wyszło jej to tak gniewnie, jak zamierzała.

– Nie złość się – powiedział, szczerząc zęby w uśmiechu. – Jestem miłym facetem i nie robię niczego wbrew woli innych. Nawet jeśli te osoby nie umieją się zdecydować, czego chcą.

Przetoczył się i teraz to on był na górze między jej udami. Patrzył uważnie w rozszerzone oczy Ariel, trzymał ją w objęciach i dociskał do półki. Złapała się na myśli, że ich ciała pasują do siebie perfekcyjnie. Idealnie. Niczym ogromne, erotyczne puzzle. Przełknęła nerwowo ślinę i zawstydziła się tych myśli.

– Złaź ze mnie! – syknęła zażenowana. – Przypominam ci, że...

Ale nie dokończyła, bo podłoże zadrżało. Spojrzała spanikowana na Marcusa. Zmarszczył brwi.

„Marcus!" – ostrzegła go telepatycznie.

„Wiem!" – odpowiedział natychmiast i przeturlał ich kilkakrotnie w kierunku wyjścia z tunelu.

Po dłuższej chwili ciszy, gdy wydawało się, że wszystko jednak jest już w porządku, półka runęła w dół. Najwyraźniej została wykuta z myślą o krasnoludzie, a nie dwójce dorosłych ludzi, a może nadwątlił ją czas?

Ariel błyskawicznie uwolniła się z objęć Marcusa i pobiegła do tunelu.

„Muszę stąd wyjść, zanim zrobimy coś głupiego – pomyślała – albo zanim nyriony nas znajdą. No bo ile razy można mieć takiego farta?"

Po chwili usłyszała, jak do tunelu wchodzi Marcus, patrząc na nią dziwnie. Był teraz poważny i zamyślony.

Naczelny Mag z mieszaniną złości i zaskoczenia wysłuchał relacji czterech oficerów, którzy wrócili z ruin pierwszego miasta. Relacja była tak nieprawdopodobna, że kazał ją sobie powtórzyć kilka razy. Według oficerów, Ariel przyszła tam, bo jakiś chochlik poinformował ją, że jest tam porzucone smocze jajo. Przypadkiem natknęli się na siebie.

Uparła się, że z nimi pójdzie, bo jako jedyna przejrzała archiwa i wiedziała, czego się spodziewać na dole. Weszli przez studnię do tunelu, gdzie Ariel zablokowała im drogę jakąś magiczną zaporą i nakazała powrót do miasta oraz poinformowanie Naczelnych o nyrionach. Nie dali rady sforsować bariery, która zresztą zmieniła się w mleczny kamień. I tak, według słów oficerów, Ariel sama uwięziła się po drugiej stronie korytarza.

Oczywiście przekazali Severianowi wszystko, co mówiła o nyrionach. Wspomnieli też, że prawdopodobnie razem z Ariel po drugiej stronie zapory został Marcus, ale nie są pewni, bo wszystko rozgrywało się błyskawicznie i do tego w ciemnościach. Jakimś cudem umknęło im poinformowanie Naczelnego, że Ariel potrafiła odczytać runy. Może nieprzypadkowo oficerom to umknęło, wszak wiedzieli, że Severian tego nie potrafi...

Zły na cały świat odesłał ich do koszar. Gdy wyszli, rzucił w kierunku lustra:

– Wierzysz w to, Oriano?

– Mówią prawdę, ja to wiem. Zastanawiam się tylko, kto i po co opowiadał takie bajeczki Ariel. Zupełnie jakby ktoś chciał ją tam zwabić, nie sądzisz? Ta sprawa pachnie zdradą! Trzeba ją wyjaśnić, to oczywiste. Niestety naszą małą konsultantkę możemy spisać na straty. Nie będziemy mieli naszego maga, i to przez twoją głupotę, Severianie. Gdybyś się tak nie upierał przy tej misji i karze dla Marcusa, to pewnie teraz Ariel byłaby z nim w ciąży. A tak straciliśmy i ją, i jego.

– Wiem, Oriano, przyznaję, to mój błąd – westchnął Naczelny – ale przynajmniej wiemy, co siedzi tam na dole i jak się przed tym bronić. Myślę, że na razie niech to pozostanie między nami. W tej sytuacji nie ma sensu ich szukać, to jasne. Za kilka dni poinformujemy, że zaginęli w akcji.

Wyprawimy im uroczysty pogrzeb, a potem pogadam z pozostałymi Naczelnymi i ustalimy, co dalej z tymi... no jak im tam... nyrionami. Na szczęście miną lata, zanim one staną się dla nas realnym zagrożeniem. Do tego czasu będziemy gotowi i uzbrojeni.

Lustro zamigotało i zamarło.

WOLFGANG HOHLBEIN

ANUBIS

Mogens VanAndt nie spełnia się jako profesor w trzeciorzędnym college'u. Pewnego dnia odwiedza go dawny kolega ze studiów, z którym wiąże go mroczna tajemnica. To właśnie on, ten demon przeszłości, zniszczył jego karierę naukową.

Mogens nie chce mieć nic wspólnego z przyjacielem sprzed lat, ten jednak składa mu propozycję, której trudno się oprzeć. Chodzi o naprawdę wielkie odkrycie, może nawet najważniejsze w nowożytnej archeologii – podziemną świątynię w Kalifornii. Świątynię, która właściwie nie ma prawa tam istnieć. A brama, której strzegą niemi strażnicy, otwiera drogę do królestwa zmarłych...

ISBN: 978-83-60504-76-5
LICZBA STRON: 648
OPRAWA: miękka

KATHY REICHS

DIABELSKIE KOŚCI

W remontowanym domu hydraulik dokonuje makabrycznego znaleziska – w piwnicy odkrywa ołtarz, zwierzęce kości i przedmioty służące do odprawiania rytuałów. Na środku ołtarza znajduje się ludzka czaszka.
W tym samym czasie na brzegu pobliskiego jeziora znaleziono bezgłowe ciało nastolatka.
Rozpoczyna się polowanie na czarownice. Podjudzani przez kaznodzieję-polityka mieszkańcy Charlotte szukają winnych wśród czcicieli diabła i wyznawców wikki.
Do zbadania obu spraw władze wzywają dr Temperance Brennan, która musi zmierzyć się ze śmiercionośną mieszanką voodoo, santerii i satanizmu.

ISBN: 978-83-7573-001-2
LICZBA STRON: 464
OPRAWA: miękka ze skrzydełkami

REDHORSE

Wydanie I

Opracowanie graficzne i projekt okładki
Magdalena Zawadzka

Ilustracje na okładce
Grzegorz Krysiński

Redakcja
Marian Wojnarowski

Korekta
Katarzyna Arbaczewska-Matys
Magdalena Grela

Skład
„Grafficon"
Konrad Kućmiński

ISBN 978-83-60504-42-0

Wydawca
REDHORSE
Red Horse sp. z o.o.
tel. (81) 524 03 14
www.redhorse.pl
e-mail: biuro@redhorse.pl

Sprzedaż internetowa
merlin.pl
www.amazonka.pl

Książka dostępna w salonach Empik

Zamówienia hurtowe
Firma Księgarska Jacek Olesiejuk sp. z o.o.
ul. Poznańska 91, 05-850 Ożarów Mazowiecki
tel./fax: (22) 721-30-00
www.olesiejuk.pl, e-mail: hurt@olesiejuk.pl

Druk i oprawa
opolgraf
www.opolgraf.com.pl